i

为了人与书的相遇

人的疆域

卡内蒂笔记 1942—1985

Die Provinz des Menschen:
Aufzeichnungen

[英]

埃利亚斯·卡内蒂——著

李佳川 季冲 胡烨——译

广西师范大学出版社

·桂林·

目　录

人的疆域

Die Provinz des Menschen

李佳川 译

1942

如果从某个年龄开始，我们的个头会随着年岁增加而变小就好了，就像孩子会随着年龄长大，但智力和社会地位依旧和年龄保持一致。这样，就会有一群看上去像七八岁男孩的老者和智者。最年老的皇帝个头最小；当然，教皇也都是小人，个头大一点的红衣主教要低头看小小的教皇，正如个头更大的普通主教也会低头看着他们。孩子们都不希望自己长个子了。历史也将失去意义；我们会感叹，过去的三十年不过是这群蚂蚁般的小孩创造的历史，这样，历史终于有幸得以逃出人们的视野了。

自由这个词，表达了一种执念，或许是人类最强烈的执念。人总有**逃离**的愿望，可是要去的远方未知而没有边界，我们称这种愿望为自由。

空间层面的自由是冲出无形边界的愿望。飞翔，飞向太阳，是自由最古老和原始的形态。时间层面的自由，是超越死亡的愿望，单是慢慢延缓死亡就很让人满足了。物质层面的自由，是对价格流动的愿望，是对挥霍的向往，我们希望物品的价格像变幻莫测的天气一样永远在变化，不受任何规则限制，不受任何条件影响。我们从不会**对什么事**渴望自由，自由的来临和快乐都是源于我们自己内心，我们生来渴望突破牢笼，为此我们总会为自己构想出一个最可怕的牢笼。人类为自己建的牢笼之一即针对谋杀的法律，用以约束人们的行为，可当一个杀人犯发现自己并不会被其束缚时，这法律的存在会给他带来更大的快感——不过，自由来源于呼吸。每个人都可以自由地在任何一片空气中呼吸，呼吸的自由，是这世界至今仅存的纯粹的自由了。

你喜欢的不是某个人，只是他的表象。天使的来源。

梦到飞翔，这种梦如此原始和珍贵，而它的魅力、意义和灵魂又消逝得如此之快。所有的梦都是这样接连消逝、走向灭亡。你会做**新**的梦吗？

一个多轻信别人的人才会去信仰某个宗教！我了解很多宗教，可只有一个才能称得上信仰，这需要我尽毕生之力去找寻。

当某些想法从水中伸出双手，它们被误认为是在呼救；同样，它们给人造成一种各个想法在水下融洽地生活在一起的假象，我们何不去尝试着就上来一个想法！

知与未知的平衡取决于一个人的智慧。未知并不会在知的面前相形见绌。一个好答案一定来源于一个好问题，这个问题有过很多错误答案，这个问题也可能离答案很远，远到看上去和答案毫无关系。答案很多的人，背后一定是更多问题的支撑。智者永远都有孩子般的求知欲，答案本身只会让土地更贫瘠，让空气更稀薄。知识只是强权的武器，但真正的智者不会把知识当作武器。智者从不吝惜自己对陌生人的博爱；也不会傲慢地表现自己的特别。

在我生命最好的时光中，我总想在心里腾一些地方，再多腾些地方，在那里我会把雪铲走，我会把低陷的天空抬高一些，那里还有泛滥的海，我就任凭海水溢出来——鱼儿会来救我——海水淹没茂密的森林，在密林深处我会捕猎一群新猴子，一切都那么生动，就是地方总是不够大，我却从没问过：这些地方，是为了什么，我没有答案：为什么；我只能一直，一直，这样做下去，直到筋疲力尽，只有这样做，我的生命才有价值。

尽管我们知道那张脸是战争的始作俑者，可从未有人要消灭它。大地上充斥着上百万件武器，和三千年的战争所需的弹药，那张脸还在，在空中笼罩着我们，那是戈尔贡[1]的鬼

---

1 戈尔贡（Gorgon），希腊神话中的女妖，头上生长着毒蛇。——译者注，下同。

脸，石化了所有人。

其实我们很像保龄球的球瓶。九个家庭成员像球瓶一样被摆好。我们一起短暂、呆滞地立在那里，不知如何与彼此交流。那个要击倒我们的球在一个长长的轨道上朝我们滚来了；我们只能傻傻地立在那里等；那一击是我们唯一能与彼此交流的机会，我们尽力触碰身边的球瓶，来证明彼此的存在。这一击后，我们会被换到别的位置，被换到了一个新家庭，身边的人也变了，在新的家庭中又变成一个球瓶，傻傻地、木讷地再次等待那次撞击的来临。

我最大的愿望就是亲眼看着一只老鼠活活吃掉一只猫。当然，要在老鼠玩腻了它之后。

我们的白天各色各样，我们的夜晚却有着同一个名字。

他有着一双空洞的眼睛，却装满世上最多的爱。

关于祷告——祷告是一种高效而危险的重复活动。唯一能与其相抗的方法，就是让祷告变成一种像牧师传教和转经轮旋转一样的机械活动。我不知道教徒们怎么能在无数祷告中的每一次都表现出他们的衷心。祷告者默念的那些话，能与人类的全部力量相匹敌。

祷告的幼稚之处在于：人们祈求的往往是自己唾手可得

的东西，而不是得不到的东西。

其实这种求而不得对我们来说更好，至少会启发我们考虑信别的神。做祷告的人一定要经常进行这种变化中的思维训练。

认真考虑这个道理的人，都不会轻易去做祷告，至少需要几周的深思熟虑才能鼓起勇气做祷告。

上帝成了祷告者嘴中的面包。他们随意地提起他、呼唤他和解释他。他的名字被嚼烂了，他的身体被吞噬了。祷告者们却称他是无比崇高的上帝。我怀疑，这是因为很多祷告者想方设法要赶在别人之前把上帝的一切据为己有。这件事很滑稽：祷告者们聚在一起祷告，不过是因为他们都急需同一个东西。这和一众抱团的乞丐涌向一个过路人要钱的混乱情景并无差别，只不过祷告者们看上去没他们那么粗俗罢了。

如果我信教的话，我就不会祷告。在我看来，祷告是用最无赖的方式对上帝进行纠缠，是世间最大的罪恶。我会为每次祷告而进行更久的忏悔。

有时候我觉得，我听到的句子，可能在我出生前三千年就有人为我写好了。如果我认真听的话，他们会慢慢变老。

神的冒险被遗忘了，但它们变成了诗人的直觉。

你的华词，你望向太阳的目光，你给星星的吻，你震耳欲聋的雷声，你划破天际的闪电，都会在人类把自己的同类肃清后变成鸟儿婉转的歌声。它们会想起我们，知更鸟会一直记得我们的对话。

通过某种一年一度的盛会，我们被调教成能够容忍偷窃的人。在这个盛会上，这个目的不能被任何人知道，而且没有珍宝，没有圣物。不允许退还偷来的东西。盛会开始前，所有防盗措施都要被严厉禁止。我们不能追踪被偷走的东西的去向和用处。只有最年轻的和最年老的人有不参与偷窃盛会的特权。或许一些人能够通过偷来弥补丢的损失，那些没这么幸运的人，经过这么一个集会的洗劫一定很痛苦，但是如果他们充分利用盛会的时间，还是有可能可以挽回损失的。这样一来，对物品的占有权不再有上帝般的神圣和永恒。除了买来的东西和礼品之外，人们平日里还要在家里保存偷来的东西。至少在下一次偷窃盛会之前，这些东西是神圣不可侵犯的。

人类是所有祖先智慧的结晶，可依然，是一个傻子！

证据是思考代代相传下来的不幸。

知识生来是要被分享的。对知识保守的人，必将遭到报应。

神是不会让任何一个人逃离死亡的命运的。这是神独有的、唯一的特权。

因为人的表里不一，一个人若想完全隐姓埋名地生活，只需要表现真实的样子就够了。

战争在人类世界重复上演，似乎世上从未有过正义。

所有人类早期的信息传播方式中，写史这种形式是最与众不同的。我们很难从流传下来的历史中去分辨哪些是真相；这种形式最早被用于记录族群之间的仇恨，其中会提及**所有**族群，当然也包括族群自己的敌人。历史的意义在于让所有的宗教、国家、阶级永生。哪怕他们之中最爱好和平的双手也一定曾沾满鲜血，历史都能忠实地把他们的正义吹捧到天上。是有很多人尝试过对抗历史，但终究都走向失败。它是禁锢世界的巨蛇。它是古老的吸血鬼，吸去所有年轻人脑中的鲜血。它之所以如此强大，是因为不同的语言都记载着同样的历史。最恐怖的是它通过倚老卖老使自己成为信仰、保持活力，我们都要以此为辱。除了那些瘦骨嶙峋的牧师，没有人该感谢历史，因为没有历史的扶持这些牧师会变得更消瘦。有人为历史辩解道它可以让世界成为一个整体，但是代价是什么呢，我们真的成为整体了吗？我觉得历史曾经没这么可怕，或者至少没这么有害：因为历史曾经会随着时间的推移而被遗忘。可现在，它被文字的铁链永远地拴住了。它为未来的几世纪提供的是最虚假和最低劣的信息。哪怕没有约定，一千年后还是会有人知道这段历史。事实上没有哪个人会毫无根据地出现在这个世界；叙述历史时，至少要用一些数据吧。历史污染了空气，让我们不能思考、无法呼吸，它把那些句子强行灌入我们的大脑。赫拉克勒斯要变得多强大，才可以战胜它！连死亡都比历史更容易被战胜，历史是第一个、也是唯一一个，打败死亡的胜利者，未来也将永远是它。

作为一个整体的人类社会，永远不可能再出现了。

摧毁一个人的爱是个漫长的过程；但是没有人能活到起诉这桩谋杀案的那天，这比直接杀了他还可怕。

心理活动的反射法则：没人会对别人做出在他自己那里从未发生过的事情，无论这件事有多私密。所以，日后别人对我们的报复，可能已经隐藏在我们当下自身的行为之中了。

每当我想到未来的一个宗教，现在我们还对它一无所知，就感到难以言状的痛苦。

说话时用口头禅当然没问题。可他们不知道，在最寻常不过的闲聊间，他们已经因此出卖了自己。他们想当然地认为，如果要守住一个秘密，只要不说出口就行了，可是快看，他们的口头禅已将这个阴森森的秘密暴露出来了。

最可怜的人：就是，他所有的愿望都被满足了。

是上帝自己把毒蛇丢给了亚当和夏娃，一切的前提是，蛇永不背叛上帝。这个有毒的动物直到如今依旧是上帝忠实的追随者。

莫里哀之死：他不能放弃戏剧，那些伟大的角色，那些观众的喝彩，对他来说太重要了。他的朋友总劝他放弃表演，可他总是回绝这些善意的建议。临死那天他还在说，他不能苟同其他演员的演技。事实上，他眷恋的不过是来自观众席的喝彩，似乎这是他唯一的救命稻草。值得注意的是，他下葬的那天，有群反对者聚集在他家门前，和剧院里喜欢他的观众完全不同。他们是教会的信徒；教徒们的抗议与剧院观众的掌声在某种奇妙的方面不谋而合：只要把门票钱退给他们，就可以把他们打发走了。

人们一定要掌握这么几种语言：一个用来与母亲交流，以后不会再讲的语言；一个用来阅读，但不能用来写作的语言；一个用来祷告，但完全不需要理解的语言；一个用来计算，以及处理钱财的语言；一个用来写作（除了写信）的语言；一个在旅行中用的语言，也可以用它来写信。

世界上**很多**语言的共存揭示了世界神秘的真相。世上所有东西在不同的语言里都有不同的叫法；我们会怀疑，我们在说的究竟是不是一个东西。语言学共同的目标就是追溯所有语言共同的源头。建造巴别塔是人类的第二桩原罪。人类已经犯下了原罪，并失去了永生的权力，后来又渴望接近天堂。刚开始他们走错了路，不过后来他们学会了用自己的方式接近天堂。因此，人类继第一桩原罪后又失去了一件东西：名字的统一。上帝为此做出了最邪恶的事：他亲手创造出来了名字的混乱。我很不解，既然如此，他为什么还要在大洪水时将一些人救出来。

当人们对自己的生活和行为还有哪怕还有一丁点自知，就会对某些话语和谚语感到不寒而栗，因为它们和毒药的效果相似。

只要你仔细观察一个动物，就能感觉到，有一个坐在动物体内的人在嘲笑你。

关于戏剧：我慢慢想明白了，从某种程度来说，戏剧是从音乐发源来的。我研究过戏剧角色以及主题的设定。戏剧中的主矛盾，等同于剧中人物的"发展"（同样适用于真实生活），这让我想起不同的乐器。我们一旦决定了自己是某个乐器，便会对此坚信不疑，一起合奏的时候，我们不可能变成另一个乐器。音乐的美妙就源于乐器之间精准和清晰的划分。

这样的话，或许戏剧角色也可以与动物相提并论。每种乐器对应着一个动物，至少是一个独立的、特征明显的生物，我们只能用某种特别的方式来演奏某种乐器。戏剧超出其他所有艺术形式的优势就在于，创造可能性，像上帝一样根据剧情需要创造出变化多端的新动物，或者说新乐器。

只要有了这些新动物，戏剧就会有无穷无尽的变化。无论是筋疲力尽的角色，还是飞速奔跑的角色，所有的新创造都可以被写进戏剧中。

人们早就该弄明白歌剧与戏剧的区别了。音乐剧，这个俗气的形式，是最模糊和矛盾的形式。戏剧是一种独立的音乐形式，很难与其他形式兼容。剧中承担情节的角色和音乐是不可能协调的，除非人物角色的出现只起衬托作用，在剧情中没什么意义，同样也适用于有寓意的动物角色；当音乐成为主角时，剧情不该扮演任何角色。

人的这些行为根本毫无意义，独自合唱，与食人族安静地对视，在树上爬回到两百年前，因为一个疯子把自己关起来一整月，遇见不杀戮的十字军，在身体里开五金店，去巴勒斯坦朝拜，聆听佛陀讲经，安慰穆罕默德，信仰基督，保护一个萌芽，画一朵真花，阻止果实成熟，或者还可以：追逐太阳，只要有两个太阳；驯狗学猫叫，驯猫学犬吠，归还给百岁老人一口好牙，采摘树林，为光头洗头发，阉割母牛，为公牛挤奶，如果他们觉得这些都太简单了，（人总是着急做完所有事情），他们还能学习尼安德特人的语言，靠在湿婆的胳膊上，让梵天从古老的吠陀中消失，为裸体的韦达穿上衣服，将天使的合唱消失于天堂，督促老子做事，教唆孔子弑父，拿下苏格拉底手中的毒草杯，永远抹杀永恒，人们可以——但是这些没用，没什么能够回答这个问题：他们什么时候可以停止杀戮?

哦，那个听诊器，那个精致的听诊器，听到了子宫里那个将军的身份!

在这个"心理学的年代"，人们对自己的认识却比从前都要少。他们静不下来。他们逃离自己的变化。他们不愿意静静地等待新的自己，而是一定要抢先，做那个不像自己的自己。他们驾车驶过自己灵魂的风景，只在加油站下车，误以为，这些石油管就是他们的人生。工程师们也无心修建其他设施了；他们的食物闻起来像汽油，他们在那滩黑色的池塘中做梦。

世界上最奇异的设想莫过于一个被人类遗弃的地球。人们总算计着离开地球，与此同时，却开始思念它了。他们再也找不到一个像这里一样美好的地方了。他们的高科技设备可以让他们观察地球，却无法让他们弄明白地球上真实上演的一切。他们总觉得故乡是取之不尽、用之不竭的，正是这种错误的信仰导致人类失去了地球，不过等人们想明白了，那时就已经太迟了。如果一个正确的信仰能够及时出现，就一定能将地球解救于人类之手。

别人教导我们，要经常接触神，越频繁越好，所以神不得片刻的安宁。他们都很贪睡，而且将人和他们将死的兄弟一起丢在筏上。

死人靠世人的评价而活，活人靠爱而活。

有些人被剥夺了做梦的权利，没有哪个笨蛋或幻想家能阻止我去爱这些人。我们依旧有希望重获完整的生命。奴隶们会救赎他们的主人。

"干掉他"——这句话听上去多么伟大，多么开放、宽广和勇敢："掐死他"、撕碎他、"烧死他"、"炸死他"，这些话听上去轻松极了，似乎他们不用为此付出任何代价。

自从人类的生命不再有标准，世界上就没有任何东西存在标准了。

清点世界上的一切**纸张**。统计学的本质。

他割我的左耳。我挖他的右眼。他打掉我十四颗牙。我缝上他的嘴。他烧我的屁股。我剜他的心脏。他吃我的肝脏。我喝他的血。——**战争**。

我很反感放弃精神武器的战争。除了敌人的死亡，他们什么都证明不了。

我不愿给别人灌输恐惧感，世上没什么事让我如此嗤之以鼻了。我宁愿被看不起，也不远被惧怕。

他去参军了：他不想知道，发生了什么；也不想知道，自己在做什么。

和平大会达成决议，给欧洲一个合理的机会，哪怕他们本该受到一场惨烈而持久的战争的惩罚。欧洲所有地方都要一起从头开始。为此要建立一个联合舰队，炸毁那些之前从战火中幸存的城市。

上帝是最自大的人类；如果上帝为人类赎罪，世上就没有最自大的人了。

只有意志薄弱的人才会结婚；活在耻辱中，也比结婚强；虽然名声不好；但他还有一种无价的自由，**思考**的自由。婚姻就像挂在眼睛和耳朵上的挂毯；结了婚的人，还能看到什么，还能听到什么；在婚姻中，梦想被窒息，岁月会枯萎。

他把钱存在心里，用心跳清点数目。

他愿意回到那个充实又美好的世界，没有人会死去，因为人类派了一群像自己的蚂蚁去打仗。

可能诗人是那种，通过感知过去去语言未来的人。他的回忆并不会让他感到痛苦；他只能对未来预言，却什么都**做**不了。

皈依某个已经有很多信徒的宗教是件尴尬的事，这表现出某种人云亦云的心态。信仰是种人类能够**拓展**的能力，每个人都要尽一己之力去拓展这种能力。

人的声音是上帝的面包。

有个怪人，他有着英国人的外表和东方人的内心。和这个英国人短暂地相遇时，我以为自己搞错了，我还以为他心里的东方人会慢慢消失。可之后我发现，那东方人变得越来越高大了，甚至有释迦牟尼那么高大。我们只能用转世之说解释他的存在，可他是怎么适应英国这种环境的呢！

这个东方人的表现有：他喜欢静静地打坐，不是为了偷懒，而是以此与伟大的智慧相连接。他很享受被女性崇拜的感觉；一个他刚认识的女人也能够吸引他，即使他还认识很多其他女人；这些女人之间毫不排斥彼此；他也毫不避讳地展示自己的满足感。只要他确定不会伤害别人的感情，他就会对别人讲他对佛陀独一无二的批判，这是他静坐时独立思考的成果，虽然这些是他从印度听来的；可对于头一次听到这些的英国人来说，和他原创的没有区别。

他不是个追求精准的人；他经常弄错名字、日期和地点。

他知道自己的这毛病，不过这对他来说不重要。人际关系于他而言非常空虚、毫无意义；雕琢自己话中的深意才是最有意义的。不过英国人对准确性有病态的追求；不守时是仅次于谋杀的大罪；修脸时不能忽略任何一根毛发；约谈在进行之前，就已经开始计费了；围住院子的篱笆堪比圣物；书只是一定数量字母的堆砌；这个东方人对准确性的冷漠和英国人形成了鲜明的对比。

他也有与众不同的友好的一面。他会赞美他提到的每个人，声音不大，却充满了南方人那样的热情。爱笑的人很美，我们要把他们当作榜样来敬仰。他会按对方喜欢的头衔来称呼别人。他并没有强烈的意愿要讽刺头衔，但他依然想借此表达一下他的不屑。他对永恒平静的追求被一丝遗憾扰乱了，因为他大限将至，他的心生病了；他不介意跟别人提起他的病；为了表达自己的遗憾，他总和别人讲这件事。他希望别人能赞美他生病的心，他们理应这样做，因为即使大限将至，他还依然"在创作"。写作是人类最安静的活动，这个东方人盘着腿，用一种非常庄严的姿势写作，让想法围绕着他流动。只要他依旧拥有英国人的外表，他就会提醒自己，不要向别人提起他有一颗心，更别说是一颗生病的心了，他会锁好自己写下的让自己都难为情的东西。

想要不再恨一个人，就去看他睡觉的样子。

一个人爱上了他的武器。在武器面前，他怎能不陷入情网？武器应当被设计成更频繁而出乎意料地威胁使用者的工具。这还不够危险，哪怕对手也会用相同的方式反击也不够。武器本身也要被赋予生命，这样的话，相比对手，人们更要提防的是自己手中的危险。

战争是人类最牢固的信仰，即便如此，它也是能被消解的。

如果人必须赤裸着上战场，仗就没这么容易打起来——一种野蛮的和平方案。

对上帝的信仰有个很重要的条件：要让人们相信某种永生的存在，多邪恶的力量都杀不死他。

在黑暗中，话语的力量会翻倍。

现在很难说猿比其他动物更接近于人类了。有很长一段时间，我们和它们并无太大差别；那时我们依旧是近亲；现在我们之间已经隔了无数次的变异了，我们的距离并不比和鸟类的距离近。

要理解我们如何变成人类，可能研究猿的模仿机制是最重要的。一个实验可能会说明一些问题。让猿与它们从未接触到的动物长时间待在一起，并细心记录下，猿的行为如何受到这些动物的影响。我们要按不同的顺序，让动物们生活在不同的环境。我们要时不时地在这种频繁的变化中让它们完全独处一阵子。通过多次尝试，我们就能够丰富"模仿"这个空洞的概念，人们或许会意识到，"模仿"本身已经包含着改变了，不仅是关于"适应"，"适应"仅仅是更幸运，更精致的改变罢了。

关于人类的变化历程，我们要从神话和戏剧中寻找答案。每个人都有的梦，为我们提供了抽象、但主观的释义可能性。神话，作为一种比梦更稳定的表达形式，不仅仅更具美感，也更便于研究。神话的流动性是具有封闭性的，它不会从外界带什么东西进来。它怎么出去，就怎么回来。它是人类能产出的最持久的东西。没有哪种创造能在几世纪的长河里像神话那样持久。它的光辉守护着它，它的内容让它永恒，讲神话的人要比最出色的发明家更容易满足人类的需求。

戏剧总结了人类所有的可能性，用最真实的方式。

每次在英国有什么不幸发生，我都对他们的议会感到震惊。他像一个人造的、会发光、有响声的灵魂，一个面向所有人展示的模型，但背后充满着秘密。关于自由，他们整天嚷嚷的自由，是种未知的自由：是因他们有一具凡人的躯体，他们便可通过公开忏悔政治犯罪而得到赦免。这群人通过收拢自己的同类，让自己成为潜在的统治者。他们并不比统治者差，因为他们实权在握；就算他们有强大的野心，也不能表现出丝毫的傲慢，因为傲慢会让他们在议会中彻底名誉扫地。这六百个雄心勃勃的人监视着彼此的所有细节；弱者是不可能藏匿其中的；强者只有守住自己的位置才能有发言权。这一切都在公众视野中上演；他们无休止地相互引用。在这群人中，也有人只站在一边起哄和指责别人的。预言家，只需足够耐心地等待，并要学会用世人理解的方式表达自己。上述机制清晰的划分，就是它实际运行的先决条件。权力便如此被实现了——对外展现的形式就是，明确的条文和款项。

这个民族最显著的特点是，用仪式和运动的方式来完成最重要的事，哪怕水没过了他们的喉咙，也不知变通。

小说里不该出现紧张的情节。之前这种情节还属于小说的范畴，不过如今已经被电影取代了；因为有了电影，带这种情节的小说就成为次品。小说属于之前那个更安静的时代，理应在快节奏的新时代继续扮演旧角色。它应该是我们看时间的放大镜；它应该让世人沉淀下来；用纯净的沉思来代替浮躁的狂热。

他笑谈自己罪恶，忘记自己的年龄，他性别有缺陷，工作充满血腥：一个伟大的将军。

我不愿随时等待着真理的降临，尤其是那些从习惯于义务而来的真理。真理是场雷阵雨，一旦空气被洗刷干净，它便走开。真理只有像闪电一样短促而有力才能发挥作用。了解真理的人，都会对它产生敬畏。真理不是狗，谁对它吹口哨，它就跑向谁。它不能被拴在绳子上，也不会随意在人的嘴里跑来跑去。我们不能喂它，也不能测量它；真理只有在充足的平静中才能慢慢生长。只要离真理太近，哪怕是上帝，也会被它噎住。

一个人有多在意永恒，他就离实现多近——只要他不会淹死在里边。

动物们不知道我们给它们的名字。或者，它们其实是知道的，可能这才是它们害怕人类的真正原因。

死太容易了。死应该变得更难一点。

一片永恒的土地：人们只有不停地向前走，才能遇到一个愿意动动小拇指的人；不然他只能看到一群人像埃及人一样呆滞地坐在那里。

英国人从不把他们的法律写下来，而会随身携带。

在英国，话语的力量日渐衰落。

哪怕世上最后一个犹太人已被肃清，犹太人还是要继续流亡。

人要清醒地意识到，最大的危险是其实是光的变化，尤其是在它的光芒下所有事物和信念看上去一览无余。一切都在流动，我们只能看到流动速度最快的东西；我们永远无法看到事物的全貌；每座城墙都有门，门的另一边永远有我们没见过的东西；总有我们从没见过的颜色；花岗石般坚硬的道路也可能变得像黏土一样软。我们在某二十年间一直渴望的东西，会突然之间对它再也没兴趣了。之前面目可憎的东西，会突然变得前所未有得美丽：它们会跳着轻快而明亮的舞蹈慢慢消失。所有变化都是有可能的，反对的声音听上去也很无力，审判也会像风中的麦秆般脆弱；硬骨头也可以充满弹性；思想也会变得如我们期待的那般充满生气；融万物为一身的人类，也可能会拥有无所不及的能力。

人类要造出多少物件，才出现了唯物主义哲学。

斯威夫特的核心经验是权力。他是个被阻挠的掌权者。他用讽刺宣判对别人的死刑，他所有的反对者都成了他反对的对象。正是因此，句子本身的含义成了每个作家针对他们对手的最有力的武器。

他在作品中模仿和改建王国，他不断地在脑海中构思宫殿的样子。他总会充满讽刺地描写他那由宫殿组成的王国；他让读者感到——也是他想让读者感受到的唯一的东西——他建的王国比别人的都好。

只有《给斯特拉的信[1]》是个例外，因为他不加修饰地、只是略微夸张地描写了知识分子的形象，他们生活在冷酷的两党制时代，他自己在权力中间，而永远无法拥有权力，因为他把这个制度看得太透了。

这些蠕虫，怎么才能让他们明白，钱没那么重要，哪怕在他们真的需要钱的时候。

人们总为别人实现愿望而欢喜，尤其在他们什么贡献都没做的时候；就算他们参与了，比如友善地旁观，又有谁知道呢。

去做吧，就像以后再也做不了那样。

成功的人只能听到掌声。除此以外他什么都听不到。

世界上所有统治，所有轻蔑、奴役、征服，都集中在某个男人病态的心里，他，一个替罪羊，承担了地球上所有的罪恶，他因地球**所有的历史**而被罚。

所有抨击权力的人自己都渴望权力，宗教道德家们是最虚伪的。

1　*Journal to Stella*，斯威夫特出版于 1766 的作品，由 65 封写给伊斯特·约翰逊的书信组成。

狗之间恐怖的关系：最小的狗也能和最大的狗亲近，在某些情况下它们还能生出小狗。两极分化在狗的世界出现得更早，虽然它们是一个物种，说着同样的语言。它们之间发生了什么，无论多古怪的对立都能够在它们之间实现！它们之间发生了什么，它们会受到恶的诱惑吗！它们的神总是在身边，吹口哨发令后，便会回到那个充满符号的、更复杂的世界。我们为自己勾勒出来的宗教世界，用魔鬼、矮人、亡魂、天使和神组成的世界，似乎都是对狗的世界的模仿。我们多样性的宗教信仰，会不会不过是狗的世界的再现？我们之所以为人，是不是因为我们养狗？总之，我们总能在狗的世界找到人类的行为模式，可以想象，大部分的大师可能要更受益于这个模糊的模型，而不是那个活在他们两片嘴唇之间的上帝。

音乐是最好的疗愈，因为音乐不产生话语。即使将话语加之于音乐，他自身的魔力也足够将话语的危险消解掉。不过，最纯粹的当然是，为自己演奏。人们对自己创造出的音乐有无条件的信任，因为它来源于自己的感觉。音乐的自由流动超出了人类自由的极限，这种自由中蕴藏着救赎。世界上的人口越多，生命的形态就越像机器，音乐就越重要。我们即将来到一个时代，只有音乐能够溜出功能的密网，未来的学者们最重要的任务就是守护音乐，这世上最后一片稳定而独立的自由的栖息地。音乐是人类最鲜活的历史，除此以外，所有东西都已经死了。人们不需要创作音乐，因为它一直在那里等我们，我们只需要静静聆听，别的都是多余。

我读了布莱克[1]的诗后才真正明白，老虎真正的模样。

那些古老而强有力的变形遗留下来的东西，变成了我们现在的奇迹。

每个笨蛋都能迷惑某个最复杂的灵魂，只要他想。

一个对不死的承诺，足以撑起一个宗教。一句简单的命令，足以消灭四分之三的人口。人究竟想要什么，生还是死？只要他们总想要兼得二者，他们就将永远沉醉于各种对永生的承诺。

一些句子的毒性会在几年后才发作。

穷人的希望，是富人的财富。

不要相信只说真话的人。

成功，人类的老鼠药，很少有人能从中幸存。

1　威廉·布莱克(William Blake, 1757—1827)，英国诗人，于1794年出版了诗歌《虎》。

怀疑比相信更有欺骗性。

每种语言都有属于自己的沉默。

将世界重新限制于战争的心理结构的人，是所有事件的胜利者。他们麻痹所有人，让世界只剩下无穷无尽的战争。

当犹太人再次来到埃及，他们被分成了三组：第一组被放走了；第二组被逼上前线；第三组被杀害。就这样，之前的一切又重演了。

人什么都做不了。除了抱怨，除了变得更好。

我被复仇诅咒，如果他们杀了我挚爱的兄弟，我也会复仇，杀掉仇人。

战争有他自己的意志。只要不认可他，战争永远不会爆发。

1943

自从有了战争，适应命令，思想和话语都变短了。人们想要一切，却不懂得充分利用他们手头的资源发展和进步。

没有人知道，谁会回家；没人知道，家在哪。没有人愿意驻足在任何一句话中，它们像扫落叶一样将这些话从街上扫走。没有那些"每天都不同"的报纸和广播报道，就像猴子一样；当人们在一棵树上发现它们时，它们已经跳到另一棵树上了。战争的玛土撒拉的寿命[1]又长了一天，人们只愿意考虑一小时后的人生。有时候，人们会忘记自己上一秒的敌人是谁；他们说，只要将杀人作为清晰的目标就行了。不是所有人都愿意看到河面上漂满尸体，但移动的焚尸炉总是迟到。可能像鞑靼人的就地用水泥浇筑成颅骨塔更好。人们在实验中学会用先进的技术充分利用尸体的心脏和肠子，很有可能，我们能用别人的尸体起死回生，只有这样，战争才能实现其只在预言中出现过的最深刻的意义。人们对战争还没足够的了解，但庞大的数字已经解释了它的重要性，不然会有成千上万的人白白送命吗？甘愿送死和冲锋陷阵？这数字总让质疑战争的人自惭形秽。人有求生的本能，但却在战场上主动送死，一定是有道理的，不仅仅是偷偷地分解敌人的尸体。我们嘲笑猎首者，讽刺食人族。而这些大自然亲手养大的孩子，一定有更健康的灵魂，正如他们比我们更精通草药和毒药，可能他们明白，至少比我们更清楚，人为什么要吃人。有件事是他们无法否认的：他们的原则是一致的，我们的伪文明中那些可笑的多愁善感并没有让我们拒绝食用心脏，我们只是拒绝人心，却去取来动物的心。

---

1 玛土撒拉：在《希伯来圣经》的记载中，他是亚当第七代子孙，是最长寿的人，传说活了 969 岁。后也被用来比喻很长的时间。

历史记载中，关于动物提到的太少了。

有个尼安德特人断定：战争是永恒的，三百万年以后也如此；他的算数能力已经到百万了。

来说说你认识的能接纳死亡的人吧。你能讲出一个名字吗？

上帝的遗产有毒。

未来，每时每刻都在改变。

一群挺着肚子的孕妇；大货车、坦克、大货车、坦克，在她们面前驶过，里面坐着武装到牙齿的士兵。车开走后，那些孕妇，站在街道中央，开始唱歌。

战事太频繁了，人们已经完全习惯了。

他们坐下来，开始吃饭，更长的战争便开始了。

死人怕活人，可活人不知道死人怕他们，却同时对死人也充满恐惧。

地球上有很多古老的国界，自从有了人类，便有了一个委员会，用来确认这些国界的真实性：边界学术委员会。他们有部国界大辞典，每一版都在更新。他们为此设下预算。一些英雄是捍卫国界而战死，英雄的子孙将国界从他们的坟墓里挖出来。有一些国界很长时间都被标错了。死去的边检人员留下他们的制服，越境和逃逸像山上滚下的碎石一样永不停歇。狂妄自大的海；失控的虫子；鸟儿飞越国界，用自己的行动废除了这些国界。

科学已经背叛了自己，因为它的落脚点仍是它自己。它变成了杀人的宗教，它试图将人们从传统宗教引诱到科学，从死亡到杀戮，科学说服人们，这是一种进步。我们要抓紧时间用更大的力量遏制住科学，不要杀死他，而要让他作我们的仆人。这个过程不会费太长时间。科学赶在人们有勇气废黜它之前，迅速让自己变成宗教，然后尽快肃清人类，如此，知识将真的变成权力，无耻地接受狂热的崇拜。崇拜者沉沦于它的头发和头屑；他们的脚上戴着科学为他们打造的沉重的枷锁，他们哪里也去不了。

古老的游记才是最珍贵的艺术品；因为充满**未知**的地球是神圣的，而我们再也回不去了。

魔鬼的可怕之处，恰恰在于它们不会对人造成直接伤害，给我们造成一种安全的假象。

德国垮掉前，有些小摊贩卖元首的画像，当你盯着他的眼睛时，会发现它们在发光。

普通人总会问："您觉得战争快结束了吗？"当人们下意识地回答"对，快了"的时候会突然发现并确认心中的恐惧和震惊。

他们觉得很羞愧，虽然他们一直都很清楚，出于人性，他们理应对即将结束的战争感到高兴。但是战争给了他们糊口的收入，一些人平生第一次从中获益，一些人是重拾旧业，某个奇怪的想法折磨着他们：仗再打几年吧，千万不要结束啊！所有阶层的人都成了战争胜利者，不同的眼中看到了同样的世界。我想说，战争带给我最大的疑惑正是这点：它能喂饱人的肚子。

狂热的马屁精是世上最不幸的人。他们时不时将自己困于对奉承对象的仇恨中，他们无论付出多大的代价，都无法控制这狂野和凶猛的仇恨，如鲜血于饿虎。更可怕的情形是：某个人收回之前所有盲目的赞美，将与之等量的恶言恶语抛回给那可怜的受害者。他不会忘记之前带给他们的快乐。他在暴怒中，将之前的甜点清单翻译成了仇恨的语言。

给予我们勇气的是观察对象，而不是观察本身？

哪怕某个死人做出了最坏的事情，我们也无法惩罚他们，因为他们会用**各种方式**继续活下去。

如今，我们只关注新物件，而不是新思想。

生命中最勇敢的事是，恨死亡，鄙视和怀疑那些试图抹去这份仇恨的宗教。

如果我给出了一个技术性建议，最终导致一个人的死亡，我将不会允许自己再活下去。

"文化"不过是为了满足发起者的虚荣心。它是一种危险的爱情药水，将人的注意力从死亡中转移。形容文化最准确的比喻是埃及的坟墓，里面应有尽有，器皿、首饰、食物，图片，雕塑，可它们毫无用处，因为坟墓里的尸体什么都用不到。

阅读《圣经》的时候，没有人能避开其中的愤怒和诱惑。里面哪个人物不是源于真实世界，盗贼、伪君子、暴君，可在《圣经》中，他们从未被挑战过！《圣经》是人性最真实的写照，一部奇书，直观又神秘，它才是真正的通天塔，而且上帝非常清楚这点。

人很难丢掉爱中夹带的恨。

人文主义太被低估了；我们其实根本不明白什么是人文主义；我们为之付出的努力不过是保留**某种**传统的惯性。人文主义运动除了它的名字外什么都没被记住，但这丝毫不影响它神圣的地位；在其基础上茁壮成长的一个学科，人文主义真正的继承人，人类学，虽然继承了它名字的一部分，却少了几分自信。

　　有一些陪伴我们二十年的书，从未被阅读过，我们却总是带着它们走南闯北，哪怕行李箱的空间很紧凑，也要把它们仔细地装好。偶尔，我们把它们从行李里拿出来，会随手翻一翻；读完一句后就又将它们小心地放回去。又过了二十年，有那么一瞬间，似乎某个强大的力量逼迫我们必须一口气将它读完：犹如上帝的启示。只有在这一瞬间，我们才明白之前带着它跋山涉水的意义。这本书必须要陪伴我们一路披星戴月、风尘仆仆，如今它终于到达了目的地，揭开自己的面纱，这一刻它照亮了之前那二十年的光阴，和那段默默的陪伴。如果没有这跨越几十年的沉默，它开口的一刻就不会如此有力，而有哪个傻瓜敢断定，这书里的东西始终一成不变？

　　可能我之前忽视了**行为**的重要性，因为我总希望，每个小行为都有普遍的意义，希望行动的影子能同时遮住天空和地面。但是，我们真正的行动已经炸成碎片了，如果要让别人觉察到自己的行为，必须做出一些爆炸性的事，猛烈地碰撞别人。因为人们之间离得太远了！真是一种耻辱！这种喧闹毫无意义！而外界的温度越热，它们的喧闹就更激烈。我们的第一个念头总是，去做，之后才会思考，做什么。愤怒的**双手**让我们不停地做出行动，而双脚的作用越来越小。哪怕世界上所有人都被砍掉了双手，我们依旧会拿鼻子去碰那个危险的按钮。我们只想做事，而做什么并不重要；不重要的事，就是坏事。我们总感叹人生苦短，却没有一刻曾认真地生活。我们愿意为了某件事牺牲无数条生命，往往也包括自己的性命。我们是上帝的鹦鹉，他总对我们的行为进行指导；只要是行为，他都喜欢，尤其是杀人。充满智慧的文学史从过去祭祀的仪式发展而来的；而智慧，毫无疑问是行动的女儿。很多人将战争当作一种献祭的新形式；因为屠杀要付出的代价和时间都太多了。这样看来，行为和杀戮已经完全密不可分了。如果我们不愿意让地球沦落为地狱，就必须戒掉所有行为。会不会有朝一日，我们终于能静静地盘腿坐在塌掉的房子前，借助神秘的力量靠呼吸和做梦喂饱自己；我们动了动手指，只是为了赶走一只苍蝇，这举动让我们想起我们终于摆脱掉的古老的年代，那个耻辱的，原子能和行为的时代。

历史看不起爱它的人。

无法想象，没有动物的世界会多危险。

千年的帝国造就了：柏拉图，亚里士多德，孔子。

我们能甩掉多少精神的重负？能彻底地遗忘一件事吗？将它忘得干干净净，就像从未知道一样。

对历史学家来说，战争太神圣了，就像一道注定要照亮世界的神秘闪电，劈向我们自以为已经解释清楚的领域。

我厌恶历史学家对过去的一切的尊重，他们总用错误而过时的标准衡量过去，并且见了权力就下跪。他们是朝臣、马屁精，是事无巨细的法官！人们总爱把历史切割成肉眼看不到的小碎片，哪怕放在历史学家的显微镜下都看不到。白纸黑字的历史无耻地为所有过去辩护，这让本来就真假难辨的过去更令人迷惑了。在这个为所有人敞开的巨大的武器库中，每个人都能找到他的武器。这些战功赫赫、锈迹斑斑的武器原本安静地躺在武器库，却被人们取出来自相残杀。战死的人互相握手和解，永载史册。这些象征着光荣的旧武器被历史学家，这群好心的撒玛利亚人，从战场带回兵器库。他们小心翼翼地看护着每个武器，保管上面的每一滴鲜血。这些血曾经流淌在战士的血管中，因此，每一滴都是神圣的。

每个历史学家都有一个依赖为生的旧武器，他们会努力让它成为历史的核心。这些武器傲然挺立，洋溢着丰收的喜悦，事实上，它们都是石头般冰冷的杀手。

前不久，历史学家的主要食物来源还是书籍。可他们已经从蜜蜂变成只能消化纤维素的白蚁了。他们还是蜜蜂的时候还愿意看看世界的色彩，而现在，他们只愿意待在黑黢黢的地下，因为他们讨厌光，他们在黑暗中啃噬着那些书籍。他们不读上面的字，而是吃掉它们，他们的排泄物，会被别的白蚁再吃掉。在黑暗中，历史学家自然而然地变成了预言家。对于他们来说，没有无用的过去，他们能以任何一段历史为基础去预言未来。他们言之凿凿的说辞，不过是历史事件的堆砌，他们所谓的预言，早就已经被实现了。

除了书籍以外，他们还喜欢石头，但不是用来吃的。他们只会把石头堆砌成一片废墟，然后往石头缝里硬塞一些陈词滥调。

判断一个人的人品，要看他对历史的态度，是欣然接受，还是引以为耻。

世上已经没有未知的事物了，现在我们不得不去创造未知，太荒唐了！

将自己置于孤独的境地，让自己无法漏掉任何一个人——任何人和任何事。

如果认真思考权力的话，会发现它是最危险的东西。人们总会重复地花很长时间去追逐它，却很难得到它，因此这是个错误的目标。尊严和气度让人们轻易地原谅了最不该原谅的事情。掌权者和权力的追逐者，戴着面具，利用着整个世界，于他们而言，世界不过是一个资源库。他们没时间认真地质疑任何事。一旦世界上出现了一个新的群体，他们就要马上将之占为己有。他们用同样的方式在历史中寻找一片土地，只要是片沃土，他们就会在那里扎根。他们搜寻着古老的帝国、神、战争、和平，他们从中选择一个最便于灵活操纵的。掌权者之间并没什么实质性的差别；当战争持续到某个阶段，交战双方开始为了胜利互相妥协的时候，一切都真相大白了。所有事都旨在胜利，而胜利在所有地方都一样。唯一的不同是：越来越多的人被聚集成越来越大的群体。我们的世界已经成为一体，一旦有不幸降临，没有一寸土地能够从毁灭中幸免。但那些坚持初衷的掌权者们能够安全地活在他们的小世界。他们才是这是时代真正的居民；我们的世界上，没有什么比内阁和部长们的现实主义更魔幻的事了，不过独裁者例外，他们还是更接地气一点。启蒙运动的先驱们在与各种僵化的信仰形式作斗争的时候却疏漏了最荒谬的那个宗教：权力教。我们只能用两种方式面对权力：第一种，从长远来看比较危险，就是不去提它，任其用传统的方式继续生存，凭借无数坚不可摧的历史榜样变得更强大。另一种，更激进的方式，就是在采取行动前先抬高它；权力会软硬兼施地取代爱在人们心中的地位，成为替代它的新宗教。他们声称：上帝即权力，有权力的人，就是上帝的先知。

没权力的人也会被权力冲昏头脑，而且效力更大。

在思考这件事上，我做不到小心谨慎；太多让我心焦的事了；旧答案分崩离析；新的答案还没着落。我毫无头绪地开始，似乎未来的一百年都铺在我面前。可是，当我有限的生命结束后，会有人延续我锈迹斑斑的想法吗？我不能驻足在小事上：给予某件事特殊的关注会将自己框住，有种这就是全世界的错觉。我开始思考某个观点之前，总是先慢慢感受它。这需要很长一段时间，让它先在我心里安家，然后再去做出评判。我要让这些观点在我的思想中结婚生子，绵延后代，之后再去检验它。一百年？简直就是白驹过隙！可对于一个严肃想法来说，一百年真的很久吗？

前人在嘲笑我。他们满足地看着自己的思想追着尾巴转圈。他们真的把自己的思想当回事，并觉得自己的想法是世上唯一这样转圈的思想！这思想的步伐越快，他们越觉得它是对的，当某个想法啃掉自己的一块肉时，他们会开心到疯掉。我的某个观点很快就得到了证实，是唯一让我害怕的事。我会给它们一点时间，让错误完全暴露出来，或者至少等它们先退层皮。

人能变成自己的动物就好了，这样人们才能彻底地、舒心地与它们达成和解。

人们喜欢自欺欺人地在战后给自己希望。个人的希望是被允许的：人们与兄弟重逢，祈求他们原谅自己之前的不轨之念，哪怕自己并没有造成实际的伤害，因为经历了战争的分别，人们都希望借此让重逢变得煽情一点。他们跨越城市的废墟，去母亲的墓地，站在墓前感叹，幸亏战争开始前她就已经离世了。战争就是这样让人类离自己的天性越来越远。他们回到熟悉的城市，在那里寻找幸存的故人，不停地讲述着别人的奇怪的故事。他们会在一百个回忆中安家，在那里，每个人，都认真爱着彼此。然而，这些最本真、纯粹和利他的希望，不能给他们自己带来任何利益，完全为了别人，为了后辈，那些跟自己毫无关系的人，为了还没出生的人，后世的好人和坏人，无论他是战争狂还是和平使者，仿佛自己是后世所有人的神秘祖先。而这样无私的希望，是人类天性中的宝藏，这种天性中的美德，尤其是在战后，这阳光般金色的希望，我们要去接近它、爱护它、赞美它、爱抚它、拥抱它，即使它看上去很空洞，即使人们会拿它行骗，即使它根本不可能实现，但没有哪个谎言可以像它一样神圣，它是我们弥留之际的最后一根稻草。

我对罗马人的反感，竟然源于他们的服饰。我构想一个罗马人时，总会想到小时候在图片上看到他们的样子。他们穿着雕塑一般的长袍，他们留下的只有站着，平躺着或者战斗时的样子，真令人气愤。大型油画中的大理石和花冠也有他们的影子。罗马人执迷于永恒，为了让自己的名字永恒，他们把名字刻在石头上，可刻在石头上的东西，何来生命呢！如今令我们快乐的事情，在他们看来都是奴隶做的事情，如果突然将他们带到我们的时代，他们会理所当然地觉得自己是奴隶主。服装保障了他们的命令。它表达出尊严，却丝毫未表达出人性。它太像石头了；没有哪个民族的服饰像他们那样很少用到动物皮毛；我觉得这种服饰丝毫没有人性。僵硬的线条仿佛是场严肃的仪式，所有人被毫无差别地被精确分配到他们该去的位置。我看到一群爱斯基摩人从海上登陆时的开心是发自内心的，我太喜欢他们了，一见钟情，我非常惋惜，自己离他们的世界太远了，哪怕和他们在一起，也很难感觉真正融入他们。罗马人总是很冷漠、拘谨地对待别人，总想马上发号施令。他们有无数奴隶为他们做所有事，他们却并没有腾出时间做更好或更难的事，仅仅为了满足他们随时发布命令的需求。可看看他们都发出了什么命令！这些爱发布命令的罗马人是世界上最可笑的人，更滑稽的是他们真的会实施自己可笑的命令。而他们的衣服！衣服！他们的衣服是同谋。象征等级的紫色条纹！垂落到脚的长袍，上面的线条没有一丝特别的弧度。世上的一切都被这些线条和命令盖住了，真相触不可及。这被罗马人带入歧途的世界！这凌驾于一切的自信！这正义，权力！为了什么？

战争之所以永恒，唯一重要的原因就在于罗马人的存在。至少罗马人的战争成为人们追逐的胜利的榜样。对文化人来说，他们代表着帝国；对野蛮人来说，他们代表着战利品。我们的世界正是由这二者组成的，文化和野蛮，因此，或许可以说，世界就是在罗马人的基础上建立起来的。

罗马城在罗马帝国毁灭后还存在真是太可悲了！教皇扩张它！自负的国王缴获了罗马城的废墟和它的名字！罗马用基督化战胜了基督教。这座城市的每次陷落都是一次战争。它的每次巨变都伴随着地球另一端的惨剧，在那里人类上演着自己的掠夺传统。美洲大陆的发现激活了奴隶制！作为罗马的行省的西班牙成为世界的新主人！之后的二十世纪，日耳曼人开始新的掳掠。后来，罗马影响的规模越来越大，从地中海到全世界，比之前多一百倍的人被牵扯进毁灭之中。基督教用了二十世纪给赤裸的罗马裹上了长袍，也给了他们做一些好事的理由。现在它终于变得完整了，动用所有的精神力量把自己武装起来。谁能摧毁它？它真的坚不可摧吗？人类，可以用上千次尝试，将它彻底消灭吗？

人们不认识自己的祖先，要因此感谢他们。

每个想法最重要的部分，都是不能被言说的，我们要去思考，这些无法表达的部分有多重要，如果没了它们，这个想法的实质还剩多少。

有时候，重点也会被说出来，只不过只会被提一次。它必须非常**短促有力**；如果总是重复，它就会失去瞬间的魄力。就像一道闪电，不能两次都打到一个地方。它的效果就在于它的魄力，他的光芒转瞬即逝。有火的地方，就没有闪电了。

成系统的想法都不够纯粹。无法言说的部分会被这个系统排除在外，慢慢被彻底遗忘，枯萎凋零。

所有人，至少是意大利人，都希望能跟古罗马沾点关系。**他们**从古罗马幸存下来了。

风，是文明中唯一的**自由**。

诗人们非常生气，因为他们被要求更博学。

踏上了流亡的路途才能发现，这个世界一直是个流亡者的世界。

如果能让一个人复活，人们不会拒绝任何诡计、借口、托词和谎言。

英国人只愿意针对某一件事做出判断，他们没兴趣将事情分类，做出一个整体又抽象的评判。对他们来说，思考意味着直接行使权力。独立思考是件很不靠谱和令人反感的事；尤其是用他们的语言进行思考的人，让他们觉得很陌生。他们总在寻找一片自己的观点可以占上风的地方，在那里他们不需要征服任何人。而那些对此没兴趣的人，很招英国人反感；这种人对他们来说，就像虎视眈眈的征服者，而他并没有犯什么错。对英国人来说，不将追求学问作为终身目标的人是个谜。如果不想被他们嘲笑的话，最好在英国人面前收敛起自己的光芒。

英式生活的本质是权威的分配和僵硬的重复。正是因为他们太注重权威了，所以要用谦逊的话语来粉饰自己的意图。只要自己的权威受到一点点威胁，他们会准确、强硬，但有礼貌地进行回应。国界，等同于英国人对行为的许可，世界上没有人要比他们表达得更清楚了，毕竟，哪里的国界能比一个岛国更清晰呢？

重复让英国人的生活无比安全；他们生命的最小单位是以年计的，不仅是时间单位，一切都会像之前那几千次一样重复上演。

悲伤不会再用温暖的话激励我们了；它已经变得像战争一样又冰又冷了。我们该去怨谁呢？坦克和轰炸机里有被设计好的生物，它们会按按钮，并且清楚地知道为什么要这么做。它们漂亮地完成所有事，它们中的任何一个都比整个罗马元老院知道的更多。可同时它们又一无所知。它们中那些能够幸存下来的，在很久以后，一个叫做和平年代的未来，会被调到其他岗位。

阅读**亚里士多德**时的沉重。我读他的第一本政治书时，就了解到亚里士多德用尽全力去捍卫奴隶制，就给我一种和读《女巫之锤》[1] 相同的感受，即使这两部书有着完全不同的氛围、气候和秩序。我们的科学对亚里士多德式秩序的依赖是一场噩梦，因为他那些"陈腐"的观点，连同别的观点一

---

1 《女巫之锤》(*Hexenhammer*)：1478 年第一次出版于德国，这本书教导读者如何识别女巫和她们的巫术，加剧了人们对女巫的偏见和迫害。

起，活到了现在。中世纪自然科学发展的停滞很有可能要归咎于他的权威，只要某个权威被打破，自然科学往往可以不治而愈、继续发展。现代各种科学门类，冰冷的技术，精细划分的学科，都有亚里士多德的烙印。我们的大学结构就是按照他的蓝图设立的；一座现代大学就是一个亚里士多德。科学，将研究作为他们标榜的目标，这并不属实。对科学家来说，他们做的第一件事就是让他们的研究毫无吸引力。他们毫不考虑人类的激情和灵动。所有，可以定义人性的东西，都跟科学所追求的毫无关系。我们剩下的只有好奇心了，它给我们一种特别的宽容，为所有东西腾出空间。我们要用好奇心给我们的东西，填满我们内心精巧的小盒子。我们自己发现的所有东西，都能被收入其中，安全地存放在那里。亚里士多德是个杂食动物，他给人们证明，只要人们学会将事物分类，就能享受理解它们的乐趣。他书里面提到的一切，无论是死是活，全部都是用来利用的对象，而这提醒了我们，这些书有多害人。

他的思想中最重要的部分就是对事物的分类。他的研究中一直都有种对于位置和关联的执念，感觉他想将所有事物囊入他系统，放在某个位置。他专注于清晰和均匀的分类，却不怎么考虑准确性。他是个不做梦的思想家（和柏拉图完全相反）；他对神话的不屑经常能被觉察到；哪怕作为诗人他也是很功利的，无用处的东西他毫不在乎。现在依旧有人不愿意接近那些没被收入他的系统中的东西；有些人认为，一些东西在亚里士多德的箱子和抽屉里才会变得更清晰，而在现实生活中毫无活力。

一个民族只有在他的敌人改名换姓后，才算真正消失了。

我们要经历人类所有的风俗和事件；我们要弥补过去的时光，因为未来没什么好期待的；在自己支离破碎前，先将自己拼好；让自己的生命有价值；想想自己的每次呼吸会让别人付出多少代价；虽然我们的生命都源于痛苦，但也不要歌颂痛苦；保留只属于自己的东西，直到它生长到也适合别人，这时再将它送出去；要长到对待每个人的死亡都像对待自己的一样，与所有事情和解，除了死亡。

我们都被要求独立收集思考和信仰的素材，这样似乎不太合理，就像要求每个人独立建造一座只有自己居住的城市。

动物的原罪是什么？为什么他们要承受死亡的痛苦？

在战争中似乎每个人都会用他全部的认知去复仇，好像不该有人应得自然死亡。

盲人祈求上帝的原谅。

神秘的偏见系统。一个人变老的速度取决于他们偏见的密度、数量和规则。人们害怕改变，有改变的地方就有偏见。

但人们并不排斥改变：因为一个偏见的力量会将他掰回原样，之后他们就重获自由了。人不可能总能阻止必然发生的改变。而偏见会将人们压到反方向，人的灵魂是有弹性的，一旦这个反方向的力足够稳定，人们就会再恢复原样。一些改变发生在父母的驱逐后；这是最危险的。他们可能会对全人类产生仇恨；只有极少数人会被逼到这种境地。

经常变化的人，要经历更多偏见。偏见不会阻碍一个充满活力的人；我们看一个人时，要看他做出的事，而不是那些将他打倒的事。

在变形学被完全研究透之前，本有可能发展成一种万能药的。它和灵魂漂移说或达尔文主义差不多，只不过没有依附于严肃的宗教或自然科学，就像心理学和社会学，其实这二者本为一体，却戏剧化地被分开了，在这两个学科里一切事物都可以共存，又可以被划分到不同的时代，甚至不同的地质年代。

和英国人只能聊可以亲眼看到的东西。亲临现场至关重要；所有事都像在法庭上上演一样。他们根本不需要看见被告，就可以下判决，也可以是一个城市，甚至整片领土。人们会被传唤去做证人，就像在法庭上一样要求讲出实情。法庭不负责下判决。法官出席审判只为了施展自己的影响力。英国人是自己的法官，至少是自己的证人；他们不是在判决，就是在目击案件。他们不不屑于给予别人希望，人们只会执行法庭的决定，除此以外别的东西都不重要。没有人在意一个难以实现的愿望，人们只能将它埋在心底。当人们的所有行为都会暴露于大庭广众之下；只有当事人自己描述自己的行为时，才可以有一点喘息的机会。别人会审判他的行为，而他们除了等待什么都做不了。英国人经常组织审判，自己也会被审判。他们从不感觉他们正在被一个神秘而独裁的权力统治，哪怕他们自己的利益已经被侵犯；在他们看来，连上帝都是公正的。

经历与审判，等同于呼吸和撕咬。

动物被卖得太便宜了，这很不好。

人们只能被**彼此**拯救。上帝用这种方法藏匿于人间。

深入研究童话我们才能知道，对这个世界还能有什么指望。

在历史上没有踪迹的事情，就算彻底消失了，和它有关的民族也消失了。

不受崇拜的人会成什么样，而崇拜让一个人变成了什么样!

战争把人分成了两类：只愿打仗的人和只要和平的人。前者把战争发展成了复仇，后者会在前者胜利之前，为休战而欢庆。

我用尽毕生精力，不过是想做一次不确定的尝试，我试着放弃把工作分给别人，所有事情都自己去考虑，这样，所有事情就会都存在于我自己的头脑中，并再次合为一体。我不可能什么都知道，我只是想把分散的东西统一起来。但这看上去根本不可能。但只要有一丝希望就值得一试。

把神当作永生的人类，没有坏处。但把他们当作唯一，并认定他是决定一切的神，就不大好了。

随着动物认知的增长，动物和人类越来越接近了。等它们和古老神话中的人类那般接近时，世界上就几乎不再有动物了。

研究诅咒，研究所有最古老、最神秘的诅咒，这样人们就会知道，未来会发生什么。

人们喝醉时，种族的差别会被抹去。

读那些伟大的格言家们的话，会感觉他们都是熟人。

如果我不得不活着，那么我要感谢歌德，就像信徒感谢他的神。这种感恩不是某种行为，而是一种当人的存在被满足时所产生的情绪和责任，它们突然把我征服了。我可以随时随地翻开他的作品，时而读诗，时而读他的书信，或者读几页随笔，仅仅是几个句子就能把我吸引住，我读歌德时，充满了希望，没有任何一种宗教可以给我这种感觉。我非常清楚，自己最受用什么。这些年我一直有种迷信，智慧的灵魂要每时每刻都施展它们的张力。我不允许有黯淡和平庸，完全无法接受任何安稳的存在。我鄙视释放和快乐。对我来说，革命就是我的榜样，那无休止的、不知满足的、被无数肯定的眼神照亮的革命，就是人生本身。我为占有感到羞耻，甚至是占有一些书，也需要好好道歉，再找一些说得过去的借口。我不能坐在软沙发上工作，这让我难为情。这混乱的、火一般存在，只可能在理论层面存在。事实上总有新的知识和思想的领域激起我的兴趣，如果不马上吞食掉它们，它们就会悄悄地随着年份增加越来越多，就像某个理性的人在我面前，如果他们不说话，我就不可能把他们当作异己而置之不理，他们总会很晚才兑现承诺，有时候也会撒谎。就这样，慢慢生长，想鬼魂一样不被察觉；但我的兴趣总会被一个暴躁的暴君所控制，他总会宣战和制造动乱，实施错误、懒惰和毫无逻辑的对外政策，会在所有事上犯错，并且他的想法总会被一只蠕虫的奉承所左右。

我觉得，歌德就是那个，把我从这个暴君手中解救出来的人。我重读歌德之前，会对我的想法感到羞耻，比如说一点，就是我对动物的兴趣和一种对动物的感觉，就是我总慢慢从它们那里获取到什么。我不敢向任何人承认，现在，在战争中，小小的萌芽也会像人一样吸引我。我会把神话当作现代性的心理模型去读；为了满足我对神话的如饥似渴，我做了有科学依据的实验，我会关注那个神话扎根的民族，然后把神话和这个民族的生命联系在一起。但对我来说，我还是在研究神话本身。自从我读了歌德，仿佛我做的一切，都是能够自然而然被接受的；如果某件事不是**他**会做的事，那么就要去怀疑这件事会导致怎样的结果。但我有我的权力：去做你必须要做的事，他说，即使你的人生不能像风暴一样汹涌，你也要，呼吸，观察，思考！

人们只想和与自己类似的人交换简单而寡淡的信息，这样，他们才能避免为自己的错误而失望。

哦，动物，被爱的、残酷的、濒死的动物；他们挣扎、被吞下、被消化、被占有；被抢走，然后在血中腐烂；逃跑、配种、孤独、被发现、被捕猎、被击碎；它们似乎不是被上帝创造的，而是被上帝偷来的，不知为何他还要赋予它们生命，像弃婴一样！

人们**必将**死亡的诅咒应该被当作一种幸运：无法忍受生命的时候，人们还**能死**。

人们不该被多愁善感的人吓到。他们的痛苦不过是一种遗留下来的消化问题。他们抱怨时，就像他们会被吃掉，或者是待在一个陌生的胃里。约拿[1]应该要比耶利米好消化。他们确实有说自己的胃里有什么；赃物里的声音诱人地描绘着死亡。"到我这来"，它说，"我这里四处都在腐烂。你看不到吗，我多么喜爱腐烂。"可之后，腐烂的东西也死去了，可那个多愁善感的人突然痊愈了，轻松地出发打猎去了。

在所有我会讲的语言里，密度最大的单词是英语中的"I"。

你是否不会高估了别人的虚伪？有很多人总是带着一副面具，当人们把他的面具扯下，会发现，你刚扯下的是他的脸。

大部分哲学家都低估了人类行为和能力的灵活性。

最难的事情，是不去恨自己，不屈服于这种强烈的仇恨；不要毫无来由地恨自己，公正的对待自己，就像对待别人那样。

如果你是希腊人面包屑上的乞丐。你会将你的骄傲置于何地？当你在他们那里找到了思想上的共鸣，不要忘记，是它们通过某个路径主动找上了你。你自以为原创的想法，其实都是希腊人的产物。你的思想是他们的玩具。虚弱的你，

---

1 约拿（Jonas）：与下文中的耶利米（Jeremias）一样，同为亚伯拉罕诸教中的先知。在《旧约·约拿书》中记载约拿被大鱼吞入肚中三日三夜，《耶利米书》则记载以色列人说："巴比伦王……像大鱼将我吞下"。

根本抵抗不住它们的力量。你不仅要屹立于对你毫无威胁的野蛮人的风暴中：在希腊人透明、强劲和无害的狂风中，你也要学会坚定地独立思考。

很多年来我都没被死亡所触动过了。现在我明确而严肃地承认，我的人生目标就是追求人类的永生。有一段时间，我会给小说里的角色赋予这个目标，我称他们为"死亡的敌人"。在这次战争中，我明白了，要说服人们相信永生的重要性，必须直接而丝毫不加掩饰地表达出来，实际上就像宗教一样。我现在会写下所有和死亡有关的事情，就像我自己亲自和别人说话一样，那些"死亡的敌人"已经被我丢在幕后了。我不一定会一直这样做；也许过几年这些角色就会出乎意料地重新复活。在小说里他会在一件大事上摔跟头；他希望荣耀地死去；他希望被一颗流星击中。他会失败，这可能是现在最困扰我的事。他不被允许失败。可是我也不会在成千上万人死去的时候，让他得胜。非常严肃地考虑让这两种情况都变成纯粹的讽刺。我已经把自己逗笑了。懦弱地调整一个角色什么意义都没有。我可以在战场荣誉地牺牲，就像掩埋一条无主的野狗，就像诋毁一个疯子，就像可以避免一种无药可救的顽疾带来的痛苦。

如果人可以永生，还有多少人觉得生命充满价值？

我不想再看地图了。城市的名字闻起来和烧焦的肉一样臭。

六个穿制服的人围坐在桌前，他们中没有一个是神，可他们决定着，一个小时后哪个城市会消失。

每次爆炸都会有一块炸弹的弹片蹦回到创世之初那一周。

《圣经》要被当作人类的不幸。

我们的悲伤永远不够让世界变得更好。因为我们的饥饿来得太快了。

诞生于战争的俄国革命，怎么又回到战争的，真是很奇怪。

我越来越确定的是，弗朗西斯·培根属于那种少见的中心人物，他们会学习人类世界可以学到的所有东西。他不仅会学到他生活的时代的东西；还能表达出前瞻性的观点；并且会遵循他明确的目标。世界上伟大的灵魂有两种：开放的和保守的。他属于后者：他喜欢定目标；他的目标很明确；他总想要点什么；并且很清楚他要什么。这种人的内心充斥着动力和觉悟。他的神秘感就在于他毫无神秘感。他经常提到亚里士多德，这是他最缺的东西；他渴望瓦解亚里士多德对我们的统治。埃塞克斯[1] 就是他的亚历山大大帝。他想通过他来征服世界；他生命中最好的几年时光都花在这个计划上

1　埃塞克斯（Essex）：埃塞克斯第二伯爵，原名 Robert Devereux，是 16 世纪英格兰军人和廷臣。

了。当他发现计划要落空，他马上就冷落他了。权力的各种形式，都会引起培根的兴趣。他是个心思缜密的权力追求者；他不会放过任何兽穴。王冠本身不能满足他，它只是让他自己发光的工具。他懂得如何让统治变成一个谜。他执迷于让自己变成立法者和哲学家，好在自己死后继续统治人们。外界的干扰是他所不齿的，而如果某个奇迹故事能够帮助他统治人们的信仰，他才会考虑利用它。为了推翻之前流传下来的奇迹故事，他要努力**创造**自己的奇迹；他的实验哲学本质就是在修改并**剽窃**这些奇迹。

科学理论的短暂性被宗教所鄙视，可世界几大宗教也并没有好到哪里去。

如果世界上不存在羞耻感，人**能**讲出什么？

弄清楚每个人如何利用自己的传统，这会很有趣。离开旧传统时，人们需要应付来自各方的、古老的阻力。人们回到过去，像斗牛士那样抓住旧传统的牛角，在激怒它们之后匆忙逃跑。让我们严肃而明确地设想，从佛陀那里逃走的印度人。读到普鲁塔克[1]的《伊西斯和和奥西里斯》第三章时就合上书的埃及人。我们很清楚，这些历史上有名有姓的人们曾生活在这世上，这很好，但在他们跑向我们之前，一定要

1　普鲁塔克（Plutarch）：罗马时代的希腊哲学家、历史学家。

赶紧离他们远一点。这让他们怎么活下去呢！无论他们如何祈求、怒视和威胁我们！他们坚信我们呼唤他们的名字时，是真的需要他们！泰勒斯和梭伦没有去埃及吗？智慧的中国朝圣者没有去戒日王朝吗？柯尔特斯没有骗走蒙特祖玛的帝国和生命吗？人们在传统中找到了十字架，但那是他们自己带过去的。这些来自传统中的人可以呼吸，这样人们才能完整地看到他们，但他们只能待在阴影中。人们向他们打招呼时，他们要不耐烦地打呵欠。他们不该为自己考虑任何事；毕竟，他们身上没有血。他们应该飘在空中，而不是被踩在脚下；他们要把号角留在自己的影子里；不要露出可怕的牙齿；他们要感到害怕，祈求人们的宽容。因为这里没有留给他们的位置，他们的空气早就用完了。就像小偷那样，他们在梦里潜行，在那里被逮住。

　　语言带有某种古老的保障，他们会为自己创造名字。逃亡中的诗人，尤其是剧作家，很多方面的能力被因此削弱了。如果将他抽离语言的空气，他会失去自己熟悉的语言的养料。之前他注意不到每天都能听到的名字；现在他注意到了，并准确而完整地叫唤它们。他设计角色时，会从这些名字中选出一个，即使这些名字在他的记忆里毫无意义，但他确实存在过，并且它听过别人唤过这个名字。他将名字的记忆像宝贝一样好好地封存住了，没有风能够将这些名字带进他的耳朵，他在新的大气中待的时间越长，就越懒得碰这些名字。

就这样，如果逃亡中的诗人不愿意完全放弃，他们只剩下一种可能性：在新的空气呼唤他们前，将这些空气吸进身体。过了一段时间后，空气凝固了。他能感觉到，并且很难过，可能他会自己关上了耳朵，这样的话他就听不到任何名字了。陌生的空气越来越浓重，当他醒来，他身边还是那旧的、干枯的一堆谷物，那是他的青春，他以此来充饥。

幸福就是：丢掉自己的整体性，让情绪自由地来，静静地待一会，然后走掉，身体的每一部分都只倾听自己的声音。

关于变形。我今天去吃饭时，右边来了一辆大车，是去商店运包裹的。方向盘前坐着一个女人，我只能看到她的脑袋。我之前经常会坐这种运煤油的车；司机是个丑女孩，她的脸丑得像是被撕咬过，她会将煤油倒进罐子里。我对这个女孩的命运很有兴趣，但我对她几乎一点都不了解。

我常想，那个我旁边开车的女人是不是她，我直直地看向那边，就好像真的能看到什么一样。我不确定，但有种感觉，她的目光一定也在看向我。可能过了一两秒，她从我面前驶过，我在想，是不是真的是她。我看向左边，突然感觉，我自己也跟着她飞速地从房子前驶过，她就在我旁边。这种感觉太强烈，让我不得不开始乱想。我丝毫不怀疑，这种具体而明了的情况，就是我说的变形。在我们目光相遇的一刹那，我变成了那个方向盘前的女孩；现在我坐在她的车里，开向我的目的地。

我们像死亡根本不存在一样去描写它。设想有一群人从没听说过死亡。他们的语言中也没有与死等同的别的说法。即便他们中有人想要谈论死亡，想要打破这个这个不成文的规则和禁令，他也找不到一个别人理解的词来描述它。他们那里没有埋葬和火化。更是连尸体都没见过。一些人会突然消失，没人知道他们去了哪；可能是因为愧疚突然自己走掉了；因为独处是有罪的，所以没人会提起这些消失的人。有时候消失的人会回来，人们为他们的回归感到高兴。他们觉得远离群体的时光和孤独像一场噩梦，但描述这噩梦是无罪的。一些孕妇会消失一段时间后带孩子回来，她们可以独自分娩，然后自己回家，也有可能在分娩时死掉。所以有很多小孩不知从哪里跑来，四处流浪。

我们至少能够证实，每经历一次死亡，人都变得更坏。

如果人的寿命变得很长，死亡会不会成为一条出路？

告诉一个人他不久后就要死了，这给他的一种甜蜜的温情；他们之前觉得值得或者不值得的事，现在都变得无关紧要，他们对自己的生命、身体、眼睛，甚至是呼吸产生一种不负责任的爱！如果有机会痊愈，他们会更爱之前的这一切，并且再也不期望死亡降临了。

有时候我会想，只要我还认可死亡，世界就会消解成一片虚无。

如果死亡被废除了，很难想象人们还能信什么。

所有死去的人，都是为了某个未来宗教而殉难。

我们总想如实而准确地记录一件事，而最大的困难是，记录永远是主观的。这不是我们期望的结果；承认记录的主观性让人很羞愧，就好像这件事本身也不可能再发生改变了。事实上所有事都在不停地变化，可记录下来的东西是静止的。只有经常阅读它们，才能拓宽思维的大道。克制自己不去重读，也是每个人的自由。不过重读它们能减轻我们对主观性的愧疚感。其实只要把记录的作者当成别人就行了；"他"跟"我"相比，没那么难听和贪婪；只要人们有勇气让自己作品的作者变成"他"，那么"他"就可以变成任何人，而且只有作者本人可以分辨出来。风险在于，当别人阅读这份记录时，他们无法分辨这些"他"到底是谁，因此而产生的误解会对自己造成负面的影响。如果要尝试用第三人称去思考和观察，那么一定要做好准备，牵扯到记录的真实性和直接性时，尽量只让自己在正面的内容中被当作"我"认出来。

很奇怪的是，当今世界的不幸要归咎于《圣经》的强大，而这也正是它的可怕之处，因为它还能同时抚慰人心。

只要能够拥有一片家园，流亡中的人可以用任何名字定义自己。

很明显，有一些人之所以成为预言家，只是因为他们无法化解对身边的人的不满。这种怨恨困扰他们已久，给他们指出一条路。于他们而言，一切事都发生在未来；永远不会发生在当下。他们预言一件事，就是为了贬低它。已经应验的事**因为**已经真实发生过了，所以已经不重要了。人们永远要对真预言家说的话保持警惕。他们预言坏事时，会装作自己正在真实地经历那种痛苦。他们夸大未来。预言家们能够忍受永远活在想象出来的美好景象中，它们能冲走噩运。可美好的事通常要很久以后才会发生。他们有恶毒的一面。因为他们永远不会给予别人和自己，**当下的**美好。现在的一切都是不好的，因为每个人都是坏人。真正的幸运和荣耀，会被他们故意推到很远的未来。这份美好到来前，人们必将经历一段恐怖的黑暗。人性之恶，是这些预言的内容和细节。**他**想向人们证明，人性有多坏。

人们喜欢根据他们的预言，在自己的人性之恶中，活得稍微好一点。

世界上已经没有有力量的词语了。连"上帝"这个曾经很有力的词，现在也被拿来随口自称。

历史反馈给我们错误的自信。

游记中的"普通"人出现得越多，读者就越想摆脱那些或稳固或存有争议的民族学理论，并产生其他新想法。对我们人类来说最重要的事情，在这些理论中只字未谈。我们依旧只能自己做出选择。而我们怎么能把自己的思想建立在那些根本没有思考能力的人身上；民族学的神话已经被它的准确性击碎了；他们认为完整性要比准确性重要得多；民族学只为收集而生，认知是次要的；他们狭隘的眼界，让他们只愿意关注眼前的东西，而忽略了很多。过去的旅行者纯粹出于对世界的好奇才上路，而不是为了捕获新的信徒或别的东西。现代人类学家善于用方法论；他们接受的教育让他们对观察上瘾，却没有创造性思考的能力；他们装备上最细密的网，第一个网住的就是他们自己。他们对民族学提供的资料感激不尽；这些材料像过去的国王和总统那样被做成雕像。而真正无价的艺术品，是之前旅行者们的游记，它们才值得被好好保存——里面的思想要由我们自己来探索。读之前我们不该对它们有任何盲目崇拜，只能通过丰富的阅读、实践和生活的乐趣去领悟它们。重复理论的陈词滥调毫无意义。阅读这些丰富多彩的游记才能让我们的人生变得圆满，因为我们能够借此得到完整而稳固的世界观，人类如何在地球不同的角落，用完全不同的方式生活着。我们不能把不同的生活方式生硬地拼接在一起；这种认识太孤立和做作了。我们要好好领会他们作为一个整体给我们带来的感觉，直到下一个整体的印象打破它。这种过程经历得越多，我们对人性的认识就会越丰富和准确。

距离感是英国的全民美德。他们的历史塑造了他们的现代科学。

我惧怕历史，担心历史的触角还未触及的地方，因为他们每天都在塑造新的坏榜样。

当今世界的战争发生在四个种族之间：即盎格鲁-撒克逊人，德国人，俄罗斯人和日本人。别人不过都是他们的跟班。法国人和意大利人，他们太老了，已经不适合作跟班了，所以只出一半力。盎格鲁-撒克逊人比别人开始得早，其他种族的人怕是追不上了。他们用两种方法让自己变得不可战胜和取代。首先他们让自己人殖民全世界。英国人遍布全球；可他们并不满足于作全世界的主人。在这之后，他们把一块大陆最好的地方开辟成了收容所，在那里，美国，他们收拢来各个种族的人，并将他们混血成和盎格鲁-撒克逊人相近的种族。他们就这样拿到了地和人。因此，现在这个种族又分成了两种完全不同的种族：旧的贵族，和新的充满生机的混血人种。俄罗斯人就不同了，他们有一块自己的大陆，在那里，他们把新的社会信仰和革命者安插在全世界。俄罗斯人真正的征服可能才刚刚开始。德国人和日本人，他们的表现方式让人难以捉摸，他们像其他早期征服者那样起步，但只相信现代技术，可他们的对手同样可以学到这些技术。他们在一些问题上和罗马人很像——考虑到如今人口的增长——他们用几年时间就可以完成罗马人几世纪才能完成的事。他们对周遭发生的事完全没有认真去考虑的意思。对他们来说，主观的优越感已经足够了，足以让他们用各种方式挑事了。对他们来说，正确的做法是永远不去了解别人。而德国人建立自我价值的方式，就是去欺负厌战的犹太人。他们的树敌思想太过极端，以至于他们慢慢觉得别的敌人也都有犹太人的样子。更具有毁灭性的事是，本来没那么好斗的俄罗斯人和英国人，现在也将德国人的想法奉为信条。

诗人的内心有**某种**合理的力量：接近现实，并保持距离；对其充满渴望，并始终有力量远离它。这样，他们永远不会离现实太近，也永远不会让自己离它太远。

每个人都要被允许拥有一片自己统治的领域，这个空间里，他们可以尽情鄙视别人，将自己的高傲挂得比月亮还高。对这个领域的选择越早越好，因为这差不多是人生最重要的事了。教育者在这个过程能起到很大的作用；他要耐心等候，细心感受，当他发现一个孩子找到正确的领域时，要努力帮助他圈起这个领域的边界。这个边界很重要；它要很坚固，并且每次受到攻击后都要变得更坚固；要能抵挡别人抢走他的骄傲。嘴上说"我是个伟大的作家"是不够的。他必须要真正切身感受这种骄傲，不然和别人相比，他们自己的骄傲会越来越少。骄傲的领域本身要有足够的空间和空气。最好把仆人们支到边界之外。只有在少数特别的情况下才能暴露他们仆人的身份。其实最重要的事情非常简单，就是在心里放一个玻璃球，保护好它里边稀薄的空气。我们能够在里面安静地呼吸清新的空气。只有坏蛋和傻子才会希望玻璃球能变大，这样好把外边的人也关进来。聪明人会把它攥在手上；他非常清楚，当它想偷偷变大时，必须赶紧在它接触到粗俗之物之前把它攥紧。

人活着需要一个仓库，储备那些确定的名字。人们思考时会从中取出一个名字，咬一口，然后对着光端详它；当他们看到这个名字和他们想描述的东西不匹配时，就会不屑将它丢掉。于是，仓库中的名字就会越来越少；人们也变得越来越穷。如果不及时补充，他们会变得一无所有。不过这并不难，因为世界很丰富；太多动物、植物和石头的名字还不为他们所知。如果他们想重新充实自己的储备，就要像孩子学说话一样，充满向往和好奇地凭第一印象记住事物的名字，趁着它们还未被质疑。

消失的动物：这些物种之所以消失，是因为它们阻碍了人类爬向食物链塔尖。

哲学家们的立身之本是他们为数不多的主要思想，以及他们对这些思想的固执和保守。

真是太可笑了，竟然还有人会为死亡辩护，而死亡不需要任何辩护也能始终位居高位！最"深刻"的思想家对待死亡就像看魔术一样。

知识只有在不承认死亡的宗教中才会彻底死掉。

基督教是古埃及信仰的退化形式。基督教准许肉体的堕落，却通过对它的描述让人们唾弃它——死人真正的荣耀是被涂上防腐材料，只要他再也不被唤醒。

四十岁的男人，毋庸置疑会被权力吸引。他们不会对它撒谎，不然就会变成它的祭品。他们要看清自己所在的真实阶层和要承担的责任，然后努力爬到最高层。如果他们爬得太高，离自己的生活太远，他们就要像躲开瘟疫一样躲开权力，因为权力将他们与实际条件绑在一起。

真理就像一片青草的海洋，在风中起伏；它渴望人们能够感知到它，将它呼吸进身体。对于那些感觉不到、呼吸不到真理的人，真理就是一块岩石；他们要在这块岩石上撞得头破血流。

与其去观察原始族群，对我而言，不如去**阅读**他们。仅对一个非洲的侏儒，我就有足够多的疑问了，比科学界在未来几世纪要解决的问题都多。我对现实世界感到不屑，因为它太庞大了。它已经不是我们口中的现实了，既不坚固，也不连贯，无关行为，也无关事物；它们像原始森林一样在我眼前生长，里面自然而然地发生着原始森林中应该发生的一切。为了保护好这片森林，我必须为它抵挡住太多真正的现实。我们总温和地用图片和描述构造出一个人们容易接受的现实。它们同样充满活力，只不过生长得很慢。里面的生物各顾各地静悄悄生长。它们的生长很难被发觉。它们缺少一种可怕的力量，将现实推翻的力量，它们缺少一只健美而闪耀的猛兽，可以把人类吞掉。

我要稳住自己，不要让我的各种角色互相乱窜。

所有我们没做过的事情，都有最大的优先权并且至关重要。

进化论限制了我们看大自然的视野。真希望有某段智慧的时光，能让我们领略大自然的宽广和富饶。被严格的谱系框死的进化论非常无聊和狭隘，因为进化论总把一切事物落脚到人类自身，将地球上的所有权力收归己有。进化论将人类自己置于进化终点，为人类的占有合法化。它还让人类免受更高级的存在的专制。进化论让人们觉得，当下，没有任何人，没有任何生物，会像人对待动物那样对待人类。"人"这个词淋漓尽致地表现出人类的这种可怕的愚蠢；这个词并不代表人类这一整体；它将人类通过暴力强征来的一切都收归名下。每个人都拥有这个词的一部分特征，但各有不同，因此他们就能够对彼此作恶。他们有的是耐心和力量内斗，直到人这个物种完全灭绝。要相信他们一定会将自己彻底灭绝，到了那一天，被他们奴役的动物们还活着。

我从不认为进化论有任何特别的科学价值。我们用更包容和宽广的眼光，本该有更多新发现，我们或许会明白，每个动物，在某些条件下，都是可以互相转化的。

技术最危险的地方在于，他们会**让人分心**，让我们忘记真的想做的事和真正需要的事。

人类学，一个关于"普通"人的学科，是人类最沉重的学科。那些已经灭绝的人种，煞费苦心、想方设法地紧紧攀附人类古老的系统之上。

我的朋友，那个乡土诗人。当我又一次走近那个自称乡土诗人的生物，终于发现了一些他的秘密。

我的诗人朋友总喜欢离自己最近的东西。可千万不要觉得离他最近的是一头牛或者烟囱。对他来说最近的是他的器官。让他为之着迷的并几小时沉醉其中的，是他的消化过程。心跳对他来说毫无意义，这些跳动之间互不关联，不留痕迹。消化是他最棒的体验；消化像温暖的阳光一样照亮他浑浊的世界。每当进入一个他没去过的房子，他都会先找厕所，之后就是厨房。只要他的胃还允许他行动，他就会穿梭在乡间的房子里，从厨房到厨房，从厕所到厕所。他爱走路，不爱坐车，他不想过快地飞驰在房子之间，而想细细地去闻里边的人的消化的气味。

他喜欢乡下人，因为他们爱一起坐在一个大碗前，他们总会留他过夜。在工人中间他是个社会主义者。他会认真关注他们的政党，会为提高劳动条件而发声。他讨厌工厂；却喜欢那里的后厨；为了在餐桌上吃到更好的食物，工人必须要把生产的主动权掌握在自己手中。镇压一场革命最好的办法，就是停止一段时间的食物补给。只要有来自市民阶层的人请他吃饭，让他坐在餐桌前，他就不会斥责他们占有的财富了。为了报答他们，他会和他们讲过去几年自己的消化史。在这种场合下，他会强调自己是个乞丐。人们会直接给他钱，因为有些时候他不得不自己买肉吃。只要他夸赞食物好吃，并且索要更多时，就没有人会斥责他。他非常清楚农民、工人，和市民的胃里分别发生着什么。从食物到粪便，他了解所有可知的事实。他厌恶图片和梦境；而所有能变成食物的东西，他多少都知道一些。过去，人们在庆典上用矛串起整头牛烧烤时，有可能他就是那个在王侯面前忠实又正直的吟诵诗人，可惜这绝好的时代已经一去不复返了，现在那些饥饿的贵族们对他有着无法言表的厌恶。

对他来说，友谊建立在请客吃饭之上。但他从不主动邀请别人。他仅通过人们能给他多少和怎样的食物来评判别人。"写作"这个词，在他的嘴里有种难以模仿的语调。听上去不像说"拉屎"[1]那样坚决，虽然他总爱把两件事关联在一起。他有这种近乎贞操的东西，因为不是每首诗都和他自己的日

1　德语"写作"为 schreiben，"拉屎"为 scheißen。

常生活有关，所以他不得不编出一些事情。但它们听上去像真的一样，因为他要靠这些为生。

他的夸张手法有一个很明显的界限，那就是当他吃饱为止。

所有的想法都是道德的；没有哪个想法会恶毒到人们无法将其运用到生活中。只要我们了解了全人类的品行，我们就会发现自己一无所知，这给了我们重新开始的理由。但世上没有完美的事。人们必须变得更诚实和谦逊。我们更理解祖先，也知道了他们对我们有多不满。但他们的神圣也被打破了，除了**一点**：他们已经去世了；而正因此，我们永远无法超越他们。

最可怕的一句话：某人"适时"的死了。

末日审判那天，每个墓地中都爬出一个生物。上帝哪来的勇气去审判他们！

死去的人为第一个永生的人喜极而泣。

每个人都配死去吗？这可不好说。人的寿命应该够长。

一个悲观的想法：可能世上没有什么可知的东西；而错误之所以存在，是因为我们总想把一些事情弄明白。

有时候人们能提前感觉到战争的结束，他们从战争中幸存下来了，这让他们像孩子一样高兴，战争还没完全结束，人们就开始呼唤彼此，别人回答他们，他们也觉得战争要结束了。

在众多矛盾的事件中，哲学家们为彼此留了位置。

人类所有的情绪里，没有什么比爱自己更美好而无助了。我们如何在充斥着他人的生命中，让自己成为首先要考虑的呢？没有人愿意被替代；每个人都不该被替代。我们要将这种不可替代性在空间和灵魂中可视化。就像大地只有一片天空，天空只有一片大地，我们接受这个事实，但与此同时，拥有一个的时候，总想着也要另一个。事实上，每个人的宇宙里都有无数的星球，无数片天空为我们敞开大门。

只要我们不为天堂和地狱的想法感到羞耻，奖罚机制就会一直针锋相对。

我很可能和第一百二十代埃及人生活在一个时代。我依旧崇拜他们的祖先吗？

我们要说多少话，才能让我们沉默的心声也能够被听见。

我们总想把从生活中借来的一切都写下来，可很少认真对待他们。

随着我们慢慢变成熟，我们对诗人个体的声音已经失去兴趣了。我们开始寻找无名氏，寻找着某个民族的伟大叙事作品，这些作品为全人类而存在，像《圣经》、荷马史诗和神话那样，它们的出身都很简单。海洋的另一边，却对个人最私密的弱点和卑微感兴趣；这又回到单独的诗人了。诗人吸引不了任何人，除非他们成为私人领域的门卫；他们展出的唯一的作品，自己画的瓷器，会被我们打碎。

他总是小声地说话，对自己的话语有绝对权力，他从不肯定，不嘲笑，也不会笑——我怎么去信任这样的人。

我受够了看透别人；这很容易，但毫无意义。

人们在生活中能用上多少知识，单是想想这件事就让人难受。可我们不可能靠**自己**的力量将这些知识忘掉。

我们可以在一个人身上感受到所有不幸，只要我们不放弃他，我们就不会失去任何东西，只要他还呼吸，我们就能呼吸。

你总是讨论保护动物；可你从未发现，你其实过着动物一样的生活：被骗，骗人。

又来了，已经是第二次还是第三次了，我会把死当作我的出路。恐怕我的想法以后会变。可能我以后会成为它的信徒，当我老了会向它祈祷。我只能尽力让死亡在我最近的未来不起任何作用，如果我还能活着的话。我不愿意为了一件以后我会否定的事情而活。我希望别人能看到两个我，一个强大的，一个弱小的，人们会听那个强壮的话，因为那个弱小的我什么都做不了。我不想用老成的话去摧毁一个年轻人。我宁愿中途就死掉。

我真的想死，我太渴望死亡了，但死亡最可怕的一点是，死后没什么好怕的。

如果我们知道人在死后还有意识，死亡会更可怕；因为到那时我们只能沉默。

无论人类经历了多大的绝望，在所有的历史**记载**中，总包含着芝麻大小的希望。

1944

我一生中最大的精神挑战，也是唯一我奋力与之斗争的事，就是：变成一个纯粹的犹太人。我一直在打击的那本书，《旧约》，已经征服我了。书中的每个字，似乎都和我相符。可能我是里边的诺亚或者亚伯拉罕，但我自己的名字已经足够让我骄傲了。当我被约瑟夫或者大卫的故事吸引时，我试着告诉自己，是他们指引我成为作家，而哪个作家能逃过他们的吸引呢。但这不是事实，因为他们的影响并未止于此。那么，究竟为什么我能从圣贤的故事中看到我梦到的未来？为什么大卫王和我一样恨死亡？我之前很鄙视那些与别的宗教的诱惑作斗争的朋友，他们主动选择做犹太人，只做犹太人。而现在来看，不效仿他们太难了。刚死去的人，和很久之前就死去的人，都在折磨我们，可谁敢向他们说不呢。现在不是在世界的任何角落都有刚死去的人吗？在任何地方，在任何民族。俄罗斯人中也有犹太人，中国人离我太远，德国人被魔鬼附体了，而我要因为这些理由拒绝与他们交往吗？我能不能保持自己犹太人的身份，成为他们中的一员？

会不会有哪部圣经教导人类自我毁灭。

最有说服力的观点总是突然出现，这让我越来越难以忍受了。

没人愿意说话了，人们只想将句子排列好，然后看看它们。

对抗一个时代需要犀利的句子，不然反抗的力量就会就不够尖锐和有力。而这些犀利的句子一旦被发现，就很难继续保存。只有那些不为人所知的想法，才可以永远被保存。

阅读的多重意义：字母就像蚂蚁一样，有自己的秘密国度。

每个单独的句子本来都很干净。后面接的一句污染了它。

现在，我们的脑子里充斥着对永生的追求，我们不该为此感到羞愧，这不是自私的想法，相反，这非常明智和谨慎。你们看不到那些被装在车上驶向死亡的人吗？他们在车上会大笑、打趣和炫耀，给予彼此错误的勇气吗？之后，这里会飞过二十架、三十架、一百架飞机，载着炸弹，每过一刻钟或一小时，人们会看到他们在炸毁了一座城市后平安归来，看到他们在阳光中闪耀，像花，像鱼。人们不能再提起"上帝"，他被永远打上了烙印，他的额头上有战争的该隐之印[1]，人们只能想到他们仅剩的净土了：永生。如果永生曾有一刻属于我们，世界会完全不一样吧！如果没有人会死，谁还有兴趣杀人呢，谁会堕落成杀人犯？

旧的废墟被我们保留下，为了能将它们与刚被炸毁的新废墟做比较。

你不要被胜利的光芒晃了眼睛。胜利是用来诱惑德国人的，可对你有什么用呢？

---

1 该隐之印：《圣经》人物，该隐杀了自己的兄弟亚伯，上帝惩罚该隐永远飘荡在地上，为了免得人们遇到该隐为亚伯报仇，上帝给了他一个记号。

进步也有缺点；它偶尔会爆炸。

经验会告诉我们，在我们相互树敌的游戏里，哪些游戏会增加我们的仇恨，哪些会减弱它。

值得注意和担心的是，为什么两千年过去了，伦理的基本问题依旧没变，甚至更尖锐了，现在只有知道自己大限将至的人才会说，我们要爱彼此。

虽然我是犹太人，但我用来思考的语言，和德国人一样。这片千疮百孔的废墟上，还有给我这个犹太人的容身之地吗。**他们**的命运也是我的；但我比他们多留了一些人性共有的东西。我想把他们的语言还给他们，这是我欠他们的。我很想为他们做点什么，让人类对德国人多少还有点值得感谢的地方。

对疼痛的不信任：疼痛永远是自己一个人的事。

植物的缓慢生长是它比动物有优势的地方。被动的宗教，比如佛教和道教，都希望帮助人们实现植物式的存在。他们建议人们学习这种美德，可能并没有明确表达；人类由以斗争为基础的生命是非常具有动物性的。植物没有野性；它们梦幻而缓慢的天性让它们的生长不露痕迹。不过植物世界也有很多和人类相似的地方。花朵就是他们的意识。和大部分动物相比，它们会更早地表达自己的意识。最智慧的人们已经过了行为的阶段了，它们让自己的灵魂开花。而植物会无数次循环往复地开花；不像人类的灵魂，具有可怕的单一性，植物的灵魂有无数次生命。可惜我们永远无法拥有植物般无限的生命。现在我们总说，生命的单一性限制了我们。艺术家们下意识创作出来的作品，多少带点植物开花的感觉：不过植物只会开出一种花，而现代艺术家们则狂热地追求差异。

我们通过建筑来接近人类的植物属性。但我们开始对自己造出来的房子感到恐惧。而现在，我们成功地将恐惧融入到我们的建筑中。

读文学史的时候，总感觉作家的名字可以互相替换，里边提到的某个名字，好像也可以安插在别的作家身上，整部文学史都可以这样无限套用，唯一无法替换的是对作家作品的评价。

我们总活在天真的想象中，"以后"要比所有过去都长。

不久之后所有古文字都会被破解，再也没有神秘的文字了。于是，文字不再神圣。

人们会变成自己最讨厌的样子。所有的厌恶都是一种可怕的征兆。人们在未来的破镜中看到了一个人，但他们不知道，那就是自己。

可是，就算我们没在镜子中看到自己，以后有可能变成别的样子吗？

你对未来知道得越多，过去就越沉重。

我们少得可怜的思想，差不多都属于心理学的领域。而这让我们生活在富有的穷困中。确实，我们比之前谨慎和谦虚了。如今，不知道太多，是一种精神的纯洁。在之前那个思想家的时代，他们渴望知道一切。虽然思想家们的名字如今依然如雷贯耳，但没人拿他们的话当回事了，因为他们不是专家。如今，我们还是会遇到那些求知欲很强的人，渴望了解那些必须知道的一切。但这些事真的重要吗？重要的难道不是它的反面吗？思考的王国本该建于未知之上。在未知的领域，灵魂能够发问；在未知中静思；在未知中怀疑。

但物质征服了我们。他让我们大规模地生产，每天规模都更大，就这样，物质成为了我们的习惯，我们只关注具体的事物。我们只能看到、听到和感受实体。大胆的幻想被物质填满了。我们的世界建立在物质的生产和破坏之上。地球，这个球型的物质，离所应当地属于那双贪婪的双手；没有理由。批量生产出的东西理应被公平地分配；没有理由。上面的这两句话已经足够在摧毁物质的同时，摧毁所有生命了。

会不会有一个人，他鄙视一切他想拥有的东西？会不会有一个人，会赞叹，在远处赞叹那些他从未接触过的东西？我们伸手触摸事物，并且坚信，我们摸到的就是全世界了。

动物比人类强，因为它们除了自身之外，还有广阔的世界！它们没有对世界的概念，而我们人类会抽象出概念。人类抓住这些概念，杀了它，撕碎它，闷死它。

拙劣的诗人会抹去变形的痕迹；优秀的诗人会描写它。

女人会轻易相信有关爱的一切。男人相信的是战斗。

他们谈起直觉，好像他们变成了信天翁。

我对各宗教中的不同教派越来越有兴趣了。研究他们的区别，和他们如何从宗教主体中分流出一个教派，给我带来极大的精神享受。我确定我曾成功的找到了深层的规律，这个规律掌控着宗教的分流。当然对于信仰问题，这个我们人类最大和最普遍的问题，也可以顺着这个规律找到答案。

我具有一个教徒的所有品质，当也有内心最深层的压力，我试图避免再次成为宗教的猎物。可能我这种矛盾的品质是从昆虫那里习得来的。

人们希望弄明白如何随时为死做好准备。

那个沉默寡言的兄弟：我们数年未见，突然在路上碰到他，他已经变傻了。

梦永远是年轻的；对梦来说，做梦的人都是新人。即使我们觉得这个梦似曾相识，它也绝不是现实生活的重复或缩减。梦闪耀着天堂般的色彩，在震惊中，我们接受洗礼，被命名为一个我们从未听过的名字。

那些无法做梦的女人被困在一个社会。在所有人的眼睛里，她们已经变成猿猴了。

那些找别人释梦的人，白白浪费掉了自己最宝贵的财富，他们活该注定变成奴隶。

将世界上所有存在过的神聚在一起：他们对彼此的陌生，陌生的语言、服装；他们，神们！——如何触碰彼此，如何认识彼此。

一个埃及人遇见一个中国人，用一具木乃伊换了一个祖先。

不要因为一个人的信仰而瞧不起他。你无法决定自己的信仰。因为信仰只要求信徒天真而听话地相信。这样，也只有这样，你才有一点点希望能够触碰到信仰的本质。

不信上帝的人，会把世界上所有的罪恶都归咎于自己。

我们发自内心地表达时，会变得很神圣，我们会用最充沛的情感讲出我们的想法。人们滥用最常用的讽刺画，就像他们用最粗俗和错误的话表达自己。所有的宗教都不得不承受自己的牧师冗长而自信的讲话。他们的话越跑越偏，只能增加他们自己的自信，而不是打动听众的心房。

1945

他们太热爱战争，所以才把战争带到了德国；再也不愿意交给别人。

春天来了，德国人的悲伤又要向无穷尽的喷泉一样流出来了，他们和犹太人之间再无差别了。

是希特勒让德国人变成了犹太人，在不久的将来，"德意志"这个词听起来会和"犹太人"一样痛苦了。

那遗弃的地球，被字母塞满，被知识窒息，没有一双耳朵能够听到地球上的寒冷。

最恶毒的待人方式，就是完全无视他。

在爱情中，承诺听上去像是对自己的讽刺。

对一些人来说，"灵魂"这个词，集中体现了人类所有的恐惧和仇恨，他们希望变成火车，慌忙地呼啸而逃。

无论在某个国家或岛屿，只有当我和当地人相遇，那个地方才会在我心里活起来。可这样，我就会对他们的生活产生恐惧，就像我自己也成了那里的居民。

战胜民族主义的方法不是国际主义，这种误解产生的原因在于我们讲话时要使用不同的语言。战胜它的方法是多民族主义[1]。

我厌恶之前在家乡的某种情景，那种不同的人声和人脸交错在一起的感觉。我更愿意单独结识某个人。很多人同时在场时，我们不得不按安排好的位置就座，就像在火车上那样，对我来说，从中挑选出一个观察对象是最重要的。我必须整理好自己的思绪，才能不让自己在这片混乱中迷失。这样我就不可能全神贯注地关注某一个人。而混乱代表着战争。我对战争的不屑，多于对它的仇恨。很多活动于中心的人，当他们度假或者娱乐时，我都觉得他们是为一个更高尚的理由叛逃。他们随时都有可能变得顺从和懦弱，或者从未意识到自己在做什么。只有在小酒馆外边，他们才像夜晚的影子一样，有点真实感，就像不知道自己已经死了的死人；在通往皮卡迪利街附近小巷里，我带着巨大的成就感观察他们很久了。当他们伸手触摸彼此时，我明白了，他们的身体中藏着女性化的一面。空气中传来几声吼叫，这些人承受着超越

1　多民族主义：德语原文是 Plurinationalismus。

了他们生命极限的东西。之前，我只去倾听人的声音；我有种奇怪的力量，只有在混乱中才能施展；我对这件事情非常确定，就像对整个世界。而现在，连混乱都被炸毁了。一切都沦为一片虚无，一片不可能变得更空虚的虚无，无论身在何处，都只能闻到烈火烧尽后的气味。可能我们被烧干净比较好。剩下的事就让那些精神病人去慢慢收拾吧。他们会在火山口煮汤，愉快地用硫磺加作料。然而将这片废墟的所有细节都尽收眼底的人，在他们眼里，再无美好可言了，他们在绝望面前瑟瑟发抖，他们非常清楚，他们要永远活在这毫无希望的恐惧中。

我们不可能快速地解决一件事；没有什么事能够被迅速掌握。或许这是可能的，但这种可能性不能被人们知道。自负的瞬间就是迷失的瞬间。这种纯洁的瞬间充满美感和力量。我们观察某个事物的无数瞬间，会在相隔几年后突然神秘地聚合成一体，它们在这时才变得深刻和统一。

人们可以同时强烈地喜欢很多人，对待每个人都像对待唯一一样，他们不会吝惜任何努力、热情、愤怒和悲伤，这些情感会非常激烈地燃烧，每个人，就像别人一样，都会同时交往很多人，虽然对待每个人的方式都不同，但如果每个人都如此，没人知道会有什么样的后果。

预言者悲伤地预言着衰老。

上帝也会死，这让死亡更放肆了。

神，被祈祷供养，因为没人提到而饿死，他们必须被诗人铭记，才能得以永生。

如今，人类的所有事情都可以被两个相互矛盾的判决所囊括：

1. 某人好到不至于判死刑。

2. 某人好到刚好够判死刑。

这两种意见水火不相容。总有一个会赢过对方。没办法知道哪个会赢。

最难的事情：深入探索已知的领域。

数据分析师觉得他们可以用一根阿里阿德涅的绳索[1]引诱我们进入迷宫。他们只有一个结，无数次系上，再解开；结与结之间，什么都没有。在他们看来，无数的迷宫，都是同一个。

毫无疑问，治疗偏执症最好的方法就是运动。偏执症的病灶就在于静止。患者感觉某个位置受到了威胁，他们坚信，

1　阿里阿德涅的绳索（Ariadne-Faden）：阿里阿德涅，古希腊神话人物，克里特国王的女儿，在一条线的帮助下让雅典英雄忒休斯杀死了囚禁于迷宫中的妖怪米诺陶洛斯。

这个位置无论如何也不能被别人抢走。他们对这个随机选择的地点往往都有非常可笑的高评价；这个地点可能和他们的评价完全相反，毫无价值。他们本该有更好和更安全的地点作为备选。但人们逼迫自己，一定要待在现在这个地方；要全方位捍卫这个地方；丝毫不能让步；用尽所有可恶和卑鄙的方式。他们会选择"民族"，或者相似的词，来捍卫他们的家乡。私人领域和国家政治在这方面有惊人的相似。民族之所以能够实现统一，是因为人们在所有事情上都用一个大脑思考和行动。在某些情况下，这种情节可能建立在一块土地之上，他们捍卫这片土地，仅仅因为他们的脚需要一块可以踏踏实实踩在上面的地方。这种扎根的想法非常危险，但只要人们动作够快，很轻松就能将其击毁；那就是被迫进行的民族迁徙，虽然他们不得不悲惨地背井离乡，但这是治疗故乡偏执症效率最高的方法。

大地，它的整体和部分都有同一个名字，这让我感觉到了某种希望。

德国，今年年初被彻底摧毁了，看上去像是史无前例的情景。但是，如果**某个**国家能够用这种方式被摧毁——这悲剧怎么在德国就结束了呢？

城市死了，人们只能躲在更深的地方。

我去过很多被摧毁的城市，它们看上去还有复苏的希望；但我没去过的被摧毁的城市太多了；如今，对于每个人来说，我们的生命力都多了一些，再也看不到的、付出任何代价都换不回来的东西，它们瞬间就消失了，被毫不留情地摧毁了。

　　我想这会让我们的世界更好。什么时候？什么时候狗可以统治世界？

　　人类历史上所有的可能性，都在德国上演了。所有历史同时在这个时代上演。本该先后交替出现的事突然同时出现。没有被遗漏的；没有被忘掉的。我们这代人注定要知道，人类所有让自己变好的努力都是白费的。德国的历史告诉我们，最可怕的事情就是生活本身。生活记得所有事情，并永远重复上演；可永远没人知道，下一次循环是什么时候。它最恐怖的地方在于，它有自己的脾气。但在内容上，几千年来这些循环上演的事情的本质从未改变，丝毫不受影响；如果你用力挤它，这脓包就会烂在你的脸上。

　　虽然我们不愿承认，但德国的垮台给每个人都造成了很大的影响。我们曾坚信不疑的谎言被拆穿，让我们不安的，是这个幻象的规模之大，和人们之前对那个信仰的盲目。我们不喜欢那些将这些信仰粘连在一起的人，他们中很少有责任感的人，他们的头脑刚好够相信他们的信仰，但别的那些宁愿盲从却什么都不做的人，他们会像犹太人一样，在短短几年里收集起来跨越几世纪的力量，积累足够的生命和胃口来建造他们尘世的天堂、去统治世界，为此他们可以用最快的速度大开杀戒，甚至是自杀，这无数繁荣的、明亮的、健康的、简单的、前进的、漂亮的实验品，被驯服成信仰的动物，比穆斯林更听话——可现在，他们的信仰垮台了，他们如何活下去？他们还剩下什么？他们还有什么愿望？他们如何开始新的生活？除了对军队的信仰外，他们还剩下什么？他们之前只了解权力，没了权力，他们怎么活下去？他们会堕落到什么地步？他们还能接受什么？

可能，下一次战争永远不会来，因为两次战争之间，我们根本没有喘息的机会。

一个我们需要的发明：逆转爆炸。

两种人：一种人对生命中能够企及的位置感兴趣，作为妻子，校长，董事会，市长。他们的生命里，只有根植于他们思想中的位置，在他们眼里，身边的人也都围绕着这些位置，除了位置以外，别的东西都毫无意义，也会被下意识地忽略。另外一个类型，他们向往自由，尤其是从位置中逃离。他们对变化感兴趣；不是在阶层之间，而是每扇大门之间。他们很难突破大门，但心中永远向往外边的世界。他们会飞向一个从未属于任何人的宝座，他每坐上去一次，就能将自己垫高一毫米。

所有与上帝有关的事情都过于浮夸，似乎有一个人不停地嚷着：那就是祂！那就是祂！

我们从过去取来的太多了。带向未来的太少了。

消息的准确性会根据它的传播形式变化的。一个使者奔跑而来，他的情绪会感染到接收者。接受者必须马上做出反应。这种情绪会让人们轻信使者的消息。信件会更安静，因为它很私密。人们对它的信任是有所保留的，而且没有迅速给出反馈的压力。电报结合了很多信件和使者口信的特点。它也是私密的，传话的人也是未知的，是一对一的方式；但它要比使者来得更突然，有点死亡降临的感觉，并且会因此带来更大的恐惧。人们信任电报。世上最尴尬的事莫过于发现有人在电报中撒谎。

一个人说："我会永远爱你。"这太美好了。但他要以后的行为要和这句话一致！

你可以从最下层的那个人那里，学到最多的东西。他没有的东西，都是你欠他的。没有他的话，你无从知道自己欠了多少债。而这些债，就是你的立身之本。

关于美。——美有让人非常熟悉的东西在，但我们要和她保持距离，远到看上永远无法接近她。正因为此，美让人觉得时冷时热。只要人们可以取用她，她就不再是美了。但人们也要能辨认出她，不然她就不能感染人了。美总有一些迷惑人的地方。她时近时远。不会让人爱上它，但会让人想要追求她。她那神秘的迷惑人的方式，要比人类自己的手段多得多。

美一定要待在**外部**。有时候我们会快速地确认美；但这美只能待在外部。"内在美"是个很矛盾的词。镜子给这世界带来更多美；但镜子也会给我们带来疑惑；过去很多美都是从望向水面的目光发源的。但镜子出现得太频繁了，镜像中的东西大部分都毫无惊喜。只有最粗俗的人才会觉得美会自相矛盾。人们会对一切熟悉的东西感到美，我们要与它保持距离，然后，出乎意料地，回来。被爱的死人是美的，只要我们还能看见他并且不知道他已死，不然我们可能就不爱他了：在梦里。

我们常常觉得古典的事物很美，因为他们被尘封并消失很久了。铜锈，这消失的印记，充满了美感；我们看重的不是陈旧本身，而是过去的这段被尘封的时间。美，会在拉开了时间和距离后，被重新发现。

概念的自大，是最卑劣的，它为了买东西，储存了大量硬币，但因为它的吝啬，它不会花出一分钱。

一个中国人在剑桥偷走了俄狄浦斯情结，然后偷偷引入中国。

国家之间要互相借调有名位的人，每次借调都持续两个月，他们必须访问很多地方，用不同的语言发表同样的讲话，在卧铺车厢里上演所有战争与和平。

孔子的谈话录是最早和最完整的人类精神画像；最令人震惊的是，五百段谈话就可以囊括这么多内容；人们可以借由它变得多么完整和圆满；清晰易懂；可又很难懂，这其中的空隙就像人为折出来的衣服的褶皱。

经过近二十年的尝试，中国终于成为我真正的故乡了。留在精神中的东西是不会流失的，这难道不足以构成想要长寿甚至永生的理由吗？

世界上没有哪个地方可以比中国与"文明"的关系更紧密了。教化和自由的相互作用很值得深究。人之所以为人，什么是我们不可或缺的最美好的东西；人可以坏到什么程度，以至于之前的所得都功亏一篑；在中国，未来和传统用一种特殊的形式被表现出来，直到今天。

中国人的经典作品能给我们家的感觉，就像童年时光那样：里边经常提到天。

我觉得，我对中国的爱还有一个原因，他们把兄弟关系也归入人的五大基本关系之中。

对中国人来说，蚕是一种比文字更深刻的表达。

一场真正的中国革命很可能会从废除东西南北开始。

好听的话**太多**了！如果我们忘了**自己**会怎样！忘了自己的虚荣、刚愎自用、追逐权势，那是我们的一千零一面镜子！

我多想成为这种人，被所有人欺骗，却默默承受，毫无波澜，依然喜欢所有人，静静观察他们到底是怎样的人，丝毫不插手他们的人生。

真正相爱的两个人，会将自己无法做到的事情，归咎于对方。似乎要为彼此背上最重的罪名，但他们并不在意，似乎他们永远不会将这些想法付诸实践。"你偷了我的东西！"这句话的背后藏着真切的恳求："你怎么还不动手。"——"你把我彻底毁了！"这之中还包含着："你终于把我毁了！"——"你杀了我！"这句话代表着热切的祈求："杀了我吧，杀了我吧！"

我们就是这样表达对别人的激情的渴望，这激情势不可当，连谋杀的后果都阻止不了它；他们心里都非常清楚，爱的火焰会把爱的对象吞噬掉。

只要还有人愿意认真地引用某个谚语，无论它多荒谬，都还具有巨大的魅力。

一个永不中立的人。如果他加入了一个和自己利益无关的战争，也会做个墙头草。

一个人无法呼吸，他已经获得全胜了。

经历了德国发生的一切后，人的生命有了新的责任。之前，在战争中，他是一个人。他的思考关乎所有人；可能之后他会因此被起诉，在法庭里，他不用为任何一个活着的人负责。他们不需要这些，生命中阵阵的微风已经可以满足他们了；他们早已不需要大口呼吸了。从前，用德语思考和写作对他们来说还没什么深刻的意义，虽然从其他语言中他们能够获得同样的东西，但却偏偏被这个语言选中了。当时的德语非常灵活，他还能利用它，它丰富而黑暗，能表达很多深层的东西，它有自己的道路，不是很中国，也不是很英国；语言中一定会带有的说教和道德并没有挡住求知的道路，而是从知识中自然地流露出来。语言本身囊括了一切；但因为它没有自由，因此它什么都不是。

现在，德国的垮台改变了一切。那里的人们要开始寻找自己的语言，那些偷来的畸形的语言。所有在最疯狂的年份里好好保存它的人，现在都不得不将它上交。事实是，他会继续为了所有人活下去，而且他必须孤独终老，作为自己的最高机关为自己负责。可现在，他**欠**所有德国人一个本属于他们的语言，曾经他保护它的纯洁，现在他也不得不将这门语言拱手让给别人，带着爱和感恩，附加几倍的利息。

试着阅读所有作品中的乌托邦，特别是那些早期的，发现他们忘记和遗漏的部分，拿来和我们遗漏的部分作对比。

语言中的最高级有种毁灭性的力量。

现在，我们就连古代的神的名字都救不上来了。神仙啊神仙，你们怎么骗了地球上的人！

最难得的是**少做**。但一个人能做成什么，正取决于此。多做是让我们觉得舒服的事；而少做才是对的事。外面的世界充满令人愉悦的清风。我们的内部只有沉重的呼吸。而只有关注呼吸的人，才知道什么才是重要的。呼吸的节律就象征着生命的可能性。所有靠呼吸活着的生物中，只有病人才知道，在自己这里，所拥有的空气所剩无几，他们会为所剩无多的呼吸，继续活着。

我不会逼任何人必须活下去。这也是为什么我如此热爱生命。我们的后代会唾弃死亡，他们无法理解这种力量，但可他们却羡慕我们开心地放手的事情。

不信任有种危险的力量：他让我们觉得我们能够独立思考、判断和决定。他让我们觉得孤单。它强迫别人听某个人的话，让我们觉得自己有罪。它加深了事实和理解的鸿沟，让一切都充满怀疑。

他哪都去过。却不明说，到底去过哪里。因此，我们对所有地方都充满恐惧。

假的外国人：某个人发誓，要在自己的国家装作异乡人，直到被别人发现。他在极度的痛苦中死了，作为一个外国人。

一个专家：他追求死水一般的博学；他尽量减少自己的怀疑对自己的威胁。他需要一块美好而安全的土地，只有几个人和他一起住在那里。小团体让他有优越感。他很少离开他的土地，因为他怕离开了就回不去了。他的统治范围就是那个听他话的小团体。他有理由看不起一切，因为没人理解他的领域，没人真正对其有兴趣。只要他死死坚守这块地，就绝不会有什么真正的危险。让他更特别的是他高尚的品质，因为它找到了一些冷门的、没用的和毫无意义的东西；没人能说他的研究出于自私的目的。只要他的知识是死的，他就觉得舒服。当他心里突然有小芽开始萌动时，他会变得焦躁，他告诉自己，深呼吸，用力按压住自己的胸口。对女人，他要做的就是尽量让自己离她得远远的。对他来说，她代表着这世界上不开化的愚蠢。他需要一个镜像人物，一个像他一样在这些琐事里刨根问底的人，另外一个专家，他尊敬他，就像尊敬自己一样。

第一批人要去奉承最后那批人，我很好奇他们会想出什么东西。

在永恒中，一切都是刚开始，飘着清香的早晨。

1945 年 8 月

事物被摧毁了，我们曾努力实现的永生之梦也被击碎了。星星，那么近，也不见了。一个什么样的闪电，才能将最近和最远的东西合二为一。只有静默和缓慢的生命还有意义。他的时间不多了。不久之前他还有飞翔的欲望。如果这世界上有灵魂，那么他们也躲不过这场战争的磨难。人们不再有任何希望，这世上还有能够实现的期望吗？毁灭，本就是上帝自己的创造，它已经让一切烂到根里了，造物者自己用黏土捏出了毁灭世界的双手。活下去！活下去！毫无尊严的词！树是世上最智慧的生物，现在也要在原子弹爆炸中为我们陪葬。

如果我们能够幸存，还有更多事要做。但我们可能活不下去的想法，已经令我们无法忍受。我们所有的安全感都源于永恒。没有它，如果没有了这种美好的感觉，一切都会变得枯燥和无意义，哪怕和自己无关。

神保佑我们，我们的世界从未被烈火燃烧过，所以真相的全部永远无法被暴露出来。**时间之初**的天堂，现在已经走到尽头了。我最大的痛苦，来源于我对动物的同情。我们太邪恶了，我们的生命根本不值得。不愿想着这件事的话，就只能睡觉了。醒着的灵魂觉得自己有罪，它也确实有罪。

我们的历史中，人类的发现造成了很悲剧的**后果**。一个小小的改变，就能改变一切。短短的几十年的时间再也改变不了我们了。或许，世上的一切都和这些不幸一样，有自己的规则。可没有人对不可能存在的世界的规则感兴趣。

不是说人们没有前瞻性。只是未来已经分裂了；它可能会变成两个完全对立的样子；这一面充满恐惧，那一面充满希望。我们再也没有力量去做决定了，甚至关于自己。在双重的未来中，我们又该开始崇拜皮媞亚[1]了。

太阳也被我们废除了，它是最后一个活着的神话。成年的地球，要开始它独立的生活了，它能靠自己过好吗？毫无疑问，直到现在，它依旧是太阳的孩子，完全依赖它，离了太阳，地球无法继续生存，会迷失自我。但光明已经被驱逐了，原子弹才是世上唯一的标准。

最小的东西取得了最大的胜利：这是权力的悖论。原子弹的弹道充满哲理：它明明有别的充满诱惑的路线可走。时间，你找它花掉的时间；你失去的这十四年里，本来有可能拯救别人。你和别人一样，什么都没做，所以说，这十四年里，你们一起参与了毁灭。

感谢人类共有的多愁善感。过去，我们谈起生命就像谈死亡。谈起战前的时光，就像谈石器时代。但这样的想法不可能再出现了。而现在话语释放的光芒太明亮了。所有人都突然打开了自己封存已久的过去。他们希望以此换取被救赎

1　皮媞亚（Pythia）：古希腊神话中的女祭司，能预知未来。

的希望。

人类最后的贪婪也被剥夺了：一个时间的仓库，那里储存着他们根本活不到的未来。自从我们不再为永生而节制，生活中就没有纯粹的快乐了。我们毫无目的地生活，甚至不考虑来世：这是一种新的自由。

宗教早就意识到这点了，它们也参与造成了现在的局面。占星学的结果完全相反：**我们**能自己创造星球和太阳了。星星的休渔期也被我们人为地提前了。

方舟越来越大，什么时候满载呢？我们无休止地建造房屋，可造出来的地基比空气还要脆弱。人类曾拥有灵活的双手，我们用它大胆地挥霍，现在用完了。在我们剩余的时间里，只能窘迫地活着。

我们注定要有层出不穷的创造性的想法。这个诅咒中，只包含唯一一个希望。

故乡最初的画面和声音，充满悲喜交加的感觉。普拉特公园[1]被炸毁了，让我想起那个游乐场的鬼屋，我曾在里边身临其境地体验了墨西拿地震，它在我的童年里留下深刻的印象；这些五彩缤纷的记忆，现在只能活在我的喜剧里了，再也无法在现实生活中体验到了；普拉特公园重建之前，我是它的守护者，我也会守护它被摧毁的样子：这一定是某个人古怪的命运，他将变形和游戏当作人的本质。

1　普拉特（Prater）：位于维也纳二区的一座公园。

死人的灵魂附着在幸存者身上，在那里，他们才会慢慢彻底地死掉。

我们能够收买荣誉，但只适用于当下。荣誉持续的时间无法被估量，这也是我们能与它和解的唯一原因。

你之前对死亡的所有认识都不再适用了。它突然拥有了无比强大的传染性。现在死亡真的无所不能了，现在它才是真正的上帝。

"你"这个词会给孤独的人以温暖，我们需要这样的人，他们谈起自己时，既不会带着"我"的优越感，也不会带着"他"的虚伪和冷漠。我们要像对待一个好友一样与自己相处，对他的优点和缺点我们早就了然于胸了；我们不仅要心平气和地跟他分享所有见闻，也要会**倾听**，这种情景下，我才能听到自己。

每部作品都因为自己的读者群而变成了一个强奸犯。我们要试着用别的更纯粹的方式表达自己。

现在希特勒不得不用犹太人的身份生存下去了。

历史是错的，因此我们才对它放松了警惕。如果人们知道了历史事实，就知道历史不过是根据真实改变的故事！

如果讽刺家没有能力对抗外界，他就会变成道德的牺牲品：果戈理的命运。

慢慢他会把对讽刺对象的仇恨转化到自己身上。他对别人的憎恶其针对的是**自己**。他为自己找到一个严厉的法官，让自己时刻处于地狱般的威胁中。他创造的"死魂灵"，便是自己的法庭。他把这魂灵，也就是他自己，丢进火里，烧成灰。

恐惧是会复仇的。每个恐惧都会传递给别人。一个人的自我发展程度取决于他会把恐惧传递给谁；他是否在意自己的人选；他是否会为恐惧盖房子；是否允许它自由流动；动物能否满足他；他是否还需要别人，或者只需要用某种特定方式接收他的恐惧的人。

祈祷，是一种许愿的训练。

我有一个严肃的终身目标，了解所有民族的所有神话。我的目标是，发自内心地相信它们。

一个痛苦的想象：从某个时间点开始，历史不再**真实**了。人性出其不意的失去他的真实性；之前发生的所有事情，都不再真了；但我们现在还感觉不到。我们现在的任务就是，找到这个时间点，只要我们还没找到，就只能活在这片废墟上。

所有的生物都是原子弹时代之前的远古生物。

现在应该是时候了，但丁，建立一个真正的世界法庭。

通过回忆和纪念让一个人继续活着，毫无疑问，这是人类到现在为止最大的成就。

通过话语让一个人活着——难道不是和通过话语创造一个人差不多吗？

我总去想世界上最后一个人会是什么样，他知道人类所有的过去；他了解、珍惜、厌恶和热爱已经灭亡的人类的所有样子；我也想像他一样，被这些感情填满；但他完全孤独地生活，并知道自己必死的命运。他如何与自己相处，如何靠一个人保存好他无价的知识？如果给他足够的时间，他一定不会不留痕迹地从世上消失。他的痛苦会很快转变成技巧；他会把动物驯化成人类，然后把自己的财富留给它们。

我才四十岁；可几乎每天都会传来认识的人的死讯。随时间推移，每天会有更多人死去。死亡渗透进了每分每秒。人们怎么才能彻底消灭死亡！

对父亲的愧疚感：我已经比他去世的年龄大九岁了。

有谁愿意独自吞掉未来所有的痛苦，让它们都消失，别人就开心了！

你幼稚地怀着最好的期望去认识别人；而你会借此成长，因为你的期待会以最快的速度落空，变成猜忌和鄙视。而人的一生中，最重要的就是这种幼稚的期待，它拥有巨大的力量，能够与你经历的事情相抗衡。只要你还拥有这种力量，那么你就依然拥有所有可能性。

犬儒主义：除了人本身，不在别人那里期待**更多**的东西。

他长期重复地布道，这让他什么都不相信了——为什么人们能在无数次宣扬自己的信仰后，依旧能够坚守它？想弄明白这个平衡点。

犹太人的痛苦已经变成一种风俗了，但他们挺过去了。人们不愿听到这些。过去，他们听说犹太人要被灭绝的时候还会感到震惊；而现在他们已经开始不自觉地鄙视犹太人了，他们自己都意识不到。战争期间，人们**曾**使用毒气，只针对无助的犹太人。之前能帮助犹太人买到权力的金钱，现在毫无用处。他们一步一步沦落为奴隶、牲口、害虫。这打击真实地发生了；听到这段往事的人心里留下的阴影，比犹太人自己都要大。所有权力都是双刃剑；每次打击都增加了一部分人的骄傲，也打击了同样骄傲的另一部分人。和犹太人有关的民族的历史完全被改写了。他们对犹太人的厌恶没有减少丝毫；只不过不再**害怕**他们了。因此，如今犹太人最不该做的就是哭诉，虽然他们曾是这方面的专家，虽然现在他们比任何时候都要哀痛。

为什么世界上连**假装**的好人都没了？

更快地做完所有事才能省出更多时间。可时间总归变得越来越少。

战争已经被扩大至全宇宙了，地球终于松了一口气。

如果哪个地方存在其他形式的生命，他们会惊奇地发现，我们是地球上唯一会发动战争的生物。

和一个比自己弱的人搏斗是件很危险的事；这种轻浮、无用、虚假的征服感，在搏斗前，搏斗时，和之后，都不会消失：哈哈，看我把你揍成这样！这种情景让我感受到巨大的不适，人们可以毫不费力地取得胜利，只要他们还愿意战斗，就能永远取得胜利。

最后的那批动物祈求人类的同情。与此同时，人类消失了，动物因此得救了——动物能够活得比我们久，我幸灾乐祸地想。

战争始于愧疚。又终于愧疚。只不过结束时的愧疚感要比之前放大无数倍。

她希望，他什么都知道；但如果他真的做到了，她又会觉得这很危险。她的一句话让他在一段时间里陷入猜疑和不安，因为他完全相信她。她依旧希望他知道一切。她能够忍受他轻信她的谎言，却忍受不了他的无知：因为他表面上的全知，给予她生命的力量的同时，也给了她欺骗他的力量。

最严厉和冷酷的等级制度存在于艺术。在艺术中一切都暴露无遗。因为它基于最真实的经历的表达。在艺术中，一切都要真实地发生。在某个地方拥有某样东西是远远不够的。人们必须亲自**参演**，艺术必须真切地发生。

所有知识都有种清教徒的感觉；它们给予话语以道德。

最好的人不该有名字。

英国历史学家，其他英国的科学家也一样，他们的优点同时是他们最大的缺点：那就是总想教导别人，几乎没有哪个出版著作的学者会忘记这点。他们总爱把自己的知识传授给孩子；把自己的学问中黑暗的部分排除在外；磨平他们可怕的棱角。尤其是这最后一点，在解释问题时最能区分英国人的友善和法国人的精确。**吉本**[1]更像法国人。这个英国人不愿意轻易触碰他的青年时光。他宁愿将这段时光切成小份来

---

1 爱德华·吉本（Edward Gibbon, 1737—1794），英国历史学家，著有《罗马帝国衰亡史》。

保护它，宁愿被封禁，也不愿受到恐吓。不过他也很愿意做个成年人。他的文明，历史上最强的文明之一，一直都很天真，可能是因为他从未碰过法官这个角色。

我想看清一切，却依旧保持宽容；被所有人追随，却依旧保持独立；在不经意间变得更好；在忧郁中勇敢生活；在别人的快乐中感受自己的快乐；不从属于别人，却在别人那里生长；爱最好的，安慰最差的；永远不恨自己。

最终取得胜利的女人，不是追随者，也不是逃兵，而是那些愿意等待的。

啊，人们要是可以在嘴上罩个隐形衣就好了，只静静地观察生活，从不开口说话，从不期待、也不担心从自己隐形的嘴里会说出什么。

尝试记录一个人一整天都在为什么而忙碌，不加任何解释和联系，不加任何中间过程，只真实的记录，他想要的东西。

之后再记录下来，他害怕的东西。

我们总会为自己找到一种特殊的替罪羊，在他那里找到比自己更坏的个性。我们不考虑怎么改进自己，而是在别人那里费力；这是白费功夫，因为替罪羊永远不可能变好。我们本可以用更少的力气来让自己变得更好；而这偏偏是，我们不想做的事。

哲学家们总与彼此一起生孩子，却不结婚。他们的家庭关系还过得去，因为他们总在家庭以外活动。他们不会为一个女人吃醋，却依旧厌恶彼此。在捍卫自己的特别之处时，他们比所有人都无耻。并且要求自己，只要有他人在场，永不沉默。他们永远不会让自己输掉，即使他们只在幻想中练习。那些什么记性很好的哲学家，被同行当作累赘。很多人会让自己变得健忘。最特别的是那些将大部分事都忘掉的人，在自己无边的黑暗里像星星一样发光。

我总为古希腊的哲学思想而震惊，因为我们现在完全在其掌控中。我们想要的所有东西似乎都来自古希腊。我们辩护的事听上去也都很古希腊。他们无心播下的种子，反而有了更强的生命力。我们的世界之所以是现在这个样子，是因为没有新的，或完全原创的想法存在吗？还是因为，世界上的人类不过是不一样的希腊人？

苏格拉底突然变成了自己的学生们，他厌恶的变形，就这样突然发生了：一个讨厌戏剧的人留下的戏剧遗产。

1946

一个作家，只有在他完成作品**后**，才能真正与他的角色相遇。

学习的过程一定要像冒险，不然就是死水一潭。我们必须以偶遇的形式学到新知识，学习就是这样，从一个偶然推进到下一个偶然，在变化中的学习，在愉悦中的学习。

事实上，**每个**信仰都离我很近。只要我知道我能够离开，我就不会停留在任何一个信仰中。但怀疑不是我的目标。我随时准备好皈依某个信仰，这不难，因为我似乎被赋予了一项任务，要为别人讲述这些信仰。信仰本身我是不愿意碰的。可是它如此自然又深刻地在我心里流淌。可以想象，如果我可以在一个秘密的避难所里度过我的余生，在那里有成山的所有已知的信仰形式的来源、神话、争议和历史的资料，我就能在那里阅读和思考，慢慢弄明白，这一切究竟是什么。

他以为他永远不能成为一个简单的人；要想变得简单，就要先变成一个穷困潦倒的人，才能变成简单的人。

对作家而言，最好的状态是与某种威胁抗争的状态。如果他们投降了，他们就不再是作家了。

只要一个系统的结构可以被一眼看透，我就很喜欢它，像拿在手里的玩具。如果它很复杂，我就会对它产生恐惧。世界上有很多东西被放在错误的位置，我到底如何怎么才能把它们取出来放回到对的位置。

名声希望被永远挂在星星上，因为星星如此偏远；它需要安全感。

我们要有意识地让自己**变成**很多人格，然后让他们聚集在一起。更难的任务是，在这个多样的前提下确定自己的个性。统治别人之前，我们必须先把自己的人管理好；他们要有名字，我们要认得他们，要能命令他们。这样我们对别人就不再有兴趣了；处理自己的人格已经够麻烦了，根本无暇顾及别人。

用某些短暂的历史去统治世界是可行的。但是它们必须是正确的；不可以被更改；别的历史也不可以被提及——作家的迷信。

我无法想象，能够用什么东西补偿别人：因为所有的东西都有其独一无二的价值；对我来说物物交换会更简单；我从不与别人交换东西；即使在我去用钱买东西时，也会有种感觉，我们只是恰好在同一时间送给对方礼物。

现在让你震惊的东西，以后会变成最简单的事实。

寻找自己！——说出这句话太简单了！可如果人们真的找到了自己，他们会吓坏的。

在爱情中，人们会更带着更强烈的意愿去做本来就要做的事。人们会强烈地期望将一切都占为己有，使用伪装的伎俩。他们将对方占为己有的同时，似乎没有考虑到给对方带来的痛苦和负担。温柔的赞美和体贴的话语让人觉得像在云端一样幸福，但没有人会因此改变：有谁会因为受到了赞美而变得更好呢。监狱，这个爱的真相，会慢慢暴露出来。当所有幻想的迷雾都散去，光秃秃的狱墙就露出来了，但没人能在爱情刚开始就看出来。

不停地读书，直到困得眼皮打架为止。

我们总将自己的生活和神话牵扯在一起；可世上的神话太多了，它们代表了整个世界。会不会正因为此，有创意的东西很久没有出现了？我们是不是已经将神话耗尽了？

禁令的危险：人们过于信任它，从未想过，**什么时候**可以改变它。

在一本天文学书里看到一个日期，1999 年 11 月 24 日。

非常激动。

世界上没有第二个地球，它是唯一的。它在发情期从自己痛苦的结局中幸存下来。保护？谁能保护它？只有让地球变成一个人的心脏，才能真的救活他。地球会变成一颗心脏的形状。地球上的城市，山川的位置都变了。人们很清楚，地球真的要变成一颗心脏了，会跳动的心脏。他们期待的，就是这心跳。是这心跳让它变成了独一无二的地球。

我们从太多灾难中幸存下来了，让我们心存侥幸，能从所有事幸存下来。

你将希望寄托于某个信仰在你面前展示的征兆：斜坡上出现的墓地，身上有奇怪标记的奶牛，墓碑上的火球，形状奇怪的房子，火车驶过的轰鸣，抽搐的屁股，你已去世的母亲的生日。

你身边的一切都被赋予越来越多的含义：你的环境被意义填满了。其实它们已经不再是环境了。图片和画框中的东西，突然溢出画框，溢进你的眼睛里。画面向你迎面扑来，你浸入其中，看到更多细节，随着它们越铺越大，画中一切事物的本质在你眼前暴露无遗。当你做好准备，为一切事物留有位置，最壮阔和美丽的事物自然会一个接一个迎向你。

自己名字的拼写有种可怕的魔力，仿佛它们构成了整个世界。难以想象，如果世上没有名字会怎样？

两个追求永生的人的辩论：一个人想要跟随时间继续活下去，另一个想一直重复某段时光。

让我最痛苦的想法：**所有**戏剧早就已经被搬上舞台了，现在看到的，只是演员们在换面具。

所有地方都要被激烈的事件填满：小地方也成了连接这些事件的走廊。

如果某种激情经历压制、规则和理智的洗礼后，依旧能重拾那份盲目和冲动，它就会拥有某种无以言表的美感。它能够从破坏性的威胁中自救。没有激情的人，就没有生命；掌握激情的人，半死半活；摧毁激情的人，至少过去曾拥有过生命；重拾激情的人，还有未来，驱逐魅力的人，除了过去以外一无所有。

我们对每种个性都有种特别的绝望。

没被用上的知识会是会复仇的。知识有种可怕的目的性和固执。它渴望被应用、操作和实践。它要让自己变得不可或缺。它渴望成为人们的风俗和习惯。它不会让自己堕落成在遥远的天边闪耀的星星。它渴望相遇。它渴望杀戮。

最神秘的事物还没被发现呢，更别说去描述它了。

在一个从未施展过写作才能的作家的手上，最小的烦恼也能变成一场巨大的灾难。他能控制住别人丢给他的堆积如山的角色和诠释，把它们束缚在一个简单的词语中；他们也能努力让这些文字变成狂野而伟大的作品。他们的生活中没有大多数人每天经历的日常琐事。他们走得太远了，他们走进呼吸和历史的浪潮中。人们不需要一个已经被证实和确定能够使用的魔法。他为自己不停地制造危险，直到无法收场，然后他会慢慢收拾这些残局，绝望而徒劳。

愧疚感的产生，往往伴随着**做好人**的想法；尤其是当我们无法向别人坦白，而不得不独自承受这些时，这种想法便会像火一般熊熊燃烧；当我们并没别人认为得那么高尚时，我们便会受到魔鬼般痛苦的折磨，继而去努力迎合别人的期望，**真的**去做个好人，似乎所有生命，所有人，都靠自己生活，不靠别人，那些和我们无关的人，也会通过周围的人和我们产生联系。似乎在我们轮番地经历失败和杀戮，杀戮和失败后，余生依旧能做个好人。

独处时要把自己分成两半，这样就可以用一半去塑造另一半了。

我想比任何人都更了解人类，包括作家。我必须深入探索我自己身体中那几个人，把他们当作我自己**做**出来的，离了我他们完全活不下去，我的话是他们的呼吸，我的爱是他们的心脏，我的灵魂是他们的思想。这种我永远无法完成的神秘联系，会帮我**证明**我自己。

他脑子里有很多星星，但还没构成星座。

他不祈祷，所以必须每天**讲**一些和神有关的事，哪怕只是个笑话。有信仰的人，无法在破碎的时间中找到信仰，只能将希望寄托于神的干枯的名字上。

人们必须要在受到威胁的生命中寻找自己道德标准，只要认定它是对的，就不要害怕任何后果。以此为基础结论和决定，即使在别人那里听上去很可怕，可它依旧是唯一正确的结果。按他人的生活经验指导自己的生命毫无意义，因为别人的生命建立在完全不同的时间、情况和关系上。人们一定要用丰富和易于接受的自我意识去建立自己的道德标准。要用强大的意志去坚守它。而且要相信自己很爱，并且会永远爱别人，不然人们就会用自己的道德标准去要求别人，它就成为一个纯粹利己的借口了。

偶尔恨自己，只会对我们有益，只要不是太经常；不然人们就会为了心理平衡，转去恨别人。

对一个人的反感可能会让你感觉良好；这时你真的要对他保持警惕了。

在争夺权力的道路上，给每一个阶段以精确的打击；给每次凯旋以新的失败；从自己的弱点出发，让自己变强大；在失败中将自己赢回来。

学会把自己当成两个人，对自己的失败幸灾乐祸。

分裂自己是件充满美感的事；哪怕真的自己会因此死去。

人们总和少数几个人一切经历很多事情，以至于他们无法分清他人和自己了，偶尔会突然想起来，自己是谁，他们是谁。

如果我们不完全相信实用之物，它们就不会构成威胁。我们要经常与它们拉开距离，把它们当作难以捉摸的生命体。要经常让自己感受到它们带来的强烈的威胁。虽然实用的东西不像神一样永生，却依旧被我们当神。它们通过权力掩饰自己的弱点，在自欺欺人中变得越来越弱。实用的东西越来越多，可人类像苍蝇一样接连死去。只要实用之物的价值没这么高，只要我们没有明确的标准去衡量一件事物的实用性，只要它们会四处跳跃，有情绪波动，只要我们能思考更多，对它们做好更充分的准备，我们就不会成为它们的奴隶。

这样我们也就不会混淆死亡本身和关于死亡的东西，也不会轻易盲目地陷进去。这样它们就不会嘲笑自认为安全的我们，就像嘲笑动物一样。就这样，实用之物和我们对其的信仰让我们停留在动物的状态；随着它们日渐强大，我们只会越来越无助。

只有当人们在远方等待一个人时，才会觉得孤独。绝对的孤独是不存在的。只有等待的人，才能感受到这种残酷的孤独。

把文学当工作非常危险：人们要**畏惧**话语的力量。

达·芬奇的目标太多了，以至于他能够从这些目标中解放出来。他能够处理所有事情，因为没任何事会让他产生损失。他的视角不会受到视野的影响。事物自然的形态对他很重要，因为它们的生命力还不完整。他不从别人那里接手什么东西；或者说，经由他手的东西，都成了他自己的新创造。他身上最引人注目的一点是某种智慧：他告诉我们如何毁灭自己。我们零星的欲望已经被他全盘掌握；可他并没有整合这些欲望。他对自然有种冷酷的信仰；他信仰的是一种新形式的统治。可能他从未考虑这些后果对别人的影响，而他本来就无所畏惧。正是这种无所畏惧，让我们所有人陷入危险；科技就是这种无畏的产物。达·芬奇让机械和有机物共生，是人类思想史中最可怕的思想。对他来说，机械和画作没什么区别，是他的游戏，是他随心所欲的兴趣。人体解剖学，是他充满热情地沉醉其中的事业，为他最精巧的机械游戏提供了可能。他研究透人体各个器官意义，借此来丰富自己的发明。值得注意的是，知识就像发酵，这个过程不可能被中止，它们在系统面前会萎缩。他的不安源于他的信条，不能局限在自己相信的东西中；这种无畏会越来越膨胀，他的视野会因此越来越开阔。达·芬奇的思想过程与神秘的宗教所追求的完全相反。他的思想只能通过无畏和静思才能达到。达·芬奇通过他自己的无畏达到了一个目标，一个对他自己，对任何个体都有意义的目标，这就是他一切追求的终点。

我看到，哲学家们的细枝末节的概念，以及它们组成的系统都成真了，世上没有什么东西能够平白无故地被牵扯在一起，没什么能够被凭空想出来——世界是思想者的酷刑室。

重识旧物是唯一能够抚慰灵魂的事。灵魂转移的信仰为我们提供了很多这样的经历，无论他们在重识的过程中受到多大的羞辱，他们都会变得更加镇定。

动物的等级制度太令人惊叹了！看看它们，似乎我们人类盗用了它们的等级制度。

人类的信仰是由圆圈和直线两种方式组成的。冷酷、大胆的人说，前进，要像箭一样前进（他们通过谋杀逃脱死亡）；温柔、坚持的人说，回来，带上自己的罪恶（他们通过重复让人们觉得死亡很无聊）。之后，在这两种力量的盘旋中，人们会发现它们合二为一了，他们会接受这两种死亡观：谋杀式的和重复式的。死亡会因此比之前强一千倍，如果有一个人，第一个站出来声称死亡是一次性的，就会突然有箭、圆圈和螺旋冲着他袭来。

只有死去的人才真的失去了彼此。

我恨死亡，是因为我总会不停地想到它；我自己也很惊讶，我是怎么活过来的。

有人说，对很多人来说死亡是种解脱，所有人都有想死的时候。这是失败最好的象征：如果有人经历巨大的失败，就会自我安慰，以后还会有更失败的事发生，然后人们会去找一个巨大的深色大衣，把一切都均匀的盖住。可是只要死亡没有真的降临，那么不算真正的失败；之后不断的尝试可以弥补所有的缺点、不足和罪过。无穷的时间可以给人们无穷的勇气。我们早就被灌输一种观念，那就是一切都会结束，至少在这里，这个已知的世界。到处都是边界和窄巷，我们一不小心就会走进这逼仄狭窄的小巷，一个我们永远不可能拓宽的空间。在这个窄巷里每个人都想知道，窄道的尽头会有什么，而这个东西是我们无法回避的；无论一个人之前有什么计划和功绩，在这个尽头所有人都要弯腰通行。灵魂可以随心所欲地膨胀；但它会被一种力量扼住喉咙而窒息，直到失去自主能力。能掌控它的，是突然占据灵魂的想法，而不是灵魂本身。死亡的奴役是所有奴役的核心，如果这种我们不承认自己被它奴役，人类就永无希望。

对一个非常有个性的人来说，他最吸引人的地方就在于他的普通，似乎世间寻常之物太多了，他不得不把所有东西都先收集起来，再将自己从它们隔离开来。

希腊花瓶上的人物的美感，源于他们围在一起撑起来的一个空洞而神秘的空间。洞里的那片黑，把他们的围在一起的舞姿衬得更明亮了。他们就像钟表的刻度，不过更丰富、多样和独立。观察他们时，人们无法忽略那个洞。他们的形象被塑造出来，只是为了让这个洞看上去更深。每个花瓶都是一座神圣的庙宇，完整而不可亵渎，它们蕴含着名字和形态，哪怕从未有人说出来过。最美的还是那上面跳舞的人物。

归来的宙斯：变成很多不同的样子，只为了**阻碍**一个女人对他的爱。

真希望情绪的地狱至少能给我们一些可寻的规则；至少能确定刑罚和地点，至少能告我们它们的出现所代表的含义，可在情绪的地狱里，一切都是不确定的，没有边界，无路可寻，一切都在无穷的变化中，它有不同的维度，却并不完全是一团混乱；它是一个地狱，充满不同形态，总有新的东西被放进去，有去路，无来路。

把很多神归为一个神真的太荒谬了。他们是无法共存的；但是人们放弃了寻找，把他们简化成**一个**神，这样自己就可以与神共存了。

我总会有关于信仰的想法。我总感觉，他们包含万物，而关于它们我知道的太少了。信仰关乎其本身，并不只是与我自己有关。每当我觉得焦躁时，当我无法接近我生命中最核心的命题和寻找解决它的方案时，我就会选取某个信仰，然后和它游戏，可这并不是说我会因此觉得开心和安全，也不意味着我找到了谜题的答案。

真正的堂吉诃德，是个蠢到无人能及的傻子，他用话语，只通过话语，来抵抗对女人的情欲。她也会从别人那里找到这种情欲。那个之前陷入爱河的傻子，对现在的情况不是很满意，于是决定用话语与之抗争。他骄傲地在她最容易被抓住的点紧紧抓住她，给她更大的愉悦。他想给她的东西，从他专门为她打造的说辞中流露了出来。她很快就学会了，如何在大海里游泳，她很喜欢大海，她来自大海；可没什么能帮她逃出崖洞中的噩运。他继续引诱她，她总是游向陆地，再回到他身边。他扩张大海，她就创造岛屿。他淹没岛屿，她就在海底建造爱床。他对波塞冬的向往让他撼动大海，毁了她的床。她找到了鱼儿，她爱上它们，她的情人劝说鱼儿吃掉她。这时那个傻子才决定，把话语的海洋抽干。他不再创造大海了，他沉默，让水流干，这个女人要渴死了，而最后的爱人也不见了，最后她一个人孤独地死去。他本不该用漂亮话造出这场惨剧的。

我想不到，什么情况下动物才会赞美人类。

没什么比天性更丑陋的东西了。人们互相看到对方的天性，总带着友好的尊重，保护和照顾它，发自内心地赞叹它，就像强盗对首领那样忠诚。大多数人经常做的事才被当作是一个人该做的事，与别人不同的少数人不被当成人。人们害怕和鄙视那些想变得更好的人，因为他们的行为让别人觉得自己有缺陷。可那些总贪婪地张着嘴或者只是吃饱饭的人，会被当作好人。哎，这种被所有人认可的天性真令人作呕！这天性是因也是果，强大到无可抵挡。如果人们之前都能以此为耻就好了。伪装自己，难道不比卑鄙的吹嘘好吗？如今本能被当作神一样看待，试图反抗它的人被当作渎神者；互换它的名字就被当作一种成就；只有傻子才不满足，想要除了它以外更多的东西。我想当个傻子。

我希望自己拥有的人越少越好，这样我就不会因为失去他们而难过了。

只要我自己没有掌握过权力，或成为权力的牺牲品，我就不算真正了解权力。所以对我来说，对权力的认知过程包含三个方面：观察它，拥有它，遭遇它。

只有在当今奇怪的报道和令人费解的书籍中，曾经互不相识的神才能被掺和在一起。

可能寂寞本来是可以承受的。但人们总爱把寂寞讲给别人听。如果别人听不见，他们就会更大声地说。还听不到的话，他们会将寂寞大喊出来。如此，这样的行为就不再是寂寞，而是一种聒噪的自私。

画是窗户的**另一面**，人们在画前做事和生活。走街串巷时可能会经过几千扇窗户。我们想看到每个窗户里的故事，可几乎什么都看不到。窗前不同的轮廓带给他们无穷的期待和幻想，可人们不会因此而满足，继续走下去。但在画廊里，所有窗户后的谜底都被揭开了；我们能清楚地看到屋子里所有陈设，瓷砖、桌椅，还有里面安静做事的人。

饱汉。他还没觉得饿时，就已经把自己喂饱了。他害怕饥饿。别人告诉他这世上还有人饿肚子时，他觉得难以置信。当他路过衣衫褴褛、瘦骨嶙峋的人时，他会马上去附近最贵的餐厅吃饭，他太害怕了，在餐厅里他才能抚慰一下自己颤抖的胃。他共情能力很强，在每个饥饿的人身上都能找到自己。他的同情心比常人都更强烈，以至于看到别人挨饿都让他难以忍受。大多时候他都会主动对这些可怜人视而不见，不过当他偶尔觉得吃得太饱的时候，就必须找到一个挨饿的人。想象一个空的胃让他觉得恶心。他无法理解，为什么人类必须要有饥饿的感觉。每次他和别人讨论这个问题，都会以一顿饭作为终结。他是有论点的。为什么，他问，挨饿的人不去偷窃？为什么不去卖身？为什么不去印假钞？为什么不去杀人？为了填饱肚子他会做所有事，仅仅让他体验一天的饥饿都是天方夜谭。他为自己毫无节制的进食进行辩解，他说他在饥饿的状态下会做出傻事。

他觉得情人非常可笑。他嘲笑他们，嘲笑他们会把最后一口食物分享给彼此。对他来说"最后一口"是最可怕的。当他听到别人说："最后一口面包"时，他一定会哭出来。在梦里，他看着窗里窗外的人。他通过厨房辨认出不同的住户。走在街上时，哪怕他迷路了，也能感觉到路边每座房子里的厨房在什么位置。别人喜欢邀请他吃饭，因为他吃饭的样子太令人难忘了。他希望过上永远不会感到饥饿的生活；这是他生活的最高准则。如果他没钱了，这个目标就很难实现，不过他一定能挣到钱的。他曾经邀请一个饥饿的人和他一起吃饭，并且告诉他，为什么他永远不能再饿肚子了。他能够把世界上所有恶心的事都归咎于饥饿。他觉得自己是个优秀的榜样。桌上永远要有吃不完的食物。如果有东西被吃掉，马上就要补上新的，要一直保持一桌饕餮大餐的样子。他需要饥饿的人，却恨情人。只有情人之间用爱为对方烤肉时，他才能对他们的爱意产生尊敬。不过这什么时候发生过呢？

　　饱汉有个让他有食欲的家庭，不过他依然与他们划清界限。每个人都会分走一些他的食物，桌子上的锅碗瓢盆像香水瓶一样摆成一圈，主菜的旁边摆满了调味品。服务员的动作也要根据不同的菜有所区别。某个穿着特定制服的服务员一出现，他就知道今天要吃什么，这样他就可以慢慢享受这个过程，而不是匆忙地开始进食。饱汉有时候也会去采购。食品店就是他的妓院，他花很长时间挑选，商店越大，他买得越少。针对烹制菜肴的每个细节，他都希望可以开一家巨大的商店，里面有很多楼层和无数的顾客。购物时，他会和别人讨论要买什么，但还是更喜欢自言自语。他很喜欢别人用壮丽的假想去说服他，他渴望被别人带着独特的友好、关怀和爱对待，人们可以用这种方式轻松地走进他的内心。他对那些给他很特别的食物的人青睐有加。这样的饱汉可能是男是女。他会根据心情和需求选择性别。他会用不同的方式吻他的菜肴，吸它们的香气。"我要坐那把椅子，"他说，他会依照那些让他感兴趣的菜换椅子。上床睡觉，上楼下楼，各种场合都有不同的食物。在某些餐厅里，他爱坐在靠窗位置吃饭，边吃边观察路过的行人，仿佛他们可以穿过他的眼睛进入他的胃。对他来说不同地区的民族都是有特别的意义，他们都是为烹饪特定的食物而生的，在这个领域，最重要的东西都逃不出他的视野，不过他比较喜欢与来自不同民族的使者见面，而不是自己亲自出行。自打他的青年时代起，他就觉得寺院是多余的，因为他觉得僧侣太贪吃了。在战争中，他会把自己一个人的食量分成多人份。他总乐于接待给他带礼物的客人。他自己也爱去别人那里做客。他喜欢别人的厨房，因此他喜欢结交新人。食物的香味是他的天堂。他爱上了一个和他一样贪吃，却永远不会发胖的人。他会琢磨他还从没吃过的东西：他从不会把目光投向小孩。他们哭闹时，他就会想象出把小孩串在长矛上的样子，他恨那些看护小孩的母亲。

对饱汉来说，人的轮廓是不一样的。他最嫉妒蟒蛇填饱肚子样子。他觉得自己的身体组织不够有弹性让他吃进比自己的身体大十倍的东西，他的身体只能保持那么大，他只能在几周或几个月后慢慢增重，而不能只花一小时就把他吃进去的好东西马上变成自己的一部分，还要花几周时间去保护和照顾这些食物。他喜欢和正在吃饭的人坐在一起。他幻想着，怎么才能把他们嘴里最好的那口饭抢走，并且劝别人也这么做。他养狗，是因为他喜欢狗牙，看到狗咬碎骨头并全部吞进去，让他非常满足。他想知道，人在死后的世界怎么吃东西，并以此作为选择自己的信仰。可是关于这方面的信息不是很多，所以他对死后的世界没太大的兴趣。他对未来也没什么兴趣，总开心地炫耀自己喜欢活在当下。有人问他，会不会对上次战争结束后的饥荒感到恐惧。他想了一下，然后真诚地回答："不会。"因为挨饿的人越多，他越觉得自己的生活状态是对的。他看不起那些不像他一样不停地吃东西的人。

人们去控诉别人的事，放在自己身上就是好事。

生命的短暂让我们变坏了。现在需要搞清楚的是，未知的寿命是不是也可以让我们变坏。

我们的生命就是一个充满自我矛盾的系统。只有将**目光**投向铁窗外的世界，我们才能看到天空。

我们对人、事、回忆、习惯、旧目标有种可怕的顽固和坚守，不停地增加我们的负担，像一条毒蛇。只要我们能少一点，占有的欲望和忠诚，一点就好，我们就能轻松很多。但是人们不会放手，抓紧一切，因此我们必须要学会一点一点放弃，要学会一点一点远离那些让我们难舍难分、想要终生守护的东西。

每个人都应该在某一方面禁欲：我的禁欲就是保持沉默。

治好嫉妒：

这个世界上没有什么比治好嫉妒更难的事了。如果还没想明白嫉妒是什么，就不可能治好它。嫉妒是种令人窒息的感觉和空间，让人感觉身处在一个无法逃离的小房间。有时候窗户会被打开，那些，他们嫉妒的对象，快速朝屋里瞧一眼，消失，然后关上窗。他们想要随心所欲地出来散步，却被自己锁死了，哪也去不了。人们本来可以踏上的路，连同自己，一起被锁起来了。所以世界上就会有很多不加看护也没人走过的路，人们可以随心所欲地在这些路上做任何事。一些嫉妒心强的人，贪心地希望拥有所有道路。人不可能同时踩在几条路上，拥有几种心情，跨出很多步，除非他们变成卫星，或者一条狗；而狗最擅长的，就是永远只待在主人身边。但在女人身边的男人，还不如狗做得好。男人只要在女人身边待一段时间，就不再是自己了，没人能阻止这个过程。

　　有一些不幸的人，爱一个人待在家里，与书和琴谱待在一起；女人是不适合和这些静静编织存在的人在一起的。因为当男人把女人留在身边时，他就不得安宁，但如果不留在身边，他就不知道她在做什么了。一个把自己封闭起来的男人，会要求他的女人比自己更封闭。这两个封闭的灵魂之间有一片巨大的荒芜，它总会在某一天变得充满生机。空气中充满着别的男人的诱惑。这片他无法满足的荒芜会被别人乘虚而入，别的男人会将这片荒芜开发成一片不容别人插足的新生活。如果男人想把自己封闭在某个地方，一定要对自己想保护的女人保密。如果让她进去了，她就会把自己的情绪也带进去，然后用它们毁掉这个地方。只要不带她去，她自己就根本不可能想象出有这么个地方，她会待在别的地方。嫉妒的受害在现代社会的处境更难了。他可以打电话，随时表达自己不在她身边的愧疚，来打消她的疑虑；他们根本不可能有被误解的机会；他们的不幸，没有出路，没有慰藉。

　　一个嫉妒心强的人可以通过爱上很多人来分散自己的精力吗？不，这行不通，因为只要他们是**真的**爱一个人，这爱就会非常强大。一种可能是，那些他们"爱"的人，对他来说是谁都无所谓，也就是说，他们爱的人并不真正**存在**，那么这人做什么也就不重要。或者还有一种可能，他们爱别人，并且真的想将她们占为己有：他们想要多少人就有多少人，但是每个人都是不同的个体，都有各自的空间，对每一个人，他都会爱到至死。这种分散精力的做法，只可能在一种情况下奏效，那就是他一个人都不爱。但这样的话，生活就没什么意义了。所以他们还是愿意一个人，完全一个人，发自内心尊崇一个他们不可能得到的神。爱更多的人只会增加他们的嫉妒。

换种方式去爱是否奏效呢？不决定生死，不承担责任，不会每时每刻都感受到别人的生活的威胁。最可怕的嫉妒源于责任感，有责任感的人总是充满恐惧，但封闭自我的人对此习以为常，他们不害怕它。只要爱的人没死，嫉妒就是可以承受的。因为人们会知道，那个消失的人，还在某个地方，有可能还会重逢，还有可能找到。但死亡是另一回事。人们钟爱的东西，都会有走向终点的一天，这是个无可更改的事实，他们死后，谁能把他们带回来呢？我们无法控制死亡，难道也无法阻止它吗？没有哪种爱，短暂到让人忘却死亡，没有哪种爱，浅显到不让不渴望战胜死亡。

只要不死，就没有治好嫉妒的方法，但这话很没意思。在有限的生命里，我们总能找到一条路治好嫉妒的。

依赖一个守旧的人只会让他们变得狡猾、狭隘和可恨。

为了留住你，他们会在你面前鄙视那些伟大的句子，告诉你，它们之所以伟大，是因为它们针对所有人，而不只是个别人适用。守旧的人对自己的地盘太自信了，待在那里太无聊了。因此，他们决定动身离开那里，只在自己的地盘留下一个和自己长得一样的稻草人，它的能量刚好够留住你。守旧者很快就能发现，爱他的人，爱的只是他的表象。风模仿了他的声音和动作，爱他的人只会心疼地看到他破破烂烂的衣服，而看不出这衣服的里面只是一堆稻草。

最漂亮的脸，不是最受喜爱的，而是被摧毁的脸。

怀疑最奇怪的地方，就是它能让自己合理化。真实生活中，这力量非常可怕，人类所有的智慧中，有四分之三都是由它们组成的。人们只考虑有关金钱的东西。我们有多依赖金钱，就需要多大的疑心去保护它！人们理所当然地认为，每个人都想把自己的钱拿走。要怎么把自己的钱分开藏好才能更好地守住它们。钱就是怀疑最长久而根本的原因。怀疑的表现形式在现在变得更复杂了，曾经人们说起怀疑的时候，只是在谈其本身。但每个人都和钱有关系；或多或少，每个人都守护它、分开它、藏起它。没人愿意买不标价的东西。如果没有怀疑，就不会产生价格这个东西；价格就是怀疑的衡量单位。

朝拜的人总在背上背着一坐小庙。

永生的人一定也要变老，不然他们就不会真正幸福。每个人都应该待在自己应该有的年龄。

人的命运因为自己的名字变得简单了。

有时候，人们会被自己的"坏"折腾得精疲力竭，坏的想法，坏的影响，安慰自己说，不需要为自己辩解，这世上也没有会审判自己的上帝，人们觉得糟糕透了；更糟的是，之前他曾信过这个上帝；因为上帝的话是掷地有声的，而他自己的话轻飘飘的，就像蒙蒙细雨，永远不会落在地上。

人们不再严肃地看待打击了，人们认得它，但已经不会被它吓坏了，现在它只是一个不断被打破的规则。可能当它来临的时候，人们会习惯性地屈服于它，但并不出于发自内心的恐惧。人们不再拿自己的痛苦当回事了，这是人类的衰落和终结吗？

我喜欢读所有关于罗马帝国的东西。这个时候的罗马像一个现代城市，人们很了解它，它离人们很近。这么一个如今依旧为人熟知的名字，会让人联想起之前的时代。不过我讨厌他们的服饰，这是唯一一个让我觉得陌生的部分。不过，他们的话语和关系，他们的工作和游戏都让我觉得充满诗意，可以让我们解释自己，并给予我们希望。他们的宗教环境中蕴含着一些我们现代社会的自由；值得我们思考的是，如今令我们惭愧的现代政党制度，在他们的社会反倒能更流畅和高效地运转。而这之外的国家之间并不会和彼此靠得太近，他们拥有如今难以企及的自由空间。人们很清楚，如今我们接触到的罗马帝国的每个细节，最终都走向了覆灭：可罗马依旧还在。借此人们自我安慰，很多正在败落的东西也会像罗马帝国一样，似乎它们会更短暂，似乎我们当今的敌人也像当时的野蛮人一样，只会抢掠表面上的东西，而不会一点一点蚕食掉我们本质的每一个细节。

像生命没有尽头那样去生活！一个一百年的约定。

1947

无论人们打开哲学书的哪一页，都可以让我们**松一口气**：很明显，哲学是在现实世界以外织出的密网，让人们暂时跳脱出当下，产生对感觉世界的巨大蔑视，这些感觉在哲学家自己的心里也起起伏伏，哲学展现出来了它虚无缥缈的本质，但依旧让人着迷，哲学让人们与史前所有的想法不断地交织，因此我们才能触碰和理解：这张人类编织出的巨网，就是这种工艺，沿用了几千年，改变的只有编织的纹样。什么编织的手法和纹样能让人们更好的接受和练习呢？就像去考虑哪种哲学才能更好地被接受呢，用人们熟悉的，还是从未接触到的呢，事实上它们都是一样的：他们选出一些词汇，汲取词义的汁水，将词义为己所用。

让**小气鬼**付双倍价钱的方法。

我们要让吝啬变成一种道德疾病，被这种病缠身的人必须对公众宣布自己是病人，并且要带上一个标志。人出身不再重要，人们会通过社会特点被区别对待。小气鬼被强制要求佩戴大卫星。他们必须带着大卫星上街；对此他们早已习惯了，让他们不舒服的是商店的店员对他们的态度。他们进商店时候，必须装作店员根本不知道他们的身份。不得不看着身边别的顾客只付自己一半的价钱。他们不能发牢骚，不然按照法律要支付罚金。这针对小气鬼的严格措施产生了戏剧化的后果。一些小气鬼希望让自己看上去大手大脚，并努力证明它。他们这样做的时候就像运动员一样：他们朝别人扔钱，就像举起一个很重的杠铃砸在别人头上。别人对他们给出的高价产生怀疑，似乎他们必须不停地向别人为自己的吝啬辩解，并且买的东西越来越少。不过这很快就会给别人留下很贫困的印象：他们不是穷人，但人们从心底里鄙视这种穷人。

如果一个宗教不能让罪人自己感受到罪过的话，它就是毫无效力的。

如果想激怒一个盗贼，就送给他**所有**他想要的东西。

对我来说，神话比话语更有意义，这是我和乔伊斯最大的区别。但是我对话语有另外一种尊重。对我来说，它拥有神圣的完整性。我怕破坏它的完整性，哪怕是再也没人用的古老的形式，也让我充满敬畏，我不想揣着他们去冒险。话语中最重要的就是它最神秘的部分，我不想像墨西哥的牧师那样把它的心脏掏出来，这血腥的行为让我觉得很丑陋。这种神秘只能用它的字母，而不是通过它的读音表现出来。不能被读出来的语言让我很迷惑。我是一个活在还没有文字的时代的作家，那个叫喊的时代。

人们最好待在一个陌生的语言环境里；人们会很快学会这门语言，首先是脏话。

如果一个人长时间不阅读，灵魂的滤网就会越来越稀疏，所有东西都会漏掉，直到最大的颗粒也完全流失走，就像它从未存在过一样。我们读过的书，才算是捕捉到的经历，没有阅读，就相当于什么都没有经历。

我听到的所有对诗人的鄙视都让我很满意，最精简的是帕斯卡的那句话："Poète et non honnête homme（诗人是不诚实的人）"我太清楚这些评判非常决断和不公，从柏拉图就开始了，但是我内心的声音告诉我："他们说的没错，诗人啊，真的糟透了。"可能是因为他们的虚荣、自负和对名声的饥渴让我对他们嗤之以鼻，但是我对他们强大的变形能力完全不拒绝。出于某些原因我对现在还活着的诗人都很反感；但是就这么解释吧，每个人都想成为唯一。当我读过去的诗人的作品时，我一点都不讨厌他们；原因可能有很多，但是我总觉得，即使是波德莱尔，哪怕之前他的生活方式并没有多吸引我，但当我**更多**地了解他后，我开始非常喜欢他。他们毫无目标的寻觅，和对抽象事物的执着，都让我有种好感。但是让我感到像暴风雨一般震撼的，是他们对一切事物都能展开天马行空的想象。可就是因为他们的想象力太丰富了，才容易弄错对于他们来说真正重要的东西。可为什么这种能力如此可爱和强大呢？是因为这份宝贵的财富本身，还是因为他们的失败？很难判断。但我知道，对于"普通人"，我们日常生活中最寻常不过的人来说，他们最可悲的是，每时每秒，都只用自己的短见进行判断。他们坐上电车到达他们的目的地。他们被录用，然后一辈子沦陷在办公室里。他们知道，这多少需要付出一些代价。他们喜欢上一个女人，与她结婚。他们走上一条路，是因为这条路能将他们引到某个地方；而我们不同，我们爱的就是不知道会通向何方的道路。我并不反对说诗人只是一直在"迷路"。但是他们将这种"迷失"的感觉巧妙地转换成了很美的事情。英年早逝的诗人，还没有学会张开他们的翅膀；虽然人们对他了解无多，但依旧很可爱。而一些可以俯瞰自己一生的诗人，会随着时间推移越来越让人讨厌和鄙视。人们希望将那个让他们自满的零件从头里取出来，顺便清理掉他们生命中多余的时光。

每个人都注定要守护很多人，然而可悲的是，他们可能始终找不到要守护的生命，或者没能好好对待自己守护的人。

在夜里，两盏灯，四盏灯，八盏灯，直到每盏灯都能让其他的灯进行思考。

不断地感受死亡，不接受任何宗教的抚慰，这是怎样的壮举，多么可怕的壮举！

即使现在生理学已经可以让我们实现永生的愿望，也不会有人有胆量在道德层面上实现它，仅是因为过去死去的人太多了。

只要自由还没能跟你搭上话，它对你而言就是个陌生人。自由是你自己的一部分，哪怕你并不自知。自由是个拥挤的地方，但还没拥挤到让你窒息。只要你不活在别人的期望里，你就是自由的。在没有人爱你的地方，你就是自由的。限制你自由的最大的阻碍就是你的名字。不知道你名字的人，不会对你有任何影响。但是很多人会知道你的名字的，越来越多：抵抗他们所有人的力量来保持自由，这可能是你一生都完成不了的目标。

变成更好的人？就算在当下真的变好了，在别的情形下就不算好了，所以说之前人们并没有变得更好，只是更狡诈了。

如果真有上帝，他一定就是那个无所畏惧的人：无所畏惧地做事，休息；无所畏惧地创造和命令；无所畏惧地惩罚和奖赏；无所畏惧地给出承诺；无所畏惧地遗忘。这就是上帝要有的样子，一个强大而充满力量的上帝。别的，让人误以为是上帝的人，会被恐惧所纠缠和吞噬。他们比我们强到哪里去呢？

　　上帝创造世界前，对世界的期望，是怎么样的。

　　死亡会用自己的方式潜入敌人的内心，瓦解他们的斗志。它会让人们觉得死亡是彻底的解决方案，人们觉得，除了死以外，没有任何实质性的答案。总是对死亡怒目而视的人，却慢慢习惯了它的存在，就像零点一样。可这零点是会变大的！人们怎么就突然只信任它，再不去信任别的东西了！人们怎么就说出这样的话：我只要它，别的都不要了！死亡会推翻所有在它周围的事情，当人们因为痛苦而无力做任何事时，他会笑着说：你并没你看上去的那么懦弱，你可以把自己也弄垮，然后痛苦就消失了。死亡创造出一种痛苦，让人们只能**通过死亡**来解脱。世界上没有哪个法官比它更懂得酷刑了。

　　当我阅读神圣的读物时，里面的记忆会萦绕我心间，只是因为它曾是神圣的，只要它还在我心头呼吸，我就很平静。啊，这种平静，他们一定曾经拥有的平静，就像他们从不曾怀疑，完整的，金苹果，香气迷人，形状圆满。我试图寻找所有神圣的东西，但这让我心碎，因为他们都是过去时了。以后再也不会有这些东西了，我赤裸裸地呼唤死亡，谁敢这么直接地呼唤它呢。神圣的东西是死亡的外衣；只要它穿上衣服，哪怕是人类，这永恒的杀手，都会继续生活，只要人们不撕下它的外衣，就不会发生糟糕的事情，这些劫匪，强盗，他们还没杀够吗。曾经我也是恶人中的一员。曾经我也想当个胆子大的人，我想说："我只想死，只想死，除此以外，别无他求。"这是种怎样的胆量，而这胆量的背后隐藏了多少担心？我们变强大了，有力量把死亡拖出来，把它从所有藏身之地拖出来，没有我们不知道的地方。我们看不起地狱，可它难道不是在死亡**以后**才出现的吗。还有什么比无所畏惧更痛苦的吗？胆量，愚蠢的胆量，我们落入了你虚荣的刀口，一切，一切都被你切碎，所有将死之人都不再知道，他们要去向何方。

一个神，把他创造的东西**藏起来**了，说，"哎呀，这个东西没做好。"

我会讨厌那些很快就被证明是正确的想法。如果一个想法不经历两年时间的考验，人们怎么能说它是正确的呢？

我们碰到一些人的时候因为过于悲伤而崩溃了。很多想说的话会在离开他们之后才想起来。如果我们没有遇到他们，是根本不会产生这些想法的；但它们不可能马上就被想到。我觉得，这种激烈而迟到的想法，造就了诗人。

被绞死的人的尖叫声已经消逝了；可我还能听到他们的沉默。

设想一个人，他的一切会马上**逝去**，所有印象、经历、情景。一个没有痕迹的人。今天、昨天和明天在他那里是没有联结的。在他那里，什么都发生过，什么都没发生过。他很清醒。他注定会死，这是最大的驱动力，这样一切都没有意义了。他认识所有人，却记不住任何人。他生活在一个没有名字的世界。他什么都不怕，别人也不怕他。没人知道他的年龄和生平。他既没有目的，也没有目标，没有触动他感觉的东西。他不会变成别人的负担。每个宗教都需要他。人们无法用目光捕捉到他。试图寻找他的人，都只会白费功夫。

我恨那些很快建立起来一个系统的人，这样我会看到，我自己的系统永远不会完结。

这些话之前都在哪里！从怎样的嘴里说出来！在怎样的舌头上咬出来！谁应该，谁可以，在他们从地狱的深渊出来后还能认出他们？话语有种双重存在：他们至少有一次被我们抓住，狠狠地踩实了；然而我们自己也会和它们一起，被抓住，狠狠地踩实了。很多话，都有双重性，就像酷刑的施加者和受害者，贡献者和牺牲品，稠密和松散。

还没有人听见过真话，那些他们听来听去的话，没一句是真话。直到有一个人听到了真话，他的耳朵会变成翅膀，之后别人也会紧随其后，长出翅膀。

怀疑最令人惊奇的一部分，是对已经发生的事情的不信任，对**事实**的不信任。人们会毫无证据地对身边的人产生一种敌对的想法，怀疑他们会背叛、会口是心非、会耍伎俩。人们会不自觉从自己口中讲出可怕的事情，他们会将它当作呓语，这样任何疑影都能够被打消。它是情人之间互相欺骗对方的爱称。然而一旦他们假戏真做了，这爱称便不再真实了。一件事缺少证据时，人们就一定要相信它。而只要有了证据，就不能再相信它。就好像，信任的存在，就是为了让事情变成真的，而人们似乎对真的事情不再有兴趣了；就好像一个人把手中攥住的空气放掉一样，只要空气像石头一样坚硬。

一个有那么一毫秒可以永生的人。

我们的恐惧中包含着一种愿望，愿意付出任何代价听到信息。只要能听到的所有消息都是对的，无论这消息是好的、坏的、还是他们不想听到的。人们的恐惧到达一定程度的时候，甚至会听命去杀人，仅仅是为了能听到点消息。

战争时期，人们必须保持沉默；羞耻和怀疑都是可以被接受的。战争结束了，人们这才可以袒露出自己的懦弱，之前，他们将这种懦弱变成了暴力和孤立。

如果一个人认识很多人，还要去认识新人时，会有种近乎渎神的感觉。

让人安心的古希腊和古罗马时代：他们对现代人没有任何威胁。他们的威胁早就被排除了；他们不会妨碍任何人呼吸。我们只是古代人经常弹奏的乐器；它们知道怎么弹奏我们。我们是他们一个再随意不过的想法，是他们的很多意外中的一个。他看不上我们，对我们没有任何统治欲。

每一天都像纸牌游戏：人们可以拿牌、留牌、出牌，然后再重新洗牌。没有哪天的到来是有原因的；它们随机出现，每天都不一样。虽然过程在重复，但是我们拿到牌的顺序总是不同的——如果牌面总是重复出现，人们会不会更理智地过好每一天，如果我们能够理解这些规则，如何能在他们的变幻无穷中接近它们。可惜的是，我们的每一天都是不断更新的，而我们只是可怜的业余玩家。

卡夫卡完全没有诗人的虚荣，他从不炫耀，他也没能力炫耀。他把自己看得很低，总是迈小步前行。他的脚步踏在哪里，就对那片地面感到一种不确定感。人们和他在一起时，很难感受到踩在地上的安全感，因此他放弃了诗人们迷惑别人的伎俩。让他自己感到舒适的光芒，都化进他的字里行间里了。人们只能和他一样小心地迈着小步前进。在近代文学里，没有比他更谨小慎微的了。他削减了每个生命的傲慢。人们读卡夫卡时会变得更高尚，但不会引以为傲。传教士以感化别人为骄傲，而卡夫卡从不传教。他不会把父亲的信条传递下去；他格外突出的固执性格，是他最大的天赋，得以让他打破父子之间像链条般代代传递的信条。他打破了它们的暴力；这猛兽一般的能量，在他那里化为灰烬。因此，他自己拥有的会更多。这些教条化作他的**思考**。他可能是所有诗人中唯一的一个不用任何形式施加权力的人。他把上帝那最后一点父亲般的零头也扒去了。剩下的，就只有细密和坚固的思想的网，它适用于生命本身，而不是用来要求做网的人。卡夫卡，从不想当上帝，他也从来不是一个孩子。让人们最震惊的一点，也是让我最不安的，是他稳定的成人的状态。他会思考，却不控制别人，当然也不会玩弄别人。

上帝根本不是造物主；他自己本身就是个巨大的矛盾，他让世界免于我们的伤害；慢慢地又反悔了；我们人类越来越强大；直到强大到，我们会把这个世界、我们自己和他一起摧毁掉。

一个盲人的演讲。

一个看不见的钢琴演奏者，和一个女歌手结婚了，我认识他很久了，昨天他做了一个关于盲人的演讲。他强调，他对自己的现状有多满意。所有人都对他和他妻子更友善了；可能是因为盲人们的自信和开心。他用一种恰到好处和谦虚的态度做演讲，我之前就了解他的这种风格；我发现，他身上带有所有英国人共有的性格。他的眼睛不会左右前后飘忽不定，我们可以这样形容他，但是他的眼睛里充满对目标的坚定，和别的视力正常的英国人一模一样。他没有好奇心，也不骄傲；丝毫不受他妻子后来的那些胡言乱语的影响。他对世界的其他部分的看法，这是他必须做的事——看得见的人的世界——和一个普通的英国人完全一样，一样的实际而自然。他不停地朝大家骄傲地鞠躬，不停地为根本不存在的麻烦道歉。他强调自己的独立的给他带来的快乐，他像别人一样自由；他诚实地靠自己养活了自己。

我很想仔细地描述他和他的演讲。但我今天想写下的是一些盲人的生活中值得注意的地方，我之前从不了解。风对于他们来说，就像我们的雾。在风中他会失去方向感和迷路。强烈的噪音来自四面八方，汇聚成一股声流朝他袭来，他完全不知道自己在哪。因为在前进过程中他失去了自己附近的物体给他的安全感。他分不清自己是在一面墙还是一张桌子附近。他会直接站在那个物体前，避免自己撞上去。他的能力是和他的耳朵有一些关系的，因为如果他们感冒了或者耳朵有问题了，会影响他们的判断。

他们有一种超群的能力。他在同时进行的很多对话中能够选取最有趣的那个听。视力正常的人会把自己的目光落在那个他们仔细倾听的人的身上，也就是，这些人是不可能偷听旁边或者后边的人讲话的。

他们通过人的声音判断人的情绪和性格。在盲人学校他们就通过游戏训练过这种能力：他们在刚接触一个人的时候也是会做出判断的，不过只是通过它们讲话的声音和方式，之后他们会验证，事实与之前的判断是否完全相符。

看不见的女人会比男人差一点。一个看得见的男人很少会娶盲女，对他们来说太麻烦了。

对于盲人来说**动作**很困难。如果他们要参演一出话剧，人们就要亲自教他们每一个动作。很难想象，他们的动作要多笨拙。但盲人有一个优势。他们会节省出来很多多余动作所产生的能量。

听不见要比看不见严重得多。对于听不见的人来说所有方向都是看不见的。后边，身边，前方。盲人只看不见一个方向，其他方向他们都是可以听到的。

他们完全无法想象颜色；但他们对所有造型艺术都有极大的兴趣，也很喜欢听别人讲这些。他们心中的面孔要么是深的，要么是浅的，之间的一些细节特征，他们是很难描绘出来的。

如果所有人都瞎了，盲人就迷失了。可如果所有人都瞎了，那么所有人都迷失了。一个问题是，如果所有人都突然瞎了，他们对之前有视觉的记忆能保持多久。他们要悉心呵护之前的宝贵经历，然后转交给别人。这些经验会慢慢变成一种宗教的启示录；就像信徒听神迹一样，他们最早的创作者也参与其中。人们会去思考，这段有图像的集体回忆是如何让盲人们和平相处几个世纪的。如果他们中的一个人突然又能看见了，这就很有趣的，然后他会告诉别人，他们古老的信仰的真相。

伦理学的核心问题：要让人们知道他们的恶吗？或者说不告诉他们真相，让他们在无辜中继续做恶人？要回答这个问题首先要确定的是，人们对恶的认知是否会让人有变好的可能性，或者，这种认知也正是他们无法从恶解脱的原因？有可能，恶注定一直存在，只要恶曾经被人们这样对待过：人们曾想要收敛自己的恶，可他们发现自己永远做不到。

男人在追求过程中的三个基本态度：炫耀，承诺和乞讨母爱。

人们只能通过绝望的感觉来拯救一个沉溺于自己思想惯性的人：让他说一段话，却没人愿意听，他只能自己私下写下这些话，并慢慢遗忘，过一段时间又重新发现它。因为他每天都将自己的想法按部就班地往前推演，这些想法总是和这个威胁他的世界越来越紧密。只有当他不把脑子里的想法告诉别人时，他才是自由的。这些想法的矛盾、多义和深层的空洞，一定能够拯救他。因为被造物主创造出来的人类是精确性的牺牲品；进步就是让人类陷入其中的毒药，书籍也成为他**自己**的进步，就好像他翻过的书页都是以他自己为榜样的。只有一件事可以救他们：让他们在自己的思想中制造混乱，将它们隔绝和停滞，直到被遗忘。

人们需要朋友的主要原因是为了可以更放肆、更真实地做自己。在他们面前我们可以尽情地吹嘘，展示自己的自私和虚荣，在朋友面前人们总是会比真实的自己更好或更坏。我们不会为自己的虚伪而羞愧：那个熟悉自己的朋友，知道自己真实的样子。但是社会规则和习惯会让友情变得无聊，因为这些规则，朋友之间会做那些和别人没差别的事情。因此，只要和朋友在一起，我们便能够无视这些规则。他给你自由，你也以相同的方式回馈他。我们会因此得到巨大的满足，只是简单地做自己。

有一个古怪的想法，我们中有一群人，他们每天都在观察人类的身体的所有细节，丑的，裸的，扭曲的，无论性别和年龄，他们永远看不够：他们就是医生。他们和我们坐在一起，有张无辜的面孔，像别人那样和我们讲话，可我们并不怕他们，与他们打招呼，和他们友好地握手。

我多想把自己当作一个陌生人去倾听，刚开始没意识到，之后才发现，原来那是自己。

像看双胞胎一样看所有认识的人：每个人都有两面，每个人都像寻找别人一样寻找自己；可没有人和我们一模一样，所以人们会用别的方法去寻找。对大多数人来说这种寻找的过程是有益的。可对于那些真的有双胞胎兄弟姐妹的人来说，他们会迷惑：他们原本要靠自己寻找的东西，已经被错误地硬塞给自己了。

发明一种和话语的音调相差最远的音乐，那么话语就可以有所变化了，变年轻，能够被注入新的内容。因为音乐，话语产生了危险性和新的威胁。通过音乐，话语分裂、聚合。

但凡人们可以变得更好，他们就不再需要音乐了。也正是因为人的恶，让音乐这么适合人类。如果没有音乐，人类还剩什么呢。一段对的音乐能让杀人犯都得到抚慰。有音乐的时候，所有的评价和判断都会不同，废除、赞同、修改、实施，人们的想法，或多或少都会改变；尤其是，我们会产生新的连接，在这种鸟占[1]的吉兆中，这新的连接也会成为永恒。

没有不需要付出代价就能实现的愿望。最高的代价就是，愿望的实现。

人们可以有越来越多的求知欲；但必须有一个临界点，即他们再也承受不了自己知道的东西了，并且要为此复仇。

1　鸟占（Auspizien）：一种古罗马的宗教仪式，预言家通过观察鸟的飞行来做出预言或解读神意。

为了继续生存，人们要意识到一些错误；有些错人们已经犯下并且弥补了，但我们一定要继续犯新的错误。这新旧错误的总和，不能太多也不能太少。一个圣人也要自己创造创造出来一些罪过。那些能够诚实地说出"我没做过恶"的人，已经迷失自己了。恶是天生的，并且是必需的，信仰中的原罪之说也不是没有道理的。

语言的迷惑性：它的音调、词语、语法，让它们看上去那么准确，用不同的方式说同一句话，差别就像用两种语言讲话一样。

翻译中只有**译不出**的部分才有趣；我们要时不时翻译一些东西，发现这些部分。

还有无数人们向往的国度，山的巍峨，河的蜿蜒，还有那些透明的城市，那里住满了健谈的居民，他们属于不同的时代，他们不会突然同时死去，人们依旧对他们多义的话语和毫无意义的命运感到不解，可是那里的一切都比它们合并成一个国家并走向灭亡后更富有、缤纷和多样。

最好和一群再也见不到的人坐在一起，只要知道以后不会和这些人有什么瓜葛，也就还能够忍受。

没有人愿意生活在一个真正完美的城市：这个城市会让

人们毫无欲望。

世界上最难掌握的事情，就是学会学习，对毫无意义的学习产生热情，就好像自己是世上第一个人类，要把自己的知识传递给全人类。很不幸的是，有人宁愿当世界上最后一个人，也不要作第一个人。

抹掉一件事，让它看上去从未发生过，一件小到几近于无的事情：这就是一个男人做过的事，抹掉一件渺小到几乎不存在的事。他充满绝望的努力，他着魔一般的专注，和别人追求某件东西时一模一样，他和别人追求的相反，他是要从自己生命中拿掉一些东西，丢在一边。

但他要抹去的这件事，只可能是件小事，不能是错事；因为错事是镶嵌在生命中的罪。

所有危险，都像煮熟的鱼一样，你可以随时挑出它的刺。

如果一个人的话太多，就会无法判断，这些话对于别人来说意味着什么。他的恶就此开始。

我亲眼看到了人的胃，一个十分之九的胃，两小时前刚切下的，我之前对人们吃东西的意义还知之甚少。他看上去就像人们在厨房里烤好的肉一样，大小甚至都和一般的肉排差不多。这种平衡的意义在哪里呢？为什么要绕这么一圈呢？

为什么要把一个内脏塞进另一个内脏呢？为什么这是我们生存的条件呢？

在某一个城市里，人们的寿命会根据他们得到的爱而变化，得到的爱越多，年龄就越大。因此，在这里喜欢和厌恶刚好达到一种平衡，这结果对于他们的寿命来说至关重要。

有时候人们把自己最好的一面扔在大街上，就像旧报纸，别人路过时看到了它，发现这是一份自己看不懂的外语报纸，于是生气地踩在它上面，让它更脏。

如果一个人之前所有的经历都很安静和明确的话，他就不想继续活下去了。因为以后的经历和影响都会改变之前的生命；哪怕不会完全被改变，也会有很大的变化，这样它们的唯一性也不复存在。变形永远发生在现有的事物上，不会变回之前的样子。如果一个人能找到一个只能回顾过去和抒发感情的地方，他或许就到达了生命诗意的顶点。事实上，人们错过了自己的大多数作品，因为他们总在寻找下一个。人们对生命有种不可估量的饥渴，他们追求一个充实的未来，哪怕世界都已经变了——这种饥渴太强烈了，通过这种力量一个人能够有更多价值，但这种渴望一旦被唤醒，就不可能再压回去，人们只能被困在自己的追求中，一直被它诓骗，被它催眠。

在夜晚的宁静中，当他认识的所有人都睡着时，他会变成一个更好的人。

复活的人突然用所有语言控诉上帝：真正的末日审判。

人们希望还有一个他们完全没发现的世界存在；人们对它一无所知；那里没有我们的痕迹；我们和它互相都不了解；没有什么关于它的传说；无法想象；但可以理解，当他们突然向挣扎中的我们求助时，给了我们新灵魂，同时给了我们能看到他们的眼睛。

没有什么比将死的敌人的目光更可怕的了；仅这一个目光，就能让世界所有的敌意都消失，让人们永远不再感到敌意——人们只能看见将死之人的脸，却看不到自己的拳头挥在了哪里。但是人们会有什么感觉，如何感受到对方的每一分痛苦，能不能感觉到，如果没有这种痛苦，可能他们还能多活三秒钟。

禁欲最深刻的意义在于，它其中包含着怜悯。人们吃东西时，怜悯会变得越来越少，直到消失殆尽。

一个不用吃饭还能活下去的人，他也会有和普通人一样的感情和思考，即使他从不吃东西——这可能是我能想到的最崇高的道德实验了；只有人们愉快地解决了这个问题，才能认真的考虑战胜死亡。

最蠢的事情就是抱怨：总是抱怨别人。总会有这个或那个人离他们太近。总有人对他们不公。人们到底怎么能感觉到：我不喜欢这个东西。什么叫我不喜欢？这毫无意义的琐事萦绕在他们的脑海，之所以是琐事，是因为它和他自己有关，是和一个人有关的最小的事情，一个人们自己造出来的边界。人们总是用抱怨填满自己的生活，他们把抱怨误以为是智慧。这些抱怨像害虫一样越来越多，繁殖得比虱子都快。人们在抱怨中入睡，在抱怨中苏醒；人们"劳碌"的生活不过是一堆抱怨。

嘴的多功能性到底是如何实现的，怎么用撕碎食物的同一张嘴说出话？如果人们能有其他器官用来吃东西，而嘴只用来说话，会不会更好？我们嘴里发出的声音，是由嘴唇、牙齿、舌头和嗓子以一种私密的方式组合在一起的，也就是用来吃东西的嘴的全部构造——是不是这种组合就意味着，语言和饲料一定要混杂在一起，是不是说我们不可能比真实的自己更高贵和高尚，是不是我们只能说出和撕咬一样恐怖和血腥的话，是不是只有食物不合胃口时我们才会觉得反胃。

以后会有一个证据表明，所有实验，从第一个开始，就都是错的；可能它们有正确的内部逻辑，但这建立于第一个实验被所有人公认是正确的，从未被质疑；突然整个技术世界都变成了编造的假象，人类这才从他们最恐怖的噩梦中苏醒。

一个在信仰中活着的人，他脑子里所有东西都中毒了，其实从任何时刻开始他都能够逃脱这种生活。唯一拯救他的办法，就是让他忘掉之前知道的东西。而为了免受这种威胁，他找到了一个方法，**不去思考**。他真的成功地避开了：他的世界又重新绽放了。

你说过的话像你身边的一群蚊子；当它们重新回来叮咬你时，你才惊讶地发觉它们的存在。

清教徒关于道德的无稽之谈：哪怕在他们最深刻、最懊悔的自我忏悔中，也把自己描绘得比真实情况还要好一百倍。

一个人需要多少习惯才能在不习惯的环境中生活？

在一个国家，巨人般的女性将他们小小的丈夫放进口袋。这些女人吵架时，会把她们的男人突然从口袋里掏出来，就像拿出来一个吓唬人的小玩意。

他觉得必须将自己说过和写过的话都改一遍。只改那些他能找得到的句子是不够的；他必须要把那些丢失的也找到；他寻找它们的蛛丝马迹，再将它们打包收回来。只要没把所有话都找到，他就不得安宁。——信错了信仰的人要受到地狱般的惩罚。

这个月月末，我走入我的废墟，右手边的可笑的电灯，对我说，我继续往下走是毫无意义。我要往地心注入怎样的信仰呢。你，别人，我们每个人，所做的一切，都毫无意义。啊，努力换取的虚荣，带来了更多的牺牲品，成千上万，这人生，是你一厢情愿制造的华丽的假象，其实没有人会在乎。可能没有什么神秘的力量能够摧毁它，不过它会自我毁灭。一个像肠子一样的生命能有什么价值呢？或许植物有更合理的构造——可你怎么可能了解窒息的痛苦呢？

啊，一切都让我恶心，它们就像饲料一样。所有东西都沾染了它的恶臭，进而都变成了饲料。一些人假装过着平静的生活。可真实的世界是破碎的。心里平静的人用叶子遮盖地面，用植物生长般缓慢的速度。但是植物网太脆弱，哪怕在它们夺取胜利的地方，绿叶的下边，血腥还在继续。强壮的人为自己拥有一个巨大的胃而骄傲，虚荣的人活在它五彩缤纷的内脏的光芒中。艺术把消化和窒息编成舞蹈。它们做得越来越好，它们的遗产被当作最珍贵的财富。有一些人会奉承别人说，他们说一切都会结束，并预言灾难会接连降临。可这种痛苦的深意就在于它的永恒。地球永葆青春，它的生命是多样化的，它不断更新着痛苦的形式，更新的、更复杂的、更尖锐的和更完整的痛苦：救救我，给我更多痛苦吧！

一个被所有人依赖的人，一个依赖所有人的人，有趣的游戏。

试想，我们生命的背后还有一个生命，我们的生命只是一个他们用来休息的安静的地方。

地球上的人对一颗彗星充满了恐惧，于是把它放逐到宇宙的荒野，一颗有罪的彗星。

1948

恨自己的人。一个人物登场了，怒气冲冲地说自己的坏话。他用尽所有难听和厌恶的话来描述自己。由此他换来了所有人对他的爱。听到他讲话的人都冲向他，沉沦于他的魅力。为了摆脱他的追求者，他变得愈发愤怒了。他真的变成了他嘴里说的样子。他的愧疚成真了，越来越成功了。他的危险性和他的吸引力成正比。他的成功如一道晴空霹雳，让他无法呼吸、束手无策。他在迷惑中犯糊涂了，脱口而出一些**夸**自己的话。在那一瞬间，所有人都离开他了，他消失了。

Deux ex machina[1]：上帝之前一直在默默等待，现在从原子中出现了。

众神的疲惫中有一些很可怕的东西。

1　Deus ex machina: 拉丁语词组，意为"天外救星"。在古希腊戏剧中，当剧情陷入困境，问题难以解决时，会突然出现一个强大的神出现解决难题。

在一个帝国里，人们只能和远方的人相爱，他们看不见彼此。他们永远无法知道自己的爱人究竟长什么样。向别人透露长相是犯罪，是类似强奸的罪。他们的生活中充满着悲剧：比方说，如果他爱上了一个之前不知道在哪里见过的女人。他会像看到俄狄浦斯一样被自己吓一跳。这对于相爱的人来说，有时候是很难避免的。但我们都清楚，他们一旦见面，一切都结束了。他们不能爱上自己认识的人；他们很善于观察，只需一次谈话，他们就能完全看透一个人。这样的国度中，人们如何拥有爱情呢。对他们来说最舒心的事就是去想象那些他们完全不了解的陌生国度；那里还有一些让他们觉得新鲜的东西。他们把这些陌生人画下来，然后写给他们没人能读懂的信。

到处都是我能看到的人：但他们感觉不到我在看他们。到处都有人觉得我能看到他们：而我看不到他们。

一旦熟悉一个城市，就不要再在这里住下去。

瓷器，是把对灾难的恐惧精巧地切分开的产物。拥有很多瓷器的人，是做不了很多事的。他那上千只小小的恐惧多漂亮啊！他是如何好好地看管和保护它们的！

阿难的一个请求，在适当的时机，本该可以让释迦牟尼多活一段时间。但释迦牟尼不希望这样做，他决定三个月内走向涅槃。释迦牟尼生命最后的故事里，我只记住了这个错过的机会。大师的生命在学徒的手上。如果说阿难对释迦牟尼的感情再深一点，或者他能再多争取一下，释迦牟尼就不会死。这个故事告诉我们，爱的精准性有多重要。只有有了精准性，爱的感觉才能被赋予意义，我们才能够拯救或者保护我们爱的那个生命。

对于类似佛教的宗教来说，死亡是可以用任何方式被接受的、被讨论和被修改的，是可以变成超越死亡几倍的东西的，死亡对人的感动要比生命本身更深刻，与这些学说相**违背**的说法是，一切都要在短暂的火焰中消逝。在这里，就在这火焰中，生命成为一种无法被烧毁的东西。八十岁的释迦牟尼从重病中恢复，谈他游历过的地方有多美；他提起了它们的名字，他默默地暗示着，希望自己的信徒可以试着拯救自己。他把自己的话重复了三遍，可没有信徒悟出他的意思，释迦牟尼便放弃了自己的生命，这些话要比任何一个传教士都有分量。

成为上帝，然后放弃，就好像什么都没发生过；我们就是这样被放弃的吗？

人们会时不时会将之前的人生集中地重演一遍：对自己有重要意义的人出现、聚集，按照之前真实的顺序，他们所有行为集中发生在一天一夜，然后在他们话语的火焰中死去。

在这种时刻，你要学会把对自己生命的仇恨推向极点。因为你再也无法接近那个曾经离自己最近的人了；你过去尊敬的人，根本不值得尊敬。你之前觉得美的，其实很丑，可能之前他们就很丑。曾经帮助你的人，要用妒忌来报恩。你帮助别人做的事，其实是别人不愿意做的。只要是确实发生过的事，都是错的。如果你带着现在的想法回去重新严肃对待这些事情，你怎么能保证现在处理它们的方式就是对的？

博斯[1]对千年帝国[2]的爱已经从价值和价格的世界消散了。奇形怪状的植物和动物代替了冰冷的计算；巨大的植物，**它们**表达了爱的价值。每个动物、植物都是独特的存在。人们不需要知道它代表着什么：人们只需要有这种感觉。它的形式比意义更重要。画家思考如何表现他的话语。所有思想体系存在的意义都在于给个别话语赋予新的意义，代价就是要把话语的其他意义架空。这个画家不在意物体的实际大小比例，他的双手拥有着巨大的力量。一只草莓要比一个人都大。

博斯的特别之处在于，情人形象的**苍白**。他的画里有一个色彩斑斓的帝国，动物和水果，由岩石和水晶喷泉组成的梦幻造型，可是他把情侣藏起来的地方，如地狱一般痛苦，和它苍白、平庸的人物相比，他的帝国如此热烈、茂密、丰富而无限。从没有哪个艺术家可以把人的群体性和平均性如此有说服力地表现出来。博斯画中的裸体人物就像镜像一样。

1 博斯（Bosch，1452—1516），荷兰画家。
2 Tausendjähriger Reich：基督教信仰中，上帝归来后会建立一个新的千年帝国。

穿着衣服时，他们有不同的面孔；裸体时，他们都是亚当和夏娃。中间的画板上的人物是从人类的第一对男女演变出来的，由此他们变成了真正的亚当人[1]。人人都爱彼此，可孕妇在哪里呢？哪怕在地狱中都没有和怀孕相关的罪行。爱情只为自身存在；独立于价值和价格的世界，从世界的秩序中排除。它的画里描绘了菲奥雷的约阿基姆[2]真正的千年帝国，他们爱的是无性的。他们的器官经常出现在身体之外，在热带植物、仙人掌和水果中。他们是印第安人的对立面；因为在他的作品里，每具躯体都代表着上千个人的欲望。

艺术的原则，不仅要找到遗失的东西，还要从中发现更多新东西。

想象伟人时，要想象他只是某个时代的一个个体：他们的嫉妒和卑微，也要包括进去，哪怕只是在想象中。

没有哪种语言比英语更自大了。这样我们能够比较和发现，罗马人如何在几世纪以后还能用现代语言表达自己权力；我们永远解不开这个迷。不过，现存的语言中，只有英语最能代表自大。他们的语言就像排开的小棍子；头和尾都对得很齐。他们的句子就像这些小棍子一样，可以从任何一处折

---

1 亚当人（Adamite），在 2 到 4 世纪北非的早期基督教派的一种宗教仪式，信徒在宗教仪式上不穿衣服，为了获得亚当原始的纯洁性。
2 菲奥雷的约阿基姆（Joachim da Fiore，1135—1202），意大利神学家。

断；它们由内而外散发着某种安全感和深思熟虑，不过这和个人生活和个性毫无关系。这种语言中，只有自大是合理的，除此以外的一切都是禁忌；他们必须在集体面前隐藏好私人的需求，因为集体更重要。每个枯燥的句子都是一词审判；审判把这门语言蚕食了。每个人的每句话都在表达一种尊敬，是对**法官**的尊敬。在这门语言中，激情会招来猜忌；它怎么可能保持中立呢？这些法官随时准备好像对待孩子一样耐心地向他们解释；他们总是非常友好。这些法官很有耐心；他们为审判留足了时间。有可能会推迟很久；不过只要最后判决能下来就行了。除了判决以外，别的话完全不重要；可能这些话只是为了表达一种感觉，一种情绪，它们总归会消失的。所有的社会阶层都能够用这门语言表达自己的优越感，这大大减弱了它浮华的魅力；法语中那私人而讽刺的美感在英语中完全消失了。人们很少说别人的坏话；准确来讲，自己说出的坏话，所有人都会说，所以听起来不像别的语言那么难听。英国人在他们的语言中表现出来的冰冷的高贵是难以模仿的；所有人，或者说很多人都是这样的；为了适应这种高贵，人们必须要长时间和他们生活在一起。

要解开有关权力的思想。它们太容易像头发一样缠在一起了。

只有所有人都被**威胁**的时候，人们才能松一口气。

会不会活到现在的都是最差的物种？——逆向的达尔文主义。

史前史扼杀了历史性。史前是没有神话参与的年代；它们看上去就像我们创造出来的一样。信仰和生产在现代社会的分离能够追溯到那个年代，虽然当时并不适用。我们窃取了他们最好的东西，以及制造这些东西时付出的耐心，并把它们陈列在博物馆。这么多不同的东西被并排放在一起；这秩序剥夺了蕴藏在展品中的历史。

人们能看到这么多城市，风景，房间和道路！他们不一定在哪里就能碰到对方，然后建造出新的天堂。

有个父亲感觉父母的教育会毁了孩子。他把三个孩子带到这个世界，之后为了观察他们，他躲起来了。孩子们就这样生活在一个看不见的父亲的目光下。

上帝是个错误。但不好确定，这个错误出现得太早还是太晚了。

亚述人的残忍，这种残暴的系统，本该可以慢慢消失的，我们自己却亲眼见证了它的发生。所以说道德在历史上的登场一直在推迟，我们，我们的时代，我们这代人，越来越像，野蛮人，那些我们小时候在书里读到的可怕的人。

我们生命中很多年的积累的关系突然汇聚在一起，汇聚到现实中的某一个场景：所有事都在重复，用不了多长时间，几周和几个月之前发生的事又会发生；人们对发生的事很熟悉，却不太明白自己是怎么知道的；人们不了解这些重复的节律和时间点。但之后当这些情景不再重复时，人们才算舒了一口气，总结后才发现一个奇怪的事情：几年里发生的事在一两个小时里上演了，人们非常清楚地记得这些年份，因为他们在这段时间经历了痛苦。可能人们真的只能这样从痛苦中解脱，可能这就是戏剧的起源。

人们需要找到多少有说服力的希望和美好，才能抵消他们轻易加给自己的痛苦和怀疑！如果人们知道死亡会让痛苦翻倍，谁还敢于考虑死亡呢，无论是出于何种动机。只要人们一直保持沉默，那么人们至少还可以去死。但人们渴望被听到，于是人们会大喊。可是现在，人们已经无法叫喊了，希望我们说出来的话依旧能够被听见。

1949

有一场赛跑，会在每晚的某个固定时间中断。人们会收到一个信号。所有人都停下，躺倒，入睡。早晨会有一个比赛继续的信号。所有人都起身继续跑。到了晚上又停下来，然后原地入睡。日复一日，年复一年。有些人已经不需要在晚上躺下了，他们站着就能睡着。他们要争取比别人领先。

一个人自以为安全地生活在一片腐坏的陆地，而这片大地会慢慢钳制住他的双腿。

人们最厚颜无耻的想法：觉得自己孤零零一个人。

约拿拥有先知的两个最重要的特点：对这份差事的恐惧，这导致他自己被吞进鲸鱼的肚子里；以及预言未能实现时的愤怒。后者是对先知来说最可怕和危险的。只要他们作出预言，就要往最坏处考虑。他们的刚愎自用让他们毫无同情心。上帝的权威要比他自己都重要。对先知来说很难的是：他们只有在预言被实现的瞬间才有价值；所以他无法忘记那个瞬间。剥夺他胜利的上帝让他很迷惑；有些先知会预言最坏的事情，它们最厌恶的就是被嘲笑。他身边的人会感觉，这坏事是先知自己捏造出来并实行的，他以此来威胁别人，这种感觉也不是毫无道理；只要先知用语言**灌输**给人们一些别的事情，他们又会有别的想法了；先知总是试着给人们这种压力。

约拿书的另一个更明显的特别之处是和动物的关系：人类通过动物受到惩罚，人被困在动物的身体里，就像把他们装在袋子里。上帝不仅对尼尼微超过十二万的人民毫无同情心，同样对动物也毫不留情。

动物的恐惧比我们少，是因为它们不能说话吗？

让我痛心的是，动物们从未发起过暴动，那些无辜的动物，奶牛，山羊，所有家畜，那些落入我们之手再也无法逃脱的动物们。

我试图想象一个在屠宰场爆发的起义，马上蔓延到整座城市；男女老少如何被毫不留情的杀死；动物们如何在街上截下汽车，门如何被撞开，它们的愤怒直冲每座房子的屋顶，地铁车厢如何被成千上万只公牛撕扯，山羊用他们突然变得锋利无比的牙齿撕咬人类。想象一头英雄般的公牛不是难事，它是勇士，英勇地奔赴血染的战场杀戮。但我更愿意想象山羊和奶牛，这些更温柔和弱小的牺牲品。我不排除这些事情发生的全部可能性；我们在它们面前瑟瑟发抖，就像它们现在在我们面前一样。

这些英雄！他们总是知道谁在看着他们。

我们吃掉的东西，是不会消失的，就像在火里唱歌的男人们。

一切都会随着年份变得越来越有意义：老人被淹死在意义的海洋。

他烧毁了自己所有的书，归隐进一个公共图书馆。

霍布斯。所有不涉及宗教的思想家中，我只能记起那些让我印象最深、思想极度深刻的人。霍布斯就是他们中的一员；现在他是对我来说最重要的思想家。

我觉得他思想中只有少部分是对的。他用利己主义来解释所有事，虽然他了解群体——他也经常提起——可事实上他根本没有对此加以讨论。而我的工作恰好就是去解释利己主义是如何构成的；利己主义如何去统治那些完全不属于它的东西，这来源于人类天性的另一部分；这就是霍布斯没看到的地方。

为什么他的论述给我留下这么深刻的印象？为什么我会很喜欢他最错误的想法，那些他仅仅是极其完整地表达出来的想法？我想，我在他那里找到了我思想对立面的根源。它是我知道的唯一一个既不用人类行为去解释权力及其影响，也不用它来解释自己中心论点的思想家；他也不会赞美人类行为，只是接受它的存在。

从他的时代开始，唯物主义才被正式提出并被研究。霍布斯很尊重唯物主义，并且不会因此放弃人们之前的兴趣和才能。他知道什么是恐惧；它用计算揭露恐惧。霍布斯之后的机械和几何，都与恐惧无关；它们不得不重回到之前的状态，在暗中不被察觉地充分施加影响。

他不会低估国家可怕的力量。他知道很多政治设想在几世纪后会造成多可怕的影响。卢梭的想法在他面前不过是小把戏。一直持续到现在的现代史其实始于 17 世纪。霍布斯当时就意识到了这点。他当时尽毕生之力要摆脱分明的政党划分，政党制是一种责任，也是一种很有威胁性的危险。换作是别人，很可能会被这制度拉下水或被它彻底摧毁。他很清楚这点，它把政党制里里外外都看透了，直到这种思想完全成型了，才把它告诉他的敌人。

他是个真正独立的思想家。之后的几个世纪里，大多数思想的心理基础都是以他为榜样并迎合他的要求完成的。我说过，他非常懂得恐惧，他把这种恐惧，和他其他思想一起，通过语言表达出来。他的无信仰无疑是件幸事，信仰那点微弱的希望是弥补不上他巨大的恐惧的。

我无可指责他对现成的政治权力的借鉴，先是皇帝，之后是克伦威尔：他被这种权力集中的正当性所说服了。他只表明了对群体性呐喊的厌恶，却没解释原因。不能指望他解释所有事。

马基雅维利[1]提出那么多实质的思想，却还不及霍布斯的经典的一半。修昔底德[2]的所有思想都是从李维[3]那里学来的。总和红衣主教在一起的马基雅维利根本不懂宗教。他没办法考察他和霍布斯的年代相差的那一百年间发生的宗教性的群体运动。自从有了霍布斯，马基雅维利的论述就只有历史价值了。

我对霍布斯的价值的认识由来已久。还没完全了解他时我就已经开始称赞他。现在，在我很认真的研究《利维坦》

1　马基雅维利(Machiavelli，1469—1527)，意大利政治家和历史学家，著有《君主论》。
2　修昔底德(Thucydides，公元前445—前400)，古希腊历史学家和思想家，著有《伯罗奔尼撒战争史》
3　李维 (Livius，公元前64或前59—前17)，古罗马历史学家，著有《罗马史》。

后，我才知道，这本书是我的"思想圣经"，我会把它纳入我最重要的收藏——特别是敌人写的书。这些书不会让思维瘫痪，而是让它更敏锐，因为它早已被人们吸干了。我觉得，无论是亚里士多德的《政治学》，还是马基雅维利的《君主论》，还是卢梭的《社会契约论》，都属于这部"圣经"的范畴。

穆罕默德实现了所有先知要做的事：他成为立法者，事实上的君主，通过他的努力，先知才成为了真正的掌权者；在他之前，从未有人能如此有效地实现圣意。对他来说，信仰就意味着服从。他使真主的财富，即对死后世界的承诺，在世界上最大化，他像国王一样把这笔财富慷慨地分给众人。他称自己是真主的先知：或用他的说法：是依真主的**指令**。

他只承认那些已经被广为接受的先驱：亚伯拉罕，摩西，耶稣。他不认识自己的生父，这个温顺的孤儿对他人的财富充满敬重，正是因此，他娶了富有的寡妇为妻，她总是尽其所能表达对他的尊崇。

他的朝圣是从卡巴圣坛开始的，在那里，他不再是外来的向导，而是一个外来的先知，这越来越吸引他选取这个地方自封，用僭主来取代占莱什的寡头政治。他和麦地那人的行为在刚开始是具有政治色彩的，他通过结盟和有计划地对故乡发起的战争保障了自己的地位。

穆罕默德对**墓地**的兴趣。他觉得墓地让自己得了绝症。他认为肉体是灵魂复活的场所。末日审判是他统治的核心。

世间万物都会被审判，判决**永远**有效。这是他能想象到最大的群体，即接受末日审判的所有个体。死人堆，所有战争最初始的目标，如此庞大，所有死人都包括在内。（穆罕默德认为战争是治病的关键。）在末日审判那天，由于没有人会死了，死人会把活人打翻在地，用来复活，他们复活的唯一目标是，可以马上听从真主直接和立即生效的命令。

伊斯兰教中，真主的命令就像下死刑一样。圣经中的命令"去这里屠杀，去那里屠杀"通常针对的是祭品动物；只有在某些情况上帝才会给人下闪电般的命令。犹太教和伊斯兰教一个很重要的差别就在于对真主命令的强调和集中。

战士和死人之间的关系能通过一种方法形象地表现出来，即古代凯尔特人的**石堆**。他们上战场之前，每个人都会和别人一起往石堆里丢一块石头。当他们从战场回来时，再从这石堆里拿出一块石头：阵亡的人的石头，就留在石堆里。于是，这石堆本身成为死人的纪念碑。这种把回乡的人的数目从总数中减去的方式，营造出一种非常强烈的死人堆的感觉：那些在阵亡的和被俘的战士不在了，取代他们的是这堆石头。

群体和声音。群体的一个很重要的功能就是用群体的声音盖过危险：比如说地震或敌人的声音。人们为了喊得更**响**而一起发声。只要是对方沉默了，比如说地震或敌人，他们就胜利了——但有件事很重要，那就是**大海**的声音是永远不会被盖过的。因为即使某个很有力的群体发出了比大海更响的声音，他们依旧无法让大海沉默。大海是人们已知的最大的群体，人们永远无法真正与之势均力敌。

"当人们可以向亲戚隐瞒自己的生活，"那个陌生人说，"人们就永远不会知道，谁是谁的家人。能有一个秘密的家庭真是太美妙了，一个只属于自己的家庭，没有人知道家里发生什么事，外人要想接近它的话必须非常小心，因为父母和兄弟姐妹就像是公开的秘密情人。"

那些人们赖以为生的词语，像"爱"、"正义"和"善良"。人们任由自己被它们迷惑，并努力了解它，只为了更死心塌地地相信它。

每个人都会隐藏自己最深的伤痛。

知识独特的运作方式。它很长时间都像石头或者假死一样纹丝不动。突然某一天，它会出乎意料地变成植物一般的存在。人们会不经意间看到：虽然它没动，但是开始生长了。这新发现还不是最令人们惊讶的。因为某一天人们发现只是跑到了另外一个地方，它自己会**跳**了。在清醒的夜晚，陌生的野兽在吼叫，它贪婪的双眼在黑暗中闪烁。

上帝，是从哲学家下的蛋中出生的。

让我耳朵最恶心的就是吃饱的方言。

在雾中，事物的形状就像词语一样。从雾中迎面走来的人，对我来说就像认识一个新词。

一个词就能把他收集起来。

人们对聪明的感觉很随便，就好像自己愿意像傻瓜那么聪明一样。

以后有能力的人要被惩罚，那些总是能做成一些事的人，都要被判刑。

这周我读了一本让我内心非常不安的书：前参议院议长史瑞伯（Schreber）的《一个神经症患者的回忆录》，大约出版于五十年前，1903年，是作者自费出版，他的亲属买下了全部样本，所以现存的册数并不多。1939年我因一个非常巧合的机会拿到这本书，一直保留到现在。我还没开始读时，就觉得这是本对我来说很重要的书。它和很多别的书一样期待被理解，但是现在，我已经开始整理我对偏执症的想法了，我决定开始总结时，又读了三遍。我不觉得有谁可以比一个在精神病院隔离了几年的患者更能完整而令人信服地把这个系统描述出来了。

我在他的书里找到了什么！找到了我思考了很多年的问

题的证据：偏执与权力密不可分的关系。他的整个系统都是在描述为了权力而进行的斗争，上帝自己本来也是一个偏执症患者。史瑞伯一直都活在一个想象中，他是世界上唯一一个活下去的人；别人都是死人的灵魂或上帝不同的分身。这种想法，即我是唯一或者想成为唯一，我是唯一一个有躯体的人，符合了偏执症的症状和一个极端掌权者的特征。我于1932年在法庭旁听对维也纳铁路杀手马图斯卡[1]的审判时，第一次清楚地意识到这种关系。

但是史瑞伯也完整地把纳粹的意识形态融入了自己的幻想中。他把德国人当作被选中的民族，他们会被犹太人、天主教徒和斯拉夫人所威胁。他经常将自己标榜为把别人从危机中救出的"骑士"。他幻象的症状，在若干年后曾经被做"精神健康"看待，这也就能够解释为什么他的思想很有意义。足够结实，世界末日的想法始终伴随他，这伟大的幻想让他难以忘怀。非常有必要把他身上出现的所有现象都列举一下，我会在《群众与权力》中专门用一章详细描述。很多我想和《迷惘》联系起来的东西我也要提一下。这一段描写的是一个"不运动"的阶段，可以和《迷惘》中的"僵化"这一章联系起来。虚构角色的对话也是从《迷惘》中来的。

这种对偏执的研究是有危险的。数小时后，我从这种封闭的痛苦中走出来，这种幻象的系统越有说服力，我就越害怕。

---

1 马图斯卡（Matuska）：全名 Sylveszter Matuska，匈牙利籍的铁路和屠杀者。

这个系统有两个特点：首先这种幻象是精巧而封闭的，让人很难逃离它；没有出口；一切都被死死锁住；人们会被扯进某种液体，潜进去，被它裹挟走；即使能发现它的存在，依旧无法逃脱；那里的一切都如花岗岩一般，一切都是黑暗的，这种坚硬的黑暗要浸透一个人太轻而易举了。无论我做出什么尝试，最后都会落入同样的结果；我对自己思想体系的最高期望，就是一个开放而广阔的空间；只要给思想以位置，它们就不会了流失。但这里有一个人会把对我来说最简单的事，玩笑着就能轻松完成的事，当成他的幻想。我之前从不会害怕自己会进入一种精密而封闭的幻象里，特别是在我已经能够理解它的前提下。

第二个，也是更危险的是，我开始对自己思想的有效性产生怀疑了。它描绘出一种清晰而有说服力的幻想，并且决定用这幻想框住一个人——如果一个人有这种"偏执"的力量，有什么是它写不出来的呢。我经常感受到的现象也是如此。但是区别在于，当我觉得什么东西过于有说服力的时候，会在陷入它的圈套前马上掉头，我会把它推开，做些别的事情，而同样的问题之后在新的地方又会出现；我永远不会让自己陷入某**一种**和真实的自己完全不同的方法论；我会像象棋里的骑士一样跳开别人设定的规矩；通过学习新事物化解自己的固执；首先，哪怕是好意的朋友，我也会经常放弃已经做了几年的工作，以此赋予这个世界以新机会和新发现，让世界能够发现自己的矛盾并打破自己。

尽管如此，我依旧觉得，没有这些新发现作为希望的话我是无法继续生活的。没有哪种幻想可以与它一起相提并论。我讨厌这种让我陷入陌生而逼仄的幻想中的危险。

人们只能经历这个世界的一小部分；但你却对这世界的整体只字不提：你的局限性。

一封来自瑞士的情书。邮票上是斯特林堡。

一个人把满满一桶爱倒在另一个人头上。

他在他的灵魂中放置了一片荒漠。在那里，他的思想开花了。

德里苏丹国谋杀的历史！我们被逼着知道、感受这些事情，然后突然感觉自己仿佛也变成了杀手；只是因为我们读到了这段历史，而又没有足够大的力气和意志可以抵抗它。历史，始终是最愤怒的事物，我无法从它的魔掌中逃离；事实上，历史变得越来越愤怒了，这强迫我解剖历史；我切开他腐烂的身体，同时为自己选的这份工作感到羞耻。

你装不下更多东西了，因此一有想法你就会把它表达出来；你已经身处泛滥的河流中了。找到河口前，你无法从这条河里出来。和逆流前进比，可能心甘情愿地顺流而下会更好。

一个男人对他的妻子说："下雨了，我想舒舒服服地做个梦。"——一段苏里南故事的开头。

每晚他都过去。她友好地接待他。他在那里待上几小时。他让她躺在一片被破坏的秘密的荒漠，然后走掉。

"Gnade"（怜悯）和"Knie"（膝盖）一样，都要在 n 上拐个弯。[1]

他发现，另一个人身上少了一些东西，但这个人还活着，看着他，和他讲话；他很迷惑地寻找这个人少了的东西："它在哪？"他问："你把它藏起来了？它还在吗？"他的追问是徒劳的，一切都石沉大海了；但那片海并不是很深，没什么东西会沉下去；对他来说，除了寻找，其他都没意义，他寻找的是一片虚无，在这过程中，他变成另外一个人。

古物修复工作者。他们同时具备演员和考古工作者的特质。他要演一个画家的角色，去修复这个画家的画。当他一步一步仔细认真地保证不去破坏任何一部分时，他已经变成画家本人的角色了。他的敬畏之心转化成了期待。不过他也是有主动性的：很多细节都在他的掌控之下。他修复的部分越是不被察觉，作为考古工作者的他就越成功。当他的主动

---

1 德语的"怜悯"和"膝盖"分别是"Gnade"和"Knie"，两个词的第一个音节都有包含 [n] 的双辅音。

性被牵制，无法补充那些无从考据的缺失部分时，他本性中的谦虚就会成为弱点。可能他会坚信是自己画出了这幅画，可事实上他一直在假扮那个角色，就像大多数的演员自己都不写剧本一样。

这种职业的变形是注定的；艺术史里已经有太多人名，塞不进去新名字了。修复工作者也接受艺术史的等级制度：他们也会向那些伟大的名字投以最崇高的致敬。

1950

我经常期望自己可以戒掉历史的眼光去看这个世界。很可悲的是，我们用年份来划分历史，并且把植物和动物的生命排除在外，仿佛他们从未受到过我们的压迫一样。年份的划分锻造了人类专制的皇冠；最悲哀的传说，就是人类为自己创造了世界。

随着时间流逝，人变得越来越无耻。

一个国家的社会垃圾是他们伸出窗外的旗帜。

人类是船只，运送他们恶心的货物。

我能想到的最恐怖的群体，一定来自于一群吵闹的**熟人**。

一个真正高尚的医生，会为他的每个病人发明出来一种新病。

很多病名起得非常贪婪：Meiningitis（脑膜炎）。

精神病学能够自我救赎：他们记录成百上千个准确的病例，却不做任何划分和解释！

他描绘出，人类如何在一个邪恶的神面前坚持自己。如果**反抗**他的话，人们早就变得更好了。他们本可以对他毫无期待和祈求，应该与他斗争。很多人本可以在他面前隐藏自己——洞穴艺术家，其他人本可以追赶他——大胆的猎人。
他们相信自己至少可以成功地让上帝变得更好。

可能你的每一次呼吸都是另一个人的最后一口气。

一座没有人哭的城市。人们把一颗一千年以前留下的眼泪当作生物来保存，并建了一座大教堂。

哪怕是最好的讽刺家，也会让我怀疑他们的理性，池塘被抽干了水，他们可怕的阴谋暴露了出来。

一个哲学家一辈子都不会回答一个问题的。但是可以去看看他们如何提出问题！

站在高跷上的女人，无知地从上面跳入一个陌生男人的怀抱。

历史让所有事情看上去都定型了。但事实上这些事可能会通过另外一百种形态出现。历史只表现真实发生的事，并且通过和未发生之事的强烈联系来突出真实。在所有可能性中，它只挑了那个流传下来的版本。于是历史仿佛只为了**强者**而写，即真实发生的事情：未发生的事情是不可能留在历史中的，我们看到的一定都是发生过的。

兰克[1]认可权力，对他来说，历史即权力的实现。不崇拜权力的历史学家，是写不出连贯的国家历史的。对于他们中很多人来说，一个很早之前就不复存在的罗马就已经够了。伏尔泰所说的历史上最伟大的四个时代中，路易十四是最后一个伟大的时代：那些反对国王和战争史的史学家受到的权力影响，并不比普通的编年史作者少。

兰克作为历史学家的特别之处在于他的多元论；他是政治上的多神主义者。因为在他所处的年代和之前的几个世纪里，有很多强权出现，他发现了它们。对于那些已经没落的权力，西班牙和土耳其，他有种近乎羞耻的感觉。

如果死人可以复活，人们还要杀多少人？

1 兰克（Ranke，1795—1886，Leopold von Ranke）：19 世纪德国最重要的历史学家之一，西方近代史学的重要奠基者之一，被誉为"近代史之父"。

他太有钱了，炸弹吞噬了他的手。

现在，绞刑已经承载了铰链所有的温柔。

世界上没有原子，已经被证明了。但原子弹还存在。

"如果一个人不知道什么是公平，怎么让他公平待人？"——"对，人们就这样把公平摧毁了？它这么脆弱吗？"

你需要为每个你爱的人，另找一个承受你辱骂的人，为了节省人力，人们必须把骂人和爱好好结合起来。

我有一种迫切的感觉，我想了解所有人，他们在什么时候都是怎样生活的，就好像我的快乐都和他们有关，他们的独特性、一次性，他们的生命历程，还想知道，他们在一起会变成怎样。

变成一座城市，一个完整的国家，一片土地，而不是占领它。

一道只劈向小气鬼的闪电，一次性把他们所有的东西都带走。

最好的人不是需求最少的，而是通过他自己的需要，给予别人最多的。

地球上能遇到的最诗意的事，应该就是被别人**观察**吧。

很有可能，我们被很多人观察着，他们之间可能对占领地球这件事有争议。

一个陌生星球的人监听一个地球人，但永不可能与他讲话。

设想地球的科技发展引起了外星人的注意；第一颗原子弹爆炸时，他们才将我们视作威胁；从那时起他们就预言了我们的灭亡，并且认为这用不了多久。

会有一些原始人，他们成为唯一无法区分我们和外星人的人，他们**无法**理解，接下来要发生什么，这最后一批自然的地球居民，原始、迷惑、纯洁。

当外来者第一次打开人类发臭的皮囊时，他感到惊恐和恶心。他们演示吃饭的过程，来解释消化系统。

假如说，他们要把人当作光，人和人之间的界限就像光线一样无缝连接，他们对脂肪感到恶心，他们只想要光。

如果他们想把地球变成他们的**墓地**呢？

1951

我最讨厌哲学家的地方，就是他们**简化**思想的过程。他们越是频繁而灵活运用基础词汇，他们就离世界越远。他们就像一群生活在很高很空的房子里的野蛮人，那里塞满了极好的作品。他们整装待发，把一切东西都明确地依照方法论扔出窗外，沙发、照片、盘子，还有动物和小孩，直到房间完全空掉。有时候连门窗都不能幸免于难。只剩下一座空房子。他们自己觉得，这种虚无**更配**他们的房子。

智者忘记了他的头脑。

彼岸的世界只剩虚无，它最危险的遗产。

潜水员，你不知疲倦地将自己沉入他人的混乱中。你还能从他们那里学到什么吗？你能帮助他们吗？它们对你的影响，要比你自己的混乱还要大吗？

一个梦就像一只动物，不过是个未知的物种，人们不会看不到它的四肢。意义是笼子，梦不在里边。

你永远无法碰到一个什么都不**要求**的人。你兴高采烈地出现在他面前；他那么不看重自己，却想从别人那里索取很多。索取者的角色。我对那些总在索取的人充满疑问，为什么他们需要那么多东西，却从不看重自己。

我见过的最可怜的人，是一个被丢进一堆词语里的小贩；但他一颗颗将这些词吞下去，在口中反刍，用它们写出一首诗。

我们对权力的执着，其实只是为了寻找一个口号。这口号不过是总结了一些人们偶尔说出的话，然后把它们变成一个征兆。所有回应它问题的陌生人都会被平等对待。而口号根本不想再见到他们；它也不知道这些人到底想要什么，也记不住他们的名字。在口号面前，这些人只是个"波兰人"或者"心理学家"。这些人只是渴望从它那里得到一个词，这个词只要看上去能被利用就够了，而他们利用的方式令人捉摸不透。如果这口号在一个团体中被别人提出来了，他们就想赶紧离开这个地方；因为权力一旦有了别的追随者，它就会失去一些效力。只要它只属于他们自己，他们就能够随心所欲地曲解它的原意为己所用，直到它的含义变成一种专制；它看上去是在为一个更强大的权力服务。

星星担心的是，被我们看见，被我们命名。

所有的战争，都有之前所有战争的影子。

罗马、巴黎和伦敦都会被遗忘。一片大海会将它们淹没。没有人得懂英语。几只马观察埃普索姆的群体。凡尔登的墓地照亮了海底。

如果一个人不想再向别人施加权力，他就会变得非常快乐。这种想法有多强烈，他就有多快乐。自由，我越来越觉得，自由就是放手，放弃追逐权力。

176

我喜欢让一个我很熟悉的人重复同一个故事，尤其是和他生命的核心经历有关的故事。我只能接受和那些每次讲得都不一样的人交往。如果做不到这点，他就是个演员，他们在研究自己的角色而已，我一点都不信任他们。

我们受不住美丽的眼睛，我们克制不住自己总想看着它，沉溺其中，迷失自我，再也找不到出路。

别人总问你，当你在辱骂死亡时，到底**什么意思**。人们渴望从你那里听到一些廉价的希望，那些他们在宗教中早已听得耳朵磨茧子的希望。可我什么都不懂。我无言以对。从不奉承死亡，就是我的个性和骄傲。我和所有人一样，有时，极少时候，也会渴望死亡，但不可能有人能听到我对死亡的赞美，我从未在死亡面前低过头，我从未认可它或洗白它。我觉得它如此无用和邪恶，它是一切丑恶的根源，这难以理解的难题，把一切都纠缠在一起，变成解不开的结，而没有人敢击碎这个死结。

这对于每个人来说都是不幸的事。没有人该去死。罪行重的犯人也不该被处死，就是因为有了对死亡的**认可**，死刑才会被如此严肃对待。

去设想一个人们无法杀人的世界。那么，在这样的世界，别的罪行会是什么样的？

人们总要把最重要的事情藏在心里四五十年，才敢真正说出来。因此，我们永远无法衡量，那些早逝的人的心里藏了多少东西。所有人的死都属于早逝。

没有人不尊重烈士，哪怕他们做的所有事情看上去都是为了实现自己的**永生**。基督徒会鄙视这些烈士吗，因为他们死后并没有去另一个世界，而是在**现世**实现了永生。

灵魂转世的想象都比对死后世界的坚守更有意义。这些死后世界的捍卫者们从未发现，他们从未提过任何那个世界的人名：那是个**整体**的世界，是一个永不瓦解的群体。他们希望，在那里所有人合并成一体，永远不要分开。

生活在天堂的人会不会永远不碰面，像隐士一样生活，离别人远远的，听不到别人讲话；一个永远孤独的天堂，不用忍受身体的痛苦和负担；一个没有墙、栅栏和看守的监狱，永远无法逃脱，因为他们无处可去——他们只能和自己说话，他是自己的牧师、老师、安慰者，不然没人愿意倾听。这种极乐的存在，对于一些人来说可能是地狱般的痛苦。

我解释不了，为什么我对生命越是充满激情，我对恶就愈发敏感。可能是因为我总觉得，如果恶不能被任意地撕碎，它就不会这么丑陋了。可能我依旧臣服于古老的想象，即天堂的居民都是好人。如果死亡不是**先前**就注定要发生的事，其实它也没有那么不公。无论我们做出多坏的事，都和死亡的审判毫无关系。我们之所以要作恶，是因为我们知道我们会死。如果我们知道自己的死期，人会更坏。

所有人都对宗教很满意。难道就没有哪个急需被质疑的宗教吗？我很想知道会不会有人根本不把死亡放在眼里，哪怕是他自己的死亡；他为自己对死亡的憎恨挖了一条永远填不满的河床；他不睡觉，因为在他熟睡的时候，一些人会死去；他不吃饭，因为在他吃饭的时候，有东西会被吃掉；他不去爱，因为在他的爱里，别人会被撕开。我很想观察，这个人只拥有这一种情绪；当别人开心时，他会替别人担心；这无法言说的对"生命短暂"的忧虑，比死亡的痛苦，更尖锐，这痛苦充斥着整个世界，只能在这痛苦中呼吸。

盲人说，他还能看见的时候曾结识了一个伟人，他觉得失明以后才更了解他了，他对他的印象不会再被什么东西压迫、重叠、上色、模糊和玷污了。他拒绝听到关于这个人的所有新内容，他不愿破坏那份纯粹。

他闭上眼睛时，才开始生活。他什么都看不到了。他也不会撞到什么。他从一个人到另一个人那里去，他根本不认识他们。没有人对他说假话。当他难过的时候，他会靠着一张桌子。发火的时候，他把桌布扯下来。女人像水一样从他那里溜走；他看不到她们，让她们走掉。失明这件事让他总有一个目的地，这些目的地会自己来到他身旁。他说谢谢，坐在钢琴旁，为这些友好的目的地弹奏一曲苏美尔华尔兹。"这个世界，曾经这么美好啊"，它们惊讶地说。

有一个人从未被周围的人注意到，他的智慧突然一鸣惊人，之前人们从他那里期待过很多事，唯独没想到过他的智慧。他让别人觉得早已将他认清和看透了，而事实上，他总比别人看到的更深。他最大的优点就是这种神秘——他永远不会为任何人打开心灵的窗户，除非有一天他的花期到了，他会突然绽放，并永远盛开。人们总会习惯性地执着于**错误的**人，在他们寻找这种隐秘的智慧。人们在别处辛苦找寻的，其实就在**此处**，在这里你能找到所有失望的反面，奖励、感激。

一个人心里的矛盾有了变化，他在别人面前只能长时间保持沉默，突然，他心里的矛盾消失不见了。

方形的桌子：这形状赋予人们一种自信，让他们觉得自己可以连接四个人。

"这意味着什么呢，"亚当对夏娃说，"你是黏土做的。"并把她丢在一边。"我是你的一根肋骨，"她说，"我这黏土也曾是你的一部分。"他不相信，并咬了一口苹果。他明白了她的话是真的，把她捡起来，将她送给了那条蛇。

裸体的男人被拴在一群穿着华丽的女人的绳子上：这群

狮子狗是她们的爱犬。

他给过别人的所有建议，和这些征求他意见的人，突然聚集在一起。他们像他一样给互相提出建议，这是个充满生机的团体。终于，当他同时看到了他们所有人时，突然明白了，自己想要什么。

男人只能看到那些不喜欢他的女人，不过，男人会以为，她们可能会喜欢上他。"他"的命运。

傻瓜的姿态，要比全能的神的姿态更打动我。

他的梦想：掌握知识的同时，但自己意识不到，自己掌握了这么多知识。

计算自己的朋友时，我们会发现**自己**；经过加减乘除的计算——计算的结果，就是一个陌生的**自己**。是不是我们之前只从众多答案中选择了一个？**这么多**答案中，你依旧只会选**之前**的那个答案？

大海永远不会孤独。

他多希望去那个没有他的世界。

我对英语中的一些表达有种发自灵魂深处的厌恶，一个人对另一个人说："He is a failure"（他是个失败者），他表达出的意思是，"失败"是这个人最大的特点。看看谁说过这句话！P.，一个充满了英国人特性的人，曾经和我描述本杰明·贡斯当时说："He was a failure"。谁还不是个失败者呢？每个人不都有过虚荣心？每个人不都从未经历过死亡？

那个高个子女服务员用手指划过订单来提醒自己不要漏掉哪个。"我来了"，她点点头，然后悄悄地看了一眼她分开的几只手指。别的手指确认了之前的几只手指想起来的事情，她突然对这种相互配合非常满意。将她呼来唤去的不是陌生的客人，而是她自己，她平静地听着自己的声音，和自己进行讨论；她自己决定哪只手指要为别的手指负责，并避免这些手指相互争吵。当客人们不耐烦的时候，她会摊开手掌，人们会知道，没戏了：手指们翻脸了。

最蠢的女人：把一切都第一时间说出去，说给另一只耳朵；可事情还根本没发生。

你能从一个爱慕虚荣的人那里得到你想要的一切——只要在他面前夸他就行了。他为了被别人当作好人，甚至可以随时去杀人。

只有期待以外的事才能让人开心，但我们依旧不得不面对很多意料之中的事，它们打消了惊喜的喜悦。

霍布斯的一切一直都吸引我：他灵魂的勇气，来自一个充满恐惧的男人；他独断的博学，来源于他独特的直觉，这种直觉要面对它自身，也要经常被抽空和抽干，放在一边。他很克制地将成熟而有力的思想保留几十年，他自己决定什么时候将这些思想公之于众，独立而残忍；他享受敌人包围在他周围的感觉——他属于自己的政党，他给别人造成假象，自己是可以被利用的，但是非常清楚如何反抗别人对他的利用，他从不屈服于一个低劣的权力，他只做能争取到他思想的支持者的事情。他的思想拥有如此大的活力和新鲜感，经久不衰；他对概念保持怀疑——这不就是他的"唯物主义"吗？——保持怀疑的还有他的年龄。有时候我会想，他九十一岁的岁数会不会在我对他的喜爱里扮演了过于重要的角色？因为他的思想成果我永远理解不了：他对数学的迷信，我不予评论，但是他对权力的看法，我要彻底反驳。

但我**信任**他；我认为他生命和思想的历程非常自然。他是我的对手，但我愿意听他的；他从不让我觉得无聊，我常惊讶于他语言的密度和力量。相比于他对数学的迷信，后来的哲学界对概念的迷信给我造成上千倍的不适。我信任他，我也信任他的年龄。我真的希望可以活到他那么大，这样我就可以有和他不同的，且属于我自己的稳定性，去审视、证实和确定我**自己**的经历——对于如今我们每个人都适用，如果人们想知道自己的经历的本质，只需假以时日。

一个从未收到过信的人。

小偷的地狱是对偷东西的恐惧。

整个晚餐的时间那个老妇人一直在讲喧闹鬼[1]的事。那顿晚饭吃了很久。我嫉妒她的经历。为什么喧闹鬼不找我呢？出于反感，我根本不想听她讲了。可她并没有放过我。号码簿着魔了，自己会动了。鞋子们一起跑到了床上。我觉得这很无趣。如果说喧闹鬼把号码簿对应的名字和号码都打乱了才有意思，因为挪动号码簿这种事，我自己就能做。可我为那些一起跑到床上的鞋子几乎感到羞耻。它们为什么不愿意分别去别的地方呢？喧闹鬼根本没往这方面想。那个老妇人感觉到了我的失望，开始讲别的了。我最后还是走了，她也累了。过了好几个小时后我才明白，她本人就是喧闹鬼。她只是告诉我她以后会做什么事。她只是在说她的计划。

夜间日记里的内容，没有一行是在白天写出来的。白天的日记，没有一行是在晚上写的。很长一段时间里，它们都被别人区别对待，从没被拿来比较过，人们也不会弄混它们。
如今它们终于见面了。

---

1 喧闹鬼（Poltergeister）：一些具有破坏性的灵异事件，被认为是喧闹鬼造成的。

1952

　　每过几周,他都突然想起《确定死期的人们》[1]。在他的身体里,这些人静静地继续着他们的生命。这些人有多感谢他给予他们时间! 他们知道,他永远不会忽视和遗忘他们。他们希望花他一点时间,把他们的存在嵌在他的生命里。他喜爱他们中的每一个人,他惊讶地想起他生命中的每个阶段,当时的自己竟会带着愤恨和恼怒创造出这些人物。是什么让他对这些鬼魂充满温柔?

　　人们可能会认识三四千人,但只会谈起六七个。

　　有时候人们会记住一些事,仅仅是因为它们和别的事没有任何关系。

　　1759 年在埃弗顿发生的事说明,牧师**约翰 · 卫斯理**和他野蛮的信徒制造了**死人的群体**,他们是群魔鬼,他们在恐惧中瑟瑟发抖,他们害怕的是自己的死亡所造成的后果。他的《日记》像一个战场,不过是被想象和虚构出来的,或者说,一个临时的战场,它的存在是为了让人们从真相中逃出来。这样说的话,卫斯理毫无疑问可以和一个司令相提并论,他发出战场上的命令和信号,不过是这是一场群体的内斗,一

1　《确定死期的人们》(*Die Befristeten*):卡内蒂于 1964 年出版的剧本。

场屠杀。不过这种场景是想象出来的，它起到了正面的效果，避免了可能发生的不幸。

天堂敞开大门，人们会看到那里人太多了，他们唯一的愿望就是，在那里找到一个位置。

人们可以感受到自己内心对各种事物的狂热吗？他们会相互排斥吗？

他仔细地嗅所有香槟，可能他只是个最普通的审讯官。

末日审判那天的历史学家。

对精神病患者的观察是很危险的，对精神变态进行分类要比做出诊断更有破坏性。变态没有标准；只要是有判断和经验的人都明白，每个人会有某种形式的变态。这种认识的价值在于，人们会感觉到每个人都是独一无二的，每个人都渴望被当作个体来关注、爱和支持，即使人们的一些行为方式既无法被理解也无法被预知——但，精神病医生，他们将变态进行分类治疗，把被侮辱的病人连带他们的独特性一起丢在一边。这种将人们分类的权力，不仅会让被分类的人感到痛苦；对于观察者来说也很有压力，从此他们看人就像看作品一样，并且这种视角不可逆。

从某个年龄开始，每个聪明人都看上去很危险。

他总是提前知道报纸上会出现什么，因此他必须认真地阅读。

他明白如何激起仇恨，哪怕只是一只蚊子的仇恨。

那段魔鬼般残酷的历史——我从自己身上看不到丝毫残酷的影子，这样的话我怎么研究它们？——痛苦和杀戮，杀戮和痛苦，我试着用一千种不同的方式理解它们，然而依旧只能看到同样的事情在重复——如果没有固定的年份将它们分割开，根本看不出来差别。

他在等一个词的出现，可以为所有词恢复名誉和申辩。

我会一直撕裂自己，直到我变得完整了。

我从未被我的"物质"所征服，可能是种幸运，我总会和自己保持点距离。这些物质的每一部分都有其独特而长久的效果。我会反思事物，不然它们就会反过来闷死我。很多时候我回忆一些事，并连接这些回忆，不然它们只能是停留在表面上的那种短暂喧闹的存在。所以我也可以理解，为什么过去几个月里数量众多的书籍并没有给我带来一点新东西——它们只让我确定了我已经成型的想法，并且，我会说，它们给我带来了**科学的**勇气。

句子啊，句子，你们什么时候可以重新聚合在一起，不要再分开了？

我被一群想要安慰我的敌人包围住了。他们试图用两种方式来击破我的骄傲。他们跟我谈起过那些被抛弃的女人，似乎她真的没救了：既然事情本来**就是**这样，那么不如干脆**随它去**吧。或者他们大喊：**我要死了！我要死了！**可我还从未说过事情**毫无**挽留余地了，让说出这话的舌头被拔掉吧，我宁愿在沼气中被毒死，也不愿意承认我说过这话。其他所有人都会死，我知道，但让我很恶心的是，他们以拿走我的这份恐惧来**威胁**我，我很恶心他们，我不会因此原谅任何人。

我们的愁善感源于对熟悉的事物的爱吗？我们熟悉的东西在生命长河中汇聚，让一切都变得悲伤了。对一件事的熟悉程度每多一分，就会往上累积一层岩层。随着时间推移，它们最终会堆积成非常坚固的陆地。直到现在，还没有人可以逃脱这种情绪；只能试着把这些熟悉的陆地割开：在这版块的缝隙中还有一些让人意想不到的东西。最危险的是那些熟悉的事物相互连接形成的封闭领土。在那里安家的人——他们还能去哪，他们还能去哪些陌生的地方？

我们不需要避免地震的发生。这种毫无征兆的摧毁突然降临时，人们的痛苦是无法消解的，没有哪个生命可以长到重新建造一个和之前一模一样的、熟悉的大陆。

一些人会自己制造地震，而最终他们冒险的天性被恐惧击碎了。另一种人会在梦里找到这些不稳定的大陆，他们是**沉默的**预言家。另外还有牺牲的人，他们在生命长河里被征服了，他们虚弱地四处漂泊，直到不幸恰好降临在他的头上，对他来说所有的一切都毫无意义地结束了，毫无意义指的是没有见证者。

所有爆发肯定都有虚假的成分在。爆发的起因是人们渴望放大一些事情。人们有某种野性的情绪，我们会找各种借口来点燃这种野性，并证明它。野性爆发的瞬间只有一个意义，即点燃一个人和他的所有能量。很可惜，内敛和胆小的人永远体验不了这种瞬间。每个人都要拥有自己的火焰；从别人那里借来的火是不完整的。

把自己拥有的一切都押进赌局的行为，其实是一种愤怒。它看上去不太像愤怒，是因为它是内心的一种固定的仪式，是一种冷静的愤怒，不过依然是愤怒。

很多人喜欢这种形式，因为赌局的高回报可以伪装他们所剩无几的理性。他们看上去希望**拥有**一种完全不同的东西；事实是他们渴望全新的冒险，为此他们需要愤怒的火焰来驱动。表面的冷静源于他们预知到了可能发生的损失。人们会动用已经拥有的东西；拥有的越多，愤怒就越强烈；最愤怒的人，会把自己的一切都押进去。

让我特别难以理解的是对生活百分百的投入。可能我总是对生活充满好奇并且期待惊喜；总期待意料之外的事情发生。我之前知道或想要的东西被废除或反对，让我觉得很有意义。每个通向终点的路上都藏着**未知**，路上的惊喜可能会让终点也发生**变化**。我希望，我的意志可以被别的东西吸引开。对所有东西都怀着充足的期待，它们都会以任意一种意想不到的方式完结。世上不该存在终点，因为一切都在变化。我觉得，人类在原始阶段是不知道有终点的，本就该不设置任何终点，有意去发明一个终点是很危险的。

很多人觉得宗教做的事很有价值。没错，它们是弱化了一些可怕又尖锐的冲突，并且给很少一些活着的人以希望。可宗教最大的罪恶在于对死者的态度，宗教**利用**死者，似乎自己被赋予了这种权力，并去解释死者的命运。我觉得，为了能让每个活人更好地**彼此**相处去编一些故事，这是很好的。可是，去讨论已经完全消失了的死者，就非常无知和轻率。我们已经完全放弃所有可能性去保护死者了，全盘接受这些说法。可死者们无力反抗是个不争的事实。我太爱我的死人，我希望可以把他们好好安置在一个地方（我觉得人们把他们锁在哪里或者埋进土里已经非常不堪了）。我不了解他们，完全不了解，但我决定，在这种的巨大的不确定性和痛苦中继续爱着他们。

摄影毁了事物的原貌。

啊轻松，轻松，当他变老，他活得越来越轻松吗，他了解所有人，却不说出口，他爱所有人，却并不情愿，拥有所有人，却不想被他们觉察。

世界上已经不可能再有造物主了，因为他创造出来的人无法想象也无法承受他对命运的悲伤。

胜利者的饱腹感，就是他的征服感、满足感，漫长的消化过程给他带来了愉悦。人们要尽量避免成为某种人，而**一定**不可以变成的，就是胜利者。

我们是所有我们认识的人的受害者，并且从他们那里幸存下来。幸存就是我们的胜利。到底该怎么做：继续活着，还是拒绝做一个胜利者？——道德的化圆为方。

《确定死期的人们》的设定：我不明白，人们为什么**再也**不去思考他们寿命长度的秘密了。所有宿命论者都会提一个基本问题：人的寿命是早已注定的，还是在人生历程中才被决定的？如果有某个人注定可以活到，比如说六十岁，或者说这个长度是不确定的，那么这个人，有着同样的青年时代的人，还可以活到七十岁吗，或者可以在四十岁就结束生命吗？在哪个时间点他才能**明确**知道自己的寿命？第一个相信这种说法的人，肯定是宿命论者；不信这些的人，会觉得人生拥有着广阔的自由，这自由会被局限进寿命中。人们就是这样糊涂地活着，他们让自己相信，第二种说法是对的，但是会用第一种去自我安慰。可能这两种说法都有存在的必要，并且要根据不同情况发挥作用，这样的话胆小的人才能承受住死亡。

大部分宗教都没有让人变得更好，只是更谨慎了。那么宗教还有那么大的价值吗？

天空渴望被凝望，它用雷电来吸引人的注意。

人，每过几年，就会自行**总结**出一个新的自己；人们要用一个新的角度把之前经历的都表演出来。就像我们会登高远眺，**我们**看到了别的山，却看不到脚下的这座山。

1953

我觉得所有和《确定死期的人们》有关的事情都充满神秘。我无法忽视它对生活每个场景的影响。我害怕这种**直接**的连接，感觉自己处在一张最严厉的禁令的网中，每次进入新场景，就意味着我又进入了一张网。为了弥补之前的罪过，我每次都要创造一个新场景，为了平衡之前的场景，而且要比之前的那个更重。可我怎么知道自己能不能成功弥补罪过呢？

在回家的路上总会迷路的人，每次都会发现一条**新路**。

很可怕的是，越来越多的人有这种和平的感觉。人们变得非常被动，不再进行反击，在和死亡的战争中，他们变成了和平主义者，他们会把自己的另一边脸颊伸给敌人。宗教就是通过这种方式削弱我们的力量，来获取宗教的资本。

如果某个人的挚爱死于一种疾病，他病死后不久这病就能被新的医学手段治愈了，这个人会变成一个屠杀者。

我不想再读任何和原始民族有关的东西了。我自己已经完全变成了他们中的一员。

他读书是为了变得理性和更好地了解自己。不然——他会陷入怎样的境地！那些在他手中的书，他观察、打开、阅读它们，像铅一样重。他牢牢地抓住这些书，就像在龙卷风中抓住的救命稻草。没有书的话，可能他会更坚强地活着，但他能去哪里呢？他不知道自己在哪，觉得非常不适应。书是它的指南针，记忆，日历和地理。

上帝在筹备着一件我们根本不知道的、更神秘的事情。

过客和"永恒者"。我想象一个特别的世界，在那里所有人都会**停留**在某个不同的年龄。有人会很快变成三十岁，然后停留在这个年龄。有人会慢慢地活到七十岁，然后不再变老。有的人会长到十二岁孩子那么大，然后再也不长了。这世界上有两个阶层，一个是那些还在成长的，一个是已经到了自己的年龄的。很多十二岁的孩子会继续成长，但还有一些孩子，他们，永远十二岁。

这些"永恒者"中男女老少各种人都有。他们有种优越感，他们不会再有什么变化了。他们对自己的年龄已经没有兴趣了，之前在成长阶段还想要的东西，现在都不重要了，他们甘愿**维持**他们已经成为的样子。他们在时间长河里有种特权，他们互相熟识，用独特的方式彼此尊重和相处。他们会根据年龄来安排从事的工作。他们是那些"过客"们眼中的榜样。每个过客都会从"永恒者"选一个人当教父，这位教父决定他的人生目标。

过客和"永恒者"们一起生活，无法分离。他们可以通婚，但非常困难。一个"永恒者"会爱上一个过客，可是他对她的爱必须要接受**她**以后所有的变化。她可能还需要很久才能进入"永恒者"的阶层；可能当她成为"永恒者"后，她就对他再也没兴趣了。相反的，过客可能会有种野心，只追求"永恒者"，他们会一个接一个诱骗这个阶层的女人，直到他们自己成为"永恒者"才收手。在这个世界，只有一种幸福的可能性，这是我们经历了很多以后，会常常渴望得到的幸福：一个"永恒者"找到另一个"永恒者"，他们都不再变化了，他们一起停留在一个阶段。他们能够互相体谅彼此的感受，这种感受不会随着时间被掏空。他们知道彼此是不是真的属于对方；他们，只有他们，才能够考验和保护他们的感受。

如果一个人把爱放在一个非常重要的位置，那么他总会找到它并守住它。那些喜欢被变化刺激的"永恒者"，哪怕他已经到了那个稳定的阶层，也会努力寻找一个过客。那些还在成长的过客，他们渴望拥有平稳而简单的生活，会努力寻找一个"永恒者"。那些可以承受年龄变化的过客，会满足地作一个过客。

在这样的世界每个人都可以找到，让自己幸福的方法。

一个人们在吃饭时总会哭的国度。

一个虔诚的朋友觉得，每出生一个人，就是上帝对一个善举的奖励；每死去一个人，就是以上帝对一桩坏事的惩罚。

他相信，天使会在必要的时候为某个人捂住耳朵。

如果所有人，包括你，对这世界都不再期望任何事了，不会有人考虑未来会发生的事，对所有人来说，死亡的那一刻就是终点，那么人们，慢慢地，在这里，在所有地方，在未来，都变成了在活在当下的人——这样的话，我们的生活会有什么变化呢？人们会更懒散还是更上进？更狡诈？更保守？这会不会让我们隐藏自己所有的恶意，有意将它们留待爆发？他们给这个世界留下的纪念，会不会代替他们死后的生活？

我不觉得人们心中还残存那点的信仰，能够帮助人们决定如何生活。不过我能够想象，做善行的欲望会变成每个无信仰的人的真正的激情，他自己成为自己的最高权力，自己做到了他从这个最高权力身上期待的一切。

"人类"——他们从不曾成功地将自己排除于这个词义之外吗？世界上还有和人类一样固执的事物吗？

没什么比被祈祷更无聊的了。上帝到底是怎么受得了它的？

我讨厌蒙田的著作里过于密集的引语。

抑制者——这样的人会试图抑制他人所有的表达、愿望和行为，直到他们成功地为别人创造出一个没有任何刺激的环境。他的姿势总看上去小心翼翼，浑身都散发着一种稳定的感觉。他不会被别人的捉弄激怒，完全没有好奇心。虽然他会抑制一切，可他什么都**不知道**，像一个盲人。他只能感觉到他允许自己感觉到的东西，可是他稳重的性格不允许他感受到任何事。他的步速不快也不慢；说话就像读乐谱，他说的每一句话都像节奏稳定的音乐。

他想把每件个体的事都变成普遍的：有人恋爱了——所有人都要恋爱；有人死了——所有人都会死。他应对别人和影响别人的思想基础非常浅薄。他不做任何判断和评价，因为它们必须针对个人。他不会把错误归咎给任何人，也不会对任何事感到惊讶。

过去和现在常常发生的事情，是没有任何特点的。他觉得有权势的人和穷人一样少。他观察人就像观察树叶一样，它们相似点太多了，都拥有脆弱的命运。人们只会将它们视作一个整体，那一片飘落的叶子，有什么意义吗?

他从不感到饥饿，从不拒绝，当他太想得到什么东西时，会悄悄弯下腰，然后就忘了。抑制者们从不阻止不幸。他们当他身处和目击一个事故时，他无法感觉到这是场事故。当人们逼着他描述这个事故时，他只会笑着做目击说明，发生的就是最好的。对他来说，有人死了，这个人就可以从辛劳和痛苦的生活中解脱了。有人恨别人，那是他生病了。爱别人的人，也是病人。所有过去的恐怖的事情，对，就是人类的历史，对他来说就是一部童话。因为之前没有人可以决定自己怎么被写入历史，现在也行不通。

我太清楚这些抑制者们的行为，但是我不知道他们长什么样子。

人们应该用更冷酷的眼光去看待"伟人"。人们必须要看到他们本身是怎样的人。他们冷酷的地方，才是他们"伟大"的地方。他们不懂得同情，人们不该错误地把他们置于温暖的聚光灯下。他们残酷地互相残杀，残酷地践踏别人，这才是人们要了解的一面，别的都是欺骗。

如果一个人开始迎合他人了，第一个表现就是，他变得成了一个无聊的人。

一部伟大的书总会有一个明显的标志：作者会对自己写下的每一行都感到羞耻；可之后依旧不得不违背自己的意愿继续写下去，就这样，只能骗自己感觉之前一行都没写过。

她摇摇晃晃的文字，像是在水面上写出来的。

死亡可以治愈我的嫉妒吗？我对我爱的人越来越宽容了。我不再严格监管他们了，我给他们自由。我在想：去做，做那些让你们开心的事情，只要你们还活着，如果你们被要求去做针对我的事，那就尽全力去做吧，伤害我、欺骗我、把我丢在一边、恨我——我无欲无求，只希望：你们活着。

他把自己的心撕成碎片。那颗心本是丝绒做的。

继承了一百个朋友的人，变成了最痛苦的人。他很满意。

驯服动物的时候，要朝它耳朵吹气。驯兽师跟我讲这个事时，让我想起别人对我耳朵吹气时那种酥软和上瘾的感觉。

骄傲的危险：骄傲会让人们觉得自己再也不会失去任何人。他们不再信任他们害怕的人。他们只愿意待在那些有人称赞他的地方。他们做的越来越少，直到什么都不做，这样就没什么可以威胁到他们的骄傲了。

人们如何学习逃离被统治的命运？如果人们从没体会过握紧拳头的感觉，他们要如何张开手？如果人们从未对信任感到渴望，怎么可能找到它？如果人们不摧毁它的统治，如何逃脱它？

1954

某个地方的人互相都不认识。那么他们一生中的首要任务就是互相证明，**自己是自己。**

只有没有信仰的人才拥有创造神迹的权力。

哪些格言集中的句子会被人们引用？

首先，确定某些想法的句子：人们真切感受到的、经常思考的想法，与别人意见相左时，他会坚持捍卫的想法。这些格言借由伟人或者智者之口，被强制地灌输给人们。但是可能也没那么糟：它也会带给人们一种纯粹的快乐，人们感觉自己遇到了一个相似的灵魂，这种情况下，人们被强迫接收这些话，并且会转化成一种惊叹，某个人说的话都和自己的情况完全吻合：在一个完全不同的年代，一个完全不同的人，不约而同地也想到了这点；他们对这想法有着同样坚定的信念。遇到一个有相同追求的人让人们感到开心。不过有一个感觉，会让他们投入这些兄长的怀抱时多一些顾虑，即一种恐惧，对很多东西合成一样东西的恐惧。

另外，格言分为两类：一类是和人们自己没什么关系的；另一类句子，通过出人意料的转折或精练来取巧，这些新创作出的句子，让人有种看到新词的新鲜感。还有一些句子重新激活了在人们心中深藏很久的画面。

可能最奇特的格言是那些让人觉得羞耻的话。每个人都有很多不愿多想的缺点。人们接受这些缺点，就像接受自己有眼有手一样。甚至对它们还有一些神秘的温柔；这些缺点甚至会被别人信任和赞美。可一些格言让人们突然与缺点正面相对，把它们从生命的整体中剥离出来，似乎它随时随地都会出现。人们可能不会马上分明白这点，会愣一下。读了两遍之后才会真的感受到惊吓。"这就是你呀！"人们会突然直言不讳地对自己说，就像朝自己推了一把刀子。人们会因为这完整的自我形象而脸红。他们甚至会考虑努力改进自己，即使他们知道这太难了，可他们依旧忘记不了那些句子。让它更有吸引力的是，有时候它会让人们觉得自己很无辜。可是这种残酷的做法会让人们慢慢远离自己的天性。不读这些格言的话，他们很难看到**完整的**自己。这些刺激一定要不经意地从外界产生。因为人们总会用舒适的方式与自己相处。独处的时候，人们是个不折不扣的骗子。人们从来不会对自己说让自己感到不适的话，因为没有来自外界的奉承来帮助人们得到平衡。外界的话总会给人造成冲击，因为它们出其不意：人们来不及反应和思考如何平衡它。人们会用那种他惯用处理其他情况的方法去平衡这些冲击。

不过还有一些神圣的、难以触碰的格言，比如说布莱克的话。和其他句子放在一起的时候，它是有点尴尬的。他的话可能本身是至理名言，但是因为难以理解，让人们误以为他说的是错的或者太枯燥。别人没有勇气去写这些深奥的句子。这些格言，需要一页只为呈现它而准备的特别的纸，或一本特别的书。

不可否认的是，这世上有一种让人为难的痛苦的状态，即因为对什么都没有兴趣，所以什么都不做；打开书，是为了合上它；不和别人说话，因为别人都是负担，自己也在其之列。在这种状态中，人们之前苦心经营的事情，都失效了，目标、习惯、路线、安排、矛盾、心情、自知、时间。人们在黑暗中坚强地摸索，去探索之前毫不了解的事情；没人会知道它会变成什么样；没人会在黑暗中指明方向。最后，当一切都明朗时，人们会感到惊讶；无法想象刚才还在承受着这一切，突然放松地舒了一口气，这个难以驯服的世界带给他们的焦虑已经压在他们心里很久了，他们从未表达出来过。

迷信，帮人们在一天之内，追回他们之前错过的上百上千年的事情。我们也可以称它为闪电信仰。

在巴伐利亚国王路德维希二世的日记中（1952 年才在列支敦士登出版）有几个他标注的日子值得注意，特别是处决路易十六和玛丽·安托瓦妮特的那几天。这就是他的殉道者日，每年的这几天，他都会像过节一样提起这件事，作为自己内心最深处的誓言——他的未来被**一个**数字统治着，四十一岁，他会活到那一年；所有发生的和不该发生的，都和那一天有关。

周期，固定的时间段，每年非常重要的某几天都会像偏执狂一样到来，只是为了给我们营造一种恐惧。他日历中的那几个固定的纪念日，是为了保护即将到来的日子。当一切都消散了，日历中还最后能够保留这几个纪念日。

佛陀的父亲多睿智啊！佛陀第一次面对年龄、疾病和死亡的传说真是太屈辱了！

如果在他小时候，他父亲像收留玩伴和宠物、女人、舞女和乐师那般收留老人、病人和死者的话，一切会有什么变化？

从伦敦到马拉喀什。在一个房间里，他和分别坐在十张桌子前的十个女人在一起，她们都不戴面纱。有点奇怪的感觉。

马拉喀什所有过程都非常**圆满**，就像盲人的眼眶；没有结束，没有中断，最不连贯的地方也会通过重复被圆上。

你的耳朵有点口吃，它听到很多，但什么都捕捉不到。

去想象，如果每天，你只要一离开，就开始被呼唤，去想象，只要你坐在这里，盲人就会对你喊：阿拉！阿拉！阿拉！

盲人有个流动的世界，他们还没有被任何眼见的观察所打扰。他在自己的内心能看到什么，他看到这些有**多久**了？那些画面的变化会比我们的**更少**吗？

为什么人们这么喜欢封闭的城市，在那里，整座城被围墙包围着，没有错综复杂的道路可以把人们慢慢地引向城外。

尤其是，那种密度，人们总是找不到出路，总会被围墙阻挡住去路，不得不掉头回到城市。像马拉喀什这样有很多小巷子的城市，这个过程会更复杂；人们会在一条小巷中越陷越深，突然来到一个房门口，无路可走。这座房子的位置很封闭；没有穿过它的路，你只能原路返回。这座巷尾房子的主人，虽然他们几乎不装窗，但他们一定非常清楚，路过的陌生人会在这里碰壁。

这样，陌生人会更陌生，房主会更像房主。

一些人很容易感知到别人的痛苦，别的什么都感觉不到。他们就这样生活，尽可能避免，自己的痛苦，他们看上去很好。难道他们不是世界上**最聪明**的人吗？这种对痛苦的敏感，不是恰好给了他们一个痛苦感应天线吗？这样就能及时躲开别人的痛苦了。

语言已经失去意义了，经常使用的词语都没用了。我不得不和一些摩洛哥的英国人交谈，我觉得尴尬极了，这只是因为我和他们说话这个行为本身；他们对我来说很陌生。更陌生的是在那里当军官的法国人，他们是被当地人赶走之前的临时军官。但是，在那里生活的本地人，虽然我听不懂他们的话，却让我觉得他们才是自己人。

他把自己想象成上帝，礼貌地用不同的语言来回答乞丐的话。

自从我回来，这里也是，什么都没被抹去。所有东西都在辐射它们的光芒。我觉得，仅仅是描述我亲眼所见，不需要任何变化、添加、夸张，我就可以在心里建造起一座新的城市，在那里，之前停滞不前的关于群体的书籍会重新变得繁茂了。不是说我要马上建造我现在在写下来的这些，只是构想了一个根基：一个我有可能会去的新的、未完成的地方；新的呼吸，未命名的法律。

对于爱发明的人来说有一件很美妙的事，让他们突然变得很普通并忠于回忆，这样他们会放弃所有发明。

脏东西总被当作没有价值的东西，人们不知道该拿它怎么办。但是如果人们不马上把它打扫干净，有可能——谁知道呢，还有别的办法，可以把它卖出去。

从这趟旅行开始，很多词语对我来说都被赋予了新的意义，很多话如果没有在我心里引起轩然大波的话，我就讲不出来了。可能我前一天还在跟别人说"乞丐"的事情，第二天关于他们的一个字都写不出来了。我从一本新书中读到"马拉喀什"的名字，可这座城市被遮盖住了，我再也看不到了它了。谈起"犹太人"让我很不适，因为那里的犹太人太奇怪了。我看到的每个人，他们心中似乎都在积蓄着一股能量，为了用一种特别的方式来应对可能发生的**某个**特别的事情。

懦弱，世上唯一的懦弱，就是害怕自己的回忆。

所有语言都因那些最被人们讨厌的动物而变得充满活力。去想想人们如何描述青蛙和害虫，蛇，虫子和猪。如果这些我们讨厌的词和动物突然消失了呢？

如果人们知道，自己已经被多少人看透了。

在英格兰，人们不会当面夸奖别人，因此他们养狗。对于狗所做的一切，所有夸奖都是被允许的。

那里的人从不一个人出门，总是结成四到八人结伴出行，他们的头发被死死地缠在一起。

宗教是互相排斥。当人们皈依一个宗教后，别的宗教是很难在他心里存活的。

两人结伴和三人结伴。很多人总是在他们人生中最重要的时候找一个人做伴，有时候会找两个人。也有别的受欢迎的可能性——众所周知，比如说一个人——但更常见的还是两人或三人结伴。如果三人之中没有孩子的话，这三人之间是很难产生爱情的，如果说两人结伴的这两人相爱的话，他们至少能接受有一个孩子的设定。三人结伴时，他们乐意陌生人的加入，并且觉得自己是他们中的法官；两人结伴时是拒绝陌生人的，他们只想和对方待在一起。三人结伴会让人们想到和父母在一起，并且会考虑，把他们分开，继而把每个人占为己有。两人结伴时，会有一个父亲**或者**一个母亲，一个人会忽视和看不起另一个人。

当人们意识到有这种关系时，会很容易在生活中发现这种结构，甚至有可能预知可能发生的事情。

1955

话语的管理员，无论你是谁：给我黑暗或清晰的话语，但不要鲜花，因为你自己有能力保存它的香味。我只想要永远不会消失的话语，它们永不凋零。我想要刺和根，也想要一些，就几片，透明的叶子，别的话语我都不要了，都给有钱人吧。

我忘掉了多少我以为自己已经知道的东西；我模糊了多少之前对我来说像阳光一样清晰的东西。

他把另外一侧脸颊伸出去，直到别人在他脸上贴上一枚勋章。

她决定，在欺骗他之前总先告诉他。他很开心能得到这份信任。

之后，她总这样做，直到他无聊至死。

人们可以和同一个人决裂很多次吗？——每一次决裂本身都带有一种力量，让人们再重聚。每离开一步，人们都又被拉回去一步，这种重要的力量将人们又捆绑在一起。

之前，人们每周都要创造出几个新人物，人们对着他们祈祷。当时所有人都会来祈祷，如释重负。每周他们都要安排新的人物，把用过一星期的毁掉。所有人物都有不同的名字。不会有哪个名字被供奉一周以上，这些名字也不会重复。

星座的存在是为了给人们提建议的，但没有人能理解它。

"当骆驼被卖给一个陌生人时，它们会生病，因为它们对价格感到恶心。"

只要魔法进入技术领域，就会变成人们无法承受的负担，甚至是卡巴拉[1]的思想都让人难以忍受。

魔法成功地让自己脱离神秘的光环了。它除此以外没有**任何**作用，从此以后，**其他事物**都变得比魔法有趣和重要得多。

他穿着善的外衣走入人群，因此他从不觉得冷。和贴身穿的衬衫比，他宁愿穿着这件善的外衣。有时候他会害怕地想，会不会这世界上有种禁令，禁止人们做善事。他额头上冒汗，加快脚步，似乎后边有人在追他，这人是个受害者，因为他曾充满感激地接了他，并带给他快乐。当他对两个互不相识的人做了一些好事后，会介绍他们认识。他想象这两个人如何坐在一起谈论他。之后再分别向这二人询问他们说了什么，然后细细比较。他可以忍受所有的欺骗，唯独忍受不了对他善行的谎言。

当他做了一件极好的善事时，会通过谦虚的表现来使这善事的效果更好。他常常反思自己的一生，来确定，他的生命中不存在不做善事的时刻。他不能出席葬礼，也无法切身感受死者的感觉，当人们在葬礼上只说死者做过的善事时，他会有点嫉妒。不过他会去想象人们在他的葬礼上会说什么话，以此来自我安慰。

曾经他让这想象成真了，并把自己的死讯散播出去。他让杂志社把每一份最新的讣告都准时转达给他。他把这些剪报贴在相册里，以此度过了一段非常幸福的时光。即使是那

1　卡巴拉（Kabbala）：和犹太哲学有关的一种思想流派，解释永恒的造物主与有限的宇宙之间的关系。

些很短的讣告，也会被他认真严肃地对待。他把这数量巨大的杂志捆成枕头放在床上，枕着它睡觉。他梦到了自己的葬礼将在几天后到来，因为一切都要结束了，他把一铲善的土填进自己的坟墓。

狗的本性让它们总爱缠着我们，这种特质安慰了日渐枯萎的我们。

在海顿的创作中，上帝做的一切都是成功的，哪怕是人类男女。人还没有堕落。上帝还是无辜的。生物的赞美听上去依旧很空洞，还没有人知道自己的不幸。上帝自己都不知道自己做了什么，他依旧**相信**，一切都是对的。

人最好看的立像，就是当马把他从马背上抛下去的一刻。

他的虚荣像新皮肤一样随着年份增加而生长。当他蜕掉一层皮，且新的那层还从未被人看到的时候，他会觉得很不安。

一个马蜂窝做成的锁，锁在男人的房子的出口上。
——新喀里多尼亚格言

人如果想变成一个样子，要把这种意愿说出来多少次，才能真的变成这个样子。

科学中有种"谦逊"，比科学自负更让我难以忍受。这种"谦逊"隐藏在科学的方法论中，将那些最重要的经验进行划分和界限。他们常常说："重要的不是我们找到了什么，而是我们如何去分类整理那些我们还没有发现的。"

人们要时不时地把某个新思想放置在类似的旧思想中，不然它会**干枯**。

掌权者的肖像还不配出现在我的笔尖。他们中有多少人是我还从未涉及的！与其让我记录他们构成的整体印象，我通常更愿意把他们当作一种力量来源。我对权力的怒火总被点燃；他们的存在一直警告我，不要把自己的权力凌驾在别人之上。

我们学的东西，是如何将我们带向一个信仰的？有可能，人们不知不觉地被自己接受的话语的力量所影响；感到觉得奇怪的时候，那些话已经成为我们的义务了。

如果我们能有兴趣了解很多互相排斥的信仰的话，会很有好处。

最骄傲的人会恨领袖；**哪怕没人跟随他**，他自己也会向前走。

那些卑微的人，会跟随别人，他们会自己创造出来一个领袖。

他跛行的样子很美，让他周围的人看上去像残疾人。

人体的每个洞都是个**奇迹**。

他发明了一个新的何蒙库鲁兹[1]，即 Befehlsstachel（**命令的刺**）。这是个好词，但是一个词本身什么都做不了，人们必须围绕在它周围，观察它的行动。

那里的人有两种很极端的生活状态：他们会清醒两年，两年后必须沉睡十年。他们在这节律的重复中度过一生。他们总会在十年后认识新的人，面对新的情境，他们还没开始习惯新生活时，就又要睡去了。所有房子都有给沉睡的家庭成员准备的房间，很多不愿意给家人增添负担的人会去**睡眠寺院**，在那里租一个十年的小隔间。醒来的人会马上知道自己还在之前入睡的地方，他们不用担心经历那种一睁开眼就被陌生包围的恐惧感。

友谊总会很快枯萎。如果有一个人突然消失了，朋友就知道，他是去睡觉了。在这样的社会里，死亡并不可怕。人们总在几年之后才知道一个人的死讯，人们会在这个死人睡着的时候把尸体包起来，风干，像蝙蝠一样。在这里，重逢是比消失更奇特的事情。

在这里，询问别人**什么时候**入睡是不礼貌的；因此所有

---

1 何蒙库鲁兹（Homunkulus）：中世纪欧洲的炼金术师创造出的人造人，此处指合成词，将 Befehl（命令）与 Stachel（刺）合成一个词。

的友谊和关系能持续多久都是不确定的。没什么会延续超过两年的时间，因为十年的睡眠时间后，没什么还可以留下。连母爱的温柔也不再那么令人难忘了，很多孩子几乎是靠自己独立地长大了。

大部分人的一生还都是在听从别人的指令，去做那些于己于他都毫无意义的事情。

他为别人的错误灌醉自己，一个道德的醉鬼。

野心遮住人的全部视野，如果人们想要恢复视力，就必须跳过他们的**野心**。

有一个地方的人不敢看天空，只要出门，就必须低下头。

所有知识分子也都靠偷窃谋生，他们自己很清楚。不过他们对此有着完全不同的反应。很多人会对他们偷窃的对象热情地表达自己的感谢；会把他们的名字吹捧到天上去，这些人像是他狂热崇拜的对象，由于他太频繁地提起他们，所以这狂热也没那么可笑了。那些被这些知识分子偷窃的人，会马上**迁怒**到他们的崇拜对象身上；人们从不直接提到他们；如果崇拜对象听到别人攻击他们，他会为了他们进行反击。因为他们知道他偷尸体的秘密，所以对他们的攻击和伤害会让他觉得很沉重。

没落过程中的一个停顿。

独裁者对**过去**的影响，一个看历史的新视角。

有很多年我都活在对人类原始状态的迷恋中。我不知道什么样的土壤培养出我对他们的兴趣。所有对原始人生活的描写都让我产生强烈的信仰，更强烈的是，一种期待，无论在哪读到这些，哪怕是现代作家很谨慎和浅薄的描写，都让我觉得这是我能抓住的唯一的真相。我信任那里的一切，我毫不怀疑，在那里，我找到了我之前一直在寻找的东西；每次隔几年读同一本书，都像第一次读一样，每次都是那种充满活力的启智。我时而怀疑，可能这并不是因为那些异域民族和它们的神的名字依旧施展着魔力。而是因为他们相对简单的生活条件让他们的世界看上去更清晰；虽然在现代研究的聚光灯下他们看上去很复杂，但事实上，它们对简单的信仰依旧能够让人保持清醒。他们还有一种距离感：我们能想到的关于它们的一切，看上去都和我们当下的生活目标和偏见毫无关系。它们的残忍并没那可怕，我们也不欠他们什么。他们的美更有价值，因为这种美和**我们**如今眼花缭乱的财富没有关系。

我能从他们那里学到无穷无尽的东西，不过有时候我觉得自己似乎也有种巨大的力量挣脱它们，尤其是当我想要证明，自己多不像自己时。他们不会强迫我去做不像自己的事情，因为对他们来说，世界上没有创造出来的事物，所有的一切都是早已注定的。一个人从他想变成诗人这一刻开始，会变得离诗人越来越远。

人们只能和同时代的人进行比较。他们**没有兴趣**和别的年代的人比较。我想逃离所有形式的竞争，可能因为我觉得竞争会迷惑我，让我忘记对自己真正重要的东西。也可能是因为我逃得太远，逃到了那个被淹没的地方，那里人迹罕至。

一些词汇让人激动；这些词会快速浮出水面，引起骚动。一些词还没来得及出头就已经被下一个词按下去并丢在一边。这些词就像摔跤运动员，后来者总能赢，它离本源更近，这让它更有力。

一些特别的词可以点燃我们的激情，它们中包含着空间和未来，它们的力量能够辐射向四面八方。这些词先是被困在一个人的身体里，扭曲地挣扎，会在某一瞬间突然以极快的速度爆发，它们伸展向所有方向，让他触及整个世界，从中心到边界。

错误观念的力量就建立在于它**极度的**错误性之上。

我担心我的思想会变得很学术化；分类、定义和类似的无聊的把戏。

我要重新找到那些古老的力量，有人借助这种力量把从未被人研究过的对象占为己有并细细观察它们。谁能给我这些力量？那些伟大的敌人，霍布斯、德·迈斯特、尼采？

德·迈斯特通过社会这面镜子观察从中反射出的人性。人类的一切都建立在一个屠宰场的模型之上，和我想得一样，不过他接受这个事实，也认可它，这让他变成了一个谄媚者。

我很尊敬德·迈斯特，但让我震惊的是，我们的经历和想法都很相似，目的地却在两个完全相反的方向。

斯特拉斯堡商务法庭的主席艾施巴赫跟我的朋友玛德琳·C说，他曾经在苏尔茨拜访过一个拥有一座城堡的老先生。他已经有点糊涂了，并说道："Dans ma jeunesse quand j'étais en Russie, j'ai tué quequ'un en duel. Mais je ne sais plus qui c'était."（我年轻的时候去过俄罗斯，我在一次决斗中杀了一个人，不过我不记得他是谁了。）

他杀掉的是普希金。

来自不同民族的人们交流各自的回忆，每个人都发现自己的是最差的。

有一条狗被训练成只会给人叼来他们最讨厌的东西。

钱拉·德·奈瓦尔只凭着他的奈瓦尔这个形式在我这里就已经是诗人了。

我对所有计算出来的关系、比例、椭圆形的命运轨迹都毫无兴趣，让我觉得真实和振奋的是和名字有关的事物。

名字就是我的上帝，供给我生命的氧气就是那个名字。地名普通的地方也让我觉得很无趣。如果我不喜欢一个地名，我是不会喜欢那个地方的。

我不敢拆解或解释一个名字，对我来说这比谋杀还可怕。

很奇特的是，人们只能通过那些人们不太相信的话来接近真理——真相给予濒死的话语以新的生命力。

人们必须要学会**不带目的**地给予，不然人们就会慢慢忘记什么是给予。

一种很厉害的睡眠方式：一个人只能在非常危险的情况下睡觉，在屋檐上、火炮口、老虎旁、着火的房子里、地震中、沉船里——他通过睡觉来寻求冒险。

过去发生的一切都可以变得更好。历史记录的核心就是隐藏这个真相。

1956

每一年都要比上一年多出来一天：这是全新的一天，这个日期没有历史，之前没有人在这天死去。

关于历史上的**名字**：

除了掌权者的名字外，其他名字都在时间里死去了——因此名字的力量，能够让人实现永生。可能真的只有这样人才能实现永生。可名字怎么可能永生呢？

或许是因为名字独特的贪婪：它们**吃人**。

它们会用不同的方式烹制人。一些名字喜欢在自己的主人死后再处理他，它们对活人没什么胃口。有一些名字要求主人吞噬一切，它要在他还活着的时候找到住所，贪婪的名字。还有冬眠的名字。也有一些名字很长时间都藏在某个角落，会突然有一天饥肠辘辘地出来觅食——非常危险的名字。

也有一些慢慢越吃越多的、无聊的名字。他们太挑剔卫生条件了，所以活不了多久。

还有一些词，必须在一个团体里靠别人活，也有一些词只能和别的名字一起才能成长。

有一些词在别人嘴里**长牙**，之后便从别人那里吸取营养。

有一些词活着，因为它们想死；一些名字死了，因为它们只想活着。

无辜的名字，它们之所以还活着，因为他们拒绝从别人那里接受食物。

只要一个人没有高兴地见证别人的死亡，那么他快乐地死去似乎也没什么不妥。

自从她死了，每当他看到小嫩芽，便将头扭回去。

噪音：有一些噪音听上去很自信，仿佛他们从未变过。一些刺人的噪音。轻抚的噪音。让人害怕的噪音。

只要世界上还存在**没有权力**的人，我就对这个世界还有点信心。

冰冷的考古学：没有人参与的事物让我觉得很无趣。我讨厌那些和人无关的物品。

考古学的研究对象是一种未来的新形式。考古学是倒着走的，每当他们发现一个过去的坟墓，都是朝着过去迈进了一步，而这些发现都会成为**我们**的未来。那些在消逝的东西，都在我们的未来等我们。一些出乎意料的发现，会改变我们还未确定的人生。

他们可以把头缩进身体，然后在胸口开一个小洞。

瘫痪。有一种瘫痪对人是有好处的，即认识到自己的不足。但是认识到一个身边的人的不足会让人觉得恐惧，因为他的不足偏偏是你改变不了的。我们不得不和一具尸体捆绑在一起，直到自己死去。

说出来的话都是错的。写出来的话都是错的。所有话都是错的。可是它们不存在的话，我们还剩什么？

我们想念死者，就意味着让他起死回生——让他用这种方式复活，比**维持**他们的生命更重要。每个信仰都从起死回生的愿望萌芽。只要人们不再恐惧死者，我们便会有一种难言的愧疚感：我们无法挽回他们的生命。在所有最开心和最有生命力的日子，都是这种愧疚最重的时候。

一个全由死人出演的演出，他们都是某个人身边死去的亲朋好友。

很多人在这里重逢，一些人是第一次见面。他们毫不悲伤，能出场表演给他们带来巨大的快乐。（如何形容他们这种被允许出场的喜悦？）

但是当众神跪在他的面前时，他吓坏了，求他们站起来。可他们不敢，依旧跪在那里，直到他原谅他们。

他无法原谅他们。他们经历了太多人生，他们变老了，不过依旧很年轻。他就让他们这么跪着，生气地从他们身边绕过去。

独处太重要了，只有这样人们才能不停地发现新地方。因为人们总能很快地适应一个地方。但最可怕的是书籍集合在一起的力量。

他觉得阳光下的一切都很丑。阳光下的希望现在看上去也**不太一样**了。

只要有脚，就足够过这一生了，陌生人的脚。

我观察过豹子的脚步，它们行走的醉态扑面而来。只有在动物身上才能领略到肉体的美感。如果没有动物，美也不复存在。

在一个陌生的地方度过余生。丢掉所有书。烧尽之前的一切。去那些永远无法听懂当地语言的国度。避免听到任何解释。要做的只有沉默，沉默，和呼吸，用呼吸感受那些无法理解的事情。

我不是讨厌自己学到的东西，我只是讨厌要永远在它们之中生活。

他活在别人的眼光中。只要他感受到别人看他的目光，他就变成了他们看到的样子。

那里的狗交配的方式不太一样，他们在奔跑中交合。

秩序的可笑之处在于它的独立性。一根头发掉在了它不该在的位置，就是秩序和无序的区别。所有不在它该在的地方的东西，都充满恶意。秩序的细节也很令人讨厌：那些特别讲秩序的人要把一切都放在显微镜下观察，即使这样，他们的内心依旧有一点对无序的恐惧。这样说的话，女人是最幸福的，因为大部分女人都很讲秩序，而且她们总待在一个地方。秩序是一种谋杀：只有人们允许出现的东西才能出现。

秩序是人们自己制造出来的小荒漠。这个荒漠的边界很重要，只有这样，秩序的主人才能照顾到所有地方。在这荒漠王国里，人们有权力在狂怒中掐死任何东西，而没有这种荒漠的人觉得自己很贫穷。

我无法生活在没有话语的世界，所以我必须好好保护我对话语的信任，可我只能接受那些未加雕饰的话。因此，我无法接受任何外界对话语提出的要求。我可以把它们写下来，保存在一个地方。这些文字不容置喙，我也不会拿它们和别人做交易。一旦我写下什么东西，我就不会修改它们了，一旦改了就违背我的初衷了。所有关于艺术的讨论，尤其是那些自己做艺术的人发表的意见，让我难以忍受。我为他们的夸夸其谈感到尴尬，尤其是后者，他们的话更有趣。对我来说，书籍是很神圣的东西，但这和文学无关，和我自己写的东西更是毫无关系。上千本别的书要比我自己写的那几本重要得多。我有一种难以解释的生理的感觉，即每一本书都是对我最重要的那本。我很讨厌那种被刻意塑造得十分精致的散文。无可否认，一些好散文表达了许多重要的东西，可这也意味着，这散文违背了作者的初衷。因为如果要表达的东西真的很重要的话，它本该就是好散文；可它们被掩埋得太深太死了，不然我们早该发现它们了。那些值得一读的漂亮的散文就像语言的时装秀，它们总是围着自己转，让我很难忽略它们。

音乐，是人类的容量单位。

很美妙的是，去**研究**从未出现在自己头脑中的名字和事物；告诉自己，自己看到了什么；想从它们那里了解什么；把它们记录在自己巨大的、不带有任何目的的经验宝库中；要赶紧记下他们，以免以后自己会忘掉。这样人们就会建立起来一个自己的冒险和宝藏，人们在这个王国**里面**还会再次遇到的，是一种双重的东西：人们会在这里发现从别处挖来的宝物，同时它们也是自己的一部分。

他在那些夸赞他的人之中迷失自己了。

我在《蒙古秘史》(*Geheime Geschichte der Mongolen*)中发现了一些和我的研究非常相关的东西：一个伟大的掌权者的故事，一个从始至终都很幸运的人，由里及外。可能里面有一些虚构的成分，但是这本书整体有一种深层的真实性，我之前对这段历史一无所知。我**领会**到了成吉思汗的母亲对他说的话。我能听到这话的弦外之音。我感觉自己离他很近，我能看到他、听到他。写史和这种口头传播的方式有天壤之别，人们总是习惯性地对前者感到满足。

首先，在蒙古人的这种"秘密"的传播方式中，**动物**还被囊括之中，它们的生命依旧属于自己。所有为人和地点服务的**名字**都还在。所有激动人心的**时刻**也都被热情地记录下来了；这记录不是对激情的描写，它就是激情本身。这段故事只能拿圣经来比较，它们有很多相似之处。旧约是一部关于上帝的权力的历史，而蒙古秘史写了成吉思汗的权力。这权力是属于部落的权力，部落的意识在这段历史中占的地位之重，导致人们很难区分清楚人物的名字，读的时候会有点迷惑。

上帝的权力，确实始于造物本身，圣经写了一位造物主对人的要求，这是圣经独一无二之处。成吉思汗本身并没有比上帝收敛多少。他也像一个神一样行事，他比上帝更慷慨，可他却让更少的人存活下来。但成吉思汗会塑造他的家庭观念，这是上帝的唯一性无法实现的。

现在我又回到我敌人的世界了。成吉思汗揪住我的头发，把我丢在我该待的地方。在那里我又可以挑战他、观察他了，并能够思考，在他的传奇中，他最好的结局应该是怎样的。

上周我几乎是着魔了，他对我施了魔法。我之前一直都在躲避他。关于他的内容，没有一句话是的枯燥和肤浅的，可我总是读到一半就放弃。我无法从他身上得出任何适用于别人的结论。我能找到的最接近他的人，是那个疯了的参议院议长史瑞伯，他觉得自己是一些人的化身，其中就有，成吉思汗——现在我拿到了《蒙古秘史》（一部在希特勒时期被译成德语的作品）。它为后人用史诗的形式讲述了成吉思汗和他的蒙古帝国的历史。这比任何编年史都要真实和可信。它也是按照时间顺序写的，但并没有明确的划分。

我读得越深入——过去几周我除了读它，别的几乎什么都没做——越相信，这本《秘史》本身就能成为一部权力的法律。让我有相似感觉的书是，《圣经》。但是《圣经》的内容太丰富了；而它包含太多后人赋予的重要的东西，关于夺权过程的解读很容易被曲解。在《秘史》中没什么多余的东西。这是一部简洁的、毫无争议的权力的历史，是**一个人**的一生能够取得的最大和稳定的权力。权力只能出现在不看重**金钱**的生命中。它在奔跑的马和射出的箭上。它来自古老的猎人和小偷的世界，他们要征服剩下的世界。

自从我变成了蒙古人，我日日夜夜全神贯注，几乎感觉不到自己其他的需要。我接二连三地读关于同一个内容的书，每当我停下来的时候，都感觉身体被麻痹了。

可能这不是我惯有的对敌人的着迷，而是试图努力一个我无法理解的东西：我们赖以为生的血液，它们毫不停歇地流淌在所有地方。但我自己感觉不到它的流动，出于厌恶和恐惧，我让自己的双手离鲜血远远的。那些让所有东西都围着自己转的人，他们用过去那种方式维持自己的生命，他们杀人，却指使别人，让别人的手上沾满血！我难以入睡，也无法忍受这种人。但我会试着去学习，并努力用谦逊和保守的态度去靠近那些第一眼看上去毫无冲击的观点。

我亲身经历了蒙古人的历史，虽然我很厌恶和鄙视他们对别人的侵略，但我还是就像身临其境一样和他们一起经历了帝国的扩张。他们也将我带入到他们的错误中。

人不可能独自生活。如果我们在这个世界找不到任何自己认可的事情，那么我们就要积极地与世界反抗，并努力付诸实践。人类天生就不是纯粹的防御者。人的一生总会有出击的时候。那么，重要的是，攻击**什么**。

窝阔台汗挥霍财务的所有做法都让我很满意。他厌恶金银财宝，所以他必须不停地与周围的环境作斗争，他周围的环境也让他对此更警醒了。对他来说，**摧毁**蒙古帝国这件事已经算是**浪**了。他希望人们归还会自己抢来的东西。他在位时期，特别重视财富**分配**。

他让我想起来了权力最原始也是最重要的形式，就是从分配演变来的。分配的法则是，很多部落将权力交由一个人托管，这个人要学着如何安全地实行分配。他公平地分配。但是这个人的权力通常会越来越大；慢慢他就必须要保证自己占有的要比分配出去的多。

杀人的权力在起死回生的权力面前相形见绌。如果一个人能让死人复活，那么，哪怕是最凶残的杀手在他面前算什么呢？

在使人起死回生的萨满法术面前，掌权者们永生的想法太可笑了。只要萨满们真的发自内心地相信他们的法术，而不只是做做样子，他们就值得所有人的尊敬。

我看不起所有宗教中牧师的角色，他们救不了死人。他们只是在加固那道生死的界线。他们保管着人们失去的东西，让他们永远无法失而复得。他们承诺给人们一个死后的世界，只是为了掩盖他们的无能。死者无法复活的事实正合他们的意。是他们把死者归到了另一个世界。

我们常常为**别人**的葬礼感到沉重和难堪。这是生者世界的一次反转，因为人们自己属于这个世界，因此在别人举办的葬礼上会觉得很难受，就好像这仪式对他们自己和所有生者都毫无意义。

值得注意的是，我们不该独占与死者的联系，要让他自由，要允许别人也能够与他建立连接。人们应该，在别人情愿的前提下，告诉别人他的故事，不要把他孤立起来。

对于那些惯于为一切建围墙的人来说，经常被别人打扰对他们很有好处。最好在墙还没建得太高之前，有一人能翻进去。

最让人难堪的是，虽然听取了很多反面的意见，但一个人依旧愿意比大多数人都更实际地生活。我从所有经历中得出一个非常坚定的结论，我很快就会变成一个彻头彻尾的实用主义者。

我不可能摆脱和伊斯兰教的关系。我的祖先曾在土耳其生活了几个世纪，在摩尔帝国的西班牙可能生活得更久。我和伊斯兰教的距离总是时近时远。可能这种对宗教的狂热是我的原始本能的一部分。我对伊斯兰的忽冷忽热似乎就是我对自己的人性的态度。伊斯兰教的真主比犹太教的真神更有权威。真主在伊斯兰国家有无可比拟的地位。我总能在宗教中发现让我难堪和厌恶的东西，让我一直试图与之斗争和摧毁的东西。

这种慷慨包括杀人和**奖赏**两个方面；对世俗礼法的打压；统治者对神的权力的认可；他坚固的统治建立在残忍的行为之上；之前无数次对个人的审判，都属于最后那次针对所有人的大审判的前奏。所有人最终都会被判处死刑，所以所有人在这个信仰面前都是平等的。真主决定了每个人的命运并加以实行，而统治者们用最幼稚的方式竭力模仿着真主的做法。他们的命令让死刑的根源昭然若揭；政权之所以需要通过宗教来认可，是为了能够合理解释自己——神给了他们想要的一切，每天都给点什么——他们对宗教的争论只用来服务他们对权力的追逐。

统治，在伊斯兰教中被赤裸裸地暴露出来，因为除了统治，其他东西的外边都被裹上一层厚厚的法律外衣。

这种统治只控制了一部分人，他们希望在全世界建造属于他们的城市，让全世界都笼罩在他们的光芒下。毫无疑问的是，伊斯兰教对动物的统治早已成过去时了，它们现在只是牺牲品。

尼采的话带点可汗的语调。他一定是梦到可汗了！

对我来说，只有阅读了神圣作品的日子才基本上算是活着。我必须像古人每日做祷告那样，每天都对某个神圣的事物进行思考，似乎只有这样，我才能找到那些对我们做过恶的东西。

但我必须要保持警惕。我不想预知未来。我恨预言家。我只想**保持**我们现在的样子。他们的争论不可能让我们搞明白人类现在的状态。但我想了解他们所有的**观点**。我只对观点感兴趣，我知道它们都是有争议的，但我想收集它们，把它们并排放在一起，让它们看上去依旧充满活力和无懈可击。我知道这些观点已经不是本来的样子了，在我这里，它们只为自己而存在。这就是我的意义和任务，我要维持它们的生命，并对它们进行认真思考。

你有什么资格审视别人？你胆子怎么这么大？你的担忧并不能给你审视别人的权力。

你唯一正当的理由是你坚定地恨着死亡，而每个人都会死，这就是你用同样的方式去审视每个人的理由吗。

越来越多的人会感觉到我们坐在死人堆上，其中也包括动物，我们的自我认知源于这些生命集合的供养，这沉重的想法传播得很快，可我们找不到解决方案来缓解自己的愧疚。我们不可能结束自己充满价值和期待的生命。并且，我们也无法放弃继续攫取那些我们自认为比我们低一等的生命。

我们不可能和它们保持距离了，这种距离感是传统宗教赖以为生的来源。

彼岸在我们自己的心里：这种沉重的认知就嵌在我们的身体里。这是现代人的巨大而无解的困境。因为我们每个人身体里都有一座大屠杀的墓碑。

1957

你欣赏永生的想法？谁的想法？恺撒的、成吉思汗的、还是拿破仑的？这些最伟大、最牢不可破的名字难道不也是最可怕的名字吗？普鲁塔克的呢？

你试着做对的事情：他们进行着理所当然的杀戮，你想要揭露伟人面具下杀手的真面目。有哪个伟人**危险**到让你与其抗争呢？

谋杀本身的危险性和侥幸逃脱的可能性增加了它的魅力。那些之前杀过人的人，你能给他们什么，才能让他们获得杀人一样的满足感？

如果必须要我说一个历史里最恐怖的东西，我会说，**榜样**：恺撒临死前的波斯计划源于亚历山大。希特勒进军俄国，源于拿破仑。这种在大事上的模仿看上去像儿戏，可这种模仿永远不会停止，因为历史记载是不会消失的。能一直重复的，总是最荒谬的事。那么谁会效仿希特勒呢，谁是我们的新元首？谁的子孙会被这些效仿者杀害？

所有历史学家都赞美恺撒的其中一个原因是：法国人如今还说法语。他们是不是忘了当时恺撒杀了他们上百万的百姓！

普鲁塔克的《希腊罗马名人传》最显著的特点就是它读起来一目了然。它足够长，长到可以囊括生命所有的特殊性，也足够短，短到我们不会在阅读中迷失。虽然它篇幅不长，但内容却比现在很多篇幅更长的传记都要完整，因为梦的内容也被适当地收录进去。这些人明显的错误会在他们的梦里变得更清晰，梦非常准确地总结了他们的错误。当今人们对梦的解释让人们变得更平庸了。这些解释是在褪去梦的色彩，而不是照亮它们——我总将普鲁塔克和我一直很讨厌的罗马人捆绑在一起。他从不对他笔下的人物加以批判，却容得下各种不同的灵魂。这种慷慨本该是戏剧家的特质，戏剧家总在操纵人物，尤其注重他们的区别。这本书通过两种方式发挥作用。一些人像读预言书一样试图在里面寻找一个方向，然后依此规划自己的人生。另一些人会把他书中的五十多个人集合在一起，然后作一个戏剧家。普鲁塔克——出乎我意料——绝不过分讲究。在他身上发生的不幸，和他的后继者莎士比亚一样。他们必须一直承受这种痛苦。一个像他那样爱别人的人，可以看到一切，也可以记录一切。

我时常想，我对权力的持续研究正在活埋我。就像波斯人的厩刑[1]，我从普鲁塔克那里读到的，而掌权者就像那些吞噬我的虫子。

我还剩些什么？我和这些丑陋的生物究竟有什么干系？为什么我还要做这些，为什么不像我的前辈一样宣告失败？我真的能应对权力吗？我能不能通过对敌人的残酷而获得新的力量？

这一个月我都在思考杀手和幸存者的凯旋。看上去似乎，我一直夸夸其谈要反对的是，别人的死之所以受欢迎，是因为他们的死能够给我们力量。我要说的是，你死之前，还要先经历很多别人的死亡。无论死的人是谁，人们难道不都应该尽全力去拯救他吗？

过了 2000 年，我才认识那个在丹麦泥炭沼里的被绞死的人[2]。

阳光是一种灵感，人不能时时刻刻都有。

永远不要小瞧自己的新发现。只要是你能长时间运用它们，就能让现实世界中从未见光的一面暴露在阳光下，它们会变得越来越真实，这相当于创造了**新生**。

---

1 厩刑（Strafe der Tröge）：受到这种刑罚的人身体被固定在类似马厩的槽中，只有头露在外边，他们被强迫食用牛奶和蜂蜜，身上也被涂抹上牛奶和蜂蜜，发出的气味会招来虫子。
2 应指在丹麦泥炭沼泽中被发现的"托兰德人"。

我会把一群人分成四类，然后再寻找他们的共同点。这并不是否认这四个类型的存在，我只是找到了一些真实存在的东西。只是用一种特别的方式去描述已经存在的东西。如果想具体地了解一个事物，那么在心里一定要提前对他另眼相待，与别的东西划清界限——但是如果你已经认定了你想要的东西，还一直坚守这个界限的话，是很危险的。

没人能减少人们对"伟大"的热情。你无法救出任何一个它的牺牲者。"伟大"会利用你的每一次呼吸。你活着的时候无法使一个人起死回生，死后以后更不可能。有可能你能感染另一个人，唤起他拯救别人的欲望。你能做的，仅此而已。

心脏必须继续跳动。

情感是无法被衡量的，所以古希腊关于情感的平衡学说是错的。

人类现在的责任：没有神谕的告知，没有神灵的派遣，没有边界限制的知识，人们生活在永无止境的确定性和越来越快的变化中。

把悲伤当作武器——将它扔到别人的头上。

对事物不断进行重新思考，这是古希腊、古罗马和古巴比伦人习以为常的事情，正是他们让不断思考变得这么有吸引力。我从未离开过这些古人，所以对他们的每次阐释，都不过是在**由内及外**地解释世界整体的本质。

每次开口前，都要当成这是此生最后一次被允许说话。

他的肚子里住着一位诗人，他能跑到舌头上来就好了！

他总是带着一种坚不可摧的仪式感，似乎他在娘胎里就开始练习如何向自己祈祷了。

人们会通过彩票中奖发现一笔之前不知道的遗产。

在某一个夜晚，所有生命都有了新的形态。第二天早晨。

没什么比严肃地与一个年轻人聊天更美妙的事了。"严肃"是指，他要被认真对待。你要发自内心地生出一种不安全感，就像小马过河一样摸索前行，不能只有你在摸索，你们要一起走，直到慢慢地和他一起靠近那个确定的答案。

恐惧的日与夜。我有种特别的感觉，我总会把自己知道的一切都转化成恐惧。在白天，我的想法都会获得新生，到了夜晚，它们就会变成恐惧。有没有哪个瞬间可以让我暂时摆脱新的想法？可不可以给我的灵魂一个喘息的机会？

可怕的是，我还是想不断思考。

敌人可以教你自由吗？

他们环游世界，回来，又出发，可我一直在这，同一个地方，什么都没发生，我，还停留在同样的思想和人之间。

那些绑架了我三十年的思想，还是那些思想吗，我，还是之前那个我吗？我会死在它们手中吗，我真的不可能逃脱吗？

可我越来越无力挣脱了，它们越来越坚固而细密，它们的密网就是我的整个世界：那个，我不认识的世界。

啊，符号的牧师，不安的生命，被囚禁在字母的神庙，你的生命就要结束了。你看到了什么？你怕什么？你做了什么？

英年早逝的人的心跳：在夜晚，他们似乎拥有同一颗心脏。

我从未生活在一个没有神话的世界。这世界的一切都充满意义，哪怕是绝望都有意义。换个角度看，一切又会有新的意义：也有可能，其中的一些意义是在不断变化的。我从发现过世界的意义，而是它们来接近我。它们之前都在沉默，后来才开口说话。我后来才学会用来描述这些意义的外语。但是我没有忘记先人。很多人会渐渐遗忘一些事情；但我不会，在我这里，它们只会越来越充满意义。我在一个封闭的房子中出生。我会不会错将这房子当成了世界？

在那个世界，父母会生出比自己年长的孩子。那些刚出生的老年人会越来越年轻，到了一定年龄，会生出更多老年人。

玻璃后面的世界像记忆一样纯洁且不可触及。我希望他们像河水一样从我身边流走，这样我就可以认识所有已经逝去的或者在远方的人了。他们不能跟我讲话，他们看不到我，也不知道我能看见他们。或许有一些人能感觉到我的存在，但随着峰回路转，他们会马上被湍急的水流带走。这样的话，每个人都会来，他们不认识彼此，但我认识他们所有人，并且都是我不讨厌的人。因为那块分隔两界的玻璃会过滤所有罪恶。

如果我已经不能在玻璃后观察了，我很渴望见到那些后来者。虽然那里人很多，但每个个体都作数。每个人都有自己的位置。

他们中可能有一些我现在已经认识了，或许以后我会认识他们所有人。

在阳光下，人们看上去理所当然地享受着生命。在雨中，人们看上去要赶着完成什么大事。

他想象中的幸福：一生只做两件事，阅读和写作，永远不发表自己的文章，也不给任何人看。他用铅笔写下的句子，无需任何修改，就当纸上什么都不存在；就像生命的自然规律，没有任何严格的目标，只记录自己，像自己走路和呼吸一样，只为自己。

我们本该在动物身上寻找我们的未来，可它们的身体被我们切开了。我们**曾经**拥有过未来，可现在它们被我们杀害了。如果我们没有做这些事，本该有不一样的未来。

没有什么过于具体或特别的东西，让我觉得它是没有意义的：似乎世上存在的一切都已经潜伏在我们脑子里了，我们只能通过一种特别的方式让自己看到它。

有一种自信，就是向别人**展示**自己的所有方面。

刚苏醒的双眼如此美妙，是因为在那时，属于自我的一切还处于薄弱和模糊的状态；只有在那时人们才能在自己身上骄傲地感受到自己追寻的法则。

我不喜欢事情之间的联系。要让它们保持开放和独立。你只需要学习它们，然后把学到的直接记录下来就好。你每天都会学新东西，但不要去**总结**它们：之后的某一天，你会突然觉得自己可以用几句话把世上所有东西总结起来，到那时，一切都成为定局了。

希望这一天来得越迟越好，最好是到临死那天。

埃克斯。那是一家监狱入口正对面的咖啡馆。某个夜里我坐在这家咖啡馆。我旁边还有一个穷困的老妇人，她有一张死人般的脸。一个喝醉的年轻人在奉承她；粗鲁地不停纠缠她；请她喝酒；拥抱她；挑衅她；嘲笑她、刺激她；另外一个没比他年龄大多少的人，也喝得烂醉，在旁边拍着手鼓励他。老妇人面无表情地默默忍受着；时不时会摇摇头，嘟囔一句："走开！"可这没用。阻止不了他们。这一切都发生在监狱的门口，老妇人不停地望着监狱的方向，好像她的丈夫或者儿子被关在里面。

去新的地方有一个好处，就是**破除噩运**。过去的意义不再适用于这些新的地方。在这段时间，人们可以完全敞开心扉。过去的一切，自己不堪重负的、被囚禁在某些意义中的生活，突然被我们抛之脑后，就像我们会把它们交由一个人妥当地保管，与此同时，会发生一件我们无法解释的事情：新生。

在奥朗日的一夜。浓重的、南方的夜，街道却干净而清朗，有种罗马人和清教徒叠加在一起的感觉。我们散步到剧院：坚固的围墙正对着广场。剧院的小门是开着的，我们拾级而上，在楼上看到了一个画廊。前面的舞台悬浮在黑暗中，几个人站在那里讨论演出的灯光布置，过几天这部剧就要上演了。剧院就这样被点亮了，只为我俩，没人发现我们。我心中涌动着一种疯狂的想法：如果能为这样的剧院写一出话剧真是太美妙了。我们从剧院出来，依旧在感叹那巨大的围墙。A. 有点累了，我把他送回旅馆。街上冷清得很，灯很暗。我们分开后，我又回头朝城区的方向走了。已经到午夜了，咖啡馆都关门了，街上一个人都没有，我就这样走着、走着，我幻想着某种生活，我太喜欢这座城市了，剧院也变大了——突然，非常突然，我看到了一群人，男女老少，甚至还有小孩，他们出现在这个时间点，让我觉得那是我的幻觉——那是个马戏团，演出已经结束了，出口是开着的，观众从里面涌出。我绕着马戏团转了一圈，整座城市的人都成群结队地回家了，它后面不远的地方，我又来到了那座剧院旁边的巨大的围墙。现在，广场上很多回家路上的人。

我又处于群体中了。我被深深地触动了。南边的第一座城市，罗马剧院里空空如也，可与此同时，当我在深夜穿过这座死寂的城市时，我和那里的人，那些从马戏团出来的人，背道而驰。

有人看透这个世界，可依然爱着这个世界！或许他自己也很清楚，其实他并没有看得那么透。

有一个球，总被抛向高处去激怒天空——地球。

一个房间里住着三个人，他们互相不认识，也看不见彼此。

渐渐我明白了，**那里还有多少**。我只能这样表达了，我指的是世界上还有多少我应该弄明白的。我已经给自己时间了。可能我早该知道这些了。但我现在愿意像认真的中学生一样重新开始。我已经弄明白的事情变得越来越重要了。我不再用个人和无关的态度来应对它们了。它们经年累月地住在我的头脑中，它们变得越来越像。它们在我的头脑里相遇，已经不重要了，重要的是，相遇本身。

这种温柔，能安抚所有**徒劳**。

人们早该知道一切事物都充满着仇恨，但至今从未有人知道。

商人的敏感区：他们的货物变成了他们身体上最敏感的部位。

他小心翼翼地走在街上，似乎每一步都决定着命运。

变戏法的。在变戏法的人那里，命令和变形的效果会相互加成，人们不可能在任何一个人类角色身上找到那种他身上的自由的本质。他开始像一个首领，发号施令，进而就有人追随他。他让人们愚蠢地顺从他，借此来摆脱他们。

他会动摇所有人，摧毁习俗和服从意识，他的车子、魔术，还有，他的武器，都是为了让自己完全孤立于人群。他几乎从不感到孤单，他会和所有东西对话。可他没有方向。他漫无目的地行走，并且充满欲望。他会和自己的身体部位讲话，它们都有自己的生命，他的屁股和阴茎。他吃自己的肉，他也不知道这些肉从哪里来，只是觉得很好吃。他的左右手会打架。

他什么都模仿不来，在哪都觉得不舒服，只会问一些错误的、根本没有答案的问题，这问题反倒让人们更迷惑了。

他收养了两个孩子，并不是为了抚养**他们**，而是喂养**自己**，他根本不会照顾孩子，所以他们一定会死。他让自己爱上一个有假胸和假阴道的女人，这女人嫁给了一个首领的儿子，怀孕好几次。他向人们展示的东西都是不可逆转的。

每当他觉得饿了，就会在人和动物面前变戏法，别人也会这样对他，这时候，他简直就是一个取得胜利的英雄。

他独处的时候能做出任何事。但也恰恰因为独处，让他觉得生命毫无目的和意义，因此他特别受启发。

他是傻瓜的鼻祖，因为没有哪个时代和社会可以制造出这样的傻瓜，他对人越来越有兴趣。他总是通过事物的反面来解释一件事，以此拿别人取乐。

他的所有经历必须被隔绝。因为世界的所有内在关系和连接都会赋予它们意义，也会抢走它们的价值，这价值就是，自由。

人们会对随便**某个人**讲出他最好、最重要的东西。人们要为此感到羞愧，因为他们从不对着耳朵说出这些话。这些说出来的话，渴望被实现。

我认为，新"月亮"的影响是积极的。这会激起科技强国之间新形式的竞争：他们的关注点第一次放在了地球以外的地方。战争发生的概率越来越小。无论谁抢先了一步，双方一旦发生矛盾，就意味着同归于尽。另外，他们把野心转向外太空，会让他们在别人那里也赢得威望，就像现在的俄国人那样。与此同时，他们上演了一场大型而幼稚的竞争：大型是指，他们的领域扩展到了外太空，幼稚是指，他们的目标非常**空洞**，可他们却拥有巨大的**满足感**，而我们对他们**一无所知**。

人类记忆中只有很小的一部分属于征服月亮和外星球。除此以外，其他的一切都不重要。但是这些目标对所有人来说都非常简单易懂。现在，地球上所有的居民都可以被简单地概括为"双群体系统"中的一员。地球上发生的一切都像足球比赛一样简单，而且**所有人**都能看到这场比赛。在第一场输掉的人，内心愤愤不平，但在登月计划上却领先了。另外一方因为胜利而感到自豪，这给了他们充足的安全感，所以不会发动战争。但可以想象，过去这几年爆炸式的威胁不过是一场绽放在太空的一场烟火晚会，在威胁到其他星球之前，它还只是人类的自娱自乐。

每当人们知道了一个人的存在，他就会被改变。可能人们能够感觉并试图避免这必然发生的变化，因为这变化总是发生在人们受够了自己之前。

昨天我在一篇旧报纸上读到了一则阿玛祖鲁人寻找巫师的告示。和**我们的**禁欲和极乐相比，它看上更有力量、说服力和真实感。这些黑人会认真地检验巫师的能力，他们会让他去寻找他们丢掉的东西。这则招聘信息给人的感觉才是最重要的，而不是它的**内容**。

让他备受折磨的是，他所知道的事情没有**同时给他启示**。

1958

这些牛津哲学家一直在刮平事物，直到刮得什么都不剩。我从他们那里学到很多：现在我懂得一个道理，永远不要刮任何东西。

人们当然可以不考虑神话，只思考话语，只要人们不要轻易定义它们或者避免让它们夺走全人类共同积累的智慧就好。但神话更有趣，因为神话有更多变化。

他的心是夜里的一盏灯。

她心满意足地占领着他的旧房间，似乎房间的主人已经死了。
他的归来让她心烦意乱。

"一个人的财富是通过两个数字衡量的，他书架里的书，和他马厩里的马。"

——廷巴克图，约 1500

我常常觉得，我学到的和读到的东西，都是人为发明出来的。而我从内心挖掘出的东西，是本来就存在的。

没什么比灵魂的道路更错综复杂了。人们会学习无法马上应用的知识，去探索这个问题的答案，就是探索灵魂之路，它要比任何研究之路都充满挑战和神秘感。因为人们无法预知和计算灵魂之路的走向。可能会有一个类似地图的东西，可总有别的东西让人偏离方向，当人们在故地重游时，会惊讶地与一个陌生人相遇。

一个灵魂越**确定**，它就越需要**新**东西。

所有叙事作品都有某种相似点，我还不知道它是什么。

你依旧信仰这个规则，即使你知道，你永远找不到它，而且没有人知道它。

我很少会怀疑什么事，对我来说，怀疑，依旧年轻力壮。

他的良心在慢慢腐坏，却依旧自我感觉良好。

"如今我们依旧坚信，必须先将祭酒倒在动物的身上，经它点头确认后，我们才能宰杀它。"

——普鲁塔克《席间闲谈》

"13世纪的时候，埃及的各个阶层都流行吃人肉，尤其喜欢吃医生。如果有一个人饿了，就会装作病人叫来医生，不是为了治病，而是为了把他吃掉。"

——洪堡

"人们总对这可怕的饭菜充满胃口，他们觉得有钱人和特别有声望的人会经常吃这些东西，甚至会储藏一些。他们会用很多方式去处理这些肉……人们用各种方式伏击别人，或者是诱骗他们进到自己的房子里。三个医生都这样被我骗到家里，一个卖给我书的书商，一个很老很胖的人，这些人掉入陷阱后，永远都别想出来了。"

——阿布杜拉−阿拉提夫，

巴格达医生，来自他对埃及的描写

所有事件都害怕他的话。

他对自己哀嚎的群众感到悲哀。他在英国把他们弄丢了。

这样说来，所有人都是暴君——谁又比谁更有价值呢？

语言中有太多已经被修好的路了。

一个书痴。B. 永远不会做很费力的事。他不喜欢工作。不爱学习。他很有好奇心，所以偶尔会读本书。但那本书必须非常简单易懂，句子要短小精炼，并且不能出现任何深奥的词汇，不能出现从句。阅读过程中不能出现任何障碍，所有内容都要一目了然。最好可以让读者一目十行。B. 其实就是要寻找这样的书。他打开一本书，从任意地方翻开一页，然后扫一眼。这一页在抵抗。它不希望自己就这样被一眼带过。它至少需要二十到三十秒。这页书认为，这是对书最起码的尊重，但书痴不这么认为。书页的反抗让他很生气，他把书翻来翻去，等他气消了，才会阅读下一页。不过下一页同样会让他生气。他不堪重负，出于极大的愤怒，他放弃了这部分。他把书翻到离它们很远的某一页来惩罚它们，大概差了一百页。没有哪些内容会给他留下很深刻的印象，他总是想到哪读到哪。他就这样跳跃地阅读。由于这**独特的**阅读方式，他觉得自己比普通的受教育的平民知道得更多，他们只会逐行阅读。不过他确实能通过这种方式对一本书有个印象。如果他对中间哪部分感兴趣的话，他就会知道前后十页或者十五页的内容，他会把不连贯的内容用很奇怪的顺序整合在一起。

有时候他敢于表达一些自己独创的令人震惊的观点。有时候稍微变通一下，他就会让人们觉得他非常有主见。他要做的，仅仅是，每个月多读**一本书**。对他来说这当然是种负担，有时候他一年也就读两三本书。但还有件不得不提的事。

他对书几乎是不加筛选的。他只对那类囊括了整个世界的书感兴趣。首先，这本书要得到那些最有名的报社里的最有声望的评论家们的认可；一本所有人都知道的书，人们经常能听到作者的名字，所有人都认识他，只有一本书具备了这些特质，他才真正对读这本书产生兴趣。

但他也不会马上开始阅读。他会去伦敦那条很高雅的街上的一家书店，那是公爵夫人们购书的地方。他和店主很熟，他是他最好的顾客之一。他有时候会顺手推荐给他一本他可能会感兴趣的书，如果他真的喜欢这本书，他就不还了。但自从他成为一个文化人后，他就更喜欢自己在书店里逛。店主给他推荐几本书，他会不耐烦地看几眼，之后，他会带着胜利者的神情向店主索要这两周城里最热门的书。他只能大概说出书名，也不知道作者是谁；人们不该对这种一夜成名的作家给予太多重视，过了几代人之后就没人会记起它了。通常店主推荐给他的书，他都会高傲地拒绝。因为他知道自己要什么，那就是以此让人们注意到他。

他会随意地把书夹在胳膊下，然后扔在宾利软椅上。他的家是一个华丽的大房子，墙上挂着他祖辈的画，他把书扔在一个椭圆形的桌子上，那里散发着新鲜的气息，摆着的都是过去的几个月出版的书，都是批评家们给予好评的书。那桌子上只有书，从来不放别的东西。因为周末日报的推销，旧书的最新版本也会不合时宜地出现在这里。他成功地把一个时髦的书店搬到了他自己和祖辈的家里。**他的祖辈们**可能根本不知道他在这放了什么；这是他唯一超越他们的事，他会让他们感觉到自己的骄傲。

现在它可以选择读哪些关于现代生活的著作了。他从不感到激动，但他也不会假惺惺地赞美自己真不喜欢的东西，他对评判非常谨慎。他终于决定了买哪本新书。他做决定很快，就像他平日的行事风格，就像鸟啄食一样快。不过有从句的书早已被排除在外。在这方面，他有着鹰一样犀利的眼光，毫不留情。但这也和书的内容有关。所有和他无关的事情，都让他觉得不真实。它渴望真相；他会无情揭穿那些作家的谎话。

有时候他会伸脚绊倒那些看透他的诗人。如果他们灵巧地跨过去了，他就会对他们留下深刻的印象。但最后他会找到某个第一眼就引起他注意的一页。如果他是某本书的主角，那么当他打开第一页发现这件事后，就不会继续读下去了。他发现了一本名著，他自己的名著，他急着把这件事告诉所有人。

我们总是把希望寄托在错的人身上，一旦我们知道错了，就一天都活不下去了。幸运的是，总有一些无辜的人，从没有人把希望寄托在他们身上。

只有对神话的渴望才是对人性最大的尊重，当一个人读到的神话的数量超越了一个人的承受能力，他才能开始从它们的力量中汲取营养。

人类发明了地狱这种恐怖的东西，还期待他们有善良的一面吗？他们难道不是会**不停地**发明地狱吗？

所有东西都比"我"要好，但我们还能把"我"放在哪呢？

他的痛苦：他从不让自己相信任何言论。他的痛苦：几十年的傲慢。

阐释者的自大：他觉得自己的阐释比作品本身更丰富。

他总觉得自己其实可以更好，他很满意对自己同时有好坏两种评价。

什么叫变成更好的人？——更开放？更听话？这样真的更好吗？更聪明？可能吧。更特别？也不准确。更安静？我也不知道。

我之前时常希望可以将住在我脑子里的东西清除干净，然后重新开始思考。

现在我不这么想了。我认可我头脑中这些居民的存在，并试图与他们相处。

可能我自己变成了一座小城。

我在一个意大利报纸上看到一则消息，一个修女在一百岁的时候去世了。

其实她已经死过一次了，在她十七岁，还是个小女孩的时候，在她的棺材即将被钉死之前，她的姐妹一定要求把棺材重新打开。她重新复活了，坐起身。这个奇迹让她决定当修女，并把自己的生命献给上帝。所以，在她第二次生命中，其实她只活了八十三岁。

人类其实很伟大，无论有多大的恐惧充满他们内心，他们都会带着它继续前行。

1959

最近在太平洋上的一座小岛上，人们最后一次被吃掉了，为了核武器的荣耀。

每个人都要看看自己吃饭的样子。

从某个年龄开始，每个人的每句话都很沉重而严肃。放下**这种**沉重吧。

从傻子嘴中说出的珍贵的话。

经年累月的工作消耗的精力。只有你从它的生命中抽取一部分，它才能拥有实在的重量。这工作越紧急，你的成果密度就更大。

每当我听说"一生的事业"，我都觉得是种非人性的禁欲。

又是一本书，伟大的书？一千页的自我膨胀？你会把自己放进哪一行，难道一切本来的样子不是更好吗？

不要太在意，一切都要再想想。

真正充满力量的感觉，不需要胜利的欲望。

所有被浪费掉的尊重。

他住的那个军医院，没有人，却住满了被埋起来的、受了重伤的书籍。

我对勤奋的态度根据白天和夜晚时好时坏。在夜晚，我会充满激情地工作到天亮，而在白天，我会充满激情地偷懒。

很多人的个性都是从固执开始的。之后，当这些个性不再有趣了，人们就会丢掉它。

人们在进行分配的时候，都会完全背叛自己。

时不时与自己偶遇很重要，要遇见自己，像遇见陌生人一样。

我已经受够了每个人都会指责别人的缺点。

我有时候会思考，会不会"完成"已经变成了我的自我目标。我会想起我已经树立的目标；那种自己真的能成事的信心。当我为之奋斗的时候，世界会变得比之前危险上千倍。虽然这是一种潜在的危险，可有什么区别呢？

我追求目标的这种痴迷到底从何而来？哪怕是危险也要继续下去，就好像我被委任为了世界的守护者。我到底是谁，一个无助的生命，身边的人接二连三地死去，我连自己的生命都守护不了，我的周围都是沉船和哀嚎！

我在被谁利用，我百依百顺地服务着谁？

除了顺从，我什么都做不到。人走了，话语消逝了，可过去还活着，什么时候它们也能被带走呢？我周围的一切都消散了，可我——一个刚刚学会走路的孩子，却必须活下去——他用尽全力呐喊：不！

有个人说：你不能对任何事感到后悔。谁？上帝？还是一块石头？

他梦见自己摆脱掉了那些死死咬住他心脏的人：他的心脏突然完好无损地在自己手里了。

为什么对自己说话如此重要呢？——因为在这种情况下，人们不会攫取自己的东西？因为人们可以忘却仇恨和愤怒？

因为人们哪怕这么莽撞，也不会伤害到别人？因为人们可以果断地打压自己的骄傲，而不会在别人面前作个小丑？因为人们会完全忠于真理，而不自鸣得意？因为人们从不请求，也不施压，并所有人都完全平等？

越来越多的面孔，它让人又想起别的面孔：拥挤的生活需要一个出口。

人们只爱世界的组成部分，却讨厌作为一个整体的、被错误地拼接起来的世界。

没什么比作第一个到的人更无聊的了，除非他真的是第一个到的，并且之前真的还没人来过。

一切都要归咎于错误的榜样，人们之所以会被迷惑，是因为一旦人们偶然看到一个榜样，就永远逃脱不了他的阴影了。

人们不停地思考、思考，直到自己可以想明白一切，而之后一切都毫无意义了。

不要总是朝终点疾行，过程中还有很多风景。

公务员会像朱庇特一样制造闪电。

当我用手里的铅笔写下德语的时候，才有种家的感觉，周围的人都在讲英语。

昨天我把《群众与权力》的书稿寄去汉堡了。

三十四年前，1925 年，我第一次考虑写一本关于群体的书。但真正的开始其实更早：是那次在法兰克福纪念拉特瑙[1]的工人游行，那年我十七岁。

无论从哪个角度看，我成年后的人生都被写这本书的想法填满了，自从我来到英国，在过去的二十年，虽然中间有几次很不幸地间断了，但除了写这本书以外，我几乎什么都没做。

这样做值得吗？是不是我本可以写更多书呢？该怎么说呢？我只能这么做。我被一种无形的力量逼迫着这么做。

在我想法成型之前很久就已经跟别人聊过它。为了多给自己一点约束力，我尽最大的努力让人们知道我要写这本书。当我所有的熟人都鼓励我完成这本书时，我却一直拖到最后一秒钟才写完。我曾经最好的朋友，在这些年里已经不再信任我了，不过这本书确实写了太久了，我不会怪他们。

我现在可以告诉自己，我成功地扼住了这个世纪的咽喉。

一个决定一旦被做出就会变得冰冷——像别人的决定一样。

1　拉特瑙（Rathenau）：犹太裔德国人，魏玛共和国期间的德国外交部长。拉巴洛条约签订后两个月于 1922 年 6 月 24 日遭到暗杀身亡。

当一个人突然知道自己大限已到时，才会珍惜自己的时间，不过这只针对平日觉得自己还能活很久的人。他巨大的财富突然不复存在了，就像他把所有财富都分给了别人，现在只能像乞丐一样吃自己剩下的残羹冷炙。

1960

你坚定自己要做的事情，坚定到别人会质疑这份自信。只要别人的噪音还没有把你击倒，你就要继续坚守这份自信。最难的是找到从自己的世界溜出去的洞。你想回到那个自由、没有规则的世界，那个还没有被你施暴的世界。所有规则都会让人痛苦，而其中最痛苦的是自己的规则。你知道，你不能**确定**所有事，可是你依旧不会让自己的形象损毁一分。你试着破坏这世界，可破坏后，你却还在这世界里。你想出去，你想要自由。你可以像别人一样写点什么东西抨击它。可是你并不想毁灭它。你其实只想改变自己。

蒙田的文字最美的地方在于，他不着急。哪怕面对那些棘手的影响和思想，他也会慢慢应对。他对的自己的兴趣是牢不可破的，也确实从未对一个人感到羞耻过，他不是基督徒。他观察到的一切对他来说都很重要，他从不知疲倦。这给了他一种坚守自我的自由。他是一个永远不会迷失自我的人。这样一个从未失控的生命，和他观察世界的节奏一样，缓慢流逝着。

我今天读到了蒙田写的关于食人族的一个章节，我又重新对他充满好感。他对人类的每个族群都有着开放的态度，这种开放正是当下的普世价值，并被我们提升到了科学的层面。难得的是蒙田在**当时**，那个自以为是的年代，就有了这种态度。这一章里，蒙田赞美了战士英勇的品质，这在他当时的环境中可能还没有被认可。

他赞美了巴西人的勇气，借此他似乎要提出一个问题："我们真的这么勇敢吗？到底勇敢是什么？"对他来说，落入敌人之手的印第安人承受着老加图[1]的痛苦。这是他最尊敬的人：不是作为偶像的尊敬，而是作为一个无法触及和不容反对的存在。天上有一些星星，是我们伸手就能够得到的，而有一些在我们永远无法企及的高度。

不过蒙田也向我们展示了很野蛮的画面，这情景在两百年后的卢梭时代又重新上演了。只不过卢梭时代的社会推行的是来古格士[2]的斯巴达那样强制性的举措。

弄臣，一个一无所有的人，陪伴在一个拥有一切的人身旁。他在他的主人面前自由地表演，可又会受他摆布。

主人**看到了**这不堪重负的自由，弄臣是属于他的，因此

---

1 老加图（Cato）：罗马共和国时期的执政官、监察官。
2 来古格士（Lycurgus，德语拼音为 Lykurg，有译为来库古或吕库古）：古希腊的一位政治人物，为斯巴达的王族。约活动于公元前 7 世纪前后，传说中斯巴达政治改革、斯巴达教育制度以及军事培训的创始人。

他觉得弄臣的自由也属于他了。

充满意义的痛苦：所有的痛苦都有它具体的意义，有可能是很明确的意义，想治愈这种痛苦的话，要靠自己灵魂的行为。要克服这痛苦很难，但是会让人们变得更好。痛苦会变成要求，而不是警告。最痛苦的人，如果可以处理好，他会走得更远：他疗愈的过程将会成为他自己的发明和成就。

你不过是结构组成的。你是不是以几何的形态出生，可后来被时间抓住，绝望地被它变成了一条直线？你难道忘记了那个伟大的秘密了？那个**最远的路**的秘密。

如果可以有一个贯穿一生的想法是很幸福的事情，让它深深沉下去，只能在梦里浮出水面。

霍布斯和迈斯特都属于让我佩服的"恐怖"的思想家。我佩服的是他们敢于**说出**恐怖的事。而他们绝不会以此来吹嘘自己。鉴于此，我想说说他们两位，霍布斯和迈斯特：他们非常不同，他们不总是动脑筋想事情，他们写自己的时候也是很谦逊的。和他们相对的有另外一种思想家，他们会以喜悦帮人们驱逐恐惧，似乎他们能借此获得成就感。恐惧成为他们手中的鞭子，让别人都避开它。他们赞美"伟大"，不过只是动物层面的伟大。尼采就属于这个类型，他的思想中有种痛苦的矛盾，即自由和他将权力作为终极追求的天性。

他的很多话都像野蛮的独裁者那样让我反感。迈斯特说出过更可怕的话。不过他说出这些不是出于贪欲，只是将权力作为一种确实存在的手段。所有真的对人类充满恐惧的思想家，和别人一样，都是这种恐惧的牺牲品，他们不会为了一己私利去利用这种恐惧。他们不会对真实的世界弄虚作假，他们只是活在这世界上，并尽可能让自己暴露在他们感受到的恐惧中。他们思想中的矛盾非常健康和有益。有一些人会假装自己危险而伟大，然后从这个世界离开，飞到自己的世界。所以这些人的话从内到外的都是假的，他们的话只对那些觊觎人们尊严和希望的强盗有用。

迈斯特对战争提了一个正确的问题。这很重要。他没有认真地回答。这个更重要。他之后找到的答案虽然非常特别，但对于这个时代我们已经经历过一些的人来说，这些话就是纯粹的讽刺。除了从迈斯特的书外，很难再找到如此有力的**反战**的态度了。

在一群人之中能让自己静静思考是美妙的感觉。一方面人们要努力让自己的思想一定程度隔离人群；人们很难做到在人群中独处，但一旦做到，效果会更好。这样人们一定能感觉到对周围所有人的敌意，他们都紧紧包围着他。不过这不是真正的敌意，因为人们会觉得他在跟着大家的思路，并且对他有种责任感，所以这敌意会被捂热，成为爱。

把自己幻想成释迦牟尼：叔本华的独特之处。

阿特拉斯一样的布克哈特[1]：一个容纳世界、支撑世界的巴塞尔人。

人们偶尔总需要一个有距离感的、难以理解的句子，作为千年的支柱。

发明一种信仰，介绍它、实施它，最后再销毁它，直到没有人再相信他。

可能完成了这一切的人，自己都不知道，信仰为何物。

德谟克利特对原子的观点带有一种群体的想象。值得注意的是，希腊人的自然理论，后来被证明为最可怕的理论，源于它们看不到的、由最小的个体所组成的群体。

我在德谟克利特那里找到了很多相同点；他的一些话道出了我的心声。不幸的是，流传下来的不是他的著作，而是亚里士多德的。亚里士多德的灵魂对我太有敌意了！我读他的书的时候充满了抗拒！德谟克利特并不比他涉猎的范围小，好奇心也不比他少。但他尊重权力，是权力的收集者；他也喜欢苏格拉底式的诡辩。德谟克利特生活的地方离雅典很远：这对他很有好处。或许他太注重将独自生活作为一种正义

1　雅各布·布克哈特（Jacob Burckhardt，1815—1897），瑞士文化历史学家。

了。他带有一种谦逊的自我满足感，不过这并不影响他第一次看见什么的时候产生的伟大的思想——还有一句很私人的话，我想把这句话给所有亚里士多德：和占有一个波斯王国相比——他说——他更愿意找到一个对此简单的解释。

学术的任务可能在于，时不时消灭掉一些话语。

对他来说，所有的窗户都是面向无穷的窗口——但当他从外边向窗户里边看时，就像从无穷的世界回到了生活。

我对真实的人感兴趣，我对虚构的角色感兴趣。但我讨厌他们合二为一的样子。

跳入普遍是非常危险的行为，人们必须在同一个地点，不停地练习。

没有书的话，快乐会变质。

能常常用不同的话语去思考和讲话是件幸福的事。但只说"上帝"这种词，并且在重复中不断地加重它的分量，是很不幸的——在马拉喀什说"阿拉"的那些人给了我这种启示，现在我想慢慢探索语言更多的美妙之处。

如今，人们在任何道路上都会有越来越多的欲望。那些本就漫无目的的目标被强加给我们，而且依旧让我们觉得够得着。

从精神出发，只有从精神出发，才能获得一切。这里说的精神是一种独立的行为方式，要越来越独立于物质需求。用特定的方式，朝某个特定的方向去思考，就已经足够了。这样的方法也是思考的基础，它要求人们有禁欲般的专注。用精神保护的权力，可以和之前政教合一的国家的宗教顾问相较。这权力非常重要，但它喜欢隐藏自己，并且不直接需要任何人的光芒。

这光芒是为了毁灭的那一瞬间而保留的。

关于**变形**，我想，我找到了打开一座城堡的钥匙，但我没打开。门是关着的，没人能够进去。可能打开这扇门后我们会有更多麻烦。

一些由四五个词语组成的思想规则可能还有意义，因为它还留出一些空间。可怕的是由**一个**词构成的神秘主义。

即使我经常赞叹文学角色的精妙，但由于他们是时代的产物，我依旧很难认可它们。这些角色在自己的时代太骄傲自满了。作者要踹它们一脚，好让它们清醒一点。

第一次战争后，诗人们还是有喘息和反思的时间的。可如今，第二次战争后，在毒气室和原子弹后，人类已经到了毁灭的边缘了。人们必须回到自己野蛮的天性，用这野蛮将自己的双手和灵魂磨粗糙。人们必须要知道自己是什么样，冷酷而被束缚。但是，不要让自己有任何希望。希望只能从最黑暗的知识中流出，不然的话它就会变成了不严肃的邪教，并加速毁灭和威胁。

表做得越来越精巧了，时间也越来越危险了。

世上最难的是，实现自己后，再减少自己的拥有。这种实现自我的假象是错的，和简单得像一张白纸一样的人的自我满足没有差别。我们做出的最好和最坏的事情，最后都会回到起点那么简单。我们学到的东西不可能只用在自己的领域，必须把这些观点留给别人，然后离开它们。

不带个人喜恶地与一部作品保持距离。人们在阅读的过程中毫无知觉，自己读了什么。从书里传来一阵日落时分的凉意。

生前生活过的地方，都会变成死后世界的一个城区。

他潜入一片海洋，那片海的一切都未曾被阅读过，之后呼哧呼哧地浮上来，回来的时候他返老还童了，他很骄傲，就像偷来了波塞冬的鱼叉。

布莱希特写的伽利略的学说被废除的情节，让我想起了我的《确定死期的人们》里的"五十岁们"[1]。教会的这种做法只是为了赢得时间，他们的威胁改变不了一个人内心真正的想法。我的"五十岁"们则会更严肃地继续坚守下去：因为他们必须反思出于对真理的热情到底做了什么。

布莱希特的伽利略形象诞生得比我早，他依旧可以冷漠地吃烤鹅。他还没有一个完整的维度，也就是我们今天最重要的维度。如果我知道了一个无人知晓的、爆炸式的真理，难道不该付出一切代价避免它会伤害他人吗？我认为，唯一知晓这个真理的人，必须要控制它，消灭它。

所以说真理是个双刃剑。发现这个事实，只是一面，严肃的另一面是，责任。

不然人们就会绕远路，他们会想把已经丢失一半的权力从宗教法庭那里夺回来。伽利略的可悲之处不在于他的学说因为《对话》[2]而被废除，而在于，他依旧可以**安心地**吃烤鹅：未来对他来说一片漆黑。

突然，所有的信仰都不见了。一种永恒的快乐蔓延在人群。每个人都为自己跳舞，直到筋疲力尽。一群人累倒了，旁边的人会站起来继续跳舞。阳光也更明媚了。可是空气变得稀薄了。大海变得难以捉摸。

---

1 在卡内蒂的戏剧《确定死期的人们》中，角色被以自己的年龄命名。
2 《对话》（Discorsi）：伽利略于 1638 年出版的《论两种新科学及其数学演化》（*Discorsi e dimostrazioni matematiche intorno a due nuove scienze*）。

让死人复活才是对死亡真正的控诉，**这**才它的激情所在。这控诉要一直持续到它成功为止。不过我们总是早早就停下来：因为缺少足够的激情。

不杀人，可能根本就不是一个自由的选项。只是因为我们被完全束缚住了：杀人是被禁止的。

他怎么会怕自己的话！他说出的话有种巨大的力量，让他无法摆脱。他自己的话第一次给他造成了巨大的折磨后，它们就躺下、等待。之后这些话又蹦到了他身上去，继续往上蹦，跃过他的身体，就像从他嘴里说出来那样。只有当他自己**听到**这些话时，它们才能得到力量。这些话虽出于他自己之口，听上去却很陌生。他敢于正面它们，他可以逃跑，但是他不想。他经常在自己的话语中蹦来蹦去，他最喜欢在暴风雨中对这些话卑躬屈膝。虽然这混乱不是他故意制造的，但这痛苦却清晰而强烈。他自己的话死死抓住了他，在一片黑暗中，他想，这些话从何而来，是个谜。

他总在奉承别人，直到人们友好地回应他，其实是为了摆脱他。他的名声建立在别人的这些回应之上。

荣誉的本质决定了，它永远是个假象。有时候它会原形毕露，暴露出他身后藏着点什么东西。真让人意外！

我们没给人都会遇到一个人们赖以为生的死人。无论他温柔、善良、粗鲁还是邪恶——他们都会被利用。如果一个人知道自己死后要被如此对待，怎么可能受得了？人们为了永远留住他们，让他们永恒，把自己的生命借给他们。

我并不是诗人：我只是无法保持沉默。可是我心里有很多沉默的陌生人。他们时不时爆发，让我成为诗人。

每个我遇到的信徒，只要他是虔诚的，都让我觉得很友好。他们对信仰的虔诚的表达打动了我，哪怕听上去特别荒谬可笑，依旧从最深处打动了我。

现在的世界，不可能属于信徒。我很少感受到一个成功的教堂背后隐藏的权力，也很少感觉信徒有试图掩盖它，或者是用这权力去威胁和恐吓别人，这让我又厌恶又恐惧。

触动我的是信仰本身，还是它们的劣势？

在痛苦中，总有种东西蓄势待发，但是它们能为人们说明，这件事并没用。

我的痛苦永远不会自我消解。因为我太了解，我无论如何都不能与死亡抗衡。

Ataraxie[1]？学会冷漠？在人们最脆弱的时刻？这些正是

1　Ataraxie：古希腊语词汇，指一种强大、清醒和宁静的状态，远离纷扰和担忧。

我们最好永远不要学会的！

我只能接受原始而完整的梦，像谜一样。梦很陌生，人们只能慢慢去认识它。当我试着去理解别人的梦时，只能一个一个慢慢来，因为人们总会带着抗拒保护自己的梦。那些马上去解梦的笨蛋领悟不到梦的意义，当他们意识到的时候，这还未有机会生长的梦已经枯萎了。

人们不该把毫无关联的梦堆在一起。只有投射到现实的梦才能获得它的血液。梦的实现是它的全部，但是这种实现不是释梦者想的那样。梦必须要通过透入现实来让自己在现实中存活，用所有可能的办法，渗入所有方向，从人们最意想不到的地方开始。梦像鸟群一样飞来飞去，它们在天上时近时远，若隐若现，遮住阳光。梦的不可捕捉性，正是它能被捕捉到的最明确的特点，它有自己的形态，但只能由它自己塑造其在现实世界的形态，外界无法赋予它意义。

释梦造成的危害是巨大的。这种破坏不容易被暴露出来，可梦多敏感啊！一个屠夫去毁一张蛛网时，虽然他的刀上是不会带血的，可是他造成了多大的破坏啊——世上再也没有一模一样的蛛网了。人们对梦所知最少的就是它的唯一性，因此，它们怎么可能把自己的神秘暴露给任何人呢。

在所有人中，只有克利[1]对梦真正充满敬仰，把梦当作人类最不可侵犯的东西。

---

1 保罗·克利（Paul Klee, 1879—1940），瑞士裔德国籍画家。

人一旦开始毫无同情地追逐和狩猎权力，就很难再回到纯洁的状态了。人们如何开始仇恨，又如何慢慢适应了仇恨！怎样才能回到之前那样简单的生活，温柔而快乐？似乎人们穷尽一生去捕猎某个危险的怪兽后，让自己退休了，开始养花。

但这猎人永远不会忘记自己之前的样子，至少在梦里，他还在捕猎。

每个词都该让人们想到，它曾经有很明确的意义。话语的圆满实现在人的手上。

无法想象一个没有喜剧和角色的人生。一个笨蛋也想在人前卖弄，哪怕是一个远离人群的圣人，也会被人们找到。

一个必须一直保持微笑的女人，无论是在巨大的困惑还是痛苦中，都不能停止微笑，在将死之时也要笑，笑着死去，来取悦那些看着她死去的人——在棺材和地下，她也会继续笑着。

知道人们必须呼吸才能存活还不够。危险的是那些没有呼吸够的思想家。

如果有人真的弄清楚了人们是通过什么彼此相连的话，他就有能力将人们从死亡拯救出来了。生命的密码是社会性的。没有人知道它的规律。

神秘主义：一切都曾经被所有人看透过，看透的还是那些事。没什么特别的。也回不去了。

如果有人真的发现了什么新东西，一定要避免它受到任何研究方法的影响。日后有新发现了，再补上一些必要的研究方法。如果人们想要在有生之年，让别人认可自己的发现的话，还是需要一点策略的。如果毫不加干预的话，这新发现的结果是完全随机和不确定的，而第一次发现它的人也完全不知道它会走向何方。

这种责任完全落在个人身上的，和具体的行为无关。

我喜欢与理解死亡的灵魂交朋友。当然，他们能够对死亡绝口不提也会令我开心：因为我自己做不到。

一个不建立在任何条件之上的观点是毫无价值的。某个思想的条件就是它的读者。过去的经验会在几个世纪后突然变年轻。那颗星星又被点亮，它的光芒照入同样的眼睛。

黑暗的拼写改变了，因此获得了新的意义。他们像是早就已经存在了，更完整也更强烈，自从远古依赖，充满了同一个夜晚。它们按照一个清晰却不完整的规则彼此分离又重聚，充满安全感和爱意。它们的恐惧已经消散了，它们没有缘由地感到恐惧。有可能在**某一天**他们会有同样的感觉，可是这一天遥遥无期。

在一个小酒馆里，没有人说话。客人们或独自一人或三两成群，呆呆地坐着，拿着自己的饮料。女服务员默默地拿来菜单，客人用手指着点单，她点头示意，之后送来客人点的饮料，在桌前没有人说话。每个人都默不作声地观察着旁人。在一个没人说话的房间里，连空气都凝固了。这里的一切都像是玻璃做的。人比物品更易碎。很明显，是话语让一切都流动起来了，没有话语，一切都是呆滞的。眼神交流让人很不适和难以理解。很有可能，他们的脑子里只有仇恨。忽然有一个人站起来了。他要干吗？所有人都吓坏了。一个孩子张大了嘴，却喊不出声来，像是一个在画里的孩子。他的父母什么都没说，捏住他的嘴。

咔嚓一声响，灯灭了。灯又亮了，人们没有一点变化。之后，他们用硬币买单，像小动物一样温顺。一只猫跳上桌子，高高在上地统治着整个酒馆。它不需要沉默，因为它从未开口说过话。

现在，这地方被死人占领了。

1961

每个人都要像老子或赫拉克利特那样用简练的句子说话，如果不能，那么就没必要开口。

知识在胸前交叉双臂准备斗争。被强行灌输的知识让他反胃，他全都吐出来了。可见，知识有多容易激起他的敌意！

最可怕的人：什么都知道，什么都相信。

一个已经活了一百年的人还能在纷繁的世事中记得自己是谁吗？
他还能**重新**发现自己吗？

有可能在戏剧中创造一个**智者**的形象吗，他要具备哪些特点？在戏剧中，智者是唯一一个可以认出别人的人；他从不提起自己；关于他也没什么好说的；他的生命中只有倾听，认真聆听，他的智慧就源于他听到的信息，没了这些，他其实一无所知；在别人面前他都是白纸一张，但在别人对他来说，是一块块被刻满字的石碑，他心里保存着它们，却从不会主动想起它们。

戏剧舞台上不断上演着变形和祛魅，我们将这两者间的转换称之为情节的张力。
角色的面具要在观众心里造成恐惧，之后一定要被摘下。没有认真设计的面具，就不存在戏剧。可如果这些面具到尾都没被摘下来，这出剧就会很无聊。

在某座城市中，所有街道的名字都是秘密，只有当警察信任你时，他们才会告诉你，你现在的位置。

人们接受信息的速度远大于理解的速度。那么人们如何消化信息呢？

十层的天堂，那里的天使一层比一层更能言善辩。

用暴力强迫人们举行一个纪念仪式，纪念所有暴力的废除。

译者会深入一个已知的领域。他周围的一切都已经修葺完备了，他从不孤独。他就像在一个公园里散步，或走在一个道路清晰的田野。他翻译的句子就像他在路上遇到的人，跟他打招呼。路标很清楚，他永远不会迷路。他必须要相信人们对他说的话，不能有丝毫存疑。如果他对这里失去信心了，他就会成为一个傻子。地形也都已经为他标记清楚了。

思想家就不同了，他们行走在虚无中。他会把一切都驱逐出去，直到自己周围完全干净了，才能开始从这里**跳到**那里。他的路是被他跳出来的。只有他亲自踏上了某片土地，那片土地才是实在的，其余的一切都值得怀疑。

人们用某种语言思考了二十多年的想法被转化到另一个语言。它们心存不满，因为这不是它们的原生语言。它们的勇气熄灭了，它们不敢释放光芒了。它们肩上背着太多无关紧要的东西，却把最重要的落在了路上。它们褪色了，被染上了别的色彩。它们变得小心翼翼，与生俱来的棱角也已经被磨平了。它们本该像雄鹰一样飞翔，现在却像蝙蝠那样拍打翅膀。它们本该向猎豹一样飞驰，现在却像蜥蜴一样匍匐行走。

更耻辱的是，它们缩水的含义，只有在如此被约束和阉割后，才能更容易得到别人的一点点同情。

如何摆脱阅读的**仪式感**——或者说，如何能不加曲解地运用书中的内容——人们要时不时将自己置身于混乱的书籍中，有一些他不屑一读的书，是因为他已经不知道里边在讲什么了，或者说，他从未努力过去理解这些书。只有他放下对这些书的偏见，他才有可能轻松地阅读这些书。

所有人的生命都是一样的：但没有人知道这事实。秘密的身份。命运在白天闪烁着不同的光芒。但在黑暗中，它们没有区别。

他时而招供，时而辩驳，根据日期而变化。

每一代人中，都会有一个人死去——作为一种威胁。

出于对形容词的不信任，他选择沉默。

最火热的人能够忍受冰冷的话语。

如果将熟悉的关系调转一下，大地会变成浅蓝色，天空变成黑色：因为地面的黑暗让我们感到不安，而蓝色的天空赢得我们的信任。可一旦人们走出去，大地会变得明亮，天空变得黑暗。

　　盲人围坐在桌前，聋哑人蹲在角落，而他，一个瘫痪的巨人，被困在电梯里。一个女人在电梯顶上转动钥匙，一言不发地丢给他一抔鸡食。他张嘴接住鸡食，吃得满嘴都是。盲人开始尖叫，聋哑人开始拍打身边的人。他从电梯破门而出，看到了乱成一团的房间。能看见和能讲话的人赞美他，说是他治好了他们。他在一个蚂蚁洞中醒来。

　　我在正午时分的特尔斐山坡上做的梦。

　　那个世上最美好、含义最丰富的地方是不可能被破坏的：卡斯塔利亚泉[1]的侍者拿着扫帚清扫着泉口。一个带着学生的教授用法语测试剧院的声音效果。一个靠着阿波罗神庙柱子的仙女翻着旅行手册，用英语问："德尔菲在哪里？"

　　卡图尼亚。清早，一个英国的忏悔者在尤里普斯沉思。他皮肤黝黑，瘦骨嶙峋，蓄着圣人一样的胡须，对过路的人道"早安"，和他们聊牛津，聊希腊教堂的优点。

　　那是拜伦，在一家希腊小酒馆，他的桌前还坐着六个采集树脂的人，旁边的桌子坐着两个波兰人。拜伦结结巴巴地

1　卡斯塔利亚泉（Kastalischer Quell）：位于希腊德尔菲（Delphi）的一处泉口。

272

说，他为所有人买单。

圣约翰节，海边的小教堂。桌前的信徒们传着一筐面包。信徒们互相亲吻，离他们不远的地方，一条海豚从水面高高地跃起。在尤里普斯海峡的远处，隐约可见帕纳斯山脉的淡影。

那里像是神灵沉睡的地方，基督教的神性在那里显得尤为神秘。卡图尼亚的无花果树也呢喃着希腊语。

每个信仰都盲目地包含某个过去的信仰，却从不提及它，但这样恰恰保护了它，似乎它在这个新的信仰中张开了双眼。

一颗被反复咀嚼的心脏，滚动了几个世纪。

有一个地狱，里面到处都是阿谀奉承的魔鬼。

滞后的反应：一个人总是和错的人搭上话，因为当他要找的人早就走掉了。他永远不能及时表达自己，总是过一段时间才知道自己要说什么。这是《被延期的人》中的角色，和他造成的误会。

有时候他什么都看不见了，一小时后才能被别人从**迷雾**中救出来。

他所有的心血都白费了：浪费者的报应。

他总是为自己寻找最好的。为别人的话，差不多就行了。他将自己置于监督员的位置，它通过疾言厉色和不断地拒绝来保证这个位置。别人负责做事，他负责检查。不经他亲自检验的东西都毫无价值。他目光所及之处才是重要的地方。他对大部分事情都毫不在意；而他不在意的事情就都可以自生自灭了。

他一旦穿上监督员的制服便开始趾高气扬地吹口哨警告别人。人们不得不看着他呼吸着他精心挑选的空气，然后再用高高的音调把这些空气再吐出来！

哪怕你们已经见过上百次了，但要像第一次见面一样对待他。

受害者会在死后变成杀他的凶手的样子，然后用这个人的声音呼救。

——《罗摩衍那》

耳朵，而不是大脑，才是灵魂栖居的地方。

——美索不达米亚

世上有两种灵魂，启示者和管理者。赫拉克利特和亚里士多德是两个类型最典型的代表。

启示者就像一道闪电，飞速照亮它所能及的最大的领域。他心无旁骛，只劈中一个目标，劈中目标前，他自己也不确定他的目标是谁。闪电的效果只有通过重击才能实现。因为人如果不受点伤害和打击是不会警醒的。启示本身太宽泛也太抽象了。是否有幸被这道闪电启发完全取决于一个人所在的位置。大部分人，都无法接受这闪电的洗礼。

管理者拥有启示者的智慧。他们行动得再慢，也要比旁人快；他们为启示者的闪电绘图，却并不信任这些启示，并采取措施避免之后的闪电劈中自己。

在某个城市，不同等级的人居住在不同的街道。上等人和下等人永远不会碰见。他们用电线来实现不得不进行的沟通。尴尬的工作都会在人们看不到的地方完成。一个阶级的人必须朝前看，另一个阶级只能看两边。上等人要遮盖住耳朵，下等人要藏起双手。某个下等人迷路了，吃惊地发现自己不小心走到了上等人的街道；哪怕没有任何一个人上等人察觉到他，他也要为此受到惩罚，他必须掐死自己。这下等人只剩下一口气时，上等人会摘下耳套，赞美这个人的阶级意识。叛变阶级的上等人要被丢在下等人那里活活饿死，尸体被留在那里的街道上直到腐烂。

连狗都要彼此划清界限，不敢弄错了阶级。

历史通过复仇实现了自我毁灭。

我读到一些中国人的奇闻轶事，他们有很多单音节的名字：这种简明的表达我们永远模仿不来。他们的词语是多义的；每个词都有自己专属的造型，就像一个声调；当很多声调共鸣时，会发出独特的和声。如果将这语言的特点推广到他们的世界：他们的世界很确定，但并不封闭。即使这世界由一个个孤立而确定的点组成，它依旧很生动。在这里，秩序和自由共存。每个声音都独立区别于其他声音。

一个有趣的把戏：向世界丢一个东西，但不要被它拖入世界。

如果有人将所有学到的东西都转化为实体，这些东西日后会从四面八方涌来，然后杀了他。

你真的希望自己身边的一切变得越来越好吗？

为了让自己严肃起来，他装出痛苦的样子。

他像下蛋一样写下句子，却忘了孵化它们。

这四十年里你在等什么？在等时间的流逝还是自己的经历？

"他又一次用神秘的信仰将生命的结局推迟到无限远的地方。"

——勋伯格

无论将手伸向何方，我都能抓住别人的头发，然后把他拽到我身边。一些人是完整的，一些人只剩下一半。还有一些已经碎成块了，我随即就把它们丢开了。只要我有心长期观察就会发现，这些不完整的人会和别人黏在一起，在我身边形成一个新的群体。但让我迷惑的是，会有外来者想挤进这个群体，寻找入口，寻求接受。我不能阻止任何人进入，不然我会很愧疚。

　　我无法抓到剩下的那些把自己封闭起来的人；只能抓住他们的回忆和虚构。

　　告别的时候，那里的所有人都跳到桌子上，然后保持沉默。

　　他的责任：不回应任何事情。

　　"L'homme est périssable. Il se peut; mais périssons en résistant et, si le néant nous est réservé, ne faisons pas que ce soit une justice."（人类是很短暂的。可能这是真的；但让我们仍旧在坚守中走向死亡吧，如果前路上我们将一无所有，就让我们把它当作一次审判吧。）

——瑟南古《奥伯曼》

　　他同时弹奏太多乐器了。可思考不是作曲。思考，是一个专心致志攀登高峰的过程。求知的第一步，就是丢掉一切负担，只有这样才能更快、更轻松地到达目标。A.什么都丢不下。他总是背着所有东西上路。他哪里都到不了。

他只知道当下。他把所有大门都敲了一遍，却从不跨进去一步。他觉得，只要敲开了门，就算是进去了。

他的理解被糊上了一层厚厚的墙纸。

他的思想像云雾一样扩散到四处；有时候突然就消散了；但我们十分清楚，我们依旧身处其中。

火柴的尊严。

她保住了身上最后一件衣服，嘴角轻蔑地挑了一下。

不满足的鼻子们站成一排。

没有掌声的裸露才是真的裸露。

一座山开了一道口子，从里边爬出八十只巨大的蚯蚓，它们被插上翅膀，安上鞍子，每只蚯蚓的背上都坐着一个著名的诗人。

一个人如何活在一个没有自己作品的世界呢？别人抚摸着他的作品，似乎在眼神和指尖的游离中，这作品已不属于他了。它被放生了。它之前的主人，冷血而贫穷，只会做一些有缺陷的、毫无意义的事。他曾经的每次呼吸都为了全人类，现在却苟活于世。他曾在路上背着所有人前进，现在却变得一瘸一拐。他曾穿着长靴大踏步前行，现在却只能在地上一寸一寸地匍匐。他曾像上帝一样慷慨，现在却为几个铜板而担忧。他曾高高在上，现在却变成瘪掉的气球。他曾被这个世界温柔拥抱，现在却像一只樱桃核一样被吐出去。

他写下这些东西时，就像这场战争只是一场梦，而且是别人的梦。

对未来一千年的恐惧。这是个错误，一千年本该是两千年的——如果我们可以走到那么远。

所有时光都指向那些永远不会到来的日子。

将死的拿破仑害怕极了，似乎他从未听说过死亡，似乎他是第一次经历死亡。

一个总是大声抱怨的人，总是很认真地挑合适的时间抱怨，他也会好好检查感叹词，照亮他自己的夜晚。

他为了躲开敌人而在白天睡觉。问号激活了他的梦，让他感到怀疑。他一醒来马上就会进入下一个周期，在同样的事情上挑毛病，只不过顺序不同罢了。

他从不缺抱怨的话，只是经常找不到要抱怨的对象。

雷电般的哭诉，它总发生在不幸之前，并放大它。

刀子般的哭诉，它阉割不幸。

罪恶和异议的哭诉，它沉溺在不幸中。

人类恭敬地站在动物的王座前，等待着它们的审判。

人的声音，扰乱了天空。

把蛇当作路标。

他用自己的纯洁来安慰自己的失败。

将炫耀作为遗产。

在那个世界，死人生活在云中，男人通过雨水授精。

那个世界的神很矮小，而人会不断长大。当一个人大到看不到神的时候，就必须被别人杀掉。

那个世界的人将巨蛇供为祖先，通过它们的撕咬结束自己的生命。

他们将犬吠当作神谕。一旦狗沉默了，它们的末日也就要到了。

那里的人们在市场上结结巴巴地交流，在家里一言不发。

那里的每个人都要被一个土著的虫子看管，人们要听话地服侍它。

那里的人只被允许低声讲话，一旦某句话声音过大，就要被流放。

那里的活人必须节食，只有死人可以狼吞虎咽。

他们一辈子都活在一棵大树上。远方能隐约看到别的树，它们看上去遥不可及而且充满危险。

一个英国的古语言学家，二十五岁的教授，像尼采一样，不过他是英国人，他为了读尼采而学了德语。回英国后，他开始捕猎狐狸。他用意大利语读但丁，从中得知，政党之间如何相互仇恨。他参选国会议员，像德国人一样勤奋，这让他的同事们很吃惊——这个人之后会怎样呢？

摩尔国王被正式地从所有马厩中移出去了。

罕见的鸟：它是个流亡者，为自己之前的财富而羞愧。

他在自己的伤口上种上甘蔗，用高价卖出这可疑的果实。

这家人把她团团围住，就像一群冤魂，直到她彻底放弃抵抗，他们才收手，她唱出自己生命的最后一句话。

约翰·奥布里，虽然他生活在 17 世纪，他的观点却和我们当代最犀利的观点不谋而合。他只用短句写作，不添加也不删减。他会记录下所有他知道的东西。他像传教士一样，从不对教义的好坏妄加评论。一般他只会用简单的一句话去描绘一个人，可关于霍布斯，他的朋友，他用了整整二十页记录了这个世界文学中的哲学家最私密的一面。

他最难懂的著作被他的时代搁置在一旁，几世纪后才被揭秘和出版，因为他的观点太超前了。他看到的，是活在我们这个年代的人类。

1963

我把一个实际的孔雀称作 P.，我要从他的视角观察一下这个世界。

P. 要铲平所有墓地，因为它们太占地方了。

P. 要删除所有个人档案，这样就没有人知道谁曾经活在这世上了。

P. 废除了所有历史课。

P. 还不确定怎么对待姓氏，它决定先留着父辈、祖辈和其他故人的思想。

P. 并不排斥遗产，只要它们是有用的东西就好，但遗产不能和它之前的主人有任何瓜葛。

P. 比中国的思想家墨子还要极端：他反对葬礼，不只是因为葬礼造成的浪费，而是因为葬礼本身。

P. 希望地球是一个给活人住的地方，容不下死人，荒凉的月球对他们来说都太好了，但跟占用地球的位置建墓地相比，月球也是可以考虑的。一切死去的东西，都要分批被送到月球上去。那里会变成垃圾场和墓地。什么？纪念碑？纪念什么呢？立碑的话还要配套广场和街道。P. 仇恨死人，死人们在四处扩张着自己的地盘。

P. 的情人年龄都很小。只要她的脸上出现一条皱纹，他就会把她打发走。

P. 说："忠诚？忠诚是个危险的东西，直到死才会结束。"

P. 总能用很好的例子说服别人，制造出可怕的后果，让虔诚的信徒怀疑自己的信仰。

P. 会检查报纸：他必须**这样**做。他不容许有任何讣告和悼词出现。

P. 作为一个有钱人，买下了所有木乃伊，并亲手在别人面前毁掉它们。

P. 不支持杀人的行为，只支持杀死人。

P. 为了支持他自己的观点改写了《圣经》。他也会用他自己的方式对其他宗教书籍进行删减。

P. 只穿不让自己想起死人的衣服。

P. 容不下任何归属于死人的物品出现在他的房间。

P. 会在一个人刚断气的时候就毁掉他所有的书信和照片。

P. 发明一个种方法，能够帮人们遗忘。

P. 只看望能恢复健康的病人。将死的病人会被送到一个秘密的地方，或者是交由一个负责人，他要承诺他会处理掉死者。

P. 认可我们现在对待动物的方式。但他看不惯我们如何对待死去的宠物，并进行反抗。

P. 要求所有的医生都要重新进修。

P. 是个特别的信徒。他赞同神的一些特质。但他觉得基督是个骗子。

P. 走路的姿势很奇怪，让他看上去像是不认识任何死人。

P. 相信只要我们看一眼死人，就会被传染上不治之症。

P. 声称，因为他从不在意死人，所以他永远不会变老。

为屠杀而提前准备的和谐的表象。

每一轮新的群众都有自己的名字。

我们不可能改变这种更新换代的步伐。可能历史上有人做到了，但我们永远无法得知他是谁。

先读席勒，后读斯威夫特，将是一场灾难。

哪怕把神关在玻璃柜里，他们也会继续骚扰我们。

如果巴凯利人[1]对自己的首领不满，他们就会离开村落，然后告诉他，以后你只是你自己的首领。——斯坦恩[2]

人们为了减轻自己的负担，经常说，自己会变得更好。

我们会有很多悲伤的情绪：不要太在意，因为让我们悲伤的事总会发生变化；可让我们感到快乐的，总是相同的事。

如果上帝变成了我们希望他成为的样子，我们是无法承受的。

世界上最难的事情：离开已经全身投入的一种生活。从生命中抹去那些根本不在乎自己的名字。吐出那些偷来的、已经变质的空气。放下手上握住的错的东西。

需要多少爱才能把对另一个人的爱冲走？骗人的忠诚。

禁令——他的灵感。

某个人花三十年的时间去寻找一个自己不认识的人。他们相遇的时候，马上认出来对方了。这情形让他们气急败坏，

---

1 巴凯利人（Bakairi）：生活在南美的印第安人部落。
2 斯坦恩（Karl von den Steinen, 1855—1929），德国物理学家、人类学家和探险家，主要研究印第安文化。

情急之下把对方杀了。

每次他走到很远的地方，都觉得还不够远。

世上最难的事不过是，原谅别人和自己相同的过错。

被称之为圣人的人，能够把所有道德的痛苦全加在自己身上。

被称为智者的人，是那个不再折磨自己的人。他知道，世界上不存在完美，他身上也不再有追求完美的激情了。

那一年，湖面冰封了，那一年，连死亡都背叛他了。

那个挨打的人蜷缩在地上，他脑子里一片空白，只有一个想法：他愿用所有活人换取来换一次死亡，在这一刻，他才明白，死亡毁灭了他，他希望自己从未出生。

要经常对自己说这句话，它是唯一能够掌控你的东西。这种重复，这种粗暴的、不间断的重复正是生活向你索取的悲伤的税。它总是在你重复着抱怨的时候偷偷溜入你的生命。沉默的人要承担的太多了——还是在他们选择沉默之前，就已经知道自己要承担多少痛苦了？

生活不是戏剧，因为没有人可以被排除在外。可生活又是戏剧，因为我们只有分裂自己，才能表达自己。

但这不会让人变得更好，因为哪怕我们发现了自己的错误，也会归咎于别人。

乌云，请不要离开我。飘在我头顶，为我的生命保鲜，待在我心里，为我下悲伤的毒，我才不会忘记，我是一个将死之人。

从不伤心的人，是怎么做到的？从不动摇的人，都经历过什么？当一切都成了过去，他们如何活下去？当一切都静默了，他们能听到什么？当摔倒的人再也站不起来了，他们如何行走？他们在哪能找到词语？怎样的强风让他们睁不开眼？谁会重新聆听他们的声音？谁会唤回远行的名字？眼里的光芒熄灭后，他们在哪里才能找到光明？

人们能认出已经死去的人，却认不清活着的人。

他黑色的眼睛，是死亡的养料。

现在，到处都是一片黑暗；只有回忆冒着热气。

当我们将一个死人从活人的眼中带出来时，存在的网就被编织起来了。但我们只愿意告诉死人这件事，却不愿把他带出来。我们总是对死人无比吝啬。

可能只有最不幸的人才有获得幸福的能力，可以说这很公平——但一些死人会对此保持沉默。

1964

各种社会

在某个社会，人可以按自己的不停变化的喜好更改年龄，或大或小。

在某个社会，所有人都站在街上睡觉，没人觉得这样不舒服。

在某个社会，所有人共用一只眼睛，那只眼睛不停地转来转去。所有人想看的和能看的东西都一样。

在某个社会，每个人一生只能哭一次。所有人都珍惜这次机会，因为一旦用掉了，他们就无可指望了，之后的人生即是慢慢走向坟墓。

在某个社会，每个人都有自己的画像，每天要对着自己的画像祈祷。

在某个社会，某个人会突然消失，但没有人知道这就是死亡，这里没有死亡，也没有对应死亡的词，他们对此很满意。

在某个社会，笑可以代替吃饭。

在某个社会，没人能想象、也没人受得了超过两个人并排站在一起。只要有第三个人靠近两个人，他们就会感到恶心，之后赶紧散掉。

在某个社会，每个人都会训练一只动物替自己说话，之后他们就能够沉默了。

在某个社会，那里只有老人，他们会糊里糊涂地生出更老的人。

在某个社会，粪便会在体内分解，不需排出体外。有些没有负罪感的人边笑边吃。

在某个社会，好人身上会发臭，所以没人愿意靠近他们，但是会在远处默默赞赏他们。

在某个社会，没有人会孤独地死去。成千上万的人自发聚集在一起，同时被处死，这是他们的节日。

在某个社会，人们只能对异性说话，男人对女人，女人对男人；但男人不能对男人讲话，女人不能对女人讲话，这只能偷偷摸摸地进行。

在某个社会，刽子手都是孩子，这样，成年人的手上就不会粘上血了。

在某个社会，人一年只呼吸一次。

会不会我们相信的**一切**都是假的呢？有没有可能，**每个人相信的其实都是事实的反面呢？**

去看看那些极端的狂热分子吧，他们真的以为自己感染了成千上万人！看看基督教中对爱的信仰和宗教裁判所吧！看看德意志千年帝国的创立者制造的毁灭和骚动！他们屠杀和西班牙白人长得一样的阿芝特克救世主！他们选择犹太人作为要隔离的对象，用毒气室来实现他们的计划。对人类进步的信仰：只能通过原子弹来实现。

似乎所有的信仰都包含了对自己的诅咒。我们该不该从中跳脱出来，去解开信仰的谜题呢？

他不喜欢那些能让他冷静的东西。既然一切都是不平静的，他怎么能在平静中找到避难所呢？

好人啊，你还想将多少人塞进你的乞讨袋？

他想校准自己，但不知道要用什么单位。

很多人好像非常喜欢活在强烈的愧疚感中。这种感觉可以帮他们浇灭他们的耻辱；愧疚感是他们的避难所，就像信徒在上帝面前的忏悔一样。他们的爱是一种持续的净化，但是他其实非常害怕自己被净化干净。他们希望保持恐惧的状态，并且只会爱上能让自己处于这种状态的人。当他们不再被谴责和惩罚，当他们感觉自己开始让对方感到满意了，他们的爱就消失了，一切就都结束了。

试着杜撰出来一个完美的人，连上帝都嫉妒他。

爱情里没有同情。在爱情中，所有细枝末节都很重要，一切都要小心：正是这种完整和准确构成了爱。一个人说我想要全部，那么他就是认真的。听上去可能只有食人的野人才会这样做。但一个精神上的野人要更复杂。更何况爱情关乎两个野人，他们互相蚕食。

有时候人们说出一些事情，是为了减少自己对它们的信任。

炼狱中的人话很多。到了地狱他们才会沉默。

他找到我就是为了告诉我，他的邪恶苏醒了，他试着用这个消息取悦我。而我找到他并告诉他，我并不会为他的邪恶而高兴，因为我已经受够了与自己邪恶进行斗争。

人们会羡慕那些忘不掉自己的可怜人。

不让自己被一些事情迷惑的技巧：攀住大海中的一些小岛，别让自己淹死，是一个人能做的全部了。

我不是很喜欢佛教，因为佛教放弃了太多东西。佛教没有对死亡的回答，死亡在佛教中被绕开了。至少在基督教中，死亡在中心地位：不然十字架的意义何在？在印度，没有真正涉及死亡的说法，因为没有人完全反对死亡：他们认为生命没有价值，因此对死亡也没什么负担。

一些认识他的人会出庭作证人。可他们中有一个人能说出像样的证词吗？

我们有种错觉，总想为已死的人做一些弥补：其实我们什么都做不了，什么都不知道。每个人都要在这重负下继续生活下去，这负担会越来越重，直到把人彻底压垮。可能有人会因为这种对死人的愧疚而死去。

世上没有哪种关系要比一起分担这种痛苦的两个人更紧密了。一个人可以偶尔承担另一个人的愧疚，让他喘口气，虽然很短暂，但这短暂的交接足以救他一命了。

我认识他的时候，他正怒气冲冲地走在街上，嘴里骂骂咧咧。他当时很年轻，看上去他谁都不需要。他大踏步地走路，这姿势表露出了他对周围的老年人的厌恶。他会注意到街上的每个人，因为每个人都令他生厌。他知道友情的存在，但没有朋友是他的幸运。下雨的时候，他觉得很屈辱，因为落在他皮肤上的雨滴也落在了别人身上。他会在街上寻找一个品相最好的牺牲品，一旦他确认了目标，就会马上不屑地走掉。因为他不愿意因为碰了别人而脏了自己的手。他脑子里总想着要擦手，他希望其他路人都能跟他保持点距离。我在一天中的不同时间都见过他，他总是那个样子，没有任何人和情绪会影响到他。它已经变成了某种咆哮的装饰品，没了他，街上会变得乱糟糟。

1965

他想从头开始。可是哪里是开头呢?

他将所有事在脑子中幻想出来，这样它们就都不会真实发生了。

当我们被允许直言不讳地说出心中的想法时，人类才算完整。

当他能成功地说服所有人相信某个观点时，他就会开始质疑它。

问题是：如果一个人不随时准备好接受挑战去实现更高的目标的话，他能做到什么？

他总谈起**价格**。关于价格总有很多可讲的。价格总是起起伏伏，每个国家都一样。他去过很多地方，都会如实的记下那里东西的物价。他可以在国外告诉别人家乡的物价。他总能找到想听他讲话的人，如果语言不通，他就用手比画。他展示一个商品，然后在一个很长的停顿后，用的手比划出来它在他家乡的价格。

他不知疲倦。而他的沉默非常可怕。不过别人都知道他只是在记一个价格列表。

他很小的时候我就认识他了，当时他会偷价格。他跑得飞快，没人能抓住他。他是个很狡猾的男孩，可以溜进所有价格里。他也不去上课，不然他也不会有现在的成就了。有一段时间他被去美国的念头折磨。不过不久之后他就发现，在欧洲货币的种类更多，因此也有更多价格。所以他留下来了，而且从不后悔这个选择。通货膨胀帮了他大忙，他成了一个伟大的男人。他每天都在居民区散步，嘴里念叨着价格。

我们总喜欢用某种很确定的方式说话，好像之前事情一直是这样的，哪怕之后要说的话与之完全相反。

我们总会向自己爱的人施加压力，就好像他／她是世界的中心一样。

人类什么都克服不了，却依旧在付出很多爱。

侵犯他人的领域是最不该被原谅的事。因为他们跳过了最神圣，同时也最敏感的地方：自己的周围。

我们在爱情中，对誓言如此依赖、又如此恐惧，似乎没了它我们就会提前耗尽本该更长久的东西。

最粗俗的人也对美有谜一般的热爱——这难道不是古代诸神留给我们的遗产吗？但特别的是，最丑陋的人也敢靠近最美的东西，似乎他被允许这样做，这是他的任务。

在如今文化融合的背景下，漂亮的人可能比之前多了。他们是诸神的化身。他们的身上保留着极其稀有的接近诸神的可能性。

他觉得那些媚俗的作品来保护自己的未来。这些作品也分两种，快乐的和悲伤的。他更信赖后者。

你不可能永远都保持自律，因为很有可能你会失去这种习惯，所有人都一样，只有这样，你才会将爱置于生命的最高地位。

她太爱吃肉了，因此她也愿意在死后让猛禽吃掉自己的尸体。

一个男人的故事，他向所有人隐藏了自己最亲近的人的死讯。

他对她的死难以启齿吗？他是怎么成功地瞒过所有人的？他能在所有人面前伪装出她还活着的假象吗？她究竟在哪？和他在一起吗？他们是什么状态？他照顾她，帮她穿衣服，给她吃的。但她离不开这个房子，他从不旅行，离开她的时间也不能超过几小时。

他不接受任何访客来访，因为她谁也不想见。她在别人眼里变得越来越孤僻了，她接受不了别人的到来。但是有时候他会学她的声音接电话，模仿她的字迹写信。

他过着两个人的生活，他也真的**变成了**两个人。他告诉她自己的一切，为她朗读。他像之前一样和她说他要做的事情，有时候也会为她的迟钝而发怒。不过最后他总能想办法得到她的答案。

她谁都见不着，所以非常难过，他必须安慰她、哄她开心。

有这样一个秘密的男人，一定是世界上最古怪的人，他要试着去理解所有人，这样，别人就永远理解不了他了。

辩词的任务完成后，就要被烧掉？你也要跟着陪葬吗？

如果"高尚"能换个别的叫法就好了！

我们不可能马上摆脱一个突然变得危险的词。我们都要先忍受一段反其意而用之的阶段。

心理分析中最令人尴尬的假象就是就是患者长时间的倾诉。他喋喋不休地说几个小时，其实没几句会被真的听进去，唯一被听到的是那些他还没张嘴别人就知道的话。其实他完全可以坐在那里一句话都不说。可如果真的这样的话，心理分析理论早就失去意义了。我们愿意认真倾听的，只有一个人的新想法。所以分析师和那些愿意说出心里话的患者其实是矛盾的，他们推出结论的过程，就像去预知那些已经无法被改变的命运。而倾听的姿态只是一种傲慢的表现。这种学说的变化和矛盾至少有一点是有意义的，那就是在治疗中能够忘我地去倾听。倾听的内容也会根据"错误"和已经"走入歧途"的人的天性而不同。

弗洛伊德自己一定听过很多患者讲话，不然他也不会改变这么多，最后走入歧途。

我对"圣战"的厌恶 —— 德·迈斯特的"les gurees divines"（圣战）。它运行的方式令人恶心：他剥去人们相信和期待的事物的意义，之后他会为这些事物的对立面赋予意义，使其取而代之。

他属于那种随心所欲的批评家，就像亚里士多德和他的奴隶，尼采和他的超人。他热爱自己丰满而准确的语言。读者能非常精准地捕捉到他的意思，就像他是在有针对性地去杀人或者毁灭一个人一样。他的语言为什么这么"丰满"呢？

这种语言风格曾经是他的思想的核心保障，他**非常清楚**什么是不好的，没有丝毫迟疑，他这种类型会觉得，上帝永远都忠实地站在他这边。他的想法总有种信仰般的坚定，他认为所有的说明和辩护都是多余的。他之所以看上去是个现代的哲学家，因为他和神学家写作的方式不同，读他的书更像是在读他的世俗的经历。他坚信人性的恶，这是他一切的出发点。他认为一切都要归功于权力，是它制服了人性之恶，对他来说，刽子手扮演了牧师的角色。

所有以人性之恶为出发点的思想家都具有强大的说服力。他们的思想让人感觉非常成熟、勇敢和真实。他们看到了事实，而不惧怕指名道姓地说出它。我们总是事后才明白之前看到的不是事实的全部；更勇敢的做法是，不掩盖也不美化事实，与此同时，在同一个事实中去接近另一个事实的内核，能做到这些的人要对人性之恶有更深刻的理解，他们要在自己身上找寻恶、赋予恶，一个诗人。

埃斯库罗斯的《波斯人》，一群哭诉的人：他们被分裂成两种类型，能力强的那群人会将自己人的尸体取回来，另一群人和幸存者一起徒劳地哭诉。

原本的戏剧始于孀居王后阿托萨[1]的情节：**她的梦能够第**

1　阿托萨（Atossa）：早期波斯王后，《波斯人》中的主要人物。

一个预言不幸，在真正的使者到来之前，她的梦就是一切。使者将不幸的消息告诉人们。舞台上的合唱团会在这个时候像一群哭诉的人，在王后的面前，为那个最崇高的死人恸哭。他的判决在罪犯出现之前就宣布了，就像死了的人互换来了活着的人，父亲带走了儿子，建立者带走了破坏者。

《波斯人》是由三次召唤组成的，事实通过所梦和所见被实现了。阿托萨的梦带来了使者；使者带来了不幸的消息——这消息激起了人们的恸哭——为了崇高的死者；最后，还有她儿子的死讯。

我旁边坐着十一二个年轻人，在一个小房间里摆放着风格迥异的小桌子，他们三五成群坐着，每个人都很有个性。在他们的压力下，我艰难地写作。我只能用好奇和年龄的温度去回应他们冷漠而轻蔑的目光。他们想占走我的桌子，他们慢慢挪过来，有节奏地敲着桌子，可能不只是为了打扰我写作，还为了让我在他们的节奏中意识到，我和桌子一样，只是一个物件，是一种能够承重一切的物件。他们隔着我喊话，在我耳边大吼。但我纹丝不动，试图掩藏我的激动。

我的冷漠和耐心出乎他们意料。我这具呆滞的人类的身体，只有握住铅笔的手在移动，超出了他们的理解范围。我会唱歌，但不会为他们唱。我会说话，但我的话对他们来说像中文一般难懂。我和他们之间没有任何有意义的事情。可我的好奇心，可能他们会稍稍感觉到，会让他们厌恶。他们心里一定想着朝我吐口水，而且只要一个人开始了，别人一定会效仿。

我之所以忍耐他们，是因为我在偷听他们讲话。他们不会觉察到有哪个人被偷听，因为他们只能感觉到作为整体的存在。他们的女孩臣服在他们身边。我被其中哪个女孩吸引了吗？我不知道，我什么都不知道。我经历了作为群体的一份子一定会经历的。

1966

由悲伤组成的猛兽，人类。

幻觉消退了，真相，比幻觉更恐怖的东西，替代了它的位置。

为了点亮夜晚，他白天走进人群。他不图他们什么。可他们却想从他那里得到很多。他们的脸折磨着他。也有人想要杀了他。可这不会影响他。他知道，在晚上，他会离开这些人。当他们入睡了，他会在没有他们的灯下自由地呼吸。

说话：这是免费的。可是如果我不这样说，它就不是免费的。

抨击成功的人？太多余了。他们的成功已经烂在身体里了。

人们已经把世上最可怕的想法尽收眼底了，不这么可怕的事情，已经无法让人们满足了。

恨一个人，直到爱上他为止。

要有一个法庭，只要诚实地回答所有问题，就能够被免除死刑。

我被蛇吸引了——因为它们耳朵聋？因为它们的**某个**部位有毒？但没有毒性的部分也如此吸引人。因为它们吃得少？因为它们这么爱彼此？

有个故事讲的是一条被捕到的蛇，蛇皮的尖刺都扒掉了：土著人都在嘲笑它就这样袒露着皮肤、扭曲的样子；捕蛇者很难为情，他不想被别人嘲笑，于是就把这条丑陋的蛇放了。

动物比我们更奇怪的地方在于，他们和我们经历了一样的东西，却无法开口说出来。人不过是会说话的动物。

一只驯鹿击中了一个男人。"有一只叫鲁道夫的驯鹿为三个猎人拉雪橇，它用枪击中了其中一个猎人的腿。鲁道夫用头上的角勾住猎枪，并扣动了扳机。"

什么时候所有的动物都能学会射击？什么时候猎人开枪是有很大风险的？什么时候动物能够像人们造反那样，偷走人类的武器，并练习使用它们？头上有角的动物非常适合射击，但别的动物用脚趾和牙齿也可以瞄准猎人。会不会有无辜的人被误伤？但是之前无数无辜的动物都……!

如果想对动物有新发现的话，人类首先要放下自己的傲慢，不要再认为自己是上帝最高级的创造。事实证明，我们不过是上帝创造的最底层生物，即他在这个世界安排的刽子手。

立法者，一定要把所有事情都先示范一遍。

"东方教堂的神父们说，基督比任何一个人都坏。因为他为了拯救人类，把亚当们所有的罪，甚至是他们生理上的缺陷，都归在自己身上。"

把心脏当酒杯。人们可以把心脏从胸口取出来，给别人喝酒用。或者把心典当给别人，安在他们的身体里。陷入爱情的人，会揣着一颗别人的心脏走来走去。死去的人，会把别人的心脏带进坟墓，而让自己的那颗在世间继续跳动。

某个人在为很多人扮演幸存者的角色。

他喜欢少数，而且经常控诉多数。

不要说：我去过那里。要说：我从没去过那里。

我从未存在过。哪怕我说了这么多话，制造这么多噪音，我依然，从未存在过。

世上可笑的人里，有话多的，也有话少的。

平淡的时光是生命的财富，重要的日子是生命的理性。

同情心的本质，是不是一种愧疚感的错觉？

一份简单实际的工作，比如说医生，是无法帮助作家克服他们的骄傲的。他们对这工作的厌恶，其实能给他们一些营养，这些和高尚的人格相对立的事情在刚开始反而很有营养，与其相反，他们高尚的人格能够帮助他们战胜这种厌恶。而只有战胜了这些烦恼的作家才能实现自我。

被选中的种族：现在世上所有存在的种族。

远山勾勒出一条蓝色的天际线。有种温柔而超脱的高贵。

他们唱歌的声音太大了，很远就能听到。他们中有二十个人在交通最繁忙的地方围成了一个大圈唱歌，像是在用一张嘴。有的人穿着制服，有的穿着工装和便装。女人看上去和男人一样，不过她们不穿裤子。他们的嗓音像鼓一般响亮。每首歌都由很多节组成，一段结束后，他们会马上不约而同地唱起下一段。所有人都涨红了脸。"他们唱歌唱红了脸，还是因为本来气色就这么好？"路人在他们周围拥挤着前行，大部分路人都急匆匆地绕过去，不想打扰他们。也有一些人站在那里围观和称赞。这些人的嘴唇蠕动着，也想跟着唱。"我们为什么不加入他们一起唱呢。但我们可唱不了他们这么好。"紧挨着人群驶过的汽车不耐烦地鸣着笛。站在一米开外指挥交通的警察不得不让出他的位置，在另外一个地方指挥交通。他的制服然给他在人群里很显眼。其实他很想加入他们。两条被牵着的狗大声吠着，围着唱歌的人跑来跑去。一个先生和一个女士试图费力地把它们拽回来，呵斥它们不要再叫了。

每个唱歌的人都有一根白色的棍子，每当他们的歌到达高潮，他们都会激动地将棍子举向天空。在空中挥舞的棍子激烈地互相触碰着，乱七八糟，不像他们的歌声那么整齐，这勉强在天上勾勒出一条歪歪扭扭的路。之后，欢呼声减弱了，他们手中的棍子也谦逊地低下头，被立在地上。两首歌的空档之间，人们突然听到了那两条讨厌的狗的吠叫。下一首歌的前奏开始时，忘记开始的喇叭手突然急匆匆地跟上节奏。

他们唱得太有力了，让人们很难听清楚他们在唱什么，只有那反复重复的几个词能被听出来。这几个词总在每段最高亢的地方出现。听懂了这个词后，慢慢其他的词也能被听明白了。其他歌词会和某个词相连接，那个词是个关键点，他们会用响亮的音色唱出来。

他们中有一些人一直闭着眼，在最激动的时刻也不睁开。也有一些人一直睁大眼，空洞地望向某个方向。总之，他们的目光和普通的歌手不太一样。他们唱得太投入了，以至于眼睛什么都看不到。他们永远停不下来，因为他们无处可去。所有人都盲目地歌颂着上帝，诉说着自己的罪恶。

"Relax[1]"，是英国人在安慰人的时候最令人反感的一句话。每次我都会想象某个人对莎士比亚说"Relax"的样子。

一个作家创作的动力就是去骗他们爱的人，他们可以从别人那里得到什么。他能**给予**爱人的，不能让他们从别人那里得到。可能他们自己都意识不到，他们总渴望从寻常生活中汲取营养，但之后却因为它们的流逝而恨它们。他不停地拼命说服别人，别的东西才是重要的；直到他能决定事情的走向才会满足。

他自己什么都不做。他会想象别人在做什么，然后将这些事报告给自己听。

没有臭味的修行算哪门子的修行？

人类的存活是个奇迹：甚至比奇迹都神奇，因为人类这

1　原文是英语，意思为"放轻松"。

种可怜的动物会在夜晚打鼾，将自己暴露给野兽。唯一一个和我们一样打鼾的野生动物，是人猿。

一个永远不学习的人怎么可能感受到责任感？

喀耳刻[1]，把所有男人变成报纸的人。

动物能记住人类的杀戮。

在那里，一个来自鬼魂世界的魔鬼每个月都会出现在海上一次，它看上去像一艘点满灯的船。我看见它时才惊奇地发现这艘船有这么大，里面点满了灯和火炬。他们说："这就是那个魔鬼……"

——伊本·白图泰[2]在马尔代夫

他想逃进古老的谎言中来躲避平庸的现实。

每个人都会因为某些**话**而变老。

当今所有的人际关系都被囊括在孔子的五伦的范畴。

1　喀耳刻（Kirke）：希腊神话中的女神，善于利用魔药使敌人变成怪物。
2　伊本·白图泰（Ibn Battuta, 1304—1369），摩洛哥的穆斯林学者，1304年他出发去麦加朝圣，游经大部分伊斯兰世界，东及中国和东南亚。他的旅程记录在《伊本·白图泰游记》中。

他打磨思想，而且一定要磨成方形。

一个一直讲话的角色，直到她睡着做梦。

特奥夫拉斯图斯[1]：古希腊时期一切都已经成型了，连日后粗制滥造的喜剧角色都有了。

收集目光的女人：她不允许自己漏掉任何一个投向她的目光，她为此感谢所有人。她收集到很多目光，按周和年份分类管理。她从不做小型和分散的投资，也不会混在一起，因为她知道在哪里一定能收到新的目光，然后用自己的方式支付给他们利息。慢慢她的公司扩展到很多其他国家，那里有她要收集的目光。
她不愿意雇经理，一切都亲力亲为。

发明出来一种恢复青春的方法，只有在年老时才能实现。

一个喜爱阿谀奉承的人突然惊恐地发现，所有人都变成了他吹嘘的样子。

钱像跳蚤一样蹦出来。

1　特奥夫拉斯图斯（Theophrastus，约前 317—前 287 年），古希腊哲学家和科学家，受教于柏拉图和亚里士多德。

一个女人总是想让她的爱人吃醋。可她越是迷惑他，他就越相信她。她试遍了所有方法去抹黑她自己的形象，可对他来说，她越来越单纯了。她雇人找他说她最丑陋的事。他听完后只是笑了笑，根本不生气。看上去像是在听另外一个人的事情一样。

他的坚定让她越来越痛苦了，于是她决定彻底地摧毁自己的形象了。她去他最大的敌人那里寻求帮助，她想从他的敌人那里知道她爱人最大的弱点是什么。这件事却让他和他的敌人两个人和解了。围绕她发生的一切都让他觉得美丽而珍贵。

这件事是怎么结束的就不再赘述。

耳朵是用来堵住的，用来飞的，用来让人变得听话的。

小人国的直升飞机，在人的秃头上着陆。

一个法官坐在地上，别人围着他站着，被告被挂在天花板。法官像耳语一般轻声下了判决。被宣告无罪后，被人放了下来，下边站着的人接住他。审判员被安排在法官旁边的位置，他蹭着法官的脸颊。他亲吻了法官的眼睛，但是这双眼睛再也睁不开了：这是给他的惩罚。

收回名字带来的情绪。

动物无言的牺牲、流出的鲜血，痛苦和罪恶——这就是我们也要死亡的原因吗？

知道这一切的人会备受折磨。全知的上帝，要有多痛苦。

歌德也逃免不了在最后的时刻与死亡的斗争。但至少他能获得几小时的安宁，这让最后的这几小时更美了，也让他得以更接近自己的生活了。

最后一个愿望，绕着地球转了几千年，从未改变过。

思想者的头脑里，充斥的不是思想，而是云彩，它们在风中飘，它们降雨滋润贫瘠的国度。

街道能感到疼痛了。行人们学着注意它们的感受。

书籍自己寻找读者，并且经常能成功地将他们留在身边。

某个家庭中，成员互相都不知道彼此的名字，一个谨慎的家庭。

某个女作家说：我写下的每个句子都是借来的。句子的主人都很爱我。我成名了。出名一点都不难。除了借来的句子外，我们自己是说不出别的话的。沉默很有力量。看看这些句子是如何向它们的主人谄媚的！我永远不会觉得无聊。

他们将这些话的含义借给了我。一个能够理解虚荣的力量的人，永远不会错。

我也到过一些地方。那些地方都很精致，就像借我句子的主人一样。这些地方组成了我的自传。不需要太多。只需要记住一些很有名的地方就够了。它们的名气融进了我的名字。

一个思想家。要从他对所有事情的误解开始。他所说的一切都和事实不符。

有人介绍完自己后，问他的名字。"您说什么？"——"嗯就这样。"——"您的意思是？"——"我就叫这个。"——"但您到底叫什么？"

有人问他，他是哪里来的。"我听不明白。"——"我就是在那里出生的。"——"您是怎么知道的？"——"我一直都知道。"——"您去过那里吗？"——"我一定去过那里！"——"您还能记起那里？"——"不能了。"——"那您怎么知道您是在那里出生的？"

有人提到他的父亲。"他现在在哪？"——"他死了。"——"那么他已经不在世了。"——"可他还是我父亲啊。"——"世上不可能有死人，您父亲也已经不存在了，所以他不是您的父亲了。"

有人问他昨天去了哪。"您怎么昨天您在哪？"——"因为我在那啊。"——"什么时候？"——"昨天啊。"——"昨天已经过去了。所以世界上没有昨天了。这么说来，您昨天哪都没去。"

1967

这世上从未有过这么多，等着被说出来的事情。

那个从头开始的人会被别人当作一个骄傲的灵魂。他只是疑心更重一些罢了。

太多人说自己认识的人太少了；只有少数人说自己想去结识新人。

在印度哲学中，解脱的至高无上令人倍感折磨。只要一个人还认识别的人，怎么敢去想解脱呢？即使他真的解脱了，他也会失去那些真的想解脱的人。

有一些人，面带微笑，用死亡的方式对抗死亡。他们只能感觉到，所有抵抗死亡的行为都太弱了。

完全将人排除在外的学科：数学。——结果。

天堂里住满了宇宙中的笨蛋们。星星在打哈欠。

如果真的有新的神可以成功地离开地球，那么他们一定是永生的。

他们的耳朵已经灵到能听到世界另一边的声音了。如果他们的手也能伸到那么远，就没有人能猜透他们，到底为何而着迷。

人类唯一被合法化的野心就是延长寿命的愿望，为此我们发明出一种职业：医生。这群人经历了比所有人都多的死亡，他们也比别人更习惯这件事。但他们工作中太多的意外让他们渐渐不再有强大的野心拯救生命了。他们违背了太多宗教中对死亡的定义，慢慢他们对死亡已经习以为常了。我们期望医生在自己的工作外要产生一种新态度：在死亡面前毫不动摇的骄傲，他们面对死亡的次数越多，越会对它充满厌恶。他们的失败将成为新信仰的养料。

有种痛苦太强烈了，没有人愿意再将它扯到自己身上了。

我身上的每个细胞都被帕斯卡吸引了。数学是个纯洁的王国。他已经在忏悔了。

每个老年人都觉得自己代表了所有成功的形象。每个年轻人都觉得自己是世界之源。

要想理解人类，就去想象被分割成池塘的河流。

人在一个陌生的家庭中会被闷死。虽然在自己的家庭中也一样，但在自己家里人们通常感觉不到。

.

这么多人是怎么生存的，每个人能被分到多少空气，他们能不能不靠食物而活？他们会占据大气层吗，会慢慢深入地心吗？他们能不能用冥想来替代走动？再也闻不见味道？再也不说悄悄话？再也不发光？

一个我们不认识的神，藏在火星，昼夜不眠地等待着我们，直到我们在火星着陆了，才会闭上眼睡去。

罗伯特·瓦尔泽作为作家的独特之处在于，他从不直说自己创作的动机。他是最神秘的作家。对他来说，一切都很美好，一切都让他着迷。但他的热情却很冰冷，因为他丢掉了人性的一部分，这也让他看上去很诡异。他让一切都变成了**外在的**天性，而天性内在的本质，恐惧，是他毕生都在否定的东西。

后来他的声音才被听见，把他最深处的秘密被大声讲出来。

他借助创作不停地掩盖恐惧。在巨大的恐惧——他动荡的人生——将他淹没之前，他就已经从中挣脱出来了，为了自救，他把恐惧切分成毫无威胁的小块。他对所有"高级"，首先是等级和特权上的高级，有种发自内心的、直觉上的抗拒，因此他也是我们这个时代很重要的被权力噎死的作家之一。我们总避免称他为"伟大的"作家，没什么比"伟大"

更让他反感的了。他只想臣服在伟大的"光芒"下，而不是迎合它的要求。他只想观察这光芒，而不是去拥有它。如果普通人不放弃自己外在生命中的重要东西的话，是不能读懂他的，他是自己的圣人，他无视那些过时而空洞的规则。

他"为存在而斗争"的经验将他带入一个特别的、不复存在的领域，一个精神病院，那就是，现代性的修道院。

每个有点名声、并悉心维护名声的作家都非常清楚明白，自己已经不是那个自己了，他们要像其他市民一样去管理这些位置。他也认识一些别的不像他这样成功的作家。他们的结局要么是消失了、要么是被闷死了，作为社会的负担，他们可以选择作乞丐或进疯人院。那些出名的作家知道，这些人要比他自己纯粹得多，

他受不了经常与这些人在一起，但已经做好了准备，等日后到了疯人院再向他们致敬。他们是他被撕开的伤口，他们不得不如此继续艰难地生活。当我们感受不到疼痛时，应该多去观察和了解一下自己的伤口。

成功最痛苦的地方：成功的人总会从别人那里偷一些东西，可是能享受成功的往往是那些无知的和有缺陷的人，他们从不承认，被他们偷的人中有比自己更成功的人存在。

作家往先驱身上靠：荷尔德林、克莱斯特、瓦尔泽。他们所要求的自由、广度和创造，看上去和一个教派别无二致。

我受够了别人对作家的要求，这让我骑虎难下。我甚至连人都不算，何谈作家呢。

"我只能在底层呼吸。"罗伯特·瓦尔泽似乎要用这句话揭秘作家的密码。但是宫廷朝臣们从不说这句话，为了赢得名声，他们连想都不敢想。"您能不能至少不要总想着出名？"他对霍夫曼斯塔尔说，没有人可以像他这样有力地将上层令人羞耻的一面展现出来了。

我想知道，有没有人会将自己优容、安定和平稳的学术生涯建立在一个饱受痛苦和疑虑的作家的生命之上，我在想，他们中有没有哪怕**一个人**以此为耻。

每个作家都想把别的作家推向过去，然后对他们表示怜悯。

某个人对人类的理解已经远及他们的未来了，因此他毫不惧怕人类。

与总是正确和知道一切的人打交道实在太无聊了。真正的智者隐藏在正确的背后。

没有人敢独自一人出行，人群横竖交错排着长队前进。

舞动的遗产。孟加拉燃烧的野蔷薇。

阶梯一般的人格，从窗户延伸出去。

他在远处认出了我。我很久没见他了。他说："你变了。"我说："我都没认出你。"我羡慕他。他羡慕我。"那么我们调换一下角色吧，"我们不约而同地说。这次我从远处认出了他，他很久没有见我了。

每个人都要接受自己无法理解的东西，似乎我们早被秘密地判决了。

他希望通过散尽自己的遗产，让自己能多活几年。

她为了和他厮守终身而结婚。他为了忘了她而和她结婚。

他不愿为任何人流泪。可他多希望别人能为他流泪！

我想死，她说，然后狼吞虎咽十只男人。

那个寡妇在这里穿深色的衣服，是为了在西班牙凸显她明亮、透明的面纱。六个月后她穿着深色的衣服回来了。又过了六个月，她又回西班牙了，在那里脱下她的面纱。这两种样子她都需要，她说，少了一个另一个都无法存在。之前她丈夫对她特别好，可现在却害得她不得不戴上面纱。

他很骄傲自己对**所有人**的怜悯，不仅是他家人或某些国家的人。因为他觉得在死亡面前所有人都一样的，他自己也要样这样做。

他经常幻想如果地球被外来者入侵了会怎样。他会像原子弹时代之前的人恨自己的敌人那样恨这些他不认识的外来者吗？他会不会这样对他们说，"无论你们用什么方法毁灭我们，**我们都是最好的**"？

每一次扩张的欢呼，都伴随着另一声窒息的哀嚎。

人们会长时间保存一些名字，经常带着尊敬默念它。让这些名字成为人的一部分可能需要二十年，直到它们的内核、功能，完全与我们融为一体。随着时间推移，它会变成我们最私密的一部分，有一天我们会闪电般地明白，这名字和日常生活已经完全不分你我了。可能一切都是从名字开始的，但名字的背后却上演着一些别的事情，名字会将人从里由外捆绑起来，在它们面前，我们变得一览无余，是它们将我们变得像水晶一样坚固而透明。

我们最好的思想，刚开始都很陌生和奇怪，我们在开始理解它们之前，要首先忘掉它们。

思考是非常残酷的过程，先不考虑它的内容。残酷的是这个过程本身，是将一个人从人群中剥离出来，断裂，猛击，被锋利的刀切割。

很多人在沉默中做了他们最罪恶的事。

人们总不拿那些狂怒的人当回事。只有上千个人一起发怒时，才有人尊重地倾听，可在这时人们需要的是钢铁般的冷静。

他不说话，那他怎么解释呢？

一座夫妇的蜡像馆。

给我们爱过和恨过的人写信，在我们死去几年后寄给他们。或者：写下自己的忏悔，为死后的每一年都写下供认书。

无论我们如何粉饰那个结局，它都毫无意义，没有什么能够合理地解释上帝创世，想象上帝是个在玩游戏的孩子也说不通：这孩子早该玩腻了。

在这些新城市里，只能在人的心里找到旧房子。

愚蠢很无聊，它总能在一眨眼的功夫波及所有人，而所有人都有着一样的蠢法。

他想变得更好。每天早餐前都进行练习。

那个不忍心伤害别人的苍蝇死了。

我是。我不是。人类新的数字游戏。

我本能地喜欢所有实验和实验者。为什么？因为他们充满信心，他们设立的是一个前所未有的新起点。因为他们知道自己在做很重要的事情。因为每个人的假想都被重视，哪怕是和自己有关的。因为这些实验要求实验者独立思考以及两个因素：阻力和耐心，二者缺一不可。

我本能地**怀疑**实验者。为什么？因为他们总是冲着某个一个目标去的。因为他们经常将自己完全不了解的重物丢下，只是为了**更轻松**地登顶。他们接受所有连接，他们能够理解世界的权力结构，就像他们自己发明的一样，他们不加选择地利用所有不触及实验核心的手段来进行自我宣传。为了实现新目标，他们能很快拾起来之前丢掉的东西，拿来做武器。他们经常在小圈子活动，建立各种小团体，在其中进行思考、计算、管理。他们的想法和实际行为有着天壤之别。他们强调这种差别，也必须这样做，不然他们的实验也会像这想法和行为一样，在平衡和妥协中结束。

可他们还能怎么做呢？这世上还有什么好期待的？实验毕竟要生存下去，总不能让它饿肚子？只有少数人是天生的先驱。大部分人只会在非常局限的领域进行反抗，他们在其他方面可能根本感受不到反抗的必要。他们只和能够理解自己、和自己有共同的目标的人待在一起；他们会相互模仿，因此这些反抗意识才能继续存活。

别人对他们有种对苦行僧的**期望**，他们努力创造的东西本身并不重要。其实人们希望他们做完实验后变成傻子，然后宣告实验的失败。之后，等他们疯掉或者死了以后，总之等他们不再挡道时，才有人愿意采纳他们的成果并且进行评价。不用觉得这些模仿者有什么特别之处，他们只不过受益于他人的发明，毕竟，所有人都这样。

别人期待他们的实验是纯粹、超脱和严谨的。只有抛开实验者本人的故事，他们才愿意相信实验结果。发明者和圣人融为了一个角色。

有可能，这种人们幻想出来的雌雄同体的大怪物，错误地降临在了宗教沦陷的年代。可能我们需要的**也不过**就是这么一个怪物。

到处都是结构，以及与毁灭相反的梦。

我从未试着从**兰波**的作品中寻找过毁灭，我觉得将毁灭作为文学的传统是件很可笑的事，毁灭应当存在于自己的时间和生命中，感受它、观察它、珍惜它、拒绝它。如果地球即将被撕成碎片，我的亲友即将死去，谁有心情去关心一个十六岁少年的虚荣心呢？

尼采在《两世界评论[1]》中将自己欧洲的灵魂输送给丹纳[2]时，兰波已经是哈勒尔[3]的一名武器商人了。

我已经对"作家"这个词没兴趣了，我羞于用这个词。

可能因为我不再是作家了？我真不这么想。因为这个词已经不能满足我的要求了？有可能。

巨人格列佛变成了矮人：这种转变是种讽刺的手法。

讽刺者改变了惩罚别人的天性。他将自己变成了法官，但是没有标准。他的法律就是他被夸张的意志。他的讽刺之鞭无限长，最偏僻的老鼠洞也够得到。他把自己觉得不妥的东西拉出来鞭打，像是在为自己受到的不公而报仇。他的力量恰恰在于他的莽撞。他从不反思**自己**。一旦他开始反思**自我**了，他就完蛋了，他的胳膊会变得无力，鞭子都拿不住。

在讽刺家那里寻找公正，是不明智的做法。他非常清楚公正是什么，但他从别人那里找到过公正，也从未遇到过真的公正，他会强行将公正占为己有，当作自己的工具。他永远以暴君的面孔出现，他不得不这样做，不然他就沦落成廷臣和奉承者了。作为暴君，一旦他流露出一点温柔就会被饿死，因此他只能悄悄地表现出温柔。（《给斯特拉的信》）

---

1 《两世界评论》（*Revue des Deux Mondes*）：创立于 1829 年的法国杂志，主要刊登文学、文化和政治评论。
2 丹纳（Taine，1828—1893），法国评论家和史学家，著有《拉·封丹及寓言诗》、《艺术哲学》等。
3 哈勒尔（Harrar）：埃塞俄比亚城市，兰波曾在那里经商。

这几世纪真正的讽刺家都可怕极了。阿里斯托芬、尤维纳利斯、克维多、斯威夫特。讽刺家的作用就在于通过毫不留情地越界来不断强调人类的界限。他们有意输送给读者的恐惧，是为了让他们乖乖地待在自己的界限里。

讽刺家会攻击神。如果在他的时代攻击神是很危险的行为的话，他就会转向去批评过去的神。他总是公开抨击某些神，但所有人都知道他们含沙射影的讽刺对象到底是谁。

讽刺家究竟要造成什么样的恐慌？他们害怕那些他们想帮助的人吗？哪怕让他们亲自说服别人，他们也永远不相信别人会变好，而他们也不希望别人能变好，因为没了手中的鞭子，他们根本活不下去。

可以说，讽刺者厌恶自己，但是这是个误解。对于他们来说，无视自己很重要，

畸形的身体可以帮他们减轻负担。他们的目光总聚焦在别的地方，他们的确认像是被别人说出来的。他们宁愿背叛爱情，也不愿恨自己：忘掉自己的缺陷是一种非常强烈的需要，在别人巨大的影子后可以更好地隐藏自己。

有一种可怕的想法，可能根本不存在谁比谁好这件事，所有的比较都是假的。

敌人说："很好"，可他刚刚说过"不好"。太让人疑惑了。伤害。耻辱。

一个作家，总在学习别人喊出来的句子。它所有的骄傲都是偷来的。他的力量，根本不属于他自己。而他突然在自己身上发现了，自己的罪恶，因为他在别人那里实在找不到什么新的东西了。

一个申请者因为滔滔不绝地讲话被嫌弃了。见证这一切的人忘记了，荷马和但丁也曾经在申请的时候像他一样自夸，谁能在经历这一切的时候发现他们特别的力量呢？

做不习惯的事；永远不要在刚开始透支精力；保持呼吸，直到让它成为习惯：一切事在刚开始都是不习惯的。

那些在头脑中激烈的一闪而过的念头，如果它之前从未在思想中长存过，那么最好给它点沉淀的时间。

当然，一定要努力训练头脑，不然它捕捉不到任何激烈的想法。

冗长的词先变质。之后形容词开始枯萎，然后是动词。

作家要保护自己对事物的不公。一旦他开始反思反对的声音，并减少自己对它的反感的话，他就失去了一切。

他的"道德"就是他拒绝的东西：但只有他的"道德"是完整的，他才能对一切产生思考。

歌德无聊的地方在于，他总是太**完整**了。随着年龄增长，他越来越怀疑对一件事情的激情了。当然，他生命的平衡和普通人是不同的。他不是在踩高跷，而是试图站立于一个巨大的思想星球，要想理解它，只能放低身段，像一颗小月球一样绕着它转，这是对理解歌德来说唯一有效的办法。

他并没有给予我们对抗冷酷的力量，而是对抗时间的力量，他是唯一一个能够让死亡从读者身边退散的作家。

步入老年之前，要不停寻找未满足的愿望。

到处都有完全不同的空气，甚至是仅仅离你咫尺之遥的地方，它们充满怀疑地等着你。

作家一定要学会不停地创造新生活，因此他是唯一一个**知道**自己在哪里的人。

如果世上有一座人性的哭墙，那里一定是我待的地方。

我对佛陀的尊敬仅出于一点，即他的学说是建立在一个死人的视角上的。

生命最大的困难就在于不能习惯死亡。

哲学家理应将人和思想摆在相同重要的位置。

一些书籍仅仅展示了当下所有的观点的形成过程，尤其是那些关于动物、人类、自然和世界的观点，这让我非常不适。我们努力搜寻思想家过去的著作，只是为了一步一步推导出现在的世界观。他们思想中大多数错误的部分都被忽略了。除了枯燥的说教外，这些书还提供了什么呢？而思想家们"错误的"的观点恰恰是我最感兴趣的部分。这些思想中有可能包括了我们最急需的核心的东西，能够指引我们走出现在的世界观的死胡同。

那些自诩为思想家的人，因为自己身上的人类之恶而自鸣得意。

时不时地逃离世界是很有必要的，但前提是，有一个更大的力量能够将你带回去。

哲学史上至少有两次对群体的构想，对人类世界观的形成起了决定性作用。第一次是德谟克利特的原子多样论；第二次是乔尔丹诺·布鲁诺的世界多样论。

鹅卵石般的思想。岩浆般的思想。大雨般的思想。

自从虚无可以通过爆炸来实现，它就失去了它的光彩和美感。

似乎人类对地震的愧疚感比对自己制造的战争还要大。

每个活了一定年份的人心里都有一个人脸的数据库。

这个数据库有多大，从什么时候开始它不再增加了？假设一个人的数据库里存放着五百张生动的脸，之后他会将自己看到的所有人和这些脸扯上关系。他能借此对人的认知进行整理，但也会因此被局限。"我认识这个人"，他想，当他看到一个陌生人时会将他放在一边，取来一个他认识的脸来替代他。这个新人可能在所有方面都和他数据库的样本不同，他们唯一的共同点就是，都是一张人脸；但是对于一个很懂人的人来说，他和别人毫无差别。

可能这就是所有偏见的根源。每个人心里的数据库规模都不一样。数据库足够庞大的人会在人际关系上非常老道，别人也能感觉到。可优秀的地方仅限于能记住很多人脸，而正因为此他也很蠢。

就我个人经历而言，我在过去的十年中越来越频繁地将新面孔归类到我之前的样本中。之前很少出现令我意外和震惊的相同点。我没有主动去寻找它们，而是它们主动来找上我了。现在我会积极寻找它们，并且强迫它们靠近我，哪怕不是很有说服力。有可能我已经失去了捕捉新面孔的能力。

这有可能有两个原因：有可能能给我们新鲜感的有趣的人太少了。我们动物性的感官已经退化了。或者是因为人的内心已经过载了，我们心中的城市或地狱，它叫什么不重要，总之容不下新的居民了。

当然，这第三种可能性也不能完全被排除：人们已经不再**害怕**新"动物"了，人已经变聪明了，并且毫无怀疑自己的防御反应。

如果新面孔真的是全新的"动物"，人们一定会因为害怕把它抓起来的。

某个年纪很大的老人不再进食。他靠岁月而活。

有人说明天要做什么的时候，意思是他**总是**这么做，因此人们很爱说明天。

真温暖！从这温暖逃出来的人如是说。

所有具有利用价值的想法，就像一本永远被续写下去的书，没有尽头。

有人说：在我生命中，还没有人死去过。
世上只有这个人，让我充满妒忌。

这些收藏太值钱了！不可能有人会厌恶它们。

至少我们该试着要将他们弄乱、拼凑、混合、互换、拆分。用不同的游戏规则把玩它们。

这些东西和它们的持有者的自信都过高了。正是因为没人能理解它们，所以根本没人想从里面偷出来点什么：更别提试着改变它们了。应当有种魔鬼，日夜不停地打击它的安全感。不停地伪造它的赝品，直到赝品被当作真的。让它上百万的价值一夜之间跌到几近为零，并成功地篡改名字和日期。

在梦里，我下了很多层台阶，爬上了旺度山。

他在睡梦中传教。醒来后什么都不记得了。
在梦里我们能知道太多东西了，没人想醒来。

阿里斯托芬有很多追随者，他最诱人的一点在于，所有人都可以以动物的样子出现。他们同时是人和动物，无论是蜜蜂还是鸟，他们以动物的样子**出现**，像人一样说话。他们上演了最原始的变形，人自己的变形。可喜剧的效果并没有因为维度的不同有丝毫减弱，我们的时代，还不足以让它们变得无聊和黯淡。

为每个单词都贴张邮票。让他们学会保持沉默。

他再也受不了音乐了，他已经受够了这些毫无利用价值的噪音。

我们可以试着观察一下，恐惧是如何战胜一个人的，在它的首次进击后，是如何在一个人的心里继续蔓延的。
恐惧很喜欢沿着之前的轨道前行。

我们用怀疑来抵抗恐惧。似乎靠怀疑过滤掉最坏的事情后，我们就能羞辱恐惧了。我们必须要受到某种比恐惧更大的威胁，用这样的方式才能获得勇气战胜恐惧，看到更多东西。简单来讲，怀疑能够让人们直面事情本身。但事实上恰恰相反，它只会让人越陷越深，直到怀疑本身开始自己制造恐惧。

怀疑和恐惧一样坚硬和冰冷，它喂养我们的方式，和它要抵御的敌人别无二致。

恐惧在表面和正面袭击我们，而悄悄溜入我们心中的，是怀疑。怀疑的血管很特别，里边流的血，是恐惧。

生命的所有功能停止后，它们会如何背叛自己。从没作过父亲的人抚养假儿子。从未经商过的人，教别人做买卖。从未写过书的人给别人讲故事。从未作过牧师的人创立一个新宗教——自我否定可能是件了不起的事情，但是否定终将背叛自己。世界上到底有没有放弃这回事？

只有从不被别人当作好人的人，才有可能成为真的好人。从小就被别人夸赞为好孩子的人，永远不可能成为好人。

善，不可能被伪装出来，也无法承受任何夸赞。

1968

利希滕贝格 [1]

他的好奇心不受任何束缚，它能从任何地方起跳、着陆。

他的光芒：他的思想所及之处，能将最黑暗的地方也变得明亮。他投射光芒，只想照亮别人，而不会伤害任何人，他的思想没有攻击性。他也不会将任何东西吸收进自己的身体，因此他很瘦，没有一点赘肉。

他不会对自己不满，因为要想的太多了。他的思想中充满熙攘的人群，但总留有空位置。他不为任何东西磨平棱角，不为任何事情书写结局，这是他的、也是我们的幸运：正因此他写出了世界文学中最伟大的作品。我们要永远感谢他的节制。

我从未有如此大的兴趣去和哪个人交流，但并没有必要。

他不会逃避理论，但是每个理论都会触发他的新想法。他可以在某个系统之外参与其运作。他解决难题，就像从外套上掸掉灰尘一样。他的思维活动也会让他的读者变得很轻松。他总能给我们恰到好处的难度去思考他的思想。像光一样轻的思想。

他太独特了，根本不会给人嫉妒他的可能性。那种伟大思想的沉重在他身上根本不存在，有时候人们甚至会忘了他

1　格奥尔格·克里斯多夫·利希滕贝格（Georg Christoph Lichtenberg，1742—1799），德国科学家，讽刺诗作者。

是个人。

确实，他会诱骗别人和他一起跳跃。但谁有他能跳呢？他是个会思考的跳蚤。他有种无法比拟的起跳能力——下一步他会跳到哪里去呢？

任何书都能激起他跳跃的兴趣。当有人通过书的力量变成魔鬼时，他就会揣着犀利的温柔去供养他们。

如果读者能早点认识作者的话，能节省多少阅读的时间？可能是**所有**时间？

世界上没有**新**故事。新闻层出不穷，但它们中绝无新故事。

认识事物的先后顺序，从根本决定了我们人类的个体性。

寻找一个忘了如何数数的老人。

如果我从世上消失了，有谁，谁能给我讲述新闻？

我终于拿到**卡尔达诺**的自传[1]了。

这本书写得很差，他按苏埃托尼乌斯的模式，将自传分割为独立的事件，所以这本书纯粹是事件的列举。但它依旧

1　指意大利数学家、物理学家吉罗拉莫·卡尔达诺（Girolamo Cardano，[英译名为 Jerome Cardan] 1501—1576）的自传作品《我的生平》（*De Vita Propria Liber*）。

是本有趣的书，因为里面有很多梦，由群体组成的梦。这部传记之所以能打动人，是因为它能带给读者巨大的痛苦：卡尔达诺见证了自己儿子的死刑，因为他的儿子杀了自己的妻子。如果他有钱，本可以花钱买通起诉方的。他一直觉得别人是用他儿子的死刑去惩罚他，惩罚一个父亲，让他因为无力救儿子而怀憾终身。

他清数自己的过错，就像在自夸，即使他无意如此，却依旧让读者对他空洞的啰嗦感到无聊。读者能够感觉到，如果一个人对所有事情，甚至是责骂自己，都过于认真的话，他会非常危险。他太严肃了，缺少一点乐趣。而他努力训练出来的乐趣都用在下棋和博弈游戏上了。古典时代的先驱也帮不了他。他太执着于永生了，他忘记了，永生本毫无意义。没有人能独自活下去，没有了他熟悉的人和事，所有的成就都会变得索然无味，如果有人真的实现了这种永生，也意味着他要永远面对烦恼和非自然的状态。系统地列举这些人格特征根本毫无意义，只会把读者吓跑，和苏埃托尼乌斯的皇帝传记一样。普鲁塔克的人物传记旨在树立榜样，他只选择那些拔群的人物特征，也从不会凭个人喜好增加人物的特点。

没有人可以在生命即将结束时写自传。人要经历太多事情，我们要首先学会满足于未知的人生清单。

也许通过阅读卡夫卡，我们所有外在和内在的浮华都会枯萎。过去那些"漂亮"的作家（这里不是指卡尔达诺）会将他们的生活（或世界的状态）描绘为没有怀疑、没有烦恼和没有偏见的模样，我们通常对此感到怀疑和不解，似乎这些人来自另一个星球，我们根本**无从了解**任何有价值的信息。

卡夫卡给这个世界带来了一些新东西，一种对世界的明确的怀疑，不是仇恨，而是对生活的尊重。这种独一无二的双重感受——怀疑和尊重——只要经历过，人生就圆满了。

你的怀疑没任何意义。你太熟悉这种感受了。你对此思考得太多、想得太多了。这些功夫都毫无结果，你已经变成了这种感觉的秘书，而且能以最快的方式得到晋升。

人只在驶过别的车时才会陷入爱河，一辆接着一辆。

时不时地消失，但不要永远消失。

我是谷粒做成的，不要拥抱我，我会散落。

我尊重这样的弱点，它们非常大公无私，让一切都变得透明了，面对权力时它们充满了韧性。

试一试！不用牙齿写作。

你读卡夫卡时，因为什么感到羞愧呢？——你要为自己的优点而羞愧。

年轻的希腊人问我，变老是什么感觉。变老意味着，我回答他，我能够经历很多熟人的一生。这意味着，我希望我和他们都能活三百年，这样我就能经历更多生命了，这样的经历每多一寸，都会让生命变得更奇妙、更值得怀疑、更充满希望、更一目了然、更难以解释。

他看到很多漂亮的人。他很开心，因为别人都很享受这些。他不想亲眼看着这些美消失，也不会亲手销毁它。

最重要的任务就是与陌生人说话。其中最重要的环节就是，**对方**对你讲话，于是我们必须亲自完成的任务就是，让**对方**开口。

如果有人无法做到这点，他就已经开始步入死亡了。

太短了，太短了，人们永远没有足够的时间。哪怕给他们时间认识世界上所有人也不够，他们还想认识更多人。

不难相信，人的意志是种很丑陋而蠢笨的机器。更值得注意的是，他们**还**想要什么。

他用玫瑰花蕾喂他的鹿，在它耳边轻声朗读里尔克。

除了爱以外，人和动物没有别的共同点了。

死，对人来说已经变味了。人类从死亡中获取太多力量，他们将死亡加之所有生物上。

但死亡和爱有种美学的联系。爱的罪恶在于，它让死亡拥有很高的价值，然而最困难的一点是，我们永远无法给爱降罪。

思想者要面对的最大的诱惑是表达。思想要通过沉默才能获得最大的尊严：因为这样思想就不再有目标了。它无法解释任何事，也不会施加任何影响。沉默的思想放弃了感化别人的机会。

可能就是连上面这个想法也能杀人。但它自己没有感觉。它也不想杀人。却也不想幸存下来。

只要有人坚持自我观察，他就会恨自己，哪怕只是为了心理平衡，他们也会发现：自己还能注意到别人，**更好的人**，他们看不起的人。

人能够通过追求准确性获得平静吗？难道准确性本身不是最大的骚乱吗？

他读了太多关于自己的东西，以至于他已经忘记自己是谁了，连自己的名字都忘了。

只要一个名字成了伟大的名字，这名字的拥有者就必须亲手毁掉它。

他的笑像一千道小闪电，所有听到这笑声的人，都变得温暖而明亮。

他将桌子劈成两半，然后把它们叠起来，坐在上边写字。

会不会某个人的生活是由别人赠送的，这个想法令我毛骨悚然。

最大的东西，变得这么小，小到让任何大的东西都很多余。

我一定要重读少年时期读过的《波西米亚的农夫》[1]。我想知道，对话中充满的对死神的恨和厌恶，是真实的感受还是纯粹的修辞。流传下来的文学作品中，与之类似的对死亡的恨实在是太少见了！我们一定要找到、收集并关注这类为数不多的作品。这部对抗死亡的圣经能够在我们困顿的时候给予我们力量。它也可以在我们对别人的不屑中抽掉一些骄傲，因为有谁是唯一一个能看透死亡的人呢？我不是在找同乡，而是在寻找其他的目击者。我自己对死亡毫不动摇的厌恶能不能通过心理学"解释清楚"？这厌恶完全基于我个人的经历，也只适用于我自己，这岂不是很可怕？

---

1 《波西米亚的农夫》（*Ackermann aus Böhmen*）：约于 1400 年成书，属于最早和影响力最大的中世纪德语文学之一，作者是约翰内斯·冯·特普尔（Johannes von Tepl），这部作品中，一个农夫因为自己的亡妻而对死神进行控诉并与其进行辩论。

无论别人是否也有这种感受，它总是属于**别人的**，那么，非常有可能，**每个人**都拥有这种感受。

不要等到思想变成了悼词。

如很多人所愿，他决定继续写同样的东西。

我不是很了解一个人的想法会不会给别人造成影响，准确地说，我不知道会有怎样的影响。如果有人创造出什么新话，这通常不是他的目标，因为所有事情最后都会变成一句话，不过很显而易见的事，也不见得是坏事。

真正的烦恼源自一种从别人那里接收到的痛苦，一句话、一个词，都会没来由地成为能量源泉。我们给别人造成的影响是无法预知的，像是塌方，我们不知道落下的石头会砸中谁。这塌方的影响有好有坏，可如果威力太大的话，大多会造成毁灭性的后果。但我们原本计划的目标毫无意义，造成的影响都是未知的。在我们有能力认清自己之前，可能我们自己都不知道这些影响对我们有什么用，但我们能够对此表示怀疑，或完全保持沉默。

就算从未有人经历过某件事，它依旧能够被经历、被思考、被信赖。

每个系统唯一的希望：被系统排除在外的东西。

一个能够制造世界语的机器。没人懂这种语言，但所有人都接受它。

所有社会现象都是多义的，因为所有人都能够按照自己的意愿去解释它。但最没有争议的是，它总会被赋予的特定的功能。

因此我们可以说，社会是**没有**生命的，它**没有**实体，只是表面上看上去在运转。最易懂的比喻往往**不是**最好的。

过去贩售经验的商人。

我只有在极少数学者面前才能获得自信。他们不是那些成就最高的人；相反，他们是最激励我的那些人。他们能在自己成就的背后，发现更重要、更难以企及的东西，为此他们要不断让自己的成就缩水，直到它完全消失。

卡夫卡是这些人中的一员，他对我的深层影响要比普鲁斯特更大，而后者取得的成就要大得多。

人们总在重复同样的话，让人难以理解的是，他们为什么**一定**要把话说出来。

当他细嚼慢咽时，觉得舒服多了，似乎他在为被他吃掉的东西痛苦地哀悼。

一位优雅的年轻人，有着一张小巧的嘴。吃饭的时候，要用两只手指把嘴角撑开才能塞进食物。

"有一只虫子，从出生开始便住在一只河马的眼皮下，靠它的眼泪而活。"

他需要上帝，需要上帝拍拍他的肩膀，告诉他要怎么做。

真希望人们必须对所有高尚的句子作出回应！哪怕只要回应其中的**一个**！

知识的姿态：一个人取出一本书，快速地翻动书页，对每一页都要发表意见。另一个阅读速度没这么快的人看呆了，非常嫉妒他。

形容词的最高级在战场上舞动着军刀，进行着杀戮。

从尼采那吸取养料的马尔罗[1]，误判了自己的"危险"。所有情绪、冒险、勇气，还有，部长的职位。

他把天空抽空了后，便开始无视虚无。

1　马尔罗：乔治·安德烈·马尔罗（Georges André Malraux，1901—1976），戴高乐任总统时的第一任法国文化部长。

伟大的话要像开水壶一样，突然发出尖声。

我喜欢读孙子，他不会骗人，虽然他很想这么做。但我不能否认我也喜欢读孟子，因为他会骗人。

我不愿离开中国的"诸子"。除了他们，只有前苏格拉底学派能让我投入这么多时间，我毕生的精力。我永远不会对他们感到厌倦。但是，只有将他们的思想合并在一起，唯有如此，他们才完整，才能够变成思想者的刺——可能也不够完整，还有一件重要的事要加进去，关于死亡，我愿意为他们加进去。

关于善，中国人要比希腊人知道得更多。我们经常歌颂希腊人的华美，可正因此我们剥夺了他们简单的善。

而且中国的传统从很久之前就建立在人的群体性之上。哪怕是在希腊最发达、最懂群体的城邦，那里的思想家依旧拒绝接受群体性。

恩培多克勒的思想可能是和中国的智慧最接近的。而在德谟克利特的原子论中，无以数计的原子并不是以真正群体的形式存在，它们只是在互相作用。

有可能，奴隶制的存在阻碍了希腊人接近群体最真实的概念。

在所有思想家中，只有古代中国的思想家配得上我们的尊重。如果我们不是通过**阅读**他们精练的语言，而是由他们亲口**告诉**我们他们思想的话，还会有一样的效果吗？

他们留给我们的东西很少，仅仅是这些就已经值得我们尊重了。

释迦牟尼让我讨厌的一点就是，他经常把一切都解释得太详细了（印度人最大的缺点）。

中国人的拖泥带水表现在他们的行为上，而不在他们的话语上。

只有中国人能将纲常尊卑和手足之情结合得这么好。

如果一个人因为关心人类命运而被忧虑吞噬了，这并不可耻。可耻的是那些为偷懒找借口的人。

1969

科学吞噬生命时，生命用悲痛保护自己。

似乎历史只能教人学坏，它教人们要怎么对付别人。

会流血的只有他的眼睛，而不是他的心。

详细的叙述枯燥无味，而一笔带过又很不负责任。找到二者的平衡点很难。

生命的羞耻：我们总会接纳曾经高傲地鄙视的东西。我们又回到了年轻的起点，回到同样的环境，只不过我们变成了环境的一部分——那么我们究竟在哪儿呢？在那片能被看到、并被记录下来的痛苦中。

这世上有两种思想：一种活在伤口中，一种坐在家里。

对我来说，连帕斯卡都不够严肃。

从未有哪个宗教征服我，它们怎么总降临在我的生命中！

如果人是玻璃做的会不会好一点？是不是这样他们就必须更提防别人了？人还不够脆弱，哪怕他们会死也不够。他们一定要非常易碎。

他烤出来一个用面包做成的预言家，在它干得像石头一样硬时，所有人都为了吃掉它而啃掉了所有牙齿。

我想认识，认识一个**在我死后**出生的人！如果没有生活在未来的人的亲口描述，很难想象未来技术的细节。

某个人每得知一个新的死讯都吃得更多。

话语，像螨虫一样到处都是。

他的每个毛孔都渗出和平的汗水。但他嘴里却充满了战争。

费之迈[1]，维也纳学者，在他沉浸在《万叶集》的翻译工作时，对已经爆发一年的普法战争（1870—1871）毫不知情。他从一个日本报纸得知此事，这报纸在战争爆发很久后才寄到维也纳。

他对事实从不厌倦，除了艺术。

他将自己拥有的一切都遗留给了欧洲最老的人。

不要去写任何一个被死亡标记的人。写他本身就是罪恶。

"伙计们，你们想永生吗？""想！"

呼吸的人说：我还要呼吸世上所有的东西呢。不幸的人说：我还要经历别人的不幸呢。死人说：我还什么都不知道呢，我怎么能死呢。

如果死后的世界真的存在的话，他不想将任何东西带到那个世界去。他只希望所有人都能和他一起留在那里。

---

1 费之迈（August Pfizmaier，1808—1887），奥地利汉学家、日本学家，曾将大量汉语著作翻译成德语，比如《后汉书》和《晋书》。

释迦牟尼能活到今天吗——难以想象，基督也活不到现在。只有穆罕默德能活在现在的世界。

一本关于"无害的人"的书，萨恩人[1]。对他们来说，太阳是一块肉，没有水果的话他们要在荒漠中渴死。

人类历史上，肉是个很可怕的东西。吃进嘴里的肉如何变成自己的肉，是世上最难解开的谜。共情即从这里发源，一种来源于我们自己的肉的感觉。而现在，肉铺是不可能让人联想到自己身上的肉的。

可能食人族的历史能帮我们想到自己。这些故事让人感受到的疼痛，转化成了共情。

一小时内在街上经过的人，要比一个萨恩人一辈子见过的人都多。

他们看到的大部分是动物，而且只要看到，就必须杀掉它。

在某个语言中，有一个辅音能威胁到人的生命。说出这个辅音的人都会死掉。听到它的人都会变聋。

没有人能够停止解释事情。而解释事情的顺序决定了我们的命运。越了解这个顺序，就意味着越了解命运。如果将两个解释的时间调换一下，整个故事的走向都会改变。

---

1 萨恩人：又称布须曼人，是生活在南非、博茨瓦纳、纳米比亚与安哥拉的一个以狩猎采集为生的民族。

不过现在还有什么好调换的呢？一切都注定了吗？如果都注定了，那么是从哪个时间点开始的呢？

对他来说，最可怕的未来，是一个没有风的世界。

在人类庞大的世界面前，大自然看上去很小，一个被怪物统治的比德迈式大自然（Biedermeiernatur），在那里一切行为都被允许。

情人们已经觉得自己被月亮监视了。

月亮最令人失望的一点是，一切都是确定的。一切，我们计算出来的——距离、尺寸、重量——都是精确的。一切都是真实的。

穿过空气的大陆去占领月球。为夺取空气而爆发的战争。

自从人类接触了月亮，它就得上了麻风病。被触摸过的月亮：每张人类在月球留下痕迹的图片，都让我们更加无地自容，似乎我们必须要去审判一个罪犯。

每当我想到月亮，我就突然觉得所有人都被染上了同一种颜色。

只有人类才能吸引我，这能解释我对空洞的月亮的排斥。哪怕是在罕无人迹的荒漠中，最吸引我的依旧是人的思想，那些在荒漠中找寻彼此的人。

登月旅行者要有足够大的勇气：他们要比萨恩人还要勇敢，哪怕萨恩人敢独自在

喀拉哈里沙漠狩猎，或结伴从狮子口中抢猎物。

他们之间只有一点可怕的不同之处：登月者要听从无线电台传来的命令，毫无自由。

有一种很难解释的感觉，我们人类在统一之前是不懂得独立的。这种感觉可能会误导我们，因为人类瓦解的时候，恰恰能让我们统一。

为了制造震动，一些乐器被放在月球的地壳中。

那里的生物都有缺陷。鲁滨孙，像机器人一样，站在一堆矿石中，只要远方的主人不发号施令，他一步都不会挪动。远方的命令，糟糕的未来。他做这个，做那个，中间还会给地球的观众讲笑话。

有意思的是，我对登月者毫无感情，似乎他们是机器人。

从月亮返回的路途，让所有归途都变暖了。

一个月亮上的隐士，是地球的崇拜者。

一个寄存在月亮上的秘密。

太阳出来的时候，他不屑地说：以后我们也要将它拴在绳子上。

现在和过去的区别在于，现在的一切都可以用照片记录下来。

没有可以隐藏的痛苦了。所有的痛苦都会被所有人知道。

不过这会让人们慢慢习惯。

之前人们还能假装自己一无所知。而现在已经不能再假装下去了，因为人们知道的**太多了**。

所有谈话，哪怕是朋友之间，都变得很虚伪。人们很容易迁怒于别的事情。每人每天都知道很多坏消息。

就算有人不想再听到任何和他毫无关系的消息，也无济于事，他总是**知道**发生了什么，没有一秒钟能闭目塞听，能无视这些消息：为了自己，连一个傻子也要提防。

所以，每一刻表面的安静都是彻头彻尾的假象。

人们通过忏悔延长自己的生命。

不经历黑暗而得到思想？你的目标。

藏起来吧，不然你什么都不知道。

单独的句子的必要性：它们总在陡峭的山峰出现；他们撞击，滚到山脚；它们在爆发之前没有丝毫预兆，它们的光芒会照亮一整片从未被照亮过的地方，这里再也不会有无尽的黑暗了。

我们无法预知这些句子出现的时间。它就这样出现、发生。

一旦语言被当作系统，它就沉默了。

诗人叽叽喳喳地对着彼此破口大骂，就像一排争抢阳光的树。

我很快对总是依赖于同一个人的人充满尊敬。似乎他们更容易被看透。观察者总爱走捷径，习惯性地用他现有的识人之道去了解别人。

他勒住历史的脖子，将它强行拖到街上。

昨天一个九十三岁的老人在意大利去世了，他过去的二十年都活在火车上。他没有家，总是从一辆车换到另一辆车。作为前国会议员，他有免费乘车券；这张车票是他所剩的所有财产。他死在了都灵主火车站，他本要在那里转车。

无论做什么，积极分子都觉得自己比别人做得更好。

把每个话题都当作手套，将它从里到外翻过来。

他宽慰她，为了中止她的抱怨：可她并没停下来。她不停地抱怨，是为了终止他的喋喋不休：可他还在说话。

总能猜到别人的想法的人，却不知道自己的想法。

为了活下去，犯人们赞美他们的看守。他们的赞美和尊重越动听，他们被释放的希望就越大。

"你太棒了！将我放了吧！"老鼠对猫说，舔着它的爪子。

平日阿谀奉承的人要求别人归还他的赞美，这太令人气愤了！

像太阳那么大的名声；贪吃的人啃了一口，烧坏了他的嘴唇和舌头。

将饥饿放在头上。

将想说的话咽回去是件很难的事。

有人说，我们不知不觉就过完了一生！但反过来说也一样——我们总要先赋予一些事情以意义，之后它才能发生。总是先有空白的节目单，之后才有音乐。可有时候人们能在最无聊的节目上演奏出最精彩的音乐!

对自己的一次观察抵得上对别人一百次的观察。对自己,哪怕是最严苛的观察,也充满温柔、给人满足。

研究穆齐尔的人,一定要把卫生放在最核心的位置。

和卡夫卡不同,这种卫生不是某个受威胁的人或教派的卫生。卡夫卡**真正的**生活环境是:一口不老之泉;一个完全属于他自己的干净的教派。

穆齐尔的卫生源于一个对自己很满意、觉得他很美的人。

他通过自己的身体理解了一个喜欢自己的身体的女人。

他将自己的灵魂当作身体,做选择的时候可以依赖它。

愧疚感的缺点:它没有一次是对的。

F.,一个完美的伪君子,总是为他的每个坏情绪而道歉,以此向别人证明,这是特殊情况。他能将最糟糕的情绪完全遮掩住,他用诚实掩盖了一切踪迹。

知道他所有习惯的人,已经不知道他是谁了。

创造一个代替爱的词,它像风一样,但是从地心吹来,它不需要山,但是要栖息在一个巨大的山洞里,它从这个山洞冲出来穿过山谷和平原,像瀑布,但没有水,像火,但不燃烧，它像钻石一样熠熠闪光，没有棱角，透明而完整，这个词，像动物的嘶吼，但是它们互相能听懂对方，这个词像死人一样，但它们都复活了。

能更好地解释痛苦的快乐。

报纸上什么都有。我们看报纸时一定要带着仇恨。

山啊山，他们什么都看得见，却看不见我们。

一个丑陋的年轻女子，她幻灭的希望让已经贬值的爱重新值钱。

1776 年 1 月 17 日，一堆双胞胎在泰伯恩一起被绞死。"推车被抽走的时候，他们将手拉在了一起。在两条绳索上挣扎了将近一分钟。然后，他们昏迷了，才将手慢慢松开。"

他提起了善。但善是什么？能再解释清楚些吗？是一种清醒的状态，不能欺骗别人，也不能自欺欺人。是一种手段，人们追求"更高"的目标，但事实上都是为了别人。是一种开放和随性，对自己身边的人有永不熄灭的好奇心。是指感恩，哪怕别人什么都没做，只是走向一个人，见到他，跟他讲话。是指回忆，而回忆的内容不会添加也不会减少。是希望，其中带着迟疑，并永远深藏心底。是动物，虽然人类会吃掉它们。是所有比自己蠢的东西。是懦弱，而不是权力。善于玩弄权力的人都很坏，他们在权力面前屈服，或者为了保护自己而奉承它。是惊讶。也是担忧。是崇高、目中无人、庄严、自我封神，固执和尊贵，有了这些人们便觉得自己高人一等。善在精神中流动，质疑一切。善没有方向，随时都会一无所有。善是愤怒和控诉，即使是年长的人也会有；前提是这愤怒和控诉不会带给他权力。它也是语言，肯定不是沉默。是知识，但不是职位、地位、薪水。是**这里**的人们的忧虑，而不是为他们灵魂做的祈祷。

1970

所有的责任都被藏起来了。只有这样它才不会被摧毁。

这不是一个民族，而是所有民族。

如果我最终决定与权力斗争，就会有人给我送来老板、经理、助理。

方言，某种假牙。

"因为没有一种生物能够从世上彻底消失。"

如果有人有巨大的羞耻感，那么他只能做一件事：安慰另外一个被羞辱的人。

"他不会完全依赖一个学派，但也不会因为意见相左而拒绝一个学派。"[1]

——《庄子》

庄子的梦幻现实主义。他的理想化没有减弱丝毫。不可触及的是事实本身，而不是藏在后边的东西。

道家学说吸引我的地方在于，它承认和认可变形，和印度和欧洲追求的理想主义不同。

道家追求**现世**的长生不老，通过生命的多形态，我们能够实现长生不老。这是诗人的宗教，哪怕他们本并无此意。

孟子、孔子和庄子，我从这三个中国大师之间的张力看到了现代的影子，一个现代人身上要具备的特性。而在欧洲流传下来的"现世"和"彼岸"的张力，让我觉得虚假而做作。

如今，没有哪本教材能够比中国早期的哲学家们更能接近人性了。他们的思想中没有一句废话。在他们那里，没有人会被沉重的定义压变形。定义不是其自身的终点。定义是一种对**生活**的态度，而不是对**概念**的态度。

证据有毁灭性。连最真实的真相也会被它摧毁。

---

1 原文摘自卫礼贤《庄子》德译本中的《杂篇·外物第二十六》，中文原文为："唯至人乃能游于世不僻，顺人而不失己。彼教不学，承意不彼。"

话语发现，他们再也不随便属于一个人了。

世上最难的事是失去辨识能力。

某条过了一百年后才被发现的评论：它不会被忘记了。

他不排斥经验，但是不会追随经验。哪怕是从毁灭的最后一片碎片中他也要追随它的**意义**。

没有哪句话自己会变老，只是我们使用它的次数太多了。

他想继续走，去到那个他从没去过的地方，他想换一片土地，这片土地已经留下太多他的痕迹，他想溜到一个未知的地方，在那里寻找避难所，一个自己没有任何连接的地方，他可以建立新的连接，认识新的人，了解新的东西。

哪怕我们能用一个小时学到别人需要花费一生才知道的东西，也不该因此感到满足。我们必须要学会丢掉他掌握的知识，甚至是自己最爱的部分，要让自己第一次感受到这些知识的**威胁**。

你的修行不只是保持沉默：还要学会不去赞赏别人。

拿破仑、威灵顿和布吕歇尔，像马戏团里的跳蚤。

以不同方式度过的一天，幸福的一天。

我们尽力避免的事是最重要的；人们做了什么，不重要，而是挪走了什么。

我们能不能抱怨某种语言？可能吧，但必须要用同一个语言来抱怨这个语言。用一种语言去抱怨另一种语言很不可靠。

当他大胆地在灾难中嬉戏时，他哥哥在沙滩晒着太阳，做着梦。

我在汉普斯特德遇到一个阿兹特克厨师。"Quetzalcoatl"[1]，我对他说，他听不懂。"胡椒牛排"，我说，他脸上绽放出笑容。

我花了一小时观察他的思想，在他鼻子和胡子之间，这些思想上演着自己的高傲和屈服。

这件事让我不再需要听众。

作家们用慷慨的演说认出彼此。我的新朋友，来自阿格拉的皮肤暗沉的圣人，用他蹩脚的英语跟我继续讲述吝啬，用和我一样的方式：他的名片。

1　Quetzalcoatl：羽蛇神，中美洲文明中的神，通常以长满羽毛的蛇的形象出现。

斯韦沃[1]在晚年才得到的名声：来自乔伊斯的礼物。一个收到学费的老师自觉被侮辱了，用突如其来的财富冲垮一个"市民"：名声。

一些小说里的人物太强大了，他们会挟持住作者，勒住他的喉咙。

一些新小说中的人物已经没有这样的力量了：我们的时代需要怪物般有力的角色，不需要读者通过蛮力去寻找它们。

把旧衣服放在一边。是的，不要忘了它们。但是不要再穿上它们了。

塞利纳在《从城堡到城堡》[2]中无比真实地描绘了自己：对锡格马林根权贵的妥协，他一直都很清楚的妄想症，还有危险的处境。（战争结束了，贝当政府和随行人员逃到了锡格马林根。）

他写这本书的时候让他对十二年前发生的事和阻止他写作的人再次充满仇恨，他曾是他的出版人；这个"阿喀琉斯"就是加斯东·伽利玛。

---

1 斯韦沃：(Italo Svevo, 1861—1928) 意大利犹太商人、小说家。六十岁才完成成名作《季诺的意识》。乔伊斯创作《尤利西斯》时经常向他请教犹太信仰和习俗，后来乔伊斯在巴黎为他的作品进行宣传。

2 《从城堡到城堡》(D'un Château L'Autre)：法国作家塞利纳 (Louis-Ferdinand, Céline) 于 1957 年发表的小说，讲述了自己两个平行的生活。

归功于医生的身份，他在锡格马林根认识很多人。他检查过一个穿着制服的德国主治医生的前列腺。他为一个旅店女老板打过针，她赤裸着身体，要求他的妻子，一个巴黎人，做出让步，允许他和她做爱。为一个来自贵族家庭的党卫军司令提供特殊照顾。这个司令找遍了这里的所有医生，像皮球一样被踢来踢去，当人们知道这司令有氟化钾时才露出几分尊重。

塞利那总能吸引人们到他身边。像所有妄想狂一样，他自己也不清楚这些事是不是真的；但他能觉察到这种吵闹而危险的生活，同时对其充满厌恶。在这本书里，他对"犹太人"的态度也不似之前那样宽容了。但在他眼里，每个德国佬都是"Boche"[1]，这个词淋漓尽致地表达了他对德国人极致的鄙视。

这本书记录了一个人的回忆，他总觉得自己被迫害。因为他自己的秘密能够被别人阅读，这让他总处于危险的状态，而他将这种不安传递给了读者。塞利那的书就侦探小说一样易读。他不在意任何不妥的表达，总在为真相制造不断变化的表象。

他经历了太多事情，首先是因为他是医生，其次要归功于他传奇的命运。不是所有医生有他那种对生命惊人的觉察力。他没有别的医生身上那层厚厚的皮。有可能因为他一直都是个穷大夫。而他对自己作家身份的承认，也和别的作家

1 Boche：法国人对德国人的蔑称。

不同。成为作家，给了他机会接触所有事情。他没有作家的傲慢，对于他来说，所有生命中的现象，包括他自己的生命，都值得怀疑。

他作品中几乎所有的场景都挤满了人，单从这一点看，他的伪造技巧就很拙劣。但他对单独谈话的描写却充满了反叛的力量：这些对话发生在拉瓦尔和布利斯隆，或者阿贝茨和沙托布里昂之间。古老的重击通过他的叙述又重新充满希望。他的平庸体现在他总是打断情节和离题。他用医生的方式生动地描写性。似乎他恨女人要多于恨男人。让米勒和他的追随者都难以承受的对性的赞美，对他来说就像中世纪神学家一样陌生。

他总感觉很不好，这多少平衡了一些他的不加选择和怪兽般的恶意。他不会攻击如今在法国被当作禁忌的东西；但当他用自己的表达方式为自己辩护的时候，也为这些禁忌辩护了。令人惊讶的是，他的高贵体现在他的媒介中。他恨一切权利和崇拜。

回忆希望不被打扰，有一段自己的时间，那些**当时**在回忆中的人不再参与其中。

你读的书太少了，你知道的太少了；但那些你偶尔读到的东西，决定了你是谁。

某个角色希望通过不断的努力毁灭一切。

神话？你是在说某个因为太古老而**不再**让人觉得无聊的东西吗？

与其研究文学史的影响，不如去关注它的反作用；可能这才是最重要的。反面榜样总被人忽视，而它们往往比正面榜样更重要。

用某个人厌恶的事情写他的传记。让我们厌恶的事情用不同的方式渗透我们，它能藏在皮肤下边，不被发现，却保持清醒。一旦人们拒绝一件事，就会慢慢忘掉它，但这只是表面现象，我们要勇敢地去利用那些我们讨厌和遗忘的事情。

一个看上去很胖的人，其实是十二个瘦人组成的，他们同时发出吱吱的声音。

一个收集赞扬的人对街上的沉默非常生气。他不知疲倦地在街上走，逼着别人赞美他，如果有人抗拒，他还很烦。对他来说，报纸的发行过于频繁。别人将报纸连带着他的照片一起丢掉。如果每天报纸上都有关于他的新闻，他会满意吗？当然不会！他需要报纸：他不停地读报，哪怕读到自己了的新闻，他还会要更多。

他想成为世界瞩目的焦点。他希望人们不要在意地震和战争，而只注意他。他觉得关于月亮的那些事情毫无意义。他恨月亮，因为关于它的讨论太多了。

他在一栋房子里贴满自己的名字。哪怕字很小，也要用一张最大的纸。

他时不时在这房子里从头到尾读一遍所有名字，总在重复读自己的名字。但他总能在其间发现些新东西。

他期待听到自己前所未闻的赞美，用不同的表达和句式，甚至为了赞美他专门发明一种语言。也可以用这种语言赞美死人，他帮他们保管这些祝福。

他认为诽谤者该被判处死刑，哪怕只是批评了别人两句。他不是毫无人性，他也会为废除感到遗憾，但只有那些和他有关的案件才有可能再审。

他不会丢掉任何赞美，哪怕是重复两次、三次、四次，他也总留有空位置给它们。他越来越胖了，但他能接受。他总能找到喜欢他身材的女人。他们舔着对他的赞美之辞，希望能借此得到什么回报。

反转

下葬的时候棺材不见了。哀悼的人被匆匆丢进坟墓。死者突然从坑里出来了，等所有人都被埋进自己的坟墓后，他在上面撒上最后一抔土。

灯灭了，城市被笼罩在黑暗中。罪犯很害怕，把警察放走了。

狗为主人戴上口罩，把他拴在绳子上。

霓虹灯招牌上的字母换了顺序，提醒人们警惕招牌上的商品。

猫松开它的爪子，让老鼠跑了。

上帝把肋骨放回到亚当身体里，掐断他的呼吸，将他重塑为泥土。

1971

萨拉热窝一年一度的杀手日：百姓们都上街穿着弗朗茨·斐迪南的皮衣。王储从市政厅出发前往谋杀博物馆。有一千多个人被杀害，掉进河里。又重新上演了吗，战争又要开始了？

一个演员扮演普林齐普，从角落里突然蹦出来，向杀手开枪。

他落入人类的鬼魂的怀抱。

托尔斯泰在一场舞会上扮成一只甲虫。尊崇他的卡夫卡，完成了《变形记》后，还愿意再读他的书吗？

一个永不停歇的阅读者，总是不断地，不断地读旧书，他变成了一个不可小觑的人物，变成了值得信赖的人：只要他继续读书，他们觉得，他总有一天能成为起决定性作用的那个人。

犬儒学派成了我们时代的群体运动。成百上千的第欧尼根的追随者聚在一起。

对真正的作家，我最敬重的是他们出于骄傲的沉默。

我没兴趣准确地描写我认识的人。我只感兴趣准确地夸张他们。

有个问题，如果上帝读了托尔斯泰的话，他会说什么。人们对他的祈祷可是够多了，但他对此毫无兴趣。

上帝不得不做的事情，可能会引起托尔斯泰的嫉妒。或许，他将上帝当成了自己的兄弟。

我忘不了他的样子，他总浮现在我面前，像祖先一样。祖先崇拜一定给人类某种力量。我们崇拜的是什么？我们能崇拜什么？

值得一提的是，托尔斯泰活到八十二岁，陀思妥耶夫斯基才五十九岁。二十三年是一段很长的时间。如果托尔斯泰1887 年就去世的话，他还是他吗？

我们是不可能战胜生命的不公的。

我对托尔斯泰的爱不比对上帝的爱少半分。

我们很难说一个人变好了，我们只能说他**知道**的更多了。但如果想变成更好的人，让人们平静的知识是没用的，一定要学到让人着急的知识。让人安静的知识是致命的。

拒绝一些知识对我们来说也至关重要。在知识变成刺之前，我们要给它留一段时间：每个知识都会给我们造成不同的疼痛。

我们在同一时间只能处于某**一个**年龄真是太可惜了。有人希望拥有两个年龄。"您多大了？""二十七和六十五。""您呢？""四十一和十二。"

这种双重年龄会衍生出很诱人的生命模式。

穷人揭露了富人的羞耻。

我非常清楚地知道什么是"市民的"。但一旦有人将这个词说出口，我又迷糊了。

如果事情突然变化，没有人知道接下来会怎么样。但他们是不是很清楚，如果**不**做出改变，事情会变成什么样？

"我跨过两个很小的男孩，他们躺在地上，像猩猩一样抱紧彼此。一些难民说，一周前他们的村子和所有村民都被一场火灾烧毁了，除了他们俩。'他们三天前就在这了，'医生说，'没人知道他们是谁。他们被吓坏了，会说一些傻话。他们一直那样躺着，抱在一起。几乎没人能将他们分开，哪怕他们已经饿坏了。很难说他们什么时候才能恢复语言能力。'"

上面这段话有三层恐怖的深意。很多人读不出这含义，哪怕懂了也会忘记。

我们听到这个故事后不会被吓到失言，是因为我们没有亲身经历这种恐怖吗？那么，我们能不能把这种情绪的流动，传递给那两个被吓坏的孩子？会不会这种让人凝固的震惊，只有亲身经历了恐怖的情景，才能够被感受到？

如果事实确实如此，那么人类之前没有成为杀手就说得通了。但这些能感受到恐怖的人数太少了，杀手和吓坏了的目击者太多了。

没有任何人**值得**有一个孩子。

如果人们依旧相信地狱的话，会不会就不会继续滥用它了？如果我们知道我们魔鬼般的天性何时结束，是不是就能承受它了？

我们曾骄傲地废除了地狱，现在却将它扩展到所有地方。

最后的人类是不会哭的。

我敌人的敌人**不是**我的朋友。

我也属于"温和派"，总是试图解释罪行，一分为二地看待它。我讨厌板上钉钉的审判。我讨厌逼迫别人做任何事。但我太了解深不可测的人性之恶了。是从我自己身上学到的。

上面的这种解释可以让我变得温和吗？

不，这解释让我变得非常强硬。

我绕开了所有罪行，因此也绕开了所有惩罚。一定要先犯罪才能被判刑吗？不，那样的话，刑罚会成为恶作剧和伪善。

有什么方式能够让我们严肃地给予惩罚？

在某个国度，法官也要跟着犯人一起受罚。所有的公正都触及他自己的血肉。所有审判都和他自己有关。所有的释放令也都有它的好处，他无须为此付出任何代价。

自我责备毫无用处。责备得越深入，越能稳定地结束于自我满足。"我怎么是这种家伙！甚至是我说这句话都不会受到惩罚。"

有一些话，让所有人都觉得很恐怖，除了说话的人自己。

所有对人类历史的悲观都不足以与现实相抗衡，也没有哪个古老的宗教能做到，因为它们都发源于田园的时代。

在自己的时间里找到走出迷宫的那条路，不能认输，也不能跳出去。

如果我们这些正在堕落的未来的罪人能够生活在最好的时代！

如果有人会因为孟加拉上百万饥荒中的人而羡慕我们？

如果有人像嘲笑比德迈的风俗那样嘲笑我们的贪心和可悲的良知？

如果我们总是上千次充满希望地不停地尝试拥有自由、空气和思想！

如果有人将我们的无知当作人性的巅峰，将我们对死亡的厌恶当作**无害**的歹意！

盲人知道的更多。

敏锐的洞察力总是把生活的各个领域切分开，却从不在它们之间建起桥梁。

脑子里有多少人，他们都在说什么！我们要自己弄清楚他们是谁，然后让自己说话。

他沉迷于自己思维的辩论中，可最后无法做出任何决定，他将之称为"思考"。

他一直在用锯子锯东西。但是他锯完后，什么都不剩下。

可有时候他手下的锯末出乎意料地充满思想。

很多蠕虫的思想：将它们切成两段，依旧能继续生长。

生命的无穷，和它无穷的变化，是为我们而生的吗？只有上帝才信。

每天他都能想到一百个结构，在结构中他无法入眠，他只能不停地说话、吃饭、吞咽，他将自己从结构中抽空。我见他时，他向我歌唱结构，临走时，他用结构向我告别。

从某个年龄开始，我们的对话内容变得神秘而邪恶，表面上风平浪静，而事实上我们都像抢来话语的头皮。

然而话语的头皮是最虚假的。因为话语只有回到说出它的口中才能被听到。它们的回归会结束一个人的噩梦，出于感激，它们用这种方式将自己委托给了一个诚实的人。

一个跳来跳去的梦是人类能从彼此得到的最崇高的东西。

做自己感兴趣的事情的时间，是属于自己的。别人的日程表上的自由。

我们也可以有自己的自由：我们只需调换结果的顺序，并喜爱、放回、记住、遗忘它们。

不要对不习惯的事情有过高的预期。要给习惯的事装上刺。

多亏了他的健忘，他终于做成了一些事。

为了今日的自由，他为过去和未来的主人服务。

几个俄罗斯宇航员在着陆时死了。他们着陆时很顺利，没有任何痛苦地死去了。他们的心脏停止跳动了，三颗心脏同时。这样的结局要比消失在宇宙更感人。他们就这样被发现了，一个警示。可能不去弄明白他们的死因是最好的。

可能更值得认真思考的是俄罗斯人对这三位死者的集体哀悼。如果这样的飞行任务能够替代战争的作用，让人们为有生命危险的任务进行集体哀悼，那么这次宇宙之旅还算有点意义。

很有必要尝试**撇开科技去看**所有东西。不然我们还能有逃离科技统治的力量吗？

我们的头顶的星空，突然毫无理由地变成了另一幅样子，他看到一定很开心。

在他喜欢的宗教中，神像人一样通过变形躲开彼此。

我是被神话哺育的。我经常尝试离开它。我不想暴力对待它们。

"蚕这种虫子从事的是需要耐心的工作。"

当我在人的躯壳中发现了一条缝的时候，突然充满了孩子般的期待：当一切都消失的时候，我发现还可以做一点小事，这又让我心跳加速了。

即使我越来越清楚地明白，我对人性有非常清楚的了解，但我对这种只要在世上活过的人都会明白的道理毫无兴趣。我感兴趣的是，和这种认知相背以及颠覆它的东西。我愿意从高利贷者到募捐者，从书虫变成诗人。我对突发的变形的原因非常有兴趣。

我从未放弃过希望，我经常因为希望而惩罚自己，然后无情地嘲笑它。但它总是顽强地活在我心里。

很可笑的是，所有巨大的希望都一样，会像一个死人突然站在你面前，却不会让你觉得在做梦。

被理解的人，一定是被误解了。而世界继续运行的前提就是误解。同样重要的是，人们要继续在对理解的渴望中活下去。

他与那些有点头之交的人的第一次讲话，之前他每天都充满疑惑地看着他们，别人也同样充满疑惑地看着他。
我们的生命中应该有很多这样的人，总是要过几后，才会跟他们说话。

一个之前在非洲居住的亚洲人，想要逃亡到英国，却没有实现。

一个人能记住多少张脸？有上限吗？是不是只有拿破仑这样的人才能达到这个上限，他们记住的人，都要为了他而牺牲。

他喜欢独立的句子，可以将它们玩弄于股掌之中，抛着它玩，或者攥紧它。

汉语名字就像所有语言的终点，人类所有其他语言都要最终汇入它。

未被阅读的书会复仇吗？这些被忽视的书，会拒绝跟着它的主人走到最后吗？它们会攻击那些心满意足的、被反复阅读的书吗，会撕碎它们吗？

关于穆齐尔最让我惊叹的是，他离不开他看透的东西。他和他们住在一起四十年，到死依旧被困在那里。

重读奥维德的《变形记》，就像第一次读。不是因为人物的语言和感觉：它们太艺术了，它们的修辞在欧洲文学发源之时就已经融入其中，并在后世作者的作品中被不断净化成清澈的真理。但是这些诗的灵感，也是这本书的标题，是变形，奥维德早在他的年代就描写了历史上，甚至直到今日，所有作家都热情不减的变形。对于变形，他不仅仅蜻蜓点水地**提到**它们，而是感受、描写它们，将变形的过程可视化。用这样的方式，他将神话中最根本的东西从普通的描写中解放出来，并赋予他们新的永不褪色的吸引力。他的诗涉及了**所有**变形，不仅仅是某些特定的变形故事，他收集变形并改写，追溯每一个变形的分支和源头，那些同源的变形，在他的作品中，也会变成全新的、有说服力的、感人的奇迹。

书中的人物经常因为要逃脱危险而变形，这种变形总是一次性的，而且伴随着疼痛。这种特性让这种变形很严肃。他们要付出很大的代价才能得救，他们变形之前的形态会永远消失。由于变形的不断变化和丰富的数量，这本书中神话始终都有很强的流动性。

他对基督教世界的贡献是不可估量的：他帮人们找到了几乎从意识里完全消失的东西：等级固化，由道德组成的沉重的系统，他呼吸的空气，是古老而自由的变形。他是现代化之父，在所有年代不难寻到他的痕迹，即使在今天。

一定要在说出一切之前赶紧闭上嘴。一些人在开口之前就将一切说出来了。

世界上已经没有未知的人的类型了。现在是时候将我们已知的类型编织在一起了。

他像拔草一样把所有神话拔走了。

一双能看透身体的眼睛，将一切血淋淋的器官尽收眼底。一只眼睛看身体内部，一只眼睛看外边。如果我们有这样的功能，人类会变成什么样呢？

神秘主义者很少被当作诗人，可能只有波斯人会这样做。

他们经常讨论动物和男孩。他们有缠绕在一起的字体，对尘世充沛的感情，像恋人的呼吸那样火热的比喻。

他们没有修道院般纯洁的存在。他们总在游荡，长时间保持沉默，之后突然充满激情地打破沉默。

他们充满智慧，却爱用激烈的措辞。他们像孩子牙牙学语般讲话，但是充满精彩的内容。有点像杂技演员。

他在找一句话。他脑子中过了上万个句子，只是为了找到唯一的那个。

在哪个语言中能找到这句话呢？能说出这句话的人是超自然的存在吗？心脏？死人？动物？

这句话永远不能被重复，没有人能做到。

有人摧毁了语言，他试着找到词语之间新的平衡。他找不到。词语之间总是不同和不公的。

阿里奥斯托[1]的活力进入了司汤达的作品中，敏捷，和对变形的欲望，和任性。

相比莎士比亚，司汤达作品中接受了更多阿里奥斯托。

司汤达对死亡有温和的态度，哪怕他早年丧母，也对上帝感到厌恶，"这种情感源于什么"，只能用法国大革命去解释：处死皇帝给他带来的幸福感。这场死刑让他的父亲受到很大冲击，他恨他父亲，因此他以此为乐，所以说司汤达对他父亲的死亡也有点责任。

司汤达童年时期的三个榜样：疑神疑鬼的祖父，看上去总是在思考；有着西班牙宫廷风范的高傲的阿姨；他的叔父，罗曼·加尼翁，一个享乐主义者，沉迷于女人和现实。但是更强烈的是他少年时期的反面形象：精于算计的父亲，总是在他身后骂骂咧咧的阿姨们，还有他的老师："耶稣会会士"莱雷恩。爱与恨，正面和反面榜样，在司汤达那里，这种分裂要比其他自传更清晰和激烈。

亨利·布吕拉尔[2]的理论价值在我看来非常重要。但是布吕拉尔的一切都具有无限的价值。他对死亡的早期体验的描写真实而有力，总是让读者回味无穷。他时不时会表现出对地点的固执，并总是清楚地记录下来。他在道德上充满自由的勇气，他从不掩饰自己在道德上的低微，却依旧站在高尚的一

1　阿里奥斯托（Ludovico Ariosto）：意大利文艺复兴时期的诗人，代表作为《疯狂的罗兰》。

2　亨利·布吕拉尔（Henri Brulard）：《亨利·布吕拉尔的生活》（*Vie de Henri Brulard*）是司汤达于1835年开始写的自传，最终未完成。

边。这本书里展示出他对所有人的好奇心，他对始终对女性的魅力很敏感，这有助于我们去理解他后期对图像的见解。

我要感谢司汤达强大的写作能力，他笔下所有完整的角色，无不独一无二，令人拍案叫绝。

我喜欢司汤达思想和感觉上的随意，他天性中的开放和快乐，一直在他脑海中的速度，他不间断的灵动，从不炫耀的气度，明确的感恩对象，从不加修饰（除了和画有关的东西）的语言，他充实而明亮的神秘感。他的一切都闪耀着光芒，光源是他的思想本身。这光和宗教与神秘无关，他质疑这些东西，他思考的是生命历程本身，其中每一个具体的小细节。

保存内心的一份残酷是很难的，同时还要坚持观察它。回忆的温暖会扩散到所有地方，一旦我们完全被回忆侵占，这世上就不可能存在能看到真相的犀利的目光了。

谁有资格走自己的路，谁被不停地推来推去，当他失去了自我，只能慢慢枯萎的时候，谁能将他带离这片荒漠，他结结巴巴地呼救，他沉入盐地，那里没有叶子和花朵，他慢慢被烤焦，被诅咒？

没有人能够预知前方会出现的痛苦，当它们像梦一样突然出现，我们会为之争辩，再将视线从那里移开。

这就是希望。

世上没有战胜不了的痛苦，唯一无穷尽的是痛苦本身。

一些哲学家会将死亡植入一个人的内心，似乎从出生开始死亡就伴随着他。

他们不愿意在生命的最后才与死亡相遇，他们希望能把这次相遇提早到生命伊始，将它任命为一生最私密的伴侣，只有在这种轻松和信任的前提下，他们才能承受死亡。

他们不知道，这样做只会给予死亡更大的权力。"你死了也没关系的，"死亡似乎在对他们说，"你总会慢慢死去。"他们感觉不到，是他们自己用卑鄙而怯懦的伎俩，削减了自己本可以抵抗死亡的力量。他们结束了一场本值得一试的决斗。他们将投降称为智慧。他们说服所有人承认自己的怯懦。

自称基督徒的哲学家用这种方法往基督教的核心里投毒，他们因此失去了战胜死亡的力量。这之后，所有福音书中基督的复活都毫无意义。

"死亡，你的刺在哪？"刺不会长出来，因为它一直都嵌在我们的生命中，像一对连体婴儿。

哲学家们将死亡的隐形血液注入人体，让它不停地从他的心脏进出。我们该怎么命名它呢，是投降的血，还是他自己的血的影子，这血为了活下去，在人体里不停地更新。

弗洛伊德的死亡动机源于古老又黑暗的哲学，而且更危险，因为它披着生物学和现代的外衣。

不属于哲学的心理学继承了哲学最差的遗产。

语言哲学将死亡排除在外，似乎是因为死亡太"形而上"了。但就算死亡真的是形而上学，也并不会否认一个事实，那就是它比任何语言都更古老且更有影响力。

斯多葛主义者[1]用死亡战胜死亡。只要给自己判了死刑，死亡就不会产生任何伤害，因此就不用惧怕它了。

将头砍掉的人，不惧怕疼痛。

人不会瞬间明白任何事；突然明白的事情，一定在之前有所铺垫。

只有知识，能够长时间藏在一个人的身体里。

一条舌头，长得能够到地狱。

一切都像纪念碑一般呆滞地、毫无生气地矗立在那里。直到下一波潮流来袭才会重新充满生机。

重新找到永恒之前的暂停。

如果一个世界无法让自己的居民充满激情地生活，那么它什么都不是。只渗透是不够的。人类，就像喀斯特熔岩一样，要自己构建自己的地下河流，并猝不及防地将自己暴露

---

1 斯多葛主义者：(Stoiker) 古希腊和罗马帝国的一个思想流派，强调泛神物质一元论，认为神、自然与人是一体的。

在阳光下。

一场持续了一周的阵雨。四周充斥着黑暗。闪电划过天空的时候我在读书。在回忆中，书中的内容和闪电联系在了一起。

人要听多少奉承的话，才能变得更好？我们总听别人**描述**自己，然后喜欢上别人口中的自己。

世上没有无趣的头脑。我们只需深入它们。

我在想，人老的时候有意总结自己的一生是不是一种无法原谅的罪恶。可以想象，年长的人受到太多外部世界带来的压力，再也不愿意、也无法接受外界的新东西了。

可能我们在年长的时候接受的东西是不可靠的。这些东西不会渗入内部，只是在表面滴水，我们穿着一件防水外套来抵抗它们。

而相反的是，我们对自己的**内心**是开放的，它过于庞大，还没完全成形我们就**不得不**向它屈服了。最困难的在于，过去的东西总是明亮的，而这只是因为它们是过去的，尤其是死人的光芒。我们没有质疑这种光芒的机会，因为这光芒中包含着对过去的感激。我们之所以时常觉得愧疚，是因为我们只能回忆自己的过去，别人的过去被完全排除在外，这种愧疚感很狂妄，毕竟，我们怎能过完所有人的一生呢？

回忆是件好事，因为它延展了我们的认知。但要特别注意的是，回忆从不将可怕的事情排除在外。

回忆总在改写自己，带给人身临其境的恐怖，细节可能会变化，但感受别无二致，一样的残酷，一样的荒谬、揪心、痛苦和遗憾，回忆已经是过去时了，可没有真的变成过去。

回忆真正的价值在于此，而并不是它发生在过去。

人永远无法将自己看得足够仔细。但我们要把握一个**具体的**度，只要我们能看到的形象够抽象，就能看到一个毫无意义的正在谴责别人的样子，这样子会误导我们让我们快乐。

在动物面前舒了一口气：还好它们不知道自己要面对什么。

早在神创造世界前，就有这么一群哲学家。他们潜伏在混沌中，并说，世上的一切都会很美好。如果他们当初不这么想呢？如果他们充满乐观的世界没那么好呢？

他们用模糊的形象展示自己思想，想起自己之前的预言，窃窃地偷笑。

转世轮回学说的错误之处——这是人类无以言表的自大：我们占用动物的身体，来惩罚自己的罪恶。

人类怎敢用自己的灵魂去惩罚动物？动物允许我们这样了吗？动物愿意被别的灵魂附身吗？他们不想要人的灵魂，这令他们恶心，这些灵魂太臃肿和丑陋。还是人类优美的贫穷更吸引它们，就算是被吃，也宁愿是别的动物吃它们，而不是人。

1972

塔索[1]，害怕**迫害**，于是将自己主动献给它。他走向前，渴望它认真待他。可它不喜欢他，他便跑开了。他渴望它的注意时，它躲开他。而当他谴责它时，它却安慰他。它说，我不需要你；塔索跪在它脚下。

他在伟人和被迫害的幻想之间来回摇摆。从伟人的世界溜走后，他在要在幻想中救赎自己。他只认可教会对他的迫害，他会质疑前者给他的迫害，当它离他太近时，他就会逃向教会的迫害。

没有人能衡量诗人在伟人中受到的屈辱。他们在寻找比自己强大的权力，甘愿拜倒在他们面前。而对自己的伟大自知的诗人，不得不和其他伟人沆瀣一气。如果他在年轻的时候就沦入伟人之列，就只能这样自救：让自己变得和他们一样，并得到他们的承认。

塔索的贫穷让人想起波德莱尔。波德莱尔的撒旦崇拜在塔索身上也有体现。但塔索在法国也幻想到了教会的迫害；圣巴塞洛缪大屠杀前不久，气氛已经很紧张了，虽然当时他

1　塔索（Torquato Tasso，1544—1595），意大利诗人，他患有精神疾病，长期在医院治疗。

在巴黎，但也听说了其他城市的屠杀。大屠杀发生之前，恐怖就开始弥漫了，19 世纪的人对此将信将疑，可塔索却无比认真对待它。他现在重新相信了之前他半信半疑的地狱，这次他真切地感受到了它的危险。在这危险面前，教会对他的迫害将他于权贵的迫害中拯救出来。

像塔索一样"现代"的人，可能在整个文艺复兴时期都不会有第二个了。在我们的时代，权贵这一集体又卷土重来了，无法想象有哪个知识分子不考虑和他们攀上关系。他们努力去避开这种权力，可心里总一个声音在认可他们。他们为自己的矛盾感到愧疚，就像过去教会的信徒。

而依旧对权贵充满恐惧的诗人，依旧能够在这个时代委曲求全，可只要他们生活在权贵的地盘，这苟活的状态就不可能不充满痛苦。

对于作家来说，胆怯和保守都是罪恶。他们的鲁莽往往在于说话。**即使**他们要为此负责，也必须把话讲出来。

哪怕世界上只有一个毫无争议的宗教，他也有权力无视它，对它闭口不谈。当然，只有当他有要紧的事情，且只能由他说时，他才有这种权力。

但什么才算要紧事呢？那就是当他意识到，有一些事情，别人无法开口说。不过这些事只能由他自己先感觉和意识到，才有可能在别人那里找到共鸣。这种共鸣才是最重要的。他必须有两种能力：首先他自己要有强烈的感受和思考的能力；

其次，要有永不熄灭的热情去**倾听**别人的话并认真思考。共鸣不可能在自大的人身上被激发出来。

他必须学会合理地表达这些想法：因为如果他不能完整地表达出这共鸣，这些话就不再有紧迫性，他就白白浪费了这共鸣的瞬间。这是一个人能够经历的最有价值、也最可怕的事情。哪怕他面临着自己被击碎的威胁，也要坚守这种共鸣，并要不断地用新的经历和精力来供养它。

他控制自己，不要将自己的偏见一下子全丢掉。要非常小心地、慢慢地做这件事，不然他什么都不剩了。

"道德家"这个名字听上去像一种反讽，我们能够毫不意外地在克拉夫特·埃宾身上发现这点。

他自我介绍道，道德于他来说像棺材板一样可以没用。暴露出来的，是一个多么鲜活的尸体。

他和所有死者握手，就像自己即将加入他们一样。

他被那些可恨的、缄默的角色所困扰。

他用自己的黑暗掩藏所有事，然后从中逃走。

痛苦一定要喷涌而出，干燥的痛苦毫无意义。他的光芒中一定要包括他自己都无法忍受的光。

每个人都有一种生理上的厌恶，就像人们不再是自己了。

一个人要由多少意识组成？如果人自己打扮成另一种样子，并且将自己放到一个认不出来自己的地方，是不是也能感受到这种对自己的厌恶？

在身上挂满否定的话，走到街上，除了不不不，别的什么都不说。

恨自己的人**更爱**自己了。他跟跟跄跄来到死亡面前说："这是我们拥有的最好的东西。"

很久，很久以前，他生活在恨的掩盖下。

他被剥夺了变老的权力。

他邀请穷人到他家，把富人送给他们。

乞丐把一块金子还给他，摇着头说："废铜烂铁！"

一群人睡去，另一群人醒来工作。只有当一群人睡了，剩下的人才能醒来。他们每天的日程就这样运行。醒着的人绕过在地上熟睡的人，避免吵醒他们。当他们重新睡下后，另一群人醒来。

两个群体的人从不认识彼此，他们从不会同时清醒着。

他们会悄悄地想熟睡的另一群人在想什么，但因为这是被禁止的，所以没人会承认。他们只能通过对方的作品了解对方，而作品完成时，他们总不在场。

只有熟睡的人才能感受到不幸的爱。他们根本不需要想象一个遥远的彼岸，他们只需看看另一群熟睡的人。死后的世界就在他们眼前。可如果他们他们醒了会怎样呢。这是这群人的形而上学的核心内容。他们与彼此在梦中相遇。哪怕他们与这群陌生人生活在同一个世界。

不吃饲料的马：它们通过自己的马蹄声供养自己。

狩猎燕子的鳟鱼。

孔雀抖动着羽毛，它们在呐喊：破口大骂的芭蕾舞演员。

那里的男人都是奴隶。只有女人能发号施令。上战场的也都是男人，女人在高高的地方俯视他们，打着哈欠。

她们之所以能够如此淡定，是因为女人不能杀女人。男人之所以是奴隶，正是因为他们会战死。

为了他，只为了他一个人，成千上万的人死去，他出狱后，怎么还有勇气回家去继续生活？

虽然他活下来了，却承受着巨大的痛苦。他们如何承受这幸存后生的痛苦？

复仇？复仇？一切本该被原封不动地丢回去；但复仇扰乱了一切。

讲笑话的魔鬼守护着烂书的地狱。

在莫斯科的街上冷得发抖的伦茨，将他最后一个梦给了歌德。

一个人用年龄灌醉了自己。

地球表面曾经非常危险，没有任何生物敢跑到地表上去。地下的世界却充满活力。那里的墙像月球表面一样粗糙。一丝烟雾都是会导致灾难性的后果。在地下与别人推推搡搡是很危险的事。

全人类都生活在矿工的国度，他们接二连三地完成指标，每个人都清楚地了解毒气的危险。权贵们住在最深的地方，和他们储存的空气在一起。在表面，快要窒息的下等人，永无止境地处理着下面的人制造的烟雾。这就像中国的城墙！墙的表面糊上硬硬的保护层，总要永无止境地修复、补丁，永远重复。奴隶们永远弯着腰干活。权贵们坐在在空气压缩成的王座上，从不起身，一刻也不能离开他们的财宝。

"最深刻的"，就是最软弱的。我们不该遗忘曾经栽过的跟头。

要承担起最难以承受的重量。不要丢下它。不要绕过它。

没有寂寞，没有残疾，没有哪种对年老的悲叹，没有任何东西可以让你转变思想。你要对这些事情虎视眈眈。这是种自我满足？历史中有哪怕有一点点东西是可以被认可的吗？但它不会停下来。

按照这历史发展的世界，怎么有可能出现不同呢？历史能够被隐藏、否定和改变吗？你有处方吗？

我们看到的历史很有可能是错的。或许只有丧钟响起的时候，真相才会展露。

每个摆脱死亡的行为，聚合在一起组成了权力巨大的结构。

无数人为了某个人的生命而死。这种令人不解的事件叫作历史。

真正的启蒙本该建立在**每个**独立的生命的权力之上。

当人们知道一切都是错的，当人们敢于衡量错误的程度，只有这样，人的固执才有意义：笼子中的老虎不停地在栅栏前徘徊，只是为了不错过任何一个细微的可能得救的机会。

我们每天都在考虑的事情可能并不重要，最重要的事是我们考虑不到的事情。

在那里，所有人必须要在五十年后重逢。他们要很努力地寻找对方。这个过程就是他们的新生命。他们要找到彼此，然后相互倾听。他们不得不与过得不好的人在一起比较；当然也会遇到生活情况比自己好的人，然后默默地在心里攀比。他们不能表达出任何责备和不满。重逢的人永远不知道身边的人怎么看自己。重要的是交换观点、知识和羞耻感。关键是看到和自己不同的各种人生道路。

过得最窝囊的人不得不找到旧相识，了解他们的生活。过得最好的人不得不面对不如自己的人。勇敢地与故人重逢是比工作和家庭都要重要的事情。

如果有人移民国外或忘记之前讲的语言了，必须自己承担责任，努力让故人能够理解自己的话。

找人顶替将面临重罚。人们只能申请在五十年年限还没到达之前提前踏上寻找之路。

钟表的秘密心脏

Das Geheimherz der Uhr

季冲　译

1973

写作的进程无穷无尽。即使夜夜中断，最终也是有且只有一份的稿子，而它最为真实的时刻，却是在不经任何艺术手法表达的时候。

但其中不可或缺的是对语言——对语言原本的样子——的信任，我十分惊喜地看到自己依然很大程度地保有这种信任。语言实验不曾引起过我的兴趣，对于这类东西，我会进行了解，但在自己写作的时候会尽量规避。

其原因是生活的**实质**对我完完全全地占据。一个人若进行语言实验，那么这就意味着，他要很大程度的丧失这些实质，而只有极其微小的未经染指的一部分得以留存，就好像他只能看到指尖那么一寸的地方。

死亡已然在生者之中存在，这观念有什么好反对的？难道它不在你之中吗？

它在我之中，因为我得向他发起进攻。为此，并无其他缘由，我需要它，为此，我把它给自己请了来。

最后一瞥的收藏家：我为顺从者感悲哀，他们因自己的死亡而放弃活着的和将要活着的人。

哲学家们最为深奥的思想也是含有取巧的成分的。大抵是先搞一连串的消失，为的是让某样东西突然出现在手掌心里。

三点原因致使叔本华受死亡收买：父亲的退休，对于母亲的憎恨，印度人的哲学。

他觉得自己不为任何贿赂行为所动，原因是他并非教授。他不愿意承认，那最不可饶恕、无从补救的贿赂，是来自于死亡的贿赂。

对此他毫无反击之力。与其对着死亡白费口舌，还不如留着这一套说辞去针对印度人。

尽管雅克布·布克哈特受到了叔本华的影响，但这并没有使你产生丝毫动摇！

你很多的方面都是拜布克哈特所赐：

他对历史中各种系统的否定；

他的这种感觉：没有一件事在向着**更好**的方向发展，反而越来越差；

他对于**形**，而非概念的超乎一切的尊崇；

他对真正鲜活过的生命表现出的温情——由凋陨时的娇弱唤起；

他对于古希腊人丝毫不进行美化的认识；

他对尼采的抵触，这是对我发出的一个预警。

笼罩在布克哈特思想之上的不是感觉的影子。他的热忱只保留给**某些**事物。就算其中的一些枯萎了，还依然有其他的保有其影响。你不必接纳他。但你不能对他置若罔闻。

上世纪的历史学家中，还没有哪位让我佩服得这般五体投地。

在给《群众与权力》做准备的几年里，为了拖延开展这本书的写作工作，我读了各种各样的书籍，当时看起来，就好像是我已迷失在书的海洋中了。得知我的这个状况的人，都视我为走火入魔，就连至交好友也小心谨慎地对我提出了忠告。他们说，光读史料是没有任何意义的，说大部头的古书在千百遍之后也穷尽了，给压缩成了少量的、残留的知识了。他们说，其他的一切都是负担，你没必要为这跟自己过不去。把不必要的事项推掉，是每一份大宗工作中最重要的部分。

然而，我却继续漫无目的地徜徉在我的汪洋大海里，丝毫不为所动。我对于自己的这种行为，一直找不到辩解之辞——直到遇到了下面的这句话：

"举例来说，对于修昔底德而言，某件事处于一级重要的地位，而有的人在一百年后才对这事予以重视。"这是《世界史观察》（*Weltgeschichtliche Betrachtungen*）导言里的一句话。

我得向布克哈特致以最衷心的感谢，感谢他对那些年的我进行的辩护，感谢这句话。

公开性会夺走人类的正直。那么，还有可能存在公开的真相吗？

达到它的第一个前提就是，要**自己**提出问题，而不仅仅是自己做出解答。他人的问题具有歪曲事实的效力，人们就得相应地调整自己，让自己去接受那些本该尽力避免的话语和概念。

你只能使用那些被你赋予了新的含义的话语。

在深渊的边缘，他紧紧地抓住了铅笔。

拯救夸张。不要理性的死亡。

指望渴死的神。

关于分离：老实交代，一直以来你与分离都做了什么无耻的勾当。

危险中的生活？还有比由分离所构成的生活更加危险的吗？

只能在独处时才能进行思考的人，会使用分离这种可怕的手段来达到他的目的。如今，你就是这么对待那孩子的，在她最为娇弱年纪里：为了保持你的思考，而让她习惯分离。

他努力地想要谈论未来，又觉得自己笨嘴拙舌，便不再作声。

多好的人啊，他们看着别人就像空气一样。

解释笔记是件很棘手的事，因为，那就像是我们要将说过的话——撤回一样。

为死亡着魔的人，会由此而获罪。

认识某个人一生的时间，却又对此讳莫如深。

卑躬屈膝，为了更**精准**地憎恨。

无论上帝死或没死：他已存在如此之久了，人们已经做不到对他缄口不言了。

总是无穷无尽的架构，而不是那些你不去写的故事。提取身边人们的特性，赋予一百个人物形象。

寻找一个你不想找到的人。

他眼看着自己塑造的人物躲藏到他自己的青春中去。

他们所理解的世界文学是那些可以**共同**遗忘的东西。

有些多愁善感的人物会像软组织一样，进入到更坚硬的部分之中去，精明地躲藏在那里。

是含蓄，还是激化结局：唯一的选择。

他意识到了自己话语的效应，而一时哑口无言。

对于名誉，你曾怀疑过，可你一定也曾向往过。然而，对于另外的一件事，对死者的回归，你难道不是千百倍的向往吗？然而你并没如愿以偿。

只有卑微的、多余的、无耻的愿望才会成为现实，而那些伟大的，与人类价值相称的愿望，都依旧无法实现。

不会有人回来的，从来没有人回来过，你恨过的人已腐烂，你爱过的人也已腐烂。

会有可能做到**更多**的爱吗？用更多的爱来唤回死者，难道就没有一个人爱得足够多吗？

还是一个谎言就足矣，一个像创世那么大的谎言？

希望啊，干瘪成了疣。

对你所期望的尊重地带进行限制。将大多数的部分进行开放。

总是在日落之后，那只蜘蛛走出来，盼着金星。

他问我，为什么他一定要污蔑他人。因为虚荣，我本该这样说。

但我不能让他看出我的评价。我讨厌评价，评价只能进行摧毁，而带不来任何改变。

他变成了每一个对他垂涎欲滴的动物。

大象组成的哀鸣之众：哭天抢地者中最让人心痛。

无可救药之人：想到那天天都能感受到的千百张蜘蛛网，他愿他们得到永恒——愿谁？愿那些受害者还是蜘蛛？

如今，星星像牺牲者一样闪耀，如今，没了我们，它们简直一无是处。

那一代的人们用征服的姿态失去了天空。

他把蜘蛛的腿拔光，然后扔到了它们自己的网上。

话语太多的人，就只能自处了。

每十年更换一次语言的国家。语言交换站。

为人类量身定制的巨型蜘蛛网。动物们小心翼翼地坐在边缘，看着被捕获的人类。

最难以容忍之事莫过于对自己进行**限制**：与严守自己界限的人相处太久。

他或许是这样的一个人：他的正直与他的界限相符，为**保护**自己的狭隘，他提防着自己的不安分，却也提防着罪恶。然而，就算告诉自己下面这句话也起不到什么作用：对于追求真理的人，就算是最纯洁的狭隘也是无法容忍的。

他沿着边界飞奔，因为无法跨越而放声咒骂。

给自满的沼泽排排水。

有一个人，他单枪匹马之时能挡千军万马。可是因为盟友而实力大减。

如果你不公平地对待了一个你所鄙视的人，那么，你是否会承认自己的不公？

簇拥的花朵，层层叠叠的像教堂一样。

他们给自己建造了一片新的星空，而后又逃离了出去。

这隐秘的犹豫经济学在他的一生中都不断地在发挥作用，

可他却从来没有理解过它。犹豫是他思想的重量，没有了它，思想便空无一物。

他不爱人们忘却的东西，他爱人们铭记的东西。

收入了达·芬奇画幅的《大西洋古抄本》要出摹本了，分为十二册，共998套。

"它的牛皮封面就需要足足一万两千头牛的皮，因为每张牛皮只够做一册书。"

最可怕的不是矛盾，而是矛盾的逐步削弱。

他的气息在年轻人听众中变得多么热烈啊！

即使是那种在曾经的他看来极为可鄙的回归，他都会感到满意。

唯一不对他进行报复的，就是他的笔记了。

变动图：某个伟大画家的画，一段时间之后，变成了另一位画家的画。神秘而不可捉摸的变化。你永远都不会知道，自己面对的到底是一幅怎样的画。

你眼中所承载的死者的景象变成了什么样子？你怎么能

把他们留下来？

忍受**自己的**自满已经很困难了。何况是他人的！

上帝的灾难性的特质就是他的伟大。

那个崇高的骗子总是否认他所有的功绩。

当 K 君说起某个人"富有"的时候，他的脸就会扭曲变形，而且会忽然变得如同一只猎犬。他说"富有"的时候，几乎就变美了，好像登时便富有起来了一样。

那个受人仰慕的女人，一一回应着所有的目光，如此庄重又惊心动魄，就仿若是人们在向她进行祷告。而她自己则一直保持静默。笑容还未浮现在脸上，便已倾心。回应得太过于早，她的感激之心摧毁了她的美貌。

他迷恋着他的旧作就像迷恋逝去的文明一样。

伪君子扮成对糖上瘾的马。

这是一句格言，他说道，然后又迅速闭上了嘴。

他以不看报纸的两天开始新的一周，于是发现，一切都是新鲜的样子。

极有可能，上帝并不是在睡觉，而是因为害怕我们而躲了起来。

年老时的感官都变得粘稠。

需要耗费大量精力来研究的哲学家：亚里士多德。用于压制的哲学家：黑格尔。

用来吹嘘的哲人：尼采。

用来呼吸的：庄子。

健忘的引文。

歌德成功地避开了死亡。看到他太过顺利地得偿所愿，真是让人寒战连连；他人生中的每一步成就都可圈可点，这简直让人叫绝。

我的忧郁向来都参杂愤怒。在众多作家之中，我是属于会暴怒的那一个。我不想证明任何东西，但我一直都强烈地坚定着、并传播着我的信仰。

正是出于这个原因我才离不开司汤达的吗？我从他的自由和他对人类无尽的爱中看到了我自己的影子。然而，他只是出于纯私人的原因才拥有信仰，各种各样的、永不重样的信仰，而因为我做不到这一点，因为我总是用同一种信仰来折磨自己，并且想让所有人都接受这一信仰，所以我钦佩他，但并非是把他当作榜样来钦佩，而是作为一个更好的自己，一个永远不能、毫无机会实现的自己。

他更加自然，他不让成功蒙蔽自己的双眼，对他而言，荣耀既不可疑，也不可耻。不需盘算，他一眼就能看出对自己有利的条件。他动作十分迅速，他很常动笔，他将其搁置一边。我以前总觉得自己也是做着同样的事的。

我再也做不到逐一地数出他们了，我的死者。若是非要试着数一数，那么可能已忘记大半。他们人数太多了，他们到处都是，我把死者们分散在大地各处。这样整个世界就都是我的家乡了。再也没有什么土地需要我来占领了，那些死者已然为我代劳。

你若写下你一生的故事，那么，每一页都一定会有所有人都闻所未闻的事情。

我喜欢乌纳穆诺：他与我具有相同的缺点，但他从来不以之为耻。

事实证明，你是由几个西班牙人组成的：罗哈斯[1]（作有

1　费尔南多·德·罗哈斯（Fernando de Rojas，1465—1541），西班牙作家。——译者注，下同。

《塞莱斯蒂娜》），塞万提斯，戈雅多，他们每个人都贡献了一部分。

司汤达更像个意大利人，因为阿里奥斯托和罗西尼[1]。即使是拿破仑，也曾称自己为意大利人。

我特别向往听到司汤达说意大利语。

不管是何种时刻、何种心情，司汤达总是能够振奋我的精神。这样的振奋是合乎常理的吗？

也许人们只应受到新鲜的、惊艳的事物的振奋。也许只有这样才比较合理，所有其他的方式都充斥一种医药的气息。

"当梭伦为他死去的儿子抛洒热泪时，有个人对他说：'你这样可于事无补'，他回答道：'正是因为我什么都做不了，我才哭。'"

你也许依然能够感受到死者的存在，却仅在寥寥几个词语之中，而掌握这些词语的人，能够听到逝者的声音。

慢慢的，你的幻想会在心中枯萎，而你会变得简单而实际。因为这种境界很难实现，所以这一切都并非多余。

1　罗西尼（Gioachino Antonio Rossini，1792—1868），意大利作曲家。

1974

他曾经自认为很聪明，因为他第二天便就不这么想了。

分号的梦。

往事重现是一件十分美好的事情，由于它陷入遗忘已久，所以如今显得**愈发真实**。

那么它会被接二连三地遗忘吗，真实性会继续提升吗？

为了变得更傲慢，他总是一再地让自己承受侮辱。

为了不使死亡的打击减弱，你做了多少牺牲啊！

布伦瑞克与波恩之间的九年：基本上是一回事。

我还从来没有领略过《婚礼》[1]在舞台上的残暴，不然我早就被那群乌合之众给撕碎了。

后来登上舞台的那个老人，固执，也许还有着与倔强正相反的沉着：这种沉着唤起了激愤的人群中的某些个人的羞耻心。然而这样的设置对于这出剧却没有任何意义。在波恩我第一次产生了把这剧抛弃掉的想法。我不能这样做，是的，从另一角度来说，它都已经合理存在了，而作者的感受，他

1　*Hochzeit*，卡内蒂的剧作。

是否会对于剧作的这样一种滥用和接受而感到冒犯，都已经无足轻重了。

恋人们的光彩熠熠的脸庞：正如我所看到的那样，他们公然地相互示爱，或者说正处于他们最为完满的幸福之中。

如果他们离开彼此，我将不再见他们。

你为动物着迷。为什么？因为他不再取之不尽了？因为我们造成它们的灭绝？

关于一个人真实的样子，可以写出一整本书来。即使如此也无法穷其所有，达到终点。但是，如果你探究的只是，如何想起一个人，如何追忆他，如何将他铭记，那么你得到的就会是一个相对简单的印象：只有寥寥几个特质使他脱颖而出，区别于旁人。你会夸大这些特质，而毫不顾及他其他的特点；只要你将其一一举出，那么它们便对关于他的回忆里起着至关重要的作用了。它们就是你最深刻印象最，它们就是**性格**。

每个人都承载着一定数量的性格，这些性格造就了他的经历，决定了他对于人类的最终看法。其种类虽并不算多，但会流传，会被一代一代地继承下来。随着时间的推移，它们将不再鲜明，而是变得稀松平常了。我们总说，铁公鸡、笨蛋、小丑、醋坛子。创造尚未被消耗的、让人耳目一新的性格，就显得十分必要了。把人们分成不同的种类来对待，是我们的一种基本的、并且有待加强的倾向。虽然说一个完整的人要比这样的一种性格丰富得多，但是，这种倾向也不应该因此而遭到遏制。人们就是想要借助不同的种类来看待人类，人们就是愿意看到他们之间的不同点，即使是真的相同。

我创造了很多新的**性格**，有的可能被看作是小说人物的雏形，有的则被理解为我的自我审视。第一眼看上去，找到了熟悉的身影，第二眼，便看到了自己。我在写作的时候，从来没有一次意识到，我脑海里想着的是自己。然而，当我把那本有五十个人物的书整合好了的时候——这些人物都是从我写的大量人物之中挑选出来的——我十分惊讶地在其中的二十个人身上认出了我自己。人就是由这样丰富的面相构成，如果每次将诸多元素中的一个推向极致，那么相应的，我们就会展现出这样的面貌。

就如同动物一样，一些性格也面临着灭绝的威胁。但事实上，它们却充斥在世界各处，你只需创造，便可看到。不管它们是邪恶，还是莫名其妙的，最好还是不要让他从地表消失。

自几百万年以来，我们一直都知道，我们坠入时间之网。

维也纳又近在咫尺了，就好像我从未离开过。我是搬到了卡尔·克劳斯家里了吗?

成功，是我们在报纸上占据的版面。成功，是某一天的厚颜无耻。

那孩子还没开始害怕人类。她也不怕动物。她曾经怕过一只苍蝇，有几周，她还怕过月亮。"现在，她害怕苍蝇。要是有苍蝇靠近，她便会哭起来。若是那只苍蝇在她小床的四壁大摇大摆地闲逛，她就会战战兢兢地蜷缩在某个角落里。"

人只有在没有欲求的情况下才是自由的。那么人们为什么想要自由呢？

他的感激之情让人们扭过头，并且张开血盆大口。

因卡尔·克劳斯而形容枯槁。我失去的所有时间都花在了他的身上。

渡过了持续了两天的悲伤状态之后，我读了卡尔·克劳斯。我读了第五幕中那个牢骚满腹的家伙的独白，我读了《悼词》（*Nachruf*），我读了很久，并且这一次，让自己不加偏见地尽情感受他那"装甲语言"的力量：

它牵动着我的心灵，赋予我力量，它将被遗忘的骨架交还给我那死尸般僵硬的身体，我终于得以重温五十到四十五年前的经历：用卡尔·克劳斯来建设与巩固内心。

其中包括这些话语本身的结构，它们无情的长度，无尽的数量，它们的难以预见以及整体目标的缺失，每一句话都是它自身的目标，而唯一重要的事情就是：不管通过任何方法，只要你还感受得到其中的热烈，那么就尽情地让它们的匀称与均衡来感染你。若是你自身便是热烈的，不管是何种性质，那么你甚至可以更加强烈地去感受这些话语的力量。卡尔·克劳斯的装甲语言不能以冷冰冰的态度来阅读。也不能用知识分子的眼光来进行审查。好奇的头脑是轻盈的，真正的知识只能乘着翅膀来获得，通过卡尔·克劳斯来获取知识是不可能的。他不在乎知识，因为知识是不能用来谴责的。卡尔·克劳斯给你带来的是洞见，倘若通过他的激发，你具备了洞见的能力，那么，他也就增强了你对抗**不想要的事情**的力量。去了解你**应该**不想要的事物，是件十分重要的事情，然而，这种了解是必须怀着厌恶的心情与坚定的勇气来进行的。我们可以简单地称之为"道德律令"。这种标签和用法反而会造成其效果的丧失。如果你用绝望的、不安的、脆弱的一面来接触卡尔·克劳斯的装甲语言，你就会有一种感受，仿佛它们来自于燃烧的荆棘或是西奈山一样。

值得注意的是，他根本不具备丝毫上帝般的气质，有的或许只是那种曾经具有宗教色彩的索求的绝对性。这种绝对性已然变得世俗，并且侵占了上帝威吓的声音，却丝毫没有考虑过自己到底在做什么：恫吓，惩罚，冷酷无情。

这是只有在卡尔·克劳斯身上才如此易于观察到的讽刺作家的一面。这与他把世界大战本身作为他最大的和最原本的惩罚对象的观念，与他对于现代科技战在所有的面相上的无人可比的透彻认识，以及他针对战争的斗争——不像其他吃了败仗才幡然醒悟的大多数——始终如一的坚定态度，都息息相关。出于对战争的仇恨，他自己（如果可以这么说的话）——如同许多预言家一样——自始至终都是盼着失败的，他真正的立场是**受害者**的一方，其中包括人、包括动物。

如果说这样的一种行动并非由激情所推动，那么就太天真了。我们很有理由不信任激情，但是不能够回过头来单单指责他的激情，甚至说想要驱散他的激情。如果真的存在一种合理的激情的话，那一定是他的激情。就算指向我们有的都只是并不具有说服力的事物，但这也绝不是一句空话；那是一种无与伦比的、极度饱满的热忱，只有没听过他讲话的人才会觉得是虚情假意。

时光倒流是不可能的。我做不回二十二岁的自己了。我不可能重新走回那些被曾经的我视作自由、给我翅膀的强制力量之下了。

今天读卡尔·克劳斯的信件时，我看到了很多新的东西。我不可以怀着感激的心情来读。我只可以尝试着去理解，信件的作者是一个怎样的人。我不仅仅是自己，我要像那女人，即信件的收件人一样，聆听他的话语。

我愈发坚定地相信，思想产生于群体性事件。但是，群体性事件是大众的过错吗？难道他们不是毫无防备地陷进去的吗？能够避免这种情况发生的，得是一个怎样的人呢？

这就是我对卡尔·克劳斯真正感兴趣的原因。人们得能够建立**自己的**群体，才能保护自己不受其他群体的伤害吗？

父亲的头脑瘫痪：这个刚开始讲话的孩子比他还要非同寻常。

"儒贝尔[1]"，最轻松、最柔和、我最爱重的法国道德家。

儒贝尔的出生地，是本世纪发现拉斯科洞窟的地方。我曾经到过离蒙提尼亚克很近、离孟德斯鸠不远的地方，要是那个时候再稍微走远一点的话，就可能踏上蒙提尼亚，到达儒贝尔那里。

"Un seul beau son est plus beau qu'un long parler.（优美的声音比漫长的谈话更美。）"

1975

不要让旧日的信件来歪曲往日时光。

疏忽的核桃。

"这不仅仅是一匹有着烙铁灼痕和马鞍磨痕的马，它宁愿战死，也不愿再度屈服于人类的掌控。"

1　约瑟夫·儒贝尔（Joseph Joubert，1754—1824），法国文人。

没有兄弟的国家：谁都没有**一个**以上的孩子。

他不愿意**详细**地虚构出一个人生，于是就写下了自己的人生。

持续愤怒的困难。

以年少时的形式，重述同样的话。

打磨疑虑的工匠。

正如我们不知道一个人可以做哪些好事一样，我们同样不知道他可以做哪些坏事。

多少疏忽已久的事情向你扑面而来啊!

细数少年时光，于你并没有丝毫损失，反而，在往事的字里行间，会浮现出忽略已久的事物，而你会因这些曾失去的事物而变得更加充实。

剩下的不过是将名人与名誉**混为一谈**罢了。

没有人是为图某人的**各个方面**才与之交友的，这算得上是腐败。

当你足够经常地**不**去履行你的计划，才学会了生活。

诀窍就在于为了不执行而去做正确的计划。

遵从**自己**的人与服从他人的人一样会有窒息之感。只有朝三暮四之人，也就是那种向自己下达命令、却又逃避任务的人们，才不会感到窒息。

有时，在特殊情况下，窒息是对的。

重要的是一个人**内心**缝隙的宽度，以及**缝隙之间**的宽度。

思想靠偶然为生，但是得抓得住它。

把一个人放到世界的语言中去。无法理解的东西使他变得更加睿智。他尽量避免将隐晦颂扬成美德。但他感到时刻被晦暗包围。

呼吸不会被凝炼成结论。

世界，越来越老，而又愈发宽广，他与未来连成一片。

字母表的起义。

语言遗忘术的教科书。

他为自己带到世界上的新联系付出了代价。

对他的**感激之情**疑虑重重，一种更加精致的傲慢。

有一个国家，那里的人们随着一阵轻微的砰声爆炸了。从那以后，他们就消失得无影无踪、一干二净。

他被越来越多愚蠢的人物围绕着，每一个都是他自己。

我知道我什么都没做。就算我提醒自己，还有许多人连这一点都不自知，又有什么用呢？

他可能怀有比历史学家知道的更生动的历史。历史曾是他的绝望，如今依然是。

你不如卡夫卡可靠，因为你已经活了好久。

但是那些**年轻人**也极有可能会寻求你的帮助，来对抗死亡沼泽。

作为一个一年比一年都更加鄙视死亡的人，你很有用处。

一个人可以一无是处，可以一败涂地，但也可以凭借仅仅一件事上的始终如一而有所成。

如果能找到一个用同样生硬的方式说出这话的兄弟，那就更妙了。

已故父亲的肖像，悬在维也纳的床头，约瑟夫·加尔大街，一张苍白的、从未有过任何意义的肖像。

他的音容笑貌都在我心头。

我从没见过他任何一张让我不觉得荒唐的肖像，从未读过一句能使我相信的文字。

在我心中，他一直有着比他的死亡更多的意义。我会颤抖地思索着，要是他还活着的话，得变成什么样。

所以等到你自己面对死亡时，它就成了意义、辉煌、和荣誉。

然而，死亡之所以是这个样子，只因为他不应存在。它之所以是这样，是因为我对着它高举起死去的人。

接受死亡并不是什么荣誉。

不管我在哪里真正的恨过，死亡都不曾有一次曾带走我的仇恨。也许这也是一种不承认死亡的形式吧。

"我的视野，我赖以存在的地方。"

——摘自布克哈特书信

他荒废了赞美的艺术，于是不想活了。

他的生命是由多少蔑视组成的！

一筹莫展，因为她离开了他。

忧虑不安，因为他再也感觉不到她了。

412

思想的伪君子：一旦受到真相的威胁，他就躲藏到某个思想的背后。

十字架上的基督，旁边吊着强盗们。
互相同情。

非常多、非常多的，甚至是所有的事物都想要存在。神秘，大家为自己找寻的藏身之所：**渗透**如此之多，可是一切都保有其一致性。

有没有一种思想的价值在于不再被思考？

审视自我的人，不管他愿意还是不愿意，都会变成其他诸事的研究者。他本在学习观察自己，但突然之间，倘若他诚实的话，就会有其他的事物的显现，如他自己一般的丰富，甚至，因为是最新发现，所以更加丰富。

不信任任何思考结果，只因为思维可以自圆其说，自我阐释！

我还记得他说出"消费"一词的方式，贪婪，就如同如今许多人说出"富有"时的嘴脸，或许也有点像红酒鉴赏家，而且同时做出一副祝愿"消费"得肺痨的样子（英语："he is consumptive"）。然而后者还是不太像，原因是他那条伸出来舔舐嘴唇的红舌头。对于他来讲，"消费"一词是一个不需拆解的关键词。这个词在他的语言里十分生僻，即太过浅显。

原子弹爆炸后还能够说出"客观"一词的人们。

一个没有年岁的世界。

卖弄伤感情怀的拙劣艺术。

很多错综复杂的关系常常都是由法家解开的，比如说，一个奴隶同时侍奉两个主人，如果他其中的一个释放了。

——波斯

观察衰败的进程，老朽由此进程得到体现，而非通过情绪和夸张来记录。

所有的激情都倦怠下来了，尤其是那份对于永恒的热忱。"长生不老"已然变得累赘而恐怖。这也许与人们只会遗留和想要摆脱情状不明的事物的这一特性息息相关。

给了自己更多的鄙视，但痛苦却依然不够强烈。人们向往旅行、活动，却不愿接受地点转移。对于侮辱，反应越发激烈，人类越来越难以相处了。崇敬的情感愈发地少了，而其力量也日趋微小。

记忆中断了。但一切都还历历在目。就算是被遗忘得一干二净的事情，也会再度出现，但得是**它自己**乐意的时候。

把心脏翻过来，直到它不愿再做一颗心脏。

你可以烟消火灭一段时间，但是，要确保自己事后还可以星火复燃。

一份重要的证词：

"有人曾经对我说，他觉得，一个白种人死去的时候，其他的白种人所表现出的悲伤与震动，根本没有当布须曼人失去同伴时那样多。'白人那么多，'他说道，'布须曼人那么少。'"

——洛娜·马歇尔

"比如说，**我们**必须要保证猪在没有痛苦的情况下走向死亡，因为不然的话，肉质就会因为血液中含有过高的肾上腺素而堪忧。"

——丹麦某高级猪饲养员

他越来越频繁地发觉，自己会发出人类已无药可救的念头。这是在试图推卸责任吗？

你的每一次炫耀都会减少本身的价值。
描绘一个被庆贺消磨殆尽的人，直到他一无所有。

用你的崇敬来消除他的威胁。把他们洗得干干净净、理得整整齐齐，将所有拙劣的品性扫除一光；就算是没有眼睛的人，也可以歌颂成目光炯炯，卑鄙奸诈之徒也可向周遭投出善意的目光。他凭窗坐在汽车上，照亮了一道风景。

一个总是寻求折中的诗人——难道这也算得上是诗人吗？不管是什么东西到了他的手里，他都会进行调整，以求把它限制在自己的框架里。如此闭塞的人生，能够真正了解他人的人生吗？

他对作品修整化约的做法，让我感到十分心痛。他从未给我带来惊诧。而总能够成功地给读者带来平静。他没有疾飞突进的气势和摧枯拉朽的力量，他缺失溃败潦倒的滋味和怒不可遏的状态，他也从未领略过穷凶极恶与穷追不舍。他的讽刺永远舒适，他的幽默绝不越矩。他甘于贫瘠并引以为傲。

真正的歌颂者是孤独的，不然，他的颂歌就一文不名。

如瓦尔泽一般奇特的人物，没有人能够创造得出来。他比卡夫卡还要极端，没有卡夫卡就不会有他，而他同时也造就了卡夫卡。

卡夫卡的复杂是属于地点的复杂。他的坚韧是那种被束缚住的坚韧。为了脱身，他成为了道家。

瓦尔泽的机遇缘于他平庸的父亲。他天生就是道家，而不必像卡夫卡那样，得先让自己成为道家。

他优美的书法成为他真正的命运。有些东西是不能用这样漂亮的字体来写的。现实要因根据这一手好字而做出相应的调整。只要他的书法还能给他带来快乐，他就可以靠写字为生。

当他写不出这样的一手好字时，他就放弃美观的字体。住在黑里绍的数十年时光里，他可能对于这种美观的字体产生了畏惧之情。

罗伯特·瓦尔泽总是能给我带来源源不断的感动，尤其是生活中的他。他具备所有我不是的样子：无助、无辜、还有一种蠢得让人心醉的真实。

他真实，却无需与真相进行正面交锋，他真实，只因面对真相时，他总绕道而行。

这些并非是托马斯·曼的那种无匹而又理智的眼花缭乱，托马斯·曼总是很清楚自己意味着的是什么，而他的纷繁复杂只是为了炫目。瓦尔泽**向往**这种理智，却无法拥有它。

他想要平庸，然而却不能承受人们指责他的平庸。

可进行**伪装**的报纸，总是那一份。

用讽刺来颂扬。

这种恒久的感觉，坚不可摧，即使死亡、绝望、对他人或更杰出之人（卡夫卡，瓦尔泽）的热忱，也不能减损其丝毫：我拿它没办法。我只能怀着厌恶之情来记录它。

可这是真的，只有在这里、在我的桌旁、面对树上的这些让我二十年来都激动不已的摇曳着的叶子时，我才是我自己，只有在这，我的这种感觉，这种妙不可言的笃定感才真正完好无损，或许，我**需要**拥有这种感觉，才不至在死亡面前缴械投降。

大祭司一脸淡然地告诉我，我的某一个前世里在中国生活过。

我大吃一惊，随后，接下来一连几天都对中国提不起丝毫兴致。

跟这个每隔几个月就会在这或在那碰见的 G 君，你总是讲着最为私密的事情，而且，你自己说着说着就觉察出，这些话有多么不符实。

原因可能是，他，一个昔日的诗人，当了祭司，一个十分漂亮的祭司，他找到了一条与逝者相见的道路，而且走得笃定无比。

在你看来是一场悲伤，而对他而言却是降神会。

我只了解**一种**救赎之法：让饱受威胁事物都活着，并且，在拯救的那一刻不去在乎这场救赎将有多短暂或多漫长。

有时候，他会被一种**一切都为时不晚**的感觉所占据。

所以他还没有对永生感到绝望？

你只能够逃到另一种死亡的态度中去。永远都无法逃脱。

在拜占庭，灼目是一种用来剥夺某人权力的手段。但丹多洛——威尼斯总督、拜占庭真正的征服者、后来坐拥拜占庭八分之三土地的领主——本身就是个盲人。

我无法忍受那种把一切都能联系到一起的作家。

我喜欢那些对自己设限的作家，他们在才智的庇佑之下写作，缩手缩脚地提防着自己的聪明作祟，却又不弃之如敝屣。或者那些并不熟悉自己的聪明而是很后来才获得或发现这一点的作家。

有的人，见微知著，顷刻即通：神奇。有的人，不断要人道破关窍：可怕。

某人被判处接受重新阅读自己所有信件的惩罚。还没读多少，他便受到重创。

他想引起我的敌意，却白忙活一场。我早就不拿他的仇恨当回事了。

对**每一个**生命感到惊讶：这是怜悯吗？

419

匆匆一想便不加斟酌而草率说出的话——我们可以拿它跟经历数十年审度和检验的结果相提并论吗?

他身上只剩下唯一的一样东西是取之不尽的了：耐心。然而所有新鲜事物都必然来源于不耐烦。

你要直击他的内心? 哪个心?

人到晚年心怀更加宽广，是一个具有欺骗性的想法。人们的心胸并没有变得更加宽广，只不过是对**其他**事情更加敏感罢了。

每一次凌辱都弹无虚发。但他并不知道击中了哪里。

他追寻过往，就好像过往永不更改一样。

预言家感受到了上帝对人们的威胁，他们觉得合情合理。在人们自己威胁自己的今天，预言家迷惘了。

1976

每个人都需要重新面对死亡。
不存在什么可以套用的规律。

那个身负诸神厚望的最后的人类。

若是失去了他，诸神会变成什么样子？

自我意识的筛子。

你不能把少年的经历当作后来的人生的宝贵手册。其中一定含有挥霍、失败和浪费。

如果说在回顾少年时光时，你只发现了你本来就知道的事情，那你一定在说谎。可是，我们能说每一次失败的尝试都有它的意义吗？

每一个依然存在在我记忆里的人，都对我意义非凡，真的是每一个。不谈起他们，而让其退于记忆的深处，会给我带来极度的折磨。

一些事我已经找寻不到了，而其他的我又避之不及。还要尝试多少方法？

为什么只有在恐惧中我才真正是我自己？我是为了忧虑而生的吗？只有在恐惧中，我才能认清自己。然而，仅仅需要跨越一次，恐惧便可化为希望。可那却是对**他人**的忧虑。我爱过人类，我为他们的生命感到过忧虑。

"科尔基斯"（Colchis）一词：非常之早。要不是"科尔基斯"一词，美狄亚（Medea）可能对我根本不会产生任何意义。这些名字互相之间的联系至今依然让我感到真实而迷人。

可我有些不解，为什么奥德修斯（Odysseus）要通过波吕斐摩斯（Polyphem）和卡率普斯（Kalypso）才得以在我的心目中诞生。瑙西卡（Nausikaa）也参与了他的形象的勾勒，整个少年时代我都很厌恶佩涅罗佩（Penelope）这个名字。

我觉得问题出在名字本身上。但不管怎么说，在波吕斐摩斯的故事里，奥德修斯是为了他才成为"没有人"的。

在我看来，墨涅拉俄斯（Menelaos）因为他的名字的原因跟帕里斯（Paris）一样可笑。特伊西亚斯（Tiresias），妙不可言。

我想要探寻奥德赛（漂流 Odyssee）一词的奥秘，然后在我自己身上找到了它的源头。

有一种东西叫做"个人专属词源学"，它取决于一个孩子早期接触的语言。

在我眼里吉尔伽美什（Gilgamesch）与恩奇都（Enkidu）这两个词都很惊心动魄。在我十七岁时，它们才出现在我的生命里。这有可能是受了我早期读的却不明所以的希伯来语祷文的影响。

我得归拢一下所有最早的、并且在我心中依然保持此等地位的西班牙词语。

在苏黎世的那些年，但凡是要**说**的，我都会避开所有的罗曼语。拉丁语也毫不例外，我会觉得它是一种人造语言。尤其是可以随意调节词语位置的拉丁语诗行，总是跟我作对。撒路斯提乌斯的散文我却很爱，我是以此来为塔西佗做准备

422

的，影响深远的拉丁语作家。

求学时期，最让我感到最失望的就是没有学希腊语。对于没有坚持一意孤行，反而听凭希腊语的道路在我面前封锁，我感受到的是一种精神上的缺失。罗马人物之中我极爱格拉古（Gracchen）兄弟。

这种对于词语**本身**的严肃探究，应当算是我少年故事中的一部分了。

直到受到了瑞士方言的影响，我才完全转而投入德语的怀抱。在维也纳的早些年里，由于战争的原因，英式思维还仍占据着主导地位。

在鲁斯丘克："Stambol" 一词。果蔬词汇：calabazas（南瓜），mereněenas，manzanas（苹果），criatura（孩童），mancebo（少年），hermano（兄弟），ladrón（小偷），fuego（火），mañana（明天），entonces（然后），culebra（蛇），gallina（鸡，因为这个词后来对高卢人有好感），zínganas（吉卜赛人）。

名字：Aftalion（阿夫达里昂），Rosanis（洛桑尼斯），后来 Adjubel（爱德朱贝尔）。

我的祖父有一个表达鄙视的词汇，叫做"走廊"（corredór）（指的是一个四处乱跑、哪都坐不住的人）。他讲出这个词的样子是那么地轻蔑，以至于我对这个词，这个词所包含的动作，以及总是静不下来的人们，都早早地开始感到着迷。我很乐意成为一个"走廊"，可是又不太敢于去做。

一开始，德语挺吓人的，因为当时必须得学会。后来，终于学成时的那份自豪又被战争造成的语言滥用给摧毁了。因为一首歌的原因，那差不多是当时唯一的一首歌了，我对"Dohle"（寒鸦）这个词产生了好感，如今，我仍然深爱着这个词。我对于鸟类的兴趣，以及后来演变成的热忱，就起源于"Dohle"一词。这首诗歌里与它押韵的"Polen"（波兰）——那一句是："若我死在波兰"——于是也变成了一个神秘的国度。

对我而言，瑞士语是个和平的语言，因为我是在战争最紧张的时节从维也纳赶来的。然而瑞士语是一个很强硬的语言，具有强劲有力的表达和与众不同的脏话，所以，这"和平"也并不温和、更非柔弱，这是一门凶悍好斗的语言，可这个国家却处于和平安定之中。

英语对于当时的我来说一直处于不可侵犯的地位，这是因为我父亲就是以这样的一种心醉神迷的状态学的英语。当他讲出英语词汇时，会表现出一种十分强烈的信任感，就好像那些词语都是他所信赖的人们一样。

直到过了好久，我才真正懂得，根本就没有哪一种语言是丑陋的。如今，我把每一种都当作唯一的语言来倾听，倘若让我知道有某一种语言处于垂死的边缘，我将会受到巨大的震动，就仿佛地球要灭亡一样。

没有什么是可以与字词相提并论的，倘若它们遭到损毁，那么这将是对我的极大折磨，就好像他们是可以感到疼痛的生灵。不懂得这一点的诗人对我来说就是一个不可理喻的怪物。

但是，一个不容许创造新词的语言会有窒息的危险：会憋得我透不过气。

孩子身上仪式性的形成：一切东西都要按照她熟知的样子一成不变地重复发生，同一个空间，同样的人，同样的方式。如果过程中出现了什么变化，她便会大发雷霆。很长时间以来，她都一直对名字保持着高度敏感。一个打趣她的新称呼，她会觉得是一种辱骂。于是便四下扑腾，哭将起来。她会一遍遍地重复自己了解的而且喜欢的名字，以要求你说出来。你若不说，她绝不会善罢甘休。而听到了熟知的名字时，她就会平静下来，之后马上就变得安安静静，好像没有发生过任何事一样。她的情绪来势极凶，而走后却又是一片风平浪静。但是，所有的事情她都记得，她会用几个月前听到或察觉、但之后从未有人再提起的事情，在突然之间吓你一跳。

有时她会驱逐我离开她的房间。"去他自己的房间。"由于我总放任不管，她就扩大了她四周的主权范围：她正试图禁止我进入前厅和走廊，这样看起来就好像我只有使用我自己的房间的权力，而除此之外一无所有。

无论对什么事情，她都会先说个"不"字，而且这一声"不"成了她真正的乐趣所在。她很爱说出一些明知是错的东西，然后一脸期待地看看你，等你做出反应。你若是强调说这"错了"，她便会欣喜地笑起来。听人家说某件事"错了"，是她的一大乐事，也是一种在我们身上试错的乐事。

动物——基督教：怜悯人类。

上帝被人类给打断了。

那里，他们用鲜血沐浴，因此，继续做着奴隶。

厌恶他人的分量，厌恶这一众纯粹的血肉之躯。
那你自己的呢，又会惹谁厌恶？

难道人类的善意只不过是自负而已吗？
想要减少自负的话，让他们少一只耳朵这样够吗？
这种愉悦在何种程度上依赖于他们之间的相似性？

命运女神的门徒。黑蜘蛛的丝。

一个没有天空的信仰，对于这样的信仰来说，天空还没
有被从大地上撕扯开来。

克劳斯·曼[1]的最后提议：（著名）作家的集体自杀。
在这样的一群人之中，只有他能够跟他父亲比肩。
他从小就有死亡的欲望，来源于他的父亲。
我只见过他一次，谈着美国文学，在维也纳。

1　克劳斯·曼（Klaus Mann, 1906—1949），托马斯·曼的长子，著有《梅菲斯特》。

他的每一句话都没等说出口便溜走了，他看起来十分轻盈的样子，而且似乎正因处于这种状态而并不快乐。他所说的话无一不是人家曾经说过的，他会觉得每一句话都被人抢先占用了，因此便又抛开了来，去寻些其他的话。可话头都还在嘴里，他便又意识到这是些旧句子了。这便是他的认识了——每句话的来源。他的轻盈缘于这些语句的丧失。他本想用一句话来哀叹他的人生，用一句已离他而去的话。哀叹人生，因为这样的话，他就不会向往死亡了。然而，对他来说，找出那样的几句话是不可能的事。也许他本来是有几句的，却根本没有察觉，他不断注意到的只是些别的事情。

后来，我们就和其他的人坐到一起了，但他却并不是真正意义上的坐着，他挪来蹭去，跳起又走开，一会转向这个，一会又加入那个，到他那看了看，又去找别人谈一谈，谈话时他也并不看着那人，虽则看了这么久，但他似乎谁都不想看的样子。他所说的话，没有一句会留在你那里，甚至都几乎没在他那里停留过，也许其他人经历的也是同样的情形：我不觉得他独处的时候会有所不同，我想，他总是与许多人同在，却又只身一人。

恋爱的话，他已太老。他无视自己，正视除此之外的一切。

赫拉克利特几乎什么都没留下，因而他永远都是一个崭新的人。

427

从来不善始善终，总是开个头又留个尾，难道这纯粹是老奸巨猾者的计策吗？就这样为了不结束**自己**而开一千件事的头？

比起所有维持下来的虔诚形式，有一种宗教迁徙更加使我动容：绝迹了的民族，像旅鼠一般，踏上宗教迁徙的道路，却正是死在此救赎之旅途中。

我依然坚信这个想法：我们可以从单个神话研究中，得到比进行只会歪曲事实的横向比较研究，更多关于神话本质的认识。

如果上帝就是那个**不确定因素**，你还会追随他吗？

但凡不把句子前后排列起来，他就会觉得自己写的是真相。

发现了一份五万年前的文件。历史崩塌了。

他与尚未放弃希望的逝者建立了一个特殊联盟。允许他们秘密地到来，然后供给他们食物。

然而，也会有根本不认识的挤上前来，那都是**别人**的逝者，他们非常坦诚地说：没有人照顾我们——他不忍心拒绝他们，就让他们跟他的逝者共享食物，而他的逝者们也表示非常赞成。他们互相之间嘘寒问暖，新的友谊诞生了，大家都不像生前一样挑剔，只要有人在就满意了，或许大家也都期望着，能够了解一下自身处境的新近情况。

这位 B 君，谎称自己在用自杀来驯服死亡。不等到说服所有人相信死亡的无与伦比之前，他是不会动手自杀的。

最要紧的事：与傻子谈话。但得是真的傻子，而不是你说的傻子。

太多了。人们死于逝者的超重。

他的一部分已经老去，而另一部分还没有诞生。

所有不曾亲眼所见却已有所耳闻的事物，都延续着他的生命。

让梦平息。

他总把爱情挂在嘴边，却不允许任何人靠近。

交汇点的哲学。毫不虚假的密集。

他的朋友，总想要事事**圆满**，而因此牢牢地抓住死亡。

我们的存在，形式贫瘠；生灵万物，形态丰富。

即使只是把万物一一枚举，一辈子也根本不够用。更何况是想要去认识它们。

勇敢地一直重述同一件事，直到让它永不磨灭。

新鲜的事物沉入他的脑海里，就像陷入一个泥潭。思想的沼泽。

没有人帮助我，我不允许自己拥有神明。

现在，他们都可以用各自的神明对我来伸出援手，而且各有各的理。

可我根本不想有理，我想找寻自力更生的办法。

我找到了吗？

我非常理解一个人可以对自己产生仇恨。可他若是既恨自己又恨别人的话，我就不能理解了。倘若真的恨自己，那他不应该为其他人并**不是他自己**而感到很庆幸吗？

你要用每一种方式来跟自己对话，你也是一个人物，但是你要知道，而且绝不能忘记，你是众多的人物们之中的**一个**，而每一个人物都有同样多的话要说。

人们应该用赞美来认识自己并**不是**的样子。

最初的邂逅中确定性因素：热诚或厌恶。这温暖或冷淡，并非是展现给新相识的人们的。邂逅即是我的火山。

他已经认不出自己了，但尽管如此，还是依然呼吸着。

他被踢进光线里。他快乐吗？

我越来越沉浸于审视内心的话语了，它们来自于不同的语言，一个个地闯进我的心里，于是，除了对着这样的一个个话语进行沉思，我别无他求。我把它们捧到面前，来回把玩，把它们视作一块块石头，但并非宝石，它们栖身的大地，是我。

他把小费递给自己，从左手交到右手。

他开始了告别信的撰写。为此，他给自己预留了几年的时间。

那里，人们最多可以赠予他人二十年，不可更多。这是一种真正的牺牲，因为你并不知道自己还余有几年的时光。每一份爱情都可以靠获赠的年数来衡量。这种交换会带来麻烦。如果一场爱情走到了尽头，人们会对于已赠出的时光懊悔不已。挥霍者与小气鬼，一切都以时光为基准。有权势者，不惜一切为自己夺得岁月。为父母者，替孩子乞讨寿命。为子女者，靠馈赠为父母续命。人们的生日礼物是续命仙丹。

荣誉使他感到羞耻。荣誉直戳他的心脏。他需要更多的荣誉，来走出这羞耻的阴影。

引诱动物成为人类。

他寻找着尚未被人嚼过的语句。

1977

我内心什么都没有改变，但确实，在说出敌人的名字之前，我时常会感到犹豫。

经历一个动物的死亡，但以动物的身份。

执着于生命——这是自私吗？如果是别人的生命呢——这才是真正的自私吧？

他试图反驳支撑自己存在的基本信念。难道这信念才是最为严重的奴役行为？倘若把每一次生命都看作是可以收回的礼物的话，这样会轻松一点吗？这样就没有任何东西是你的一部分的，就如它本就不属于你一样。

人达到一定年龄后，就无法忽视**影响**这回事，不管是因为不具备影响力而对其作出一副鄙夷的样子，还是有得太多，以至于产生了畏惧。

　　无法**塑造**一个有求必应的人！

　　牺牲某些话语——如果这是救赎之法的话？

　　为了不忘记**她**的痛，他咬向自己。

　　想出一种可以驯服死亡的消失之术。

　　"他们睡着了，"他对孩子说道，"但再也不会醒过来了。"
"我总是会醒过来。"那孩子高兴地说。

　　可如今已可想而知，一切的美好都会在弹指一挥间消失殆尽。
　　那么叛乱在哪里，在哪里？
　　在万事万物所在之处，皆有顺从，皆有上帝与上帝的意志。

　　书写的最后几次抽搐。

　　他想要找到不会被任何人遗忘的话语。他们应属于每一个敢于在死亡面前掷出此话的人。

如果你已走到了跟自己清账总结的那一步，那你就一定要想想：

死亡的逼近所造成的改变，即使只是改变的错觉，一种紧张感，一种严肃，一种只有你的存在的真正核心才最紧要的感觉，一种除此之外不可言他的必要性，因为你再没有改正的机会了。

如果真的可以将死亡推迟到一个让人不会发出死之将至之感的距离，那么**这种**严肃又何在呢？那么最为关切之事又会是什么，会出现接近其分量，且能与之并驾齐驱的事情吗？

我还欠一笔账，没算清之前我还不可以消失。

这是唯一对**我**没有用处的事情。

这笔账并不能坚定对抗死亡的信念。如同辩解一样，它只会带来怯弱。辩护是不可能达到跟无情的进攻相同的效果的。

只有在这样总结之中，我才依然是穷尽一生都想要成为的人：没有目的，无视效用，毫无意图，不加毁损，自由，人所能拥有的最大限度的自由。

人若太早对死亡的经历展开双臂，便再也做不到将其拒之门外了，你会用伤口呼吸，就好像它已然变成了自己的肺一般。

"可悲啊，那些名头比作品更伟大的人们。"

——父辈的教导

别诠释，别解释。让那些愿意想破脑袋的人有事可忙。

最新的快感：拒绝任何形式的公开行为。

每个人都太过于依赖另一个同样会犯错误的人。

难道只有在后人身上唤起的温情才最重要吗？
那么往日回忆中的气息和毫无惶惑话语呢？

对于生存，我做了足够多的思考了吗？我是否太过于局限于涉及到权力的本质的这一问题，是否由于我对此的一味热衷而忽略掉了其他的、或许并非次要的问题？究竟要思考什么才能不至于遗漏掉大多数的事情？难道一切的发明与发现的实现都是以忽视最要紧之事的为前提的？

或许，这就是我要写我的人生，而且是尽可能完整地写我人生的一个主要原因。我还要把我的思想都归入到源头去，让它们散发出更加自然的光芒。我也极有可能因此而赋予了它们不一样的重心。我不想做任何修改，但是，我想重新获得我的一生，想要把它从思想中取出来，然后再度注入其中。

受冷落的宇宙。遭荒弃的宇宙。

摘自维特根斯坦《文化与价值》："我不能跪下祈祷，因为我的膝盖似乎已变得僵硬。我若变得柔软的话，便会惧怕消解。"

"野心是思考的死穴。"

"哲学家之间的问候应如是：多给自己点时间！"

"对哲学家来说，愚钝的低谷中也总是会比聪颖的秃岭上长出更多的草。"

想要逃避自身声望的自杀者。

那懒汉总是对着自己喋喋不休，再恶心、再破落的事情，甚至是彻头彻尾的失败，也都值得评述一番。虽然没有任何人听得到——至少对他来说会造成一种假象，仿佛自己仍旧拥有自我咒骂的力气。

在文学中，做到隐而不言这一点十分重要。其关键在于，要让人感受得到，隐默者所知比所讲要多得多，以及，造成沉默的不是他的狭隘，而是智慧。

最为让人痛心的，莫过于昔日的健谈者晚年时的沉默了。我指的并不是智慧的缄默，那种发出于责任心的沉静。我指的是失望的沉默，那种哀其一生过往皆为虚度的无言。是一种于旧日无增、较今日徒减的老迈，一种宁可自己从未活过的失意晚景。

日子变成了水滴，每一天都是独一无二的一滴，别无杂质，一年便似大半杯。

歌德的惊人之处，在于他对于自己一生的**分配**。他总是能够一再地抽离出自己所生活的时代，不仅懂得去推动自己的转变，而且懂得对这些转变进行充分的利用。他懂得善用自己的新想法，而且，只会在人们太过沉迷于他旧有的内容时，才会推陈出新。

他具有极度实用的一面，那是一种令人惊异的面面俱到、处处留心，因为他总是以诗人自居，却又时刻隐匿这一身份。从未有过一位诗人如他那般不喜挥霍，而正是他的这一节俭的态度，使人在晚年时对他感到最为厌烦。

他憎恨自我毁灭，就如他憎恨挥霍。

老父亲雅各布说过："做外地人，比接纳异乡人更有价值。"
——父辈的智慧

满足于曾经有过的零星几个新的想法，于是便故步自封，活动在一个**匮乏**的世界里，是一件危险的事。这样的世界很虚假，就如同你想要修改的其他世界一样，以自己独有的方式虚假着。

再短一些，再短一些，直到剩下一个音节，一个道尽一切的音节。

可他真正欠自己的那本书会远比《卡拉马佐夫兄弟》要长。

"因而，或览素丝而哀其变色，或临歧路而悲人之别离。"
——《徒然草》

猜忌的小步舞。交换你的敌人！

在音乐之中，通常总是在**行走**的话语，都会**游动**起来。我爱这些话语的步伐、轨迹，爱它们提顿的方位和进行的距离，对于它们流动起来的样子，我却极不看好。

你可以不知疲倦地阅读同一个作者，崇拜他，钦佩他，赞美他，将他捧至云端，记诵他的每一句话，你可以时时将他挂在嘴边，却又不受其一丝影响，就好似他从未对你有过任何的要求，不曾对你说过任何的话。

他的话语只会引起读者的自我膨胀，除此之外毫无意义。

你的笔记有着一副特殊的语气，就仿佛你是个经过过滤的人。

一个人的能力一定会将其引向更强者的崇敬。

就让突如其来的事突然来临。

一切让你感到不解的事情，后来都会以模棱两可的形式得到解决。

闭口不谈死亡。——你能坚持多久？

晚饭时，我问她想不想懂得动物的语言。不，她说不想。我问：为什么？犹豫了一下之后，她说：这样我就不用害怕自己了。

1978

约翰·奥布里[1]自小便对各种手工感兴趣，但同时，他对某个世界书籍诞生**之前**的口头传统也怀有浓厚兴趣。

他对人们讲述的任何东西都不抱有偏见，愿意倾听所有事情，包括妖魔鬼怪之说，他总是不知疲倦地要求人家讲故事。对于他人，他深怀感恩，而面对父母，却毫无谢意，只要老师拥有足够多的知识，他便对其崇拜不已，学习和体验

---

1 约翰·奥布里（John Aubrey，1626—1697），英国博物学家，著有《不列颠历史遗迹》《名人小传》等作品。

是他生命的全部。那时正值英国分裂时期（17世纪），内战已席卷整个国家。他面对只拥有那**一本**书的人们毫不留情，因为他热爱**所有**的书。历史对他而言是看得见摸得着的东西，在狩猎时，他撞见了历史，发现了埃夫伯里祭祀圣地。

他具有现代人一般的好奇心，而且是在那个现代性刚刚**创造**出自己，且尚未演变成一幅嘲讽自己的讽刺画的时代。这份好奇心适用于一切，对所有事物一视同仁，而其中享有最大程度好奇心的是**人**——什么造成了人们互相之间的差异，是他最为关心的问题，而通过奥布里得以流传于世的人数不胜数。

他对人的描绘永远都只是一个开端，他总是为日后的补充留下更大的空间。或许仅为一句，又或许有上百句，但每一句都传达着具体而又奇特的东西。一件为如今的众傻瓜所不齿的轶事，会被曾经的奥布里视为财富。你只需看看，这本含有近一百五十人的记载，囊括超过二十部小说丰富内容的区区一册，便可想而知了。

奥布里不具备完成某一件事的能力，这才是他真正的天分。能够在某种程度上拥有这样的天赋，应该是每个人都梦寐以求的事情，包括那些已经形成善始善终这一习惯的人们。

在这条路上，他越走越远，以至于严格来说他并没有一本属于自己的书。也正因如此，他写下的一切才显得愈发激动人心。

能够化约成一本书的东西，衰老的最快。而奥布里手上的一切，都保持着生机勃勃的样子。每一条信息都只代表它自己。而接收信息的好奇之心同样清晰可感。即便在纸上，也仍旧能激发人们的好奇心。

他的信息都是被激起的信息，因为它们并不具有任何目的，它们就是自己的目的，它们根本不是任何的目的，它们只不过是它们自己而已。从四面八方搜罗了不计其数的描写素材的奥布里，实则是一个收集反对者。他不对收集而得的东西进行编排，不为其理出秩序。他要的是意外，而不是编排。这或许与我们今天的报刊具有相似的形式，但却与之迥然相异。因为，有且只有他自己一人收集素材，而且他也不将素材排到某一天上。正相反，他要的是保存。毁坏与遗忘会使他怒不可遏。于是他孜孜不倦地完成了他既具有探寻意义，又具有永恒价值的作品。

他总是说的比想的多。他该如何是好呢？是该减少**自身**还是语句？

很久以后，他才遇见自己早年的气根。

一只狗头，绝望地向我打探他主人的下落——我该告诉他真相吗？

他躲藏到上帝之中。他最喜欢在那里害怕。

一生经营阴谋之人：终有一日，一切的旧日秘密都会浮上心头，将他们胸中胀满不可泄露的往事。

没有什么比独一无二更可怕的事情了，噢，这些幸存的人错的多深！

他再也无法**把握**恐怖至极的事物了：它们松开了他的掌握。

他在一处立于危险与崇高之间的绝壁上住下：只有在这，他才被允许写作。

竞价出售的一天。

笔耕的老朽，破烂不堪的字母。

上帝鄙视他那失败的创作。一个建立在弱肉强食基础上的创造——它怎会成功？

他将自己抽成丝，编成牢笼。

你若是游历得更多，所知便会更少。

拓宽想法，擀宽面团。

波塞冬，美妙的词汇。拯救之海的轰鸣。

在很小的时候，那孩子对于一切动物的名字都深表同情。

"帖司庇修斯向我们保证说，不幸的命运，是会降临在那些自以为免除了刑罚，却又再度被抓获的人们的。像这样的灵魂，他们的子孙后代都得来替他们赎罪。

帖司庇修斯看到了几个灵魂正受着他们子孙后代的灵魂追逐，他们对于为之受尽苦楚而感到愤怒和怨恨，于是如同蜜蜂或蝙蝠般蜂拥而至，嗡嗡地啃噬着他们。"

——普鲁塔克，《论天网恢恢的迟延》

模模糊糊，遮遮掩掩，欲言又止，沦为神谕。

访客让他记起了自己。

好奇心减退了，现在他终于可以开始思考了。

他只在自己建的桥下行走，其他别处都有恐惧将他驱逐在外。

陨落之前，星星或许被赋予了决定未来众星数目的权力。

他向一个男人问路，那男人指了四个不同的方向。

重新改写信件，时隔多少年了啊。

铅笔开辟出了条条穿越晚年沼泽的大路。
铅笔不躲不藏，毫不气馁。

他目前只是为了表象而阅读，但是他写的都是真的。

那些需要的时候才浮现出来的想法，他一把推开，扔到有用物品的袋子里。
那些突然闪现的、来由不明、含义不清的想法，他要趁其尚未消散牢牢抓住，他的珍宝。
但他必须得认识到，越来越多的想法都来源于恐惧。该怎么辨认呢？靠重量吗？

用毒药，为概念注入活力。

报纸，忘掉前一天的手段。

他死了，按照他的钱财的遗愿。

他赞美战争，而且年事过百。

一个像花儿一样绽放又合拢的孩子。

太多空间，太多空间，他憋死了。

一个灵魂，在自己的语言里瘦削。在其他的语言里长膘。

如今的他几乎已完全变成他曾经憎恶的样子了。只剩没有乞求死亡降临了。

记忆也快要变质了。动作快点！

自从有了一个孩子，他有了**更多**时间了。

创造一个远古时代的人，发明他的声音，他的语言，将他与外界隔离，直到他对自己笃定无比；然后再将他引到现代人中间去，并让他做他们的主人。
像以前一样。

有一个人，他把自己的眼泪收集起来，存在一个小罐子里面，作为药剂出售——治什么的呢？

有一个人，若人家距他一臂远，他便无所不能，你若让他靠近些，他便百般无能。

永恒已被废除，谁还想活着？

你思考的对象已经永远地固定下来了吗，不会再有新的对象了吗？

有的，只是你不信而已。

他感觉自己好像是由十个囚犯和一个看守他们的自由人组成的。

他活着就是为了妨碍自己。

他想要沉默，却也依然要倾听，想要无需死亡的岑寂。

直击他心灵的句子，让他无法承认的句子。

长寿的危害：你会忘记自己为什么活着。

一个永不消逝的鸣响。

你忘了吗，你曾经一心扑在权力上，其他任何事情都无法入你的法眼；你忘了吗，你从未考虑过成功或是失败，纵使无疑会失败你也总是义无反顾？

贯彻、成就、胜利一度是让他最为反感的词语。现在却已经对其无动于衷了。他睡了吗？

聋子哈特姆

聋子哈特姆的善心十分广博，有一次，一妇人在向他求问时放了个屁，这时他便对她说："大点声，我听不清。"他这样说，是不想让那妇人感到难为情。于是她便提高了嗓门，而他也回答了她的问题。为了避免有人告诉这老妇人他并不耳聋的真相，他在她活着的十五年来，一直假装耳聋。她死后，他总是立马对问题做出应答。而在这之前，不管是谁跟他谈话，他都会说："大点声。"于是大家都称他为聋子哈特姆。

——法立德尔丁·阿塔尔[1]，阿尔贝利译

静静地盘桓在老地方，是件很美的事，若是处于向往已久的新地方，也是件很美的事。

但最美的事却是，你可以确信，当你离开那里，那里也不必毁灭。

我不理解我所认识的这种忧世情怀。我满意这个世界吗，我赞同这个世界吗？并没有，但我曾猜想，它本身就有着一种 通过自我改善来进行自我维持的能力。我不知道我是哪里得来的这种幼稚的信念。我只知道，这一执念已然被剥夺，手段强硬，势不可挡。我还知道，我已变得无比谦卑。当受到灾难的恐惧所折磨时，我常常告诉自己：也许一切还至少

---

1 原名阿布·哈米德·本·阿布·伯克尔·易卜拉辛（1145—1221），波斯著名诗人和思想家，法立德尔丁·阿塔尔（Farid al Din Attar）为其笔名。

能够维持现状，也许并不会变得更加糟糕。这是我能做到的最大程度了，同时我也咒骂着这生命的这一可悲的结果。

白天，我还能够这样告诉自己，晚上，我就只能听见毁灭的声音了。

感伤于即将降临之物，不管是用希望，还是用惶惑，你都无法护它周全。

一个人，若他连曾住过的一间屋子都不能够放弃——他怎么可能放弃一个人。

一个没有哀鸣之众的世界。

过去的种种总是美到极致。人们总是愿意听人讲述那可怖的过去，但只要一经讲述，这些怖事就变得太过美好了。
而能够活着度过这些事情所带来的欢愉与满足，对其描述更是添了一番增色添彩。

他不想要会咬人的思想了，他想要让自己轻松呼吸的思想。

他读的**最后**一本书：无法想象。

那把小椅子，孩子走到哪就拖到哪。只要是能拦着路的地方，她就在小椅子上坐下。稍稍等到有人来，她便看看人家，站起来，抬起小椅子，又把它搬到下一个关卡。

话语的前哨。

当年的"活得危险"，如今听起来是多么的奇怪呀！就好像是有人在拿那些旧日的危险开玩笑一样。

潮汐的动荡：我们。

自从他把一切都忘了以后：他知道的便更多了。

"她把自己锁在一个存放画像的房间里，也向它们讨要起施舍来了。"

——《古斯曼·德·阿尔法拉切》[1]

由于害怕繁琐，所以他宁愿做个文盲。

他将自己写成碎片。

他工作，是出于对自己双手的恐惧。

---

1 《古斯曼·德·阿尔法拉切》（*Guzmán de Alfarache*）是文艺复兴时期西班牙作家马特奥·阿莱曼（Mateo Alemán，1547—约 1615）的一篇流浪汉小说。

向死亡保持开放是件危险的事情：你从不允许自己受到保护，可以免于死亡。因为，如果你丝毫不认可死亡的价值，如果你把**衡量**死亡视作罪孽，如果你像禁止自己死亡一样禁止他人死亡，那么你每一次面对的死亡的威胁，就都会像是与它唯一一次、以及第一次的遭遇。

你做不到告诉自己说，不管怎样，无论如何，只要来了，我便认了。它的来临，我无法决定，而它是否受他人控制，我也不得而知；不管发生了什么事，也都在我能力范围之外了，我没有请死亡到来，他来了，是因为我无法抵抗，我并不缺乏意志力，我对抗死亡的意志力相当强大，然而，我面对的事物比我自己更加强大，没有什么力量是能够胜过死亡的。

你不可以说这样的话。你灵魂的肉体是质朴而天然的，而只要这对你还具有意义的话，它便会一直保持如此，会一直存活，而这一点，对你总是具有意义的。

那么，有没有那么一件武器，有没有那么一张盾，是可以护在你所爱之人和你自己面前的？有没有那么一席正派的话，一次宽宏雅量的放弃，一次崇高地谅解——针对你内心对众人的不公态度，一个超越这一态度的想法，一次确定的差不多归程，一份承诺和一份对此的信赖，一次脱离于或腐败或炙热的肉身的独立，一个要用撑开的鼻翼来嗅的灵魂，一个绵长的梦，一只沉睡时的手，一番与所面临的威胁相称的宣言——没有，什么都没有，而说了**什么都没有**，也无法使你平静下来，什么都没有，因为，那或许会给你带来迷惘的希望，永远都不会熄灭。

留下痕迹，太少。

在七十五岁才开始的新生命里，他忘掉了父亲的死亡。

纵使对他至关重要，他也再无法说出**人**这个字眼了。

大自然的**狭隘**是存在于她巨大的增殖力量之中的。她让自己陷入窒息，而我们给自己造成的窒息，对她来说不过是雕虫小技而已。

有时候他觉得自己长着一副假的、由上帝装上的眼睛。

强大的朋友每个人都想要。但是他们要的，却是更加强大的朋友。

来了。什么来了？他一直都不敢去想的事情。那它最终会导向一场对死亡的告白吗？他又会重拾自己一直以来都顽强抵御的胆怯吗？他会加入死亡赞颂诗人的队伍吗？他会比所有遭他厌恶的弱者更加软弱吗？他会崇尚自己的满腹腐朽，又将之奉为自己的精神的法则吗？会撤回曾代表他生命的意义与骄傲的全部话语，而转而拥护死亡为唯一的救世圣殿吗？

都有可能，一切都有可能，可悲的自我背叛，在某些时刻会可能全然转变为真理，所以，无论过去如何，未来又怎样，话语要代表的一定得是**其自身**，而非话语的历史。

每当我读到这令人耳目一新的语言时，我自己的话语便也充满了新鲜活力。语言与语言是**互为**彼此青春的源泉。

他强逼着我，要我向弗洛伊德发出致命一击。鉴于我自己**就是**这致命的一击，我做得到吗？

每一次的大屠杀，都无法阻止下一次的发生。

那个男人，他失去了记忆，而曾经所有的相识在他眼中也都失去了本来面目。

各个句子离他而去之后，他登时便轻松许多。

写作，直写到你自己都不再相信你的不幸了，沉浸在写作的快乐之中。

化恐惧为希冀。诗人的伎俩，也可以说是贡献。

追忆吧，只要你尚有可追忆之事，追忆吧，**心甘情愿**地投入回忆的怀抱，不要对它嗤之以鼻，因为回忆，它是你所拥有的最美好、最真挚的东西了，而一切错失了的记忆，便都一去不返，永远丧失了。

一语多言。无穷的语句。

一年之久，他都没有再用过一个形容词。他的骄傲，他的成就。

翻看旧日的文字，会让你变得消沉无力。比较好的、也比较正确的做法是，凭空地去回忆。旧拐杖会对回忆造成妨碍，把它绞进车轮的辐条。

德·迈斯特的一生仅凭借着少数的几个想法维持。可他信得多么坚定啊！即使已重复千百遍，**他**也不觉丝毫厌倦。

上周沉浸于德·迈斯特足足两天。但最终难以承受，**跳脱了出来**，现下我自问，这两天里都发生了什么。我有了什么样的变化，他呢？

现在，我对他有了长足的了解，甚至了解得太多，以至于产生了反感，或许我以后再也没有可能读他的作品，也做不到像以前一样痛恨他的思想了。

一个人是否虚度一生，这取决于这个世界变成了什么样子。若它缠乱如麻，那么人们也一同凌乱（若世界吞噬了自己，那么人们也会被一并吞噬）。若世界拯救自己，那么这场拯救里便有人们的一份功劳。

每一次进入到下一个想法之前，他都会朦胧睡去。是想在梦里遇见它吗？

蒙田作品中的讲述者"我"。"我"是空间，不是立场。

她问我，法国文学中，除了司汤达还喜欢什么。我自己也惊讶地发现，第一个浮现在我脑海的名字，竟然是儒贝尔。

问题的敏感。它已然在为回答感到难为情了。

最后一棵**树**，这就如同想到最后一个人的景象一样，让人痛苦。

在这四分五裂之中，**我完整**着。不然的话，我便是残缺不全的。

构成了回忆之书的所有陷入遗忘的书籍。

每一次于外界的亮相都带来不便，另外也包括后来的记录形式（比如那些所谓的介绍性的图片、带子）。
演员如何生活，他们还**保有**属于**自己**的东西吗？

每一种动物给你带来的震撼其实都来源于你自己的不近人情。它们或许可以吃掉你，但永远无法赶尽杀绝。

"动物"一词 ——人类所有的不足都在这一词里了。

自从触摸过星辰后，一切就都不一样了。

到了手掌心的东西，人类舍弃过什么？

"这一世的一瞬胜过下一世的千年。"

——努里，摘自于法立德尔丁·阿塔尔

没有一种死亡是崇高的。有的只是，对他人而言，可以忘怀的死亡。同样，这也并不崇高。

1979

索福克勒斯的《埃阿斯》:《埃阿斯》真是让我束手无措。它蕴含的，比我领会到的要丰富的多。

其中包含的动物的屠杀与折磨也只是从**我们**的视角而言，并非诗人的意图。毕竟这绝非**光彩之事**，因为动物们并无防御之力，也绝不会有英雄会与兽物作战。

两个伟大时刻：奥德修斯看到并获悉埃阿斯对付自己的计划之时。他的身影，出现在那疯狂之人的眼前。第二个瞬间是当埃阿斯从疯狂中清醒过来，认清丧命于他之手的受害者的真实面目之时：英雄沦为屠夫。

但这两个瞬间如此的震撼，以至于其他的一切都黯然失色了。关于葬礼的争论、奥德修斯的高尚情怀，这与埃阿斯的仇恨，与他面对那看不见的**奥德修斯**喝道"看你如何奈何得了我"的场景相比，是多么微不足道啊！

而奥德修斯，面对疯狂的埃阿斯心生**畏惧**，并且向女神承认了他的胆怯——精彩啊！我们甚至可以说，他为死去的埃阿斯安葬的原因，正是出于这份恐惧！但并非如此，他对墓穴是怀有虔敬之心的！就这么简单，而这样也显得他对于死亡很有恭敬谦顺之意。

埃阿斯：刻画鲜明的屠夫形象。一场实为**疯狂**的屠杀。一份英雄（奥德修斯）面对屠夫的畏惧——他才是真正的目标。

恢复神志的屠宰者，尊严扫地，于是**切腹自尽**。随后便是夺回他被剥夺的安葬荣誉的论战。最后的这一部分中令人失望之处在于，当英雄被揭露为屠杀者之后，英雄冢便再无指望了。问题在于，前面疯狂的埃阿斯的部分做了**太多**展开。而后续却再不能完全将其完结。(女神所扮演的角色不甚体面，不值得拿出来讨论。)

这部戏剧里的真正的群体是那群遭受屠宰的牲畜。

把牲畜看成希腊人的埃阿斯，其疯狂异常可怖。然后是阿伽门农话语里的那股统治者的傲慢。最后是奥德修斯的和解，他主张为埃阿斯筑建英雄冢，主要是源于他对于所有这些英雄本质上的认识：他亲眼见到屠戮之中的屠杀者，可尽管如此他自己也想拥有一个陵墓。他给予了埃阿斯他自己想要的东西，也在阿伽门农面前表达了这一点。但是他做的比这要多：他退出葬礼，因为埃阿斯会不喜他在场。

当埃阿斯自以为已被自己杀死的人们的再次现身时，那场面十分可怕：先是奥德修斯，最后是墨涅拉俄斯和阿伽门农。简直如同死而复生。癫狂之中所杀之人，事实上都依然活着。

还有那加之于牲畜的苦楚，它们代为人类所受之苦楚。那场杀戮之后的疲于战斗。埃阿斯——他该回家吗？他如何面对父亲？父亲们总是执着于战斗的，那是斗士的荣耀。

那位沦为"战利品"的女人塔美莎是一个十分直接和率真的角色。父母逝去，家园尽毁之后，她就追随于他的帐中，如今他就是她的父母、家园、丈夫以及一切。哀叹，无所不能的哀怨，声声悲鸣。

开场特别妙：奥德修斯搜寻着种种**踪迹**，像猎人一样悄悄潜到屠杀者的身畔，窃听着关于他的纷纷流言。雅典娜——可悲的女神，向奥德修斯证明了自己的不可或缺：她的手段倒比潜伏还要高明。她将疯狂降至埃阿斯头上，只因他放弃了她所提供的帮助。

《埃阿斯》中最值得欣赏的是其中的**断裂**、它的不完美、那把自杀夹在其中的左右为难。

战争与杀戮是展现疯狂的主体部分。关于杀戮者的英雄冢的事宜占据了整个的二部分。（能够想到的原因有，本身也曾号令军中的索福克勒斯，也同样为埃阿斯的厮杀、屠戮、酷虐的景象所震惊，以至于他**一定**要帮助他取得英雄冢——也算是为他所见到的杀戮的真相而赎罪。）

他宣告与所有的大人物脱离关系，给自己骗来了一套最为卑微的小人物的命运。

他们之间的距离，当年是运转中的传送带，如今是停滞的绝望。

他收集着口干舌燥的细节。

我不想知道自己曾是什么样子；我想要成为我曾经的样子。

若只是对各色人等怀有好奇，那么这并不能称作是什么功绩。予以人们容身之所，仍旧称不上是功绩。变化多端，也还是谈不上是功绩。

在我们的人种之外再添上绿种人和蓝种人，这简直是个毫无意义的愿望。

如果各族人民都荒疏于聚集拥簇。

若他当时没有倒地身亡——如今你拥有的会是另外的一番信仰吗？也会像你现在的信仰一般无可动摇吗？

到底是什么致使人们坚定信仰，坚定到会去感染他人？

人们能接受一个不具有感染力的信仰吗？

他会向自己诉说一些写下来才得以成真的真理。在无数笔记中的某一册里，他自说自话地畅谈着，而这些笔记终将遭到焚毁。他很清楚这一点，可写下的东西会让他心境平和，就仿佛自己依然拥有那古老的、遗失已久的渡过难关的希望。

写作不用指南针？我心中自有一条指针，它总是指着它的北极——结尾。

他把希望裹进空气里。

被早年作品那骇人的真实性吓到。
如此入木三分的真实，已不是日后的你所能达到的了。而事实上你不过是瞎忙活一场。

他把它悬在那口古老的大钟——上帝身上。
可难道那些崭新的大钟会比较好些吗？

他的幽幽呜咽的知识。

不惹人怀疑的辩解。

活在一个不知名讳为何物的国度里。

让我静悄悄地回来吧，不要任何人知道。

时间在收缩。每一刻都更短了。

宿命之中最可怕的一个：死前成为风尚。

"我从不向记者讲真话。"

——威廉·福克纳

越来越多的老年人来欺骗他。他都可以及时发觉。至于对自己，却依旧毫无察觉。

空间就像个虚假的躯壳，你在里面想要破壳而出。

他屏住呼吸，开始绽放。

噬神者和他的辘辘饥肠。

难道不是每个人都要推敲出一句吗？为这般只会遣词造句、别无他能之人，集句造册。

所有曾有过的想法都向他告退了。

抵御清晰明了。

将自己交付给报纸；回避报纸。不安定的潮与汐。

让他最为震撼的是的是那副伊俄上的，也就是说木卫一上的，火山爆发的图画，简直比首次登月还要震撼。

尼克松在月球上的图片使登月这一事实变得不再可信。活火山的图片使木星卫星的存在成为事实。

杰利柯[1]，某位阔绰父亲的毫不叛逆的儿子。事实上，当儿子三十三岁英年早逝之时，这位父亲也不再拥有任何财富了。同时，父亲老年，也痴痴呆呆了起来。这位顺从的儿子就这样让父亲老无所依。

你总是一再地记录印证你想法的事物——你最好记一记那些反驳和削弱你观点的事情吧！

由千头万绪之中拓展你的思路，而不要由一丝半缕的想法出发。

若想弄清某个哲学家与你的观点的相悖之处，无需谙熟他的每一个字眼。做出判断的最佳时期，或许是在你只听了他说出几句话的时候，而随后的每一句话，都会对这种了解削弱一分。重要的是，要及时认清他的脉络，并且尽量在你扯坏它之前从中全身而退。

1　西奥多·杰利柯（Théodore Géricault，1791—1824），法国浪漫主义画派先驱。

为了从我们自己的修辞术中找到出路，需要借助外来的修辞，以及它所能引起的憎恶之情。

地球是否能够继续存活尚且难料，而每一个以此为前提的行动与想法，都已然成为激烈的赌博游戏。

为了达成不确定的状态，你变得多么苍老啊！这也并不是什么怀疑论者的光明**悬置**，你的不确定是黑色的。

他去世的时候吐出了这几个字："我终于什么都不知道了。"

他很害怕讲述**新**的东西。

关于结局的思考：无法承受之节俭。

多想。多读。多写。针对一切事物发表你的意见，但要以**缄默**的方式。

你可以做到触碰自己的早年人生而免遭责罚吗？

他到底什么时候会说出：去他的！去他的永生！

你总是反复说着同一番话。这太过简单了。你能不能有那么**一次**说相反的话？

一位身披耀眼光华的百岁老者，他除尽一身衣衫，赤裸前行。

有一个人决定说，要从一开始就把希腊人从地球上抹掉。
那便只剩下一样：结巴。

关于城市，我只能畅想，因为我见过**其他的**城市。
是希腊人最早对一个又一个城市进行畅想的吗？

我已经活到了看着身边的人们一个个离去的年纪了。这种晚年的恐惧也算是我自寻烦恼。可逐年变老而不必眼见他人逝去，是件不可能的事；除非你能做到在自己变老的同时，也**带着**他人一同进入同样的年纪。
神奇的想法。

补充上私密事件不就解决一切了吗？那大家还出得来吗？——传记的危害。

昨夜，于时隔多年以后，再读《李尔王》。还是如早年间一般的震撼。开头那极需适应的"骑士"高雅语言，很快便一去不返了，而这语言与李尔王最初的傲慢态度极为相符。寇蒂莉亚的话不能言、她对姐姐们所使用的那种天花乱坠的语言感到的无所适从，以及她的**一言不发**，造成了一种效果，仿佛那高贵的语言从她的身上消失了一般——两个恶毒姐姐的身上马上便起了变化，而这种变化是一种原本面目的揭露，而非性格的发展。阴谋者——格洛斯特伯爵的私生子，非常的阴险，他那极致的虚伪是整部剧中唯一贯穿前后的东西，但是，因为物以类聚，即他与这两姐妹臭味相投，因为他与她们两个都十分般配，而两姐妹又同争他一人，竟使得他们三个得以形成属于他们自己的真正的核心，这也成为了故事整体之中一个可靠而坚实的部分。

这部剧中充斥着各种各样的伪装，包括那些**善意**的伪装。其中的一个场景极为精妙：埃德加带着他那失去双眼、意欲跳崖自尽的父亲走上了多佛尔悬崖，当时，父亲还没有认出自己的儿子。埃德加本是一个"好"儿子，但却蒙冤被逐，于是从此伪装为疯子汤姆。他的赤身裸体与他的语言一样，都是他的伪装。丧失光明的格劳斯特（父亲）不愿多活，而这位受他错怪的儿子，则得按他吩咐，以一个同情的陌生人和带路向导的身份，来协助他达成此愿。父子两人都受尽苦楚与折磨。然而儿子假装将父亲带到了计划中跳崖自尽的地方，向他描述了深渊的景象，说服他相信自己已纵身投入死亡，又在最后的最后向他描绘了头顶上，**一跃**之前所站立过的地方。他想用这样的方式来**治愈**他的轻生之念。他表面上并不违背父亲，表面上满足他的愿望，以自杀未遂的方式，带领那盲人走向自杀的**结局**。若要阻止自杀，简直没有比表面上的实行更加明智的方法了，而昨夜之前，我自己也并不知道，我钟爱《李尔王》的原因之一，就是这个。

自从 1923 年，十七岁的我初次对这部剧有所领悟之后，那些立于荒原之上的人物在语言上的**平行性**就让我久久不能忘怀。先是埃德加，他假扮疯子，因此完全出处于理解范围**之外**；再有李尔，风暴之中，他走向癫狂，这一状态的发展我们是与他从头至尾共同经历的；还有肯特伯爵，隐姓埋名的忠诚仆人，他为隐瞒身份而操持起**另外**一种语言；再者是格劳斯特，连接邪恶世界的纽带，他也断断续续地让人认他不出。通过特定的语言方式，所有程度的隐秘都得以表达。我们大可以称之为声音面具。我后来所描写的东西，都是在这里形成的原型，而且我也知道，从那**以后**我时常援引这里作为参照。

这部剧里的死亡，是赤裸裸的死亡本身。善良的寇蒂莉亚，继她的恶毒的姐姐之后，也死去了。不以死亡为区分，不存在只因理应活着便得以生存的说法。最后死去的是最老的人，也就是李尔自己。在承受了极端痛苦与经历了一切之后，他总算在的死亡中获得了些许宁静。恶人们先是自相残杀，而好人的唯一的特权也只是能够在临终前得知他们的死讯。

久别重逢之中蕴含着一种**昨日依旧**的愉悦。

有一面之缘的还未出现，时时相见的已不复存在。

责怪别人的差异性，就好像他们有义务处处等同似的。

死了，就连孤独也做不到了。

一个目不识丁之人的读书心得。

我若翻阅起那段奴役生涯中的"火把"，便会被恐惧所侵
袭。每一个被解放的奴隶一定都有这样的感觉。

用确切来营造一种虚假的氛围。

两只乌贼之间的兄弟之吻。

1980

陷在第一个时辰里的一天。它永远不会结束。

他们看到我们了。我再也无从得知了。

他不再学任何东西了。他只学习如何更好地忘记。

他吻了吻她的最后的一个想法，便溘然离世。

庸庸碌碌的后辈。因自己的感恩之情而心满意足。
他们并不知道到底感激何人。

他厌恶赞美，但却总是用心倾听。

能够过上日复一日重复不变的生活——不是档案管理员——是件非常美好的事。

他潜入了我的身体，从此我便不曾再见到他。他拼命地攫取着空气。他再也不离开。如果他释放了自己，我会怀念他。

只要将某件事成为回忆，便可引起人们的重视。

我要的不是废除死亡，这并不可能。我要的是**放逐**死亡。

我在三天里看见的新人，比我用一年时间描绘的都多。丰沛的时期会抵触语言最久，贫瘠的时期执着于言语。

英式的一切都变得对我重要了起来，但只限于语言上。我很少与那里的人们扯上关系，那里的话语却能牵动我的心，就仿佛是源于某一遗失的语言一样。
身处那里对我同样不可或缺，如同是一种强制的义务；但有那里的语言或许也足够了。

只置身于**一种**语言之中，对我来说是不可能的事。正因如此我才如此地沉迷于德语，因为它同时能让我感受到另外一种语言。**感受**这个字眼用得很对，因为它并非处在我的意识里。然而每每碰到能够唤起它的东西，我便会喜不自胜起来。

他只学习自己购买的东西。

你真的要走了，却没有任何事发生，你什么也没有做，只是偶尔看了看本该做的事情。

即使只是**想象**自己的死亡，也是一件不可能的事。这种想象似乎并不真切。可以说是最不真切的事情了。为什么你总是说它有违真实呢？不过是缺少经验罢了。

"According to the defense experts World War three will last at most half an hour. （根据国防专家的说法，第三次世界大战最多能持续半个小时）"

因为总得想着这一件事，就会**更**想其他的事情。

在大战在即的情况下，人们该从哪里获得满足？有信仰的人们该去祈求谁的帮助，无信仰的又该拥戴何种自由？

一切都会过去的，这种话可千万别说！因为那最后四百年[1]的威胁会一直存在，会膨胀到山崩地裂，会悬在生者的头上[2]，愈来愈重。

如今，阅读已带不来任何助益，抓不住任何知识。陷入迷雾。

1 指的是耶稣降临前的四百年。
2 指的是达摩克利斯之剑。

泛黄，或是冻结的思想。

骗子的坦诚。

缩了又缩，直到他自己也不理解自己了。

"喇合引诱了每一位仅仅只是念出她名字的男人。"

难道说就没有可能把很多人的人生叠加为**一个**人的？

一个所有人都认识你，而你不认识任何人的地方。

度过了担惊受怕的一生后，他终于如愿以偿地被谋杀了。

记录人们接受死亡的时刻。

如果**触碰**到道德，那么道德就是狭隘的。真正的道德早已变成了你的骨架。

以自己的死来威胁别人，这是活在人群之中的一个重要生存手段。

一个总是想着死亡的人，不可能做到对此闭口不谈。他要怎么做，才能不以死亡为要挟？他该**假装**自己长生不老吗？尽管他自己也不信？要他在一个孱弱的年纪故作刚健有力的样子？怎样演刚健？如何算有力呢？

寻找一方尚未命名的土地。并不存在。

常常被人拿出来讲述的故事，总是能让人联想到荷马。因为这些故事讲得最为频繁。

一个"现代"人是无需为现代性添枝加叶的，因为他本不必与之对立。顺应时代的人，就如同抖落的虱子一样，从死去时间脱落。

回忆之中有很多东西，是经过频繁讲述，在经年累月中形成了固定的形态，而鲜少有改观了的，我们可以把这些称为生活的传统。

还有一些从未被再次忆起、然而在写作过程中才被唤起的东西，它们只在落笔的瞬间才跃然显现，它们鲜活无比，呼之欲出，简直鲜活得让人开始质疑它们生动性。但是，即使在疑虑中，你也很清楚知道它们有多的真实。而造成怀疑的，不过这些事物现身时的大胆冒失与不容辩驳罢了：一件从未想到过的事，可你却对每一处细节都无比笃定，这怎么**可能**呢？

有的人会期待你表达出这种你不愿承认的怀疑。要你**讲**出，你曾疑惑过，即使这疑惑对于回忆的形成并无半点意义。因为，这些回忆来得出乎意料，却又不容置疑，只不过是因为它们太过真切，才引起了这些疑虑，而这完全是百无一用的附带产物，能源分配的一个过程，与回忆的**形态**毫不相关。

通常是那些自以为知道自己要回忆什么的人，会期待人们强调疑惑，希望人们在疑虑中多加盘桓，就好像展开怀疑之人会因为他的怀疑而变得更加真实似的。事实上，他只会变得更弱，他只不过是抢先他人一步发出疑虑而已。若是出于此种目的的话，那么他粉饰的不过只是假象，他并没有勇气面对其他的那些未经粉饰的，未经疑虑雕饰的东西。

成年人可以从欺哄孩子中获得乐趣。他们会觉得这是件很有必要的事情，但是确实也乐在其中。孩子们很快就会摸清门路，开始自己练习欺骗了。

《圣经》中最有感染力的地方：万千赞美集于上帝一身。

人们根本无法预知一个孩子的未来：因此，很多父母会诱导孩子走向某些特定的职业，以及他们自己所熟悉的事务。他们想要拥有更多预见他们未来的可能。假若真的如愿把孩子培养得跟自己一样，那么他们就会想当然地认为自己知道将来孩子身上会发生什么。

事实上什么都是有可能发生的，因为孩子将面临的生活环境之中，没有任何一个因素是已知的。

预言，是一种恶意的欺骗。预言家的威力，就在于他的心怀恶意。每一次的逾越都会让他满身戾气。他让每一次的逾越都无法回头，让每一次的逾越都附带着一份恐吓。逾越几次，便有几次恐吓，如此永无休止。你还能想出比预言家更令人厌恶的事物吗？

可你为什么把预言家称为骗子？预言家的疯魔是他的通行证，而他们也同样正视自己所带来的威胁。

其欺骗性在于他们会让你相信他们的召唤能力，而这往往始于自我欺骗。然而，只要他找到了一个观众，那他便会不惜任何手段去迷惑更多的观众。沉溺在自己的警告声中。

他一直在向我发问，直问到都忘了我是谁了。

他数着我的敌人。

那些围绕死亡展开写作的人们，他们谈起死亡时，就好像提起的是件很久之前的事情似的。

去做一个不同的人，另一个不同的人，再另一个。或许我们也会以他人的身份，与自己重逢。

最后一支铅笔已经被吃得精光。

一个苟延残喘的人，因为他曾受到过侮辱。

一只装满信徒的大鲸鱼。

我不知道真理本身到底是怎样的。我感觉我的生命要被它耗光了。

当我直挺挺地躺在那里的时候，我的真理会逃向哪里？我担忧是它的命运，而非灵魂的命运。

"重要人士"的负担：谦卑的包裹。

即使头脑恢复清醒，它能做到的最多也只是预言了。

悲痛，**虽然**只是徒劳？这应该就是它的意义了吧？

一个从未注意到送葬队伍的人。

人类所**不敢妄想**的认知。陷落在好似灵薄狱一般的地方。

为了能一个人待着，他装出瑟瑟发抖的样子。

一群哈欠连天之徒。

我不信会有人懂得言语是什么。我自己也同样不知道，但我能**感受**到它，我就是由它造就的。

他的每一次新书通告，都纯粹是为了写出与之**不同**的作品而宣告的。

只有在阅读时，他才是快乐的。要是写作的话，便更加的快乐。但最让他感到快乐的，是阅读到自己尚且不知的事情之时。

"从头开始"这种事不再存在了。跨过分水岭。

他讲着同一番话，可呼吸的蒸汽却不同。

就算你告诉自己，你再也记不住新的东西了，那也无济于事：针对衰老进行表面上的冲突，才是最要紧的事，而这一冲突也是你身上发生的最后一件事了。

也许只是为了让闲置的旧事恢复生气，用这一碰撞将其唤醒。即使无法让它们产生什么变化，至少也使其进入动态。

关于名字，我尚处在未**开化**的状态：我对名字一无所知。我曾经历过它们，仅此而已。我若真的知道名字到底是什么，我也就不会让我的名字任人处置了。

成为大人物中的一员，是一件很辛酸的事，即使是在死后的未来才成为他们的一员。

人们向往的是赞美，但渴求的却是仇视。

不管你对于触碰三十年代有多么抵触（就像对于先前的二十年代一样），它也是一定会来到你面前的。

你越是不惜任何代价地躲避一件事，它就越会找上门来。

他用早些年的人生为他的晚年博取了听众。

不无道理，因为他当时已经不惜力气、拼尽所有了。

死亡已然以各种各样的形态降临了：威胁、拯救、事故与悲痛、以及多年来千变万化的罪恶。于是，他获得了驱赶死亡的力量。就这样，一直到今天，他还是在不断地将死亡向后推去。

荣誉收割者。

如今，学习变得专横压制了起来，却也是一场枉然。

吟唱着的污秽。

他给了话语一年的修整期。

动物真是越来越让我不解了，也许是由于我自诩懂得人类几分的原因。

我对任何事物都做不到视而不见，任何活着的。

观察，意想不到的观察：一直红毛猩猩抚慰了他的畏惧。异己，比人类自己还要重要、奇特，与费解。

人们是应该想要一无所知的吗？这没有人能做到。难道人们会不想知道更多的东西吗？而对此人们又在旧习惯之中陷得太深。失去得越来越多，看着自己遗忘，自由现身之时长长地舒一口气，愉快地被它绊住，因为你并不认识它，变得轻盈，微笑，像在音节里一样呼吸，因为词语已太长。

我去到了动物那里，再度在它们身畔醒来。它们如同我们一样爱吃，可这并没有什么关系，因为它们从不谈论吃。我感觉，在我的生命最后的最后中，还能给我带来一些触动的，就是动物了。对于它们，我只有惊奇。我从未理解过它们。我知道：我就是这样的，但每一次却又各不相同。

生命的哪些特质——你所了解的——让你感到十分振奋？它在记忆里的生生不息。

城市的名字，它们在岁月里变得多么迫切和美好啊。

信件，像遮眼罩一样。

如果人们义无反顾地拒绝了生的卑微，那么又能够容忍多少死去的人呢？

他对着太阳说话，那孩子认真地听着。现在那孩子在说话，而他，倾听着太阳。

一个从未创造出一句话的人。他并不哑，但是就是没有造过话语。他会觉得极费劲吗？还是轻而易举？从未有过一句话，只言片语都没有。他倾听别人的言谈，若他喜欢，便挪为己用。若他不喜，便默默不言。一个幸运的人，因为没有任何事物可以对他造成伤害：他连自己的话语都不必害怕。

那恐怖的人在寻找自己恐怖的祖先。

我的生平故事之中，主人公并不是我自己。可又有谁会信呢？

提前睡饱，为了再无睡眠的后半生。

七十岁之后，他摆脱了**所有的信件**。还剩下了什么？这些记录是一生最大的伪造品。没有什么比在这伪装背后踏寻真相的踪迹更为艰难的了。

像你这样的任由身体的各个部位散落各处，我们可以称之为懒惰吗?

把一个教派从中间切成两半。

未完成的事物才更好。它会给你悬而未决之感,让你保持不满足的状态。

为了呼吸,他又陶醉地讲起故事来。

所有的诗歌都无法展现世界真正的景象。能够提供我们这个世界的真实而又可怖的图景的,是报刊。

"而死亡从生灵的联盟中消失。"

——海伯利安

他要告别诸神,这是最难办的事。

他塞满了知识。他一无所知。他仍旧一心求知。

奥尔梅克的巨型头骨:容纳得下一整个历法的空间。

"He is a lesser figure than X(他是一个比 X 不重要的人物)"——英国人多爱说这样的话啊!也不想想,他自己一会要钻到哪条地缝里,蛆虫。

纯粹只是因为想要使用"minor"与"lesser"这样字眼而成为批评家的人。

名望与名望相加是名望，但穷人依然贫穷。

早餐要一杯泪水。

会为他的批评对象容光焕发的真正的批评家。

小个子男人在换马。

他们差点就把他杀死了：用"成功"一词。但是他果断地一把将其夺下，撕了个稀巴烂。

"对象"一词，是你一直以来都像躲瘟神一样回避的词语之一。而"主体"一词，你却用得得心应手。

果戈理身上的生动是他的冷酷无情。这无情就如同他的恐惧一样的庞大。他的讥笑，是他用来脱身的手段，然而他的恐惧却时刻警醒着。

让我受骗，这并不难。可难的是，让人觉察不出我已知情。

如今，他眼看着别人染指他的生活。"野蛮人"，他说道，却不把自己计算在内。

在最短的句子中长眠。

被嫉恨修剪掉的，名望将它双倍扫回。

即使是你认清的、求来的、赢得的东西，也会从你手中脱落。就好像是你故意将一切扔到地上一样。我们总是送走属于自己的东西，把它们交付给地心引力的规律。

回忆承诺，人在一生中做过很多的承诺，而后还没有实现，便又忘掉了。
如果能够唤起它们的话，那么你也就又活着了。

最后，人们会将你跟所有一切受你珍视、享你崇敬的、被你高举过头顶的东西相比较。这就是老年。

尝试，将自己从无价之宝变得无足轻重。

谄媚于逝者。他们感觉得到吗？

献给某个笔迹的情书。

脱离错误观念是需要时间的。

如果发生得太快，反倒会造成进一步的**溃烂**。

他需要一个让他遗憾自己一无所成的地方。

他紧紧地吸噬于他人的作品，却总也钻不至其骨髓。他只在乎自己讲错了**关于**谁的话，而非错误本身。

致敬，还不算晚

在日内瓦的朗读会上，前排的一位矮小、无比苍白、近乎纯白的男人引起了我的注意。他上了年纪、异常地紧绷着。他的衰老，符合我唯一喜欢的那种样子：比所有的年龄都**更**鲜活，更专注，更坚韧，充满期待，并且时刻准备着对诸项事宜作出决策，保证无所疏漏，就仿佛那是他肩负的任务一样。不再打量，而只关注于事情本身，想法、翻转、旋转、敲打。大厅之内，座无虚席，如往常朗读时一样，我注意到很多的面孔，可这次目光却一而再地折返到我面前的那顶白得异乎寻常的脑袋上，一顶不仅仅是好奇，而且想要博得注意的脑袋，这点我能清楚地感觉到。我想要知道他是一个怎样的人；那个在我看来像是一个八十岁的男人的脑袋，在时长约为一个多小时的朗读中，占据了我的整个心思。我并非为他讲话，但是，他是我所注意到的唯一的一个立马领会并审度我的每一句话的人。

朗读会一结束，答案便向我们揭晓了。坐在他旁边的、似乎是来照料他的一位高个子的中年女人，在拥挤的人群中与我攀谈了起来，她说："我想要介绍一下，这位是路德维希·霍勒（Ludwig Hohl）先生。"我连想都没想过他会来，但我当时十分欣喜，因为这顶让我看得入迷的、白得出奇的脑袋，竟属于路德维希·霍勒的。人群从汇报大厅里转移到已摆好自助餐的隔壁房间，想要达到目的地的话，大家要挤过一个并不宽敞的门框。于是，这就给了我第一个向他表示礼让、让他先我而行的机会。他有些迟疑，可我坚持让他先过，他便有些难为情地说道："我比较老，那好吧！"便向前迈了一步。我说："不，不是这个原因，我不觉得您比我老。"他年长我几个月，我其实是知道的，这一段的交谈确实有些愚蠢，但是，我达到了我的目的：我对他的**敬意**已表露无遗。紧接着，很多人，认识的、不认识的，便与我交谈起来，我们便被隔开了，明白了我们不能马上再次汇合之后，他便跟着他的女保护人一起坐到房间里唯一的一张圆桌旁等待着。

我想走到他那去，但是在这条短短的路上，我又频频地被人卷入到新的交谈之中。有时，我得以向他的方向上望上一眼，就看到他把一张小纸片拿在面前，边写边满脸严肃地思索着。他动笔的时候，我感觉得到，还只是写了寥寥几言而已，还有很多尚未写下。等到我终于走到他身边时，他把那纸片递给我，这时我才发现，下边还有第二张纸，同样写满了字。他向我解释说，这是他读《人的疆域》时做的两处笔记，其中相隔了有一两年之久。他试着从回忆里重现那笔记的原貌，但是不确定是否完全符合。

我感觉到，他这是在以十分高雅的方式，对我先前做出的谦让之举进行报复。他把这场**竞赛**迁至唯一可行的战场，即笔记之上，并且如我对于他本人的谦恭一样，向我的《人的疆域》致以敬意。因为先前的荣誉受之有愧，所以现下便想表达实至名归的崇敬。

我们是离开那栋见证了红十字会成立的大楼的最后一波人。到了楼下的大门处，我又最后一次强迫他先于我而行。他不再十分的抗拒了，因为他知道，他那更加实质性的谦恭姿态，也就是那两张纸片，已经得到了我的接收。虽然我尚未逐字细读，但已十分郑重地把将他们接入了手中。随后我们便在街上分别。

那是 1978 年的 2 月 16 日。1980 年 11 月 3 日他就去世了。

你畏畏缩缩的不敢带得太多。你想要腾出来一些东西。由于你知道，大部分的东西都带不走，所以你想销毁掉它们。

不能承受的想象，背着沉重的行囊，从一个世界走到另一个世界，或是从这个世界行向虚无。

每一个决策，即使是导向不幸，也都具有一定的安抚性作用。不然的话，你怎么解释这么多人眼睁睁、直挺挺地迈向他们的不幸呢？

千年以后：少数物种中的屈指可数的几个动物，十分珍稀，而且向神明一样享有众星捧月的待遇。

脚步的数量，从一开始的时候给你分配了多少步数，你要做到心中有数。

心跳和呼吸的次数。

咬合的次数。

对未来，他感到极其不确定，甚至就连提起它都要稍作迟疑。他长久以来都为其所累；以前，为之深深着迷，再以前，年轻，为之沉醉。你竟被榨得精光，未来，你在哪里，你哪也不在。既然哪都找不见你，那还有谁会躲着你呢？还有谁会说出"我计划"这样的话？那估计这人的五脏六腑都会嘲笑他。

再多一点、再多一点、再多一点，最少。

你在哪，我的朋友，可以让我尽诉衷肠，却不会将你推向绝望的朋友？

无可置疑：人类的探索才刚刚开始。然而人类却已然看到了自己的尽头。

一小时之内补上错过了八十年的东西。但这也一定得是以年及八十为前提的。

中国展览：从那里来的东西，真是愈发让人惊叹了。没有人能够用短暂的一生穷尽其所有。但我可以不无自豪地说我**认识**中国有多么的久，先前，我的生命中只有希腊人，但当我在不到六七年以前首次接触关于马可波罗的记录时，他们甚至同时到来。事实上，六十年来，我的脑海中一直都有着一个关于中国的想象，如今，这一想象就算是有所改观，也只能说是变得更加细致，更加重要了。

近几年的墓穴，那些新的墓穴，都富丽堂皇得无可比拟。这个只由不到一百个展品所构成的展览，总是让人频频流连，好似扎下根一般，生长成它铺陈的舞台。

若是没有墓穴，人们知道的会多么的微乎其微啊，真是想想都让人心惊。如果说，人死后还拥有生命的这种观念，除了能让人留下这样的遗迹之外别无它用，那么这说法也是成立的，然而，这只是对于像我们这样的后世子孙而言，而非出自于建造者的角度。

将人们看透，直到人们真的消失。

有的人历尽一生都没有签署过自己的名字一次。

连名字都无人知晓，那这个人该有多么**完整**。

我很难将托尔斯泰的不满与他对上帝的信仰联系到一起。

有的时候我会想，他追随上帝，是为了不必承认他**对自**己的信仰，为了让自己不会刚愎自负。那么，一个极其严肃的问题就随之产生了：如果只为人类，而不为自己考虑的话，那么，处在上帝的位置上的又该是谁呢？若不想让自己自视过高，一定得需要上帝吗？一定要把自己的决定权交给某个终极、至高无上的权威吗？如果人类允许自己拥有控制权，那他们又会进行怎样的安排呢？同意自己来做最高权威，这已是相当大的一份腐败权力了。要是不信仰上帝，又怎样才能制止这一状况发生呢？

当别人死去的时候，身处一片云彩之中，自以为安全。

只要还没有彻底地理解死亡的本质，我就白活一场。

与之相比，其他的一切事情，不管是做完了的、还是才刚刚开始的，都没有任何意义。难道我会真的就让它就这么含混不清下去吗？我就没有什么**更确切**的感受吗，那难道还没有将它理解清楚的的决心吗？

自命为死亡守护者的那些人们，他们的狂啸怒吼让我疑惑不解。我总是会一再地想到他们的存在，就好像那是一个什么了不起的新发现似的。他们当然是存在着的，他们也当然一直都在。也正因如此，我一定要忽略他们，当作他们并不存在，专心地去理解我自己的东西。

累计所有的死者，其重量的总和相当庞大，那这得要求有怎样的力量，才能建立起与之相平衡的重量呢，而如果这一平衡最终无法实现，那么，在这样以小时为单位增长的走势之下，对于如此庞大分量的逝者进行怀念，将不再可能。

探访死者的话，确立他们的位置，就显得很有必要，不然他们就会极快的失散而去。

只要有人触碰到他们的合法的位置，也就是让他们拥有存在之**可能**的地方，他们就会以迅雷不及掩耳的速度获得生命。忽然之间，关于他们的所有记忆，都突如其来地从遗忘中重现，人们可以听到他们的话语，抚摸他们的头发，绽放于他们眼眸的光彩之中。也许当初人们并不清楚他们眼眸的颜色，如今无需思忖便可弄清了。他们的一切都有可能比先前浓烈，也有可能，他们只有在这一次突如其来的显现中，才完全成为自己。或许，每一个逝者都期盼着，有哪个尚存于世上之人能给他带来这圆满的复活。这都无法成为定论，而大家也只能期望而已。但期望，却是人类所拥有的最神圣的东西了，难道还会有不去竭力守护它的卑鄙之人吗？

即使是**虚假**的记忆，也要探寻一番。

若是在年老时能够怀有一种自己**尚无所成**的感觉的话，是件极其美好的事。

以动物的形式作为思想的形式。他是由诸多动物形式所构成，可却并不了解它们的含义。他激动地在动物园里走来走去，搜寻着散落的自己。

把自己**远远**地分散开来是一个正确的选择。可还是不够远。

他在欺骗自己：让他恼怒不已、满心厌恶的，**不是**外在的成功，而是自己为其奔忙的状态。

他对成功的厌恶，已经到达了连理应享有成功之人都无法公正对待的程度。

关于死亡的想法时刻占据着你的头脑，可这有什么好让你骄傲的？

这样会让你觉得自己变得更真实、更勇敢了吗？还是说这是你用来成为一名战士的方法？——不必服从命令，但是却身披一套人人都穿、却从未有人能脱下的制服。

就算可以摆脱死亡的名额只有一个，你还是会坚持时刻心系死亡吗？

更好地偷听，意外的偷听，再也不知所闻之事为何。

轮回的好处在于它可以无限延长你的存在，但是你的**记忆**却会受到中断。一个极有智慧的解决方案：带着罪过前行，不过你会以清白之身来经历，也就是说你并不知晓自己的罪过。

读后感的报复。

越来越难读了，感觉一切都动得越来越厉害了。

放阎王债的来了，这回又是提谁去见阎王？

你七十五岁了，却从未受过任何折磨，对此你作何感想？难道人一定要尝尽人间百味吗？

每当读到一百年前境况惨淡的"新人"画家们的内容时，我都会受到感动。我深深感动于塞尚的无辜，他承受了各种各样的屈辱，甚至要蒙受自己的少年好友于一本特别的书中预示他的死亡这一奇耻大辱。

每个人都有过那么几个少时好友，你觉得他们一无所成，于是，当你在他们身上投入了大量生命之后，便放弃了他们；不再对他们抱有任何期望；或者是为了向自己证明自己先前的预期是正确的，而加倍地厌恶他们、贬低他们、以及咒骂他们，就好像他们会从哪个角落里冒出来抓住你，也一并把你拉下去似的。

塞尚的早期画作被左拉锁在家里不予示人，它们代表了一种耻辱，因为他曾经竟然相信画出它们的画家。

最后战胜塞尚的是他那永久的自我怀疑吗？是因为左拉劝了他太久太长？还是说，到头来他只不过是他的双生兄弟、他的少年玩伴、他的朋友而已？

令人惊讶的是，左拉在巴黎过得越来越好，而塞尚却成为了他源头的风景，并且给了这风景一个新的定义。

没有**杂乱无章**的阅读，就没有诗人。

诗人那**卑微**的任务，归根结底可能是最重要的任务：传

递阅读的果实。

在这个语言肆虐无端的时候，竟然还想着语言的**局限性**这种荒唐的研究。

暴露无遗如何能变成有所遮掩呢？

我感到十分惊奇，一个能在文学中体会到意义的人，竟然会去**研究**文学。他就不害怕那些名号会被放在同一基准上吗？

我最喜欢想象众作家在一个滑冰场上，互相绕来绕去的画面。

我不再恼怒于童话故事的美好结局：我需要这样的结局。

他把自己忘得厉害，以至于人家得拉着他的手把他领回家。他说：我不住这，由于他谁也认不出，所以谁都不认他了。在他再次找到方向之前，他需要沉入睡眠。

展现了自己的生命并不够多。而这些生命之中的大多数都味同嚼蜡。

噢，做本书吧，做一本被人投入极大热情来读的书！

"若把他的罪恶讲予众人听，那么人们很有可能马上连最低的羞耻心都没有了。"

遗忘的美好，在它被揭示之前。

我不想再有任何发现了。我怎么可能想呢。我也不想遗忘。永远都不想。我只想同时**忍耐**一切。

人们在说不的时候会具有一种巨大的力量，会让我有时觉得，这力量已大到仅靠着它就能够活着了。

时隔很久，我于昨天读了一本按我认识来说最为率真的书，这书跟了我五十三年了：《俄罗斯人说》（*Der Russe redet*），一名护士的笔记，1915/16 年前线医院伤兵所述语录。这本书具有最大程度的真实，听起来就像人们所爱的那种最棒的俄罗斯文学，这部文学作品如此优秀的原因或许在于，它完全就像那些基本都还大字不识的伤兵能讲出来的话。我一直读到深夜，一口气整本读完——书不长，却是闻所未闻的丰富，它让我想起一年前的那个从记忆里复又亲近起来的俄罗斯人，巴别尔。它也许同样让我想起了近来读过的**每一个俄罗斯人**。由短短的段落组成，但每一段都有着长篇作品的气息。其中包含男人对女人能够表达的一切恶意，也有没完没了的斗殴、刺刀、醉酒，和被哥萨克人撕碎的小姑娘，读到结尾处时，简直沮丧得难以附加，这是我所认识的最贴近、最真实的一战景象了，它从不曾被哪位诗人写下过，但却有众人诉说，他们全部都是诗人，只是自己并不知道罢了。

那位护士，索菲亚·费多尔琴柯，她把她的这份笔记称作**速记稿**，也就是说，她当时能够极快地，而且像她说的那样，毫不显眼地，做下这些记录，因为大家都看惯了她因为工作的关系而要写各种各样的东西。所以大家都不会不信任她，所以那些句子的存在也就千真万确了。

由此而得的战争的景象，就是每个人都应该把这些句子默背出来。

从早上鸡鸣时，他就开始琢磨单独成立的一个个句子，它们互相之间绝不可以有任何瓜葛。

宣传的伤口已结疤。

那孩子寻着奥林匹斯却找着了科威特。

长生不老从人类手上失盗的时代。窃贼就是他们自己。

很有必要把自己的一生写成没有痛苦的样子。但是这样可信吗？

只要不触及哀怨时期，便很有可能成功。可是随后，当哀叹与呻吟发作之时，小痛小灾的乏味调子，就赶紧住嘴吧！

在地球由于它的原子动力装置的原因，消散于一声巨响与滚滚烟尘之中的这一刻，所有关于其他的空间性世界的想法、推测和猜想，都具有了生死攸关的分量。在这些其他的世界里，我们还有什么呢？会存在某些其他的允许我们有所拥有的世界吗？而这有所拥有，又能给哪一个世界带来什么呢？用我们是来充当警告？还是说一定要让它们接受我们的感染，而走上与我们相同的道路？它们是完全独立于我们吗，甚至连我们的毁灭都置若罔闻？世上发生的一切都是**孤立**存在的，且会继续被判定为孤立存在吗？还是说一切都只有着极轻微的联系，而导致你会不会得到救赎的问题都还不得而知？如果说这救赎是暂时的呢？如果它是会因过错而被丧失的呢？如果它是可以用来交换的呢———一手拯救、一手毁灭——你们会更愿意谨慎处之？还是说只能靠悲惨以及加倍的悲惨来换取救赎，一条下降、但却长远的线路？

还可以想象很多的事情，然而，也许本质上的以及必然会发生的事情，是根本就无法想象的。

你一**无**所知，却以此炫耀，直到有一天，你会看起来如有满腹的隐秘知识一般。

中国马——他多么怀念马儿在世的时光啊！但是给它们酒喝，让它们起舞，难道就是它们的圆满结局吗？

一个**快**者为王的社会，一种猎犬。

陀思妥耶夫斯基，因为一次赦免，一生都怀着感激之心。这丧失的一生，多么珍贵。

于是，魂魄就成为了生命的纲领。它们对人极具震慑力，以至于人们根本就不敢全面地去了解它们，纵使过了几十年也不会。

诗人，看上去像飞翔中的海鸥，互相之间的残暴也如海鸥一样。

在众多信徒中，坚持信仰对他来说最为困难。

1981

中国人的天，当这方天空还愿庇佑我们的时候，那曾是人类精神最崇高的时刻。

再读庄子。如果世上无此人，我可能就只是根须。然而他就是那个助长而不揠苗之人。他的逍遥，与我们土地的荒芜之势并驾齐驱。同样，他也给自己设置了**一个**限度，即死亡。唯有他做出此种限制才不会引起我的责怪。

他的战争与我们的很相近。对诡辩者，他会于**谈话**间予以驳斥。他会确定不移地表明话语是有分量的，他敬之，重之，且拒绝视之为把戏。他对于实用的藐视态度让我深受感动。

他了解广远，并将外在的广远化入内在。如此可称得上是怀有满腔悠远。虽满，却尤为轻，假如说他能进入虚空的话，那便可真如空无一物一般了。

你能找到那种足够平白而不具有预示性的话语吗？

让一个名字从未存在过。

我找不到任何一个能让我说出"放我走"的人。

即便是经历了那样一番狂风骤雨之后，他还是不肯放弃"天"这个词。

若是脑中空空如也，那就去词典中获得思想。

有这样的几类人永远都还是个学生：成日长在词典里的，和始终泡在智慧箴言集中的。还有一类，是更热衷用词典来解释智慧箴言的。

书，他总是在评论过后才开始阅读。这样，他就能早早知道该对这些书做何感想。

令人窒息的博学之才。人若对一件事物了解太多，多到不愿再听到任何与之相关之事情。于是缝隙胀裂。人们避而远之。当初怎么会对它产生兴趣呢？

一问三千答。哪个问题受得了？

这种责任的**扩大化**颇为空洞。人们迫使自己相信，他们的所作所为皆是为众人造福，至少在他们自己眼中，他们是在为全人类而付出努力。

可"全人类"是什么呢？包括活着的、且是目前活着的人吗？还是也涵盖后面的来者？那么前面的古人呢，他们就算不得数了吗？可借着我们之口发声的，不正是他们吗？我们经常会觉得，自己就是他们的众口之声，那些被误解和强扭为受害者之人的声音。那么，若是我们能够成功制止来者沦为受害者，那么我们会也为前人做点什么吗？

就这样随着责任扩大化，我们避开了尚且可能做到的事情。

要不是你对人类有很深的了解，那么你的人性崇拜就会显得像是惺惺作态。

对于低劣透顶之物的尊崇，其实是对其会发生转变的一种信念。

"创造性"之所以是一个美好的词语，是因为它使人看到的是一种源源不断、强韧有力的前进动态。

赋予旧相识以新生，直至他不再是旧识面貌。

他紧紧咬定老师的盛名不放松。嘴都咬酸了。

你已经成为他的日常用语了。别听他的了，这样也省得你与他置气。

一种从未用来提问的语言。取代问号的，是哈欠符。

繁星万点之中的一颗，我们真的会注意到它吗？

只属于夜的一生：代替黎明的是什么呢？

赞颂破坏了呼吸的规则。

看他是怎样地为了自身的优越而对动物们发出惊叹啊！

一周绝对的独处、一周只往来于人群之中，如此往复交替。于是他学会了厌恨两件事：人与己。

别人挨饿的时候，他在写作。别人死去时，他在写作。

世上最为虚妄之人说，我并不虚妄，我是容易感伤。

不公者的叙事：他选择与胜者为伍。

有一种历史书写，**失败者**总是站在正义的一方。

他醉心于毫无争议的完美，倾吐出一个个独立的句子。

寻求长生不老的价值恰恰在于，人们对其不存在的深信不疑。

大家心心念念想要得到的，其实是这种不可能。人们应该不断地，在每一次、在千万次对其不可能的证明中，唤起这一愿望。

这是一种可怕的，一种无休止的张力，也是唯一配得上人类的张力。谁若把它视作是纸上谈兵，那么就说明他思想低劣。认识到自己终将死去，便屈服了，是一件可悲的事。对神明的蹂躏逆来顺受，却又向其虔诚祈祷，也是同样的可悲。而不可悲的，是即使注定失败，也要试图夺走他们不死之身的决心。

遗忘的精明：它会演变成更美好的事情。

我不相信**任何**梦的解析。我**不愿**相信任何梦的解析。这最后的自由，我绝不侵犯。

早年经历的记录开始介入到后来的老年生活之中，且极有可能演变成你的宿命，变成你人生结局的特殊形态。

他一无所知，很好。但这一点，他越来越知道了。

除亲近之人外并无一人识得你的生活。这大概就是晚年的圆满了吧。

他从不囫囵吞下任何名字，但却细嚼慢咽。

"当万头攒动的人群对着厌世者呼喊着，让他赶紧跳入虚空的时候。"

唯一的拯救：另外一人的生命。

我从未习惯任何事情，任何的事，尤其是死亡。

刻画**自己**的粉笔之神。

人类啊，愚蠢到只会斡旋天地了。

你加诸他人的恶语，每天都在你自己身上上演。

"对话"，他们说——那些想要讲话之人。

要多少次的生，才得以理解死。

变得痴痴呆呆，抵制恐惧之法。

看着我对于生活过的一切的疯狂执着，我渐渐懂得了，诗人们对这个世界都干了些什么好事。

我们要活得好像人类即将不复存在一般，而倘若你无法阻止它的发生，那也至少不要**垂头丧气**的。

对每一个生灵做相同的那一套试验，一副什么都不要留给后世的架势。人类壮丽的疯狂。

他摆出一副妄自菲薄的样子来。所有人都必须比他更加鄙视自己。

人类不会再向更好的方向发展了。一切的碰触都会带来情势的恶化，因为它会唤起人类内心的恐惧。

"更好"、"好"——你敲定这些词的时候，是漫不经心的，还是不假思索？难道你就真的能够明确描述它们的内涵和它们之间的界限？

你做不到，但尽管如此，你对这些字眼的感觉确实是笃定的，而且，你也清楚的了解，对于眼前所发生的一切是否是"好"的，做出了**合理的**判断。

这种了解是你唯一的希望。因为，如果你可以靠直觉和难以捉摸的形式达成了解的话，那么其他人也应该也可以，因此，至少在关于"好"这件事的见解上，人类是有着一种古老而同时又很可靠的共通点的。

有时他告诉自己说，他已无话可说了，这不过是因为他不愿说而已——多么可鄙！真正的豁达应该是，将自己不再会拥有的一切拱手送出，赐予人类。

你一切的缺点不仅仅只是**继承**在孩子们身上：而且是你煞费苦心地灌输在他们身上的。

可是如果你告诉自己：孩子们都不是属于自己的，每一个孩子都是借来的，这又怎么说？

敌人总能给我们带来极度的不快，但不管怎么说，他们永远不会变得向拥趸一样无聊。

这世上有一种"地下"先知。陀思妥耶夫斯基就是其中的头一号、且最要紧的人物。

陀思妥耶夫斯基十分了解"卑微"，在这一方面他简直堪称是行家。而我，就比较接近"骄傲"的大师，塞万提斯。

《地下室手记》，是多少事物之根源啊，包括今天的文学！自卑与自责，匍匐于尘埃中的基督教，忏悔的修辞。

这是我们从自身获得的认识，每一个人也都是从自己身上了解这些的，可这种认识却有着歪曲一切的力量：**不稳定**

才是最后的真理。

在他写作的时候，他的壁虎会从他的口袋中溜出来，然后爬到在天花板上找消遣。当壁虎在头顶上踱来爬去之时，他便写下一些文字；时不时地，吹起口哨唤唤壁虎，又或许是壁虎对他发出吱吱的叫声。

当这状态一结束，当文思不再翻涌，壁虎就又钻回他的口袋里了。

疼痛也会迷路。

他从未有过无处可归的经历，可他有着太多的归所。每一处，他都怀着情有独钟的心情，一种人们对唯一的家乡才怀有的情有独钟，小心呵护着。

我没有**任何**现成的答案：无论如何，我都将继续寻找它。我的信仰依然悬而未定。

报纸药丸：服用过后，新闻将在我们的身体中悉数扩散开来。

喂饱"惊叹"的嗷嗷众口。

一只身份不详的动物。从作用上来看，我们很熟悉它，从形态来看，属类不明，它或大或小、忽快忽慢、时重时轻。已搞不清楚它是否还活着，还是曾经活过几回。它发出的声响，至今还存留在梦中。

关于结交权贵，以及此种友谊对历史学家、诗人的影响：惹人恼怒的话题。对权贵不加以批判的传统，正是此种友谊开创的先河。像普洛科皮乌斯那样的例子，为什么少之又少？难道说，向他所作的《秘史》一类的史书仍有其他存世？难道说它们都遗失了吗？

若无死亡，那又有什么可以代替生离死别之痛？我们需要痛苦，没有痛苦就不配为人，难道这是支持死亡的唯一事实吗？

他醒来了。直至七十五岁，他才大梦初醒，多年来，他一直置身于同一个梦境之中。如今他醒来了，破茧而出、突破桎梏，也理解了他人想表达的到底是什么。虽然只是短短一瞬，但他理解了所有人。这一理解如此深刻，致使他不再愤世嫉俗。他一言不发，因为他觉醒了。他领会着、倾听着。

组装一个朋友。

坚决拒绝、永远拒绝爆发的人们，他们的后路退向哪里？再无遁世者的山林，乞儿碗中的粟粒亦是毒。

他对很多事怀有悔恨。但是，这是一种公众的视野中的悔恨——不对，也就是说，他并无悔意。

小人物：不去直面死亡，只是对着晚年吹毛求疵。

她说，即使是怪物也愿意长寿，活上两百岁。

他成功地将逝者变为自己的敌人。

他口中有的，不是牙齿，而是话语。这是他用来咀嚼的工具。它们永远不会脱落。

如果你无论如何都不愿把自己的快乐建立在他人痛苦之上的话，那么就让他们每一个人都幸你之灾、乐你之祸吧。

重要的不是某个想法有多么新颖，而是它会**变得**多么新颖。

你一生风平浪静，并未经历半点血雨腥风。何来如此的忧惧？

有谁能够感受那些优雅兽物的恐惧！

后来，他的种种存在都完全崩塌了。他立在一旁，拍着巴掌。

对联系的渴望。

他想要一颗不那么千疮百孔的心和一个不那么悦耳的名字。

我们都曾十分傲慢，而且彼此之间称兄道弟。

或许只有让你所信仰的新神明征服你，才会带来转变。

老年的磕磕碰碰。

尼采给谁带来了裨益？他并**没有**遭受到滥用，他以他原本的样子发挥了他的影响。

他靠写作在本世纪创造的机遇，都已经逝去了。

有一些敌人是绝不能错过的。沉默即为腐朽。

最好的人，有没有可能会是一个不懂得帮助自己的人？因为对他人的救助总是徒劳无功？

你简直是在滥用"透明"和"澄澈"这两个词。你使用得太过频繁。得找找新词替代它们了。

你的澄澈指的是"无折射"。

你的透明指的是"没有云"。

如果他们远去，我想他们会以另外的身份回归，或永远不归。

他的身体里住着很多的人，他们藏匿于此。他从来没有见过他们。他睡时，他们便进进出出。梦里，他感受得到他们的呼吸。

句子就像船锚，他们延伸向一切思想之舟。

为了能够看到**自己**，我们是否有必要要完全进入他人的生命？

他将自己远远地抛开，等到了下一个世纪里才再次被接住。

某一个国度中，**许多**逝者又回归了。是谁？为什么？

疑虑之山，恐惧的空壳。

那个人，他混淆了自己与大地的命运。

做任何好事之前，他都必须得事先尝到些甜头。

千万不要把对生的渴望与生的许可混为一谈。

这样一个时代到来了：这个时代的人们，晚年时的智力只够胜任向前进两步或向后退两步的行动。我们把它叫做狭域时代吧。但是，即使在这样的时代，曾于早年叱咤过辽阔疆域的人物，也可大有作为。

作为一个蚁巢存在。它可知人类为何物。

"不存在"的神学。为了**他**自己的存在，毁灭所有的人。

土星的复杂外环。

他的生命嘶吼着要文学，多么真实。

感怀旧日事物，好似这些东西至今不曾存在过一样。

不再属于他的句子，才是句子。

回忆中，城市之间相互交叠。它们的名字彼此拥抱，同时又相互撕咬。

恐惧从没有离开过他，只是那不再是**他**的恐惧了。

逃避是人的一大乐事：若是沦入敌人的股掌或咽喉之中，成为无望的**猎物**，至少还有关于拯救的古老记忆。

在如此事态之下还要故作优越的一切，都使他感到无比厌恶。

因为难道还有什么是能呈现出优越姿态的吗？

逝者的话语是最常遭到滥用的事物。最可耻的是，还有人蓄意编造这样的话语。这也表明了，如今的人们有多么不敬畏逝者。

即使是真正伟大的事物，它们也是需要为了生存而付出努力的。

不等尘埃落定便遁去无踪，这是一切的事物都具有的致命倾向。

他的口若悬河无法变成聪慧。那是仅属于他自己的连篇废话，就好比是一套无人懂得的语言。

他在盆里写作，之后，便挪开自己的目光，将其中内容悉数倾盆浇到读者的头上。是他们**想要**这湿意的，他说，而我连看都懒得看一眼。

他牺牲了钟表，逃离了未来。

他的皮肤就是**时间**，而他吩咐人们剥掉他的皮。

现场观看他人接受荣誉的情形，简直同时经历了一番自己获得荣誉时的荒谬之感。

关于你对你一生财富的羞耻与沉默，可讲之事甚多。

沉醉于窘迫。

他确实是为那些打嗝的人朗读了，但是，他同时也表演了他们打嗝的样子。

那些名人从彼此身上获得鼓舞：这不公平，也不体面。

削弱他人的眼中的自己是件多么容易的事啊！你只需编造出几件自轻自贱的事情，不必有多真切，人们便马上就接受并信以为真。

骗人的信件。逝者的娱乐活动。

1982

他被一股抑制不住的礼貌所侵袭，他总想在二再三地鞠躬行礼，人都走光了，他还在继续鞠着躬。

对于不再活着，有的人或许感到很高兴，但是，他们还没有高兴到足以起死回生。

即使是**演出来**的谦逊也是有益处的，因为，它可以帮助人们建立**他们的**自信。

求而不得的哀愁。

如今他们把能够提问视为荣幸。你忽而好似有话要讲的样子。但是你又忘掉了。

有这样的一些人，他们会责怪他小时候没有丢过石子。同时他们也不满他讲起自己来脸不红心不跳的样子。

直到八十岁，他才承认了自己的性别。

就因为他存了错误希望——就得承受错误的恐惧？

如果你走到山穷水尽，千万不要大惊小怪。长久以来，总有人会走向穷途末路，要么是这个人，要么是那个人，所有人都终将行到水穷处，我们早已少见多怪了。

如果你无法**看到**新的生活方式，那就不要把它看得太重。如果最终只有他人发现并理解到它——这也与你无关。

困难之处在于，你难以认识到它是与你不相干的。

其他形式的人类，会说话的东西，这就是即将来临的世界吗？

你用脚践踏过的生灵。

他向动物们预告了他的一生的到来，枉费口舌。

我所认识的诗人之中，最为专注的要数毕希纳。对我来说，他的每一个句子都是崭新的。每一句都熟悉，但每一句都是全新的。

分崩离析的知识让他聚精凝神。

虽然没有记住什么新知识——但是学习活动并未止息。只要还在这个状态里，他就不会感到自己已经死去。

时不时的，每隔几月，他都会得到一本关于地球上未知地带的新书。每当这时，他心里都会升起一股热望，就好像这些地方还有被拯救的希望一样。

危险一次次地累加，每一次都已是惊心动魄。每一次的危机都得到了认识，并被加以命名，每一次的危机都经过了人们测算。可是被驯服却是一次也没有。人们都过得很好。

孩子活活饿死。大家都还尚有呼吸。

虽说是**他**的早年生活成就了他，但这并不意味着，他会觉得别人的早年生活具有同样的价值。

司汤达的西班牙风采，他的意大利生活，18 世纪的法语。你还期待什么呢。

如果一切都像你的生活中那样：**没有什么**会逝去，那么人类该将其置于何处呢？

回忆做什么？活在当下！活在当下！可我回忆，只是为了活在当下。

值得了解的知识越来越多，能够把握的却越来越少，每天都少获得一滴，一滴一滴越来越多地划过、晕开在他的身旁，而不是在他的身上，他多么地渴望那些本可以获得的知识啊！

我没有拥抱过任何动物。一生中，我总以痛苦不堪的怜悯之情牵挂着动物们，但是我没有拥抱过任何的动物。

他自告奋勇，愿以身试毒，受难者之测试样品。

试着**不**去评判别人。讲讲有何感想。没有什么比下定论更惹人厌恶的了。这种定论往往不是此即是彼，且常常是错误的。谁又能具备足够的见解来评判他人呢？谁又能又尽可能做出无私的评判呢？

他生前便已获得一切，随之，便被世人遗忘。

他将自己置于被复活之人中间。

悲观者并不乏味。悲观者总是颇有道理。悲观者比比皆是。

当年在日内瓦，我遇见了一个自省者。这我当时还并不知道，只觉得他的脸有些异样。他的面孔，就像我总愿想象的鬼魂的模样：一个不接受自己已死事实之人。

"Si je ne suis pas clair, tout mon monde est anéanti.（如果我不透彻的话，那么我的整个世界就都毁灭了。）"
　　　　　　　　　　　　　　——司汤达致巴尔扎克信件

那孩子，还不满十岁，埋头于一本巨大的汉语词典中翻找查看着。

他感谢所有将他从心扉中扫地出门的人们。
他终究想要孑然一身的存在。

即使处在毁灭的中央，他也不愿对书做一个字的改动。

怒对预言之人。信口开河又有何难！

名副其实的暮年，应有老当益壮的风采。

一位踏上若干故土的归乡人。

很多人想要离开欧洲。我却想要增加自己在欧洲的存在。

还有五分钟，地球就要沦为一片荒漠了，而你却还是放不下手中的书。

一个由悲伤与芳草造就的夜晚，一只白鹭停在窗前。

寿命不足几分钟的生灵。

不要如此宽恕，这于他们不利。他们也该拥有感知羞耻的权力。

来自悬铃木的钢琴演奏。

人们如今读得最为频繁的一词，叫做折磨。

装模作样的怒发冲冠，太史前了。

在每日的报纸中枯萎。

你不打自己，又该打谁呢?

旧时的残忍刑罚。如今的大屠杀。
那极富魅力的"大众"的"大"就是"大屠杀"的"大"。

他用一腔正直获取了他的不幸，且从未想过要交出这不幸。

"Emli n mfas"——"呼吸之神"，图瓦雷克人的一位神祇的名字。

"据说，他禁止了除去宗教吟诵之外所有形式的歌唱。一个鼓点也不行，哪怕是一声驴叫也得给压下去。"

　　　　　　　　　　　　　　　　　　　——《图瓦雷克人》

"据格利乌斯说，非洲有几个家族，他们的语言具有特殊的力量。如果他们热情洋溢地赞美了丰茂的树木、肥沃的土地、可爱的孩童、骏硕的马匹、以及膘肥体的畜群的话，那么，这所有的一切都会仅仅由于他们的溢美之词而走向毁灭，别无其他缘故。

　　　　　　——《阿提卡之夜》(Noctes Atticae，IX，4)

要懂得一种隐藏的艺术，使自己成为先人。

渴望拥有允许自己**徒然**妄想备受尊崇的时刻。

"虽然以撒没有死，但是希伯来圣经认为他死了，认为他的骨灰堆积在神坛之上。"

同时代作家的所有作品，读起来都毫不拘束。不需要敬畏逝者，也不拘固定的形态。或许，明天就蒸发掉了，或许，明天就形迹难辨了。

你根本就不是一个属于本世纪的人，如果说你身上还有什么算得上的地方，那就是，你从未屈服于这个世纪。但是如果你能以抗争的姿态臣服于这个世纪的话，或许会颇有成就呢。

销售良知的企业家。

在人类震怒之前的两个月内，他以善良的叙述者身份博得了他们的信任。

他不相信自己生命的答案。这并不意味着，这些答案就是错误的。

当马贩子的驴。

充当统治者的记忆杂技艺人。

那孩子把他的童年传给了越来越小的孩子。

给大人物的小屋，收缩小屋。

说活的痛楚。你跟自己说跑题了。

通过敌人寻致人迹。

比起成功，他更沉迷于失意。

如果神明真的存在，那也一定是行动无能的神：**我们的箭毒**。

毫无顾忌地增殖，大自然本质上的盲目，因为对于死亡发出仇恨宣言，所以无理智、荒唐、放肆、和空虚才成为一种准则。只要不再盲目，只要对每一个个体都予以重视，那么这种增殖就充满意义。那么，呼喊着"为了毁灭，多一些，多一些，再多一些"的残忍一面，就会转而呼喊"为了让每一个个体都变得神圣，再多一些！"

腐烂之前，死亡是一场对峙。即使皆是徒劳，也要有直面它的勇气。正面唾弃死亡的勇气。

他很久以来的亲身感受：越是讥讽死亡，死亡就越是要多带走他的一个亲近之人。

他能感知得到即将来临的是什么吗，这或许是一种惩罚。是谁在惩罚？

在诸多还保有无辜的词汇之中，能让他毫不胆怯地讲出来的，有**无辜**一词本身。

消失吧，但是不要完全消失，让大家还有知晓的机会。

把所有那些被你拒绝掉并推到一旁的事情，通通重新提上议程。

独立，但是不要仅限于自己。

什么都不要解释。把它摆出来，说开来。离去。

也许，你把尊严还给了细节。
也许，这是你唯一的成就了。

为了能够在**今天**存在，人们需要对于完全不同的时间具备密切的了解。
时间之间的互悉。

在刀光剑影中写作，还是于喘息之间？

或许每一种信仰都会让他着迷，也许正因如此他才没有任何信仰。

思想的**奢华**，在他看来并不可靠。光辉与雄辩——音乐一般的话语。

多希望上帝根本没有存在过！多希望他**现在**才诞生！

你想要忘掉你从未找到过的他吗？

无可否认：对于诸多古文明，你最感兴趣的是它们的神明。

受骗之蛇的惊讶：无法消除的苹果残余。

"生活经历"不算多，即使是没有生活，仅仅从小说之中也完全可以获取它，比如巴尔扎克的小说。

随着记忆的衰退，你渐渐失去为自己所创造的一切。剩下的只有常规的普遍性，而你却坚决地为其辩护，就好似它们是新发现一般。

这诀窍，是用读物来为后续几个世纪所储备。

一只将人类从毁灭中救出的动物——一只动物，它还对灭亡的人类保留着哪些记忆呢。

他将他的印象细致化，一直细到无法用于任何其他的人身上。

对于传统的保存做出最大贡献的传统破坏者。

面对死亡，他的抵抗越来越弱了。他所信奉的信仰，无法提供任何保护。而他自己是不允许保护自己的。

但现在还有别人与他同在。他也没能保护他们吗？为什么别人几乎全被伐倒了，而他却还在？这是一个怎样的隐秘而又耻辱的未知关系？

人要是活的足够久，那么，就会存在对于"上帝"一词做出屈服的危险，大概是因为这个词始终都在。

我们对于时代危机的哀痛有些**不纯洁**，因为它似乎可以为我们个人的错误进行开脱。

这种不纯洁的本质从一开始就存在于我们对死者的哀悼之中。

我们有各种各样的理由支持将**人物形象**作为基础这一观念，其中之一，也是重要和正确的理由，是反对破坏。另一个，一个微不足道的理由，是出于自恋，一种反复端详镜中映像的渴望。

两个理由相互影响，而决定你得到有效的，还是空洞形象的，就是它们的相互关系。

心脏衰老得太厉害了，而且处处都留有怀想。

最少的，是被当作"最终版"写下的东西。但正是因为缺失，所以捉摸不定、或者说是转瞬即逝的东西，才得以长久。

一个证明了自己最不相信之事的人。

回归到圆满结束了的、风平浪静的句子，是稳稳地脚踏实地的，而不是从全身每一个毛孔中渗出的句子。

你要是将一堵墙横在自己和未来之间的话，你会有何感想？

穆齐尔，如同很多法国人在我心目中的位置一样，是我的理智。他不会陷入恐慌，或者说，人们在他身上察觉不到恐慌的痕迹。他像一个战士一样承受着威胁，但又能做到对那些威胁予以**理解**。他敏感，却又坚韧。害怕软弱的人，尽可以向他寻求庇护。于是，当人们想到自己是个男子汉的时候，不再感到羞耻。他不仅仅擅长倾听。他也可用沉默来进行侮辱。他的侮辱具有慰藉的功效。

总是把精力用在错误的东西上。难道你就不认识些正确的？

七十年来，同样的忧虑，但一直是为着别人。

他要是不阅读，脑海里就无法产生新的想法。事物与事物间就没了联系。一切都脱了节，自顾自地晃动着。一片零散的谷地，麦秆疏疏落落地立着，不似草丛紧凑。

他总是会想，这一切有可能都只是一场虚空，他无法将这念头从脑海中排除。他想的不仅仅是他自己，是一切。

尽管如此，他也只能这样继续生活下去，当作这一切并非是一场空。

Pj：我看到了他的房间。我看到了他的床，他腐烂的牙齿。他是怎么做到活这么久的。我真是对谁都没有产生过这样的疑问。他啃噬着老女人的脖颈，她们也由着他这样做。有一次，我在巴黎索邦的庭院里看到他，当时他正无情地讥讽着那里的学生们，这是他唯一的尖刻之处了，除此之外，他总是温情而柔和的。我大概已经有十年，甚至更久没有见过 Pj 了。但往常每当我去巴黎时，他都像多年的密友一样对待我，唯独他会直呼我的名字。他虽待我如此亲厚，但我们却几乎没有任何共同点。我知道他曾进过集中营。他也并不介意因此而受到礼遇。然而，他真正的放浪不羁，体现在他对一切，对规则、婚姻、流程、衣物的难以适从之中。他身着的所有东西全是松松垮垮的样子，都是别人穿坏的赠品，而正因总穿着宽而垮的衣服，他看起来颇像一个永远面带笑容的小丑。

　　他身处陀思妥耶夫斯基的《死屋》之中，不过他是只身一人在那里生活。他自知那里对他具有极大的吸引力。虽然他已经得到释放，但是还是始终在那里。对于自己的自由，他露出讥讽的狞笑。我觉得他很幸福。也许正是出于这个原因，弟弟死后，我便再也无法忍受他。

　　你无法逃出意义。你会被扭曲成所有形状。也许你的存在，就是为了得到扭曲。

　　相当之多的人只能够活在名字里。他们学了知名人士的名字，便无休止地用下去。而之后，也就只是**提到**这些名字而已，而几乎毫不关心它们到底意味着什么。名字就是他们的酒精。喝光了也不怕，因为其他的名字会接踵而至，他们总在期盼它们的到来，实在没有办法的时候，他们也去悼文里边找。

　　名誉典当行。

各民族发现了他们之间欠下的债务。负债庆典。

岛屿上的一年。

一片没有任何名人踏足的土地，一方贞洁的土地。

以我之所见，为我之佳品。

证实记忆？——不可能。

"一颗葡萄，当它遇见另一颗葡萄的时候，它就成熟了。"
　　　　　　　　　　　　　　　　——拜占庭俗语

"当他讲述着曾经如何把一只燕子捧在手上，如何看着它
的眼睛，以及当时产生的怎样一种望见天堂的感觉时，他深
深地沉醉其中，脸上焕发出一种近乎严肃的愉悦神采。"
　　　　　　　　——瓦斯安斯基，《伊曼努尔·康德的晚年》

　　不信仰上帝之人最大的难处就是：他没有人来寄托自己
的感激之情。
　　人们之所以需要一个上帝，不仅仅是因为苦难，更是为
了感激。

艰难的一夜。我不愿意去读这一夜写下的文字。笔力一定很衰弱，这是件**不允许**发生的事情，可却让我平静了下来。

要对自己说多少的话才能够平复心情？而后续效果又会怎样？

并非只有你一人不会遗忘。你伤害了多少同样敏感却又再也振作不起来的人们？

没人懂得"愤怒"的地下筹备工作。

他们给了他成为他们当中一份子的机会，这样他就不必被吃掉了：心怀感激的食人族。

每一次重生之前，他都在抵抗。

仍旧让他心驰神往古老的民族，埃及人和中国人：缮写员。

美，是的，不是你的写作所用语言中的美，而是**其他**语言的。

他对于自己没有侮辱过的人无法予以理解。

他想象着，等到身边不再有人死去的那天，自己得有多老。

隐秘地生活着。还有比这更美妙的事吗？

像欧洲一样大的一片地域，只有四个人居住。

什么是孤独，他问道，你要认识多少人才能算得上孤独。还有，它是否是一种要你服刑的奖赏，是否某一种刑罚马上就会随之而至。

事实证明，**创造**明明都已经在酝酿之中了——而我们，我们才是阻碍它发生的人。

他总能在每一种感觉中当场抓获自己。

不再深入。让思想中断在最赤裸的状态。

叔本华的出众之处就在于，他的整个人生是受极少数早期经历所决定的。他从未遗忘那些经历，也不允许它们走样变形。后期的一切都只是实实在在的装饰品而已。在这装饰之下，不管是意识之内、还是意识之外，他都不做任何隐藏。阅读，对他而言是为了证实自己早期的思想。尽管学习的进程从未中断，但他从未收获新的知识。即使过了一百年，他早期的思想也不会被穷尽。

每天都会有另外一个人想从他的名字上咬下一块。

难道大家都不知道这尝起来有多么苦涩吗?

他回忆起自己所不曾经历过的一切。

致谢? 不。是要铺天盖地的谢。

了解权力之恐怖的人们, 他们看不到权力在怎样地利用着死亡! 若不是死亡, 权力根本就无法构成任何伤害。所以, 他们在那里大侃权力, 表示要进行抗击, 还要把死亡冷落在一旁。他们认为是自然而然的事, 其实与他们毫不相干。他们的这种自然还欠缺的很呢。如果自然显出一成不变的样子, 且让我也如此认为的话, 那么身处其中便会让我十分不适。而如今, 目光所及之处方方面面都展现出了变化, 我便更觉得不适了, 因为, 推动了这些改变的人们, 他们不懂得, 有些东西是决不能被更改的, 任何情况下都不行。

往日时光对于他的意义, 并没有由于受到威胁而有所消减, 相反, 他探寻得更加深入了。在那里, 仿佛有我们要找的裂口, 而找到了裂口, 就找到了用幸福来对抗威胁的方法。

可是有很多个裂口, 而且它们每一个都独一无二。

胡安·鲁尔福:"逝者不死。人们可以在万灵节这天与其对话、供其膳食。遭背叛的寡妇会来到她死去的丈夫的墓前, 再次责怪他造成了婚姻破裂, 会责骂他, 威胁要报复他。死

527

亡在墨西哥并不神圣，也不陌生。死亡是再日常不过的一件事了。"

……

"那么，鲁尔福先生，你在写作的时候会感受到什么呢？"

"噬心之痛。"

如果一切都覆灭了：那也要大声**宣告**出来。如果一切都将不复存在——至少不要低眉顺眼地退场。

只要一想到存在的理由，我就感觉不到软弱了。只要一不想它，我就感觉得到软弱。

对人，他感到自己好像被强暴了一般，而对图画，仿佛获得了新生。

他求的不是谅解，他求的是多解。

苏蒂纳[1]："我曾目睹村里的屠夫割开一只鹅的喉咙、放干它的血的过程。我想要叫喊出来，但是他那愉悦的目光紧紧地扼住了我的喉咙。"

苏丁感受了下自己的喉咙接着说道："我这里至今都还能感受得到这一声吼叫。当孩提时的我为老师画着极其粗鄙的肖像之时，我就曾尝试着摆脱这一声惊吼来着，但只是白费

---

1 哈依姆·苏蒂纳（Chaïm Soutine，1893—1943），出生于白俄罗斯的犹太裔法国画家，对巴黎的表现主义绘画思潮有很大贡献。

了一场力气。等到画牛的尸体静态时，这一声吼叫依然还在。我竟还是做不到！"

——苏蒂纳致埃米尔·西加[1]

我们用来理解人类的那种偏狭，是一股可怕的力量，就好比是为了防止他们乱咬，便用双手捏紧他们的嘴巴。可他们绝不会一直想咬你，如果用蛮力封住了他们的嘴巴，我们又怎么能知道他们想要什么呢？也许他们想**说**些永无人再说的话？要是他们想要呻吟呢？要呼气呢？

因为惧怕他们的牙齿，所以我们错过了最无辜的、最美好的、以及所有的事情。

他曾为自己的晕头转向而感到骄傲。现在他虚弱地望着路途。

其中最让他痛恨的，是历史的报复。

难怪你会喜欢那些旧的、**所知甚微**的编年史。

所有被遗忘的人又浮现在他的脑海，重获他们的脸庞。

玷污最纯粹之物的恭维之辞。

1 埃米尔·西加（Emil Szittya, 1886—1964），原名 Adolf Schenk，匈牙利—法国艺术评论家、前卫艺术家。

我们应该时不时地背叛一下自己吗，换句话说，承认某件事无法开端，却又推测其结果。为什么我们更偏爱做不到这一点的人们，那些所谓致死坚信自己的人们？

有些迷惘不分信仰。

别再咬了，张开衔着句子的嘴。

以零距离著称的诗人：陀思妥耶夫斯基。

通常，人们会用自己**不接受**的时间属性，来表达时间。

他从未向上帝发问。

他只在能够掌握概观的地方追求清晰。其他处处都笼罩着疑问的黑暗。

《群众与权力》的形式会成为它的长处。若是续写，你就会用你的种种希望毁了这本书的。就如同现在的你强迫读者去寻找**他们的**希望一样。

他想要实现没有自我的存在，而又不必否认自己的作品。诗人的积分。

1983

为了不让主人家为难，他装作在吃的样子。在他的家乡，人们早就已经戒掉了进食的习惯，也听不到屠宰牲畜时嚎叫的声音。那里的人们以空气维持生命，空气是他们的健康饮食，而进食也不固定在某些特定的时间，人们根本就不知道自己在吃，至于盘子以及刀叉，也都只是古风的装饰而已。为了到饮食者的国度游历，大家像学习一门外国语言一样学习了野蛮人的行为，而且他们精通于装饿的艺术，却又滴水不进。

敌人，他说，于是他的荒漠复苏起来了。阳光刺来，盘旋的鸟儿焦渴难耐。

那里，人在将死之时最为鲜活。

那里，人们以一个无人知晓的外号为依托。

那里，总是一行人一起外出，单独露面是一件可耻的事。

那里，结巴都必得是跛子。

那里，门牌号码每天都在变，为了让大家都找不到家。

那里，别人的疼痛才是疼痛，自己的不算。

那里，说**同样**的话是放肆无理的行为。

那里，句与句是相连的。中间相隔百年。

割碎的宗教，成了一段段罗列的阅读摘抄，被剥夺了呼吸，也扭曲了形状。

一个教导太过正确反而会让人因此而抛弃它。

与我们的厌世者相比，佛教显得多么的美妙啊！
厌弃生命，可却有上千个重生的故事。

若能消失的话该有多好啊。无迹无踪。若是只有你自己知道你消失了，该有多好啊。

他憎恨自己身上的联系。

于每一个角落逮捕自己的人。

你最殷切渴望得到的，是**阅读**的永垂不朽——多么谦逊！

每一个随他一起死去的字，都让他感到无比痛心。

只**理解**一个名字。

亚里士多德影响最为重大的一面：他的细致。

"孩子们想要折磨折磨蛇，他们把蛇塞进一个装满干石灰的口袋里，然后往上面浇水；苦受灼烧之痛的蛇发出嘶嘶的响声，孩子们把这叫做**蛇的笑声**。"

一条羚羊假腿。羚羊用它挠了挠自己的毛皮。

荣誉们列队集合，随即便向荣誉获得者们扑去。

那孩子什么都不想。它很快乐。它看着我的铅笔，微笑起来。

后来的那些宗教，你将对它们一无所知。也许都是不需要祭祀的宗教。

有很多人，你不把他们当回事，他们却对你心怀善意，又有多少人，你把他们放在心上，可他们却对你不屑一顾！

灵魂转世这一观念里最让人心驰神往的一点，就是它允许你想象动物也是可以获得灵魂，并由此提升地位的（尽管如此也不能与人类同日而语，因为投胎到一个动物身体内，是对灵魂的一种惩罚)。

因为投胎到了某一个动物身上而成了一个完全不同的物种，然后以一生的时间来做这个动物，这比较让人难以接受。这种变化本身是很吸引人的，它必须得是自由而不受支配的。最重要的是，一定要有回到自己，回到此生样貌的可能性。因此，主要重心在我看来一直都处于当下的此生中，它是世界的一个中心，我也愿意看到它一直被作为中心被保护起来，我无法够接受它的流年易逝；哪怕灵魂能够因为它的作为而得以长存。而我说中心的时候，意思并不是说，它是唯一的或是最重要的中心，而是无数中心中的一个，而每一个中心都是重要的。

我的"固执"表现在我对任何一世都无法放弃的态度上，哪一世都不可以放弃，于我而言，每一世都神圣无比。这无关乎人一生的成就，也不牵涉荣光或是他所获得的威信。在我看来，所谓低级灵魂只为充当高级灵魂的食物而存在的这种论调，简直是低劣至极。

我们要保有、并滋养一种希望，希望**每**一个灵魂都不仅仅对自身有价值，并且还可以以一种无法预见的方式对他人、甚至是所有人产生意义。

若是将转世的观念结合上因果报应论，那么它就会呈现出决定论的色彩，未来的每一次转世都无自由可言，那是一种延伸至整个未来的、持续而又割裂式的强制力量。而真正的轮回之中最美妙、并且对于人类不可或缺的，就是它的自由。正因向任何事物和任意方向投胎都是可能的，所以，人们无法预见自己最终到底会变成什么样子。在做出选择之前，人们站在通向上百个方向的岔路口，茫然不知自己会迈向何方——而这一点也最重要的。

人类善于做计划的特性是后天形成的，它强力地压制着人类原本的轮回天性。

一切地方都被占据了，老地方都被挤得满满当当。

一封让你幸福的信。紧接着与写信人的一通电话，而他并没有写那封信。

对上帝敬畏，演变成上帝对我们敬畏。这畏惧已大到让他深藏远遁、无迹可寻的程度。他怕人类恬不知耻的嘴脸，他怕他所创造的人类会亲昵地搂着他，抚慰着创造了他们的自己。"别怕，我们都在呢，你的造物会保护你的！"

无人知晓，钟表那秘密的心脏。

你会变老，老到自己都浑然不觉。

民族挥霍者，他让他们每一个人都为他买账。

继歌颂者之后，诽谤者，尽心于场景重现。

"我不觉得永生是一件全然不可能的事，因为，持续的消减并不是一定要包括终止这一概念的。"

——利希滕贝格

所识之人中，最让我感到惊奇的，是 X 君。对于我在彼得·基恩[1]烧死的五十年之后没有成为他这件事，他感到十分恼火。

一直都必须撒谎的人，会发现自己的谎言句句属实。

没有惊叹的生活你能过多久？神的诞生又多了一个理由。

所以，直觉的第一反应是正确的。当尼采母亲的书信于约五十年前面世的时候，我简直怒火中烧，尼采病弱的样子让我看穿了他那套"权力意志"，从那之后，我便与尼采划清了界限。

这一切自始至终一直都在。如果说我曾有过什么宿命论的思想，那么一定就是这一个。这一对兄妹！互相仇视又彼此相似！一个是住在母亲家里的咆哮的疯子，一个是近乎嚣张跋扈的妹妹。对于基督教生厌——实则是对瑙姆堡心生厌倦，也是与李斯特于魏玛的终结。他们两人的理想——拜罗伊特，却也是他羞于面对的伤心地。倚仗妹妹平步青云。

1　彼得·基恩是卡内蒂小说《迷惘》的主人公，结局时放了一把火。

尼采是最为独特的生存者，十二年的光景，他都不知自己是谁。

他在自己的弟子身上看到了一个拼凑而成的自己，让他又忍不住想要把他打散开来。

声望导致**粗野**。

"命运女神"已然无人可容忍。地球上再无她容身之所。

迫切的想法：地球上的人类必须得达到一个特定的**比重**，在这之前地球不可以爆炸。

他在调查我。但却受到了阻碍，因为我在调查他对我的调查。

留下他的某些部分让人无从知晓，这也挺好的，就当是平衡了，因为他为人所熟知的那面已经让人应接不暇到无法承受的地步。

如果他能够知道自己**最后**见到的人是谁的话，那么他的一生就会有一番不同的经历。

没有比命运之爱更令人作呕的事情了：病弱的尼采在他

母亲的房子里咆哮着。

写下一生的经历，却不肯承认时光易逝，是一件很难的事。

只要我懂得言语，又怎么可能会感到无聊呢？

所有接纳你的语句的地方，都是完整的。残缺的地方都结结巴巴的。

如果万事万物都和谐相融，就像哲学家说的那样，那么一切就都失去了意义。区分开的，才能伤害，才能作数。

正因为危险近在咫尺，所以悲痛才显得尤其可恶。

全面的绝望蕴含着一种的令人麻木的力量：一场欺骗。一切都如同往常一样，只有苍白的言语会在各处调整彼此。除了口头上的恐惧，并无其他异常。

所有从我身上咬下来的东西，他都用阿尔卑斯香草包裹、寄回。

他迷失在历史书籍里。时间对他已经无足轻重，更别提什么无法企及的真相了。那么，他找寻的是什么呢？ **——不同的名字**。

那里太冷了，冷到名字都凝结了。

他一直都孑然一身，直到出现。

昨天一天都处于危险的恐慌之中：打落的飞机。

对，完全可以这样开始，而且马上便会结束。再无任何辞令、没有流程，也不设期限。

这就是我们到头来收获的结果吗？这世上还存在一分耕耘一分收获这一说吗？我们就是这最后一批的见证者吗？难道是我们精神错乱了？还是说一开始就是疯狂的？有开始吗？还是已经结束了？

上帝躲藏了**多久**？

每一次大屠杀：早期的征兆。
你是知道的。你并没有说。
这就是你的期望吗？

他曾施加于他人的讽刺，以及现下不允许自己发出的嘲讽，如今全都落到他自己头上了。

你只有面对自己，才能**重新**恨自己。于遗忘的满足中倦怠。

一本盲目的圣经。

在每一个人身上寻找他嫉恨的样子。

他一天天地在变老，但却仍想在这仓促之间找到受自己尊重之人，找到不会让他产生改观之人。意思是说，先前认识的所有人在他心目中都变成怪物了吗？

准你欢庆，只是不能欢庆你的出身。

人类难道还能够发明出不使自己害怕的东西吗？

他多想盘问那些同样出于此目的而突然向他发问的人！

人们需要的是让自己挑不出毛病的名字，就这么简单。

来自于后世的干扰。

对于好多人，他了解得比自己要深，但是他总是一再地回归自我，回归到那个想要了解的自我。

人要活得像一切都会照常发展下去一样。真的一定要这样吗？即使你无时无刻都会想到五十年后人类可能不复存在，也要这样活着吗？

他依然能够说出"人类"，还没有还带着腻烦和反感避开。

听却是不能的。

那人总要对每一个人极尽溢美之词。他并不是溜须拍马之辈。可又确实心口如一吗？值得称奇的是人们通常的反应。他们对赞美之辞大多甘之如饴，甚至好多人要寻访他，为着能多多地听上一番。可对于这些人，他不再理会。他的美言需要面向不同的、新鲜的面孔。

他窥探着丑陋者的动向。他将人们带出昏暗的光线。每次绝不会超过一人。

他敬重一个人的思想，却厌恶其本人！至于到底是**谁**在思考，这根本就无关紧要，这一认识最让他感到不安。

有些人，他们能够追踪自己的**每一个**想法。这能用来干什么呢？

我们该如何阻止追随者呢？这对他们不好。可你自己曾经不也是一个追随者吗？那又如何！那又如何！这于我也是不利的。我用了五十年才扭转这一局势。

最好赶紧住手！你摸索得太**远**了。

你毫无、全无、了无半点认识。可是这就让你成了虚无主义者了吗？

世上所发生的一切，都没有降临在你身上吗？那你又准备如何认真对待自己呢？

你在怕什么？这场毁灭，还尚且没有名字。若有上帝相助该是多么轻而易举。他的帮助会不期而至。为了能够继续向他祈祷，信众们决定拯救地球。

少些信念？——这能有什么好处呢？

千万不要指望自以为是之人。有那么一些人，你把他夸上天，他却突然骂将起来，并且依然自以为是地坚持自己有理。

等到利希滕贝格到了两百岁的时候，他会觉得自己的草稿簿无聊吗？

太多往昔，令人窒息。
可是往昔伊始之时，是多么辉煌。

如果**他们**可以用**地狱**的企盼来支撑自己——为什么我们不能用**我们**自己的企盼呢？

好是好不起来了，但也许能放慢一些？

一年十二滴。持续滴落？哪块石头？

误打误撞地闯进文学史，再也出不来了。

他回到家。所有的东西都在。桌子消解了。他坐了下来，在半空中写作。

谈话有一种后续效应，就仿佛是你得花上几天才能明白自己到底讲了什么。

渐渐展开的话语。

如霹雳般立现的话语。

于接受者身上潜移默化的话语。

每当与别人交谈时，他都会害怕会对**自己**产生影响。话语的回响。

妄想狂绝不会有出门在外的一天。外界的一切都变成了他内心迷宫的一部分。他无从逃离。迷失自我，而不会遗忘自我。

一段时间之后，他不可避免地大吹大擂起来：大家注视着这位谦逊、和善的男人，问道：这是谁呀？

自从能飞以来，他们建的房子就一派死气沉沉。

K. K. 那所学校的人怎么会有谁没学会辩论呢？然而，在灵魂深处，我却是反感论战的。我不喜欢争论。我听取别人的见解。我讲我自己的东西。可是，倘若别人和我的东西之间存在冲突呢，不，这是我最不希望得到的结果。斗争这件事在我看来实在是有些低级。

有时，你告诉自己，能说的都说尽了。这时，响起了一个声音，它虽然重复着同样的话，但却是一番新的感觉了。

只一个轻盈的手势，柔情便蔓延开来，所有的爆发都归于岑寂。

天啊，你错过了怎样的风景啊！而你内心充斥的尽是迫在眉睫、却又无法挽救的景象。

由信件组成的一部晚期作品。

最年长之人身上最为美好的一面，就是他们想要尽量挽回逝去事物的愿望。他们对于走在自己前边的人们怀有敬意，可是同时，遭到遗弃之感也毫不亚于此，而如果有让某位死者复活的可能的话，他们一定会自折阳寿以换取其回归。

1984

"可以说，若不能体会众生之悲与欢，便不足以为人。"

——《徒然草》

幸存的**罪过**，你一直都体会得到。

他留着语言的筋，抛洒着它的血。

人类思想的高度奇迹：回忆，这个词深深地牵动着我，就好像它本身是一个古老的、陷入遗忘的、而今却又重被唤醒的存在。

布罗赫用太阳造就了他的维吉尔。我难道不可以用他的名字来指称他原本的样子吗？

是谁胆敢扯下埃及的神明头上的动物面具？

父为狼，我最初的神明。

通时达变的天才，他们一言不发。天才？是的，他们是同类中最完美楷模，为达成威慑的效果，他们将人类主要特质展现得淋漓尽致。

这些动物！动物啊！你是从哪认识它们的？从所有你不是的、却想要试探的事物中认识的。

关于书写的基本假设可以追溯到自古埃及人身上：记录的假设。

从那以后便不再有遗忘了，所有的事情都因**记录**而得以存在。

不管其他的世界有多精彩、多奇特，他都不愿再多加塑造了，只有这个世界是真实存在的。

最后的结果会是暴动吗？还是痛苦？感激？报复？

种植着荒芜的美丽村庄。

满目疮痍，为了让这一切显得不那么真切，我试着**看开**。

姿势，姿势在哪？谁要谁做？谁为谁摆？

现下又来了一个讲解他的人，这人知道的更多，并且保证说，谈到他能够滔滔不绝地讲个不休。

有什么人是他所不曾怕过的吗？可是他又知道有谁是怕他的吗？

人们爱得多么深，多么徒然，这是最根本的东西。

受尼采影响的人：极其伟大的人物，比如穆齐尔；还有不为尼采所动的：卡夫卡。
这种区分在我看来很重要：
这里有尼采。
这里没有尼采。

西班牙文学忠实的德国分支。

G君预言了各个奖项获得者的命运：
自杀、才尽、失踪、陨落。
我向他打探没获奖的人们的命运。

从哈雷彗星到哈雷彗星，你一生的时光。

有一个国家，那里若是有哪个人说出了"我"这个字眼，那么这个国家就会迅速陷到地里。

你表现得好像自前苏格拉底哲学家和中国人以来再无任何事发生一般。

在很久以前，骗子们都是白手起家的。

天空中，奢侈的认知发出隆隆的鸣响。

每当他看到一处风景时，都无可避免地想要躲藏进去。

那里，你撕碎的一切。神明会感激你献上的这些人祭吗？

最后得以留存下的，由不得你来决定。千万不要试着去决定它。

不要相信他，他创作，是为了得到诠释。清醒的人很庆幸自己的劣势：他们遇不到多少愿意诠释的人。若是某种原因导致这类人的倍增，那么一切就陷入更加模糊的境地。

没有什么比屈辱更合适你的了，因为你从不曾有过更深刻的感受。

还没有读，你就在《圣经》里了。

不要觉得有什么神明会顾及你。怜悯——是断然不会有的了，可神也绝不会夺走你的一分一毫。

地狱之火中，生与死之间，这种生活如同天堂一般。是赢得的时光，是呼吸着的希望。

不要害怕得以实现的当下。

所有人都这样活着，他们无法正视所面临之事。这样他们活得更好。

你还要敢于去蔑视他们！

天啊，那些意味深长又隐晦曲折的字眼，它们有多么嫌恶我啊！

有人埋葬神明，另有人寻之不得。

他毫不羞耻地将自己干瘪的思想赋予了他。

别说话，赦免他们的罪过吧。

你是怎么抵御**因果报应**中的环环相扣的！这个可怕的信仰在你眼中如今显得多么温和！

你缅怀着它们，那些死去的语言、死去的动物、死去的大地。

他说个不休，直至一切都土崩瓦解。

灰烬还在。尚未飞散。他还可以感受它的轻盈。他依然能够感受它的存在。

以死亡为**耻辱**——可怎么呈现出来呢？

你**没**说出口的，会变得更好。

他看起来十分克制：眼睛如同净化过的水。

依照我现下活跃着的观点来看，我对太阳并无亏欠，可是说到对这些观念所抱有的恒心与决心，我却欠太阳一份感谢。

他是太阳前所未有的完美化身。他总是一寻便得。对我也是有问必答。**他的**野心，如果他一度拥有过什么野心的话，也早已克服掉了。纵使拨弃万事，却依旧以一副入木三分，清醒通达的头脑活着。他是我唯一未曾伤害过的人，即使在思想里也没有。

他无法容忍的死亡正承载着他。

那里，他直立行走，断成两半。

他召唤每一位迷途之人返回。"再想一想！你可以回来的。"再度睁眼时，会是怎样的一瞬！

伟大的话语在你身上都失灵，那还有没有渺小的？

你更愿意活在暗示里吗？

以风景为华丽的制服。

一个具有被世人遗忘之天赋的人。

两种掠夺者：受人感激的和遭人记恨的。

与此同时，众神神偷偷地改了名换了姓。

用自杀来挽救另外一条生命——被允许进行的自杀？

他浏览着关于自己的记载，发现写的是另外一个人。

老人们懂得的越来越少了，但是威严依旧。

他的那些伟大而又神圣的书，他并不了解。它们太过神圣，他连翻开的胆量都没有。

他只相信那些操持着一口他听不懂的语言的人们。

他最爱跟智力有限之人做朋友，因为他们的不可限量。

有必要虚构一个长生不老的人物。一个只是表面上，而不是内在里经受住了时间的考验的人物。由于他先于所有人就已经存在了，所以不能用任何一套时间进程来对他进行衡量。没有人经历过如他那般悠久的岁月，所以也不能用他与人进行比较。而所有人都无一例外地从**不同**的时间点起开始旅程。这是一个令人神往的人物，他区别于所有，不属于一切，即使是他的另类，也是一种无人知晓、不可理喻的另类。

提前多年，他便已早早地地进入悲伤，自出生起，早在认识她的许久以前，他就开始了对她的哀悼。他们相逢，是为了让他弄清自己哀伤的缘故。

如果一个人高频度地听到各种概念的话，那么抛出这些概念就会变得极有必要：思想的排泄物。——就如同今天你对于"拜物"、"俄狄浦斯"等等低劣论调的态度。这也是其他很多人对于"大众"，"群体"和"刺痛"将会抱有的态度。

我根本就无法把任何东西**分离**开。总是有一个人黏在那。

"我要渴死了，请从记忆之湖中给我取点水喝吧。"

——俄耳甫斯

意欲离开之人，我还留有谁。我又不准许谁人离开呢？

一个个字母消解、脱落，摸不透是哪些。

恶毒的言辞从你的铅笔中流出，就如同虫子从恩奇都的鼻孔中蠕出一样。

不要原谅他，他在融化。

他站在镜子前，对自己龇了龇牙。他怕的只有自己了。

死亡面前不要减速：加速，加速。

记忆与他人的记忆接壤之处。

这些城市丰富而又广阔，纵使是在记忆里都必得先认清个东南西北。

他从所有的罐子里汲取上帝。

了解得透彻无比的一生，无法承受。

去荒芜的地球上探险。寻找罪人。有所发现。

对他而言，他的民族还不够历史悠久。什么约旦河！什么西奈山！再早一些，再早一些！

除了自己，他还能够忍谁？等到他连自己都忍不了的那一天，又要如何离开自己呢？

总是反反复复地观察着自己的人，他还能嘲笑什么呢？

那里的每个人都被葬在不同的地方，除了**错乱**的坟墓别无他物。

你一个动物朋友都没有。你也把这叫作生活？

一直读到一句话也看不懂了，这才是阅读。

这部讽刺作品中的路途之短让他不堪忍受。

在场所的自满中溘然长逝。

喧嚣逝去。他变为无名小卒。真是幸运！他竟活到了这一天！

令人心醉的喘息之机。赢得了多少时间？一个冬天，一个无休止的冬天？

你的先人们是不是变得对你太过重要了？难道你忘了，是谁丧失了如今的世界吗？

难道不断地向后倒退是成熟的表现？一定是拯救与守护。可难道现在，这一切，就不是在冒险吗？

他只是为了练习说不而说不。

一个不该在世间存在的人：他该有怎样的行为举止（训诫小说 [exemplarische Novelle]）。

从别人的经验中吸取教训的人，请你向我们会意。那从自己经验中吸取教训的人呢？

他需要接替他的痛苦之人。

摔死在回家路上的 S 君。他戒了酒，可烂醉如泥时却从没摔过跤。

无声者的暴怒。

当说出"上帝"这个字眼的时候，他觉得自己极具创造力。

他对他那愚蠢的固执颇感得意。可顺从的人就见得更聪明吗？

爱每一句听到的话语。企盼每所有可能听得到的话语。
对话语永不知足。
难道这就是不朽吗？

旅行的姿态。他从一个城市逃到同一个城市。

把哲学家们缩减成一副卡牌。

老年戈雅：他那丑陋的儿子，他的继承人。一位九岁的女孩，也许是他已经开始学习绘画的女儿。她的母亲，特蕾莎，戈雅已再也不能听到她的责骂了：耳聋救了他。

储备死人，以备**悔恨**。

他想到了自己可悲的交际关系和内心生活，想到了自己越是老了却爱得愈发窘迫和强烈，还有从来不思考自己的死亡，却为最爱之人的死亡问题殚思竭虑，他想到自己对亲近之人越来越难做到**客观**，也绝对做不到漠不关心；想到自己对于除了呼吸、感受、认识之外的所有事物都感到鄙视。

他还意识到，他**不愿意**见任何外人，意识到，每一个新来的人都会给他带来深入骨髓的焦躁不安，意识到，这种不安，不管是用厌恶还是用鄙视的手段，他都无法抗拒，完全是毫无抵抗地听凭每一个人的摆布（虽然人们对此全然不知），他会为了他们的缘故，永远不能停息、不能安眠、不能做梦、不能呼吸——对他而言，每一个新出现的人都是人群里的极端，其中重要的，甚至是最重要的是，若是拿这一点来与他人晚年所获得的那种有益的并且同样清醒的安宁相比较，他就不知道该倾向于哪一边了，他会以这样的安宁为耻，就如同他以自己赤裸的灵魂为耻一样，他会想要像这样的安宁之人一样，却又不愿像他们一样，然而，有一件事他却确定无疑：他是不会愿意与他们进行互换的。

不说话的时候，他听到的便更少了。

"提亚纳的阿波罗尼乌斯"进行认识的方式是一种异乎寻常的**洞察**的形式。因为相信轮回，所以他更加关怀如何揭示事物更早期的存在形式。他想要获悉某个人**先前**是谁，然后他便知道了。

他从一只温顺的狮子身上认出了埃及王、波利克拉底的朋友，也就是阿玛西斯。从一个乞丐身上，他认出了一个教唆众人将石头狠狠砸向自己的恶灵。

"某女受人馈赠一头大象，于是便献身于这赠礼之人。这样的由一头大象所引起的献身行为，对于印度人来说并不以为耻，甚至，对女人而言，是件相当了不起的事情，因为她们的美貌获得了如大象一般的高度赞赏。"

——阿里安

不讲故事的时候，他整个人便消散了。话语，他自己的话语，对他自己具有怎样的力量啊！

生命中有一些少数的思想会反反复复的重现，它们仿佛是崭新的，却又似曾相识，包裹在岁月里，如包裹在叶瓣中一般。

展翅飞翔的鹤，排列出字母的形状。

——希吉努斯

在某个国度中，恶人们都倒立行走。

某人在晚年的时候尝试测量出自己的话语所造成的伤害程度。

在某一个社会里，所有说出的话语都被封存起来，不对外开放。

偶尔，在未知情况下，它们会敞开自己的壳，以不可阻挡之势倾泻向说话之人。

1985

喝吧，喝吧，你还没开始讲就渴坏了!

自满：巨型望远镜。

一生的总和，小于它的部分。

你用种种真相出卖自己，就仿佛它本身就是一个谎言一样。如果人人都信，那么，过不了多久，它便不再真实了。

禁锢在一个传记里：所有的回忆都在，而且继续活跃着。再不能尘封，亦不能掩藏。它们扩张着自己的权力范围。为自己深藏的这许久时光做出补偿。对于怀疑，它们怒目以对。

仇恨的乡愁。

他想要变得更好，但这太奢侈了。

降至光华之上。

十分钟利希滕贝格，心中压抑了一年之久的东西，都萦绕在他的脑海里。

不要让一天天毫无迹象地流逝掉。总有人会需要这些迹象的。

你还从没有做到过如你期望的那般短。

由话语片段组成的男人。

由于你总躲躲藏藏，所以他们都鄙视你。若你还是一副神气活现的样子，他们也还是不会减少对你的鄙视。

"盲人们享受着一种特殊的保护。他们的债务人受到强制，必须向他们偿还欠款，这样盲人就可以通过放利的方式来获取可观的财富了。"

——日本，约 1850 年

年华总是有着它的规律的。迈向老年并不是一件非常偶然的事。

他们对你传记中所呈现出的连贯性发出责难，也就是说，那种让每一个事件都指向后续发展的安排。

难道还有哪种人生是不向着后面发展的吗？假若有一位八十岁的老者在写他的传记，那么他笔下的一生绝不会呈现出一种好似四十岁时就已自杀了一般的状况。如果他写的这本自传，在经历了种种难以言喻的延期之后，最终得以诞生及面世，那么他也不会一时冲动假装这是一部失败的作品。

所以，人们可能会指责你相信了《群众与权力》，指责书里的见解——尽管这些见解可能被轻率的语调所掩盖——却仍旧保有效力。正是出于这种认识，你写下了你一生的故事，而它的形式以及其中绝大部分的内容，都是由那本书决定的。

至于书中出现的人物之繁多，以及某些人物比叙事者本身占有更大篇幅之现象，这些也都极有可能令人不解。然而，这却是对抗传记的趋向性，**真实**重现人之一生的唯一可能。

想想众人吧，然后你就会有所启发。

他规划着日子，如今的日子愈发珍贵了。然而却不会因规划而变得更加珍贵。

永恒的尽头。它是什么时候开始的？会在什么时候结束？

一个乐于掌权却绝无可能大权在握之人，由此，他成为历史学家。

乞丐中的总理。

你总是持续地否定着什么，而你的轻视却又证实了它们。然而这些事物也许会因为不断受到轻视而得到削弱。

人们是否应该只疼爱无论如何都不愿做自己继承人的继承人？

"人们说，她在河岸上住了六十年了，却从未弯下腰来看过那条河一眼。"

——父辈的教导

他八十了。好似未经许可就踏入到另一个世纪之中去了。

叔本华的迷人之处在于他对上帝的规避，毅然决然、不容更改。

不关乎权力却以上帝为前提的思想，是不可能存在的。

自我厌倦，但这未必是什么坏事，只不过是太熟悉而已。

司汤达身上有很多令人称羡之处。尤其是当他去世后才真正地暴露在世人面前这一点。

所有的事物都将会遭到扭曲，而后被设法兜售。你到底作何想法又有什么要紧？你毫无建树，一事无成，所以你的思想同样也会消失。当然，也许你并不知道，你的思想在日后、在不一样的环境之下是否真的会毫无影响。或许它根本就不**应该**产生任何的影响。或许有些事情就应该为了自身而存在：但得以**未经扭曲**的原本形态。

每一个人，尤其是每一个崭新的面孔，都会以无法预料、不可思议的方式赋予你活力。

一开始，你会想要摆脱一切已存在的样子，并以此来猛烈进攻毫无招架之力的谈话对象。你来者不拒地用你自己来对每一个人进行攻击，事后又以惊诧的目光看着他们不堪一击的样子。通常来说，在这样的进攻之后，你需要一整夜的时间来重振雄风。

你对自己有了很多新的认识，因此，面对自己时你会大惊失色。对于对方，你也深感惶恐，因为他几乎不敢做出回应，因为他如获至宝一般地倾听你，并且试图铭记一切。然而你并不是什么珍宝，你不屑于被视作珍宝，你只不过是活了八十岁并且依然完好无损地保有你的诸多经历的人而已。

为求增强自己死亡的意识，你无所不为。你不惜将本已十分凶险的处境变得更加险恶，以期能够永保对于危险的想象。你与嗜毒成性的人截然相反：恐怖意识永远都不可以停息。

不过，像你这样对死亡时刻保持着清醒的意识，到底能带来什么呢？

你会变得强大吗？你能更好地保护身陷险境的人们吗？会有一个人因此而胆量倍增吗？

这种十分庞大的机制设置得并无半点用处。它谁也救不了。它只造成一种力量感的虚幻表象，实则不过是夸口而已，而且事实上，它就像其他的种种的机制一样，都是彻头彻尾的无能为力。

事实上，你依然没有找到正确、有效、于人类有益的态度。你除了做到了否决，并没有取得任何其他的进展。

但是我诅咒死亡。我真的别无他法。就算我在此过程中会变得盲目，那也是无可奈何，我要击退死亡。若是接受了它的存在，我也就是个杀人凶手了。

没有任何一种声音可以给我带来平静，就算是如她一般的维奥尔琴，哪怕是一曲不像哀歌的哀歌，因为它柔情脉脉的语言颇显克制。我有的，只是这些泛黄纸张上的线条和千篇一律的言辞，而它们一生都在诉说着同样的故事。

你——一个医生！你的毁灭只需一个病人。
医不好他的话，就真是悲伤了！

为了不对所有的形式尽失信念，他开始让自己面向动物们的形态。

他并不想要了解这些形态是如何产生的。这种过渡是会让它们变得模糊不清的。他需要了解的是突变。

一个由麦穗组成的人，看看这些麦穗，它们是怎样地弯下腰来，静静倾听的啊。

没有人愿意相信他曾活过的事实。若是你曾对索恩[1]有过些许贬低，这或许还会使他的存在增加一些可信度。但是他就是他那个样子，我认识他共有四个年头了，我若是对他的形象有丝毫的添油加醋，那便诅咒我的这只手废掉。

我曾经是多么热烈地爱着他，五十年来守口如瓶，从未写信对他倾诉衷肠，我也是绝不会想向他表明心迹的，而如今，屋顶麻雀啾啾喳喳的啼叫着这桩心事，而他的新诗也登

1　应指以色列诗人亚伯拉罕·本-伊扎克（Avraham Ben-Yitzhak，1883—1950），原名亚伯拉罕·索恩。

在**报纸**上，这件与他的愿望背道而驰的事情还是发生了。

然而如今，人们更加分明地了解到了他对我所造成的影响，也已从旁得知，曾经的他是个怎样的人物；我往日所谓的故作深沉，现下也被认作为**他的风格**而得以沉冤昭雪；我当年的讳莫如深、不加妄言，也再不会受到任何一个懂他的人责怪了。

谈谈最私人的部分吧，谈谈吧，这才是真正的关键，别不好意思，一般的状况都在报纸上了。

他并不做最后的那一步安排。他丝毫不把死亡放在眼里。

你的那本对抗死亡的书——在这么一大通宣告之后——准备到什么阶段了？
试试反其道而行吧：赞美死亡，这样你就会迅速回归自我，回归到你真正的关怀之上去。

腐蚀性的名字。

多年以来，他了解你使用的每一个字眼，却与你丝毫没有共同之处。

对他而言，"人类"早已不是什么奇迹了。"动物"才称得上是奇迹。

专门用来谴责的人物：时刻待命。把气出在他们头上，而后将他们的碎片扫到一边，一身轻松地重新开始。

逃离世界，单枪匹马。

在那些日子里，希望在变得淡薄前总是会踌躇不定，幸福的日子。

他把疼痛的手臂悬在悬铃树上，随后便痊愈了。

天啊，他讲话真是放肆粗野，而现在正是是该他**谈话**的时候。

我看不见任何人。我有目如盲。我只看得见身处险境的她。

对你而言最困难的事情是什么？最后的意志。你说的就好像你要投降了一样。

那如果说的是再一小时呢？

纪念碑——纪念谁的？虚构的人物？

如果诗人们之间互相不对付的话——不然他们还能干什么呢？

他躲了起来，直至被人忘得一干二净。

是从什么时候起，你开始对神话绕道而行的？是出于恐惧，还是因为你觉得它们徒劳无益？

白天的时候生长，入睡时已是巨人。

早上醒来的时候十分矮小，因为他总是在睡眠中收缩，而后便又一次开始了新一天的生长。

二十五年之后，他达到了可以以一个陌生人的视角阅读自己的书的境界了。

为什么他觉得还挺顺眼的，就因为时隔太久了？

他多么喜欢说"神"啊——为了不用"上帝"这个字眼。

他还从未达到变成奴隶的程度。但是他观察着想被奴役的奴隶们，这是最为过分的事了。

一笔糊涂账？这世界？

一个人的碎片，要比他的自身有价值得多。

在关于语言方面，你是一个虔诚的人。语言对你来说是不可侵犯的。连那些**研究**语言的人都会引起你的痛恨。

无意识的东西，拥有得最少，却谈得极多。

他的所有罪孽都从口袋中探头而出。不管他多少次让人缝死这些口袋。都无济于事。

"呼吸"（Atem）一词的奇异之处就在于，它好像是来自于另一种语言一般。它有一些埃及、又有一些印度的感觉，但更多的是，它听起来像古老的语言。

寻找德语中听起来像古语言的字眼。头一个就是：呼吸（Atem）。

以冥思话语来了却一生，而生命却又因此得到延续。

你的赞美让大家一头雾水。你没有学过不具有破坏性的赞美。

自从躲起来之后，他对自己的印象更好了。

他从不会因为困难而抱有遗憾，任何曾对他造成阻碍的事情都不曾让他懊恼。要是他早知自己能活到八十岁，就一定会想尽一切办法来把自己拖得更久一些。

虽然互相之间无论如何都无法取得理解，可是大家却怀着一种老年的快乐坐在一起。

若是寄生虫吸饱了你的血，你就放它走吧。

你总不能对自己的血下手吧！

回归的残酷。

八十岁，生活中没有榜样，这样的生活是可能的吗？重拾惊讶，停止认知，告别过往，因为它太过丰富，你会溺亡其中的，见新的人们，关注那些不会成为你的榜样的人。实现你最常用的那个词：转变。

也许，没有谁像你一般地深深怀疑着人类。

也许，正因如此你的希望才尤为重要。

我们要谨记误解的影响力。绝不能轻视它。

智者之列中便有一个位置是误解的收藏家的。

他在寻找一个可以用来崇拜而不必受罚的对象。

阅读《大卫·科波菲尔》，重逢往昔的人物。你心目中的乌利亚·希普变成了什么样子？而先前的他又应该是怎样的呢？

然而也有一些人物，你已然将他们遗忘，却又及时的把他们从遗忘的迷雾中扯着尾巴捉回来：你看看他，他过去是怎样的一番样貌啊，如今的这位真是他吗，不，他已全然不同了，你是捉回了他，可是捉住的，却是另一个人了——

还有一些人物，因为我们当时太过年轻，并没有留下什么印象。但我们总是会惊奇地发现，最为出色的人物都是在这些人之中产生的。

狄更斯属于那种不讲章法的作家，也就是伟大作家之中最为伟大的那一些。小说要讲章法，是从福楼拜开始的传统，他笔下的事物无一不经过精雕细琢。这种章法在卡夫卡处臻至完美的境界。卡夫卡的影响也与我们对各种各样吞噬了整个生活的秩序的沉迷密切相关，这些秩序的掌控地位与压倒性力量充斥着卡夫卡的方方面面。但他还有着一股气息，它吸取自陀思妥耶夫斯基的热切忏悔，正是这气息为他的秩序带来生气。只有当这些秩序瓦解的之时，卡夫卡才真正死去。

"两个吝啬鬼，在同一架钢琴上四手联弹。"

——朱尔·勒纳尔，日记

具有完整记忆的动物——最珍贵的动物。

他摆脱了最后一丝恐惧，死去了。

事实表明，那些一度使他崇拜至深的灵魂，若是以其肉身与他相遇，一定会让他无聊到死的。

一只思想的百灵鸟。

他最近阅读到的民族，此刻也走向了灭绝。

他还在找新句子，只为能收回早先的句子。

总是还在试探之中，他的思想就燃尽了。依旧还是畏畏缩缩地不敢进行融合。

彻底空虚、一无所有的时候，他就大胆地抓住某个来源不放。

当自己没话说的时候，他就让言词自己说话。

动物们都不认得他了。他让动物们感到不自在。他绝不允许动物做他的仆人。

还是那件事，总是同一件事。可纵使还是同一件事，却这样的新鲜，如日日都有阵阵清风一般。美妙绝伦。亲切无比。总是最糟糕的那件事，总是那么的明目张胆，以至于我在面对如此昭然明晰的样子之时，会瑟瑟发抖、自欺欺人。我若是再度爆发起来的话，不！应是咆哮怒吼，那么我就会全力以赴、坚定不移地期待着它能达成什么影响。

新的细节马上驾到。

他觉得，凡是他认识的东西都是**属于**他的。这一切皆是他的，直到它们变成假的。

中国人所谓的"不死"就是"长生"的意思。它并不关心灵魂的问题，而是关乎着肉身的存在，不管它在经历了长年累月于深山之中寻访灵株仙草后，变得多轻盈、多飘逸，也总是有一个肉体存在。

因为中国人早在我们之前、早在最起初之时就已经存在了，所以，他们今天竭力效仿我们的样子，就愈发地令人痛心。等到他们最终追赶上我们的那一天，也就失去了一切超越于我们的优势。

我们会在心里给予两类朋友以不同的位置。第一种是我们**宣告**为自己朋友的朋友，这样的朋友，我们会把他们高举云端，我们会把他们挂在嘴上，会赞美和歌颂他们，他们如同支柱一样予以我们依托，是擎举着我们私密苍穹的承载，当我们提到他们的时候，就好似他们一直都在那里一样，而他们也确实一直都在。我们清楚地了解它们的短处，就如同我们了解他们的长处一样。我们对他们有极高的期望，就好似他们真的坚不可摧一般，他们对我们意义重大，有时甚至胜过亲兄弟。我们以无私来对待他们，哪怕他们自己根本做不到这一点。对于这一类朋友最重要的就是，如果人们认识你的话，就一定知道他们。

另一种是秘密的朋友。我们**不会**提起他们，也会避免谈论他们，对他们，我们会保持距离，也极少与之相见。他们不会是我们探究的对象，也总有着一些特性是不为我们所知的。但是就算是了解的特性（因为它们太过明显），也不会让我们产生兴趣，他们如此的淡然世外、纤尘不染，以至于与其每一次的接触都可能是一次惊喜。这样的朋友比得到了宣告的朋友要少得多。

我们是需要秘密朋友的，主要是因为我们几乎不会要求他们什么。他们的存在就好似一个人生命的最后资源，因为我们是**可以**对它们做出要求的。他们的地位是不可撼动的，但是可能对此他们自己常常都并不知道。要是我们真的有求于他们的话，他们都很有可能会感到惊讶的。他们的建议很具有决定性的意义，甚至是重要到会让我们更倾向于不采取它。然而我们会很愉快地想象着自己动身上路去寻找他的样子，一次朝圣之旅，一次绝不会轻松、通常是未至目的地便中途而返、但绝不会以遭到冷遇告终的朝圣之旅。

若想修得长生不老，那么修仙之人就一定要有足够的让人诟病之处，不然得道成仙的超凡时刻，就成了于常日无聊之中消散之时了。

长日无事，让人疲惫。

在词语开始焕发光彩之前，他便已陷入自己的谈话之中了。

你为什么每一个人都可以忍受？因为他们都是短暂的存在。

重获神明的青睐，你在过早的时候便认识了这些他们，但却正因如此而无法对其持有恰当判断。

信里向人们描述的她，和日记里写的她。你比较一下！

所有忠于失败的赤诚之心通通都背弃了他。

你真的对任何形式的贿赂都百毒不侵吗？那你是不是也得查一下你的恩人的底细？

没有任何一种丑恶的信仰是可以阻止得了更加丑恶的信仰的。

他对于童话的敏感从来都没有减退过。哪怕是一个全新的童话，但那种似曾相识的感觉还是会让他感到困扰。对他而言，童话总是验证旧的观点的而全无新的拓展。这对他来说就好比是找到了自己曾经扮演过的角色。只要他遗忘了它们，它们就对他极具吸引力。可是当他重又忆起它们的时候，它们便失去了这种魅力。

残缺的惊悸。

伊斯兰世界**柏拉图传**[1] 的结尾部分，有一段令人意想不到的段落，描写了柏拉图的放声大哭：

"他喜欢在乡野田园独处。通常人们可以通过他的哭声来判断他所在的位置。他要是一哭起来，那哭声可以在荒野和乡下地带传至两公里远的地方。他总是哭个不停。"

——摘自弗兰茨·罗森塔尔的翻译

我还不曾思考过希罗多德给我带来了何种影响。我曾一度沉迷于小说时期接触到的塔西佗，是他最终将我逼到权力的咽喉中去的。

当年少的我读到塔西佗时，虽已略有涉及权力的问题，但没有倾注持续的关注。直到读了塔西佗笔下的提比略之后，我才真正开始关怀权力的问题。

他站在这里注视着死亡。死亡向他走来，他却将它击退。他甚至都不屑于去预估死亡的下一步行动。就算迷惘最终降临，最终将他击垮——他终究也是不曾向它屈服过的。他敢于直呼其名，仇视它，驱逐它。即使屡遭挫败，但毕竟没有坐以待毙。

迁徙。同一个人一再地迁入一个相同的地方。他总是找不到自己，于是便离开了，然后再一次回来。

1　指德裔美国阿拉伯文化研究学者罗森塔尔（F. Rosenthal, 1914—2003）的著作，《柏拉图哲学在伊斯兰世界》（*Das Fortleben der Antike im Islam*）。

从一次次遭到回绝的寻访中汇集的作品。

那个笨蛋学会了走向毁灭。

那乞丐向他提供了些施舍，他便接受了。

脑海中有太多名字，就好像大头针一样。

早年的时候，他将歌德囫囵吞下后，便不再将他交出。如今，人们十分愤怒，因为他们自己也想吞掉歌德。

想要获得自己得不到的东西，那你一定要活到够老。

宣布了与自己脱离关系后，他舒了一口气。再不愿听到有关自己的音讯。

苍蝇的痛苦

Die Fliegenpein

胡烨 译

就这样，笔记成为一种形式。

这并非是其理解力的终结。

于是一切**缺失**的便成了重要的。

读者自己则作为补充而呈现。

I

他本乐于在任何时候来到这个世界，一次又一次，并且如果可以的话，永远永远。

人们知道关于所爱之人的许多事，却并不认为这些事是真的。

我所知道的最卑劣的感受，是对被压迫者的厌恶，仿佛是在用被压迫者们的特性来为他们受到的蹂躏正名。即使是极为高尚且公正的哲学家也不能免于这种感受。

他努力地用宽宏大量去感染别人。他们却只变得狂妄自大。

我们之中的多数人满足于上帝是如此善良的，自己却变成了最坏的恶棍。

他把所有寻常的要求加在自己身上，但是用了一门外语。

爱上谨慎的人很难，除非目睹他们的谨慎如何将一切搞砸。

群鸟集众飞往非洲的时候，它们跳起舞蹈。它们的节奏比我们的要更精妙、更饱满，产生于翅膀的拍打。它们不踩踏地面，而是拍打空气，空气友好地对待它们。而我们却被大地厌恶。

他机灵得像只**轮子**。

没有哪种文字足够隐秘得让人能在其中诚实地表明心迹。

乐器的名字是一种专属其自身的魔法。要是我们没有为其他事物命名，我们就必定为自己感到惊叹。

他喜欢赞美那些总归一无所成的人。如果有谁展现出了天才，他就变得小心起来。

把朋友点燃，然后让他们独自燃烧殆尽，这是多么残忍，对一个诗人来说又是多么自然啊！

只有印度的宗教展现出了对重复的反感，那是在其他民族都没有经历过、多得无法形容的过量重复之后。

他希望不被上帝所注意，长久地活着。

人们爱一位诗人，仅仅因为他肆意挥霍时间。一旦他开始节约时间，人们也就把他当成每个其他人一样对待。

你对死后**不会**来临的一切感到恐惧。

为了她，他把自己的心像柠檬一样榨取。但得到她的却是另一位说话掺了蜜糖的男人。

他是那样的和气，以至于都忘了昨天是同谁商谈的。

他的影子常常变得让他觉得太过沉重。

知识的窟窿徘徊不定。

她对自己的贪婪来说太矮小：她哪儿都够不到。

吝啬的人最难永生。

在死尸堆里也能遇上没有被吃掉的动物。

我们思想中的动物必须再次变得强大，正如它们被驯化之前那样。

更简单些——你这么说话，就好像是从高处派遣下来的。放下高人一等的尖刺，从下一个三千年华而不实的骏马上下来，只要你活着就活下去，别把自己强塞进一段你本就不在的时间里，让意图沉睡去吧，忘记姓名，忘记你自己，忘记你的死亡！

他的绝望对我来说太过准时。

他是如此邪恶，就连他的耳朵都害怕他的舌头。

他能够把自己的信念拆开，然后重新拼装在一起。

他的梦想是让爱的人在其他星球上安居。

有些人卑鄙得让人无法斥责他们。找不到他们有哪张面具适合打招呼攀谈的。

认识太少人类的人，不久后就只认得魔鬼了。

几十万年前就通用的音节。

他用二十张面孔微笑，在每一张面孔中他的样子都不同。他友善地微笑，他敌对地微笑，他承诺，他拖延，他拒绝，他背叛，人们总是对此感到满意，因为剩下的面孔好像从海水表面以下闪烁发亮，在它们上浮之前去期待它们，是一件美好的事。

拥有强烈的不信任感时，我们把熟人或者最近说过话的人塑造成神秘且危险的形象：这些人带着最坏的意图，向我们净说些阴险而有害的事。我们尖锐地回应他们。他们则更尖锐地回击。他们的目的仅仅在于让我们越来越生气，直至怒火和恐惧迫使我们忘记思考，而在他们面前表现出最邪恶乃至恶魔般的行径。他们脸色苍白，甚至可能暂时装死。但那之后他们又突然攻击我们，最好是从背后。我们在无休无止的对话中和他们纠缠不休。他们总是理解我们，我们也总是理解他们，这一切在互相势均力敌的敌对之中明明白白。也许这些形象想把我们吞食，我们身上最先会被他们够到的部分最能感受到威胁。于是我们快速地抽回手，藏起自己的肝脏[1]，卷起舌头，即使还在继续与他们进行大量交谈。敌对的形象只在仇恨中被确定地描绘出来，这份仇恨既是这个形象向我们所表明的，又是我们还回去的。但这个形象不能到处攀咬，他受到了一种奇特的限制，即对我们依赖。他如同一阵烟一样出现，又像一阵烟一样被人吹来吹去。他颤抖、

---

1 德国谚语 "frei von der Leber weg sprechen"，字面意思是"自由地谈论肝脏"，引申意义为"有话直说，心直口快。"——译者注，下同。

膨胀，且并不是脊椎动物，有时我想，他是一段对那些岁月的回忆，那时我们生活在海底，受到无形生物的摆布。

一旦有一个真实的人，他的真实性要归功于他的名字，他走上前来，面对着我们，于是那个虚构的形象就溶化成虚无，我们也暂时感到快乐和安心。

一个不曾创造，而是**找到**人的上帝。

太多精神性的体验需要时间才能开花结果；人要学习就不能不受惩罚。学到的东西只是忘记得慢了些，也只有忘记了的，才能走上新的道路。

他永不会成为一位思想家：他重复得太少了。

命名的行为是人类伟大而庄严的慰藉。

人们总期待着动物的吐息能构造出从没听到过的新词。

他以指责来伪装自己的形象。

我仍然不怨恨语言：胜利的技术野兽已返还了它的一些尊严。

成功只是体验中最为渺小的部分。

他的记忆厌恶他，它总是在他该住嘴的时候发声。

有人让所有在他之前不合理死亡的人列队前来，就他自己的干练、可靠和精明向他们展开一番说教。

金色庄稼上传来的鸡啼声给予他最强烈的生命感受。

他是那么骄傲，以至于他总是想要送给上帝一些什么。

他对老人保有一份深深的崇敬：他为他们身上自己未曾经历过的每一年而感到赞叹。他崇拜孩童：他们在他心中唤起了他将不再经历的每一年。

只有把不幸表演出来才能克服它。

一位思想家的意义可以通过他能够丧失的年数来衡量。

未来永远是错误的：我们对它造成了**太多**的影响。

他渴望他所爱之人的存在，但不是他们的在场和繁忙。

在过渡时间中生存的生物，这时间与我们的时间平行前进，它穿透我们的时间而不触碰到，仿佛存在着一种时间的阴影为它们自己构建了一个世界。

"金子"，他说了出来，就好像他已将它偷到手了。

嫉妒可以根据某个人厌恶的程度来进行划分：在他之前的、与他并肩的和在他之后的竞争者。

他想要一些瞬间，它们燃烧得像一根火柴那么久。

一种新的儿童，打仗时他们不在那儿。

圣人：他度过一生就是为了解释所有他不可能做的事。

他用筷子吃智慧，以中国的方式。

他在动物中思考，就像其他人在概念中思考一样。

人最喜欢自己作为盲目而暴怒的拥护者。

沉迷之人永不会感激。

消失的民族复仇。

上帝在混乱巴别塔这件事上失算了。现在所有人都谈着同样的技术。

他时不时地洗涤他生活的碎片。

他说话从不多于一个元音。

谁学得足够了，他就什么也没学到。

他赞美他的桨帆船，在那里，奴隶坐在软垫上摇着银色的桨。

他聪明得像一份报纸。他知道所有的事。他知道的事每天不同。

他为自己寻找快乐的形容词，把它们舔干净并将它们粘在一起。

他根据女人幸福的能力评价女人，根据男人不幸的能力评价男人。

一成不变地传递知识是它的不幸。

那些极度关心伟大[1]的人，**肉体上**应当能够继续生长直至无穷，这样他们就不会再打扰其他人了。

1　德语原文 Größe，既可以表示伟大，也可以表示身材的高大。

即使是伟大的哲学家也会夸大其词，但是哲学家的夸张需要一件织得非常紧密的理性外衣。诗人则将它描绘成裸露的、发光的。

她希望有人把她全部带走，连同她所有的行李，害怕那人会因为高兴而忘记一根针。

他让替罪羊集合，为了更公平地分配他们的负担。

他在每句句子里至少会掺入一个陌生词，这个词来自一门他自己和在场之人都不懂的语言，而所有人都心领神会地互相点头。

任何东西都没有真正的替代品来让其最原始的目的再次显露出来，尽管人的本能是灵活可变的，但也是无情的，它们对于为数不多的重要对象的记忆也是不可摧毁的。

他一点点**积攒**起声望。

人需要一座外文姓名的巨大宝库，却甚至都不想问一下它们的含义。

仇恨有它自己的心跳。

无形的人没法变形。

每当他想成为一个**失败的**预言家，他说的一切都应验了。

如果一天没什么要**计算**的东西，他就感到不快乐。

如果人不爱任何人，甚至连自己也不爱，保持理性就容易了。

如果依照他的行为方式，他会收到少数几个神灵的赠礼，虽然并没有祈求过，然后他像他们一样对待这些礼物。

让他着迷的人的亲密举止——如果它对每个人，对所有人都一样的话，他会多么厌恶它！这样一来每份可怜的、可恨的冷漠对他来说都更可爱！他怀着那样的幻想活着，认为只能以一种完全特定的方式来对待每个人，如果有谁没有这样做，那他就把人和人**搞混**了。

在晴朗的日子里他感到自己的生活太过确定了。

友好的异教徒将他放在他的天堂里就立马跑开了。

星星的火热之轮在阿那克西曼德[1]那儿，它们的狂热在梵高那儿。

他研究历史，为了替人类取下它这个负担。

上帝不喜欢人们从近代历史中吸取教训。

自从巫师不再受到迫害，他们就无害了。

爱情最伟大之处就在于，在它之中所有权利都被取消了。

人类最完美也是最能唤起畏惧的艺术品是他们对于时间的分配。

真相**不**许被组装。最好是在它们刚煮沸、刚冻结时就得到它们，并一一加以批评。苏埃托尼乌斯[2]的影响就基于这个原则。

只有对死亡毫无敬意的人的博学才是可以忍受的。

人们说着话，就好像他们一直都是这样说话的。

1　阿那克西曼德（Anaximander，约前 610—前 546），古希腊哲学家。
2　苏埃托尼乌斯（Suetonius，约 69 或 75—130），罗马帝国时期历史学家。

她为自己买下一副廉价的脊梁骨。

一个厌恶人类的人，因为他们甘愿屈服于爆炸的统治。

可以把历史写得仿佛它一直就是我们现在看到的样子。但是这样一来为什么还要写历史呢？

他的思想有鳍而非翅膀。

最贪婪的鱼她觉得最好吃。

一旦发生，历史上的所有事就会一帆风顺地运转。

自杀会保存在人们那里，但它必定会变成一个怪诞而罕见的事件，一场独一无二的自杀就如同从前的一场战争一样。

精神上的斯库拉与卡律布狄斯[1]：太过频繁地说太多或者说太少。

他人的痛苦比他自己的更让他难过。

---

1 斯库拉与卡律布狄斯是希腊神话中的海妖，"在斯库拉与卡律布狄斯之间"表示要在两个邪恶之间做出选择。

评判哲学家不能根据他们正在说的是否有理。

人们知道这么多的事，只因为这些事与他们无关！

单单是为了色彩就该永生。

历史包含**每个**意义，因而毫无意义。

谁想要思考，就必须放弃**宣传卖弄**。

他送出的时间要拿来出售的话太过昂贵了。

上帝在创造人类时出现了口误。

失去谨慎、失去眼睑的眼睛会是什么呢？

乌托邦拥有一些让人反感的**谦逊**。

鸟儿那异教的声音。

一群僵硬的人，每个人的爪子都抠入别人肉里，笑着的脸，贪婪地被痛苦所扭曲。

令人绝望的杰作的导言，骇人的、贫乏的、崇高的或者是无耻的！噢，为什么人们会感到好奇！诗人为什么必须出生，又必然死亡！他承担了一个名字还不够，这个名字对他来说不是已经足够沉重了吗？但是人们不懂得同情。他们必定烹煮他们的诗人，加以调味然后吞食。

他主要致力于帮别人改掉他自己的坏毛病。

一旦人们熟悉动物的形态，思考就会变得更清晰。

不同的艺术应当互相生活在禁欲关系中。

爱，摆脱了对所爱之物死亡的恐惧？——如果有这样的爱，那它还值得被称为爱吗？

她出于愤怒而吃，出于失望而吃，出于爱而吃，出于忧伤而吃。出于谦逊、骄傲和思念而吃。她从她母亲的身体里向外吃。在墓穴里没什么可吃的时候，她会吃棺木和钉子。

他有满满一袋许多语言的名字，而把物体本身都放在了外面。

人变得越老，童年就越完整，去衡量他们最初的年纪并不是无关紧要的事。

他想通过孩提时代的故事来统一欧洲。（1943）

诗歌的泉水到处流淌，它们不必互相汇合。

对于系统性的精神来说只有一种救赎：即随意而偶然的、人们不会深究的表达。它让自己不必充作一种律法或一种强权。

死亡不对任何事沉默。

在讲述一个很长故事的时候，精神应当时时集中。它仅靠针和残酷无法生存。它也需要温柔的丝线。

神话是这样一个故事，它的新鲜程度会随着重述而不断上升。

画家和他的政治：他相信用其他颜色给大地着色就足够了。

今天的人本该随着所有此间被描述的动物数量的增加而比古代更好地认识自己。

四十岁的男人被一种绝望的兴致所抓住：制定律法。

他想要的东西总会出现，但那是在四年或五年之后，那时他早就想要别的东西了。

一位艺术家，在他人生中最重要的日子，在为他赞颂的人群中间，忘记了自己的名字。

诗人以夸张为生，又凭误解成名。

在大多数宗教中，人们佯装谦卑躬身，继而在背后恼怒地跳到高处。

自从大地变成了球形，每个无赖都可以把它攥在手中。

当我们知之甚少时，一切听起来都那么令人信服！

死去的人在他体内已经太过强大。若他又被死去的动物征服，他该变成什么呢？

英雄对于废除死亡的绝望。

每天 216000 字。

他研究了那么多种信仰的改变，为了不屈服于任何一种！

重生对他来说太有条理，他想要**同时**在许多不同的生物体里生活。

一种印象，任何一种印象都能将人们对那些时刻陪伴在身边的人的爱，上升为疯狂。

II

他是如此聪明，根本只看到了，在他背后发生的事。

谁留下自知之明，他的话就会被信以为真。鉴于未来世代的冷酷无情，这是如此的蛮勇啊！

在所有的障碍中，河流最为诱人。

我人生的全部事实，无论是好是坏，对我来说都是**打扰**。

他人的行为如此触动我，正如饭菜里的好味道或毒性对人的影响。

他的清单只是他的疏忽。

许多哲学家即是诗人之死。

在任何情况下都不许做出特定的改变，这是令人感到羞耻的。性格即是改变之中的**选择**。

在非常熟悉的人面前扮演新角色，可以说是从他们手上偷溜走，这份乐趣如此之大，以至于写作新人物作为剧作家和小说家的专长，与之相比都变得无聊了。许多最佳角色也必然只是因此而没有流传后世。我们要成为这些角色，深刻地，伴随着对他人产生可见而直接的魔法效应，我们不单单是将它们加以记录和保存。当这些老手用他们在不久前自己都没听过的新语言去说话的时候，是有解放意义的。进入一张新的面孔，把老的那张再像面具一样挂在上面，那是令人幸福的。

那位伟大的天文学家的曾孙女接待了我。她生活在望远镜之下，它记录着北方天上的星辰，正如它收纳南方天空里的星星。我在属于威廉·赫歇尔[1]的老房子和工作间里。那正对面是一座现代电影院，前面站着一长排顾客。他们很容易就能看到赫歇尔书桌上的仪器和文稿，但他们却不知道这样一个人活过。他的曾孙女希望，大地上的每座电影院都沉没。

你拜访的诗人在他们的作品里互相取笑。

只有怀疑让他不安，而非事实。这些事实还能够如此糟糕，甚至比怀疑还恶劣——但它们还是没办法让他恐惧。一

1　威廉·赫歇尔（Wilhelm Herschel，1738—1822），英国天文学家及音乐家。

旦真相战胜了怀疑，他就平静下来。比如，他会害怕有人给他下毒，但有一种方法能让他的恐惧消失：他只有必须让自己相信，他真的被下毒了，并且一切都已平安无事。

他非常快速地把人看透，然后才有理由迷恋他们，因为他已看透了他们。

引发愁苦几乎是一个不可抗拒的诱惑，如果人们有力量让它再次从世上消失的话。

阅读希望在我之中通过阅读繁衍自身，我从不服从于外部的推荐，要么是在很久以后才接受。我想要**发现**我读的东西。要是有谁给我推荐了一本书，那人就是将它从我手中打落，有谁赞美一本书，他就让我对这书扫兴多年。我只信任我真正崇拜的灵魂。**他们**可以向我推荐一切来唤醒我的好奇心，他们光在书中**提到**了什么就足够了。但是别的人用能说会道的舌头推荐，就仿佛遭受了最有效的诅咒。我感到，要了解伟大著作是困难的，因为原本最伟大的东西已受到了普遍的狂热崇拜。人们将它挂在嘴边，比如主人公的姓名，他们通过用塞得鼓鼓囊囊的嘴将它说出来——他们想把自己真正地填饱——来对我施加魔法，让我相信他们所说的对我来说是多么重要。

在单句里人们模仿得最少。仅仅是两个句子放在一起就像是来自于另外的某个人。

一个国家，在这里人们只出于渴望才呼吸。

在英国，对人的评价取决于他们对"让别人安静待着"这件事的理解程度。

艺术就是阅读得足够少。

最丑陋的：一只吝啬的孔雀。

伟人常常只是好奇的人，他们宽阔辽远地阅读自身。

他想要留下散落的札记，用来修正他诉求的闭合系统。

历史为强者戴上绿帽子。

他想要每个句子都从其自身经历来说话。

认识太久的人扼杀了我们乐意杜撰的人物。

我们害怕永远说相同内容的人。当他讲话足够肆无忌惮时，我们就被他所掌控。

柏拉图还要被掠夺多少个世纪呢!

灵魂多么重，但是它喜欢让自己显得简单。

所有她想要的：冒险、假面舞会、狂欢，此外还有作为牙签的他。

她不想知道关于善的任何事，对此他恼怒无比。

当对某人的担心变得无法忍受的时候，对他来说就只剩下一种方法来让自己从中解脱。他告诉一个熟识他们双方的第三人他担心的那人丧命了。他描述这个消息，说明它是如何传来的，以及这场可怕死亡的所有细节。他满怀情感和当下适宜的表情去进行讲述。在第三人那儿激起的震惊让他感到无比舒适。过了一小会儿，他又和他讲起完全不同的事，当那人离开他时，他就有确定的感觉，让他产生这么大恐惧的那人还活着，也完全不会有危险。

他如此严肃，以至于能和一条蚯蚓争执不休。

睡着的雨燕趁着夜色于高空飞翔，这个消息令我感动：梦想和飞翔还同时存在。

他希望消息像活生生的使者一样来到他身边，他讨厌去招惹它们。

一个踮起脚尖就"抓住天花板上苍蝇"的巨人。马厩里的战马害怕巨人。"马的眼睛比起人眼应当把物体放大得更多。"

一位与他的神灵告别的垂死之人。

我愿交出生命中的年月，来在短时间内做一只动物。

所有文学都在自然与天堂之间摇摆，而且也爱把它们中的一个当成另一个。

人用自己的知识来保护自己免遭永恒，又想象着自己获得永恒。

她争执，因为这样就能更好地哭泣。他争执，因为这样他就更加怒气冲冲。

斗争使他厌倦，因为它们偏离了每种认知。

别向任何人诉说我们有多么孤单，即使对自己也不。

人们长时间紧握住自己，直到他们不辨方向。

他努力让自己知道得越来越少，为此他必须大量学习。

秋日阳光对自身充满感激。

人把上帝想象得多么微小啊！他们愿意给予他的只是**一场梦，一次创造！**

但也可以说上帝是**一瞬间**就梦到一切的那个。

我觉得最值得注意的是那些诗人，他们短暂的寿命被那些比他们还老的同代人所超越。克莱斯特[1]在歌德盛年时还年轻，但后者比前者还要多活近二十年。

还要令人印象深刻的是诺瓦利斯[2]与歌德之间同样的关系，此处可以想见，歌德对于诺瓦利斯有多么重要的意义。年轻的诗人更易变成永恒，他们的永生如同一种补偿：他们年老的样子是不可想象的。我们于是倾向于相信，他们在年轻时去世，就是为了不留下自己年老的样子。

一个濒临死亡却还在学新词汇的人。

没有信仰的人那样批评别人的信仰，就好像他本身有信仰。而这个信仰根据他当时的需要总是不同的。

1　海因里希·冯·克莱斯特（Heinrich von Kleist，1777—1811），德国诗人、戏剧家、小说家。
2　诺瓦利斯（Novalis，1772—1801），原名格奥尔格·菲利普·弗里德里希·弗雷赫尔·冯·哈登贝格，德国浪漫主义诗人、作家、哲学家。

他竭尽全力从对手那里榨取钱财，继而把钱撕成小碎片还给对方。他是如此鄙视对手，如此鄙视贪婪，他也是如此想要径直击中对手的贪念。

即使是永生也有其债主。

女骗子用遗言来进行兜售。

古埃及最风趣男人的木乃伊。

那些在过去三四千年间成名的民族，如今将保留这个名声直至永远。

他主要对他能够改进的事物印象深刻。

他喜爱山崖、知识，因为它们之间都有巨大的深渊。

年复一年看着同样的景色，目光会变成一种令人平静的空白，这种空白人们无法辨识因而也不恐惧。

他不愿再活着下去，除非回到过去。

他认为植物是有限的，动物是陈旧的。

他喜欢在观点中到处翻找。

对历史学家进行探究，弄明白什么是他们生命中出现的最早光辉。

在世的英国诗人的集会上，每个人从谦虚程度来看都排第一。

他看起来思想深刻渊博，因为他只模仿那些作家，他们留下的不过是支离破碎的句子。

思想如果变成一种日常就失掉了它的分量。它应当朝它的对象仿佛从很远的距离猛冲过去。

如果长时间没有做关于神灵的阅读，他就会变得不安。

所有他曾知道的人，都请求听他一言。

活着是可能的，只是因为有太多要知道的东西。在知识倾注入我们之后的好大一会儿，它还能保持它的平滑与中和，就像油倒入汹涌澎湃的情感之水上。然而，一旦知识与情感混合，对我们来说它便毫无用处，我们就必须把新知识灌注进浪潮中。

他生命中的每个精神趋向都在静候属于它的时间，直到它聚集成一个人，与他遇上，成为命运。

诗人就是，他所创造的人物形象不会有人相信，却也没有人能忘怀。

一个无人再见过第二次的人。他是怎么做到的？

她什么都不能放弃：一旦有人向她伸出手，那人便再不能将手收回去了。

这样一个每个人都允许死亡的世界，只要他们乐意，但总是只在一段有限的时间内可以这样做。

有这样一个人，每个人在他身上都认出了一个不同的熟人。

他为自己寻找一个失聪的上帝，那样就能祈祷合他心意之事。

在一段极度延长的生活中，人能利用更多时间；但只有在延长手段没有受到传统分秒太过严重的影响的时候。也许人们必将尝试新的时间分配。

"Ready to be anything, in the ecstasy of being ever. (在永生的狂喜中，准备成为一切。)"

——托马斯·布朗爵士 [1]

时间的躯壳被挖空了内脏躺在地上。现在他们想把它制成皮革。

历史对一切都更了解，因为它一无所知。

如果不曾至少梦到过每种信仰，我就不想死。

在危险边缘附近他四下张望。他漏看了许多，但是那些东西还是在那儿。他把目光交回远方，仿佛是有一片叮当作响的天空，温柔地铺在错过的事上面。

当一个人感到非常快乐的时候，他便忍受不了陌生的音乐。

想法有其邻里，有的与一整条窄巷为敌。

果戈理的遗言："一架梯子，快，一架梯子！"

1　托马斯·布朗（Thomas Browne，1605—1682），英国作家。原文为英语。

"所有事物都是业已存在过，只有我不是"，权力的讥讽本质。

上帝快速地聚起了一些星星，为了从我们手上拯救它们。

下雨让我快乐，仿佛我本来就轻快而没有痛苦地来到世上。

未来太中意自己了，但是这对它来说并没什么用。

垂死之人把世界一同带走。往哪儿去？

他太老了而不能再次来到世界上。

他反复说教了那么多次，说他不再相信任何事了——人在何种程度上能笃定信仰而不让它受到危害呢？找到**关系**。

一个世界，在其中每个人是自己的祖先并且不是任何人的后裔。

聪明的人愉快地进行抱怨。

你太聪明了，你必须**失去**得更多。（给一位朋友的建议）

在梦中：来自下个世纪的诗歌。

一位男人的故事，他因**一个**词语而毁灭。

他把自己吊死在为喜爱的哲学家分类这件事上了。

他的秘密向往：去证实古希腊人的善行。

他说了许多话，而忘记了它们，但是别人没有忘记。

读书的人，读书的人无处不在，在整个世界上，读着不良书籍，热切地、轻信地、屈服地、受毒害地！

互相之间永不接触的想法。

一个国家，在它之中耳朵都被熨平了。

一个人的发展主要由那些他**戒除**的词语组成。

人们需常年强迫自己不继续去思考，以便让自己人格上所有落后的部分追上先头部队。

对人与人互相之间的习惯给予尊重，是希望一个人的习惯能和另一个人的相一致，在这种一致之中能形成一种共同的消遣。

敌人不会**总是**要把人杀死。只有在偏执的想法才会如此，就好像杀人犯永远都是杀人犯。

他去做那些不想做的事，一直到他想做为止：自我毁灭。

Ⅲ

那些无聊的、真正的敌人就随他们去吧，为你自己创造一些更可爱的人。

一个**禁止**祈祷者的宗教。

一个狂热者的国度，在这里每个想法都突然得到许可并受到尊重。

有一些悲哀萦绕着赤裸的言语，但我不是裁缝，并且我宁可保持悲哀也不愿试着给它们穿上衣服。

清晰和精简妨碍着说故事的人，因为他就是以无法预测的变形跳跃和一次用之不竭的呼吸为生的。

为了让自己变成另一个人，人们常常变得非常病态，继而失望后又恢复健康。

一个人体内器官的形状在他梦中表达自己，做梦者不自觉地**在自己身体中**徘徊。

他想把心拽离未来。

很难在看透别人的同时保持自身完整无缺。

贪吃者的幻想：每个人面前都有一个盛满的碗。没人感到饥饿，所有人都吃饱了。每个人都伸进旁边的人的碗里吃啊吃啊。

我想认识太多属于时间的严酷面貌,恰如戈维多[1]和戈雅[2]所做的那样，不畏惧我自己，也不畏惧这些面貌。我想迫使人们继续生活下去，即使前景渺茫。我想找到一个颠倒的末日，它**消除**了这些面貌带来的威胁。我想变得坚毅并且充满希望。

只要还有科学领域是**实验**不曾触及的，一切希望就不都是徒劳。

真正称得上朋友的，只有那些弄清楚他们还有多少年能

---

1 弗朗西斯科·德·戈雅多（Francisco de Quevedo，1580—1645），西班牙政治家和作家。
2 弗朗西斯科·何塞·德·戈雅－卢西恩斯特（Francisco José de Goya y Lucientes，1746—1828），西班牙浪漫主义画派画家。

活，然后将这些年份互相之间平均分配的人。

他的判断主要是长度的测量。

存在着孤独与孤独。一个人想单独待着，是为了最终能感受到其他所有不孤独的人。其他人想单独待着，因为他如此想要成为唯一的一个。

他不浪费自己的时间，而是扼杀时间，这样一来，当他想利用时间的时候，它就变得那么充实。

非常大的包，就如女士的手袋，用来装罪。

一个女人脸上的伤疤——并且她已经拥有了动物的吸引力，那伤口可能是这动物撕开的。

为了生活，我们需要在前方设定的不仅仅是目标，更多的是一张脸。

某个会说如此多种语言的人，以至于他总是用错误的语言来作答。

一个水面以上的脑袋又给予了他说故事的力量。

人们对自己的厌恶不会比当他们感到自己已竭尽全力却还是徒劳无功的时候更甚，然后，也只有在此之后，人们才真正想要死去。

人需要无数不会为之屈服的欲望，否则的话，多么可怕！——他将不过是只丧家之犬。

富人最大的耻辱：他们能够**买下**一切。继而他们相信，那些真的就是一切。

因**健忘**而遇见一个崭新且完全陌生的美妙世界。

他希望在曾经见过的所有激动人心的场景里继续生活下去。

蚂蚁罢工。

要是不同语言的词语之间存在着秘密的关联呢?

只要现实还被承认为如它所是的样子，我对它就不怀有尊重。我感兴趣的是，对于不被承认的现实我能做些什么。

在这个国度，人们羞于手中握着铅笔坐在人群中，并写下完整的句子。这是英国。要是写下的仅仅是数字，人们就绝不会显得可疑。

要是**上帝面前**真的有秘密呢？

所有人都拥有一颗共同的心脏，它不比我们所知道的心脏要大。但它必须轮转，因为每个来到世上的人都有得到它的权利。放置心脏的空腔已经在人类身上准备好了，人们只要将它放进去，就立刻能感觉得到。重要而神圣的习俗都与这颗心脏相关。得到它的时候是人一生中最重要的时刻。为此，每个人都准备了好长时间，别人告诉他，这颗心有多么稀有、多么古老；它保存自己的方式是多么古怪，以及它的坚不可摧又是如何恰好来源于放置心脏的仪式的。要是这颗心长时间孤零零的，没有如期待的那样被放在无数空腔之一中，它就会变老，会干枯而失去力量。没有人能够二次拥有它。一个装着心的人带着它向下一个人那儿启程：它从不接连着两次出现在同一个城市。带着心的人是不可侵犯的。有谁会没眼光到认不清带着心的人呢？只要他是那个幸运儿，就散发着光亮。但他知道得很清楚，自己应得的幸福有多么得少，但那不意味着任何事。这份嘉奖应归于他，就像应归于其他任何人一样，也是通过这份嘉奖他才能够成为一个完整的人。

一个人能否有可能恰当地找寻和构建组成他本身的人格，来让自己变得无畏呢？他同自己下棋并且打成平手。

"孤单"这个词本身有错误的声调，仿佛它直接源于上帝。

他忍受邪恶传奇故事的唯一方法，是创造出比它们更邪恶的来。

他绝望地寻找着他**一无所知**的人。

《一个梦》

M. 的一个梦，那是她几年前为我记录下来的，我想那是 1942 或是 43 年。

"我在不经意间丢了一个小东西，大概是个烟蒂。与此同时我意识到——那儿躺着一个死去的姑娘——我望过去——像是在一张桌子下面——或者是桌面形成的一个顶盖——最前面几块木板横放着，大约有半米那么高，因此可以越过它们看到桌子下面——她就躺在那儿！**暴露无遗**！——早知道我就不会那么不小心，把烟蒂往那儿扔——希望没落到她身上——我非常喜欢她。她真的完全暴露着、一览无遗地躺在那儿，这让我非常不安。当我弯下身时，她动了！她的嘴巴变大，被横向拉开——一个黑色的窟窿——不知道那是笑还是喊叫（看不到牙齿），除此之外她呈现出苍白的黄色，像一个干了的面团。我感到非常激动。'那么说她会活过来的。她也许真的会活过来！'我真是喜欢她。我想到了 C.。要是我能让她活过来就好了！

我和她一同坐着，离她坐得非常近。她的手臂直直地垂下来。一条往左边斜，另一条往右边。我的一只手臂放在她的两条手臂上。我太喜欢她了。我有这样的担心，想着，她会活过来这件事可能不是真的——她会再度归于死亡。我的目光落在她的一条手臂上。那是用黏土做的。但是用的是新鲜的、软的黏土——好像还能看到刮刀的痕迹，这样几次草草地抹下来，就有了最精美的事物！我离她很近——我的眼光落在她的脸颊和⋯⋯那是粉色的——苍白的粉色——轻轻呵着气！于是我知道，她会活下去！"

"毗湿奴[1]现出猪的形态，将下沉的地面从洪水中又抬上来。地面下降，因为过去阎魔[2]在陆上掌权，在他的统治下，生物只出生而不死亡。因为地面的负担过重，它就沉了。"

每种语言中都有一个杀戮之词，它因此永远不能被说出来。但是所有人都知道，这个词以一种神秘的方式在人类的认知中繁衍下去。

一个国家，里面的每个女人都做一段时间的服务员，而每个男人则做狗。

你非常分化，只有最极端的威胁才能将你聚合起来。

1 印度教三相神之一，被视为众生的保护之神。
2 印度神话中的死神。

一个温柔的人，一副温柔的躯体，内在有一颗如同梭子鱼嘴一般的心。

上帝迷路了。现在他们从各个方面将他唤回。

我有时，比从前更频繁地，产生斤斤计较的想法，这已经够了；对此我不想要更多，不然的话，我活着与否根本就无关紧要。和其他每个人那样行事：去闻闻这儿的小便宜、那儿的大好处，去计算、去追逐、去抓取——为了什么呢？我愿在此之外生活，什么都不**利用**。

一个人要说那么多的话，从他自己那儿来的却那么少。

只在特定时间偷取所有东西然后还回去的贼。他们职业的危险之处更多在于把偷来的东西不被察觉地还回去，而非窃取。他们把自己的尊严和骄傲与成功返还挂上钩，任何保留时间比预期要长的物品，他们就会把它烧了，就像地狱之火。

由错失的瞬间组成的生活，所有这些瞬间都会突然**同时**亮起。

换个地方来承受思维的坚毅。

上帝跛了而把人造成他的拐杖。

不管他去到哪里，都坐下来，首先将他的优越感全盘托出。

悲伤变成**时间**。

他将虚无当成围巾一样系在脖子上，它既想又不想把他勒死。

将科学拆解，而不损伤知识。

一天独自一人，处在许多的新面孔之间——他对天国的幻想。

说"不"，并将手臂大大张开。

人最好、最本质的想法，就是那些他们首先带着某种热情想起，继而以同样的热情忘记了的。然后它们会作为崭新的想法再次出现，在不同的情况下，人们没认出它们，或者就好像它们来自某个别人的生活。这样的情况越常发生，这些想法就越能拥有那种属于它们自身的否定生活，而它们的意义也就越深远。

逐渐增长的不信任的危险之处：对正确性的满足。当我们说得或做得对的时候，就感到快乐，"正确行事"成为关键。不生活在绝望——这个唯一无私的生活形式——之中，我们却满足于这样可笑、无关而无意义的"认识"：我们都是火眼金睛，能在歹徒行凶之前辨认出恶行，也总有罪行与我们不相符合，我们没法在所有的罪行上面都得心应手。不信任则成为属于恶行的完整而组织良好的系统。

他们不戴结婚戒指而是戴小型的结婚铠甲来盖上整根手指的长度，然后用它们互打耳光。

痛苦造就了诗人，那种完全感受到的、无法回避的痛苦，被认出、被理解、被保存的痛苦。

在我看来尼采永远不会变得危险：因为超越一切道德考量，我心中有一种无比强烈、一种无所不能的感受，对每个，真的是每一个生命的神圣性的感受。对此，从最粗野的攻击到最精制的攻击都一样被反弹回去。我宁可完完全全放弃我自己的而不是其他任何的生命，即使只是从原则上来说。我内心没有其他任何一种感受能有这样的强烈和决心。我不承认任何死亡。于是对我来说，所有死去了的，应当还都活着，并不是因为他们对我有要求，不是因为我害怕它们，也不是因为我可能觉得他们身上有什么还确实活着，而是因为他们从不允许死去。一切迄今为止的死亡都不过是施行了上千次的司法上的谋杀，我不能找到其任何合法性。我关心的是数量众多的先例，我关心的是，一直以来活着的，而不是单独的某一个！尼采的出击如同一阵有毒的空气，但它丝毫不能损伤我。我骄傲地吸进这空气，又轻蔑地呼出来，我为等待着它的永生而感到惋惜。

突然之间，他感到日子变得宝贵起来，他开始数它们。他的嫉妒聚焦在日子上。看起来它用在这上面比用在人类那儿更适宜。

神灵触摸着从每一个人**身旁经过**，但有的人确实被打动了。

他阅读古老的战争，仿佛战争已经被废除很长时间了。

耳聋——话痨最大的幸福：那样他就听不到自己说话了。

在不必非得看不起某个人的情况下，人到底是不是一刻也不能活？

这种古怪而迟到的对恶的爱意，那对最亲近的人施加的恶，仿佛它是人们所期盼的；仿佛人们以它而不是以什么良善的事为目的；仿佛善只是亲近所产生的草率的副产品，而真正持久的和其本来的成果就是恶。

他们之间涌动着如此强烈的厌恶情绪，从这个人流向另一个，接着又流回来。有时，为了更好地感觉到这点，他们就会坐在一起，手和手交叠地牵着。他们在等待赐福的瞬间，到那个时候，会有一下比他们更强而不受任何控制的击打，像上帝之剑一样将他们劈成碎片。

通过陌生人得到救赎，然而陌生也必须分成不同等级：有些完全陌生的人显得怪异，和我们曾见过的任何人都不同。其他一部分跟我们经常打交道的那一类差得并不太远。还有人总让我们想到认识的人，即使我们确切地知道，他们对我们来说是陌生的。有另一些人，也许我们曾见过一面，以及那些我们在特定场合下遇到而没有进行哪怕一个字交谈的。只要我们不知道他们的名字，那就是陌生人。名字是人的一道防线，通过名字我们开始互相传播恐惧。

每个级别的陌生都有其救赎，我们需要它们全部。解放的巨大力量可以在我们原本永不会找寻它们的地方存放聚集，并且我们只有无处不在地期待着它们才能继续活下去。

IV

人们必须把那片压在她身上的沉重天空给取下来。然而要是有人真的做到了，她又会多么松一口气啊！

在这样一个国家中，人们赤身裸体地走来走去，他们只将耳朵盖上。所有的羞耻感都在耳朵里面。

在一场梦中，他生了五胞胎，他们全都清晰可辨。

自从我能思考以来，还没有对任何人说过"主啊！"，而说出"主啊！"是一件多么容易的事，这诱惑又是如此巨大。我已接近了上百个神灵，而且我满怀仇恨地直视他们之中的每一个，因为人的死亡。

人必须在爱与正义之间抉择。我可不行，两者我都想要。

女贼必须时刻想着，她已偷走了她的**脸**。

我们该如何忍受这些妄想狂友人呢！他们同我们自己一样行事，我们事先就能领会他们最微小的冲动，在他身上，我们能预知还可能发生的事，他们在每个细节上都反映我们自己，精准得可怕，并且即使形式上一切都相符合，内容也是完全不同的！

穿过层层迷雾而越来越明朗，直到他完全溶化在最大明亮的迷雾中，然后消失不见。

迷雾中的交通工具，大的、小的，从行人到卡车，都从他身边掠过而不产生碰撞。它们不触碰对方，而是抚摸，它们不争吵，给一切留下空位。人们互相之间遇到时带着谨慎，那种充满爱心的小心翼翼，要是有谁真的发生碰撞，他们就把其作为一种启示来感知。这座城市的迷雾正是这里唯一可能的、天堂般的和睦图景，而旁观者心中则充满无限的幸福感受。

厌恶人类的人：他绝食八日然后独自进食。

困惑的想法：永生首先在一只宠物身上实现，在一只狗身上，比方说：一只不死的狗。

我得学会的并不是独处，因为这对我来说不难，我喜欢一个人待着；我需要学会的是在人群之中**沉默**。那种快速而激烈的交谈的突然爆发是毫无价值而令人困惑的。我的话是朝谁说的、别人是否理解我，这些根本都不重要；说的话本身，我自己的话就对我产生了可怕而毁灭性的影响。它们太强大了，我得通过把它们写下来使它们减弱。我所说的是如此猛烈，以至于每个听到的人都必须躲开，为了保护他们自身免受我的侵害。但我躲不开自己的话；我被交付于它们；我对它们全盘接受，对它们完全理解，通过它们我陷入了激动不安的情绪，正如暴风雨中的大海。

每个词语都有其牺牲品，词语对其施以暴力；有时候我感到自己是所有词语的牺牲品。我只能从写下来的词语手中逃脱；这让我感到平静；这些词对于我来说是得到允许的；我也相信，在我死了以后，它们不会再让我感到不安，即使它们也还是会在那儿，这样一来它们才是真正意义上的存在。

谄媚者——小偷：他们把从人们口袋中找到的一切东西都说成是最美妙的事物。

惠恩——维多利亚和阿尔伯特博物馆的图书管理员，今天向我讲述了他所回忆起的童年时代第一次蒙羞经历。他在澳大利亚长大，在悉尼，他从不和原住民来往。在他大约八岁那年，有一天，老师带领着整个班级去植物学湾[1]郊游，那里有一片原住民居留地。那里的人们过得非常悲惨，生活在最肮脏的环境中，常常因酗酒而亡。老师带着他们去一个老人那里，他在那里被任命为首领之类的。他躺在一个洞穴的入口处，一看到孩子们，就转过身去。老师费了很大力气去劝说他，让他和他们说话，毕竟他们来这儿就是为了见他。老人把目光投向了年幼的惠恩，表现出了一种他从没有经历过的反感。然后老人又转过身，说什么也不肯再变换姿势了。老人所表现出来的厌恶是惠恩永远无法忘记的。在后来他整个的人生中，他都感到自己不受欢迎而遭人嫌弃。

后来，他长成为一个年轻男子，在去往欧洲的途中，从苏伊士上岸，同一位年轻的姑娘一起去了原住民聚居区。一位有着漂亮而骄傲脸庞的原住民朝他们走来，没有任何缘由地就朝惠恩脸上啐了一口。我们又说起了别的事，而之后我

1　Botany Bay，位于澳大利亚悉尼海岸。

才问他，他当时作何反应。他并没有还手，事后感觉非常痛苦，尤其是因为那个年轻姑娘期待着他做出那个正常的反应。他把自己的行为解释成怯懦，而在我们对此进行的详细讨论中，他根本离不开这个词。一小时之后，在我们分别的时候，他突然问我，我是否从未为自己是个白人而感到羞耻。

她对他的话微笑就好像是对着气球，却不知道，它们有多么轻易而多么欢快地爆破。

人可以做什么？不可以做什么？他能放任所有人饿死，但不能杀死任何人。

陌生制造者在人群中游走，将人们互相推开。

如果完全不认识的陌生人在旁边嘲讽我，那会让我觉得好笑。去倾听、去理解他们用一种觉得我无法理解的语言说了我什么坏话，这让我感到欢快不已。于是我就会有这样感觉，就好像自己披着一副虚假的皮囊坐在那儿，并且他们正在谈论这张皮，对其作出评价。但在这张皮下我是我自己，而又有多少关于他们自己的**真事**我可以告诉他们！

童年的时候吃得如此之好，以至于永远不再需要吃东西了。

一个念头纠缠着他：也许每个人都死得**太晚**了，我们的死亡只有通过其延期才变得完整；每个人都有活下去的可能，如果他死得**及时**的话。但没人知道是那什么时候。

所有热爱死亡的人最终都对它矢口否认。

只在彗星下脱衣服的女孩。

她坐在每个最先遇到的最好椅子的大腿上。

时间拥有其母性的骄傲，它想要被填满而不是被切割。

我们体内上帝的心跳：恐惧。

对价格的兴趣，就好像人们要紧紧抓住它们似的。在这里，最好的朋友们在告别的时候互相握住价格，就像握住手：这么多给你，这么多给我，交换得越准确，他们也就是越好的朋友。

他能帮助每个人，如果为此什么也得不到的话。

她游历整个大地，去寻找他失落的嫉妒心。

他童年的回声走音了。

鹤之舞蹈——人类怎么还能厚颜无耻到哪怕踏出一步！

他对人类的厌恶只能与他对人类的热爱势均力敌。

你联结得太快，以至于你比较得太少。是不是只有收藏家才做比较？

我唯一觉得无聊的人就是亲戚。

他的梦境：只有名字活着，而所有生命都只是名字的一个梦。

你还是没有学会如何抓住一瞬间内力量的最高点：你总觉得它还会继续发光，也不觉得它是瞬间；你相信一个新词是不会消失的。但它们所有都消失了，而还在那儿的，只有你在瞬间中写下来的。你不得不承认这是一种限制，否则就会错失你原本的生命，思维的生命。

这么多手同时往各个地方飞出去！而你只敬重唯一的一只。

她吃光了他的永生。

我受够了认识，受够了和一切过往的关系、联结、后续、伪装、揭示，我想经历些什么，它与过去在我身上的一切都毫无关联，并且不再向前延伸也不做停留；带着迅疾而突然的行动，永远无法估量。总而言之，我想要一个奇迹。

属于疼痛的孤独：真奇怪，人们不再为此相互怨恨！

去除强调的词语。思想本身强而有力，它并非你表达它时所用的感情。

因许多新面孔而产生这样充满期待的疲劳，要么是他们围坐在我们身边，要么是他们迎面遇到我们，以及恰恰是对这样疲劳而永无安宁的要求！没有什么像这样流畅和紧密的特殊结合形式一样，更能勾画出现代人的面貌，人们每天数次沉浸在其中，为了一次又一次能与之剥离。

对末日审判的想象之中，所有**躯体**的复活、它们的重聚对我来说极具魅力。

为了向其中扔东西而存在的国家，如美国，有些为了向外扔：如英国。

这些家庭呀！每个都与另一个别无二致，并且个个都为自己骄傲！

最幸福的人：他认识所有人而没人认识他。

做个傻瓜真好，如果我们聪明的话。

他的人生就是一场对一切非卖品的找寻。

让所有人说话；你什么都别说：你的话夺取了他人的形态。你的热情模糊了他人的界限。当你说话的时候，他们就不再认得自己了；他们就是**你**。

他感到如此孤单，以至于到处乞求提建议的许可。

每当他无话可说就会提起上帝。

所有事物活得太早，以至于大地上的人类在还有事要知晓之前就习惯于杀死自己。

有些话的含义如此丰富，以至于仅仅是为了知道它们就值得活过。

没有人能供他乞求宽恕。这个骄傲的无信仰者！
他无法在任何人面前下跪：这便是他的十字架。

骄傲为自己付出最高代价，快活的是一无所有的虫子。

你如此夸夸其谈，而无法监视你思想的牧群，并且你也仍然不想将它们驯服。

一个**阻挡**死亡的微笑。

一无所知的传播者。

要是他读得多些，那他就真的一无所知。但是这么点儿从他信心的空隙中得来的知识，它们是有欺骗性的，是危险的。

你是如此美丽，他有时说，而他说的时候，没有任何人在场。

我陷入了最奇特想法的迷宫中，也许因为我并不害怕去面对这些时间，也许是出于自夸这种年轻人的取信方式，即便是它会在精神上被克服，但不管是什么原因——现在迷宫就在那儿，而我就在它中间，我必须为了其他像我一样的人找到一条出去的路。

别忘了，对有些人来说你是那么的蠢笨，正如最蠢笨的人之于你。

伦敦的一座公园：许多陌生的人，离得不太近，也不太远，所有人都处在夏末柔和的光线中，有人躺着，有人站着，坐着的、行走的人，每个人都活在温暖的天空下，没有人叫喊，没有人争吵，每个人自由地来来去去，独自一人或结伴同行，同他愿意的人一道，也随他待到什么时候，没有人感到压抑与悲伤。就好像是人们进入了天堂而不必在此停留，也仿佛他们不会因为任何罪过而被放逐。

在我看来，如果不以一种新的态度看待死亡，也就没法真正谈论活着。

存在必须是无处不在[1]，否则就不是存在。

我不承认任何一种死亡。蚊子和跳蚤也会死亡，这并没有比有关原罪的可怕故事而让我觉得死亡更好理解。

我们的某个部分是否还在随便什么地方继续存在，这没什么区别。我们在此活得还不够。我们没有时间来在此证明自己。并且因为我们认可死亡，我们便使用死亡。

既然死亡与人类**相适应**，既然人不为此而羞愧，既然人把死亡装进风俗之中，就好像它是后者最佳且最有意义的坚实根基，那么为什么杀人犯不该存在呢？——看起来最合目的的组织最能将我们引入歧途。

奥古斯丁的"massa damnata（被定罪的群体）"[2]是对**战争**的罗马式继承。

1　德语"存在（Dasein）"是"da（那儿、那时）"和"Sein（是、在）"的组合。
2　原文为拉丁语，指的是因为原罪，人类成为了这个"被定罪的群体"。

有谁太过轻视自己的不幸，他就再也感觉不到陌生人的悲苦。

——斯多葛

我讲述关于自己的真实事情，在我看来它们像极了谎言。

移植别的心脏，它们来自马匹而非鬣狗。

要是所有神明都移居，并且人能在另一颗星球上再次找到他们，那就更好了。

我讨厌历史；我更爱什么都不读；我什么都欠它。

一座满是教皇的圣彼得大教堂。

一旦 N. 得知有人去世，他就希望撤回和这个人的所有接触。他害怕死亡带来的事后传染。他坚信，如果他有效地拒绝死者，同时在他内心也进行有效的拒绝，他就能够活下去。为了避免死亡，他彻底地杀死了他的死者。

为了和解而争论的人。为了吵架而争论的人。

绝望的程度：不想起任何事，想起一些，想起所有。

以不同的光线思考。不可辨认的哲学家不屈从于他们光线的任何改变。

用**骨头**和所有荒废的语言造成的巴别塔。

每场对话都让他极度不安，那是在一年后。

快乐的人，他的疑虑将自己灌醉。

她以泪水来迎接他、向他告别；她给他吃泪水。她给他穿上泪水。她为他朗读泪水。

他们用来逃避上帝的祈祷。

这群百姓的金钱被国王舔得一干二净。

每隔五年强制改名。名人的命运。他们的骗人把戏。

死者恶魔式的快乐，因为我们对他们一无所知。

索福克勒斯的《厄勒克特拉》包含每种形式的死亡。

她站在一起谋杀的阴影下，并导向了另外两起。这些谋杀处在最集中的形式之中，第一场杀死了一位配偶——阿伽门农，第二场杀死了一位母亲——克吕泰涅斯特拉。只有第三场，最后一场谋杀一位爱人，他并不是非常近的血亲。厄勒克特拉总是充满了对她父亲之死的思考。她将自己的兄弟俄瑞斯忒斯指派为复仇者，他生活在另一个城市；他和她一直保持着联系。现在，他终于到达了，于是他将自己死去的消息散播出去。我们同时目睹了这个消息对克吕泰涅斯特拉和厄勒克特拉的影响。信使绘声绘色地描述了俄瑞斯忒斯如何在一场驾车比赛之中的摔倒身亡。对于把儿子当成复仇者而感到害怕的母亲，这就是最**如她所愿**的死亡，对于把全部希望寄托在他身上的妹妹，这场死亡则是她最**害怕**的。在母亲离开厄勒克特拉之后，他出现了，作为他自己骨灰的转交者。他以这样的方式感受到了妹妹为他的死而产生的悲痛，这是凡人极少被赐予的景象，因为这样一个消息传来的时候他们从不在场。厄勒克特拉是如此悲伤，以至于俄瑞斯忒斯现身了：为了她，他又转而复生。他们的重逢因为那个假消息而变得更加浓烈。

在之前的一个场景中，厄勒克特拉自己担起了复仇者的职责，因为她相信自己的哥哥已经死了。她曾想劝说妹妹来帮忙，但妹妹拒绝了。俄瑞斯忒斯一活过来，**他**就又一次成为复仇者。他扮作使者和自己骨灰的转交者，进入宫殿走向他母亲并杀死了她。厄勒克特拉，在外面，用她可怕的语句一同击打。

结尾，杀死埃奎斯托斯，这被用作一种死亡的新变体。棺架抬着一具盖住的尸体来到他面前：他相信，死去的俄瑞斯忒斯就在那下面；他掀起尸布，却见到克吕泰涅斯特拉血淋淋地在面前。

这样一来，在这一幕便包含了死去和死亡的**所有**元素。对死去女儿的怀念让克吕泰涅斯特拉振作——她为伊菲革涅亚而向阿伽门农复仇。对死去父亲的怀念：在厄勒克特拉和俄瑞斯忒斯那里是复仇的决心，在妹妹克里索特米斯那里则是对死亡的投降；在有罪者心中，在克吕泰涅斯特拉心中，对死亡的恐惧与埃奎斯托斯心中的不同，在被杀之前，他对于这些瞬间是**清醒地**感受过的。厄勒克特拉面对死亡的**无畏**与其对他人产生的引人入胜的效果。伪装成死者并带着自己骨灰到来的谋杀者。棺架，装着骨灰的瓮，为死者准备的牺牲品。死亡的消息以及它产生的不同形式的影响。一场如愿的死亡骤然转变成自身死亡（克吕泰涅斯特拉），同样骤变，但是更慢些，从一场期盼的死亡变成可怕的死亡，最终变为自身的死亡（埃奎斯托斯：即俄瑞斯忒斯——克吕泰涅斯特拉——他自己）。所有这些死亡的形式、元素和转变是伴随着合唱队一同得到感受的。它起到一块巨大的晶体一样的作用，为更大的听众群体将事件经过极端化。俄瑞斯忒斯同一个朋友一起出现，那个朋友从不说话，就像是他的分身或是影子。使者是个年纪很大的老头，他就类似于一位潜藏着的死亡天使，通过一个假死的消息，他筹备着一场真正的死亡。(1951)

只有在被认成另一个人的时候，她才能爱。

涨价的快乐：他徘徊在城市的街道上，往每个橱窗里看，心里感到快乐，因为所有东西都变贵了。那些他过去漠不关心的物品，现在刺激着他去购买。他担心一切会在他以足够高的价格买下之前突然变得更便宜。他对着感到羞愧的售货员微笑，同时要么有负罪感地，要么无耻地看着所有人。他鼓舞着他们：只要再高些！再高些！难道我不能拥有同样更贵的价格吗？但他们误解了他，认为他是想要更好的质量。当价格走高的时候，他希望自己在场；而这总是在他背后发生，在夜里，当商店都打烊的时候。

V

哑巴的责任。一部小说。

她想自杀，她说，但在他向她道歉之后才这么做。

存在着一种发光的和一种苦涩的恐惧。第一种恐惧不断生长，一直向外延展，直至爆裂。第二种则不断收缩而风干枯萎。苦涩的担忧把人变成木乃伊，发光的担忧让人成为诗人。

不处在任何人的力量之下几乎是不可能的——但是要是有谁真的办到这件事呢！

睡觉的人把梦境交给看守者，让他来看护它，这两者一道才构成一个空间。

他请求她离开自己的视野。

他为每个人都准备了结局，边说着"开饭，开饭啦！"，边将它递到跟前。

创世。"还处在暗夜，光被包围在一个巨大的什么物体之中，之后，光从这里显露出来。这个物体开始变得亮起来，藏在它之中的光亮也得以显现，然后在第一缕光明出现的时候开始创造事物。

首先他创造了巨大的黑鸟，并在它们拥有形态的那个瞬间命令它们，让它们飞越整个世界并从喙中呼出一道气息，那便是纯净而闪耀的明亮。当鸟儿完成了他的指令，整个世界就变得如此明朗光亮，正如它今日所是。"

——奇布查传说[1]

唯一真正让他感到安慰的是神话。他的心以神话为食。他为自己准备了一个没听过的神话的贮藏，那他生命的仙药。当神话耗尽的时候，他就必须死亡。

大地的年龄，他认为，随着居住者的数量而改变。

---

1 穆伊斯卡人组成的"穆伊斯卡联盟"位于哥伦比亚东部，他们的语言属于奇布查（Chibcha）方言。

我对自己理解得最少。我根本不想理解自己。我只想单纯地利用自身来理解所有与我无关的事物。

人们静静聆听《柏拉图对话录》，在其中我们被强迫着尽可能慢地去理解对话内容。有时几乎是抗拒地，在字里行间一个传说如同闪电一般击来，但人们会注意到，在那之后气氛立马变得清澈，我们也不再过于快速地行进。柏拉图所控制的这种有力的狂欢通过对话又返回到日常道路上来，这样一来那些最为宏伟而最为不可能之事突然显得实际起来。

所有动物都灭亡了。如果再也看不到动物的话，人与人之间会变得越来越像吗？

他们到达时把自己的鞋子扔出窗外。于是问候就完成了。

出于对性格的担忧，她为自己养一只大嘴雀。

我认为，没有哪一条古老诫命触及我最深的天性并且让我感到不安。

一个呼吸极长的人，他强迫自己说短句子。

有人说，买卖婚姻是最幸福的。那样宁可不要幸福。

许多人与人之间长年的关系最后剩下的不过只是互相间的**监视**。所有我想要做的事，你都不能做。因为我再不能忍受你，因而肯定不会过来，你就应当在家坐着，等待着我。因为我对你隐瞒了很多，你就不应当有秘密。因为我不喜欢为你解闷，你就应当变得可供消遣。

他不写他的小说。他让它行进。

在他见到所有城市之前，就将它们熟记于心。他爱那些还不熟悉的街道的名字。他幻想过它们，而名字总是比这些地方本身要更生动。

他唯一忍受的**理性**思想家是中国人。要经过这么长的距离才能到他们那儿，他们不束缚他，智慧多么美妙，他对自己说，在远方!

虔诚的人：上帝自己也尚在**形成**的过程中，他没有创造世界，而是世界的后代。随着历史的进程，世界的元素和传统**构造**上帝。没有人能预告他的本质和形态，这太早了，也根本不知道，上帝**如何**成为存在。有朝一日他真正地被塑造起来，而我们的责任就是充满敬畏和期待地为这个时刻而活。

"我，没有宗教信仰? 我有十七种，至少的! "钱拉·德·

奈瓦尔[1]，有一天在雨果家中，当某人指责他没有宗教信仰的时候，他这样说道。

一个在地狱里受到诅咒的人，为每个新来的人乞求宽恕。

你离开了世界的气息，转而进入了一座奢华的囚牢，那里没有风吹，更别说气息了。哦！远离，远离所有可信的、私人的、确实的，放弃所有熟悉的事物，勇敢点儿，你的上百只耳已经沉睡了这么久。独身一人，对你自己说与任何人无关的话吧，不同的话，新的话，正如世界之息把它们给予你一样。拾起你熟悉的作风，将它们打碎在膝盖之上。如果你和别人说话，他们就成了那些你永不会再见到的人。去寻找大地的肚脐吧。轻视时间，让未来、那微不足道的海市蜃楼走吧。永不要再说天堂。忘记星星的存在，像扔掉手杖一样将它们丢开。一个人没有把握地去行走。别再从纸上裁剪下句子。将自己淹没，或是沉默。将虚假之树伐倒，它们只是伪装成了古老的诫命。不要屈服，世界的气息会再一次握住你、支持你。你什么也不用请求，你什么也不会被给予。赤裸着，你将感受到蠕虫的痛苦，而不是上帝的。跳过慈悲的空隙，那儿有一千尺那么深。在下面，在最底下吹着世界之息。

1　钱拉·德·奈瓦尔（Gérard de Nerval, 1808—1855），法国诗人、散文家和翻译家，是浪漫主义文学代表人物之一。

为了隐瞒最微小的事，她必须无休无止地多说话。

她如同敬畏上帝一样敬畏他。他像憎恶自己一样憎恶她。

在他生命中每一条单独的关系里，他必须努力去获得少量的冷漠。他如此热爱身边的人，以至于他能比他们本人还快地获得他们的想法。在他们还不知道要做什么之前，他们行为中的危险就折磨着他。他预见到他们接下来的日子里、接下来的星期中做事的步骤。在几个月之前，他就会为他们而摔倒。为了他们不久后要做的事，他讨厌自己。他们尚不明确的目的，尾随着他直到梦中。不能说，他存在于他身边的人之中，那样未免太惬意了。他**就是**他身边的人，这比他身边的人就是他们自己要意味着更多。

世界的繁荣取决于人类是否让更多动物活着。但是，那些并非出于实用目的所需要的动物才是最重要的。每种灭绝的动物品种都让我们生存的可能性变得更低。只因它们形象和声音的存在我们才能保持为人。当它们的起源灭绝之时，我们的转变也到头了。

我：一个切割中的词。

我永不会探究词语的秘密，那语言之间的，以及不同语言的词语如何让对方充满活力。

我可以对吉尔伽美什[1]说：乌鲁克、恩奇杜和伊丝拉努！我如此追随神灵，难道是因为尚有如此多他们的名字存在吗？我爱《圣经》是出于语言之故，因为只有在语言中它才存在吗？我说圣灵降临节，是因为我回想起了说方言[2]？难道对我来说，最高尚的传教士是塞文[3]的孩童吗？

一个人身上能够被了解的那一大堆事已经有其意义，并拥有着不可抗拒的吸引力。人们对一切与这人有关的事才真正保持更宽阔的敞开。这永远都不够。

对此，最近的例证是托马斯·曼的日记，其中绵延不绝的琐碎小事为它们做**宣传**。可能这些日记有另外十二本，它们之中的每本都将会受到热切地阅读。

对一个人的认识恰好到我们总能尊重他的程度，这几乎不可能。大多数情况下是对这人认识得太少，而通常对这人认识得太多。要是有谁把自己对别人的认识推向一个合适的点后停住，这个人就得到了别人的支持。

被驱逐者的幸福在于他们出身之处变得更好。这样对他们来说更好。他们的不幸开始于他们回到那里，并发现了自

---

1 吉尔伽美什：根据苏美尔王表，吉尔伽美什是公元前三世纪初乌鲁克第一王朝的国王，也是古代文学作品《吉尔伽美什史诗》中的主角。后文的恩奇杜和伊丝拉努都是这部著作中的人物。
2 "说方言"（Zungenreden）指流畅地说出一些难以理解的话语,常常具有宗教意义。
3 指的是法国中南部的塞文山脉。

己是如何失去了它，如何被骗走了记忆的一切光华。

人不能通过任何压制他的事物而变好。唯一的改变之路只有通过为自身的恶劣行径找到转变之法。

但是这种转变必须是合适的，而且得出人意料，否则它们将诱发新的恶行。在大多数情况下，只不过是用这个恶行代替了另一个，这种游戏还无法辨识，继续愉快地进行下去。

朋友就是那样一些人，我们可以在他们面前展现关于自己的大好消息，就算这些消息不是真的也没有关系。

一个人们只在天亮时才认得的人。

触摸天空。

一只不能再见血的老虎。

一旦死亡存在，谦恭就不可能。

他在追随什么？追随着**含糊多义**。

一个上帝，如此之小，以至于他溜进了每个造物的身体中。

所有未被名字填满的历史书写都让你觉得无聊。也就是说是同一段历史，新的只有名字。但正由于名字，历史才总是新的。是它们，以一种神秘的方式将历史进行改写，人们被引诱着去问自己，是否历史也许不只在名字内部进行着。

一个一辈子从没说过别人一句坏话的人。他该多么伤害自己啊！

别人可能拥有他们的守护天使，他有一只**守护之鸟**。

"命之曰《节用》，生不歌，死无服"[1]。（墨子）如果这也是中文。什么不是中文？

额头的克制不语，仿佛在它后面沉睡着全人类的历史。

毁灭一个人的一种**颜色**。

要是他好好利用时间，便会一事无成。

中国的历史挤满了**肥胖的**反叛者。

每当形容词突然向他袭来，他就变得可笑。它们包含着他的感情。

1 出自《庄子·天下篇》中对于墨子学说的评述。

当一个人不再对任何事物感到恐惧的时候，他是多么可鄙！每个乌托邦的核心困境。过多和过少恐惧之间窄得无法言表的道路。

发现的力量给予他最大的自尊。在别人看来是斗争，而在他那里就是发现。

但也有可能，一切他认为有待发现之事都是他自己的发现，并且作为当代的个人，他有权对这种发现进行幻想。

读了拿破仑在俄罗斯征战的这段历史，它记录在夏多布里昂[1]的《墓畔回忆录》中。

尴尬之感。夏多布里昂并不亲自在场。就好像他是为了自己去向牺牲者索赔。

道德的不幸：它更加了解一切，而因此什么也不去**得知**。

当他感到极度绝望的时候，他就必须安慰一下别人，而自己也就突然被安慰了。

阅读，当时钟的清晰可闻地滴答作响——负责的阅读。
当所有钟表都停住的时候阅读，幸福的阅读。

---

1 弗朗索瓦-勒内·德·夏多布里昂（François—René de Chateaubriand, 1768—1848），法国政治家、外交家，也同时是法国早期浪漫主义代表作家，《墓畔回忆录》是他的长篇自传。

"Eraritjaka"——阿兰达语[1]中一种古老的诗歌表达，它的意思是：对失去了的某件事物充满渴望。

应验的预言是他最怀疑的。

这种难堪的约束啊，要在所有的地方并且在所有神话中看到**唯一与相同**：没什么看上去更无意义，没什么更令我反感。因为神话间的差异性，单单是它，就是我们飞速流逝的财富，也是我们的希望。

你心里对伟大的人物有如此多的反感——你更喜欢小人物吗？——有些。

我想变得如此之老，以至于想到那些不曾获悉的事，我再不感到痛苦。

"多哥的埃维人饲养长尾猴，它们是如此顺从、好教，人们甚至把它们用作售货员；人们在它们的脖子上挂一个南瓜皮制成的碗，碗里放着一捆捆每件价值五芬尼[2]的烟草叶，然后打发它们带着这些东西去集市上。要是有买家拿走了一捆叶子而没有在碗里放上相应的钱币，**猴子就会一直跟着他，**

---

1 阿兰达语（Aranda）是大洋洲原住民阿兰达人的语言，这种语言已濒临灭亡。
2 一种德国货币。

直到他付钱为止。"

——迪德里希·韦斯特曼[1]，《格贝列人》

隐瞒意义，没有什么像无止境地揭示意义那样更不自然。神话的优点和它原本的力量在于：意义并不被提及。

上帝的蔑视：他必须远离人类。

VI

伤感，它不容许嘲弄。**卢梭**作为文学上琉善[2]式讽刺作品的反对者。卢梭不咬人。他的句子也不被用作粉碎机器。一切都是为了进行改进，都是为了从疾病中脱身而追求健康。善并不是未知的，它已经在那里而必须得到重建。善对自身有着一个不可撼动的观念，而且它不信任掌权者，而后者也蔑视它。在伏尔泰的思想中，卢梭遇上了琉善式的讽刺，它在十八世纪的法国本性之中能够得上一种绝对权威之风格。卢梭受到了——只要其他人认识到，善是他至高无上而理所应当的审级——无休无止的扑咬，他被——这一点不容置疑——一帮敌对者团团围住，而他受到迫害的感觉也变得合

---

1 迪德里希·韦斯特曼（Diedrich Westermann, 1875—1956），德国传教士，非洲学家和人种学者，被认为是非洲现代语言学创始人之一。格贝列人（Kpelle）是非洲西部的一个族群。

2 琉善（Lucian，约120—180年），罗马帝国时代以希腊语创作的讽刺作家。

理。他并不总能准确地认识到，最近那个有敌意的举动是谁对他做的，这一点没什么可奇怪的。他的敌人太多，他们一个接一个来得太快，为了摆脱自己的妄想狂，他本能地做正确的事：他频繁地更换立场。

正要将一切毁灭的人，在迷惘之中，又动摇了。
也许他会在最后一刻放弃。
多长时间呢？

圣经中有些句子，它们走上了弯路，与虔诚背道而驰，又回到我们这里。那个格外精通这些句子并知道此事的人是歌德。

他失去了所有朋友，通过剥夺自己对他们要求的方式。

就让他嚎叫去吧，他是在为自己喝彩。

在动物身上有一些东西使他平静，也就是在一切能激起他沉默的东西的身上。

他在宇宙中聆听终极思想。

空谈毁灭的人，并且在一种语言之中，其中存在着"毁灭"一词。

回到索福克勒斯：

《特拉基斯少女》

伊俄勒，作为赫拉克勒斯和得阿涅拉之间不幸的真正对象，是哑巴。她出现了，吸引着得阿涅拉的注意，即使她不曾说出哪怕一个字。她消失进屋子里，并且再也没有出现。这个在语言上被挖空的人物，正是这部作品中真正打动我的。一切都围绕着她发生。开始，她并没有名字，那名字是被拒绝的。得阿涅拉感到自己被她吸引；然而后来发现，她的名字就像她的故事，在集市上被公开宣布，而这事只对得阿涅拉保密。

赫拉克勒斯如此爱她，以至于他在烈火焚身之际，最后的愿望就是他的儿子许罗斯能同她成婚。

《菲罗克忒忒斯》

一出伪装的戏。向真相演变：奈奥普托勒姆斯。岩石岛屿，孤单的菲罗克忒忒斯。他的病痛，疾病突发。随后沉沉入睡。他的财富即是赫拉克勒斯留下的弓，为了答谢让他在烈火中身亡从而免受毒药带来的痛苦。

一部没有女性的作品。其中没有提到任何女性。奥德修斯的怯懦：面对着奈奥普托勒姆斯手持弓箭的威胁，他逃开了。

一部尤为**孤独**的剧，关于菲罗克忒忒斯的。没有大部队紧随其后，人们都远在海外为特洛伊而战。一切都在那双子洞穴附近上演。

菲罗克忒忒斯的病痛拖延了十多年，总是反反复复，被每次病痛突然袭来之后的睡眠打断。(同赫拉克勒斯迅疾而虚弱的痛苦形成对比。)

菲罗克忒忒斯的**顽固**是一种源于病痛的顽固。对病痛及其位置的习惯比对年老的习惯还要奏效。

结尾，赫拉克勒斯的出现（毕竟他是那把至关重要的弓箭的真正主人），正如在欧里庇得斯那里一样，对于像我们这样的人来说是难以接受的，一个歌剧式的解决方案，为了一切的善。

《厄勒克特拉》

初次相认是在坟墓旁，在那里妹妹克里所西米斯找到了俄瑞斯忒斯的头发。然而厄勒克特拉不相信她，驾车比赛中俄瑞斯忒斯身亡的可怕消息还印刻在她心中。厄勒克特拉感到绝望，对他的死亡确信无疑，然而之后他却出现并展现自己的身份：死者的回归。

相认的场景随着尚未被认出的俄瑞斯忒斯手持骨灰盒出现达到制高点，那里面装的是臆想出来的骨灰。厄勒克特拉想要这些骨灰，俄瑞斯忒斯虚弱地保护着，在争夺中，他的抵抗崩溃了，于是才揭露自己的身份。

与那个把"他自己的"骨灰拿在手里的人相认从戏剧性上说是一个精彩的灵感，然而其中还有一些渎神的意味：诗人的亵渎，他预备为自己灵感的连贯性牺牲一切。

《厄勒克特拉》中包含了与死亡所有的关系，甚至是从中归来。

与克吕泰涅斯特拉之间的冲突毫不留情，充满了巨大的力量。那杀戮的母亲为一场梦境所困扰，想要在被杀者的坟墓旁进行一场献祭，就是在那个坟墓边，复仇者，即她的儿子，也刚好出现，为了获得复仇的力量。

复仇的权力完全是自然的。杀戮和死亡是分离开的，一个被禁止，另一个则作为战士和英雄的生活内容而得到许可。

厄勒克特拉在她被谋杀的父亲的家中像一个乞丐一样生活。十年来，她所想的只是复仇。随着岁月而不断加深的冲动是索福克勒斯在戏剧上的关切（菲罗克忒忒斯的病痛，失明的俄狄浦斯）。

厄勒克特拉花了十年等待她救下的兄弟长大成人。克吕泰涅斯特拉和埃奎斯特斯活在对他复仇的恐惧之中。

这部剧中充满了这类最古老的死亡，在其所有传统中都未被打破。因而杀戮者（克吕泰涅斯特拉）和复仇者（厄勒克特拉）之间的场景是不可或缺的。

在得到兄弟去世消息的时候，厄勒克特拉的瘫软代表了所有听闻亲近之人去世后的反应。这消息的效果随着对她十年的等待而不断加深。厄勒克特拉，支离破碎，自己担起了复仇的使命，那个本该肩负这使命的兄弟再也不存在了。

厄勒克特拉的形象是令人震撼的，因为在她心中什么都不曾改变，也永远不会有什么改变。

这样一场特定的死亡，即对父亲的谋杀，总是在那里，在她的情感和思想中，什么都无法使她平静，什么都没法将它转移。这部剧关于复仇，这主题为今天的我们所厌恶，然而针对**这场**死亡的复仇却不能与其他任何的死亡所混淆。这死亡永不会被接受，它带来的痛苦也不会得到平息。对死者的忠诚是原本的忠诚，也没有其他的忠诚能与之相比。众神与此没什么关系，仅仅是"pro forma（形式上的）"[1]。一切都是在厄勒克特拉自己身上进行。她坚强而不可动摇，然而是通过这场死亡而不是因为其他任何事，她才变成这样。这是一场早先的死亡，并且是一场谋杀。

在姐妹两人之间存在着权力的问题。无权者是否要顺从权力，又或者不顺从。对于厄勒克特拉来说没有这样的问题，因为她本应当屈从的权力，同样也是谋杀者的权力。

厄勒克特拉就站在外面，此时她的母亲正在房子里面被俄瑞斯忒斯杀死。这就好像是厄勒克特拉自己在进行击打。埃奎斯特斯必须在俄瑞斯忒斯之前到达他对阿伽门农施以恶行的地点。他在同样地点被杀死。随后一切都戛然而止，伴随着分开的三行，一个单句。(1986)

《俄狄浦斯在科罗诺斯》

这部剧比其他任何一部都更让我感动，也许是因为俄狄浦斯自己决定了他坟墓的地点。他对他儿子波吕涅科斯的诅咒。安提戈涅与兄长之间温情的对话，在他被父亲诅咒**之后**。

仿佛在所有希腊戏剧中都要确定**坟墓**的位置。

在《俄狄浦斯在科罗诺斯》中，坟墓的地点得到赐福和庇

1　原文为拉丁语。

佑而定，但没有明确指明。见证死亡和埋葬的人只有特修斯。

他所提供的保护就像神灵的庇佑。这第二部《俄狄浦斯》写于雅典衰落之际，在这座城市最危难的时候对它进行的颂扬，由索福克勒斯所写，他了解这座城市的光辉岁月，曾与伯利克里交好，并且与他并肩作战。

在瘟疫泛滥的情况下第一部《俄狄浦斯》诞生了，在衰落的威胁之下产生了第二部。

在《科罗诺斯》中，俄狄浦斯遇到的只是陌生人或敌人。特修斯是唯一一个待他友好而强大如神的人。其他人来都是为了向他索取，来为自己确保获得他的尸骨和坟墓。他撕下了克瑞翁脸上虚伪的面具，诅咒自己的儿子波吕涅科斯。而后者知道，在被父亲诅咒之后，他投身于其中的那场斗争已经输了。无论妹妹安提戈涅对他如何恳求，他明明知晓却仍去参加那场注定失败的斗争。他无法回头，这正是许多雅典人在**他们的**战争中的经历，他们仍在为之继续战斗。

希腊的悲剧不容许分心。死亡——属于个人的——也仍有它完整的分量。谋杀，自杀，安葬和墓地，这一切皆有模范可循，赤裸裸而不经美化；即使是哀悼（在我们这个时代已被阉割）；即使是罪人的悲痛。

在我们的时代，共在的死亡世界真实地发生了改变。它的大批量出现不再是例外，一切都汇入其中。这样加速地流入其中使个体的死亡失去了原有的重量。这样越来越多的人——他们还应当逐个死去吗？如果他们不再允许这样做，我们就到达了那个不存在重返的临界点。

他需要中国式的永生，来修正我们自己的。

被今天莎士比亚的民众视作"gloom（昏暗）"[1]之事。

如果不亲吻书的前额，他就不会拿起它们。

亚瑟·韦利[2]：英国种姓制度的高傲变成了他博学多识的高傲。他假装把这样的博学看做是理所应当的，就好像它们是与生俱来的。与他打交道的人们期望理解他，即使在毫无准备的情况下他也会向他们传播最偏的知识。突然之间就说出来。随后他就沉默，并且在这具有冒犯意味的沉默中岿然不动。那些他不相信我们掌握的知识啊！以及我们愿随时突然地给他留出空间！他所忍受的一切高傲被他以如此无辜的方式补偿了。他并不真正属于布鲁姆斯伯里派[3]，哪怕他生活在团体成员之中。他被西特韦尔家接收入会，他们可以被称作是英国性的醒目本质。他经常提起他们，尤其是伊迪丝·西特韦尔[4]，差不多就像是提起自己家地位较高的成员一样。他们反过来也同样给予他应得的尊重。

他被自己的判断所填满，并且尖锐地将它们表达出来，

1　原文为英语。
2　亚瑟·韦利（Arthur Waley，1889—1966），英国东方学学者和汉学家。
3　布鲁姆斯伯里派（Bloomsbury Group）是1904至二战期间英国的文人团体。
4　伊迪丝·西特韦尔（Edith Sitwell，1887—1964），英国诗人、评论家。

他无法忍受和别人有同样的想法。世界文学，不仅仅是东方的，他熟悉到那样的程度，是我在英国所认识的任何其他人都及不上的。因为他，来自中国和日本的许多内容都被加入世界文学之中，在他之前那些对于西方来说只知道名字的文学，在今天也变得家喻户晓。

他已经七十七岁而从没去过中国。

一座花园，如此一座花园，人们永不踏上它相同的位置！

老年时我们**评价**伟大的书籍。那和我们年轻时找来啃读的是同一些书。因为当时不成功，所以我们再次尝试。我们放下它们。我们忘记它们。现在它们又在那里。经过多年的遗忘我们让自己配得上它们。如今我们观察它们的美妙之处。我们对它们说话。现在我们想，我们必将开始新的生活，以便能理解它们其中哪怕一本。

一位思想家，他时不时在遗忘中再次绽放。

持久的绽放者如同叔本华：在他们那里**什么也没有**被忘记。

要是提蒙不富裕——他会是什么样？
要是他还这样那他什么都不是。

"拥有许多朋友是理智虚弱的表现。"

——陀罗尼 [1]

"圣人一天内改变四十次，而伪君子长达四十年保持不变。"

跑步时的笨蛋。单单是双腿就多么美啊。

在太阳下变坏、变恶毒的人。
用冰冷和阴暗行善的人。

他只对有用的东西说话。

这么多人的心中都被尼采填满了对危险的兴趣！尔后危险出现在那儿，它们**悲惨地**走向毁灭。

也许是我生活中最单纯的补偿：穆齐尔受到重视。

一个让**名字**疼痛的人，不仅仅是同代人的名字。

蔑视一个什么都不想要的人，或者说是不想要他人无休无止追求的事物。

1　佛教用语，意为"真言"，"总持"，"持明"，"咒语"。

"Nobody running at full speed has either a head or a heart. （没有哪个全速奔跑的人拥有头脑或心灵。）"

——叶芝[1]

"活着不是什么重要的事。你所有的奴隶都活着，所有的动物也是。"

——塞内加[2]，可悲啊！

在早先的日期之下登记，就好像过去之事可被影响。

他什么也没有拿回来。他为这种"什么也没有"感到骄傲。

VII

"生活如此美妙，以至于我不敢想象有什么比它更美好。"

——儒勒·勒纳尔[3]

他坐在那儿说话。他坐在那儿几个小时讲述他的荣耀。那背后没有隐藏什么，荣耀本身就足够了，他的一个名字就

1　威廉·巴特勒·叶芝（William Butler Yeats，1865—1939），爱尔兰诗人、剧作家和散文家。原文为英语。

2　塞内加（Lucius Annaeus Seneca，约前4—65），古罗马时代哲学家、政治家和剧作家。

3　儒勒·勒纳尔（Jules Renard，1864—1910），法国小说家、散文家。

承载着成千上万。

他穿上赞誉的外衣来变得面目全非。

宠物重于金钱。

"受访的英国人中，有百分之十认为，宠物比配偶对个人幸福而言更重要。百分之二十的受访者觉得宠物比孩子重要，超过三分之一的受访者认为宠物重于工作。**近一半的受访者认为宠物比金钱重要**，并且比起看电视，百分之九十四的人更愿意与宠物待在一起！"

"伤感"，这个词呀！我**拥有**感情而不会为它们感到羞耻。我不想压抑它们，我**要**拥有它们。有许多感情，它们互相矛盾，我们不该试图将它们简化为一条中心线。如果它们过于激烈地颤动，我们可以将它们记录下来以使之平静。

然而，我常常觉得卢梭，比方说，因为他的多愁善感而让人无法忍受，这也是真的。与这一点有关的是，人是不会真正喜欢常常在他人面前表现出丰富感情的人的。这些感情太过身体化，很可能表现得忘我。

但是如果我们想想卢梭的多愁善感对他人产生的影响，他就显得不可估量，这样一来他的感情又是如何影响他自己的，就变得几乎无关紧要了。

人的**淳朴**品质是我们愿意出卖灵魂来换取的。

懊悔中的他变得多么俊俏！这对谁有益？对看客。

他觉得自己像个小偷一样活在世上。越来越多美好的东西他将永远不会了解。

重复导致贬值。重复引起激动？

毕希纳之后我最重要的体验是威廉·布莱克，在英国。
孩提时最早的体验是斯威夫特，同样的地点。
对于我来说，英国位于斯威夫特和布莱克之间。

你不会再添上新的场所。但是旧的场所如此**顽强**！它们将自己实实在在地埋进大地，投送给你，牵引着你，它们呼喊，它们尖叫，极有可能它们之后还会将你**劈成碎片**。

儒勒·勒纳尔在他的《日记》里将一些我丢失已久的东西归还给我：法国人的无辜。

犹太人身上仍有值得惊叹之事：先知对他们进行了毁灭式的斥责。
一个把此种辱骂收录进信仰典籍的民族！

但是我不厌倦任何事。
我一如既往被包含在生活中。我不说：终于。我不投降。

不知道在百年之后是否还有人类存在就死去是屈辱的。怀着对地狱确定的展望死去要更容易些。**这样**在可见的时间里对无人的展望是迄今为止最可怕的。

虚无，虚无，虚无，并且我还在为一切感到惋惜，尤其是精彩的神话和故事。它们既是我们最好的东西，也注定因为我们而消失，这刺激着我直至癫狂。

可以把它们托付给谁呢？谁保护它们度过寒冬？有谁时不时地重复它们，以便它们不会因为遗忘而消亡？

不要让任何人为你规定希望的**音调**。

"……因为我的言语满怀；我里面的灵激动我。"

——《约伯记 32:18》

耶利米看见孩子走过留下的痕迹，他弯下身体到地面上亲吻它们。

今天？

对圣经的顽固抵制使我数十年间都与它保持距离，这种抵制与我永远不愿屈从于我的出身有关。不管我在哪里打开圣经，它都显得无比亲切，尤其是在我遇到不曾读过的章节，这种熟悉感尤为强烈。这种**内在的**熟悉感让我充满了怀疑。我不想过上一种打一开始就被确定好的精神生活，我不要**事**

先规定的精神生活。我希望自己能一再感到惊喜而一再被征服，并且借此渐渐地成为一切人性的朋友与专家。我无法简单接受这么长时间印刻在世人心目中圣经的优越性。在将自己交付给圣经前，我必须设法确保自己获得足够的平衡力。

我想，现在就是我能既不感到羞耻也不感到虚荣地让步于圣经的时候了。现在我想要在每重隐遁中认识它，丝毫也不错过。我要领会它，用它来对抗充满我内心的各民族神话。我想让它的智慧在我身上发挥作用，仿佛它从未在我体内隐藏。我想**交出**圣经，并借此完全体验它。

他记忆力衰退而成了诗人。自从他必须找回印象和记忆以来，它们就变得陌生而出乎意料。在黑暗中它们获得色彩。他必须伸展得很远以便够到它们。它们并不会立即出现。印象与记忆通过疏远而变得更紧迫；通过陷入睡眠来变得更松散。当它们苏醒时，便潜入一束他永远都无法辨识的危险光线中。他不得不告诉自己，直到高龄他才能够认识自己，并且获得——太晚了——对惊叹的**渴求**。到底何种过去让人惊叹的事让他感到如家般亲切！如今他变成了一个沉迷于惊恐的醉汉，也终于让自己经受检验而至火花迸溅。

当他的想法被**逐字**理解，他就感到不愉快。

区分，区分句子，否则它们就变成颜色。

他的真诚在于夸大其词。如果他没有夸张，他就在说谎。

谦卑，一层后天的胞衣。

格言的死亡在于它们之间的相似性，这种易混淆的形式。在它们完成一次呼吸前就凋零。与之相反的是：儒贝尔的呼气。

你最不可能是你赞誉的那个人。然而你依旧赞美他，因为你希望自己像他一样。

两种自我描述：一种通过回忆，另一种通过灵感。两种都是合理的。但是它们形容的是同一个人吗？

长跑者：他的影子里容不下阴影。

一封独一信件里的生活。

你能因他的孤独而原谅那个为了它去毁灭世界的人吗？

忘却了的东西秘密地温暖着。

"那些保留本来天性的人总是会因为他人的天性而兴高采烈，即使它与自己的是相反的。"

——儒贝尔

他有两种语言：在一种语言中他高度赞扬了一些少见配得上称赞的人，他对他们进行了掠夺，对他们阿谀谄媚，总是在一种高尚的层面上，这样好像他的语言完全是来自天国，没有任何凡俗的字眼。在另一种语言中他说同样的话，但这样一来，仿佛他们同他一样低贱，对自己只有轻视。他为生活对待他们的方式而感到快乐，他把自己浸入嫉妒和反感中，并在其中沐浴。但他从不将这些写下来，而只用另一种赞美的语言写作。

什么是回忆？

人们作出他们过去的样子。

听起来好像是我们是自由选择这么做的。但根本不是，因为我们什么也没有发明。我们制定步骤并且认为它们是毫无约束地被确定下来的，但是一旦将这些步骤进行实践，就会发现，它们是事先就勾勒好的。

只有穿过回忆的事物才能让自己再次得到认识。

回忆的悲哀之处：它消耗掉的东西。

回忆的愉悦之处：它的泛滥。

回忆的艺术存在于**调节**中。

我们把哪些放在一边，又和哪些打交道。

少有的和积累起来的。

凸显出来的：需要校正的扭曲形象。为什么人们愿意保留生活中的某些东西而完全不愿保留其他的呢？

稀释之物想要通过言说变得圆满。一个单词就可以再次造出所有句子。我们第一次领会到的关联。无定形联结是不值得的。我们对他人做的事让他们重又活过来。我们就好像来源于许多不同存在的有罪者，虽然我们以这一种特定的存在形式生活。

每个人所知道的，都比他们在一场崭新而漫长的生活中所能讲述的要来得多。

选择由什么确定？由独一无二的情感色彩：感激或是苦涩，渴求或是厌恶。

在不同的语言中人们会以另一种方式进行回忆。那就需更确切地考察，而你是否本来就不是做这件事的合适人选呢？

赞美晚年。

到达一个我们向往的年纪，并不是因为有这么一个理想的年纪存在，而是因为我们应当摆脱去设想一个对所有人来说都理想的年纪。

这种设想是我从来没有过的。我想要体验，去体会同许多人的相识，以及这相识需要的时间，于是我们总能一再地思考这份相识，即使是在很长的停顿之后，这期间它也许已经在我们的脑海中消失了。这真是个奇妙的设想：去认识同一个人十次十二次，经常与他见面，就好像我们从没有认识过他们，但同时也不丢失对他的记忆，也将他**与他自己**，而不仅仅是与别人做比较。一个人在我们身上获得的传统随着我们与他相识的岁月流逝而变得不够了。它开始生锈，而每个人都不该耽于这个传统。而确实也存在这样的可能性，一个单个的人为了我们而聚焦成那本就属于他的多重性，并且为此就需要在长时间的间断之后重新与他们遇见。换句话说，这意味着我们永远无法习惯于某个人。我们为他感到惊奇，就好像他从没有向我们展现过他自己，好像他从没有伤害过我们或使我们开怀。于是，我们遇到每个新的人所怀有的期待，是我们对那些认识了几十年的人也同样怀有的。

将一个人多重化的过程需要花费我们很长的一辈子。变老可能会带来许多害处。但也有无可比拟的更大的好处。

比方说是回忆的冒险精神。我们可以把自己交给它而免于对我们自身进行神像崇拜。这是一切可研究的事物身上无穷无尽的财富。一个人所接纳的世界取之不尽，在他脑海中所设想的事物的形状则天马行空。即使是扭曲之中也包含其真相，当我们已足够的聪慧去理解这种扭曲的时候。

另一个用途，我并不害怕使用"用途"这个冰冷的词语，便是检验道德律法，那是早先就印刻在我们脑海中，自那之后我们就完完全全在其中生活。它们是对的吗？或者说它们不够精细吗？还需要对它们进行修改吗？我们是如何在这么长的时间段内没有体验的情况下、在没有洞悉这些体验的情况下还能知道这些问题的答案的呢？

那漫长的生活看上去如此可怕，其最糟糕的缺点在于我们有时会试着想要单单因为这个原因而将它结束，即使如此，事实上，我们比那么多人都要活得久，而生活也并没有我们想象中那么令人绝望。因而对于那些在我们之前死去的人，我们可以通过把他们描绘出来的方式让他们重获生命。然而这并不是一件自由选择的事，与之相关的是一种最高的责任，并且只有将死者描绘得像他们真实的样子，既没有削减也没有美化，那这个人才能免于那类人的命运，那类为了自己的利益而**损害**那些没他们活得时间长的人。

老年对那些配不上它的人来说才是减少。只有不退却，或者是让自己转向一种更为严酷而更高要求的行为方式的人才配得上它。它为所有失败的人，也为那些我们觉得不会失败的人预先设定了一种生活。我想要把它称作老年的双面雅努斯[1]之脸：其中之一面面向被打败之人，另一面朝向那些还没有也可能永远不会被打败的人。

再次：关于晚年。

我们被赋予了再次将一些事做好的机会。世界所处的越来越危险的状态，是如何作用于晚年的呢？

一切都是徒劳。不管是审慎还是宽容。

晚年对于词语又产生什么样的影响呢？

对我们来说它们会变得古怪，就好像它们意识到自己将不再会有数不清的被宣之于口的机会。

新友谊之中那压倒性的：是它做出的消耗，它必须聚集的力量，以便让自己能对抗老的友谊。

一切都显得更可贵，也许是因为它们都被点数了。学习带来的美妙徒劳不再有任何目的，那只是为了学习本身。人

1　雅努斯：罗马神话中的门神，双面神，有前后两个面孔或四方四个面孔，意味着"开始"。

们学到的不再服务于任何的扩张。我们着手学习语言只是因为我们再也不会说它们了，我们有了特定的想法，只是因为我们不太可能再次将它们重复。

有用的东西失去了价值。事物只意味着它们自身。

这段时间的标志是两个只是看上去互相矛盾的趋势：对青春年少的崇拜和经验的消亡。

也有一些人夸耀生活的虚无，并且从中表现出一种贪得无厌的狂妄。当他们用爪牙为自己权利的渣滓做辩护时，只把别人看作是斥责的对象。我们问自己，这些人年老后会变成什么样：也许成了墓地拥有人。

对青春年少的崇拜没什么好反对的，只要不是那崇拜自身的青春年少就好了。

在我看来，那对消亡的描绘，大于我们成功的概率，已消耗殆尽。现在就只剩下一个独创的主题：阻止这消亡，并有意地将它翻转至反面。

就晚年而言，它将生活变得更加珍贵了。

挣扎着与疾病做斗争的人，一步又一步，经过痛苦和折磨而得回生命，他们这才完全知晓它的价值。我对那些重新赢得自己生命的人怀有最高的敬意。

可以这么说吧，每个人都应当期望着能被正式地给予一次机会，而世界也因此变得更好。然而事实上有的却是愚蠢的、永远持续不断而重复上千次的那本来就健康的人的健身训练。

老年的主要缺陷，是如此之大，以至于它几乎超过了所有的好处，这缺陷在于，我们几乎不再会想到别人了。

然而却生长出了一味药草：它的名字叫作"不可或缺"。别人都不知道的事我们知道了，别人都不能说的话，我们说了。那其中应当有如此之多存在，以至于其他人也能感受到它，也想拥有它而让人不得安宁。他们的渴望就充作挑战，迫使着我们做出回应，而通过交出它，我们确实将自己与其他的人联系起来。

于是就可以做出这样的建议：不要让老年人安于平静，而是以聪明的方式，持续不断地将他们引向结果。

在面对刚愎自用的人的时候，就不那么容易了：最好的方法就是绕开他们。正面的挑衅在此是无用的，而"斗争"这更为乏味的形式几乎不可想象。

一位老人说起老年人在什么方面有用或在什么方面完全没有用，这听起来或许有些可笑，但是我所说的并非今天才产生，而是基于我长久以来的体会：老年人总令我神往，即使在我最初的青春年少；作为孩子的我跟在他们身后跑步前行，为他们而感到惊叹，那些有许许多多想要讲述的人，我宁愿永远抓紧他们的衣角。那些懒于讲故事的人则让我感到困惑，他们并非真正的老人，他们只是把自己打扮得像是老人的样子。

没有什么比成为一个恰当的老年人更合我心意了，并且就像有些人希望自己变得富有而其他什么也不想，一直到他们成功，而我最热忱的期望就是变老。

"... et je ne puis approuver que ceux qui cherchent en gémissant. (……并且我无法赞同那些探求时心怀哀怨的人。)"

——帕斯卡 [1]

"Tout ce qui est incompréhensible ne laisse pas d'être. (一切不可理解之事无法免于如此。)"

——帕斯卡 [2]

伊萨克·巴别尔 [3] 到后来会变成什么呢？在一切恐惧之后，在逃脱时显露出机灵之后？

对屈从于命运之人不作判断。

从根本上说，他的自由仅仅在于他拒绝接受任何命令并且不从属于任何人。

可这难道不也正是掌权者的自由吗？不，他们是向自己下达命令而将所有其他人都视为附庸。

他呼吸得太长了，对于一次呼气来说太长了，他将这次呼气感知为自己的灵魂。

他蔑视每个人。也包括他自己。他将此称为真相。

1　原文为法语。
2　同上
3　伊萨克·巴别尔（Isaac Babel，1894—1940），苏联时期犹太小说家、戏剧家。

如果没有剽窃来的生活，没人能坚持得下去，自己的生活是不够的。

一个人在日记本里说到**自己**的事，已经比他人口中的一切闲话都更真实了，因为他是为了长久的隐藏才说这些事，它们在这种隐藏中**变得**真实。

其他人随口说废话，这当即就不真实。

他感到，要与歌德分离很难。他从歌德那儿为自己存下很多东西。他总将这些分配给未来的岁月。

"C'est un grand signe de méduicrité de louer toujours modérément. （平庸的一大标志就是总有节制地进行借用。）"

——沃韦纳格[1]

他预告的所有事都将他带入沉默。

对于死亡你要说的，不会比宗教中所说的灵魂不死的不真实程度要少。甚至还要更不真实，因为它想保留**一切**，而不仅仅是一个灵魂。

一种近乎不可理解的贪得无厌。

---

1 原文为法语。沃韦纳格侯爵（Vauvenargues，1715—1747），法国作家。

VIII

身处荣耀日益瓦解的西班牙，塞万提斯的艰辛。一部后期的作品，五十岁之后完成的，以及更晚到来的最高荣耀。年轻时做战士和奴隶，有五年的时间处在社会最底层而还是经受住了考验，四十岁的时候做了收讨税务的人却不幸失败，他烦扰于家庭正如受虱子的折磨，而他却——多亏了写作——没有屈服于它，并且他在写作中也不受限制，他的经历是如此丰富多彩，以至于他笔下之思永不枯竭。

那些他在**知晓**的情况下还犯下的一切错事尤其称得上"最严重"。

花几个小时时间去听一个人说话，怀着坚定的意图不去耐心倾听他为生活所迫而进行的讲述（自己却身处安全、舒适和光辉之中）——还有比这更可鄙的事吗？

对于那些迷失于他们自身的哲学家，他无从下手。他需要的是那些痛楚地触碰自己或别人身上生命之点的哲学家。

对进化论的厌恶。每当我遇上它，就感觉到一种瘫痪。在我看来进化论和创世论一样不可相信，甚至还不如后者多彩。

一切事物都归到最宽广的时间之下，在我们永不能感受到的间距之中。幸存这事就像弹簧一样，被应用于新形式的考察中，于是集体死亡就成了某件有用之事。为了新事物的出现，无数生命必须走向毁灭，这是一个可怕的想法，它脱胎于权力的领域。

人们无法将自己想象成为比自己老很多的人。

于是，正如有年轻时代的照片存在，那些真正的照片——也应当找到老年时代的虚构照片。

讲究事实的历史学家，他们恰恰失去了历史学科中有趣之处：它的虚构。

赞美振奋精神，后者希望在之后能配得上它。

塞万提斯和莎士比亚这两个同代人：人们对其中之一知道如此之多，而对另一个却一无所知。要是把对他们的所知和未知调换，他们会变成什么呢？

"一个年轻的萨尔瓦多人，比如说，沿着铁路轨道从萨尔瓦多走到美国，因为在他的家乡，他的父母和三个姐妹都在村子广场中心被射杀了。"

我们能否如此严肃地对待一个单个的人，以至于他代表了所有其他人。

能否让他负担起如此多的爱和无辜呢？

鲸鱼的声音：听到这些对我们毫无防备的生物的友好叫声，我从根本上感受到了羞愧。我们不仅像对待其他一切生物那样侵占了它们的躯体，也同样私吞了他们互相之间的感情表达，而我们却因无法理解他们而受到惩罚。我**放弃**继续对他们进行探究。我不再纠缠它们。我对它们的同情中了毒。它们**依旧是**猎物。

找到你**造成**的痛苦，你所遭受的不用你插手也会保存自身。

说出动物的名字让他感到安宁。他为它们的名字感到骄傲。"它确实存在。它确实还没有被我们灭绝。"

他转身朝向那将再也不存在的一切。他发现了一个不可磨灭的当下。他用手指指向它，它突然爆发大笑继而四散开来。

悲叹？等待。等待。等到直至尽头。
耐心的生物，是人。躁狂的生物，是人。消耗着的和耗尽了的生物，是人。

苏醒的智慧。入睡之后，紧随其后，人就以不同的方式思考。漂浮着，重量更轻，透明，忘我，悄悄。

卡莱尔谈他的梦。

"梦境！我的梦总是不快——无非是困扰——丢失衣服或者类似的事，没什么好事。同样的梦一晚又一晚得重复，延续很长时间。我在梦里跟醒着的时候相比是一个**更坏**的人——干些卑鄙的勾当，我梦见自己因为一件罪行而被起诉。长久以来我已得出结论，梦境对我来说什么意义也没有。"

——威廉·阿林厄姆[1]，《日记》

装得太满了，三卷的生平故事也没有减轻他的负担，此后，他的心中比从前留下了更多过去。过去通过其描述向所有方向生长。同样的事不也适用于历史吗？还是说历史的书写与已构造成型的回忆相比是缩减的？

"人类必须被再次毁灭"，歌德最严厉的一句话，简直可以与奥古斯汀的宿命论相匹敌。当一个人在同一口气中提及拿破仑和莫扎特，这个句子多么轻易地浮现在他的脑海中啊！

确实有动物在其愚蠢这方面与人类相似。但人们无法摆脱这样的感觉，总觉得动物的愚蠢并不是真的，并且无论如何要比我们的更加无辜。

词语的啮头。那会让词语感到轻微的疼痛，即使如此，它们还是为此对它心怀感激。

1　威廉·阿林厄姆（William Allingham，1824—1889），爱尔兰诗人。

我们是如何通过不断提及事物的名字来变成它的。卡尔·克劳斯一再向自己说起斯威夫特，年复一年，说了那么久，直到他最终在《人类最后的日子》里变成了他。

我们不应当简单地摆脱偏见。只有通过一项成就、一部作品、一次行动才被允许将自己从一个偏见之中解放出来。

笔记的好处在于，它免除了计算。它太快了，几乎不占用时间，而那个将它们构想出来的头脑甚至不能问自己它们可以用来干什么。

那人身着词语所织成的特殊的奴才制服向我们靠近。他们为我们服务并希望继续如此，但也同时期盼着地位更高的主子。

我看见一匹马的头，在蒙克[1]的一幅画作上，狂野和苦役集于它一身，而现在终于知道，为什么我这么**疼痛地**爱着马了。

我读到关于小瞪羚在那片绿洲的跳跃，一个人类小孩跳了四米远，就像他的瞪羚一样。在阅读的时候我问自己，并且自此以后不断问自己：这就是我所说的**变形**的意思吗？

---

1 爱德华·蒙克（Edvard Munch，1863—1944），挪威表现主义画家。

对死亡的 Pensée（思考[1]）：

唯一的可能：它们必须依然是断片。你不能够自己发表它们。你不能编辑它们。你不能将它们**联合**。

你脑海中与别人挂钩的所有恶事——你从哪儿得到它们的呢？

当有人让他们想起自己过往的性格时，他们是多么自豪啊！

有关自身成功的理论家无聊得要命。他们得证明，成功与之相符。

然而没什么要更不相符了。

要如何辨别一个人已走到尽头？从咬的动作？从书写的字迹？从大笑的样子？

乌萨马[2]，一位**十字军东征时代的**阿拉伯骑士，他最严重的损失：那有四千册藏书的图书馆。

"四千册，充满价值的著作！只要我活着，它们的损失于我就永远是心头的一处创伤"。

---

1 原文为法语。
2 作者在此指的是乌萨马·伊本·蒙奇德（Usama ibn Munqidh，1095—1188），穆斯林诗人。

动物们对一头死去了、被剥了皮的狮子的恐惧。

"我曾见过，一只狮子的头颅是如何被带进我们房子里的一间。猫见到它的时候，它们逃窜出房子、跳下屋顶，即使它们根本没看到狮子。我们杀了一头狮子便将它剥皮，将它的残骸从要塞上往下扔，扔到堡垒底部。然而既没有狗也没有鸟靠近它。乌鸦看到了那肉便向下飞去。一旦靠近它却大叫起来，继而又飞走了！"

——乌萨马《举例训诫之书》

"现在几乎每个夜晚，她都在点数她的死者。她总是搞错，她忘记了一些：有一些比其他要死得更透彻。"

——儒勒·勒纳尔《日记》

对自己说真相，而只有真相往往并没有什么用。那将自身转化为虚无的真相是恐怖与毁灭。

埃及人的语调是你自己的，独一无二。**动物**如此神圣就如同**文字**。判决与天平。肢解的死者得以组装而复活。对死者的哀悼。

丝毫不指责死者的悼词。

追忆死者在我们心中可爱之处。为了他而放弃可恨之处。为了死者净化自身。将死者作为最高审级。在他面前什么也无法隐藏。

将过去用作死者之时间。

赞颂者的高傲。起初有些怯弱的不确定：是你吗？然后拍拍肩膀，屈尊地赞美，抬高地道别。仿佛他们将你从地面抬高，借此抬高他们自己。

他们指责他将回忆组织得如此井井有条。它应当是摇晃的，他们认为，应当是流散的，应当什么都无法辨识，过去存在的一切，就理应分崩离析。

塞万提斯和他所**经验的**修辞。他本人就是自己的骑士。他嘲讽的是**自己**。

他的顽固：奴隶的顽固，他投身于他的解放。

人物形象中始终不变、坚定不移的地方在于：堂吉诃德像桑丘·潘萨一样，然而，处在最严格的限制之内的，是他们的财富。这样衡量下来，后来的小说显得那么模糊不清，那么没有约束，那么软弱。

修辞处于最高水平，而也同时处在角色限制之中。骑士修辞与谚语修辞的对抗。

饕餮之人与和事佬并非总没有道理。高尚的演说扣人心弦，因为它与饕餮之言论交替出现。

人们因为"转变"这个神秘的词语而多多原谅他。

仍旧挤满意义的所有词语——然而你气馁了！词将自身传递，这还不够吗？

一份笔记必须足够少，否则它就什么也不是。

"这份能量推力以等离子流体的形式离开太阳核向上升腾，并且在那里激起了（正如估算的那样）**一种如同激浪般的雷鸣，伴有不可想象的巨响。**"

对我来说，没有什么比思维的**机制**更让人无法忍受。为此我在每个句子之后都切断它的通路。

巨大而有意的储备：歌德。
无论你在哪里将他的作品翻开，他对你都有意义。这如何可能呢？可以确定的是，只有当歌德不被加工成一种教导时才可能。

动物身上不可企及之处：**它们**看人的方式。

表面上的正义，人们用它来看待自己的生活。
要达到真正的正义，人还需得老的多，三五百年。

要把"幸存者"从世界上消灭的百岁老人。

雅各布·布克哈特身上令人惊叹的地方在于他从不**对**他的境遇加以思考。但那是些什么样的境遇啊！

在急流中讲故事。

怨恨让他更可信。

一位强者，他小心翼翼地幻想着失去力量。

一个始终如一的人，他支持**每个**国家，对那些共计只有两个人讲其语言的国家也是。

他如同呼吸一般进入他们。他们放任其行。

介词思想家。

人们忘记了许多事，这是真的。而那一切重新生长出来，将"空"的位置填满的事物啊！那便是生活故事的有趣之处。

再次关于帕斯卡。

他从不激怒别人，也不令人失望。他不是从任何什么地方剽窃来的。他的果断让大门敞开。即使人们不赞同他说的任何一个字，也还是想一次又一次地观看和思考他的话。没有什么发现阻碍着他的道路。在他身上，人们感到信仰与思考势均力敌。

在《思想录》中，帕斯卡受益于他总是**中断**。每个人都能将作品进行不同的组合。它们最好是能保持不被组装起来。

开端即是他的本真之处，帕斯卡的纯粹在每个开头中得以表达。

"无法联合成一体的多样性是困扰；不依赖多样性的单一是暴政。"

不是图像，不仅仅是图像。一幅图在这里，又在那里。但你忽略了这些图像。沉溺于断言，你没有为图像花时间。

它们暗淡了吗？沉睡了吗？衰落了吗？

IX

他可以思念别人几乎到那样的程度，就好像他们已不在人世。

尽管并非如此。

糟糕的并非**是**什么，而是总被认为成是那样。

他们所有人都复活了，多么神奇！但是他们立马就得受到审判吗！

列奥纳多，他为动物，也为以卑劣行径压迫它们的人类而深受感动。

他不间断的思考未曾使他堕落。

"关于我们抽打的驴子。噢！冷漠的天性……然而它们度过一生就是来为压迫者造福。"

"关于绵羊、奶牛、山羊还有类似的动物，它们之中无数个都被夺走了幼崽，而它们则以最残酷的方式被分尸。"

现在是你的词语疾驰而走的时间。
不要拉紧它们的缰绳！和他们一起奔跑吧！

他阐释死亡。

据说："当一个人突然想起他的前世并将它宣之于口，那就确定意味着死亡来临。"
万一这个人闭口不言呢？

——月天[1]

在历史中学习，一个人从它那里什么也学不到。

梦境的力量，他认为，与动物的多种形态相关联。随着动物的消亡，梦境的干涸也近在眼前。

他人虚度我生活的光阴，这件事让我充满厌恶之情。在他们手中会变成另一种生活。然而我就想要保有它真实的样子。

1　月天（Somadeva），音译也作苏摩提婆，古印度作家。

找到一种方法来隐藏某个人的生活，这样一来只有足够聪明且不会扭曲它的人能够看见它。

《吉尔伽美什》绝对不比《圣经》的分量要轻。相对于《圣经》，它的**一个**优势在于：一位敌对的女神，主人公公然与之对抗。这个女性形象，不管如何看待，都**在场**。在《圣经》中它以一种简化的形式存在，就是夏娃。

在一份独一无二的狂妄之中有百万人的容身之所，如果它休耕的时间足够长。

他收集所有的观点，为了证明它们的数量是多么微小。

他们在我身上搜寻他们的遗迹。但我是我自己的遗迹。

同情心得是压倒性的，否则它就不是同情。这就是为什么人们**需要**"怜悯"这个词。

原作者在另外的作者那里变成什么样，是深不可测的。这不仅仅与重复、绚丽的装饰、层叠的阿拉伯式花纹、借来的热情有关——这主要与误解相关，这是如此无解，以至于变得硕果累累。由此出现了非常奇怪而神秘的产物，即出现了比**他们的**原型还要伟大的作家。

这并非是司汤达独有的坦率，而是**任何**伪装之中的坦诚。

每当谈及死者，谈到发生在他们身上的事，我就因愤怒而变得毫不留情。

但他们得是我的死者。对于他人我只是或同情或恐惧地旁观。

知道其**间**一切的哲学家。

可能他凭着**简短**就抹杀了一切在句子中值得之事，它们的膨胀与消退，升起与降落，不幸与幸运。可能句子不该被压缩，也不该成为蒸馏物，而应当是不断向外涌现的饱满。这样的话他在写作岁月里扼杀了本该成为乐趣的东西，而他对贫乏苦行的宣扬也是徒劳。

今天我发现了最可怕的故事，那是在一位女士的记忆里，她叫米西亚·塞特[1]。我把它叫作《苍蝇的痛苦》并在此逐字摘录：

"我年轻的室友之一成了一位捕苍蝇艺术的大师，对这种动物耐心的研究让她能够准确找到位置，用针刺进它们身体，把它们串起来而不让它们死掉。她就这样做成了活苍蝇串成的链子，她的皮肤接触到那些挣扎的脚和颤抖的翅膀时拥有

1　米西亚·塞特（Misia Sert，1872—1950），波兰血统的钢琴家。

的超凡感受让她沉浸于狂喜中。"

悲伤从四面八方入侵。而它毫不影响你。它影响的是那些被你看到他们生活的人。你无法忍受他们遭受的痛苦。你想避开一切让他们痛苦的事物。那是什么？

那是你无法承认事物真实样子的结果。你也无法承认，过去已**存在的**，已经过去了。一切历史对你来说都是虚假的。你怀着颤抖的心来阅读它，你想要将它撤销。人如何撤销历史？通过新的痛苦？

我们不应将伤感变作美德。我们可以体验它，可以将自己是如何体验它的原原本本地保留下来。但是我们不该用它装扮自己。它会让那些好用奖章吹嘘自己的人上瘾。这些人需要越来越多用来展示其伤感的事物，如果没有这样的东西，他便会自行发明，继而这些事物就显得：精美、易碎而腐朽。

你确实能够将句子并排放置，它们能**看见**对方，如果受到刺激，它们甚至能触摸对方。而更多的就没有了。

当他说"地狱"的时候，就仿佛他已经在那里服刑过，在每个人的满意之下被释放。

既有财富的奴仆和也有声名的奴仆。此两者都并非无辜：他们期待着残渣。

686

对每个新遇见的人都满怀期望，在这期望之中你还是个孩子。在随即而来的失望中，你又快速地变成暴怒的老翁。

他缺乏离开自身的行动。即使在旅行的时候——他也总是处在自己的近旁。他从没忘记，他就在那里。他为自己拿取的东西都是他应得的，因为他已经拿了。世界为他而存在，其他人都是插画。

知识通过生长改变自己的外形。真正的知识中没有千篇一律。知识中所有原本的跳跃都发生**在旁侧**，如棋盘上骑士走的步子。

那些可预测的直线生长毫无意义。具有决定性意义的是弯曲了的尤其是侧面的知识。

在那里，人们每年读两次报纸，继而呕吐、痊愈。

在那里，国家没有首都。人们都栖居于边界。国家空无一人。

整个边界就是首都。

在那里，死者做梦，并发出如同回声一般的声响。

在那里，人们用一声绝望的叫喊来互相问候，并用欢呼来道别。

在那里，房子空荡荡的立着，每小时都被清扫：为了未来的世代。

在那里，受辱的人永远闭上眼睛，当他一个人的时候又偷偷地睁开。

在那里，人们快速地、偷偷地咬，然后说："不是我"。

在那里，人们说"你是"，意思是"我可能是"。

在那里，人们认得祖先，却无视同代人。

"停下吧"，有人说着并请来了刽子手。

一个人，为了不变老，就不停地**旅行**。
另一个人，出于同样的目的，完完全全保持静止。

上了年纪以后，偏见变得危险起来。我们为它们感到骄傲。我们感激它们，就好像是它们让人活着，它们以最特殊的方式，在很后来还是充满活力，甚至可以说是一种属于偏见的迟到的绽放。我们不再与之斗争，也不再对它反抗。我们将它单独抽出来，用宽容的态度观察它，那是丰富生活的产物、可靠的贵重之物、用之不竭的剩余物。如果某个人用它来责骂我们，说："但那确实就是偏见！"——我们兴高采烈地赞同着。要是它们变得更多就好了！要是一路上没有丢失掉一部分就好了！有偏见的人就能拥有并感受到自己的分量。还不曾拥有任何偏见的年轻人，对于他来说，那只是风中的谷糠。有偏见的人下定决心，不会放弃自己身上能令他人生气的哪怕最微小的部分。

所有未被忘记的面孔。多年以来也没有新的加入。进入我生命中的人都要从那一堆脸中拾起一张，我帮着他做这件事。他不是他自己，他就像那堆脸中的任意一个。

多么可笑！一个人想要被爱，而他是**了解自己**的。

蚂蚁花费大部分的时间**无所事事**。一场革命存在于我们对蚂蚁的想象中。

没有哪个梦境像对它的阐释一般无意义。

古代遗留下的庞大遗产中，变化是最具活力的。
它们产生的效果仍然是无穷无尽，并且永不会耗尽。
早早对它们有所了解的人，也永不会迷失——即使时至今日。这是奇迹中唯一一个还值得相信的。

毕希纳的**开启事物之风**，在每个句子中。我只能在他那里看到**这阵**风。这不是呼吸，而是风，或者说是风代替了呼吸。人们不会想起它，它只是吹着，载着一个人所有的懦弱与高傲。

一种与之相当的风存在于《圣经》中，但是那风更沉重，不花力气是无法逃开的，人们就需煞费苦心来获得自由。但毕希纳的风**就是**自由，对每个人来说都是。

为人类感到羞耻的人多多谈论动物。

他**整理**瞬间，直到它们消失。

S. **首先**带着恐吓来了，他立刻用为他人预备的那最可怕的事物来进行威胁。希特勒开始时将恐吓藏起来，然后逐渐揭露。这样的加剧他总为自己保留着。

S. 的主要武器之一是美国人（和英国人）所展现的对生命的尊重。与之相反的是他在自己这边用轻率的态度对待人的生命。夺回法奥以 53000 名牺牲者为代价，比十年越南战争死去的美国人还要多。

从未对尸体堆进行过如此赤裸裸的计算。S. 是亚述人，他也没有忘记，蒙古人是如何成为巴格达之主的。历史永不停止。它在统治者身上是最有效的，他们在它身上发现了榜样，受到了鼓舞。

世界陷入了狂乱的运动中。从战争和革命中人们可以看出这样的加速。而现在是一种自在的运动，处在战争**之前**或与之毫无关系，并且改革也变得意义繁多。

那是群众的运动，它处在一种尚未有人看清的新动力中；因此它难以理解，且有多变的预兆。

人们乐于接受这些运动，因为它们缓解了僵化。只有一个极度枯燥的人，才会不欢迎它们。但是这些运动会带来什么结果，没人能说得出。不可否认的一件事就是：历史进程不可预见。历史总是开放的。没人能根据它的意义行动，因为没人了解这个意义。也可能这意义并不存在。这将意味着，历史因其开放性总是可以被影响的，也就是说，它掌控在我们手中。也许我们双手还太弱而无法在历史中办成任何事。但因为我们还不是确切地知道这一点，我们就应当做出尝试。

在充满内容的精神中，偏见有一项不同的功能：等候的堤坝。

现在他们一同起身，没有指责他，而是惊奇地看着他。

看看我，就是我。认得我，这样我也认得你们。告诉我，你们过去在哪儿。你们有没有长时间地睡着？我看护了你们，你们一根头发没有掉。你们在那里。你们在那里。你们在那里。

你们沿着不同的道路而来。我盼望着你们，每个夜晚我都为坚持着盼望你们而入睡，却夜复一夜地失望跛行。

我看到你们了，终于，我等待着一个词。那应当是最美的，所有语言中最美的词，因为是你们送交给我的，一种新的语言从它之中发源。

我等待了如此之久，可以称之为渴望吗？不，那不止如此。因为这份等待保护你们免于一切改变。

最终，他失去了名字。他还没有察觉，它们就消解在了他的名字之中。他再也感觉不到它们的边界，当他倾听它们的时候，也不知道那就是它们。他再也没法注意到，它们有多么怨恨他。他忘记了，什么是仇恨。没人感到饥饿。所有街道上都是饱腹的人。他邀请过路人来自己家，他们则更偏爱误入歧途。影子与人分开行走。

他需要比自己伟大的人，为了吹嘘他们。

当他释放了最后一个人质，他倒下并放弃了灵魂。——由人质组成的世界统治。

我属于最有争议那伙人，这当然是正确的。但是只出于这个原因。

否则我就属于每个长着脸的人。

他一次又一次地重复，他又重复了一千次，即使这生活比原来**还要更可耻**，他也不会放弃。

这让人困扰并依旧高深莫测。

如果人类所拥有的这份聪明才智非得意味着什么的话，那必然的是，它否认自己感悟到的一切。

他不养动物，而是豢养它们的形式。这些形式不会被谋杀。

哪个诗人不曾与他的苍蝇说过话呢？
有谁是我凭他的苍蝇而认不出来的呢？
谁又没有养过一只会为他飞快爬行的苍蝇呢？

他在很老的年纪依然绽放，讲述着一个接一个骗人的故事。他追逐着所有愿意倾听他的人。甚至在他睡着的时候人们还逼迫着他，于是他继续往下说。只要他说话，他就无法死去。他变得像最老的人一样老，甚至比他们更老。一场真实的谎言风暴从他那里爆发，几乎是全新的，但凡如此看待他人都不会绝望，而是充满信心地指望着两百年、三百年。

所有事都让他兴奋：一封信，一场谈话。所有外在的事都让他陷入不安。当别人诱使他说话的时候，他会变得最为焦躁。继而他爆发，然后注意到，自己是如何充满着尚未消耗的力量生活的。他过的生活是虚假的。他必须保持最高程度的活力并且准许那不断被要求着的活力的加剧。但是他说不，向左向右都不，他为自己的节欲而骄傲，并高声为尊严啼叫。

693

我们必须坚持下去，**即使**与我们完全不同的他人也在坚持，我们得知道这一点，但不许与完全不同的他人相似。我们需同他们平等，即使他们将保持与我们不同。

多么艰难，说不出的艰难！

每当他的好奇心减弱，他就再次阅读一位希腊人。这样一来他就想再次知晓一切。

也许他一无所知，但是有一样他确实知道："再也不在"是什么意思。

帕斯卡的伟大之处在于他的自我约束。没有比他口才更好的人了。他总是喜欢插话，于是这些文字读起来就好像正是刚刚才完成的，也正是由他自己打断的。所有长的短的句子、所有这一个个的句子都像是今天写下的。

礼节性的规定会对那些被认为是写下的最佳作品进行逐句的审阅，然后将其驳倒吗？不，因为这样一来我们就会变成那群人中的一个，他们活着的一半时间都在粗暴地争取什么，另一半时间则在粗暴地争取它的对立面。

人不该反驳自己。唯一的礼节在于：保持沉默。

你是否真的认为，一场时长八年的战争什么也没有留下吗？

S. 就是这份遗产。

如果我还要走向某个伟大的事物，伟大得以至于它得存留自己；如果我还会得知，我是允许如此称呼它的，那么我将什么也不会留下，我会知道，平静地知道，我就是为了接近伟大而生。

那么我也就不会为"伟大"这个词而羞愧，因为在此不被允许之事是我毕生都在追求的。

拥有其语言旗帜的国家，它们是这样快乐地互相拍打着对方！

一个还**从来没有**独处过的人遇到了一个总是独处的人。

所有拥有金钱的迷失之人。买，买，买，直到他们窒息。所有幸福的人，还能够期盼着买不到的东西。

巴别尔 1929 年的日记。我们从里面知道，他在布琼尼[1]的骑兵军中遇到的犹太人并不把他当作犹太人。

作为故事来源的那些日记本里记录了许多事，那是战争期间他在哥萨克人那里度过的荒凉而充实的生活。故事显得更为丰富而直接。只有记忆才能给予直接体验。

---

1 谢苗·米哈伊洛维奇·布琼尼（1883—1973），苏联元帅。

巴别尔于 1939 年被捕，到 1940 年在卢比扬卡被枪毙。

六十多年前我第一次读他。对我来说，他的威望没有因我在那之后读其他任何东西而有丝毫的减少。

在所有近代俄罗斯作家中，他离我是最近的。从现在看来，我记忆中他对果戈理深沉的尊重和他对莫泊桑的崇拜并没有欺骗我。他几乎没有对我说起关于陀思妥耶夫斯基和托尔斯泰的事。

在巴别尔那里，**看到的**即是他的世界，正如它产生时的样子。

在他那里，**听到的**是犹太人。他故事的特性就是，他把看到的穿插进听到的里面的那种方式。

他躲藏犹太人的方式，他对他们的归属感并不亚于高尔基之于俄罗斯人，莫泊桑之于法国人。毕竟，他为每个犹太人都提供了一个犹太母亲——一种联系，因为它，他对于他们来说变得完全不可理解。

没有什么比战争对于巴别尔的本质来说更加陌生。正由于这个原因他让自己遭受战争。哥萨克人眼中残暴的快乐，对于他来说不过是折磨。但是他必须仔细地**看**，对他来说折磨不是一句空话。

在日记里，"看"这件事有时还是太过真诚，但在故事中则从不如此。

巴别尔受到迫害的感觉因大屠杀而早早到来。通过参加改革，他试图将自己从这种感觉中解放出来。他置身于战争之中，而这战争恰恰使他离大屠杀更近了。他在故事中所写，激起了领导战争之人的敌意。由此他在革命刽子手下的灭亡便开始了。从《骑兵军》[1]的出现，直到他死亡，他都在为生命奋斗。他同那帮迫害他的凶手亲近，与他们的首领打交道。他知道，等在前面的是什么。他也知道，这些事的来临也将于自己的写作有关。于是他的写作变得举步维艰，他尝试着用假托和仿造的书写来进行掩盖。那些必定存在于他生活中的恐惧是不可想象的。他将一切都看得一清二楚。即使在监狱中他也努力写下手稿。这些稿件就是危险的原本之文。如果他不曾写作便有可能活下来。

你**什么也没有**预见。你感到愉快，因为笼罩在地球上空的巨大危险被阻挡了。你却没有将阻挡危险的后果考虑到底，因为你不过是想保持快乐。

但是有任何人曾预见到什么了吗？每次预见都将成为不可能，而我们只能盲目制定计划，难道或许并非如此？

就好像是任何从你脑中闪现的想法都不再有什么约束力。可以说这仅仅发生在你身上。

过去，所有思想都有一个敞开的结尾，它毫不保留地去寻找其他的思想。可以说，这就是思想的**希望**。我越是下定决心终止一个想法，那它就保留越多的希望。在每次这样的

1　巴别尔创作的短篇小说集。

接触中，悄悄地，它扩展自身。思想是如何在人与人**之间**生长的，这一点必须得到描述。

今天，思想的终止只是徒劳。它失去了对其他想法以及在其他想法中冒险的兴趣。这也许是系统性思想家的一种常态。对于我来说长年无趣的事，在他们看来却是他们的思维正统。

他与"痛苦"这个词结盟，并在中文搜索它。

破坏语言的人——我能对他们做什么呢？
在他们的刀刃之下，神话还剩下些什么呢？

托尔斯泰老年时关于性的粗略观点：他的力量。他能够与自身作斗争的同时不变成一个空谈家。

一个同自己斗争的人，必须要有什么来与之斗争。托尔斯泰的恶在于他的贪婪，这也是他的妻子向他报复的原因。两人都想为此惩罚自己：她为了她所屈服的强奸；他则是为了迫使他如此做的贪婪。

无法被劝离死亡的人最有宗教信仰。

在千年的庙宇间，可笑的奔跑者。他想把这一切都当成留给自己的纪念。金字塔的图景——**他的**墓碑。

人在年少时做的梦如今已所剩无几。但是这少许竟有如此重的分量！

这最后的对峙，**日子的流逝**——现在还只剩下十天——将过去一年的快乐都摧毁了。我开始为这种快乐感到羞耻，就像为孩子气的希望感到羞耻一样。

月亮在我眼中碎裂成了三块。

死亡作为权力的手段是不能**突然**停止的。但是可以想象出一个通向此处的过程。一年前人们还能想着自己已经走上这条路了。但是这年，这个美好的一年已经结束了，我们又回到了过去所在的地方。

所有徒劳的感受，正如屠宰之前动物的感受。

当权者根据喜好处置敌人，这次是这样，那次是那样。也许最后还是决定，S. 必须得走。他带走什么呢？他又在哪里度过他余下的日子？我们可以预见，一百岁的他将手拂过小伙子头的样子。

他模范式的家庭生活。这个人能忍受上百万人死亡，因为他坚信毒气屠杀。

这个愿望要停留，以一种簿记的形式。

要是一个人的生活什么也没留下，完全没有，这会不会更正确呢？要是死亡意味着某个人的形象在所有拥有它的人们那里消失呢？对后者来说，这是否更周到？也许因为也许我们所留下的一切就是对他们的一种要求，那是他们必须负担之事。也许人不自由，是因为在他心中还留着太多死去的人，而这么多的死者都拒绝消失。

遗忘的渴求——无法消解？

有一些死者是人们**永不**怀念的。他们之中有非常可爱的人。

幽默之辔头。——他对别人劝告了如此之久，以至于他们欺骗他以占他的便宜。于是他就鄙视他们。

他拥有的尊严比他能承受的要多。一旦抛弃它们，他便卑躬屈膝。

他想要被寻找，以便更好地隐藏自己。

他最狂野的热情：感激之心。令人惊奇的是，这并没有像赌博的热情那样使他变得破碎不堪

他用老的名人来使新人的名气扩大。他以新的名人来认

可老的名人。他做的交换生意。

某人一幅画也不认得。他的生活中没有画。他从来都不知道还有画的存在。

第一幅画。

起初我是在神话中找到自己的。只要有什么如同呼吸一般自然地进入我体内，我就称之为神话。在它对我封锁的时候，我就以别的方式称呼它。然后我就把它放在一边，并期待着它的天真的回归。神话从来都不是迷惘，即使它是最可怕的——神话有其方向和力量，当然还有意义，而意义只是无法直接映入眼帘。

找到一个**不同**的过往，那里有你还从未想到过的人。

那三本书的过去让你动弹不得。它们**太过真实**。

他们叫我如此不安，那些高尚的抛弃生活的人，我多么费力地去对抗他们，去否认他们确确实实体验到的。

如今我带着温情地想起他们，如果他们还在那儿，我还会劝说他们吗？

应当有一个人回到我身边，只要有**唯一的一个**我便放弃。

但只要没有人回来，我就**保持不变**。

他们从《圣经》里径直向他跑去。

本真的精神生活在于**再次阅读**。

人们所获悉的众多命运组成了自己遗失的命运。

人们花了许多时间向生活施以援手。这也许是失去的时间。但是它也不想成为别的样子。轻松当然是幸福的。而我却向沉重鞠躬。

他仅仅还由少量的词语组成，是那些他常常重复的词语。

难道仅限于与一个人真正相关的事吗？
人必须追问那些与他毫不相关的事，这一点正构成了人的苦难与光荣。

当他说，除了改变他什么都不相信，那便意味着，他正练习着溜走，即使清楚地知道，他不能从死亡手下溜走，但是其他人，有朝一日是其他人。

汉普斯特德补遗

Nachträge aus Hampstead

胡烨 译

1954—1956

每个人都在自己体内无穷无尽地打着瞌睡；我们无法将其唤醒，只是白费力气。因为，如果整个人回荡着一声又一声的回响而没一个能变成真正的声音，那是很可怕的。

他完全由漂亮动物构成的时候，我还认得他。现在他长成了木贼[1]。

他因自己曾有父亲而每日备受称赞。

对你说话吧，说吧，也许是她来应答而非你自己。

他在后代和祖先之间犹豫不决地来回摇摆。谁更可靠？谁给予得更多呢？

---

1 木贼是一种蕨类植物，也叫马尾、问荆。——译者注，下同。

空洞的宗教：在它们背后你感受不到任何畏惧。

我确实**曾在**那儿，但是有些日子，我在书本之中成功地越过那里而继续阅读我自己，继而我变得非常绝望。

她不吝啬，只是受不了有人为**别人**花钱。

第二次的遇见总是破坏第一印象。是否只该有第一次的遇见存在？

他定居在我的国度，但他无法忍受在我们窗前出现同一个太阳，于是他爬进地里藏了起来。

"我不相信**清晰的**概念，正如不信**模糊的**概念；可以让这两者把我们带到光明的背后。"

——哈曼[1]

旅行，而不让自己对人的感知力**变得迟钝**。

从 F. 身上散发出的石化效果表明了他天性中的真诚。他认为的自己假装出来的样子就是他。在他的手下、他的言语下、他的呼吸下、他的目光下，一切事物都变成石头。他不

1　约翰·格奥格·哈曼（Johann Georg Hamann, 1730—1788），德国哲学家、作家。

需要人类，他希望人类灭亡；他也根本不需要后代。因为一切又变回石头，那就是他。

他唯一的崇拜：硬度。

她愿自己有一张雅各梯[1]，目的是能在天堂里数钱。

坟墓中的歌唱者。"你的儿子活着，在他体内有个女人——她唱着歌。我们去看他的坟墓，去听她的歌唱；在他体内有个女人，她唱着歌。"

——现代希腊语

她担忧着我的损失，因为她自己也即将面对。她借助我的损失为她自己的做准备。她相信，她的损失和我的损失在之后能找到对方。

他学啊学啊而什么也没忘记，真是最蠢的人。

他必须经常探出身子，"高处之物"让他不得安宁。

有时他沉醉于自己偷偷积攒起来的想法中，于是他的幸福便是双重的，因为他将这些想法隐藏得那么好。

1 指通天梯，见《圣经·创世纪》28：12。

香气围绕着我们不认识的人。

他把所有的笑都解释为嘲笑。

他最为想念的是那些令他觉得最难以忍受的人。

精神的**迅速**——关于精神，我们说的所有其他事都是为了掩盖它的不在场所编造的借口。人为了这些迅速的瞬间而活，它们正如自流水从惰性的沙漠里流出，而单单为了这些瞬间，我们迟钝而荒凉地活着。

人们讲述关于死者和漫游的奇异事。据说，如果人们在漫游途中继续向前走，就会在——可能是伊费，或者也可能是达荷美和埃维 [1]——集市上遇到这样一些人，他们在家乡死去，为了不被人认出来而退居此地。如果他们看到从故乡来的熟人，就飞速地缩到一旁，确保别人不会再看到他们。

　　　　　　——弗罗贝纽斯 [2]《亚特兰蒂斯》（约鲁巴语）

对声音的相思病。

他用惊叹词描绘事物，他就是如此自然。

1　伊费 (Ife) 是尼日利亚西南部城市,西非古文明重要中心之一;达荷美 (Dahomey) 是非洲历史上的一个王国,大约在 1600 至 1894 年间存在;埃维人 (Ewe) 是位于多哥的民族群体。
2　利奥·弗罗贝纽斯 (Leo Frobenius，1873—1938)，德国民族学家和考古学家。

只要在可见的视野中出现了成功的可能性，他就试着偷偷溜走。

他对于成功的不信任变得如此巨大，以至于他只是想着要它，而非真的拥有它。

在那儿，他们将双脚互相调换，噢！他们能以如此不同的样子行走！

对熟悉的活着的人，我们总是有所指摘，而对死去的人却心怀感激，因为他们并不阻止我们的回忆。

"那些人在点数日子的序列时没有把**明天**算进去，这便是他们特别的美德。"

在那里，每个人在对别人说话的时候都看见自己，就好像他们**失明**了而只能看见自身的形象。因而他们对所有人都非常礼貌，让人舒适到了极点。确实，他们生活在一种对所有人的热情中，这种热情只有通过其多次重复带来的相似性才能稍微减弱一点儿。如果人们知道他们是如何在每个人身上都看见自己的，那观察他们如何对着每个人鞠躬便成为一件吸引人的事。

"一个普韦布洛[1]女人在用黏土做一个罐子时，不停地用自己的声音模仿烧制好的器皿发出的声响，目的是保护她的作品不会失败也不在烧制时爆裂。"

我想要将一切都包含在我体内，与此同时还完全保持单纯。这是很难的。因为我不想消解多样，正如我也希望自己单纯。

神秘主义者的想法与我相反；在我看来他们为了快乐牺牲了太多。

我喜欢告诉别人他们真正的样子。我们能为他们注入一份对其自身的信念，这让我感到自豪。我向他们展示了他们为自身做出的努力。但我只有在将自己也投入其中的时候才能成功。我的努力造就了他们自己的努力。

今天我深入阅读了马基雅维利[2]。这是他第一次真正吸引我。我带着寒意和一点儿苦涩去读他。我突然想到，他研究权力同我研究群众所用的是同一种方式。他不带成见地去把握对象；他的想法来源于他个人对掌权者的体会以及他阅读的文本。这对我来说同样"mutantis mutandis（准用）"[3]。我正如我们这个时代的每个人，已经历过最不同种类的大众，并

1　普韦布洛（Pueblo）是一个传统美洲原住民社群。
2　马基雅维利（Niccolò di Bernardo dei Machiavelli, 1469—1527），意大利学者、哲学家、历史学家、政治家。
3　原文为拉丁语。

且在无尽的文献中试图获得对遥远过往的大众的想象。我得读的比他更多，他的过去是古代，主要是罗马，我的过去则是我们几乎一无所知的一切。但我相信我们以相似的方式阅读：注意力涣散却又精神集中，同时感知着周围一切的相关现象。就群众方面来说，我已失去了从前的偏见，它们对我来说既不好也不坏，而是**就在那儿**，并且直到现在我们还活在对它们的无视中，这种无视是我无法忍受的。要是我对权力不感兴趣的话，就能与马基雅维利建立一种更纯粹的关系；在此，我的道路和他的就以一种亲密而纠结的方式交错起来。对我来说，权力一如既往是绝对的恶，我只能这样来理解它。有时在阅读马基雅维利的时候，我对权力的敌意逐渐消歇。但那只是一场轻度小憩，我乐于从中醒来。

我笔下的掌权者并非是我在宽敞的大路上找到的。此类名字越常被提起，我就感到越难以靠近它。我对身后之名表示怀疑，它基于久远过往的行为，我最怀疑的还是成功。对于以文本形式呈现的伟人作品，我能同其他任何人一样对它们进行检阅。但是何种检阅能让过去的行为离得更近呢？只能检阅他人对于这些行为的看法。我并没忽略这些，也不会向它们展现崇拜或信仰。

1957—1959

最重要的是，**我们把自己和谁搞混了**。

如果我们很经常见到一个人，他就变得如此平凡，仿佛是他故意报复我们对他有过高的想象。

随着时间推移，信仰发生了晃动。

对有些人来说，追求真相就像收集甲虫。他们的甲虫看起来都一样：灰色且可疑。

大多数的人，他说，都是一种古老而他们自己所不熟悉的不幸的奴隶。

有人想让他为了钱来给事物**下定义**，但他甚至连下定义也不是免费的。

这种对所见过的一切事物的温情，这种对正看到的如此多事物的反感。

恺撒让我感到不安：**行动**的可怕。它预先设定了人无法反抗杀戮。

但我经历得**更少**，因为我只是旁观，或者说只是经历得**不同**？我并没有堤防他人而避开他人。我在很大程度上和他人为伍，但往往只是如此而已，于是便没必要**杀死**他们。人们也许会将它称作一种教士般的态度。我却觉得它是人性的。但如果我们期待别人这么做，那这态度便是错误的。一个人必须要有力量去看清楚它是什么样。如果我挪开双眼，**我的胆怯**便开始发作。为此我为自己阅读双眼，为此我为自己受伤地倾听耳朵。

但是一个不杀戮的人能办成什么事？只有唯一的一种力量比杀戮的力量更强：复活死去的人。我强烈地渴望这种力量。为了得到它我愿献出我的一切，包括我自己的生命。但是我没有这力量，如此便什么也没有。

赦免了许多人的恺撒也同样知晓这种力量。他对小加图[1]的自杀是如此愤怒！

今天我在阅读普鲁塔克笔下的恺撒时突然感到一种真正的杀戮的乐趣。当反叛者带着匕首冲向他，当一个又一个的人刺中他，当他"像一头野兽一般"躲开刺杀时，我陷入了一种愉悦的激动之中。我并没有感到自己对他有任何同情的迹象。这头极度聪敏的野兽所表现出来的**毫无准备**也无法让我对他产生慈悲之心。通过这样的盲目，他向所有因他而盲目而沦陷的人偿还了一小部分的罪责。

谁能足够频繁地逃过看起来迫在眉睫的死亡，他就称得上"伟大"。而他是如何度过危险的，就是他的事了。

永无止境的小册子，他是多么害怕它们！如今它们已累积了上百本，每一页都写得满满当当，他一本都不会再打开！

1　小加图（Marcus Porcius Cato Uticensis，公元前 95 年—前 46 年），罗马共和国末期的政治家和演说家。

这个"多"与"无"的写作者，他到底有什么重要的东西不向任何人诉说呢！

与**秩序**有关的事，最好向中国人学习。

魔咒读得太少。昨天晚上，一本印度人的古老魔法书《阿闼婆吠陀》[1]吸引住了我。里面记载着怪异的事物。人类的愿望在这里比在其他任何地方都要**更不加掩饰地**被表达出来。这是一个完全自然力的世界，要是有谁想知道一些关于人类真实的事，那这人就必须在神话以外还要阅读魔咒，**赤裸的魔咒**。

对忘记了的神灵的爱，就好像他们是因为一种内在的崇高而隐退的。

我佩服这些极为宽阔的人群，他们经过了几世纪变得越来越宽广**却不让步**。可怕的是那些不让步的狭窄之人。

一个墓地的蠢蛋，到任何其他地方他就感到害怕。

一个没有**赠礼**的世界。

---

1 《阿闼婆吠陀》也译作《禳灾明论》，是四大吠陀经的第四部。

我相信，是**神话**的靠近唤醒了我内心的不适。我淹没在其中，独自一人，它们所有的力量都与我对抗。想要熟悉它们所有，是多么大胆的想法啊！我，这么渺小，孤身一人而及知命之年，我什么都不是！

我被阿兰达人[1]的祖先石迷住了。

赤裸的老年男子蹲坐在地上，围着祖先石，即丘灵加。他们以最深程度的庄重去观察它们，他们将其中的一些石头握在手里哭泣。

和一位老年阿兰达人相比，我是多么可怜啊！他随时随刻都拥有着所有的神话与传说，它们呈现出清晰的形态，并且这些神话传说所诉说的，与他所领会的意义别无二致。要是将其同我们知识中的无约束力做比较、和浅陋的胡乱阐释以及永恒空洞的类比做比较呢！对一个人来说什么还是重要的，什么还是足够恒定的呢？人在这个世界里往左转往右转，一切都是同样的庞大，同样的狭小，导致了一种独一无二的无度，那使人感到困惑。

那个老阿兰达人死了，每个老阿兰达人。只有书中还有他的存在。这些书是我的丘灵加和祖先石。

人类最让我反感的，是他们的**计划**。

---

1 阿兰达人是一支大洋洲的原住民。下文"丘灵加"（Churingas）即其原始宗教圣物。

在这里，人们也和其他所有地方一样生活在压力之下，然而他们没有那么大声地叫喊，而是问候。

如果人们此先就已知道了一切，那这属于**证明**的贫乏生活还有什么用呢？

每种**招徕**之中总有一些令人反感的事，只有纯粹的钦佩才是真实的。

我完全没法说，自己对"我是否**存在**"这件事有多么置若罔闻。我想找到我自己预感到的事，这就是所有。

将所有伟大的想法再次说出，而不知道它们已经被说过了，这很重要。

要是有谁知道了有关另一个人的真相，那么他就毁掉了这个人，除非他保持沉默。但要对我们自己经常见到的人保持沉默，是一件难事。我们得告诉他们一些对他们有帮助而不能使他们改变的事。我们帮助他们的时间如此之长，直到他们对自己产生了错误的印象，而我们对这种印象是有责任的。我们每时每刻都在审视这印象有多么错误，而我们必须不断地保护这样的审视不让他们知晓。如此长时间地保护他们远离自身也还是不够的，他们会一直需要这份保护。于是我们就得说谎，而说谎的方式就让生活变得无法忍受：不断编造虚假和不良的谎话。

她走了，仿佛是她第一次被允许那样做。

现在，因为我将自己完全推入了我的"领域"，并且越来越深地往里探究，有时我问自己：我也是个专家吗？而有多少事物我永远搁置在一旁，自己永不会再对它产生兴趣？或者说是不是对宗教和神话充满热情的人永远不能真正地成为一位专家？是否神话包含了**一切**，正如我总喜欢说的，或者是否真的还有什么，是超然于神话的存在？——是否存在一种新的神话，一种完全没有听到过的，而我的存在就是为了找寻它？或者我将以可怜和困苦告终，同所有神话仅有的库存一起？

这个问题的答案我不愿知道。

八个太阳的热度："在遥远的史前时代，太阳有七个儿子，每个都同样炙热，从大地上空向下燃烧，热得像它们自己一样。"

——巴塔克语[1]

"永无法再看见"——这是否属于"美"的一种特征呢？察觉到"美"时的突然与安静：我们想要完全而不受干扰地

1　Batak，巴塔克人的语言，他们分布在印尼苏门答腊。

观看它，**永远**。当我们再次见到它的时候，它永远不再相同——除非，我们没有将它完全看清。

完全看清之美只存在于它自身，它脱离了自己的真实性。在我们领会它的过程中，看见了的美就变成把握住的美，就好像我们小心翼翼地将它拿在手里，也只有如此我们才完全得到了它。单单凭借着"突然"，我们是无法拥有它的，无论对一个人来说有多么突然。

确实如此：必须有什么突然**开始**，但是如果没有片刻的安静紧随其后，它便立马瓦解而消失。突然与安静互相穿插着，我们才会感到事物是美的：眼睛的闪电与双手不知不觉的耐心。

被"美"包围着的人生活在美的坟墓之中。一想到法老的灵魂我就感到痛心，那灵魂再也感觉不到那些环绕在它们身边的事物：现在那些本该对它们来说有用的一切都不美了，而对那些打开墓穴的人来说却是美的。

一只尖叫着的和一只跳跃着的蜗牛：

"巨型西非蜗牛拥有尖叫的能力。这件事在当地土著间众所周知：当我把其中一只这样的蜗牛拿在手上，然后它们开始尖叫时，我吓了一跳，这把他们逗乐了。人们认为，这样的声响是这个生物通过刮擦自己的壳发出来的。这声音响得足够让一个人在第一次听到的时候着实吓一跳。

另一只小型陆生蜗牛能够跳三到四英尺那么高。"

——珀西·阿莫里·塔尔博特[1]《在灌木丛的阴影下》

全知者在他越来越宽广的无知王国中迷失了方向。我在新知识上获得的一切，都通过对一个单个的具体现象的观察而径直走向我；并不是通过比较；也不是通过将上百份关于同一现象的文件进行排列。没有人以数据统计的方式进行思考；如果所涉及的是深刻的问题，所有数据统计的方法就毫无意义。我必须继续心怀着勇气去拣选那些对我来说重要而独特之事。我必须冒着被各个领域的各个专家说成无知者的风险。全知，这个我从小便开始追求的徒劳愿望，是我必须克服的。

我的图书馆由上千册我打算读的书组成，它的增长速度是我所能阅读的十倍之快。我试图将它扩大成一种宇宙，在这里我可以找到一切。但是这宇宙以一种引人晕眩的速度增长着。它永不打算停歇，并且我在自己体内也感觉到了它的增长。每册我新引进的书，都会引发一场小型的世界灾难，而在这册书看起来可以入编而暂时消失的时候，这场灾难才会平息。

"如果一个人是贾玛（曼迪卡族[2]的预言家），那么他就不

1　珀西·阿莫里·塔尔博特（Percy Amaury Talbot, 1877—1945），英国人类学家。
2　曼迪卡族（Mandinka 或 Malinke）是一个西非族群。

再知晓过去之事和将来之事的分别了。"

——先知式的定义

在他的精神中，还能看到狂热者的全部伤疤。

我们对自己说了很多事，是为了能将它们忘记。但是有时我们把它们说得太好了。

一个不知道自己在呼吸的人。

他爱她，他对其他任何人都无法如此小心翼翼。

有时在这片可怕的沙漠里会落下一个名字，于是每粒沙子都绽放花朵。

为什么你总是想解释呢？为什么你总追问事物**背后**是什么呢？又是背后，而永远都只是背后？

一场浮于表面的生活会是什么样的呢？会幸福吗？它会仅仅因此就受到轻视吗？也许在表面上要多得多——也许不在表面上的一切都是虚假的。也许你生活在一种不断变幻的错乱中，这错乱不像神灵的一样美好，却与哲学家的一样空洞。

可能对你来说将词语挨个排列好（因为那必须是词语）会更好，但你总在找寻一种**意义**，就好像你所创造的能给予世界它所没有的意义。

他如同收集蝴蝶一样收集他的诗人，而他们在他手底下变成了一只独一无二的毛虫。

这个人如此优秀，以至于他忘记了自己的名字。

充满恐惧的天使在眼中："太多了，你看见的太多了。"不，远远不够。

"One heart told me this, one heart told me that.（一颗心告诉我这个，另一颗心告诉我那个。）"

——卢旺达谚语

我们丝毫没有忘记，并且我们对它忘记得越来越少。

你想要有这么个人，可以对他**重新**诉说所有你爱过的人，你想要赞颂他们的美名。美名的赞颂这件事是美好而不可抗拒的。写赞美诗的诗人何其幸福。

为什么我们必须要突然拥有那些我们根本不想要的东西？就好像我们必须去适应自己什么都想要。

那些为了不再做自己而什么都做的人，他们的故事。他们变成了敌人的样子。

说话，疯狂地说话，继而一切都成真了——词语的前瞻。

真的，我想了解一切人们相信的事。然而我想认识它们，是因为它们值得相信，而并不在于其虚弱的形式。

我对概念性的东西不太感兴趣，以至于54年来我既没有对亚里士多德也没有对黑格尔进行**认真**阅读。并不仅仅因为它们对于我来说无关紧要，我还**不信任**它们。我无法忍受的是，世界在真正为人熟知之前，对他们来说已经是可理解的了。他们的思想越严密或者说越连贯，他们能够对世界造成的扭曲就越大。我想要用全新的方式去进行真正的观察和思考。这其中并非像人们猜想的那样，有那么多的狂妄自负，而是一种逐渐增强的信念——相信人类无法根除的热情以及他的生生不息。

萨阿贡——繁琐智慧的一个名字。

傻瓜的金句，只要它们没有被重复。

"如果没有完美的自由法则，人类就完全没有模仿的能力，而所有的教育与知识接受都基于此：因为人是所有动物中最伟大的模仿者。"

——哈曼

你觉得你拥有一切，她觉得她一无所有，你们生活在一起。你们是如何生活的？

显然，憎恶的对象虽然会更换，但是不会换得太快也不会太频繁。憎恶需要时间去吸引一切；这并不难理解。但是憎恶中这样不可思议的转变是怎么来的呢？为什么今天是这个人，到明年又是那个呢？不可否认的是，憎恶最适合放在熟知的人身上。我们将他们从习惯织成的网中移除，去孤立他们。他们的威胁性是我们自己给自己的。重要的不是他们真的构成了威胁。我们把自己过去没有忘记的威胁借给他们。他们靠这样的威胁生长——但是之后我们突然就放他们走。这个瞬间应当得到理解：什么时候，为什么我们要让他们走？我们把他们的威胁当成自己的了吗？我们是否揭露了它们，并在那背后找到了自身呢？

然而，为了让这一切可以发生，首先得让他们在我们面前表演一支独特的舞蹈。

1960

他慢慢地将沉重的石头举高，每说一句话就举得更高一点儿，并且没有什么能帮他解脱，除了**他自己的话**。

虚伪的噪音。

我的上帝由眼睛构成，而所有眼睛都闭着。

一切他不知道的都可能是美好的。他所知道的事则覆盖着深色的熔岩。

我对写完的书有什么样的感觉呢？它读起来挺好的，也许会越来越好。我对它并无不满。让我感到惊恐而震撼的是自己花在它上面的时间。要是它是其他五本或六本中之一，那我该多为它骄傲啊！花半生的时间也太少。

我想到了美妙的"chartreuse（查特酒）"[1]——在百年间，我能哪怕仅让一个人感到愉悦吗？

我相信，我不会像爱司汤达一样爱任何人，他是我唯一嫉妒的人。我如果不是我的话，也许便能与他相像。这是我第一次衡量另一种身世对自己的意义，仅仅是出于对司汤达的爱。

这到底意味着什么呢？这意味着，我想脱离自己作品的皮肉，我已将自己的想法在心中保留了太长的时间，而现在它们成为了我的骨骼。于是我成了神圣之物**丘灵加**或者澳大利亚风景中的一块岩石。而现在我还活着，并且我炽热的愿望就是**改变**自己。

变得不可理解，哪怕是对你自己，结巴。

1　原文为法语，指的是法国加尔都西会修道士发明的一种力娇酒。

在我崭新的存在里，我想变得更温柔，但同时更少得受到悲悯之心的掌控。因为在这样特殊的天性组合中，正如它在过往年间愈加清楚地描绘的那样，一切都会变成毫无结果的浪费。我对遇到的每个人身上的特别之处都充满热情，并且我花费了一切可想到的努力，将他身上的虚无层层剥离而显露出其特别之处。我是如此严肃地对待这件事，以至于这些人落在了我的手里。他们的无力将我填满，而我也充满了对他们的怜悯之情，并且我没有因为他们的缘故而对他们严苛，取而代之的是我总在不断向他们让步而最终被他们消耗殆尽。于是便以我把他们描绘成纯粹而发光的形象开始，而以他们的狂妄和我的消瘦终结。

我对时间的不懈拒绝现在来报复我了。时间的流逝对我来说从不存在。我从未把它看作那些会干枯的河流。它取之不尽地围绕着我，像一片海洋。我在其中朝各个方向来来去去地漂流，并且，我感到自己还能永远这么继续飘荡下去，这很自然。我的时间永远不会走向终点。我为自己打算的一切都是为了永恒，而这永恒永远可以为我所有，哪怕是为了最小的事业。

我曾在寻找所有古老的神灵，并且希望他们在我体内和解。我用全体民众填满了自己的精神：这便是我如何为祖先的狂妄付出代价。我并不在历史之中搜寻方向。那濒临消失的最小之物在我看来比最大的东西更有意义。我无法认可哪怕一个生命的牺牲。要是这拥挤的世界不再为事物留下空间，

725

我就在体内为它们留有余地。这样一来我并不比世界要狭窄，我感受到自己是如何到达它的每个地方的。那些只为自己而活的人表现出来的傲慢，对我来说，年复一年，变得越来越陌生。现在我知道了，自己离家如此近而精神之息却如此宽广。

但是达到了这个目的之后我才意识到自己的徒劳。我曾嘲弄时间，如今我却将它消耗殆尽。

在生活进程中，所有依赖都是荒诞的，不可预见的是人们如何在没有榜样的情况下抵御它们而保卫自身。

向随便哪个愿意把故事当作故事听的人讲故事，他并不认识你，他并不期待文学。讲故事的流浪者的生活将是美好的。有人说了一个词，你就讲一个故事。你从不停下来，白天和黑夜，你双目失明了，你不再能使用四肢。但是你的嘴仍做着它的工作，你讲述着经过你脑中的事。你什么也不拥有，只有无穷无尽且还在不断增长的故事数量。

最好的就是，你能只靠词语为生，并且不用进食。

擦去作品的痕迹。

帕韦泽[1]确确实实就是我的同代人。但是他更早地开始创

1　切萨雷·帕韦泽（Cesare Pavese, 1908—1950），意大利诗人、小说家、文学评论家和翻译家。自杀而死。

作而十年前就夺走了自己的生命。他的日记同我的就是一种双生关系。他关心文学，而我却不怎么关心。但是我比他更早了解到神话和民族志。他死前的八个月，在 1949 年 12 月 3 日那天，找到了他如下的记录：

"我必须找到：

W. H. I·布列克[1] 和 L. C·劳埃德[2]：萨恩人民歌的样本。伦敦，1911。"

我于 1944 年得到这本书，那是在十六年前。我常常觉得，这是我所知道的最重要的书。如果说一本书中要紧的是对未知之事的关注，那么它就是我最重要的书：我从中学到得最

远不会被穷尽。这本在帕韦泽死前不久才

门之间最共同之物，我乐意把它交给他。

日找到了他的这个句子："海明威是我们

牙与气愤。其中说得可能有些道理，而要

我觉得实在太愤怒。我感到吃惊，因为

样的话，就好像是他想要用一种喧嚣的

达的隐秘性以及他伟大的来源。帕韦泽沉

不是。可以将帕韦泽称作一位现代作家，而我不是。我是一个西班牙人，一个活在现代的老西班牙人。

非常奇怪的是，我感到与帕韦泽如此相近，而我对他的

---

1 威廉·布列克（Wilhelm Bleek，1827—1875），德国语言学家。
2 露西·劳埃德（Lucy Catherine Lloyd，1834—1914），同布列克一起进行了南非语言文化的研究。

了解除了日记外便什么也没有了。我感到与他如此亲近，以至于他能用像这样出人意料的说法最深程度地激怒我。

我有印象，他是因一个美国女人走向毁灭的。

"4月26日。周三。

确定的是，她体内包含的不仅只有她自己，而还有**我的**整个过去的生命，无意识的准备——美国……"

确切来说，直到近些日子我都在**躲避**美国。对我来说，来自美国的唯一真实影响，是**爱伦·坡**，那是我很早之前，也许是二十年前读的。在这方面，我与19世纪的许多诗人并没有什么不同——海明威如水流一般从我身边溜走。

从1942至1950年，帕韦泽的日记同我的是平行进行的。从没有一种平行曾激起我如此大的惊讶。但我也必须收集那些手头早先写下的为数不多的札记，并把它们按照一定的顺序整理。在1942年前我也并不是一言不发，只是少了一点果决。

你也必须读读你的同代人。人不能只以根须为食。

你对所有人说了那么多、那么长时间与之有关的事，而那些事都不曾有谁见过，那儿什么也没有。人们便相信你了。现在他们把它拿在手里，一本书：即使他们现在还相信着什么又有什么用呢？

我们怎么能忘记这样一部著作呢？我们如何消除痕迹？

那像是一个可怕的行为。我们并非是在脑海中得到它的。你可以长时间把与之有关的一切藏起来。而你自己完完全全被它覆盖住了，就像被盖上了的害虫。在里面，在外面，全都是同一种瘟疫。

也许你应当编造一个新的关于你的生活故事。你还是自己，但是其他都与曾经不同了。不同的场所，不同的来源。去编造那些最不可能之事，来当作你自己的生活故事。找到一切与过往不同的地方。那样你就同上百条将你引入那部著作的道路分道扬镳。你是否也可能在另一个时代出生？或者，一个完全不同的地方够不够？

我需要新的神圣之物丘灵加。新的祖先。新的命运。**新的回忆**。

你需要一大群**白蚁**，它们将你所有的关联和习惯从内部挖空。

我必须无辜地返回我的萨恩人那里，这样就好像我没为作品而动用过那儿的任何东西。最终，我所使用的仅仅是有关预兆的那为数不多的几页。一切剩余之物依然未被玷污。

我对我的新兄弟帕韦泽感到高兴。但是这不能经常发生。人只能从与自己完全不同的人那里学到东西。对于相近的人我们便安于平静。

帕韦泽的日记：所有我钻研的事物，都以另一种方式结晶。何其幸运！何种自由！

他的死亡已预备好：但没有什么是被滥用的，没有什么感情为他而激起。它就这么来了，就像是自然而然的。但没有哪种死亡是自然的。他将自己的死亡保留作他私人的。我们知道了这件事；然而他却并非是模范式的。没有人会因为他这么做而想要自杀。

然而确实，昨夜我在自己心情最低谷而想去死的时候，我拿起他的日记，**他为我死了**。难以置信：因为他的死亡，我今天获得新生。这个充满秘密的过程应该得到探究：但我不想这样做。我不会触碰它。我想将它隐瞒。

身为旅行者的盲人。

大声吠叫的男人。这与活力有关。

一只庆典用的动物，由三重冕组装而成。

一个从没见过自己的人。

天使喃喃而语时变得不可理解。

1960 年的圣灵降临节[1]。天气暖得就像夏日，一个在南方的日子，一个周日属于在这份炎热中迟缓的人们。我读读这儿读读那儿，用这种或那种语言：前天是德谟克利特[2]，昨天是尤维纳利斯[3]，今天是蒙田，几天前还读了塔索[4]的诗。我心中既不紧张也不愤怒。我和随便什么人说话。只要书本出现，我的世界就笼罩着完满的静默。刚开始我感到惊讶，也许还有些许不安，而现在这种静默完全进入了我心中，我感到幸福。从来没有哪里特别吸引着我前去。我不知道该以什么开始。我等待着，等待着闪电和强有力的声音。我依然受到自己迄今为止所写的东西的束缚。回忆没有吸引我，而我也看不到目标。有时候我感到遗憾，因为我没有把自己的思想打扮成英国的样式。现在我来此地已有二十二年。我确实听到了很多人向我用这个国家的语言说话，但是我从没有把他们当成诗人来倾听，我只是理解他们而已。我自己的绝望，我的惊讶和我洋溢着的热情从没有使用过他们的言语。我总把感受到的、想到的和我要说的都用德语来表达。每当有人问我，为什么是这样的，我总给出这样令人信服的理由：即骄傲。那是最重要的，也是为我所信仰的。

今天，我被吸引着在一门新语言中开始一段生活。我爱着自己所在的地方，比其他任何地方都爱。这儿让我觉得熟悉，好像我就出生在这里。即使作为一个永恒的陌生人，我

1 复活节后的第七个星期日。
2 德谟克利特（Demokrit，约前 460 年—前 370），古希腊哲学家。
3 尤维纳利斯（Juvenal，约生活于 1 到 2 世纪），罗马诗人。
4 托尔夸托·塔索（Torquato Tasso，1544—1595），意大利诗人。

也在这里找到了家的感觉：这家乡和自我对话之间的分离是完整的。

我想完全放松下来，我身上所有的一切都联结得太过紧密，总是能感到方向和目标的存在。它们从来都不呼吸，我有一个属于自己的世界，然而它们是那么狭窄，窄得让人窒息，这是怎样一个世界啊！必须让我自己的创作再次将我带走，而不知道，它会将我带向何处。

将噪音**彼此**拆分。

找到这样一个人，他谁也不怕，因为他对谁都不够熟悉。

画出属于幸福的廉价外衣。

感激之人———一出滑稽戏。

我不能放弃自己，在最大的不幸之中，我，一个不信者，还在等待着奇迹。

在所有古老的虔诚信念之中只有一个对于我来说还保持完好无损，那便是奇迹。但是我并不想知道它从哪儿来的，也不想使之发生，它应当是不可解释而不受影响的，仅仅是一个奇迹。

奇迹作为一个全面而至高的转变。

他不曾怀揣着这样的热情去生活，就好像活在最严重的失败所带来的压力之下。

一个毫无希望的人的形象是不可想象的。什么是希望呢？希望就是知晓即将到来的呼吸，只要它们还没被点数。

最难的是不继续学习。他感到惊讶的是一个学生死去了。

你过去同上帝错综复杂的关系不是别的，而是一种尝试，试图将权力拉近躯体。

我只在白纸上自由呼吸。我的 Atman（我）[1] 就在纸上，那世界之魂。

司汤达对我来说变得如此重要，以至于我每五个或六个月都必须再次阅读他。重要的完全不是读了哪部作品，而只是那些拥有他气息的句子就好了。有时，我阅读了二三十页他的作品就相信自己会永生。我面前摆着无数我自己的作品，而之后，带着难以置信的惊恐，我对自己说，他会在五十九岁的时候死去。

司汤达的脑袋里充满了"文化"、图像、书籍、音乐之类的事，它们对于今天的我和对于当时的他有着相同的重要性，

1　Atman 是梵文词，意思是真正的我，内在的自我。

更多的还有漠不关心或是假意的多愁善感，但重要的只是，他**如何**被这些事物所填满。他从一切事物中只提取那些和自己相似之处。于是我便能够安慰自己，告诉自己身边挤满了太多太多的野蛮人和宗教，因为他们有可能会变成我自己的样子。是不是卡诺瓦[1]和沃特鲁巴[2]？出生的偶然性在这里只扮演了一个外在的角色。怀着这样的热情，我们去拥有每个对象，以及怀着那样的热情，我们在思考中远离这些对象，这就是一切。

只有怀疑者方可完全估量信仰者的幸福。

你的语言中唯一的奢华就是所有过往神灵的名字。

人们感受到了消失了的想法，但是永远也找不回来了。

所有让他心醉神迷的事物，如同云朵一般在大地上方延伸开来。

随着年岁流逝，绝望会把自己吃得又圆又饱。继而它就丢失了自己的名字。

与神话离得最远的是描述；我相信自己就是出于这个原

1　安东尼奥·卡诺瓦（Antonio Canova，1757—1822），意大利新古典主义雕塑家。
2　弗里茨·沃特鲁巴（Fritz Wotruba，1970—1975），奥地利雕塑家。

因才为后者感到羞愧的。

你想要再次自由而无忧无虑地穿越这个世界，就好像你从没有过什么主张。那空洞的对"有道理"这一教条主义的追求对你来说意味着什么呢？你想要去体验，还是说你想要保持正当呢？你并不缺乏感觉，并且你**厌恶**的是去解开每个计算。

一个人逃离了死亡，因为他从没有听过任何关于死亡的事。

宗教的缺陷：它们总说些相同的事——也许这就是那些有生气的思想家，如司汤达，从不愿听任何有关宗教的事的原因之一。

一个人不再说任何事，除了**永久的句子**。

那个女人认识所有伟大的男人，而且她比他们活的时间都长。他们之中有一个不想死。她感到绝望。

名字，尤其是想要被重复的名字。它们很容易被带入一种循环之中，但是它们不许在随便什么地方停下来。也许家族对名字来说是危险的。前者为了自身将后者一口吞下，它对后者极尽所用以至于后者对于他人来说变得空洞而无血色。

在一个家族中，名字被推来推去，它既不会跳也不会飞。在家庭成员之中，一个名字永远不会被完全释放，习惯就和石头一样给它加重了负担。

相信其自身**衰弱**的宗教。它的信徒越来越少，直到还只剩下**四个**，正如耆那教[1]。

他的信念：什么都不会消失，尤其是那些曾在人类之中上演过的事。强迫着要找回发生在某个人身上所有的事，然而那总是和某些形象相连，从不仅仅为了自己，从不脱离人的范畴。事件所发生的地点或场所的改变随后成了面具，并且它们等待着能够被看穿。于是我们爱着这些老地方，因为它们的存在，而同时厌恶着它们，因为它们的扭曲。

名字，最神秘莫测的词语。那个伴随了我很长时间并且年复一年让我陷入极大不安的预感告诉我，对名字的本质进行解谜将是打开历史事件大门的钥匙。

于是，就像是对古老文字的解码能使失落的文明重现生机，在对名字的阐释中，也能找到人类所做过、所经受之事的原本规则。

那不幸的数字的穷尽，始于毕达哥拉斯，与名字相比，它在效果上显得贫乏而有限。

1　起源于古印度的古老宗教之一。

可以确定的是，所有的神话都依赖于名字。在神话中，名字还是新鲜的。而在宗教中名字却因为广泛地分发给许多人而耗尽了。世界性的宗教最有可能将名字耗尽，然而它自己却在其外在的稀释中与名字越来越相连。那带给人类科学力量的数学式思考，其关键在于放弃名字；名字在思维中被根除了，我们完全在不考虑名字的情况下进行思考。

那些不断加强神话力量的名字在后来还更多地用作联结目的。

名字作根茎，名字作容器。

拥有微小而特殊分量的名字：气球，它们快速地升到高处；**沉重的**名字，它们将错误的载体带到地上。

成对的名字构成了它们的双子团块。

造物的名字极其重要。在创世纪开篇对命名造物的介绍就是那为数不多对我们命名天性的暗示之一——早逝者用了很短时间的名字和老者用了长时间的名字在本质上不同。饥饿的名字和饱的名字。突然环绕在饥饿名字周围的声誉。饱的名字的声誉衰落。

一个所有人都认识而他却谁也不认识的人。他记不住脸、声音和外形。如果有人爱他，他永远都不知道那是谁。他也经历过这些时刻，但是什么也没有留下。对他来说，好像没人拥有姓名，或者说好像他们拥有的是同一个名字。所有事物都依恋着他，但众人又像水流一般从他身旁流走。

关于这一点他说："我没感到有什么不同。每个人都是一样的。如果是狗的话，便是不同的东西了。"

他看起来完全没有爱意，而他也对恨意一无所知。他不会对任何人恼怒，也不会去加害谁。这样的行为刺激着很多人强迫在他脑海中植入一段记忆。

女人们尝试着让他回忆起同她们一起的经历。"我不知道"，他总这么说，"这确实有可能。"人们可以把他放到任何地方，他对自己在哪儿漠不关心。他可以被租用、被盗窃、被使用和被虐待。然而没人能长时间地忍受他的镇定，于是他们所有人又都把他带回了他自己的家。

因为他总是说："对我来说都一样"，或者说"每个人都一样"，"一样"就成了他的名字。

他长得极好，就好像是记忆的缺失让他保持年轻。世世代代的人都认得他，谈论他，他却不改变；从父亲到儿子，从母亲到女儿遗留下的都是他同样的样貌。

他是一个高大而有力的人，脸上总是带着类似于惊讶的神情，而从没有泄露出其他的活动。他对所有人都坦诚以待而不在任何人面前退缩。他真诚地向每个人伸手问候。他就像一个孩子一样亲切可信，而在一个男性的形象中，这份可信便显得令人无法抗拒。

有的人在刚认识他的时候并不信任他，并想要挖出他各种各样的阴暗秘密。但这却总证明了他的无辜，并且也让这些有阴暗念头的人陷入尴尬中。

有些人喜欢和他说话，因为他什么也不会记得。他是告解神父中最没有危险的那个。他没有任何财产，但是他拥有一切自己需要的东西。每个人都想和他单独相处；于是他便有衣服可穿也得到照顾。他什么也不收集：因为他不把任何事物看作是属于他的，于是便又把一切都给了出去。

一个女人试图用一件价值不菲的物体将他束缚住。她给他带来一个精美绝伦的发光戒指，她把戒指带走，每次又再带来。最终她觉得自己可以把戒指留给他。而她下一次到访之时他已经消失了。

他的周围全是陌生的财产。给他施以恩惠的人关注着他生活所需的细枝末节，然后找到这些东西并为他保留。

常常有与他相关的争论，而他从不参与。也根本不可能让他成为任何人的奴隶，因为他不听任何人的话。总有一天他需要学会说话。这样一来他就不再总是没有记忆了；但是因为没有人还能回忆起这段时间发生的事，他的出身和少年时代就成了一个谜。

动物像人类一样向他走来；看起来它们要与他离得更近。

总是在奉献东西的好人，直到他们突然苦涩地懊悔而为此怨恨所有人。

啾啾唧唧的声音，丝毫没有同情。

怀孕女人的大笑：孩子在体内让她活跃起来。

去倾听那些完全没什么好说的人，是一件极大的乐事。

他们应当是他们所是的样子，而我们不应该对他们做评价，也更不应该企图去影响他们。将耳朵再次宽阔地打开，而让一切涌进来——那无意义的、无处安放的、那徒劳无用的。

你可以在之后才给出意义，在你自己的创作中。

他看到他们就像鱼一样混乱地游泳，长着大小各异的嘴，完完全全受人摆布。

美好、破裂的话语。

令人痛苦的是在那些长年思考同一件事的人身上失去的时间。一个第一次谈论自己的新人总是令人感到不可思议。

布莱希特的好为人师来代替圣经格言：我们只需用他自己的话来对抗圣经中强有力的格言，他使用后者来辨别其疑问性与贫乏性。剧院不是学校，因为它包含了变化，并且这种变形是戏剧运作至关重要的点。在这里，要**学习**只可能通过恰当的变形来实现：但首先需要找到它。布莱希特只在这种程度上思考变形，就好像他了解其效果而对其产生恐惧，因而他确立了自己对变形的禁令，他的"离间效果"。

他什么也没有、完全什么也没有发生的生活。他没有进行任何的冒险，他也不处在任何战争之中。他从没有进过监狱，也没有杀过任何人。他没有赢得也没有输掉过任何财富。

他做的所有事便是在这个世纪中生活过。但仅仅是这还不足以——在感知和思想中——给予他的生活一个**维度**。

没有杀戮过的人的无辜是珍贵的。在生命的最后一刻他会知道自己谁也没有杀。就让那些谋杀者嘲笑他吧！在所有的天堂和地狱中，他们对自己所杀者的找寻都将是徒劳。而他们永远也得不到自己向自己提供的复仇，他们永永远远都是谋杀者。

他笑了，出于健忘。

柏拉图作为谈话的黄金时刻。中国人的简短。

她向你微笑，为了能与他人一同大笑。

他的心他的记忆，它在睡梦中还在击打。

一个想法，出于骄傲而不断扩大。

也就是说那不仅仅是你想要的未来本身，而是一个崇高的未来。好啊，为什么不呢，但是你会对它做些什么呢？你试着将自己的话语偷偷运到那其中，同你自己一起去触摸未来！多么可笑的做法，多么狂妄，多么没有头脑、不知羞耻，对未来的盲目低估！

他总是预先看见结尾：为了什么也不开始。

我厌恶的所有人到后来都让我感到抱歉：在我心中，仇恨把他加工得如此邪恶。

他气喘吁吁地等候着成功，不管在哪儿，在地下，在北极，在月亮上。

每个个别的知识都是弥足珍贵的，只要它保持被隔开的状态。一旦它陷入系统的肠道，那它将消解至无。

这对夫妇的时钟：永远不同时。

儒贝尔有严肃、优雅与深度。这三个品质均匀地分布在他的思想中，因而比其他每个格言家，他都更与古代相近。他的特殊吸引力之一就在于他缺少沉重。他的消沉病没有给句子增加负担，相反，却给这些句子撒上关切与善意作为调味。他也受到攻击，但是他却不攻击别人。他的谦逊不允许他有恶意；他长时间的思考让他远离所有小事。他对待精神，就像对待那空气的运动。思想和言语对他来说就是呼吸，或者是鸟类向上或向下滑翔。

如果人们**真的**知道，他们最原本的想法之中发生了什么，那么他们就一定会堤防着不去拥有任何一个这样的想法。

所有关于责任的闲话——现在，过了没几个月，你看到自己的思想上发生了什么了吧！

但也许你的狂妄之处在于，你竟然要求占用你思想的形状，那是你给予思想的。它当真就是**你的**吗？难道你不是许多充满偶然性的中枢中的一个？——很难不把自己当回事。也很难做到不去坚持：我说的是这个，而不是别的。

不要告诉我你是谁。我想将你神化。

1961

你的精神只有在被指明方向的时候才有力量，要是对其听之任之，它便会在绝望中对自己歌唱。

你这周见了多少人啊！五个来自柏林的历史学家；澳大利亚来的意大利女演员；来自纽约的年轻犹太人，他崇拜伊萨克·巴别尔；在英国最有发言权的出版商；死去的水獭女人[1]的母亲；阿布鲁佐区来的神秘理发师；维扎[2]的哭泣骑士；中国的钢琴家和他的未婚妻，她是一位伟大小提琴家的女儿。还有卡夫卡，他从法兰克福来，为了找一位表姐妹。非常多的人，太多了，而你独自一人几近窒息。

1　水獭女人（约 1786—1814 前），美国印第安的肖肖尼人。
2　此处可能指作者的配偶维扎·卡内蒂（Veza Canetti, 1897—1963）。

悲悯是一场洪水，将他完全摧毁了。

他将自己可能失去的东西都丢得远远的，为了能保有这些东西。

将一个句子篡改成风景。

他几个月都没有和自己说话了，现在语言像一把刀一样从他体内向外砍。

我们就是伪君子，因为我们总不能忘记自己获得的东西。我想再一次变得如此天真，就好像我连一本书都不拥有，也从没写过书。

所有忘记了的想法向上涌现，在世界的另一个尽头。

有一个快乐的人在家，那样我们就能在别处感到快乐。

有时，事物之间靠得如此之近，以至于它们点燃了对方。人正是为这贴近所带来的明亮而活。

你思考了三十年，却连那么点儿事都还没确定下来。一切都还在那儿。世界没有被触碰。没有人将它领会。你内心现在却有如此多的事，甚至能从自己身上造出一个世界来。

你为此感到害怕，因为你总是怀疑自己的容量。"这也够了吗？还是这远远不够呢？"

没必要告诉自己，"你是孤单的"，如果你真是如此的话。独自进行思考的人，他们的姿态让其存在毫无价值。如果他思考某事仅仅是因为自己在思考的时候是孤单的，那最好的便是什么都不思考。他也不应当在此处孤单地看着自己，而放任那整个受轻视的世界在一边。间歇的节制是不可避免的，但那将是幸福而并非苦涩。去蔑视所有我们不认识的人，只因我们认识另外的一些，这无疑是一个愚蠢的表现，同时也是我们遗传到的最坏的东西。

让我们刨根问底的事消散了。这是一种危险。但我们刨根问底的事也会变得粗糙：这是另一种危险，它们将变成更为艰难而沉重之事。

重新学习说话，在五十五岁的时候，不是学一门新的语言，而是学习说话。把偏见抛开，即使这样做之后什么也没有留下。再次阅读伟大的书籍，不管自己是否真正地阅读过它们。去倾听而不对他人进行说教，尤其是那些没什么可教的人。不再把恐惧当作满足的手段。与死亡作斗争，而不持续地将其宣之于口。一言以蔽之：勇气和正直。

人是浸透在秘密中的，这样想真美妙。处在学习中的时候是最美好的，因为它将秘密进行了复制。

和权力打交道的人会不自觉地被它传染。他忘不了权力，除非他能做到将自己忘记。

他没法不理会令人恶心的赞美，它爬进他的身体直至心脏。

怪异的是，所有人都赞成计算，就好像世界视科学而定。把世界交付给大地。

1962

他最大的满足在于事物之间的互相关联，而这满足又是他坚定拒绝的。

他什么也不想描述，他希望自己**是**这事物。如果他成为不了这事物，那他便想赞美它。如果他不能赞美事物，那他便希望预料到它。

一个总等着别人发表意见的人。突然之间别人没有什么想法，他便瓦解在那些老的观点中。

为受到钦佩而感到愤怒。每个男人都被她又长又轻蔑的鼻子弹回去。她知道，自己只有在忧郁的时候才美丽。没有鼻子作武器，她脸部悲哀的一面也许就会变得可亲。

即使是在最心爱的人心中，死者也会消失。最后前者甚至都忘记了自己受邀拜访死者。

人的生命力如果强到没有人能死去，那就更好了。

没人能让我相信杀戮的美妙，我知道在自己没有被杀死的情况下，人们在此感受到了什么——这比被杀者或杀戮者单独的一次呼吸要更没有价值。

那只塑造了单个字母的手，要比杀戮之手还大。那根寻向死亡的手指，在它找到时间蜷缩起来之前就应当枯死。就好像死去的人还不够多，就好像他们互相之间还在帮着对方做这件事！

在那里，没有人曾见过其他人；即使他每天都看到他，也还是认不出他。认出一个人将是最令人生气的侮辱。这样的假定也同样适用于婚姻中。所有人都没有名字，而没有名字让人感到更自由。独立便意味着谁也不认得。但是因为人们无法完全摒弃记忆这习惯，他们就会隐藏起所知道的事，并把它当成一种罪过。

那两个人都跟随着他的足迹，不久之后他们将踢到对方。

他咒骂自己的梦境，在所有的叶子都从上面掉落之前。

完美之物不准任何人进入。

过去，我不过是一个意志，现在我是一个声音。

无罪的时代到来了，因为所有新的事物即将消失。精神不再是一头猛兽；它被过去之事所填满，也对自己保持忠实。

他得了名为"赞美"的肺结核，他已虚弱不堪，赞美还将与他一起疾驰到生命尽头。

由滚烫碎石所构成的马赛克诗歌。

那是贝蒂娜[1]最美的照片，她以一个老妇人的形象出现在其中。她在里面变成了她挚爱着的死在集中营的母亲了吗？这张照片是在勒奇谷由她丈夫拍摄的，他在集中营见到了她母亲最后一面，而后来作为她的信使去找贝蒂娜，并向她求婚。她成为他的妻子有十五年了；现在他借助相机成功地把贝蒂娜变成了她母亲的样子，而这也是她母亲在他——作为最后的信使——眼中留下的样子。

1　应指比利时女星贝蒂娜·勒博（Bettina Le Beau）。

难道重现不比消失更令人悲伤吗?

每个关于那被计划、被管理、被记录的人生的消息都让你充满罪过,你觉得好像是自己浪费了整个人生去**盯着时钟看**。

当他撞上地狱之角这个能让一切变样的东西时,他感到愉悦。

有一次,他遇到了一只相当聪慧的小鸟,精干、谨慎、自制并且有用得可怕极了。但是啊,他是如此得偏爱他自己的乌鸦,可笑、着迷、放纵而且暴躁得美妙极了!

你必须让词语再次涌出,盲目地、邪恶地、残酷地、毫无希望而毫无节制,并且,你不应该害怕所有句子会落入十岁小孩之手。如果责任支配着你的每一步,那它便是一件坏事。你是朱昆族[1]还是伊加拉族[2]的一位国王吗?你活在**今日之人**的丛林中,**所有人**,而不是在文明的英国港口。

如今他花费很长时间同一些濒临灭绝的民族待在一起,以至于他们能再次认出他来。

我再也不想拥有什么到**足够**的程度。我只想要少许,我

1　西非的一个族群或种族。
2　伊加拉王国是乌干达的部族。

几乎还没在通往它的路上踏出一步，就不想要它了。

我为自己抓住了一个机会而感到羞愧。它出现了，它在那儿，这是多么得美好，我们怎么还能去抓住它？对这个机会感到确定的人，是不会去抓它的。伸手去抓这个机会的人，则失去了它。但没有去抓住他的人也可能失去它，而对此我从不考虑。

我太老了，几乎什么也不讨厌。我到达了一个阶段，什么都喜欢，只要这些东西存在。我第一次，开始去理解有这样的哲学家存在，他们赞同所有事物的存在。死亡的支持者还是一如既往让我充满反感，这是真的。但是我没有找到解决办法。我站在了同样的怀疑面前，我永远站在它面前。我知道，死是坏的。而我不知道，有什么能代替它。

很难从一本已经**存在**着的书里继续思考出什么。只要它还是以手稿的形式呈现，那我就能继续思考。我不为任何事负责。也就是说我没有在任何地方签字。现在一切都被打印了出来，不管是我的还是不是我的句子，这是一个尴尬的处在中间之物，这是我不管以何种方法总得承认的事。我还是只能去进行联结，但是我不喜欢同自己建立联系，而只与陌生人和新认识的人接上。于是我现在有这样的感觉，就好像自己被悬挂着吊在空中，我好像知道这一点，也能感觉到我自己的句子就是绳索。

你的原罪：你张开了嘴。只要你倾听，你就无罪。

句子彼此之间变得模糊不清，这让他感到愁闷。于是他用每个句子制造了属于它自己的笼子。

你得返回你的脑子里，回到它的风暴里，回到它北方的光亮中，回到大火中。受够了这种熟悉的教化，在这种教化中，你不停地庆贺着自己还活着。你到底是不是这样的？你学习了吗？你有没有做什么？你是不是刺得自己鲜血淋漓？

我受够了怀念那些已在我心中留有图像的地方。我受够了因为语言有着无法理解的美妙而为它们感到惊叹。我想要接近我——只有我——找到的东西。我想感受所有事物都不确定，直到我拥有它。我希望自己不再绕着已经堆积起来的石头转。把这游戏的主权交给美好的人吧，交给那些忘记自己确定性的人，交给只在镜子前才记起自己的舞者，交给吃东西的和开车的人，交给继承人和名人。

别害怕你的宝藏会化为乌有。它们只在有你看护时候才会腐烂。走进颤抖和不安中。不熟悉的东西会拯救你的熟悉之物。

我回到家，找到了一只土耳其毡帽。它是谁的呢？我戴上它去散步。现在每个人都认识我。我立刻出名了。毡帽折射着它鲜红色的高贵。它的目的是什么？这是一种普遍的好奇心，而并非不尊重，并且每个跟踪者都和我保持着距离。我不情愿地将帽子摘了下来。没有它，大家都感到自己低人一等。我感受到了自己是如何用这只毡帽抬高他们的。要是我能预知不幸的后果，就会少些戴着它来展现自己。

刚开始的几天，我过得骄傲而平静。稍许的紧张对我来说是有益的，但它需在处一定界限之内。我确实注意到了一个老妇人害怕的眼神，那时她的孙女——一个温柔的小女孩——手指指向了我毡帽的方向并开始轻声哭泣。我猜想，她原本是想**要**这顶帽子的，但是我不敢在她面前弯下膝盖让她玩。我轻轻地鞠了一躬，亲切地晃了一下帽子。那孩子刚开始不动声色，随即"哇"得一声哭了出来。她的哭泣令人心碎，我走得远远的，对她发出这样无节制的噪音有些许恼怒。我看到广场另一端有一群人在低声细语，我欢喜地靠近他们，他们却沉默下来，一言不发地僵在那儿。一条狗夹着尾巴从人群中偷偷溜走。一个年轻的女人在我面前跪了下来，向毡帽求赐福。我如何才能留住她如此心驰神往的愿望呢？我晃动一下脑袋便是顺从了她的心意，她抱住我的膝盖随即倒下不省人事。这让我深受感动，却也使我自由地离开，留她一人没有知觉却充满幸福地躺在那里。一个人所需的是多么多么地少。对他来说，上帝也可以以一个毡帽的模样出现。

我是如此经常地赞同托尔斯泰的思考方式：他的表达怎么可能让我失望或厌恶呢？他放弃了**惊讶**，这一点激怒了我。他的表述从一开始就是为了易懂、为了简洁，也正是以此结束。他的道德感从一开始就在那儿，他从没有忘记也从不将它翻新。但是他必须如此去讲述，就好像自己忘记了、失去了这道德感。他在讲述的时候必须将它真正地忘记、真正地失去。道德的忽然发现对于读者来说更应该像一个启示，而非读物的基调。

不能忽略的是，他把与自己同时代的大多数俄罗斯人视作文盲。于是他可能把自己的任务理解得太宽泛了，就好像是为了让人们不接受外在帮助就能够领会道德，并且每个个体都能为自己而去领会，他才写下这些作品的。

他也会因高估简单的关系而被捉弄。他希望把人看作**简单的**，然而他们却并非如此，一个都不是。从本质上来说，他和所有人一样，反对谎言，反对变形。这样一来作为人的主要维度就消失了，并且对他人的规劝也变得无聊，就像是对着那些不存在的生物所发出的一样：希腊人巨大的优点在于，对于他们来说，学习开始于奥德赛，开始于"谎言"，而在这里谎言却是作为好事而出现，也就是说作为一种变形。

托尔斯泰并不能给人以一条律法，因为他对于人类进行的一切抨击都是他自己曾经丰富多彩的生活的残余之物。而人是不会被亲身经历的富足和多彩所欺骗的。

前天晚些时候：**索尼娅**，她的故事就像出自格里梅尔斯豪森[1]之手。她的父亲是一个斯洛伐克的大地主，来自匈牙利，母亲是个犹太女人，有三个女儿（我目前只认得伊妮德和索妮娅）。父亲总待在自己的图书馆里。他与索妮娅——这个最

1　汉斯·雅各布·克里斯托弗尔·冯·格里梅尔斯豪森（Hans Jakob Christoffel von Grimmelshausen，1621—1676），德国作家。

坚强的女儿——在战争后半期谈起他确信自己即将面临的灾难。他把两个女儿送到布达佩斯，索妮娅在匈牙利古堡[1]的大学学习农业。她最后一次拜访父亲的地产，此后便不再允许入内。父母最后的一张明信片上说："我们坐着卡车去了科马罗姆。"从一个同学那里她得知自己身处危险，她知道这个同学有一半的犹太血统，但他身份文件上的信息是伪造的。她申请了自己的身份文件并拿到了它们，她的犹太祖父母被划了粗体的下划线。那个友善的同学陪她一道，先到了科马罗姆，打听父母的消息。有人告诉她，唯一可能给她一些消息的是当地箭十字党[2]人的头子，那是一位摄影师。她去了他的店铺并在那里找到了他，他身着制服。她向他打听父亲的消息。"魏斯男爵？对，我想起来了，他四天前离开了。"很久之后她才知道知道发生了什么：这个摄影师负责对交通运输进行筛选。首先，"知识分子"与"手工业者"被分开。她父亲母亲正属于"知识分子"；他们将被送回家，因为那里没有火车或卡车。而在那之前还要筛选出犹太人，他们不会被送回去。母亲就是犹太人。父亲说："那么我和你一起走。""请吧，只要您愿意"，摄影师说道，这才记住了有这么一个魏斯男爵，可以说，他是唯一一个自愿同去的非犹太人。然而在那之后，女人也立马和男人们分开了——父亲去了弗洛森比格，他得在那儿做苦工，还于 1933 年 12 月在此地被杀身亡。母亲去了拉文斯布吕克，她太弱了而无法工作，并于 1945 年

1　匈牙利古堡是匈牙利城市，也叫马扎儿古堡。
2　匈牙利极右组织。

1月12日去世。

索妮娅和同学离开了摄影师，动身前往布达佩斯。在下一个地点，她听到了一声大声的叫喊。她感到有些怪异，几乎快要晕厥，却不知道是为什么：在那里她得知，"犹太人被驱逐了"。她想要在人群中找寻自己的父母，却被那个同学拉开了，"你父母已经在四天前就离开了"。她知道，而父母可能就在被驱逐的人群中与自己擦肩而过，这个想法却在她脑海始终挥之不去。同学陪她到了布达佩斯，继而带她去了她姐妹那儿。

后来她听说了一个职位，是做女大公史蒂芬妮——即皇太子鲁道夫的遗孀（她嫁给了一个叫洛尼奥伊的人，现在八十高龄，住在鲁索夫采城堡里）——的宫女。这位"殿下"想要移居瑞士而想找一个语言精通的侍女与她同去。索妮娅向她介绍了自己，而这位老人不明白，为什么她想要这个职位。索妮娅向她倾吐心声并且得到了理解："她不反犹。"一周以后索妮娅上任；城堡大部分的地方都被德军占领，她必须经过执勤岗。"那肯定不是宫女。"她表现得自己好像听不懂德语，然后通过。慢慢地，她得到了女大公的调教，而才在第五天，女大公就把自己的假发交给她，自那之后她就变得不可或缺。就在忙于准备瑞士之行的时候，这位老人得了中风，所有旅行计划只得终止。一位德国少校军医来拜访这位殿下；他走上前，向索妮娅追问道："您不是宫女。您是谁？我想帮助您！"

索妮娅信任他，并向他吐露了她的故事。他告诉她，城堡里的德军都在谈论她，他们都觉得她是一个隐藏的犹太人。他只能将她说成自己的爱人，以此来帮助她。她同意了。他的举止很有风度；在接下来的几周时间里，他对她坦白了自己的爱。他五十岁左右，已婚，并且有孩子，但他和妻子相处不来。俄国人来的时候，德国人搬空了城堡。他想为了她而留了下来，如果她同意以后会和他结婚的话。对此，他们谈论了很久，最后得出结论，他不能留下来。他走了，而她在巨大的绝望中独自留了下来。

在俄国人到来之前，一位神父（一位本笃会修士，他恰好在城堡里）召集了所有的女人和女孩，让她们潜藏在墙壁里（以此来保护他们免受俄国军人的侵害）。索妮娅则必须陪伴在殿下身边。俄国人来了，他们听说年迈的公主在城堡中，便想见上一见。他们随时都会进入这位老人的病房，而那位神父，为了救索妮娅想了一个点子，就是让她躲在老人的床上。她穿着衣服，蜷曲着躲在被子下面，紧紧地挨着墙面。现在俄国人的队列来了。他们一个接一个有礼貌地经过"公主"的窗边，好奇地看着她。城堡里到处都被搜刮得干干净净，而他们没有碰"公主"的房间分毫。神父接待了他们，并且可以说向他们表达了"敬意"。他们什么也没对他做。要说他们效仿贵族、神职人员或者其他匈牙利人——完全不是这样。他们只寻找德国军人，而当他们喝醉的时候也会找女人。

当他们离开病房之后，她觉得自己得救了。但是当夜幕降临，她听到下面庭院里有喝醉的俄国人叫喊。他知道，宫女还在那儿，并且她就躲在"公主"的床上。他走了上来，她紧紧贴着墙面，她听到他的一步一步靠近，突然他把被子从女大公的身上拉下来，她看到一挺机关枪指着自己。在这一刻的惊骇之中，她忘记了一切过去发生的事，包括那个德国少校军医的名字，而在此后流逝的十七年间，她绞尽脑汁却还是想不起他的名字，她再也找不到他了。她从床上起身，跟随着那个俄国人，还是在机关枪的威胁之下。她想，现在只剩下两种选择，死或是屈服。突然，在长长的走廊里，回响着城堡庭院里传来的集合号令。战斗还在继续：俄国人立刻离开跑向他的队伍，留她一个人站在那儿。俄国人可以掠夺可以找女人，但是只要集合号令一响起，他们就得立刻服从，否则将被射杀。于是她得救了。一个奇迹，神父说，是一个真正的奇迹。

她又在城堡停留了一段时间，女大公史蒂芬妮的身体状况很快走了下坡路。神父为索妮娅买了一匹马，她骑了四天的时间到布达佩斯。就在这四天内，马的价值便涨了十倍之多。她运气真好，一到达目的地便把马卖了，因为两小时之后就不能再将它出售。这比收益让她和她的两个姐妹生活了六个月。这便是我所知道的她的故事。应该还有许多后续，但是因为现在这么晚了，我只好停下来，而她也要睡觉了。我只把最重要的地方非常简略地写了下来，而所有的色彩都在这样的讲述中消失殆尽。希望我去巴黎拜访她的时候，能听到更多故事。

对一句句子的阐释——那是我们和预言打交道的过程中

唯一存留下来的东西。因为它游离于对其自身恐惧这个维度之外，所以连它也不会在我们这里停留。

人们讲述的真实故事是虚假的；至少虚假的故事还能有机会成真。

我们一辈子都绕着相同的想法打转，就像围绕着一些太阳。为什么我们不至少期盼一下彗星呢？

朋友进步了，他们将我们包括在这进步之内：没什么能比这更让人感到孤单、感到陌生了。

每当他面对错误的人而回忆起一些什么时，总会陷入激动的情绪之中。这让最真实的回忆也变得虚假，而它们则像被刺穿了一样突然大叫。

一本书！记载着你四分之三的人生，你的希望、你的欢愉、你的阴郁、你的悲伤和你的怀疑。如今你已失去了这一切。你在哪里？你还剩下什么？你的书留下的坑洞。

这样一个男人，他让每个女人都心醉神迷，因为她们永远都不会属于他。

法国人：他们坐下吃饭，就像要这样坐一辈子似的。

自从到了希腊，我便以另一种方式阅读希腊人：更加吞吞吐吐，就好像是我经历了从一个名字到另一个名字，才去到那里；更为轻快，仿佛希腊尚在我前方。

至高之美永不再见。

巴黎之后：我最大的幸福是为自己找回通向中国人的道路。如果那要花费我整个冬天，我愿意和中国人待在一起并保持如此。我思维的所有形式在他们那里被更为清晰地勾勒了出来。和他们在一起，我感到自己恰如其分地伸展开来。天性和礼节有其完整的含义。精神还没有把生命完全掏空。生活便是一切，它让所有变化成为可能、成为现实。甚至连佛教也没法扼杀中国精神，现代的狭隘也不能办到这一点。但我知道，比起面包来我更需要中国。

中国书籍的简洁：我愿变得或保持如此的短小精悍。

平行读者。他将十本书同时打开放在自己面前，在每本书中读**一句**句子，然后又马上读旁边一本的下一个句子。这样的一位学者呀!

你听了这么多音乐，单单只为了迷恋上完全不认识的人的声音。

你是一个简单的人，你只信赖单个而完整的句子。

自创世以来就活着的一只动物。

"Quel dérèglement de jugement, par lequel il n'y a personne qui ne se mette au-dessus de tout le reste du monde, et qui n'aime mieux son propre bien, et la durée de son bonheur, *et desa vie*, que celle de tout le reste du monde! (这是多么歪曲的判断啊：没有哪个人不想将自己置于世上所有其他人之上，也没有哪个人对自己的财产、自己的幸福以及对**自己生命**期限的偏爱，要亚于他对世上其他人的这些所有的喜爱。)"[1]（幸存者）

——帕斯卡

如果祷告**被听到了**，它们便不能再被撤回：一个最可怕的状况。

"人只是躲躲闪闪地进行思考！"

——摘自《歌德谈话录》

1964

一个男人的妻子去世了。现在他谁也没有。他认识了一个住得离他很远的年轻女人，在半个大陆之外，他每夜都打

1　原文为法语，出自帕斯卡的《思想录》一书。

电话给她。她同他说话，他们一起长时间地进行交谈。他不喜欢和那些住得更近的人说话。穿过这么远的距离才能联系上她，一夜又一夜，这让他对自己死去的妻子充满了希望。白天他什么也不做，只是等待夜晚的到来。如果他们之间的连线发生了什么错误，或者她还没回到睡觉的家中，他便陷入最深的绝望之中。只有她能安慰他，但也只能是从这么遥远的距离之外。一旦离得更近，他就不知道那是谁了。他向她诉说一切，每个晚上和她通话数小时。妻子的骨灰、相片以及信件还在他那里，他也完全知道与他讲话的那个并不是她。和他通话的女人要年轻得多，她的声音是不同的，她完全来自另一个国度。他永不会将她弄错，他认识她就好像认识自己，她的情绪熟悉得就像是他自己的。他倾听她说话，尔后做出回应，继而听得更仔细，又再进行叙述。有时当她没什么可说的或是停顿太久的时候，他就会发脾气，并且恐吓她。但也很难说他是以什么来恐吓她的。因为如果他说自己接下来的日子都不会打电话过去了，他们两人对此其实心知肚明。

如果期待成了秘密，那么世上便无人再知晓此事，除了那些被期待的和有所期待的人——这种感觉在强度上超过其他任何一种。如果这与爱有关，甚至关系到遥远距离的相爱，关系到从一个大洲飞往另一个大洲的航行，那么最终的抵达就完全是一个人所能经历、所能想见的最大幸福，因为其他比这更大的幸福便是死去之人的回归，那是为人所拒绝的。

我总在思考信仰的问题，那是我很想解决的，而突然之间我就被拉到了问题的中心。如今，我的生活取决于自己是否相信一个特定的人。但对一个天性本是诗人的人来说，没有什么能如"真理"一样艰难。我与自己对峙，也就是说，和过去的自己对峙，并且我必须在某个人身上强行得到绝对的真理，而他就是我某种意义上的代理人。然而他完全没有这个能力。我知道，自己找不到他，而就在此处我需要信仰，折磨着我几十年的古老狂热已被一种新的狂热所瓦解，它并没有比之前的更有希望：即信仰的狂热。而通过这种方式我就能与信仰的天性更加靠近：我得在斗争的每个阶段里观察它、记录它。因为去洞悉它的毫无希望并未带走它任何的严肃性。

少年不屈从于每个印象，目的是不为任何事着迷。他们做得对吗？他们这样的人是不是更为自然？他们是没有信仰的下一代的先行者吗？他们是唯一那批摆脱圣经的上帝的人吗？我们也许可以这么想，假设我们并不知道，即使是他们也会变成群众，变得像我们一样、像过去的所有人一样不可挽救。

把最可怕的事就这么说出来，于是它便不再可怕，于是也有了希望，因为它被说出来了。

但是，有这样一些日子是我们以其他日子为代价而使其充实的，我们将往后的岁月增补式地填入其中，直到往后年份剩下来的部分要少于这些日子。我们必须摧毁这样歪曲的日子。

"历史"由这些歪曲的日子组成。

过于详尽的日记就是自由的终点。因而人们只能暂时地将它书写，中间"空"的时间是完整的部分。

这个可怜人为人们所钦佩，因为他永不忘记自己。

为什么？他对自己说，为什么路上有成百上千个其他人的时候，我还要在这条路上走？他们所有人当真都如此相似，以至于那无关紧要？或者说这条街就是这么的特殊，以至于我在其他每条街道都会迷失？——他永远都不会知道答案，但他还会在这条街道上走五十年，目标明确而坚定，一个人，一个步伐。

这样一个人，所有人都离开了他，为了让他能学会沉默。

昨天听到了一名年轻德国女子寻找父亲遗物的报道。她的母亲、兄弟、她自己还有她朋友从德国北部驱车去鲁西永[1]，前往科利乌尔[2]，在西班牙的边境，她的父亲到战争接近尾

1　法国东南部地区。
2　法国东比利牛斯的一个镇。

声的时候才在那里入伍，继而成为战俘死去。在 1945 年 2 月他身陷囹圄，并在这一年年末身亡。他对家里的情况一无所知，家人也没有他半点消息。1946 年末他们收到一张"décédé（死亡）[1]"卡片。四年后，有人从巴黎给他们寄了来他的信件袋，里面装着一些小纸条，有时候他会在这些纸条上写些什么。他将女儿的名字在她生日那天压到了一枚硬币上，那时她九岁。1957 年他们四人前往科利乌尔，找到了一名他曾经的监狱看守。他们还在佩皮尼昂[2]北边儿发现了一处墓地，那里埋葬了超过五百名的德国战俘，其中有他的墓碑和名字。以前他到过最远的地方就是巴伐利亚，在那里，他还和妻子一道去楚格峰徒步。他唯一一次到南方的国外之行便是做俘虏。

那个年轻女人现在有一个十一个月大的孩子，她把那块上面压着她的名字的硬币藏在家中。她根本不敢看它，并且把它藏得那么好，以至于她突然忘记放在哪儿了，她生活在要命的恐惧中，生怕它丢了。于是她就在整个大房子里到处翻找，一旦找到便又将它藏起来。

面对善意他大吼大叫。这有什么用呢？没人会相信这样的鬼脸。

称赞对手就是称赞自己：斯特拉文斯基评价勋伯格。

1　原文为法语。
2　法国东比利牛斯省的首府。

别在你自己身上找沉默的音节。你只能在他人含糊不清的话语中找到它们。

自满即自毁。

俄瑞斯忒斯：欧力庇得斯。

今天阅读了欧里庇得斯的作品《俄瑞斯忒斯》。它向我证实了，希腊悲剧不论以何种方式呈现都与死亡有关。从谋杀到死亡到哀悼，有数不清的变形。原创性，即戏剧的创造在于死亡被用在了哪个节点上。在这部作品中，俄瑞斯特斯和厄勒克特拉正面对着一场石刑，阿耳戈的群众会审判他们，而他们则不抱什么希望地等待着判决。后来，皮拉德斯加入了他们，他愿成为和他们一同死去的那第三个人——值得注意的是后来谋杀海伦的计划：为了这么多牺牲的希腊人而对她产生复仇的念头。

第一次阅读时，我的内心充满了深深的厌恶感——她在极度危险的时刻还为阿波罗神心醉神迷。（她升格成为众神之一，应当与他们一起生活在永恒的福佑之中。）他为此给出的理由是：她只是众神的工具，他们用她来挑起希腊和特洛伊的斗争。人类太罪恶了，并且他们数量也太多，于是海伦所诱发的事件就与神的意图一致。故事最终以一个骇人的美满结局而结尾。俄瑞斯特斯与海伦的女儿结婚，他同样也威胁着说要杀了她。

如果这些场景不是憎恶众神之人的嘲弄，那么它们将毫无意义。没有哪种对众神的嘲讽能比这更可怕了。诚然，阿波罗在最后关头拯救了俄瑞斯忒斯，而就是他挑唆后者杀死了自己的母亲。在这部戏剧的意义上，阿波罗在最后被神化了。但是在海伦的结局和特洛伊战争的结局之中，在被谋杀的阿伽门农的家里，神的恶行得到了完整的度量，而海伦，那最美的女人，现在成了他们其中之一。

海伦：欧里庇得斯

故事情节发生在普洛透斯的坟墓旁。在赫拉的诫命下，真正的海伦被诱骗到了埃及并在那里生活了十七年。此间在特洛伊发生一切都只为她的幻象所驱使，迈内劳斯也正是和这个幻象一同返乡。如今他遭遇海难，在埃及的海岸边被驱逐，却在这里遇见了衣衫褴褛的真正的海伦。普洛透斯的儿子，也就是这个国家的国王，向她求爱，但被她拒绝了，也是因为她的缘故，国王威胁要杀死每个在这里上岸的希腊人。迈内劳斯和海伦互相认出了对方，对于他们来说逃跑只有一条路：谣传迈内劳斯已死，他自己则身着破旧衣裳，扮作传达他死亡讯息的使者，海伦则同敌对的国王商量，满足她的一个条件就做他的妻子，那就是让船只在外海举办迈内劳斯的葬礼，这样话她才会感到自由，然后才可做野蛮人的王后。于是，她和假冒的信使（实际上是迈内劳斯）以及所有殉葬者得到了一艘载着船员的船只。二人登船的时候，同迈内劳斯一同而来遭遇海难的希腊人就躲在岸边，也跟他们一起上船。到了公海，船员被制服，这两人才得以逃脱。

这出戏剧的核心是，一个活着的人被宣告为死亡，对于他的敌对者来说他扮演了一个他者的角色，这是希腊悲剧中心主旨的新变体。因为主人公实际上还活着，而他去世的消息只是一种托词，这才有了好的结局。

迈内劳斯死亡的"表象"是对假冒海伦之表象的一场奇妙的补充与反转。当迈内劳斯已不在人世成了既定之事，海伦也几乎没有从舞台上消失。只有这样他才能够赢回真正的海伦，并与她一起回家。

但是，特洛伊战争以及在那之后相继而来的一切，不是别的，正是赫拉和的阿佛洛狄忒阴谋的延续。如果我们只把神看作真正的掌权者，那他们的行为就不会让我们感到有那么地伤风败俗，而这些掌权者甚至高于我们人类的统治者。他们和后者别无二致，都拥有着同样的特征，并且他们对待国王正如国王对待他们的仆人和奴隶。也是他们决定了战争，因为世上的人**太多**了。

对于 J.–M. 来说每位女性的意义都多于男性，即使是最无足轻重、最冷酷、最放荡的那个。并且他也愿毫不犹豫地把一个天才丢给妓女让他堕落，同时总是害怕着自己对那妓女做了不公之事。他信仰的基督教，他的谦恭和他的罪恶感让他必须认为每位女性是对的，因为他是一个男人。

如果你有一百岁，那么人们就能体谅你到那样的程度，就好像一切又都错了。

我什么也不知道，而我最不知道的就是我在自己身上找到了什么。

这意味着什么？意味着我得重新再找到它吗？还是说只有当**别人**现在重又找到它的时候才有意义？

1965

再次找到精神上的统一，**知道**你在思考什么，几十年来的梦境中将人物形象抬升而起，和他们打交道，将你的生活交付于他们，丢掉对他们的恐惧。

我重又读了过往的句子，自它们被印刷出来后，便不再属于我了，但它们还是从我身上掉落下的属于我生命的一部分。

公众从人的灵魂中吸取血液，留下一片阴影，这阴影还向公众鞠躬。

虚假的相遇和期许还像一面可鄙的墙一样围绕在他身边。在它们坍塌之前，对他来说不再有唯一的真相。

将过往之年带到此刻。

这个年轻人沉迷于他所能做的数不清的蠢事，他忽然看到自己面前的远大前程。

孤独，拔出这把剑，指向我们所爱的人。毕加索有种残酷让我对他感到恐惧，这残酷是我自己的，但是他却能凭着一种极大的活力来保护他自己免受这残酷。我呢？我凭什么？

在每个他喜欢与之交谈的女性身后，他都看到一个文学形象。他以这样一个由它们精挑细选出的交际圈子包围自己。很明显，他对真实的人一无所知。他的生活只在概念中进行，他唯一的热情就是自己的好胜心。一位思想家如果不能从具体之事出发，他对我来说便什么也不是，而一位希腊哲学家只留下了唯一的断片，除此之外什么也没有，这样一单个的句子对于我来说就比活着的 A 的整部作品还要重要。

思想家必须要能忘记自己的聪慧，否则他不管在什么领域都只想着自己的聪慧。

名字在其邻里关系间发生了什么？有些思想家的唯一成就在于他们把各式各样的名字放到了一起。每个个体生活中自然而渐进着发生的事，他们做的这些事时候却要加以暴力。不可否认的是，有时只有以这样的方法事物才会出现，否则将永远都无法实现。

因为名字是阴险而贪婪的，它们互相之间一刻也不让对方安歇。它们就像最可怕的食肉鱼，互相咬掉对方的整块。他们确实能更好地感知对方而并非互相看见。要它们静静地观察自己，是无法想象的。他们就是统治者，自命不凡而不可替代，他们的穿透性使他们更加危险。

一个不确定的名字就什么也不是，或者别人会觉得它是个怪胎。要是被暴露在其他名字之下，有些名字就会感到恐惧并试着把自己藏起来。一旦它们做到这一点，便会在黑暗之中越来越强直至变得不可战胜。其他那些被更大的名字完全吞噬的名字则表明自己难以消化。于是会有这样一个时刻到来，它们在这一刻就是从捕食者手中所余下的唯一的东西，它们就像危险的寄生虫一样由内部开始摧毁这个时刻。

我们想问问自己，是什么让一个人对名字如此上瘾，为什么名字让人沉沦——由内而外。

谈论一个名字，对于它我们一无所知。在这名字被称作"他"之后，它出现在（我们窃听到的）对话中的方式，即它被提及的频率及时间节点。

因为我们不能大声对自己说话，所以我们写作。对他人说话会导致极大的痛苦。我们用数不清的话压迫他们、向他们发起进攻，他们渐渐丢失了他们自己本身的存在。这是一种慢性谋杀，那是发生在人类身上最可怕的事情之一。就像我们让某人的喉咙紧闭，但让他完全停止呼吸却要花上很多年。我们可以通过写作来减轻一些罪过。

"I know what you mean"——"我知道你想说什么"。这个心理分析时的关键句子，它其实意味着，在我们听别人说什么之前，就已放弃去理解他的努力了。因为在他要说什么之前我们就已经理解他了。

时不时地不去理会自己的知识，把它们放到一边而不去用它们，乃至几乎忘记它们，这是必要的。正是一些知识的束缚性让这些事成为必然：让空气进入它们，放松它们，用年月的呼吸将它们填满。只有在知识牺牲掉了它的束缚的时候，它们才能变成一些类似于天性的东西。

多数人说"上帝"，是为了能躲避自己。

爱：一条两头蛇，它们永不停歇地互相监视。

即使所有人都为了一个人的好而赞美他，那人还是好的。

在这样一个国度，所有人都倒退着走，为了永远能够看到自己。

在这样一个国度，所有人都互相背过身去：因为惧怕目光。

首先余下的是误解，它们也会死去，于是作品便保留下来。

一个人走过的所有道路构成了迷宫。

她能做到忘记同一件事上百次，他是多么羡慕她啊!

他必须独自弥补自己逃避的所有战争。

他感到胆怯，因为自己还要把更多的无望带到世界上，如果是通过最真诚的作品，这胆怯就变得无法克服。在对火焰的恐惧上，是什么使他与果戈理不同呢?

你记下了这么多让你动容的事。是否遗漏了最重要的?

那个慕尼黑的粗暴之人，他把世界的希望寄托在亚历山大身上，将奥古斯都视作其继业者。

在内斯特罗伊[1]身上，你觉得自己拥有了整个奥地利。幻象，在他身上你对邪恶心醉神迷。

内斯特罗伊所提出的各个阶层之间的特殊关系是如此鲜明而绝无仅有。谄媚与狡诈，谄媚的**形式**和狡诈的交叉结构。

我甚至都不知道内斯特罗伊的用语是奥地利式的，我的一些幼稚而自然的词语——我惊讶地阅读着注释去理解它们是什么意思。

---

1 约翰·内斯特罗伊 (Johann Nestroy,1801—1862)，奥地利歌唱家、演员和剧作家。

在第六本记录提亚纳的阿波罗尼乌斯[1]生活的书中写到了古埃及的动物神。阿波罗尼乌斯抨击赤身裸体的埃塞俄比亚智者，对他们的动物神表现出鄙视。这让他们陷入了愤怒，在他们看来，希腊风俗（即在斯巴达鞭打年轻男子）荒谬而有失体面，他们便以此反击。在这一点上，双方各执一词，并没有做出决断。

让我感到欣慰的是，神的多样性在阿波罗尼乌斯的生活中并没有被打破，虽然受到了许多基督徒的谴责（对金钱、暴力和性的蔑视）。

叫人不愉快的，是所有有关他第二副面孔的故事。也许这对于他的与神相似性（世人认为他具有这特点）来说至关重要。这是智力上的奇迹，与基督的奇迹是不同类别，这些故事将他哲学上的优势推向顶峰，阿波罗尼乌斯总是最博学多闻的人。

作为这样一个角色，他遇到了与之势均力敌的统治者，甚至是罗马人，如韦斯巴芗[2]、提图斯[3]和图密善[4]。他绝不可能蔑视权力，他想将它往善的方向影响。

他与幼发拉底[5]——这个他最亲近也是最重要的学生之一——反目，这要归因于幼发拉底对金钱的热爱。他们的敌

---

1 提亚纳的阿波罗尼乌斯（Apollonius，15—100），新毕达哥拉斯学派希腊哲学家。
2 韦斯巴芗（Titus Flavius Vespasianus，9—79），罗马帝国弗拉维王朝的第一位皇帝。
3 提图斯（Titus Flavius Caesar Vespasianus Augustus，39—81），罗马帝国弗拉维王朝的第二位皇帝。
4 图密善（Titus Flavius Caesar Domitianus Augustus，51—96），罗马帝国弗拉维王朝的第三位也是最后一位皇帝，继承父亲韦斯巴芗和兄长提图斯的帝位。
5 幼发拉底（Euphrates，35—118），阿波罗尼乌斯的学生。

对中有着尴尬的成分，并且即使把所有的流氓行径都归到幼发拉底的头上，在这场嫌隙之中，我们对于阿波罗尼乌斯在道德上的优越也不是完全信服。

一部戏剧夸大了人与人之间身高的差别。人和人之间是如此得不同，就好像他们是狗。

斉啬之人把自己藏得那么好，以至于最终他们消失了。

我们可以对**一个**人有这么多要求，只因为我们鄙视其他人。

A.的技艺：说得尽可能长、尽可能多、尽可能明白，而不说哪怕一个会溃精神的词。因而我对他的憎恶其实比他什么都不说的时候要更多。

在**塞万提斯**那里，柏拉图式的灌输只在它应用于负面情况时才显得有趣。如果理念是疯癫，它们就失去空壳、俗套和虚假，这些是它们在长久的文学传统中获得的。这当然是堂吉诃德的伟大之处：把理念和理想当作疯癫，这样的疯癫能在其所有效果中得以揭露并找到踪迹。这样一来是否产生了可笑的效果并非具有决定性意义，我觉得这是无比严肃的事。

塞万提斯在道德方面竭尽全力做出尝试，试图能应付得了外在生活中那些令人苦恼的关系，并能与他那个时代的上层官僚传统相适应。这就是他为什么殚精竭虑让美德胜出，也是他的行为举止很像基督徒的原因。幸运的是他有那样的实在，他在真实生活中的受到折磨大得无法衡量，以至于没有哪种因循守旧的主义能完全扼杀这种实在。

我对塞万提斯心怀巨大的温柔，因为他对这一点知道得比同时代其他流行的观点要更清楚；也因为他的伪善。也许他自己并没有看透自己的伪善，但这一点确实能够被轻易看清。我惊叹于他在**空间上**的广度；命运如此纠缠着他，却还是让他保留着原本的宽广，而没有让他变得狭隘。我也喜爱他，因为他这么晚才成名，而尽管如此或者说也正因为如此，他从没有放弃希望。虽然生活中有许多歪曲和伪造，那是他在"理想"的故事中允许出现的，他热爱着生活本来的样子。

对于我来说，史诗气质唯一的判断准则就是：能够了解到生活最恐怖之处，并且即使如此，对生活的爱依然充满热情，这是一种不会绝望的爱，因为它在无论何种绝望中都不可侵犯。这种爱也并非真的和某种信念相连，因为它发端于生活的多样中，生活的不可预料、令人惊讶、令人赞叹之处，以及它永不可预见的转折。那些追逐生活并且从不放弃的人，对他们来说，在这场追逐中，生活就转变为上百个崭新而的奇特得令人震撼的造物；如果有谁不知疲倦地追逐这全部上百个造物，它们对这人来说就变成几千个其他的造物，它也同样崭新。

塞万提斯中篇小说中自负的高等人，他们的高贵并没有比莎士比亚笔下的要少。但好在塞万提斯写的"高贵"少年至少在几年时间里经历了"低下"的生活。年轻的贵族因为爱而成了流浪者（只可惜他的爱人其实并非流浪人）；或者是在《尊贵的女仆》中，年轻男子逃往自由，三年后才回来，而他高雅的双亲并不知道他到底去了哪儿。我们只想知道，到下次出走之前他又会对他们说出什么样的谎话！塞万提斯笔下的爱情指向了"低下"的生活，但为了能得到认可，展现自己对这方面很熟悉，他便将"高贵"写成高到不可忍受的程度，以此来奉承那些可能成为他恩主的人。但那也不仅仅是阿谀奉承，他其实喜欢成为**他们**。他其实一直这么困苦，我们是否应当把这件事看成他的幸运？

并不能真的这么说。困境对创作产生的影响对每个人来说都不同，并且如果对一个人不是特别熟悉，我们就永远不会知道，困境是太多了还是太少了，它到底是促进了还是阻碍了创作。

一个人通过更换名字来摆脱名气，而每换一个名字他就变得更加出名。

只要我在写作，我就感到安全。也许我只为这个原因而写。而我写了什么，其实无关紧要。我只是不能停下来。我写的可以是任何东西，只要那是为我自己写的，不是书信，不是外界强迫我、要求我写的。有些日子我什么也不写，我就会感到不知所措、绝望、哀愁、易伤、猜忌，受到上百种危险的威胁。

我知道，一切都会变得**不同**，并且正因为我感受到新事物不可阻挡地到来，我才转向旧事物，转向那些我总能把握住它们的地方。有可能我只是想要拯救它保留它，因为我无法忍受消逝不见。也有可能，我想验证它是不是无法被打败，并用它来对抗死亡。

其他人都进行**回忆**。回忆也同样吸引着我。只是对我来说，要足够严肃地去对待它很难，鉴于所有的死亡。

也许我也害怕，一旦在我生活中找到了回忆的源泉，我思想的严肃性和约束力便会弱化。我是如何抵达那关涉一切就像关涉我自身的事物的，这并不重要。我必须这样写下回忆，为了能让自己的看法在所有人眼中都变得坚定。我还怀疑一个新兴观点所展现出来的有针对性的机智。于是，我对更新一门曾经属于我的技艺而进行的形式上的考虑不太当回事。这样的考虑在我看来就像是玩物。而我喜欢玩物，但我不会为了它们再牺牲原本关切的事。我只能试着去说：在一年的时间内别理会死亡，并且把这一年用在你因为它而错过的事上。但是我能这样做吗？我真的能这样吗？

一个恋爱者的形象，他带着惊愕忽然发觉其他人也在爱。一旦他无法再否认这一点，一旦他**看到**这一点，他自己的情感就瓦解了。

司汤达在游记里记下了各种各样的事。包括他不容置疑的观点和判断。他对虚构的民族特征和对名人充满热情。他对牺牲者和女性则怀有更大的热情。他的幼稚之处：他并不为自己的任何感受而感到羞耻。他对变装有兴趣，至少是对名字的变装。我们喜爱他，因为他把这一切都说了出来。他并没有让所有大大小小的事物都与自己的虚荣共鸣。他充满回忆，但并不为此所困：他的回忆有最少见的特征，即从不闭合。因为他爱着多种多样的事物，因而总是能找到新的东西。他常常入迷。不管是何种幸福，他从没有为此感到羞愧。对话对他并没有造成分毫损耗，因为他讨厌概念。他的思想生机勃勃，但是他总是遵循着自己所感受到的。他的生活里并非没有神灵，他们出现在最与众不同的领域中，他也从没想过要和神灵结亲。只有在城市中找到人的时候，他才看得见城市。他不会放过任何好故事。他写了很多，却从不为此自夸。不信仰任何宗教，这让他感到轻松。

司汤达从来都不是我的圣经，但是他是作家之中救赎我的人。我绝对没有读过他的全部作品，也没有将他的作品一遍又一遍地阅读。但是我不会在自己心情不轻松和不明快的情况下打开他的任何作品。他从来都不是我的规则。但是他是我的自由，并且，每当我感到窒息，就能在他那里找到自由。比起其他曾影响我的人，我要亏欠他更多。如果没有塞万提斯，没有果戈理、陀思妥耶夫斯基、毕希纳，我将什么都不是：一个没有火花和边缘的灵魂。但是只因有了司汤达，我才能活着。他是我活着的正当性和我对生活的热爱。

我永远都不想沉溺在形容词中，尤其是三个连着的形容词。它们是普鲁斯特眼中的东方主义，即他对宝石的兴趣。它们和我完全没什么关系，因为我喜爱所有的石头。它们的"昂贵之处"在于外形的高贵。我的"高贵"则是那些"起源"时的陌生人：萨恩人[1]，阿兰达，火地人[2]，阿伊努人[3]。我的"高贵"是所有那些还伴随着神话而活的人，是那些永远不会失去神话的人。（如今他们之中大多数还是如此。）普鲁斯特在社会中找到了属于他的路——他的势利，那是他了解世界的方式。这世界把我冷落在一边，我对这个世界的兴趣只在于他和圣西蒙。

所有我们认识的人，又带着新的名字，在没有预料到的情况下回来了，我们看着他们，满怀希望地发问：他们到底还认不认得我们？毕竟我们确实认识他们呀！

但也有可能，每个人只能区分特定数量的脸。如果超过了这个数量，也许从某个年龄开始，他就只能感知到自己已经认识的老面孔，把新的面孔和它们对应起来。

所有尖锐的思想快要把我们压垮了，它之中的每一个让我们感到羞耻，就好像是我们没有遵守诺言。即使如此，每个思想还是为自己正当地存在，即使是那还未达到这样精巧

---

1 生活于南非、纳米比亚及安哥拉等地的以狩猎采集为生的原著民族。
2 南美洲南段火地岛及其临近小岛上的印第安人。
3 日本北方、俄罗斯东南方的原著民族。

程度的"劣等"思想。

她说，即使是英国人也能展现对他们对亡者的悲痛，并向我举了许多为狗哀悼的例子。

自从陷入哀悼之中，他再也不知道知道谁是自己的朋友了。

你厌恶现代文学，虽然你不愿意承认——其实那是对现代人的厌恶。

来自佛罗伦萨的世界旅行者卡莱蒂的备忘录。他从十八岁起就和他做生意的父亲——他在佛得角群岛上做贩卖奴隶的生意——扬帆远航，他在卡塔赫那首次着陆，之后去往巴拿马、利马、墨西哥、马尼拉、日本和澳门，他父亲在澳门过世，而他在那儿碰到了另一个佛罗伦萨人，并在他的企业里待了一年多的时间。之后他途经锡兰和印度返程，而在圣赫勒拿岛附近遭到一艘荷兰船只的抢劫，并且被带到了泽兰。为了拿回被劫物资，他在那里打了好几年的官司，最后只拿回了一小部分。在他离开家乡的十五年后，他终于回到佛罗伦萨，并向大公讲述了自己的旅行。他确实看到了很多有趣的事，而他的讲述却显得有些温情和平淡：因为最让他感兴趣的是价格。他是一个真正的商人，也是如今所有旅行者的先驱，他主要将外国的价格记下来，并进行换算。他丢失了所有的日记，只凭着记忆讲述：所有的价格还留在脑子里，它能在任何地方引用它们，并且也很可能价格同样是大公最感兴趣的事。

现在，他剩下的只有骨头——但是它们发出的噪音呀！慌张、不安、装腔作势！他想只凭着它们去办成自己的血肉永远办不到的事：他的骨头应当变得富有而出名。

预言家。——他喜欢自己的心烦意乱。他成功地在其中进行艺术创作。他不再害怕任何事，除了失去这样的烦乱。他是他自己的时间齿轮，并将希望都置于烦乱之事上。也许半个句子在后来都能意味着些什么。

他征服了人们，为了更好地蔑视他们。这些还坚信着什么的或是被某种信念所绑住的傻瓜给予他力量来成就他的破碎不堪。他为他们每个人都想好了一个词，这个词不适用于任何其他人。他断言称，还没有哪个人能理解别人说的是什么；一旦他们只理解了这些，就会感到更愉快。因而他们流连于陌生的词，用臆想的意义去荼毒他们自己的生活。要是别人之间发生了误会，他乐于去倾听。他为能重建他们的无助而感到兴高采烈。他们怀疑可能有人会向他忏悔，然而事实上他是不会聆听任何单独的人说话的。如果是两个人一起来的，互相进行着告解，他就会支起耳朵仔细听。如果他们将自己的心烦意乱展现给他看，他便有无限的耐心。那时他便会友好地微笑并且鼓舞他们，那时他总会一再地说："然后呢？然后呢？"，而且没有什么事会让他感到无聊，也没有什么事会花太长时间，只要这些事能证实他对求知的热情。

也会发生这样的事：四个甚至八个人同时出现在他面前。他没有拒绝他们，而尤其吸引他的是让他们相信他们之间互相认识，并组成小组。他很快意识到，他们之间是如何进行分割的，并暗暗地以指挥者身份自居，去调和他们之间的不团结。有些与他有相反期望的人就反抗他：这些人随即让他沉默。要让他们展现出自己不可理喻的可笑是件很简单的事，而要让他们在互相面前感到羞愧就更加简单了。他总是用简短而下流的句子去记下自己的胜利。

聪明人知道，一个人需要花费多少的手段和力气，才能不沉沦于他与生俱来的偏执气质中！他要以何种顽强去对抗自己的**一致性**，正如其他人努力不让这一致性瓦解；他必须要多么用尽技巧且不知疲倦去分散自己的精神，才能让精神不专注于疯癫与邪恶；而他又是如何将自己分成上千份，从而能让世界通过呼吸进入自身；他那样折磨自己所爱的人，因为他对他们的爱要热烈得多。他又必须如此提防自己不去把事物看得太清，因为看透一切对他来说并没有什么用。他又是如此无法放过他的敌人——死亡，因为只有死亡把所有对他产生威胁之事的共性聚集起来了。

F. 在所有存在的事物中都看到了理性。每种机制都有其含义；我们只需向他发问，他的思维就能敏捷地找到并管理好那机制的合理性。他为人平和而温柔，斗争为他所不喜，他信赖机制而非武器。他会进行对比，但是并不会发起攻击，每件事都有这么多方面，因此没什么好去攻击的。他的宽容使他远离宗教，传教士对于他来说就和战士一样讨厌。但对于前者他会说出来，而对于后者他则沉默。他为自己的怯弱而感到羞愧，但更为自己的包容而骄傲。

在家的时候他是他父亲的反面。他当然爱着自己的孩子，但他鄙视每个父亲都有的权威，也顾忌着不去使用它。

他对书本拥有极大热情，书的外表、出版年份、价格、作者、评论和内容。他不管用什么办法都会去了解书本，即使他不能阅读它们，他的工作并没有给他留下很多时间去阅读。

他确实了解绘画，也以克制的温柔爱着它们之中的大多数。

他对死者如此忠实，以至于对他来说他们永不能消失。他往后退回到他们之中，他们就如绘画一般在他内心发光。在他的双眼里有一种悲哀，他永远都不会用语言去表达它。但是这种悲哀在死亡到来之前就已存在，仿佛他一直都知道这一点。

他缄默不语，但他需要其他不是这样的人。在少年时代，他受到了道德评判的折磨。因此，他虽然厌恶偏狭，自己却对别人做出最激烈的道德反应。

他个子高而极瘦，他的肢体动起来像蛇一样，绕在椅子和其他家具上。它们总不会完全停下来，并且永远盘绕在崭新的图案上。

认识了很长时间的老朋友让人感到激动，因为我们知道无穷多关于他们的事，并且一切都尽收眼底，甚至看起来比一个人所能容纳的内容还要多。

认识很长时间的人身上的这种过量对我们产生了威胁——我们有溺死在其中的风险。

然而他们很少会想到自己所知道的关于我们的一切。他们忘记了大多数的事，剩下的也都是些错误的，因而对于他们来说，我们就像第一天认识的时候那样新鲜。

纪念日：误解的交汇点。

我受够了与我自己的对话。我想和别人进行交谈。

每个人找了与自己完全不同的东西，并把别人找来的东西照抄下来，这让"笔记"变得最为可疑。

他总是充满感激，这一点与其批评家的身份相悖。

惊讶，要是那些我们经常对自己随口说的事突然就成了真。

对任何破坏都有的厌恶感本身就是危险的：就像对**所有**

存在之物——不管是最好还是最差的——心存敬畏。

我们必须对自己发起如此毁灭性的进攻，以至于这件事不会给我们带来丝毫的乐趣。如果没有认真进行伤害，留下伤疤，那我们就不被允许再次起来反抗。

那些他用来装扮自己想法的动物在默默地诅咒他。

也许所有的讽刺作家是同一个人。

我不再对自己曾拥有的邪恶之眼感兴趣。但是我着迷于解读别的拥有这样眼睛的人。

1966

一个在事情应验之前什么都无法说出口的人。

对他人的蔑视必须用蔑视自己来平衡。如果后者占上风，那诗人必定输了：他像果戈理一样走向了毁灭。如果前者占上风，便出现了一位预言家：他安全地处在自己信仰的浮华之中，他威胁着世界，并带着快感促进了世界的毁灭——找到平衡。

在我终于让自己阅读的小说文本的帮助下，将不安地沉睡在自己体内的上千个形象和情境复苏。每本值得阅读的书都触动着生活的不同位置。今天我告诉自己，我必须做**这个**，明天我对自己这么说，我必须写**那个**。这么多事物同时醒来，我又该从何处入手呢？然而一如往常，如果声音更轻，我就会怀疑，自己着手做的事恰恰是我的生活，这样是不对的。是**谁**在进行回忆，这真的就不重要吗？并且是否只有纯粹的回忆才有存在的价值，就好像在任何情况下它们都代表着他人的回忆？于是，人们如此怀念那个时候：当时一切都还是预感，都还没有被经历。只有那些在很年轻的时候就去世的诗人——如毕希纳，特拉克尔——才能保留他们预感的纯粹。其他人的预感都渐渐变成了经历。单单从这个方面来看，可以说，卡夫卡永远保持不变；他从一开始就有一种统一，到老年还有这种统一，并且命运一直为他节约着让他到后来还变得年轻。

但是这件事，正是这件事，发生在了我身上。我在年轻时的预感中就拥有了老年的智慧。到现在六十岁，我把年轻时的愚蠢给补上了。

也许这就是我必须塑造的那种特定的张力，但在我看来它还是有些怪异，我不信任它。并且我也还没有找到形式上的手段能让我对它的塑造合法。

也许是我太过沉湎于自己过去曾拥有的统一，而没有让自己在自己的作品中瓦解为块状，这些块状构成了现在的我。

一旦我与这些块状部分其中之一掺和在一起——我还完

全没有开始这么做——其他的部分便会急忙说："我们所有人也在这儿，想想吧，如果你离开我们，你就是个骗子。"我吓得退回来，重又等待着，不知是否不该开辟这样一条能同时领会它们的道路。

好啊，好一个好为世人之父的人！他想要五百个儿子，却只拥有唯一一个，那就是他自己。

他揭露自己是所有党派的支持者，他把它们收集起来并总是在找寻新的。

"民间传说"听起来像只鹦鹉，它属于所有人，属于整个民族。

在孤独中变得更唠叨。

诗人从他们特定的画家中派生出来——文学批判的新分支。

那么每个名字都有出名的潜质，只要它的音节没有超过特定的数量。

但丁的计划在我看来变得越来越可怕。会有谁去模仿他，将**我们**时代的名字都汇集在一个那样的审判中，就像他诗中所描写的那样。如今，一个人最难办到的事就是让他评判**他自己**，而当他真的成功做到了的时候他又会多么得骄傲！

没有人再有评判者该有的正直与可信了。

评判者甚至开始怀疑自己。人们不相信他就是那个评判的人。人们也不相信他不会为此感到羞愧。卡夫卡奠定了这份羞愧。

如果这事确实与你自己有关，要么生气地说出来，要么什么都不要说，并且在这情况下脱下你的手套，不要这样轻轻地出现，这事确实应当将你唤醒。

我非常渴望摆脱印刻在我、在这个时代所有思想者身上的东西，也渴望如此"没有偏见地"去衡量死亡，仿佛我是上个世纪的人。

我们和朋友一起生活，就必须和他们保持一种老式的距离，就好像还没有电话那时候一样。

我们不去思念的人，是我们见他们见得太频繁了，而对于这一点，没有什么可再改变。

她从肚脐里说话。

要是一切都只是开场，而没有人知道它是为了什么呢？

他下潜了三次还是徒劳，他没看见任何人。第四次他还是一样留在上面，那个他谁也看不见的地方。

他把上帝报告给他的事写下来，还是热腾腾的。

诗人没有看到的事就没有发生过。

一个陌生人。当他把嘴张得大大的来打哈欠时，我就认出了他。

一种神话般的卖弄方式让你显得与众不同，你希望，自己妖魔化的夸大是正确的。

他曾是一座山，然后爆裂了。他曾是一棵树，然后倒下了。他曾是一只狮子，然后垂头丧气。

我们永远无法领会自己思考了多少。

联想只有在我们把六个中间环节中的五个压制住时才有趣。

她笑了起来，就好像有人在错误的位置挠她痒，总是偏了一点儿。

善良的大师偷学生的东西，但是只对最好的那些下手。

纽约来的爱逗趣的人。他不会说任何英语词汇。

跳跃文学与**步伐**文学。

威尔士——过去五天，我在一个特别而美丽的地方，那里的人们给我展现了很多，而我看到的却还要更多。我听不懂的古老语言随处都可以听到，它有其力量和固执。但是为了拯救它——因为它为了自己的存在正在经历一场绝望的斗争——说这种语言的人对此无时无刻不心知肚明。它带着骄傲去记下每一个来自它的名人，"他是我们中的一个"，至于他为什么出名，也许从根本上来说完全没那么重要。词语对他们来说意味着一切，他们所拥有的神圣语言比神圣文字的意义要更深远。他们眷恋着属于他们国家的每处旧损，他们眷恋着身边死去的人。

我还没有在这种语言中听到过任何**说教**。有时，当我在冗长对话中变得激动的时候，就会感觉到他人的注意力愈加集中，就好像他们在我身上感受到了我和他们的传教士之间的亲戚关系。

最美妙的是勺嘴鹬的叫声以及每座花园中参天大树。
树木的屈辱：我们可以**栽种**他们，它们就跟着我们的命令在那个我们想让他们生长的地方生长。

朋友们向我展现了一切，他们整个的故事，从班戈大学里的十字回廊，那是他们相识的地方；到巴拉的小型户口登记处，他们在那里结婚；再到乡间房子，那是尔玟在战争期间住的地方，她在那里等待着丈夫假期回家；又到田间小路，深夜里——当时她即将分娩——她在那儿意外遇到了暴风雨。

他们的朋友费力地说着英语，这古老农舍是这些朋友的。那里面的钟总是走快一个小时。八十几岁的年老农夫九点以后给羊剪完毛从邻家农舍回来，手上沾了彩色的污渍，他整天都在工作，给上千只羊剪毛。

他的女婿之前在吃晚饭的时候，用强调的语气讲故事，就像是一位日本演员；他有一张狐狸脸，但眼神却十分恳切，像圣人的眼睛那么仁慈。

他那极度肥胖的妻子，以非常快的速度移动，她跑出厨房，把菜扔到桌子上。如果客人盘子里的食物所剩不多，她又敏捷地跳起来，用她高亢的声音说几句笨拙的句子，催促着他要多吃："马上，吃啊，吃啊。"

然后她打开高处的抽屉，里面放着所有的照片，这些照片展现了这个家庭的各种样子。我期待着与每张照片缔结下友谊。

她少了两个大拇指的丈夫，戴上帽子消失了，他要去接那个还在工作的老人。他过了很久才把老人带回来，那是个蓄着大髭须的精壮男人，我想到了老年格鲁吉亚人的照片，这个人也会活到一百二十岁的，这是他应得的。

这对夫妇年轻的儿子，也就是他的孙子，威廉，身材瘦长，皮肤黝黑，也来到了房子里，这下我们短暂地和整个家庭聚在一起了，尽管这个少年讲的英语不流利。或者说只是听起来这样呢？

他们全家还送了我们一程，到了几亩地之外，郑重地请求我们再来，其中甚至包括我，我这个陌生人，他们还向我们长久地致意。

晚饭之前，梅根，这位妻子，向我们展示了"the chapel（礼拜堂）"。它就在农场里，离房子只有几米远的路程，建造于 14 世纪。礼拜堂简单而朴素，墙上挂着一块牌子，是献给梅根的曾祖父的，他曾是这里的传教士：

生于 1805 年

再生于 1825 年

卒于 1849 年

就在礼拜堂的背后是一片小型墓地，几乎所有墓碑都是石板做的，几百年来近亲远亲都埋葬在这儿。

农庄里什么都有：活着的人、动物、礼拜堂、死去的人，说的永远是古老的语言。

对人展现的本真的温柔将你制服住，当你不再拥有它们的时候。

研讨会上，参与者们是多么小心翼翼地与克尔凯郭尔划清界限啊！就好像这对于那些"零"来说是必需的一样。

结构让我觉得无聊，它们是硬塞过来的。

在威尔士，我花了很多个小时去听人们说话。我在各个地方理解到的就是一个名字——和他们在一起我感到愉快（和我理解的朋友们在一起时我感到很狭隘）。在一片完全说外语的区域中有一片属于猜想的广阔领域。错误的解释、犯错的人、无意义的思考。但也有期待、高估、承诺。

外语就是预言。

那些我好久没见到的人，我忘了他们已经死去。

你设想一下自己生活在过去你祖父母的时代，在你不知道的情况下，去想象现在的生活。

我们对动物的依赖比它们对我们的依赖来得更多：它们是我们的历史，我们是它们的死亡。当它们不复存在，我们就会竭尽全力地从我们自己身上将它们造出来。

罢工：所有人都决定不再离开他们的房子。从这个瞬间开始，他们不再打开门和窗。

就这样他们被找到了，在三千年之后，完好无缺的骨头在完好无缺的房子里，这是唯一被彻底了解的文明。

公牛向着斗牛士鞠躬，然后转身背对红布。
他赠予了公牛生命并被众人撕成碎片。

他不为任何事后悔。他为所有事后悔。他后悔做这事的时候被别人看到了。

你差不多就像一个英国人，你总是用同样的词语。但是那词语是你的。

别说什么事太晚了，你怎么知道自己不会还有三十年时间去开始一场新生活。别说什么事太早了，你怎么知道你不会在一个月之后就死去，并且其他人不会从你生命最后的残余之中为他们自己进行抓取。

如果我是钢做的，那可能会激怒她。我是词语做的。

总是对自己说话的人，日复一日，一次又一次，让人印象深刻：日记的力量。

诗在陌生的环境下让我触动更深。在不恰当的环境中它们最能直击我心，只有在那里它们才是完全**隔绝的**。

为了一人独处，我必须见很多人。在此重要的是，我对他们来说不意味着任何事。

对他人的厌恶让我变得粗暴而强硬。在我所爱的人的面前我什么也不是。对他人造成的任何影响都把我变成一个笨蛋。

与所有我们逃脱的人保持和平。

阿谀奉承的人用尽手段去隐瞒，回报给他们的那些零碎对他们来说有多么重要。

为何会如此？——《圣经》的**声调**深入你心，那其中的上帝却如此厌恶你，而《圣经》是只关于他的。因为没有上帝的话，《圣经》就不会深入你心了。

因而一定是一种因上帝而感到的痛苦击中了你，因为一种坚定、热情而永不疲倦的尝试——试着去创造一个造物者、去获得生命力——让他能够为我们的不幸担起责任。

试想，要是没有人会对这无意义的混乱进行折叠、排序与协调，这是不堪想象的。

折叠、秩序、协定：《圣经》的作为。

强烈的热情有用处，它能强迫人耍手腕，因而同时也能促进他们得到精准的知识。

他站在他最珍爱的死者面前说道：上帝是善的。他一再重复这句话，上千次、上万次：死者不会醒来。

上帝是善良的，他还是永远这么说着，而死去的人甚至在梦中也不再出现。

年轻的耶稣会会士口中的上帝有些激怒了我，因为我不知道对此该说些什么。但他尤其让我觉得无聊。我喜欢阅读其他所有的上帝，上帝的故事甚至比其他故事更要吸引我，然而，如果可以，我都尽量避免我们的上帝。年轻的耶稣会会士昨天突然间将他带到我房间，这个地方就让我觉得陌生，于是我问自己："我在哪里？"

年轻的耶稣会会士也在那个夜晚向我表达谢意。他的信件中充满着敬意、礼貌和真诚。这样的一封信是否符合他的戒律，是否与他传教的期望相符，或者还是单单意味着他字面的意思，要是我能知道这些问题的答案就好了。

通过一种学术式的对话去提及一些特定的名字，去展示特定的书籍，我和年轻的耶稣会会士之间建立了一种密切的关系。然而，在我还未能向他询问那些我本想知道的事情（他的日常安排）之前，上帝来到我们之间，那年轻的耶稣会会士就热切地甚至有些匆忙地把上帝穿在身上。因此他马上失去了对我的兴趣；他在我眼前变成了一个孩子，一个上帝的孩子，而这世上所有人类的现象中，只有这件事是唯一让我觉得无聊而毫无希望的。

我为那些沉湎于上帝的人感到羞愧。他们通常是好人。为了能成为好人，他们需要一种权力，来为"善"命名并确定其界限。为了同他们与生俱来的"恶"作斗争——这也是与我们所有人息息相关的事——他们被要求顺从和进行规定下的练习。这样的顺从拥有所有顺从都有的特点，并且因为他们不了解这样的特点，他们就会盲从，并凭着巨大的自我征服将自己培养成**工具**，如果没有这些问题，那么他们就是有道理的。

但我看到了顺从的工具性，认识到了它们是如何运作的。关于献身有很多可以说，但是献身必须由**肉身化的自由**来进行衡量，而且，就算在上帝面前，这样的自由也是不被允许和不可能的。

我就这样倾听着那位年轻来客结结巴巴地说话，并且努力不把内心最深处对他的存在而感到的不适表现出来。

但他也好奇，当然是以那种合乎戒律的方式，他仔细地倾听着我要说什么，并且当场将我的话翻译成他所熟悉的范畴和思维习惯。我注意到了自己那些本来用缓和和谨慎进行伪装过的表达是如何变成别的样子的。这是一个不愉快的过程，我让自己迁就着去说一些"绝对"的事，目的是要说明，为什么我从不给一切真实存在的陌生事物起名字。但是因为我——通常情况下我绝不会这么做——说了"绝对"，对此所有我本来要表达的其他看法在一开始就没了价值。

连续不断地去读卡夫卡的两个句子，这就足够了。当他越显得自我，我们看上去就越渺小。他对自我缩小的热情传染给了读者。

男人的故事，他为了自己所有的活动而去找女人，把自己预备做的事都委派给她们。我想称他为**养奴隶的人**，他是一位非常友善的男士，但**她们的**命运就是如此：因**他的**任务而充气变得如此膨胀，直到爆裂。

问太多问题即是感知者的死亡。

发现者受到了妻子的诅咒，渐渐死去，妻子是唯一一个还忍受他的人，但她也不再忍受他了——她承担他。

一个人对自己发号施令，目的是逃脱外部的命令：他把越来越多的命令堆积起来，照着它们做事，照着它们生活，只想着它们，最后**窒息了**。

我们该如何着手理解以前的人，理解所有我们曾认识的人？越来越多的他们出现了，在**这场**生活中进行着面孔而非精神的漫步。过去几年中，我是如此惊讶于以前的人以这样的样子出现在完全崭新的场合中——身处不同的年龄段，有不同的职业，说着不同的语言，以至于我决心要把这种现象**记录**下来。我很少这么做，而现在却变得越来越频繁。现在他们以那么快的速度增多，以至于我完全无法将他们每个都记录下来。

这与那些一再重现的人有什么关系呢？真的只有一定数量的可能的面孔吗？还是说随着年龄的增长，要在这些相似性的帮助下去整理回忆？

如果是涉及唯一的问题，那么就算我们知道解决办法不存在，也于事无补。

讨厌"幸存"这件事的人的结局：他关心的是别人比**他**活得久。

清晰，但是不以结束得不清不楚的生命为代价。因为我们要是知道生活最终会汇入什么之中，也不一定是件好事。

我反对的是，只从"结果"这个词去看待任何事。我需要无止境地开放，也需要那样一种并非由饲料构成的生活。

驴子的笑和老虎的笑。

那些让生命变得值得活的人，在他们最强烈的热情中不存在怜悯。
但他的爱又是如此巨大，以至于他将对这种怜悯的希望包含在其中——看得见的失明。

一个人决定用忘记了的事为自己建起一个万神殿。

他想改掉那些构成传统的名字。他相信，任何的革命都因其被神化的名字而失败。他觉得不必重新评估所有价值，必要的是替换所有名字。他想，人类必须穿越一个孤独无依的阶段，直到那些被置于旧名字之上的新名字变得足够强大，能够用独立支撑自己。

他开始否定伟大的诗人，我们已经靠他们活了太长时间，他用别的被忘记了很久的人去替代他们的位子。

他寻找失落的宗教，使它们的创始人构成一种别样道德的珍宝。

广为认可的伟大纪念碑：金字塔、寺庙、大教堂对他来说不过是奥吉阿斯王的牛厩[1]。

神像与偶像他来说同样可憎。他是他自己的建筑师，靠着自己的拳头去挖掘。在垃圾房里，在垃圾堆上，他找到了**他的**花朵。

我们的新语言所赖以生存的古老语言，在他看来并不是最美的。他在历史进程的支路上找到了其他更好的语言。

为了那些力量尚未被使用的其他人，他打破了某些神话的优先位置——对它们的滥用甚至渗透到了学术领域。

在懒惰中，他看到了历史迄今为止的最高主体。一切事物都是拄着拐杖前行，每个人都仰赖着过往的事，而不是将这些失效的过往推到一边，去跟着自己的步伐行进。

1　相传其中有三千头牛，三十年未打扫。形容极其肮脏的地方。

那些被遗忘了的名字（他用它们来替换那些名声过盛的名字），也只有在它们虚弱的时候才会被他使用。一旦它们得以贯彻，便会被无情地移除。

虽然他为自己准备了少年，但他蔑视他们，因为他们会变老。

人的外表对他来说无关紧要，连他自己的也是。他当然也用词语说话，但是他并不高估它们。它们的负载量有着不可忽视的危险，他当然是知道的。他活着，却不为此去修剪他活的样子，因此他活得好。

他拥有支持者，他们跟每个信徒一样，但他尤其与这些人保持距离。

他对待马屁精就像对待麻风病人，对批评者像对待朋友，对发牢骚的人像对兄妹。

他甚至都想不起自己的家庭。他的名字对他来说如此无关紧要，以至于他都没有把它改掉。

他哪儿都去并且和每个人说话。他拒绝再见见过的人，因为他们已经和他说过一次话了。

他成功做到了谁也认不出，这样一来他就变得公正。他不总是理解自己，但是人们总是理解他。"您说过……"，"我什么也没说过。""但是您真的其他什么都不知道了吗？""我什么也不知道。"

这样的"什么都不"要比其他人的"什么"的力量要更强，首先力量就**是**什么。

他不定下任何约定，也不去同样的地点。他把城市——

尤其是那些大而有名的——都看作是偶然。对他来说，罗马就如伦敦、巴黎就如纽约一般无关紧要。在图画上他把一切都叫成了错误的名字。他把富士山称作勃朗峰，把卢加诺称作莱斯特。他身上散发出的自信，是那种没有先入为主观念的自信。所有被认为是美好的事物他都不觉得美好。阅读报纸时，他把目光立马放在了摧毁之上。因为他不批准它，它就对他开放。

一旦成了掌权者，他们互相之间变得多么友善啊。而对于其他人，他们就当作不存在。

"一个明智的教育家更多地会以这样的方式对学生提出要求：在学生面前藏起自己性格上该受谴责的地方，遮盖住、藏起来并且进行保密。"

——伊本·扎法尔[1]，1169

失策：一个总是抓住他不想要的东西的人。

他还认真对待它，皮肤早就从那烫伤的词语上脱落了，并且再也不会长回去。

我所说出的最粗糙的言语中，那些温柔的不可侵犯的言

1　伊本·扎法尔（Ibn Zafar，1104—1170 或 1172），作家、政治哲学家。

辞将自己藏了起来。

一个敌人，你必须把牙齿借给他。

那受到诅咒的名气，它把一座城市变为**一个男人**。

他带着刺痛的明白去看，什么是他一而再再而三自讨苦吃之事。在必须要发生的事中，他最不想要的就是自讨苦吃。

有可能喜爱死亡的作家永远无法造成那由于对死亡的厌恶而形成的尖锐。因为他们无法反抗死亡，他们的精神就变得衰弱。死亡没有打扰他们，因而也没有什么强迫他们非得在作品中表现死亡。
　　如今有作家**在表面上**接受死亡，实则要诡计对抗死亡，就像叔本华。在心底的最深处他们还保留着对死亡深深的反感，而这在他们的写作方式中暴露无遗。

停顿又停顿，在停顿之间是正方形的言语，正如堡垒。

他身体里有这样一种杂乱无章，他为此感到骄傲，未来的世世代代不会僵化在他体内。

整个世界上所有的人，所有年轻人都去汉普斯特德找他。只有那些可以被打扰的人还活着。不被打扰的人已经死去了。

预言家们总有一天会知道，他们只是看向过去。

没有什么像权力一样**陈旧**。甚至连信仰都要更年轻些。

我阅读了所有的神话和传说，避开了其中犹太人的部分。这些书卷就立在我家门边，有十二年了。每天我从它们旁边经过都避开它们，我不会想到要去翻开它们。我蔑视它们吗？我害怕它们吗？我不觉得这是蔑视。所有与犹太有关的事物都让我充满敬畏，因为我可能会沉迷于其中。熟悉的姓名，古老的命运，问与答的方式，它们穿透了我灵魂的骨髓。要是我沉湎于我本来所是的整体，我还应当如何对一切保持**开放**呢？

这几日来，我就活在这些传说之中，但它们并不能使我满足。我强迫自己，一天之内不能读超过一百页。如果合我的胃口，我宁愿日日夜夜别的什么也不干，就一卷接一卷地读了再读，直到我手头五卷的内容全都烂熟于心。我喜欢同一个故事的变体——对于原本总是相同内容的修饰。其中我发现了最靠近卡夫卡之处，他本人在续写这样的故事。但这也是我的故事，在每个开始夸大其词的地方，我都能分辨出我自己的精神。比起圣经，我更爱这些故事里的上帝——没那么狂热，更人性化，并且在很多时候谈及动物。《圣经》中对动物的描写太简短了。然而最美好的就是同一主题的变体，就好像故事的转述有多重含义，而所有对含义的阐释都势均力敌地并排站着。那充满着一切、绝对一切的道德要求我们肃然起敬。它从来都不是空洞的，或听起来像是说教。它既是规范，也是启迪。我们感到自己身处在一个贤者的社会中，他们每个人都在思考，同时期望公平正义，我自打活着就在寻找这样的人。我只找到了一个——本–伊扎克，并且我在此读到的一切，听起来就像是从他那里来的。

亚当躺在地上，他还是块黏土。上帝思考着："我就让他这样吗？"他喜欢这样造型良好的团块。要是他有呼吸的话，他会变得邪恶吗？"也许他不配让我给他灌入气息。"因为上帝并非全知，并且所有他创造的东西都不受他控制。没有什么是事先确定好的，而且所有事物都是以它自己所想的样子而来。没有哪只虱子不走它自己觉得舒适的道路。并且，即使是瞪羚也会逃离狮子，如果它们足够强大到能这样做的话。因为上帝从没有想要掌控造物。他练习他的语言，用它来创造事物，当事物活起来的时候便奔跑着离开言语，那便是让他欣慰之事。他也不想记住一切自己做的事。他想要新的事物，只有新事物才能使他振奋，让他感到愉快。上帝孤单一人，他总是孤单一人，所有关于他伴侣的故事都是鬼话。我们想象着，他一个人的时候是什么样的心情。如果是一个人类的话，是不是要更容易支撑下去呢？人在一个人的时候产生了形形色色的想法，这些想法成为上帝的创造。

作品的油脂会腐坏。剩下了一些句子。但会是哪些句子呢？

预言家们抱怨得最厉害的是他们召唤来的东西。他们应当如何相信、如何理解他们的恐惧是真实的呢？

既不会被杀死也永远不会盼望死亡的，人可能是第一个。

热情之傲慢向疯狂驱动：既然你什么也没从希腊人那里学到，为什么你还要这么尊敬他们呢？

1967

他尽心地答复下流的信件，面对严肃的信件却一言不发。为什么他要如此轻率地去失去来自写信者少见的尊重？他却完全沉迷于那些讨厌他的人。他点数了所有国家中厌恶他的人，如实地拼写出他们为何厌恶他。他觉得他们多么有道理啊！他如此理解他们！他们让他为自己的危险性充满骄傲！他听他们用近一百种语言说话，并将它们翻译成自己的语言。他们永远不能让他满足，他永远期盼着更多。

我曾避开的一个男人从事于三个词语。第四个词缺失了，但他乐于蹒跚而行。他要比那些受到过校准过的人更好地往前走。有时他坐在路边进行刷洗或缝补。如果有一个词让他感到疼痛，他就把它放到嘴里。有一次，一只狗咬在了他最好的词语上。然而，狂犬病却没有给他造成损伤。只是另外两个词语感到害怕。我在这样的情况下遇到了他。我听到了一句咒骂后就愣住了。不久之后这载体就来到了我身边。载体拥有者礼貌地请求我的帮助。我将它放到肩上就再也无法摆脱它了。现在我承担起了那三个词语，它们承担着他，并听它们乞求施舍。

为了不溺死在幸福之中，信徒保护着自己的不信任。

让他心痒难耐的是将句子互相混合，直到它们没有任何意义。

他花了两个月的时间进行整理，为了此后能表达出两个句子。在混乱中句子听起来很恶毒。

他不觉得自己会沉默。他信赖言语的喧嚣热情。

用一门语言去**筛选**另一门语言，翻译的意义和无意义。

为失去的东西感到悲哀，就好像是我们自己将它撕毁的。

他是如此优秀，以至于没有人记得他的名字。

她杀了每个不会爱她的人。但她也杀了每个爱她的人。

"没有什么比此事更让我愉悦：将自己虚假的形象展现给那些我紧锁在内心的人看。这也许是不公平的，但确是大胆的，因而恰如其分。"

——罗伯特·瓦尔泽[1]《雅各布·冯·贡滕》

那些对自己严格的人能够保持自己的笨拙，他们在后人眼中是正当有理的。而灵巧的人越来越多，直到他们每个人都得到自己应得的东西，他们在后人眼中则是渣滓。

一个人为了能看见血液流淌的样子而弄伤自己。一个人为了杀戮杀了自己。

所有人都蔑视他，因为他从没杀过人。D. 认为，只有进行了杀戮的，才是个人。

"教士"阶层和战争者、杀戮者阶层之间的裂痕本身就已巨大无比。但是同样是这些教士，他们也还是会杀死动物，把它们作为祭品。

而那些无论如何都不会杀生的人，在他们身上，是否那可怕的并会逐渐杀死身边亲近的人的力量就失效了？

是不是人的生活中必须要有一段完全错误的关系，这样他人才能真实且真诚？

1　罗伯特·瓦尔泽（Robert Walser, 1878—1956），瑞士德语作家。

他把自己做过的一切都用自己从没做过的事包裹起来。

寄生虫的担忧：如果宿主的生命受到威胁，它也离死亡不远。它不知道，怎样才对自己更好。为了之后能够不受垂死之人的控制而开始它自己的前程，它收集的是不是足够多？它是不是不应该非常快速地去收集更多？它是否应当尽全力让自己的宿主还能再多活一小会儿？宿主死亡之际，它是否应该在一旁作为"唯一的那个"来报道此事？在死亡威胁来临之后，一旦宿主有一段时间不再和它互动，它便陷入恐慌。它每天都打电话，而无人应答。他最终会因"担忧"而鼓起勇气，在别人的家门前伏击他人吗？他完全不知道感激，可是谁又感激自己的食物呢？他只是对食物供应的突然撤销心怀怨恨。

就这样我在英国人中生活了三十年，而并不认识他们之中粗鄙的那一类。这对维也纳人来说是不公平的，在他们之中我恰恰对这类人尤其了解。

邪恶的眼睛附着在上帝的伤口上，它们欢快不已。

他幸免于发生在未来的谋杀。他是如此痛恨与他同时代的人！

他深入过去的世纪，只为握住它们乐于忘记之事。

在特殊的学校里，人们被培养成了古老城市的居民。有威尼斯人、托莱多人、庞贝人和巴黎人。他们穿着地道的服装来来往往，只吃喝恰当的食物。他们住在自己的玩具屋内，并且日日夜夜都被参观。他们被下达了规定，要做得就好像他们看不到人们在看着他们。在一群游客面前，他们在自己的酒馆里纵情畅饮。他们被永久雇佣并且不能拿小费。他们互相结婚生孩子，但是孩子在之后会从他们身边拿走。在索邦，学生们用拉丁语进行辩论，甚至有歌利亚人[1]在场。蒙马特系列[2]的赝品在巴黎很受欢迎。在威尼斯，妇女们戴着面具购买戏票，而双年展总是恰巧在丁托列托[3]那角上。在托莱多，格列柯[4]之家以真正的声响来保持平衡。在庞贝，每两间房里就躺着窒息而死的人，有些也在大街上。嘴唇上还留有他们下流的鬼画符。这一切都是真实的，上百万的游客来到这里。

她喜欢在嫉妒心重的人的眼皮子底下和其他男人分开。他从不在她没和其他人说再见的情况下与她见面。这很容易发生，就像在梦中，但是总出现在他眼前。每次他和她告别后，她就和另一个人坐在一起。只要他出现，她便立马起身，甚至都不和别人道别。他见她的每一次都发现她和不同的人在一起。她喜欢"离开"这个行动，他本可以向她吹口哨，

1 goliards，12 到 13 世纪在欧洲的年轻神职人员，写讽刺的拉丁文诗歌。
2 梵高的一组画作。
3 丁托列托（Tintoretto，1518—1594），意大利文艺复兴晚期画家。
4 埃尔·格列柯（El Greco，原名 Doménikos Theotokópoulos，1541—1614），希腊画家、雕塑家和建筑家。"El Greco"即"希腊人"，是其绰号。

她原本也总会过来。他设法在那两人单独相处的时候分开他们。在尤为嫉妒的情况下他也会想象着自己就是现在在等待着她、马上就要和她碰面的那个人。只要这事并没有发生，他还是把自己当作她原本的爱人，对她保持忠诚。

而且，如果上帝出于对造物之死的羞愧而隐退了呢？

人们把她比作黑豹，但是她吼叫得太晚。

当他想表达"我"的时候，他说"我们"。因而他总是对"我"许诺，而不是对"你"。

我们什么也没有送给自己。我们想要体验一切能产生疼痛之事。最敏感的地方我们就挖掘得最深。是那在痛苦中感受到的快感强迫着我们去那么做——这么想真是毫无意义。这不过是恐惧，为那最激烈最纯净的感觉逝去而感到恐惧。我们在一开始就寻找毁灭，因为它们也在终点等待着我们。

没什么要比自我控诉更无聊了。

它提供消遣，却只为那些认识自身、且为自己那杀气腾腾的尖锐找到一个许可对象的人提供。但是其他任何人都不知道，也不可能知道，那到底在谈论些什么，他们耸了耸肩说："这不要紧！"从根本上来说，这只是自吹自擂的另一种方式。如果我们把邪恶归于自己的品质，便能够更长久地逗留。自鸣得意就隐藏在严格的背后。

一个人不断行走。他走啊走啊，从不抵达什么地方，而是一直继续走下去。他有时拄着一根拐杖，继而又丢了拐杖，没有它继续行走。他展现出行走的样子。他在行走中入睡。他在梦中休息，但那让他感到羞愧，虽然还没有哪一个梦强迫着他要他在现实中也停下来。他在行走时进食，也在行走时解手，他灵活地利用自己的机会。女人们为他感到惊叹，正如她们对每个男人都为了什么而感到惊叹。当一个女人特别想要他的时候，她也足够聪明，自己行走着让他爱上自己。有的人甚至和他并肩走了一段时间，并且她们也许希望着能劝服他一起回家。不久后她们就放弃了，他是不可改变的独自一人，也不让自己这么容易再被打扰。他走路的时候在想什么呢？他也不知道，肯定的是，那不是什么关键的事。他穿过河流的时候进行洗漱，在风中很快就干了。他是否注意到自己去了哪些地方？他会不会避免去同一个地方？

夏天的时候，让人群环绕着自己，没有战争，而所有人都活着。
一个没有人死去的夏天。

虚荣心刺着幸福的人，现在他想要不幸地进行阅读。

把旧衣服烧了、短语放在一边。不再捍卫任何事，放下旧物，去找到你现在是什么。

哲学有趣的地方在于其无意义性。

它们将世界不同的可能性展现在我们面前。我们不必要选择哪一个，它们就应当存在。满足于证明它们所有都是无意义的——这是一个愚蠢的游戏。无意义的事本来就是最重要的，我们想要说出它们身上最富生命力之事。

但在现实中，宗教中有更多的活力可以提取。

精神织着茧，但它在世界的中央、在它们所有声音和错音中。唯一的条件是：我们用自己的声音或错音控制住自己，我们自己不说话，什么都不说，一个词也不——如果我们听到的所有事都向着答案迈进，**沉默**。

他，这个相信此岸生活的人，再次唤醒死者来到**此种**生活。

每当我想起他，我就想到这些。所有其他的事对我来说都是一个传奇，唯独这一点，这一点对我来说是真实的。

雾，她八年前说——你必须再次找到雾，这样你才能写作。

然后她就从我面前消失在雾中。

他希望自己还要有更大的作为，以至于所有人都爱着他、避开他。

预见是不是一件好事呢？以及我们能不能通过预见来避开什么事呢？

有人认为，是预见引发了所预见的事。其他人相信一种自由的选择，并**反对**预见到的事。我就好像自己对这两者都愿相信的样子去行事。这样我就同时被绑定又自由。

这样我就能够，付出自己高昂的代价去想象，能够对人知道得更多，并能惬意地在虚无中漂浮。

他喜欢从迷雾中来，这样就没人找得到他。

眼中看到她的爱人，耳中听到她的跟踪者，以及一切他向她传达的他们说的话。

他们正列队经过，少年们——骄傲、自信且不好说谎。而没有虚伪便什么都不是。

"人是同情和恐惧。没什么其他的。"

——帕韦泽

有听、读、记录。但是我们能对恐惧和怜悯诉说它们吗？

今天只阅读了黑贝尔[1]的日记。

1　弗里德里希·黑贝尔(Christian Friedrich Hebbel, 1813—1863)，德国剧作家、诗人。

我依然觉得这是一本很棒的书。巧的是，我在一周前重又把利希滕贝格拿在手中。他比黑贝尔离得我更近，这可能与此有关：利希滕贝格符合我对札记的理解，而黑贝尔写下的实际上是一本同样充满突发奇想的日记。他对自己升格为诗人所进行的连续不断的回顾有时对我造成了干扰，这种回顾带有一些自我满足——利希滕贝格的优点在于他没有先入为主的观念，黑贝尔在这一点上表现得更为沉重，也常常更为阴暗。利希滕贝格的突发奇想更为纯粹，也就是说，那是只为了他自己而想到的。黑贝尔总是有隐藏的想法，也许他能对这些想法做些什么。利希滕贝格的浪费极大地吸引着我，黑贝尔就有一些节约。即使如此我还是不知道有哪本德语日记能对我来说有更重要的意义。

阅读黑贝尔的日记时：我们为自己写下的东西如此之少！遗憾。而我们没有注意到，黑贝尔也忽略了大部分的事。如果将他的年份累积起来，它们看起来是多么丰富啊。

互相挤压的句子。

在两千年之后才得以破译的脸。

微小的软体动物身上的一块皮肤。

他在睡觉的时候吃，在做爱的时候吃。他走着，躺着，跪着，说着，哭着，呻吟着，临死之际吃。

"从屠夫车上抬下来的睡着的羊。"

——黑贝尔，日记（23 岁）

人变得越老，A 说，越会觉得**其他**天才不存在。

无穷多的形象，都是未被使用过的，他想在它们被忘记后才去触碰他们。

盲人把眼睛送给其他**用这眼睛看东西**的人。

一个额头像一块铺路石一样坚硬，它一受到质疑便会破口大骂。

他想在金钱里游泳，为了将它们抛洒给所有他鄙视的人。

如果不蔑视世界，那么对世界的尊重也就毫无价值。但在我们还在和这世界一起竭力维持着生活的情况下，怎么还想着要蔑视它呢？于是便只有一条出路：变得富有，但这并不是出路，因为它带走了一个人太多的东西。

今天我为自己拒绝了罗伯特·瓦尔泽，是因为害怕他对我来说会变成一味麻醉剂。

通过自我控诉而无罪开释。

他咀嚼自己的特性，日益消瘦然后饿死了。

他喋喋不休地流出血液而渗出了书信。

我需要被许多陌生人包围，天空把他们灌注进汉普斯特德，就像下起倾盆大雨。

他的抵达失败了，在继续前行方面却是一位大师。

互相赞美是成功人士间的趋势。就好像这样一来他们更能成为他们想成为的样子，因为自己的对手也确认了这样的形象。但事实上，当下的赞美没有任何用处，因为那永远让人觉得有趣。"跟我说些好话，我也说你的好话。"
于是，当我们遇上某个真正尊重的人，而突然意识到，他本身已经对我们有了很高的评价，这个时候我们便陷入一种深深的尴尬中。

最重要的是:忘记做过的事。但为此人们需得做过些什么。

如今，一部作品的恶便是其合法性，而在这个时代，田园诗永远灭绝了。生活的舞台是多样的，而其压力中骇人之物则是我们的日常练习。

不安的我们必须倾听，而非倾听上帝，继而突然停止继续这么做。对于本世纪那对牺牲品有着荒唐念头的神圣性来说，没有人足够好或足够开放，而为其殉道之人无法知道，他们是**为了什么**而成为殉道者的。

一片天空，出于对人的绝望，总是越来越向远处拱起。

他总说一样的内容，但是每次都会多说一句句子。因为他说得非常频繁，于是说话内容就膨胀得无比庞大，而最终在说的话之间他不再有时间沉默下来。

找一个让你变**慢**的人。

像睫毛一样的句子。

半棵树保持着街道笔直。

"I appreciate（我感激）"——尴尬。这是一种混合了"pressure（压力）"和"price（价格）"的语调，就好像是想说："我压了这么长时间，直到那价格能值些什么"；但如果没有这种压力，便一文不值；一个高傲的用英语表达——在其中，这语言是无法被模范的。

狗吠叫着训了他一顿。

一个女人死于一场无法治愈的疾病，这让她的爱人陷入绝望。不久之后他也得了同样的病。在此期间出现了对抗这疾病的解药，于是**他**就又变得健康。

一颗庞大的心脏，而城市栖居于其中。

找到一个还从没有说过真相的人；也没有任何人曾注意到这件事。

他如此想要的一个人，就好像在早年的生活间，他从后者身边**逃开**了。

人们只需要说"年，年"，匆匆忙忙的人就跪了下来。

所有你在他人身上感受到的不满之事，其实是你对自身的不满，而正是你知道了这一点，你就成了一个**结结巴巴的讽刺家**，一个黑色的翅膀被折断的人。

与自己的对话变得如此乏味、空洞、贫瘠、无聊、喋喋不休而没有滋味、没有色彩也没有气味，以至于同**随便什么人**说话都会更好。他甚至可以是捏造出来的人，只要"我"和"你"最终能消失、腐烂、蒸发。

他，他，他，还是只有**他**，有卡夫卡的胆怯和贞洁，而没有自吹自擂和忏悔者的姿态。

R. T.，这个长期瘫痪的女诗人，昨天骄傲地展示了她**真正的**指甲。

那对伴侣在那儿拥抱了这么长时间，直到他们彼此扎根在对方身上。

然后这对伴侣就要抱住其他伴侣，直到他们也一起生根。

他觉得在家里虐待狗，然后带它乖乖地去散步是一件好事。

如果把另一个词看作是神话，你会觉得更舒服：没有这个词。

那些远道而来的人，尤其是年轻人，带给我我取之不尽的快乐，就好像他们能让大地的状态变得更富有弹性。

诗人们**互相之间**是无法忍受的。为了知道他们是什么样，我们必须把他们和其他人一起看待。

有关"脸的库存"：终有一日仓库中的脸无法再忍受黑暗，它们把自己投向那些真实的人，他们要强行去适应后者。

阿里斯托芬[1]：和平

1　阿里斯托芬（Aristophanes，约前448—前380），古希腊喜剧作家。

蜣螂作为特吕盖乌斯的坐骑；在一开始奴隶用就用粪便喂养它们。在特吕盖乌斯飞上天找宙斯的时候，他对地面上粪便的气味感到害怕。

第一个臭气熏天的念头如此强烈而难忘。

为了被埋葬的和平女神而进行拔河游戏的那一幕就要弱得多。

剩下的部分是对构成生活中和平幸福的一切所进行的赞歌。这赞歌在戏剧中真实而自然，而从那时起的每时每刻，直到当下的时刻都有效果的，是一个普通人在战争过后的一声叹息。确实，当中的喜剧部分——差不多是在战争胜利者出场的时候——并没有到达阿里斯托芬本来的高度。而在他那儿屡见不鲜的是，单个物体（头盔、铠甲之类的）的非凡意义。

一只肥胖的白蚁蚁后作为家养宠物。

发明蜜蜂语言的诗人，并且这语言被说了出来。

最大的伪君子能够写最真诚的事：文学史。

有些人相信，通过说"一！一！一！"，就能像神秘主义者一样进行自我救赎。

其他人通过粉碎来拯救自己，他们施展浑身解数不去成为一体。

敌人的存在，是为了能被劝服成友人。

盲人宣告着他本该看见的事。

那个人也**认识**他所是的所有动物。

拒绝是如此的强有力！因而那些批评家——他们的整个事业都由拒绝组成——很容易就把自己当作超人来行事。

他也读讽刺家的作品，是为了知道，什么是憎恶。在阿里斯托芬那里，在戈雅多那里，在斯威夫特那里，他领会了他自己的憎恶。

如果他谈及永生，那一定非常奇怪。确实那就是他真正想要的，而且他不仅仅是为了自己才想永生，而是**为了他认识的所有人**。

一场睡眠，这么长，以至于我们还只是为了一场梦而醒来。但是这场梦中就是一场完整的生活。

我在寻找的专注撕碎了我的呼吸。

讽刺家们身上令人惊奇的地方在于，他们能做到这么长时间都爱惜**自己**。

并不是他们中所有的人都会变得傻里傻气，他们中的许多人变老了，独一无二的果戈理过早地摧毁了自己——因此他是我们详尽了解的人当中最伟大的那个？

为了不忘记时间，他只住在**嗡嗡作响**的地方。

"Ce que j'aime du voyage, c'est l'étonnement au retour（返程中感受到的惊奇是我热爱旅行的原因）"[1]

——司汤达

依然是这样，正如在过去的世界大战中，那并非由人所造成的自然灾害的消息传来，就像是**一种慰藉**。

对于我们这个世界的境况，还能说出什么更糟糕的来吗？

精彩的是我们不进行的对话。

当一个人说"神"的时候，他的意思是，除了本就充满他内心的上帝，还有**其他**，许多其他同样值得称作神性的事。这样一来，单个的上帝就不能把世界完全地创造或毁灭。这样一来，其他的上帝就会抵御这个单个的上帝，并且重新复苏和扩展那正在枯萎的世界。

1　原文为法语。

一些念头是如此可怕，以至于我们再也无法摆脱它们。

看上去，一些伟大诗人的力量正在于此。

昨天，柏拉图的《会饮篇》——我好久都没读了。最触动我的，是阿里斯托芬的话（虽是捏造的，却如此荒诞，就好像那真的是他自己写的），以及在最后阿尔西比亚德斯对苏格拉底的赞美之歌。苏格拉底在此处具象化成爱的对象，同时也被如此塑造，如此理解，并注入了一种充满敬意的热情。要是一场关于爱的对话是用一份爱来进行加冕和圆满完结，那将是说不出的美妙。由于阿尔斯比亚德斯对苏格拉底的热情，他将后者描绘成完美的形象，会有谁不愿意成为**这个**苏格拉底？

苏格拉底的**方法**，是让我总讨厌他的地方，他的诡辩，在《会饮篇》当中完全退居幕后。这足以让人因为此处的诡辩比其他任何地方都要少而感受到快乐。然而他的谈话中也总会涉及"人们最想要的"是什么，涉及永生。苏格拉底的观点——那总让人觉得无法忍受——或者说他的定理说的是：人渴望善，这事起到了这样的效果，就好像是**他想要探索自身**。——这实际上说的是他，苏格拉底，他自己渴望善，而他花了那么多的力气去告诉人们，是**他们**想要善！他就是善的恶魔，并且不能忘记的是，柏拉图写《会饮篇》，是在苏格拉底公开判处死刑、被毒死**之后**。他的结局是悲哀的，而阿尔西比亚德斯，这个该为他的死负主要责任的人，他的行为在天平之上最强烈地反对苏格拉底，而他在此还为苏格拉底唱赞歌。令人心醉的是他的醉酒，那迫使他开诚布公地说话。

在最后，当其他所有人都离开宴会或入睡了的时候，苏格拉底还在和阿伽松以及阿里斯托芬谈话——一个悲剧一个喜剧作家——他试图向他们证明，这两个人物本来就是**一体的**并且是同属的。

一个只读柏拉图的人是否能够成为诗人呢？

问题，可怕的问题：一个人是否真的会改变？

柏拉图在《会饮篇》里说是的，就好像他才刚刚读了赫拉克利特。"他们一辈子都背负着同一个名字，"他说，"但却是不同的——关于他们的一切，他们内心的一切，总是不同的。"

我不相信这件事，我对此也完全不确定。我知道自己处在哪个相同的地方，这也是我一直以来的样子。要看见自己的与众不同之处很难。

上帝蜷缩在他的耳朵里，而他听得强有力。

盲人认出了他，他感到受宠若惊。

他有一位只在葬礼之后才去拜访的爱人。她喜欢他这样做，"你在葬礼之后变得完全不一样了"，她经常这么说，"你对我爱得更热烈了，我只喜欢你这样子。"她会为他阅读所有的讣告，当她觉得他该动身前往之时就打电话告诉他。"你知道谁去世了吗？"她马上说。有时候，连着三到四周她都没有联系他。"谁？""N. N.，你是认识的，你得过去。""几点？""周一三点钟在火葬场。那么我等着你。"当她为他找到一场葬礼并且已经为他的拜访打点好一切之后，她立刻觉得好点儿了。他为自己去了、听了、看了，他其实喜欢去，因为他知道，之后即将发生什么。但他并不是玩世不恭的人，否则葬礼也不会让他不安。他想到了死者，他看到死者在自己面前，他和此人进行着过去的对话。死者离他那么近，以至于如果没有收到鼓舞的话他几乎不能继续活下去。鞠过躬，又变得衰老之后，他启程去找她。她站在窗帘后面，看着他走在街道上。她将住所的门为他大大地敞开并说着："欢迎！"她总是戴着能让他想起特别事件的东西，一些小东西，其实不显眼，但是他总能察觉到并充满感激。

"来，"她说，"你累坏了。又花了你这么多精力。"他点点头，走了进去，有些拘谨地坐在了最好的那张扶手椅上。她坐在他旁边，但是保持了明显的距离。"说说吧！是不是很糟糕？也许你宁可什么也不说。""还是先不说了吧"，他的意思是，这在他看来是更正确的做法。他毕竟不是怪物，他有感情，他必须歇一口气才能向自己承认生活还要继续。"你别太放在心上了，"她说着，眼里含着泪水，她和他一起承受。他对她所展现出一切理解和温柔都充满感激。"进行了很久吗？"她接着问道。"没什么特别的。幸好挺短的。我不喜欢长时间的仪式。反正一切已经艰难得可怕。我想，如果不早点结束，大家都要崩溃了。""牧师怎么样？""不赖。

说话相当简明扼要。之后还站在门边和每个人握手。我总问自己，我们是不是该给他些什么。""还是别那么做了。""他以这样的方式把手伸出来。我想，他其实能藏得很好而不让别人发现的。""有没有很多花？""堆成山了，但是没有上次那么多。""肯定很漂亮吧，这么多花。""有时候一朵也没有，如果特别要求的话。""对，我想到了。上上次，你来我这儿的时候，就一朵花也没有。""你记忆力很好。""我只为你活着。我会分担你所有的忧愁。""这是真的。我完全不知道，没有你我还怎么能去参加葬礼。""我希望你永远不要这么做。""我怎么能骗你。""有时我想，你可能没和我说就去了哪儿。""但你确实读了所有的讣告，你肯定一个都没有漏掉。""我也不是完全不会犯错。当我六个礼拜没有见到你的时候，我就想，自己肯定是看漏了什么。""但愿你不仅仅只读了一份报纸。""当然，肯定的，但应该还是有完全不发讣告的人的。""那我当然也不会知道的。""你在家就没有收到私人的讣告消息吗？""我把那些镶黑色边框的全都扔了，我的一切都听你安排。没有你的话我会迷失方向的。"这场小型的嫉妒场景是他已习惯了的，也只和葬礼有关，在此之后他伸出右手握住了她的膝盖。

由消息组成的一位朋友。

你的耳朵要老于你的祖父。

——豪萨¹谚语

1968

一个人站在那儿说："结束！"他一再隔着相同的间距这样说着，他好好地提防着不去说其他的话，虽然他看起来就要被句子填满而爆裂，却还是克制住了自己，不断重复道："结束！"有可能这呼喊是针对他自己的，但是那样的话应该不会这么响，周围的人和行人也会对此有不一样的感受：他们把这种呼喊联系到了自己身上。他僵硬地站在那儿，但是非常恼怒的样子，重复着，他的力量从没有一点减弱："结束！"那么行走的人现在不应当再走，而站着的人应该立马上路吗？说话的人沉默了，沉默的人突然开始说话？或者他的命令有普遍的意义，那么此刻，生命应该完全终止吗？他是为做出改变而定的，每个人都感受到了这一点，即使只有少部分人服从，但指令藏在他们每个人心中，无论他们离得近还是有一点儿远，所有人像听到噩耗一样而同时有压迫感。

也许呼喊的人这么做，是要把自己的压力卸到尽可能得多的人身上，也许他是一位先知，如此严苛，以至于他所建立的信仰就由这样一个不可避免的词语组成。

1　豪萨语（Hausa）属于亚非语系乍得语族，是非洲最重要的三大语言之一。

非常多的想法希望自己还是彗星。

他盲目地向自己讲述。

当她围绕着我快速移动时，我死气沉沉的日子被点亮了。

任何在盛名下没有堕落的人都是受到庇佑的：**他们的话应当奏效。**

所有思想家在那里都被剃光了头发，作为警告。没有人走近他们。和一位思想家接触被认为是重大的不幸。

而剃发的人本身互相之间也避免对方。他们也相信着那普遍的迷信。他们独自生活在害虫小棚里。然而他们的毛发会带来幸运，为此人们互相争斗。

他只有唯一的一个故事，每十年就要将它重新出版。随着他名气逐渐变大，这个故事看起来越来越有趣了。这故事从来没有被任何之前读过它的人认出来。出现了上千篇文章、上百本书籍来对它进行解读。人们到处都在谈论它，向它展现了类似于对上帝的尊敬。他是每个人都认识的诗人。

每当想起卡夫卡，我就感到自己像一个快活的小孩子，或是像一个学生，有时是这个，有时是另一个，但是从不会有更多，并且我必须承认自己还太粗糙，因而无法变得更有智慧。

贯穿卡夫卡的音调：就像发出声响的弱点。但那不是弱点，那是对彼岸世界的舍弃，而剩下的还有舍弃发出的声响。

你膨胀的赞美摧毁了她的温柔。现在她需要你的赞美，就像需要麻醉剂，甚至在梦中还在抓取它。

聪明的人就是永远不学会动物般狼吞虎咽的那个。

他回到家的时候，所有的窗子都变成了门，而每个门里都站着一个敌人。

在那里，每个人都被判处暂时失明——三年、五年、十年的失明。但是他们知道，此后自己会看见的。

一个好人向我问路。我不能告诉你，这便是我的答案。他友善地看着我，似乎有些惊讶。但是他什么也没说，并对这个答案表示满意。他继续不确定地向前走，而从他走路的样子可以看出来，他不会再问任何人了。我悲伤地用目光跟随着他。要是我对他说了真话呢？我知道他一定会死的，不管走上哪条我给他指的路，等待他的都是死亡。要是他知道这一点，他可能就会停下，而只有站立着他才能得救。

"站住"，我从后面朝他喊。他听到了我的声音，但是因为我曾将他推开，他就不敢停下来了，于是他继续往前走。"站住"，我喊得更响了，他走得也更快。然后我大声喊叫起来，我的负罪感折磨着我，于是他开始跑了起来。

一种需要几年才能生效的谄媚。

他把卡夫卡编织在他漂亮的轮子上。

思想家们在这一点上有分歧：对于他们来说，明天或昨天是否比今天更好呢？

一切都是可以承受的，不能承受的只有对最爱之人的攻击。从中可以看出，当人们谩骂上帝的时候，信徒会是什么样的心情。

在卡夫卡面前我无休无止地贬低自己：
因为我随便地**吃**？（我还从未思考过自己要吃什么）
因为他追求的精确性是我不能达到的？（我只知道我夸夸其谈中的精确性）
因为我已展现出自己能够快乐而无法从中摆脱？
因为我我能够轻易而毫无保留地诉衷肠同时感到这会让他何其厌恶？
因为他不允许自己蓄哪怕一根好头发[1]而处处对自己有所指摘？（我却有一头浓密而健康的头发）

---

1 德语谚语"kein gutes Haar an jemandem lassen（不让某人留一根好头发）"意思是"说某人的坏话、批评某人"。

因为我被他传染了，用他的自我厌恶来换取了我所独有的自我厌恶的方式？

在人的一生中只使用一次的话。是哪些？

他的作品能互相吃光对方并因此保持了紧缺的供给，这让他感到恐惧。

太老，太老！如今街道都在它面前停住了。

通过记录下反感情绪来找到自己。

狗里面的懒汉——它们甚至拒绝闻气味。

布莱希特持久的影响："狡诈"这个词的剧增。

在维也纳的六天让人六年都好说谎话。

他展现了她在永恒之中的景象，并把这景象与她的极乐混淆了。她对此发出了嘘声，她最好现在就吞没他的力量。

在卡夫卡面前，我低到尘埃中；普鲁斯特填满了我；穆齐尔是我的精神练习。

1969

从总体上可以说，自从在求知的过程中出现了一群心胸狭隘而滔滔不绝说行话的人，人们在今天知道得**更少**了，

人在个体中获得的，已在全体中失去了。

掌权者的做法如此错误，这不再是什么值得诧异的事了。尽管他们的失败多得无法言表，人们依然还是对掌握权力有着不懈追求，这一点真是不可思议。看到眼前这些可怕的例子，人为什么还要这么愚蠢呢？并且，面对这发生过的**一切**，怎么还可能一次又一次地对自己说谎呢？

当她在远方时，她经常来。可一旦到了这儿，她便继续前行。

在日本的《徒然草》中提到了一个并非不情愿离开尘世的隐士，而**他因天空感到抱歉**。（指的是尘世中可见的天空。）

日本的札记最吸引人的地方在于它们的感官性。隐士也同样看到、呼吸到并说到了这一点。

伟大的诗人消失了，因为他的学生取得了更大的成功。诗人消失了，因为他们自己取得了太多的成功。

只因这么晚成名才存在的诗人。

如果我们知道了一个人所有的事——他还剩下什么呢？不过只有我们忘记了的。

一个可以是所有动物的上帝，但永远不会像一个人。

前告密者：一个泄露他人还没向他倾吐的秘密的人。

他以揭秘那些还完全不存在的秘密开始，于是他必须在事后编造这秘密。可以说，他活在往回起效果的秘密中。他的技巧在于：让那些在事后向他吐露秘密的人相信，这些"秘密"他已"泄露"过了。

也就是说，为了达到戏弄的目的，他必须和那些他戏弄的人合谋。

问题是时间，以及他应当戏弄谁？他把这种前告密行为所涉及的资金用在了让秘密变得真实上面。（我们可以把他想象成一类诗人，通过影响现实来加强自己的创作。）

他表现得格外有经验，因为所有经验都是他自己造的。他从不乔装。他也从不对他密谋之事的结果感兴趣，他需要新的，越来越大的骗局，而最终幸福地因其后果而走向毁灭。

虚伪的建造者把人引诱到他建成的房子里，而他们自己也会在其中走向毁灭。

因他人的虚荣而变**好**的人。

找到一条让坏人变得有用的道路是非常重要的，这样一来，一个人就会因他人的恶而变得越来越好。

"Voluptas ex felicitate alieni（因他人的幸福而快乐）。"

——莱布尼茨

我只能通过**非常**相信她这样的方式去相信她。我必须做得多到夸张，直到几乎可笑的程度。我不能只是简单地去相信。

回忆希望不被打扰而在它自己的时刻里到来，没有哪个当时在场的人能够打扰它。

也许老的神灵，恰恰在他们干瘪饥饿作为落魄之神的样子时还能非常有用。

现在天文馆变成了地相馆——要是我们不曾为自己的可及性感到束缚和忧虑，那我们就无法仰望星空。

因为我们伸手抓住星球，占星学本身也还是变得真实了。作为**我们的**殖民地，它们很容易变成我们的命运，但和占星学本身想得不太一样。无论如何，没有占星学的话，星球对于我们来说不会变得足够重要。

说出的话的规模不可衡量，就好像我们过去曾打算劝服整个世界。

找到一个节制的人，他从来没有说过某件对他来说不是性命攸关的事。

他还没有认出我来的时候，我已经认识他了。到现在我已经认识了他那么长的时间，以至于他不再认得出我。

他从某人身边跑开了，直到他惊讶地得知，那人从他身边跑开了。

找到句子，它们是如此简单，以至于永远不再会成为它们自己的。

他总是经历的事——长向高处，就像树一样。这是不是就是人们称作**神话**能力的东西呢？这些树是神话吗，或者说是它们之中的一些，或者一棵？哪些？树叶算吗，而什么是光秃的树呢？有些人用另一种方式将它命名，不说"生长"，而是"夸张"。然而这些树不仅仅是向上生长，它往各个方向铺开，它们互相联结，互相缠绕，和其他事物结合在一起。

蔓生是最重要的，关键就是蔓生，而混淆也属于其中的一部分，还有环抱和渗透。

那不是别的、正是建立在正义之上的负罪感，而只有通过正义才能避免其消融。

我们必须对自己进行不同的伪装而去接近那些我们看不透的陌生人，这样就能对对方有一个更为准确的印象。作为我们，作为我们自身，我们给他加上了那些日后还会耿耿于怀的限制。

我们是多么经常地对着某个我们曾经伤害过的人发火啊。

我们感受到了自己造成的不公平，并通过一场属于过去的沉睡着的怒火来为自己正名。

人们根本不改变自己，又做出巨大的改变，两种情况同时生效，并且让人觉得特别混乱。

我的天性的内核在于，我无法低声下气，而我确实必须改变自己。

我不能通过死亡去改变。因此我带着不容改变的固执把死亡看作终结。

我知道，我仍然不会说**任何**与死亡有关的事。我还要将自我的终结保留到几时呢？还是说我必须因对它的厌恶而拒绝它呢？

一只眼睛形成的造物：一路滚动前进。

永不沉没的小船：邪恶。

你不愿在什么地方窒息而死？你到处挖掘事物的根又有什么用？它们是如此惊人地相似。

我们与世界剥离时的混乱：我们身后还同时余下那么多不同年龄段的人。

如果他没有什么可坦白，他就不需要任何朋友。

要说有什么是我永远不想成为的，那便是"合时宜"。
因为所有时间对于我来说都是合适的，而并不是我去适应它，不然的话我便不值得拥有它。于是它便可以是另一个时间，并且每个将这时间带给我的人都要比它更重要，而我，我对它来说就完全是一个偶然。

自从他总是用"你"称呼自己，他就不再有什么好说了。

不可能得到知识。然而可以让知识这样被遗忘而变样。

这个世界努力去达成的数不清的事只能让人充满最深的反感。
但是那还不够：我们必须把它也从头到尾进行思考，并且与之斗争。人类，越来越成为这个世界的创造者，他应该说：这是**不是**好的。

"吾安得忘言之人而与之言哉！"

——《庄子》

一个生活在普遍时间概念之外的男人。他从不知道今天是一周里的哪一天。他既不知道月份也不知道日期，他对年份也一无所知。

但他知道人，并且生活在他们其中。他是怎么做到的？他从时间的运转中抽身，他不去记录时间运转，在他看来时钟就和日历一样陌生，对他来说也没有历史。

对于那些总在试图避免高价的人来说，他是有价值的反面形象。我总认为这些人是浪费者。但是要是有人不生活在时间之中，他不也是浪费者的一种吗？他和其他所有人的区别在于，他已永远拥有了时间，也许他故事的名字应当叫作：一个永远拥有时间的人。

庄子有**最大**和**最小**，其中一半就像卡夫卡，但是另外还有一半——因此他要更完整。

除了孔子，我从没有在任何地方看到如此自觉而系统性地树立模范。远古时代所有的统治者（他们有越来越多）都因为他而得到了一些类似的东西，从根本上来说他们都**像他**。

亚里士多德那不完全为人相信的观点，到了德谟克利特那儿却让人信服。

一对伴侣需要一份新的**赐福**。他们该到哪里去找呢？这又是哪种赐福呢？既然其他的一切都得到了允许，那么这是分离的赐福吗？既然"法定的"分离不复存在，那这分离需要一种**外在的**距离吗？这对伴侣在他们相遇之后必须首先立刻相互分离吗？对他们来说，把他们之间的距离变成吸引力是不是必要的呢？而正因为这样的吸引力不可反对，他们是否有必要尽全力去反对？

这样一来信件和电话在他们之间又意味着什么呢？这些会变成他们之间的爱的本来区域吗？

也许，没有**目的**地生活是不可能的。为了在这种生活之中枯萎，我们就必须学会杂耍。人们将目标在自己面前扔到高处，然后接着做我们剩下来的事，目的是能将目标再次接住。看起来相似而易搞混的球，在这里什么也不是，运动才是全部。

看到它所不接受的事物时抽搐的眼睛。

新的交通工具，乘坐它们前进比我们**走**路还要慢——救赎。

对于每种指控都会有无辜的一方被仔细地拣选出来。罪犯在原则上会很快得到释放。

空荡荡的和塞满的国家轮换。空的必须永远是空的。

很少人会因为命运而被选中做父亲，并且除了他们以外没人能生育。

禁止做好事，为了使它们变得更具吸引力。

一个"精神上的"人必须在每次"出场"后（如果这总体上来说是有必要的话）远离他在场的支持者，并且要到他们完全找不到他的地步。要是他们还找到了他，那他就必须进行自我伪装直到别人把他当成另一个人。要是他们成功地把他揭穿，那么他就必须让自己变得显得矮小、病态而虚弱，只为了能逃离。和他们相隔了这么远的距离，保护自己免受他们肆无忌惮地朝拜，他才能够再次成为他自己。

受到**对手**的"传染"，这是最有效地政治现象之一，对它的研究还太少。

自从他幸福地爱着，他说"上帝"就说得更少了。

他穿上词语、脱下词语，让语言为自己工作，并把这种脱衣舞看作是诗。他不曾拥有过任何自己的想法，而是组装出了属于他自己的智慧，并因为每个人能马上理解他而感到开心。

只在一个夜晚之中，他通过阅读学到了许多关于跳蚤的事，比他整个人生的六十四年里知道的还要多。可知之事集中到了一起。——但是在二十五年前，他在多恩[1]那里读到了最强烈的英语爱情诗歌，它叫作：跳蚤。

他现在应当把多恩式的跳蚤作为祸患的反面来加以考量吗？

一个走钢丝的人，词语不再承载他。一会儿向词语的左边和一会儿向右边，他摔倒在地上，他又绷紧绳索，再次尝试，继而再次栽倒。

也许这是他用语言所能建起的最后的形象，这样强烈得惊人的爱是最可怕的。但是至少它还是果敢的，并且自力更生。至少它不抱着顾虑和谨慎去进食来养活自己。即使他知道自己明天要为此而死，他也无法从中拿回任何东西。

成为公众人物的诅咒，人们如此期待你的观点和态度！就好像你必须随便说出些什么不曾被上千次说得更好的话！

1　约翰·多恩（John Donne，1572—1631），英国诗人。

并非所有我们自己的解释都是自然而然产生的，有些是我们在不经意间遇到的全新的，而之后当我们发现自己之前已经在某个地方记录下它们的时候，我们便惊讶万分。

有这样一些**静止的**观点，我们漂浮着远离它们，就好像它们被排放在岸边一样，当我们像溪流一样从它们身边流淌而过的时候，我们只是看到了它们。

"汝不知夫养虎者乎？不敢以生物与之，为其杀之之怒也；不敢以全物与之，为其决之之怒也；时其饥饱，达其怒心。"

——《庄子·人间世》

迟到的名声是无力的，因为它认清了自己只是偶然的。

我们需要无辜和蠢笨来享受名声。当迟到的名声袭来，这两者我们都没有。

一只通过进食而变得无穷大的动物。

补丁像硬币一样闪闪发光。

他避开了所有的新事物，而现在只以自己的唾液为食。

与自己的断言一起下棋的人的惬意。

将你在生活中避开的人聚集起来。

世界上最安静的地方是处在不认识的人之中。独自一个人的时候，我们才对别人进行最热烈的想象，这样一来便是最不孤独的。

现在——经过了多长时间——非洲变成了人类的起源地。我们耐心地期盼着月球上的考古发现。

为了拍摄下整个大地，也就是说拍下大地上真实存在的每类人，我还需要上百年的时间。这对于好奇心很大的人来说依然是秸秆之火[1]。

这是其他语言的**公式**，是我们永远也学不会的，也就是到不了这样的程度：它们能交付出自己溺死于其中的智慧

为了沉默，他为自己寻找新的语言。

马尔罗[2]和像高乃依一样的"伟"人们之间的对话。他的"历史"意识——他相信"伟人"，他赞同他们，他想要他们，他寻找他们，让自己讨好他们：一个有高要求的记者。

对萨恩人心怀关切的女人，她和母亲及兄弟一同前往，为了不吓到那些被她收容进自己家庭的因而也把她收容进他

---

1 比喻短暂的热情。
2 安德烈·马尔罗（André Malraux，1901—1976），法国著名作家。

们群体之中的人们：我在这里记下她的名字，并且希望这名字永远不要被忘记：

伊丽莎白·马歇尔·托马斯，来自波士顿

二十五年来，我一如既往，还是一个萨恩人的学徒。除了从他们那儿能学到的事，其他我不想知道更多。但是关于他们的知识，我学得还不够多，走得还不够远，因为原子弹和登月影响了我，无休止地打断我的学习。

真棒！半梦半醒着起床，半梦半醒着坐到桌子旁，半梦半醒着写作。

一个看不到人吃饭的国家。吃饭的隐秘。

在我们这里只有清空是隐秘的，在那里则是从头至尾整个过程的隐秘。

那里每个人都有那么大的位置——恰好是像在雨伞下行走那么大。在那里没有人外出不带雨伞，并且每个人都撑开它。人和人互相之间不能走得太近。总留下距离。到处都充满了自由。遇到熟人的时候雨伞弯下身鞠躬。伞和伞之间打招呼的方式是多么庄重。

控诉增添荣光。

"A friend of mine（我的一个朋友）"，英语中最悭吝的表达之一，当它被**说**出来的时候。

听起来，就好像我们对说话的对方隐瞒了这个朋友。这个朋友还是不确指的，我们不说他叫什么，他是一个私人财产并且受到保护，在他身上值得注意的仅仅是，他是"mine（我的）"。我们说明了，有他的存在，但是我们把他隐藏起来，就好像把他藏在了身后，而从后方以他做要挟。

一个人只记得新语言中的词，而旧的语言在此期间渐渐粉碎。只要对他来说声音还能有新的意义，他就活着。他对新的含义和意想不到的发音感到兴高采烈。他逃脱了既行轨道的暴政。这么说，我以前说话的方式全是错误的，他这样告诉自己。那么我现在才终于学会说话。

1970

没有让我们受到无情折磨的，就不能称作是知识。所有其他的认识都有数学或技术的特点。它们的结果是落到我们头上的，因为我们没有遭受痛苦就得到了它们。

对某事进行上百次言说的渴望；对此保持沉默的愿望。

在新几内亚的一个非常偏远的山谷里，那些用四肢行走的人应当被发现。

他们厌恶双腿生物——他们将后者看作鸟类，并像猎取极乐鸟一样猎取他们。

当我说起另一条蛹的时候这条蛹是多么开心！

他想要这样写他最后一部作品，就好像他从来没听说过任何关于现代文学的事。他希望对于他的时代来说，他自己作为作家是如此的过时，就像是司汤达对于他的时代一样。

回忆录！回忆录！我们应当还只读回忆录吗？我现在读的赫尔岑的日记让我如此着迷，以至于我无论白天黑夜都一再地在思考着它们。我几乎就像我二十岁的时候读陀思妥耶夫斯基一样去读它们的，一口气读三百页，其他的读物很快就让我松懈下来，于是我停了下来，停了好几天：对于其他东西，即使只读一个小时，也让我觉得困难。但是现在却是这样：我从我手头版本的第三卷，即从赫尔岑在伦敦的生活**开始**。这样的一切我都熟悉：德国人，英国人，法国人，意大利人，甚至还有文学中的俄国人。我的主要经历——流亡——在这里被预先刻画出来，一场持续一辈子的流亡。

这是一场意图明确的流亡，我在这里的二十年，拥有了我的内核，以及一个意图和一个目标，那是我所不能放过的，并且在此处，我意志如此坚定而顽强，正如赫尔岑。英国人的机制给我留下的印象不亚于他给我留下，而那在战争期间围绕着我的流亡，甚至比他周围的还要丰富多彩。

我感到自己在很多地方都和赫尔岑相近；他的悲观，他对人的**洞悉**，而且不仅仅因为人们从他那里想要如此之多，他才看到了他们所是的样子。他感到他们很有趣——果戈理在他内心驻扎得很深；虽然大多数的事情他都没成功，虽然他知道，这大多数的事是他做不成的，他还是没有放弃希望，他把自己全身心都投入到人类上。比起他得应付那一类最糟糕的**政治**人士，这事要更值得关注。

他不是一位诗人，但却是那俄罗斯诗人的近亲，没有他们这个世界将是不可想象的。赫尔岑捍卫着金钱，当然，他需要钱用于正当目的。然而，从同样的角度出发去看待这种捍卫也不那么容易。我告诉自己，我要带着同样的顽强去捍卫我的**独立自主**、我的孤独、我独处的要求。我在这方面是如此固执，就和他对自己钱财的维护一样。

带着这样总显得可疑的平行关系，我试图摆脱他的那些——以他**个人**的财富来衡量的话——并非太过重要的物品。

他有许多关于别人的私事要说，他并非狂热分子。他把人看成多样的，他洞见了他们身上的不同，也并不为此对迁怒于人，虽然有时强烈的道德信念与市民偏见仅一墙之隔。

他一再谈论伦敦的大雾，显得有些乏味，但是他长时间生活在南部，那里就是一片黑漆漆的迷雾。

他搬到伦敦，在那里总是换住处。也许他希望身边的人泛滥拥挤，正如过去那样；有时候他也给自己周围留下新的距离。

对于他来说，人的**独立自主**意味深远，而他的自主是以英国维多利亚式的限制形式表达的，即使如此这自主也让我喜欢。他让人们对每种的奴隶制度都更敏感。

我把他看成是一个彻头彻尾的人，我的意思是，他没有忘记任何人，不管那人是什么样子，也不管那人对他有什么意义。他不会原谅懒惰和颓废，这一点鉴于他希望改变俄国的情况来说是可以理解的。他所过的大都会生活，给他带来了足够多的如画景色，不像那些少经世事的人，他不需要在颓废中去寻寻觅觅这大都会式的存在。

他并不信仰宗教，因此他对权力的拒绝是不绝对的；因为他有政治目的，就必须有他所认同的实施权力的形式。人们不能期待他严肃地把自己交给死亡。

他的温暖和他的慷慨中有一些如童话般的美妙，同样在他的看法中也不能够否认他的来源。

我对他的记述到目前为止都是暂时的，因而并不充分，因为我对他过去在俄罗斯的岁月还一无所知。

赫尔岑对莱奥帕尔迪[1]的爱：他与马志尼[2]之间的争吵，而马志尼无法忍受莱奥帕尔迪。

赫尔岑在流亡之人中了解了截然不同的欧洲人的国家特征，今天比当时还要**更多**：**他的未来人。**

---

1 贾科莫·莱奥帕尔迪（Giacomo Leopardi，1798—1837），意大利诗人、散文家、哲学家、语言学家。
2 朱塞佩·马志尼（Giuseppe Mazzini，1805—1872），意大利作家、政治家。

卢加诺湖轮船上年轻的奥地利军官让人想起了《人类的最后日子》[1]中的那些人。

我不会放下赫尔岑。在我昨晚下定决心要稍作休息之后，现在又开始读第一册。

自传中到底有什么是比另一本小说要更真实的呢？

是我们不能离中心思想太远吗？是我们用范围界定的方式不同吗？更近，更无偏私？

还是说仅仅在于"我"真的是"我"，"他"真的是"他"？

然而编造出来的可能更为严格，但是首先它必须任意地开始。也正是这种"任意"其实是不可能出现在自传中的。一开始就是出生，那由不得作者自己来决定。因为我们对自己的诞生一无所知，于是就只能从一个自己有所了解的时间点开始，这个点在长时间以来仍是那同一个。

创造的突然性，即它的优点，也同样是它的"任意"。而在自己生活的空间里，任何"任意"到后来都是不可能的。我们必须——根据自己最好的理解——去坚持我们所认为的真相。重要的是这个真相，为了它的缘故我们才写下了自己的生活。

赫尔岑的伯伯，也就是他父亲的哥哥。

"虽然他已经退休了，他还是在报纸上关注着他从前服役

1 卡尔·克劳斯所写的讽刺剧。

同伴的升职，和他们一同参与一步步的晋升。他给自己买了他们所得到的勋章，并放在桌子上，以此作为悲伤的提醒：自己本可以戴上它们的！"

当我阅读赫尔岑的时候，我的心向上升腾。现在我才开始阅读青年时代，而我不理解的是，自己为何要以第三册（英国时代）作为开始，继续阅读第二册（四十八岁的时候），直到现在才到一开始，即他的青年时代。以这样完全颠倒的方式去读一本能如此让我满足的书，我只能找到一个原因。自1968 年 8 月——占领布拉格——我就无法忍受再读有关俄罗斯的事了。

之前，当我阅读关于农奴制时代的时候，还怀着写一写这件事的希望，现在要做这样的工作则让我沉入了深深的绝望中。

"既非丹东，也非罗伯斯庇尔，更不是路易十六。活过了三十五岁。"

——赫尔岑，第一卷，195 页

死亡："瓦蒂姆死于 1843 年 2 月，他离世的时候我在场，那是我第一次经历同我亲近之人的死亡，除此之外，这经历还是在死亡完全没有得到减缓的恐吓中、在它完全无意义的偶然中、在它完全愚蠢而违背道德的不公正中。"第一卷，180 页。

851

破晓时分的雷雨。我就在其中心。雷雨在房间里，房间天花板的爆裂声正是雷声，它去了另外的房子，街上的任何一座房子它都不放过，然后它又来到我这儿，陷入了书本之中，它比那向左向右到处击打的闪电离得还要近。即使如此，也许因为它这么低沉，因而更该是一场温柔的雷雨，适合房间和房子那么大的范围，而不是岩壁和山崖的高度；此外，在一场无法忍受的潮湿闷热过后便迎来救赎。

"We hang at eight and breakfast at nine（我们八点行绞刑，九点吃早餐。）"

Invitation by the Governor of Newgate.（新门监狱管理员的邀请。）

还不足以去说一切事物都是死亡。

当然一切都是死亡。

但是我们也必须说，人——虽然看起来毫无指望——但他带着坚强和凶猛将自己与"一切都是死亡"的说法对立起来。死亡应当——不带有任何廉价的欺骗——抛开它的外表。死亡是虚假的。而我们的意义在于，发现它是虚假的。

要是有谁出于坦诚只谈到一切都不过是死亡，那他就在让死亡变得强大。

我们这个时代一些最杰出的诗人，是出于对死亡的厌恶——而他们自己其实没有意识到——而成为歌颂死亡的人的：他们内心基督信仰的剩余，一种被误解的剩余。

他愿如此紧迫地活着，就好像在下一刻他就要归天。他愿如此紧密地活着，以至于他永远不再会归天。

宗教的朴素极大地吸引了我，然而是所有的宗教都吸引着我。

有些人希望被忘却然后完全消失。亚伯拉罕·本—伊扎克就属于其中之一，这个没有失误的人，是唯一一个，我不带任何、哪怕是最微小的保留而为之惊叹和喜爱的人。

其他或早或晚认识他的人，也同样这么想他。现在我们都让他没法安宁。他所写的少量诗歌（希伯来语的）都被印刷了出来。一个年轻的英国犹太人将它们译成了英语。其中非常美好的一首诗写的是他最深的愿望——消失，并且不留下任何痕迹。从他和自己进行的对话之中，布洛赫[1]创作了《维吉尔之死》。我经常对自己说起他，总是如此，每当我想说说人类最棒的事，我就会谈到伊扎克。我和他在我生命中那四年干枯的岁月中对话，那个时候我生活中唯一的内容就是**他**，而这些对话我并没有写下来。但是它们进入我的生命到那样的程度，以至于我也由他们组成，有时我觉得自己是树木，而它们就是树木最重要的年轮，一个四十年的年轮。

---

1 赫尔曼·布洛赫（Hermann Broch，1886—1951），奥地利作家。《维吉尔之死》（*Der Tod des Vergil*）是他 1945 年出版的长篇小说。

如果我写下我的生活——并且我越来越感到自己被驱使着这么做——他在其中定会作为中心人物而存在。

于是，那些对他理解最为深刻的人便会因为他希望给予自己的人生以意义和统一而深感挫败，他最亲近的朋友把他重新拉回光明中。他们之中没有人能提供不一样的处理方法，每个人都如此被他充满着，于是为了能够不提及他，我们就必须伪装自己。

让我感到痛苦的是，我不能向他诉说自己为何不能不提及他。我只能以他理解的方式告诉他。我更能感到确定的，还有他那完全不会宣之于口的谅解。

是伊扎克——那个说话说得最详细且关联最清晰的人——让我知道了什么是沉默。只有他给予了我对沉默的渴望，并且，如果它对我来说无法企及而将来还是无法企及的话——即使在死亡中我也不能够沉默——多亏了他，我才知道那是什么：最好的事。

我问自己，伊扎克在天堂是不是也能沉默。

他不写自己宣告的所有作品，目的是能够写下无人期待之事。

在一个这样的日子里心醉神迷地踏入光明中——尽可能频繁地。在所有的空洞中奔跑，为了离开它们而心醉神秘地踏入光明。

我们记录下的一切都已经了太老了。

当我口头叙述了许多事的时候，我活过来了。不管那是
述的——那必须只能是随意的叙述而没有任何前提约
永远不会提前知道自己要说什么，我也不能重复，说
必须让我自己感到惊讶。

此一来我就依赖于耳朵，并且对那些愿意倾听我的耳
法言表的感激。它们不能是虚荣的耳朵，也不能伪
并且我必须有这样的感觉，仿佛我能对它们敞开上
黑夜。

我停止叙述的时候，我总感到一种痛苦，而正是这
着我活下去。

亲的牺牲品。他到现在已经比她多活了33年，
心理上的一个技巧：他现在还像和她一起时那样
把每个不是她的女人都逐出自己的生活。那个
疾病变成了他的使命与知识。因而他做出了一
即将她治愈。他使上千只豚鼠成了她的牺牲
个善良而温柔的人。但是她还不知足，并且永
她看成是真正的牺牲品，而不是他自己。为了
今天还愿意献出自己的生命。在这33年中，
缺了些什么来让那与她分离造成的伤口保持
他还可以看到她站在自己面前，生机勃勃，
如果有爱的奴隶存在，就是他的这个样子。

这对古老神灵作响的名字的爱，它是什么呢？到最后它是否只是对自我扩张（它为自己创造了领地）的骄傲？它是否代表了那些语言？人永远也学不会这些语言，于是便更容易为神灵的名字而满足？或者说它意味着更多，它是否是对我们祖先强加给世界的一神论的惩罚？和它一起由这爱招来的还有贫困和苍凉？

对于常常征服我的圣经的力量，我有一种从来不曾放松的负罪感，自我早期的少年时代起就有。

昨日何等的光辉！说话的流水。

要展现一个人是如何可能在赞美中诞生。我们必须记录下那些在早些时候就钻入一个人内心的赞美之词，然后把所有余下的都抛开。如此一个由赞美构成的可怕躯体就形成了，这个躯体最终构成了人。

有些赞美之词变得就像空气和食物一样必不可少。要是赞美之词往常的来源被填没了，要是它们不再出现，一个人会做尽一切来重新获得它们。发明一种只由赞美形成的疯狂，一种让赞美变得无效的方法——在此通过以毒攻毒来中和它们。

一个**还从没有**被赞美过的人：他看起来是什么样子？他如何行走？他怎么生活？

一个擅长呕吐出赞美的人。

一个在赞美的小水池里沐浴的人，又脏兮兮的从里面出来。

一个就像啮齿动物一样的人，在颊囊里囤积着赞美。

一个用赞美毒害身边一切的人。

一个只接受集体赞美而完全不接受单个人对他说的单个事的人。

一个保存赞美的人。

一个消化赞美的人。

一个赞美转化者，所有他听到的，对他来说都转变成了单词，他听了又听，直到他的鼓膜破裂，然后他就还通过皮肤和鼻子去听。

一群享受者的联盟，他们交换赞美。

一个为赞美而羞愧，继而枯萎、死亡的人。

一个知道每个赞美都是错误的并且不再期待正确赞美的人。但是他做不到不去听。

一个会根据赞美而改变的人，有时候是这样的，有时候是那样的，如果缺少了赞美的关键词他就什么都不是。

一个为了得到赞美而穿上自己最佳套装的人。

一个为了不错过任何赞美言辞而什么也不做的人。最后他再也不敢张开嘴，因为害怕漏听一句赞美，于是他饿死了。

他只说已经说过的与他有关的话。自从他记忆力衰退以来，他就把它朗读出来。

一个根据对他说好话的程度将朋友分类的人。

一个需要同样赞美别人的人。

一个只允许在电话里赞美的人，为了不让任何事把自己的注意力从上面移开。

一个偷走别人表达赞美的电报的人

一个只想要朝向别人的赞美的人

一个体重随着赞美上升的人。

一个只在赞美意味着金钱的时

一个对赞美如此讨厌的人，

都要通过指责来接近他。

一个溺爱自己每个形象的人

一个只在被爱的时候才会

一个只在受到赞美的时

一个强烈厌恶赞美的人

足够的赞美，但是要

在错误的论断之中

更多。

这次旅行我带回

我该如何去相

之久？

从根本上来

分裂成一些我所

不想做。

当

向谁讲

束。我

的内容

如此

朵怀有

装自己，

千个白天

每当

种痛苦支撑

G. 是母

这要感谢他

生活，并且他

成为她死因的

种焦虑的尝试

品——他，一

不知足。他把

救她的命，他到

他的身体上总是

新鲜。直到今天

就像当时一样。

只要他可以，他就会带着一种新的敬意回家，为了纪念她。他知道她的好胜心，那是不可驯服的，他和她一起在他破碎的皮肤之下承受着这样的好胜心。

有时他会在自己的图书馆里迷路。他拿出一本又一本错误的书，并在愤怒中进行阅读。当他生气够了，就去拿下一本。他知道，这样做什么也不会出现。对他来说只有愤怒。

他抓起鼻子上隐藏的间谍，把自己和它们紧紧系在一起。

一个人在死前把钱财分给他第一眼就喜欢的人。他走到街上寻找他们。一旦他找到了喜欢的某人，就把那换作其他人会祖传下去的东西当场就给这个人。这样让他开心的事，花了他很长的时间；他拖延着，变得越来越节省。他需要许多技巧来不让别人反感。妇女们马上相信了他，而有些人却感到失望，因为他花了这钱却并不对他们有所期待。然而，在大体上来说，被他选中的这些人会立刻消失，因为害怕他会改变主意。

如果有机会把他带回同样的地点，没有人会想要认识他。

"雪莱、荷尔德林和莱奥帕尔迪这类人毁灭了，这是微不足道的事；我对这些人完全没什么看法。"

——尼采

"——上帝，我像个孩子一样祈祷，请原谅我吧！我无法在他的世界里领会死亡。"

——荷尔德林，写给纽弗[1]。耶拿书信，1895年5月8日。

犹太人上千年来所保持的对上帝的顺从激怒了我。在他们最美好、最智慧的历史中——总是这样的顺从。我是多么热爱他们的**阅读者**啊，因为阅读，他们才保持贫穷，并且受到最高程度的——并且总会是非常高程度的——尊敬！我多么热爱正义，它向人们要求的是他们的耐心还常常是他们的善良！然而我永远厌恶他们面对上帝无尽威胁下的顺从。我知道，我还是我这个时代的孩子。我和这个时代一起看到了太多的顺从，而甚至都不能说反对上帝的人就是最顺从的那个——然而那顺从总是榜样式的，但凡少一些都不能让残暴者满足。我还是个孩子的时候就看到的鞠躬带着可怕的效果一再地在**可见的**统治者面前重复。

但是人是否可以在没有任何看不见的统治者的情况下，去反驳看得见的呢？

一个折磨人的问题。

从来没有比我们更野蛮的人了。我们必须到过去寻找人性。（对大众和权力的反对。）

1　克里斯蒂安·路德维希·纽弗（1769—1839），德国诗人。

我想要知道很多，因而我尊重知识。但我永不会做它的奴隶，就像在之前的时代我不会做神学的奴隶一样。

当施尼茨勒的女儿自杀的时候，埃尔娜·P. 在威尼斯。她认识那个与他女儿相恋年轻的意大利军官。当这两人在马尔库斯广场相识的时候，她就在旁边。年轻男子穿着法西斯制服，心怀坚信。听到他女儿要下决心要嫁给他的时候，施尼茨勒感到很惊恐。他强烈反对这件事。奥丽加，他的妻子，也在威尼斯，并且认识这个长相俊美的意大利人，她写信告诉施尼茨勒，他应当还记得一些自己曾写过的事。"别对我引用我的作品"，这是施尼茨勒的回答。婚还是结成了，而不久之后就以他女儿的自杀告终。在威尼斯有传言，她的母亲和她丈夫被她捉奸在床。埃尔娜认为，这则消息说得如此有板有眼，以至于任何熟悉当事人的人都没有去怀疑其真实性。

（关于认识的人，埃尔娜有许多事要讲述，他们之中有非常有趣的人。当她说起那发生在四十年前的私密之事，她就以极大的回避和轻得多的声音去说，就好像她在做一件重度机密之事。她向我暗示，她和我讲述的事从来没有讲给别人听过。她把这看作是信任，并且她一定会加上这一句：肯定没人知道这事。

她什么都不忘记，因而她的讲述非常精准。可以确定的是，她从不夸大其词，她说起话来不像画家，而像动物学家。）

事物迷失的心脏：它们的无法创造性。

"The Earl of Portsmouth would slaughter his own cattle with an axe shouting: ›That serves them right! The ambitious toads!"（朴茨茅斯的伯爵会用一把斧子来宰杀他自己的牲口，并叫道："就该这么对它们！这些野心勃勃的癞蛤蟆！"）

一个清点过自己头发的人出现了。他每天都数头发。它们没有变少，他不许失去哪怕一根头发。他的任务就在于，让自己永远有同样多的头发。他很好地完成了这个任务，并为此感到骄傲。我们只需看他那出场的样子——袖子里放着良心、向所有顶着没有点数过的头发就走来走去的人投以鄙视的目光。"要是所有人都清点了头发，世界该是多美好啊。不会再有不满意，因为混乱不复存在。"

他坚信，混乱与头发有关，甚至其关键就在于头发。要是他认识的那些人有足够的性格将这点看透的话，也就完全不至于那么坏。于是他尖锐地盯住每个遇上的人的眼睛，同时估计着他们头发的数量。然而，只是简单的估计，这事并没有结束——估计一下总比不估计要好。

他的任务之一就是保持沉默。他满意的原因只有他自己才知道。但是他把头抬得高高的，每天去点数他的"居民"。这不是一个简单的任务，他有相当多的头发。他有灵巧的手指。他是怎么做的呢？要是我们知道，我们也要每天数头发了。

1971

他受到了侮辱——他甚至不能让世上最蠢的人听他说话。

他所编织而成的过度生长的古老知识。

为了再次得到古老的知识，他需要三次新的生命。只有他在十五岁时候知道的事还像当时那么清醒。所有后来的事都沉睡了，最后来的睡得最沉。

他只有在**嗅到**气味的时候，才听得到。

再简洁一些，然后我可以告诉自己，我在写中文。

令我着迷的道德规定是我最怀疑的。

但是最可鄙的行为，要数干脆把它们扔到一边，正如 N. 做的那样。

有关那可怕的"我"的膨胀，我确实可以好好地说些什么。

但是我也知道，它**什么也不**是，不过是有关死亡的可悲假象，在对抗死亡这件事上它根本什么也帮不上。

被书本包围的时候，他没法喝醉，它们是它们自己的酒。

每个不是我如同闪电般在这一刻发现的真相，都让我愤怒。

笔记文。宋代的毛笔札记。

信笔写下的短小札记，关于极尽不同种类的物体——文学的、艺术的、政治的、考古的、**没有分类的**。这是一座文化史和那个时代习俗的宝库。我们有时也可以在上面找到有关中国邻国的重要信息。

这些札记为参加文学集会时的文人墨客提供了无尽的话题，而在集会上，每个人都希望以自己的方式凭借着自己的博学多才闪闪发光。

——艾伯华[1]

于是我在自己的笔记里，不知不觉地，再次找到了一种古代中国的形式。即使不认识这种语言，我还是如此热爱着中国的一切，这不是狂妄也不是空洞的疯狂。

宋代笔记文对日本的《枕草子》产生了多么深远的影响（从时间上看也是可能的），这有据可循。——很早以前，在维也纳（1929），我偶然间遇到了清少纳言的《枕草子》，并把那些我感兴趣的片段读了无数次。

"蒲宁[2]几乎跟不上老人的步伐，后者开始跑起来，并且以不连贯而狂野的声音重复着：'没有死亡！没有死亡！'"

——关于托尔斯泰

1　沃尔夫拉姆·艾伯华（Wolfram Eberhard, 1909—1989），德国汉学家、民族学家。
2　伊万·蒲宁（Ivan Bunin, 1870—1953），俄国作家。

真的有可能某一天我会**投降**而死去。我向每个知道这件事的人请求宽恕。

自从我读了托尔斯泰的生活，就想起了自己生活中的很多事。生命是具有感染力的，而回忆的感染力并不比它少。

我感受到了极大的兴致要把自己的生活写下来，当然并不是全部，而是其中的某些部分。我感到很害怕，怕自己什么也不能再对它做了，并且就这么遗失了一切，那该有多么悲哀啊。

无所谓从哪里开始。对每个阶段都有很多可说的。

过去我习惯于对自己说，将自己的生活写下来是一种断念，就好像我打算除此之外什么也不做了。我没有想到的是，竟然有这样的作家，他们从描绘自己的少年时代开始记录生命轨迹，即使如此也还是在那之后写一部又一部的作品。直到现在，在托尔斯泰那里，我才意识到这根本不是一件那么少见的事，对此我就好像从云端坠落下来。

希望有一天我能真正找到**我崇拜之物**。我愿把自己今天在各个领域还崇拜的所有人物聚集到一起。

人们永远不会同时想到他们。他们非常散乱，他们之中有些人甚至暂时被遗忘了。

我不觉得把他们聚到一起会给他们带来什么坏事。不该只让他们感到生气。也还是可能让他们**感到高兴**的。

不对别人表达的崇拜是我们关联到自己身上的。对于"无法崇拜"的质疑。

我永远都不可能想到，登陆月球这件事会摧毁我生命中看起来最确定的**那个**宗教。

没有无法被摧毁的宗教。发生在这个宗教身上的事——因其鲜明的特征——只是**更明显**而已。

"……自己的任何东西都给我们无法留下深刻印象。"（贡布罗维奇[1]的日记中一个有用的说法）

不要避免"Geschichte"[2]这个词（在"故事"的意义上）。而要提防着"文本"。

他尤其爱着自己永不会再见到的人们。

她只能看到布景之后。除此之外她什么也看不见。

在那里，食欲排起了环形的队伍，继而一个接一个地吃。

佛教的**多彩**源自何处呢？
在于它大范围的传播和皈依群众的多样性吗？

1　维尔托德·贡布罗维茨（Witold Gombrowicz，1904—1969），波兰小说家。
2　"Geschichte"这个词在德语中既可以表达"历史"也可以理解为"故事"。

为什么基督教的多彩程度要少那么多？

因为我们在这么长时间以来都对它的宗旨都太熟悉了吗？或者说因为它只在少数地方且只在很短的篇幅中涉及了动物吗？

后一个原因更值得深思。与圣弗朗西斯科有关的一切都让人感到兴奋。在博尔盖塞美术馆里委罗内塞[1]的画作前：《圣安东尼乌斯为鱼祷告》，我就像在一幅奇迹之作前面一样站着不走。没有哪个麦当娜能够对我来说能够如此意味深长。

十字架上的基督在经历骇人的疼痛之时是有所**意味**的。但是在大多数情况下他是一个令人舒适而美好的人。我们可以把他拿下来，听他说话，就好像什么也没有发生。他通过示范出死亡讨喜的一面而让死亡变得更简单。

每当我想到耶稣在山上对门徒教训时的壮观、想到基督死亡时的痛苦，我就感到基督教的衰减对我来说是无法忍受的。

要是活在一个佛教国家，我会不会也感受到佛教式微呢？

两者的衰落可能并非完全相同，因为基督教从本质上来说更激进、更暴力，其中包含了杀戮，而那十字架上的痛苦不可能是轻松的，否则的话就什么意义也没有。

在佛教里，创教者的死亡更温和。死亡进行地非常缓慢，那是一个精神性的过程，而并没有借助外部的暴力。创教者形象中的模范性总是让我感到吃惊。直至今日我还没有完全

---

1 保罗·委罗内塞（Paolo Veronese，1528—1588），意大利文艺复兴时代画家。

领会这模范性的影响。

但是由于它的存在从一开始就把暴力排除在外，因而永远不会退化成我们这种特定的暴力行径。

佛教的多彩性——我在这里以它为出发点——则与之相反，它基于这样一个前提（这个前提给予了佛教普世性），即相信转世。

一切存在之中都曾有佛。和他的出世故事阇多伽相比，教堂的圣灵故事就有些单调了。

那曾存在于**万物**之中的佛，拥有最全面的存在，这存在是他赋予所有事物的本质。无论这个信仰在实践中如何退化或褪色，它的**核心**还是多彩的。

斯威夫特在他生日那天读《约伯记》。

我们再也不能逃离历史——这对我来说是最令人沮丧的想法。

这是否就是我在所有神话中寻寻觅觅的真实原因？我是否还希望着能找到一个忘记了的神话，让它能从历史中拯救我们？

破口大骂的人。阿布·哈提卜在宣告上帝。他坐在我们这些迷惘的西方人的后代之中，每天大骂上百次："东方！东方！"

他反对万事通，但是他什么都知道。他用乌尔都语写故事，并且使它们尽可能廉价地被翻译出来。年轻人朝着他坐下，德国人、英国人、瑞士人、法国人，而他大骂着宣告他们的国家缺少些什么。他们毕恭毕敬地倾听他说话，有些人，是因为他们暗自渴望听到道德方面的演讲，有些人，是因为他们不想让他感受到他的皮肤是棕色的。他被以温柔对待，而在这种场合下感到舒服。他想在所有存在的国家都发表他的故事，而当他打听出版者的时候，他的微笑就会变得甜美。于是他也不总是破口大骂，当他期待些什么时候他也能称赞。

但只有当他谩骂东方的精神价值时，他才真正是他自己。我们问自己，如果没有东方和西方的话他会干什么。——他肯定就得改骂南和北了。

去问他巴基斯坦经历了上一次的选举之后会变成什么样，是没有用的。对此，他说的不会比我们从报纸上知道的多。但是他说的那少许的话却像一场启示。他作为记者在这里生活，为巴基斯坦和印度的报纸写作。那就是他说的，我们必须相信他，对于谎言他骂得那么狠。但是当他说到自己的家乡，他知道的比他所说的要多。他对可能诋毁"东方"的一切保持沉默。

每当他谈到家乡人民苦涩的贫穷时，他的谩骂常常通俗易懂。于是人们甚至推测，在他说的话背后有同情存在。那些话听起来总是像对富饶西方的控诉。因为我们知道，他说得多么有道理，于是我们就会有负罪感。我们有负罪感，因为我们生活在这里并且生活要好过得太多。但是他很快就离开了物质层面，转而讲起了上帝和精神价值。当他说"上帝"的时候，他骂得最凶。于是，我们就没法理解，他是把东方的状态归因到西方的无上帝上面，还是归因于东方自身。几个小时后，我们就确定了一个更简单的假设：他想要攻击的是那些不拥有上帝的人，因为他拥有上帝。除了上帝他便什么也不能说，也没有其他哪种悲苦会像这个一样真正走进他心里。他像一只蜘蛛一样完全静止地坐在角落，常常覆盖着纸张（上面用他的语言写着漂亮的字符）和纺织物，没有能如此模仿他，他在等候着一位牺牲者。好不容易有一个曾听过他演讲的年轻男子出现在门口，他甜美地微笑着向他问候，就像是对一位老朋友，并给殷勤地请他入座。于是他停下了书写，不久后人们就听到他的骂声响彻这个地方："I hate nobody！I love every human being！（我谁也不恨！我爱每个人类！）"人们试图不去听——已经听了上万次，但是"上帝"这个词就像死亡威胁一样跳出来，人们僵硬了。

突然之间，群众忘记了自己叫什么名字。发生了什么？

他的故事是大海中的浪潮，随着风的方向和强度而改变。他对它们进行了上千次的讲述，它们从来都不相同，每当风停下来的时候，他几乎把它们忘记了。但是之后它们又变得邪恶而黑暗，扫清了船只上所有的船员。

第一次拥有一个独一无二的想法而并不知道它。

只能说真相的反面的人们。为了永远都不引起不满，他们直到死都在否认自己，并且相信，没有人认得出他们。

让我感到压抑的是，神话被夸张地称作神话，而童话则被幼稚地称作童话。

我们得有勇气去为这些美好的事物创造其他名字。

即使是有关狭窄之事的对话他也需要，而无聊之事把他推向宽广之处。

抓住一颗心，直到它说：陀思妥耶夫斯基。

忏悔太容易了。不能不考虑人如何能变得更好。

律法是早期的第一次尝试。

它们如此保护自己，以至于它们变成了自然科学。

自然被我们的律法所破坏，它把更多的权力（比我们所能掌控的还要多）交到我们手中。

老的律法却落入刽子手的手里。

他用一生的时间来为人类寻找一种自由的方式。但是他一直都知道，人是糟糕透顶的。这样糟糕透顶的人们和自由又有什么关系呢？他其实还是为了自由。自从他知道这些人在压迫之下能做什么之后，比起自由他更加不相信压迫。

我最喜欢的就是在其他人群中移动，并且长时间都找不到离开他们的路。

我们只有像跑步者一样跑开他们、并且走着跳棋的马步又回到他们那里时，我们才能忍受他们。

在头发的迷惘之中他们找到了自己的自由。

我在众神之间闲荡，真是一场多彩的生活！但是太可笑了，因为我不需要信仰他们。这让我感到轻松。

现在就是让你自己变得沉重一些的时候了——但是不要有黑格尔。

每个有关旅行的报道让一切都变得越来越错误。那些听你说起旅行的人会完全改变你所经历过的事。而在沉默之中改变也在进行着，但是以不同的方式。

报道不存在。

另一种语言？然而只是为了避开我们自己的语言，通过笨拙的样子。

我们也需要语言来结结巴巴地说话。

认错了的朋友：他们为了保护你而偷偷接近你。

一个凭借事物的名字来逃避它们的人。

一个无法实施的命令，它够用一辈子。

他用着少见的词语而向她爬去。她错误地理解了他并且答应了他的请求。

在那里，每个人都能为自己选出十年来跳过。

他让所有自己带着仇恨去迫害的人排成队。而那从中出现的人物，是他自己。

她为自己保留了一切，直到他再次把它们送给她。

报复心有良好的记忆力，那是它身上唯一吸引人的地方。它所做的事并不体面。人们以善行来报复。

他拥有一个**瘦子**的尊严，他没有从自己身上读到身体，而是读到了**道路**，并且他要设法让这些路无休止地互相交叉。但是交叉是新的，于是他就总是需要不断重辨方向。

他知道，现在要紧的是什么，而这也是他尝试辨别方向的关键。但是他足够节制，能对以前的事情进行思考。他在时间上吃得不好也不饱，过去之事没有给他留下任何油水，不过只有踪迹。

为了避开他常去的公共地点，他满足于和随便什么人说话，但这人得能再次出现，以便能让对话继续进行下去。

没有什么比对话的继续进行更让他厌恶。

对他来说，要是每场对话只进行唯一一次，那就最好。

一个名字必须**开始**。一个人无论做了什么，哪怕是最美好的事：在他的名字**开始**之前，这些事对别人来说就什么也不是。

一旦名字开始，他就继续增长，越来越快，为了少数原因、为了更少原因、什么也不为。

但是名字如何开始呢？

过去，这依赖于没人可以施加影响的偶然。而今天，名字可以被有意识地生产出来，并且名字拥有者必须非常愚蠢，而不知道他这个批量生产的人造装饰是如此**毫无**意义。

整理影响，通过书籍的整理来进行戏剧性的呈现。

几乎还没有整理好，影响就入睡了。

每天一个小时的时间把思想没有目的地交付出去，以此来保留人之为人的一些状态，这就足够了。

人的数量多得危险，而我们没有完全地看到自己。要是我们能洞悉"人是什么"，我们就会瘫痪，并且必须屏住呼吸，直到我们倒地而死。

他不认得自己的气味，并讨厌别人身上散发着这气味。

永恒像彗星一样。

我无法公正地进行赞美。我无法衡量谢意。一路上洒出了那么多。要是我们能立刻倒入更多，那会更好。

我看见了亚历山德拉·托尔斯泰，她在谈论他的父亲，关于他逃离的夜晚。正在这时他突然走向她说：我永远地去了。

那是在六十一年前，而她说到了这些事：说到了她早亡的姐姐玛莎以及她疯癫的母亲，她用了"妄想症"这个词。还说到了母亲是如何比父亲多活了九年时间，然后母亲安静了下来，同时知道了自己曾让他遭受过些什么。

我见过她，她说着英语，有时夹杂着几个俄语词，就好像在证明，她真的是托尔斯泰唯一的女儿，他唯一还活着的孩子。

他去世的时候，我五岁，还在鲁塞[1]，他的名字是我十岁的时候在维也纳听我母亲说的，但直到在没几个月前我了解了他的生平之后，他才真正进入我内心。

一个吸取书中所有毒药，并经过仔细测量后给周围人开药的人。

1 保加利亚城市。

875

这样的天性啊！凭借着它，他把作为知识和成果的一切技术性的东西放在一边。他并非拒绝了所有平常的舒适感，他使用它们，而它们减轻了他生活的负担，并赋予他灵感。但他拒绝去思考它们，他就像一个希腊人，不给它们任何头衔，并像对待奴隶一样对待它们。

于是他对所有永恒存在的谜题保持开放，并打碎了自己牙齿和骨骼。

他不为财富所动的原因在于，在他认识的人中，没一个知道如何以最快的速度摆脱它。

句子还没有穷尽。再过很长时间也不会穷尽。句子只对那些总是必然要把它们打碎的人来说才会穷尽。

她在他祈祷的时候观察着他，他祈祷得更好了。

"给他们划出边界吧，"他说，"他们需要界限。"然后他转动了城堡的钥匙，通过猫眼一下就盯住了他。

当亚当睁开双眼的时候，他对上帝做了什么？

一个敌人显出了原形——他是最忠诚的朋友：相反的曝光。这样一来就必然有一种与妄想症相反的疾病。它是存在的。

当 P. 说到自己的招魂术讲座的时候，他让我觉得恶心；他对于死后的生活深信不疑，并且也想给予我相同的经验来介绍我进入他的圈子。

我身边死去的人对我来说是神圣的，我并不想在一圈不认识的人中间再次找到他们。

有关**创作**天性的具体说明——我认为，那总取决于人的**出发点**。有一些类似于创作萌芽的东西，我认得它们，知道它们是不可抗拒的。但是我并不确定，这些萌芽是否对每个人来说不同，或者说，是否这类萌芽普遍供给所有人，它们到处强迫着所有人去进行叙述。

重要的是，我们要找到信仰。但是为了找到信仰，我们必须相信自己创作的东西。我们当然知道自己进行了创造，却依然相信它。我们从中感受到的扩张运动，必须是真实的，那就像呼吸的另一种方式，因而我们相信自己所表达的东西。

为了找到信仰，讲述的故事首先必须唤醒惊讶情绪，只有值得惊讶的事才会被相信。不言自明的事用不着讲述；因为那并没有唤起惊讶，也就不会被相信。

这一点非常重要，并且其中要紧的只是那能引起惊讶的东西。

其中就包含了**激动**，即惊讶的激动。在倾听童话的孩童那儿就能非常清楚地看到这种激动。

而现在奇怪的是，同一些内容可以一再地被讲述，而虽然对它已有所了解，惊讶的情绪却还是一再被激起。我们只能讲述相同，完全相同的，或是完全不同的内容。变体是文学的事，而它已经类似于某种无能了。

美化式的诗人让我反感的原因在于，他们只在变体上纠缠不休。

他们不仅仅是不能，也并不想要创造新的东西。他们必须以现成之事为依据，若非如此，他们就连**自己**也不相信。

于是就不仅仅有"精妙"的作家，就像霍夫曼斯塔尔[1]（这样称呼他很合适），也有更为强硬的人物，就如布莱希特，他们如果没有广泛的现有事物作为根据就无法进行创作。

看上去，进行创作的动因在不同的人那里是以不同方式实现的。有些人不久后就把动因抛掉而跑开了，把一切都甩在身后而匆匆忙忙地继续前进。其他人把动因延伸为一条道路，他们遵守着这条路。他们离开这条路几厘米高，是为了再此落回上面。布莱希特就是这样一个道路的忠实遵守者。他的魅力就在于此，并且他对此心知肚明。但他认为这样的限制性更**真实**，而并不信任那些很快就把动机抛之脑后的人。

创作是我最自然的状态之一，是时候让我尝试来说明一下，它是关于什么的。

对于创作者造成伤害最大的莫过于在场的某人一直在问"这也是真的吗"。这个问题涉及到听众的关闭了的世界，他们出于恐惧不能离开这个世界，只能紧紧抓住自己用于消化

1　胡戈·冯·霍夫曼斯塔尔（Hugo Laurenz August Hofmann von Hofmannsthal，1874—1929），奥地利小说家、剧作家、诗人、评论家。

的肠道。

创作者是没法容忍那些永远不能忘记自己肠道的人的。他们就像躲避瘟疫一样避开他们。

真正的创作者到了老年会变得更为果敢。他体内有更多的萌芽，它们随着生命的进程增长。然而他的危险之处在于自己羞于去惊讶，而更加耻于自己的惊讶被别人感受到。我们期待着他什么都知道，对他来说没什么是新的，否则的话他——正如蠢人所普遍认为的那样——知道得就不够。

然而事实上，只有知道得越多才越会感到惊叹。惊叹和经历一同**增长**，并且它变得**更紧迫**了。

讲故事的人要怎么才能弄清楚听众的信仰呢？——他不让他们有片刻安宁，只为做到一件事：把越来越多的创作倾倒在他们身上，而在创造之中，他混入了看起来熟悉的东西。这些可以安歇的点就是跳板，在上面他又一次放飞自我。它们必须非常好认，在创作的河流中显得无比简单，只有这样人们才能从上面起跳。

有些创作者等待了太长时间，而因此显得太过理性。一旦我们什么都不期待了，也就完全不相信他们了。另一件事是，创作者不能停留在幕前。他自己是不重要的，他私人的事情我们什么都不想知道，单单只是创作过程本身才是他身上有趣的地方，并且我们宁愿去设想一个这样的人，他日复一日，夜复一夜，几年几十年地进行创作，而不去追求关于他最细枝末节的事。

他想知道更多，就像站在了所有书中。但是一切站在书本中的事，他也想知道。

一个没有永远敞开着的伤口的作家，对我来说谁也不是。当他出于骄傲不愿接受同情的时候，他可以选择把它藏起来；但是他必须要有这个伤口。

厌恶未来者，他无法忍受去思考未来，那并不是一个特别的——一个特别坏的未来，可能，而是每个。

远处绿色的窗户，一道光一年一次出现在其中。

对于童年时代每个群众性事件的回忆萦绕在我心头，我没有歪曲任何一个。缺失的是最早对**叶子**的回忆。

不可能对一场死亡沉默不语。我们需要一帮人和我们一起哀悼，并且因为他们一个都不在场，我们就得向远方寄送信件来把他们聚在一起。

然而因亡者产生的悲伤，其力量是如此之大，以至于我们不仅仅写信给认识亡者的人，也要保证所有我们自己认识的人尊重对死者的怀念。我们在后来才向他们介绍亡者，把亡者最好的一面告诉他们；死者对我们来说有多重要，我们会讲得很清楚，同时给那些和我们说话的人造成一种压力：如果死者对他们来说没有很重要的意义的话，那我就会感到悲哀。我们暗暗地将自己与他们之间的友谊和他们对这个死亡消息的反应关联起来。我们测试着他们，怀疑地观察着他们，把他们回应的每一个词语都尴尬地放在天平上，如果测出来这个词分量太轻的话，我们就毫不留情地把他们驱逐出去，他们便永远不再属于我们。

我发现，很难还要再去**学习**那些强迫着我要对一切做出回应的事物。

要是自己未被触动，我便什么都无法再保留。

他有一只眼睛在后面，一只眼睛在前面，并用两只眼睛看到了同样的东西。（令人怀疑之物。）

再次找到所有无用的话语，并且出于羞耻之心溺死在其中。

他用他的肝脏笑，我用我的耳朵笑。

不醉心于任何事物，这让他永远井井有条。要是没有秩序他就什么也忍受不了。在秩序井然的"无"之中，他就感到惬意。

他就蹲在那儿，像一只蜘蛛在它的秩序之网中，并且并不需要问自己：会变成什么样？

因为总是可能发生的事也都可能是"无"，而他能掌控这一点。

一个微笑，它的无辜在于其聪慧。它认出并赞同了它所观察到的事物。它不带高傲地将这些事物认成它自己的。

因决断而耗尽。因决断而强大。

观察**别的事物**，不要总是看自己的。

蒙田，这个拜访者，被神经错乱的托尔夸托·塔索刺伤了。

上帝在寻找一个从没有听到过自己名字的人，并向一个又聋又哑的乞丐感激地鞠躬。

八个年迈的人靠着一枚无人认识的硬币生存。

斯威夫特踢到了戈雅多的脚跟而没有道歉。

受到愚弄的人编造了导致他被愚弄的故事，并尽情享受它们。

他避免和他认识的人说话。他只和不认识的人交谈。

尊重的一个标志：更快地从某人身边走过。[1]

——孔子《论语》

克里尔在他书的最后说到了关于孔子："He trusted the human race.（他相信人类。）"———一句非常美好的句子。

我们去了解遥远文化的智慧，是为了拥有对我们自己文化的看法。那些对于我们来说因巨大的熟悉感而变得无足轻重或疑惑不清的事，突然获得了生命，因为距离。我们必须隔着很远的距离去看这些事，并且是毫无预兆的。我们不知道自己什么时候会再见到它们，也没有意识到那是我们后来会变成的样子。它们出现得非常突然，就像我们在追逐陌生之物时所忘记了的事，就像一个没有预料而令人惊讶的景象。

因而我们必须为自己把那亲如皮肤的一切拿回来。

从根本上来说，我不再相信任何认为自己是诗人的人。也完全不相信一个，认为自己是，**虽然他确实诗人**的人。

因为这样一来他就会知道，重要的只在语言而不在他。他所能对语言做的事，放在过去没有他的参与之时，难道不会更怪诞更令人惊讶吗？微不足道的小把戏，和语言的壮美比起来，它们样子啊，他找到它们的方式啊，它们存在下去的样子啊！它们让他将自己拿在手里，他应该为此感激它们。

---

1 推测作者指的可能是《论语》中"子见齐衰者、冕衣裳者与瞽者，见之，虽少必作；过之，必趋"这一句。

他也应当为此感到羞耻，因为他从没评估过它们。他应当想想那些对它们进行过更好评估的人。他应当想想那些从不被允许把它们拿在手里的人。

由过去的世代所组成的一切都在包含在口口相传的言语之中。

这份珍宝是如此巨大，以至于没有人能吸收它、包含它。我们所骄傲的那一丁点儿的哲学是由尝试组成的，尝试着去认真对待这些言语中的一些，很少的一部分，以剩下的所有言语为代价。

弗朗索瓦·维永[1]作为现代诗歌的督查员，以及他是如何修正它们的。

我们只能一再地谈论关于同一些物体。好啊，如果那并不太少的话。

一个女人，她记得每个离开她的男人，而忘记了所有爱她的人。

只见他孤身一人被天使们包围，他穿过世界，无声地观察着他们。

---

1 弗朗索瓦·维永（François Villon，1431—1463后），法国诗人。

他丝毫不让自己被察觉，他什么也没说。要是他忽略了什么，天使便提醒他，直到他自己注意到。

弗福伦斯，欢愉之神。（伊特拉斯坎的）

在语言游戏中，死亡消失了。

他用音乐蒸馏自己的血液。他有十二个房间的房子就是一个蒸馏瓶。

用多少仇恨才能让世界变成荒漠呢？什么时候它才会做出抵抗。

"穆伊斯卡人相信，普通人无法不受伤害地承受王侯的注视。因此有这样的习俗——违法的人有时被判处接受王侯的注视。"

他用月亮来交换孔雀脖子上的蓝色。他着陆在孔雀脖子的蓝色之上。

《短词和长词之间的斗争》，勃鲁盖尔[1]所作。

---

1 可能指老彼得·勃鲁盖尔(1525—1569)，文艺复兴时期画家。也可能指小彼得·勃鲁盖尔（1564—1638），老彼得·勃鲁盖尔的长子，法兰德斯画家。

长着三米长头发的微笑木乃伊。他看到了她，买下了她并把她带回家。现在她挂在他面前，有上千岁，两千岁吗？牙齿在她歪斜的嘴里龇着。下巴勉强靠在她狭窄而柔和的手上。自从她在新世界被挖出来之后，她在期望着什么呢？就在她预备变得干瘪之时，她的世界就不是新的了。她在那时就受到了这么多人的赞叹了吗？她的头发当时就已经这么长了吗，或者说它们为了我们才长长的？

今天我在格列诺布尔的车站站台上看到了 G.。我在行使的列车上，他站在那儿打招呼，他变得越来越小。那就是他，我认出了他。这是不是一个奇迹呢？——这么热爱电影的他，自己也跌入一部之中。而恰好在格列诺布尔，我要前往去拜访他的地方？

图书在版编目(CIP)数据

人的疆域：卡内蒂笔记1942—1985 / (英) 埃利亚
斯·卡内蒂著；李佳川, 季冲, 胡烨译. —— 桂林：广
西师范大学出版社, 2020.5

ISBN 978-7-5598-2766-1

Ⅰ. ①人… Ⅱ. ①埃… ②李… ③季… ④胡… Ⅲ.
①随笔－作品集－英国－现代 Ⅳ. ①I561.65

中国版本图书馆CIP数据核字(2020)第058781号

广西师范大学出版社出版发行

　广西桂林市五里店路9号　邮政编码：541004
　网址：www.bbtpress.com

出　版　人：黄轩庄
责任编辑：雷　韵
特约编辑：李恒嘉
全国新华书店经销
发行热线：010-64284815
肥城新华印刷有限公司　印刷

开本：880mm×1230mm　1/32
印张：27.875　字数：550千字
2020年5月第1版　2020年5月第1次印刷
定价：138.00元
如发现印装质量问题，影响阅读，请与出版社发行部门联系调换。